Gilbert Keith Chesterton, geboren am 29. Mai 1874 in Kensington, ist am 14. Juni 1936 in London gestorben.

Die Pater Brown-Geschichten zählen nicht erst seit den populären Verfilmungen zu den beliebtesten und immer wieder gern gelesenen Erzählungen des Gilbert Keith Chesterton, der sich in der Literaturgeschichte als vielfältiger Autor einen Namen gemacht hat: als Erzähler wie als Romancier, als Essayist wie auch als Historiker und Literarhistoriker. Er hat mit seinen Detektivgeschichten um den mit Gespür und Kombinationsgabe ausgestatteten Geistlichen diese Gattung wie kaum ein anderer Schriftsteller belebt und mit literarischem Anspruch versehen. Und so verfolgt der Leser fasziniert die Entwirrung der Handlung durch den gemütlich wirkenden Pater, und sein Interesse wird geweckt, den Gründen nachzugehen, warum ein Verbrechen verübt wurde, also die Aufschlüsselung der psychologischen Motive eines Verbrechens und die Darstellung der moralischen Komponente einer Untat, um schließlich nachzuvollziehen, warum ein eigentlich normaler Bürger zum Verbrecher wurde.

Unter dem Titel *Die Einfalt des Pater Brown* und *Die Weisheit des Pater Brown* werden in der vorliegenden Ausgabe zweimal zwölf Detektivgeschichten vorgelegt.

insel taschenbuch 1149
Chesterton
Pater Brown
Detektivgeschichten

Chesterton Pater Brown Geschichten

Die Einfalt des Pater Brown

Die Weisheit des Pater Brown

24 Detektivgeschichten
Mit einem Nachwort von
Norbert Miller

Insel Verlag

insel taschenbuch 1149
Erste Auflage 1989
Insel Verlag Frankfurt am Main
© 1975 Carl Hanser Verlag, München, Wien
Hinweise zu dieser Ausgabe am Schluß des Bandes
Vertrieb durch den Suhrkamp Taschenbuch Verlag
Umschlag nach Entwürfen von Willy Fleckhaus
Satz: IBV Satz- und Datentechnik GmbH, Berlin
Druck: Nomos Verlagsgesellschaft, Baden-Baden
Printed in Germany

1 2 3 4 5 6 – 94 93 92 91 90 89

Inhalt

Die Einfalt des Pater Brown

Die Weisheit des Pater Brown

Inhalt

Die Einfalt
des Pater Brown

Für Waldo und Mildred D'Avigdor

Das blaue Kreuz

Zwischen dem Silberstreifen des morgendlichen Himmels und dem grünen, glänzenden Streifen des Meeres legte der Dampfer in Harwich an. Wie Fliegen entschwebte ihm ein Schwarm von Menschen, unter denen der Mann, dem wir folgen müssen, keineswegs auffiel – was er auch durchaus nicht wollte. Nichts an ihm war bemerkenswert, außer einem leichten Gegensatz zwischen seiner fröhlichen Ferienkleidung und der ernsten Amtsmiene seines Gesichtes. Er trug eine hellgraue Jacke, eine weiße Weste und einen silberfarbigen Strohhut mit graublauem Band. Sein hageres Gesicht aber war dunkel und endete in einem kurzen schwarzen Bart, der spanisch aussah und irgendwie nach einer elisabethanischen Halskrause verlangte. Mit dem Ernste eines Müßiggängers rauchte er eine Zigarette. Nichts an ihm ließ vermuten, daß die graue Jacke einen geladenen Revolver in sich barg, die weiße Weste einen Polizeiausweis, und der Strohhut einen der klügsten Köpfe Europas. Denn dieser Mann war Valentin höchstpersönlich, der Chef der Pariser Polizei, der berühmteste Detektiv der Welt; und er war auf dem Weg von Brüssel nach London, um dort die aufsehenerregendste Verhaftung des Jahrhunderts vorzunehmen.

Flambeau war in England. Endlich war es der Polizei dreier Länder gelungen, dem großen Verbrecher auf die Spur zu kommen – von Gent nach Brüssel, von Brüssel nach Hoek van Holland; und man nahm an, daß er sich die verwirrende Besonderheit des Eucharistischen Kongresses zunutze machen werde, der soeben in London abgehalten wurde. Wahrscheinlich, so mutmaßte man, würde er in der Maske eines kleineren Würdenträgers oder Sekretärs am Kongreß teilnehmen; aber dessen konnte Valentin natürlich nicht sicher sein. Bei Flambeau konnte man nie sicher sein.

Es ist jetzt viele Jahre her, seit dieses Monstrum eines Verbrechers plötzlich aufhörte, die Welt in Aufregung zu versetzen; und als er aufhörte, legte sich, wie man nach dem Tode Rolands sagte, eine große Stille über die Erde. Doch in seinen besten Tagen (ich meine natürlich seine schlimmsten) war Flambeau eine so international bekannte Figur wie Kaiser Wilhelm. Fast jeden Morgen berichtete die Zeitung, wie er den Folgen eines erstaunlichen Verbrechens durch die Vollbringung eines anderen entgangen war. Er war ein Gascogner von riesenhafter Gestalt und höchst tollkühn. Die wildesten Geschichten erzählte man sich über die Ausbrüche seines athletischen Humors: etwa wie er den *juge d'instruction* auf den Kopf gestellt hatte, »um ihm den Verstand wachzurütteln«; oder wie er die Rue de Rivoli hinunterlief, unter jedem Arm einen Polizisten. Um ihm Gerechtigkeit widerfahren zu lassen: er gebrauchte seine ungeheuren Körperkräfte im allgemeinen nur für solch unblutige, wenn auch würdelosen Episoden, und seine Verbrechen bestanden hauptsächlich in genialen, großangelegten Raubzügen. Alle seine Diebstähle waren in ihrer Originalität fast eine neue Art von Sünde, und jeder gäbe Stoff für eine eigene Geschichte. Er war es, der die große Tiroler Molkerei-Gesellschaft in London betrieb, ohne Molkerei, ohne Kühe, ohne Milchwagen, ohne Milch, aber mit mehreren tausend Kunden. Diese bediente er auf die einfachste Art dadurch, daß er die kleinen Milchflaschen, die vor den Haustüren der Leute standen, wegnehmen und vor die Haustüre seiner eigenen Kunden stellen ließ. Er war es, der auf unerklärliche Art mit einer jungen Dame korrespondieren konnte, obwohl ihre Post genau überwacht wurde – was ihm durch den einzigartigen Trick gelang, seine Botschaften in unendlicher Verkleinerung auf die Täfelchen eines Mikroskops zu photographieren. Viele seiner Ideen jedoch waren von einer erschütternden Einfachheit. So wird berichtet, daß er einmal im Dunkel der Nacht alle Hausnummern einer Straße ummalte, nur um einen Fremden in die Falle zu locken. Und es stimmt durchaus, daß er einen tragbaren Briefkasten erfand, den er an der Ecke irgendeiner stillen Vorstadt anbrachte, um Briefe mit Geldscheinen abzufangen. Zu all dem hatte er den Ruf eines erstaunlich behenden Akrobaten; trotz seiner mächtigen Gestalt konnte er wie eine Heuschrecke springen und in den Baumwipfeln wie ein Affe verschwinden. So wußte der berühmte Detektiv, als er auszog, Flambeau zu finden, sehr wohl: »Wenn ich ihn gefunden habe, sind meine Abenteuer noch keineswegs zu Ende.«

Wie aber konnte er ihn finden? Dieser Gedanke rumorte unablässig in Valentins Kopf.

Eines gab es, das Flambeau mit all seiner Verkleidungskunst nicht verbergen konnte, und das war seine ungewöhnliche Körpergröße. Hätte Valentins flinkes Auge irgendwo ein großes Apfelweib entdeckt, einen großen Grenadier oder auch nur eine einigermaßen große Herzogin, dann hätte er sie vielleicht auf der Stelle verhaftet. Aber kann sich eine Giraffe als Katze verkleiden? Im ganzen Eisenbahnzug war niemand, der ein verkappter Flambeau hätte sein können. Was die Leute auf dem Dampfer anlangt, so hatte er sich schon hinreichend vergewissert; und von Harwich an bestiegen, wie er mit Sicherheit feststellte, insgesamt nur sechs Neuankömmlinge den Zug. Da war ein kleiner Bahnbeamter, dessen Ziel die Endstation London war, drei ziemlich kleine Gemüsehändler, die zwei Stationen später einstiegen, eine sehr kleine verwitwete Dame aus einer Stadt in Essex, und ein besonders kleiner römisch-katholischer Priester aus einem Dorf der gleichen Grafschaft. Beim Anblick dieser Figur gab Valentin, fast mit einem Lachen, vorläufig die Suche auf. Der kleine Priester war so sehr der Inbegriff einer Unschuld vom Lande: Sein Gesicht war rund und öde wie ein Norfolk-Knödel und seine Augen so wasserfarben wie die Nordsee. Er hatte mehrere braune Papierpakete im Arm, deren er nur mühsam Herr werden konnte. Der Eucharistische Kongreß hatte offenbar viele solcher Geschöpfe aus der trägen Dumpfheit ihrer Dörfer hervorgescheucht, blind und hilflos wie Maulwürfe, die aus der Erde kommen. Valentin war ein Skeptiker im radikalen französischen Sinne, und so hatte er für Priester nicht viel übrig. Aber bemitleiden konnte er sie, und dieser hier hätte wohl in jedem Menschen

Mitleid erregt. Er trug einen großen schäbigen Regenschirm, der ihm immer wieder zu Boden fiel. Er schien nicht zu wissen, welches der gültige Abschnitt seiner Rückfahrkarte war. Mit der Einfalt eines Mondkalbes erzählte er jedem im Abteil, er müsse sehr vorsichtig sein, denn in einem seiner braunen Pakete sei etwas aus echtem Silber »mit blauen Steinen«. Seine komische Mischung aus Plattheit und heiliger Naivität amüsierte den Franzosen sehr, bis der Priester schließlich mit all seinen Paketen in Stratford ausstieg, was ihm irgendwie auch gelang. Eine Minute später kam er zurück; er hatte seinen Regenschirm vergessen. Bei dieser Gelegenheit war Valentin sogar nett genug, ihn zu ermahnen, er möge doch seinen Wertgegenstand nicht dadurch behüten, daß er jedem davon erzählte. Doch mit wem Valentin auch ins Gespräch kam, immer suchte sein Blick jemanden andern: Er hielt ständig Ausschau nach einem, der, reich oder arm, männlich oder weiblich, an die zwei Meter groß war; denn Flambeau war noch einige Zentimeter größer.

Als er jedoch in Liverpool Street ausstieg, war er ganz sicher, daß ihm der Verbrecher bisher nicht entgangen war. Er ging nach Scotland Yard zwecks amtlicher Beglaubigung seiner Jagd und um Hilfe zu erbitten, falls er sie brauchen sollte. Dann zündete er sich aufs neue eine Zigarette an und schlenderte lange durch die Straßen Londons. Im Gewirr der Gassen und Höfe jenseits des Victoria-Bahnhofs blieb er plötzlich stehen. Vor ihm lag, höchst typisch für London, ein altmodischer, friedlicher Platz, erfüllt von unerwarteter Stille. Die umrandenden Wohnhäuser sahen wohlhabend und gleichzeitig unbewohnt aus, das Gebüsch inmitten des Vierecks war verlassen wie eine grüne Südsee-Insel. Eine der vier Seiten war höher als die übrigen, fast wie eine Estrade; und in der Mitte dieser Seite, wunderbar überraschend, wie es das nur in London gibt, befand sich ein Restaurant, das aussah, als wäre es geradewegs aus dem Ausländerviertel von Soho hierher gewandert. Es war seltsam anziehend mit seinen Zwergpflanzen und den gelb und weiß gestreiften Jalousien, lag besonders hoch über der Straße, und eine Stiege führte in der lässig improvisierten Art, die man in der Architektur Londons so oft findet, hinauf zum Eingang, fast wie eine Feuerleiter zu einem Fenster des ersten Stockwerks. Lange Zeit stand Valentin, die Zigarette im Mund, vor den gelb-weißen Jalousien und starrte sie an.

Das Unglaublichste an jedem Wunder ist, daß es geschieht. Ein paar Wolken am Himmel ballen sich zusammen und haben plötzlich die phantastische Form eines menschlichen Auges. Auf einer Fahrt, deren Ausgang ungewiß ist, steht, mitten in der Landschaft, ein Baum vor einem, der bis ins kleinste die genaue Form eines Fragezeichens hat. Mir selbst ist beides in den letzten paar Tagen begegnet. Nelson stirbt in der Minute seines Sieges; und ein Mann namens Williams ermordet durch eine Kette von Zufällen einen Mann namens Williamson – es klingt wie Kindesmord. Kurz, überall im Leben findet sich ein Element zauberhaften Zufalls, das jenen, die das Leben prosaisch betrachten, ständig entgeht. Wie Poe es in einem Paradox so treffend ausdrückt: Wirkliche Weisheit denkt immer auch an das Unvorhergesehene.

Aristide Valentin war zutiefst französisch; und die französische Intelligenz ist eine Intelligenz besonderer Art, eine Intelligenz an sich. Er war nicht eine »Denkmaschine«, denn das ist ein gedankenloser Ausdruck, geprägt von modernen Fatalisten und Materialisten. Eine Maschine *ist* nur deshalb eine Maschine, weil sie nicht denken kann. Valentin aber war ein denkender Mensch, und dabei ein natürlicher Mensch. All seine erstaunlichen Erfolge, die wie Zauberei aussahen, hatte er nur durch beharrliche Logik errungen, durch klares, einfaches, französisches Denken. Die Franzosen versetzen die Welt nicht durch ein Paradox in Erregung, das sie sich ausdenken, sondern durch eine Banalität, die sie ausführen. Und sie treiben ihre Banalität bis zur Französischen Revolution. Aber gerade weil Valentin etwas von Vernunft wußte, kannte er auch die Grenzen der Vernunft. Nur jemand, der nichts von Autos versteht, spricht von »Autofahren ohne Benzin«; nur jemand, der nichts von Vernunft weiß, spricht von »Vernunft ohne feste Anhaltspunkte«. Valentin hatte im

Augenblick keine festen Anhaltspunkte. Flambeau war in Harwich durchs Netz gegangen; und wenn er überhaupt jetzt in London war, dann konnte er überall und alles mögliche sein, von einem großen Landstreicher auf den Wiesen von Wimbledon bis zu einem riesigen Zeremonienmeister im Hotel Metropol. In solch nacktem Zustand des Nichtwissens hatte Valentin seine eigene Einstellung und Methode.

In einem solchen Falle rechnete er mit dem Unvorhergesehenen. Wenn keine vernünftige Spur da war, der er folgen konnte, folgte er kühl und exakt der Spur des Unvernünftigen. Statt an den richtigen Orten zu suchen – Banken, Polizeirevieren, Rummelplätzen –, suchte er systematisch an den falschen Orten, klopfte er an jedes leere Haus, ging er jede Sackgasse hinunter, jede Straße entlang, die mit Abfällen und Gerümpel blockiert war, schlich er um jede Ecke, die nutz- und sinnlos vom geraden Wege abwich. Er verteidigte diese irrsinnige Methode absolut logisch. Er sagte, habe man einen Anhaltspunkt, dann sei es die falscheste Methode; habe man jedoch keine einzige Voraussetzung, dann sei es die beste Methode, denn irgendeine Seltsamkeit, die das Auge des Jägers fesselte, konnte ebenso das Auge des Gejagten gefesselt haben. Irgendwo mußte man anfangen, und so am besten vielleicht gerade dort, wo jeder andere aufhören würde. Irgend etwas an der merkwürdigen Form der Stiege, die zum Restaurant hinaufführte, irgend etwas an der altmodischen Stille der Jalousien erweckte in dem Detektiv einen (sonst seltenen) romantischen Impuls. Er entschloß sich, aufs Geratewohl anzufangen, ging die Stiegen hinauf, ließ sich beim Fenster nieder und bestellte eine Tasse schwarzen Kaffee.

Es war schon spät am Vormittag, und er hatte noch nicht gefrühstückt. Auf dem Tisch standen ein paar gebrauchte Tassen und Teller, die ihm den eigenen Hunger zum Bewußtsein brachten; er bestellte noch ein Setzei und schüttete nachdenklich etwas weißen Zucker in seinen Kaffee. Dabei hatte er immer nur einen Gedanken: Flambeau. Er dachte daran, auf wieviele Arten Flambeau seiner Verhaftung entgangen war: einmal mit Hilfe einer

Nagelschere, und ein anderes Mal durch ein brennendes Haus; einmal, weil er Strafporto für einen unfrankierten Brief zu zahlen hatte, und ein anderes Mal, indem er die Leute durch ein Fernrohr einen Kometen betrachten ließ, der die Welt zerstören werde. Valentin hielt sein Gehirn, mit Recht, für ebensogut wie das des Verbrechers. Doch er erkannte ganz klar den Nachteil, in dem er sich befand. »Der Verbrecher ist der schöpferische Künstler, der Detektiv nur der Kritiker«, sagte er mit einem sauren Lächeln. Langsam führte er die Kaffeetasse an seine Lippen – und sehr schnell setzte er sie wieder hin. Er hatte Salz hineingetan.

Er sah sich das Gefäß an, dem der Silberstaub entnommen war. Zweifellos eine Zuckerdose – so unzweideutig für Zucker bestimmt wie eine Sektflasche für Sekt. Er fragte sich, warum man Salz darin aufbewahrte. Dann sah er sich forschend um, ob irgendwo noch andere rechtgläubige Gefäße herumstanden. Ja, da waren zwei Salzschüsselchen, beide noch ziemlich voll. Vielleicht hatte auch das Salz in diesen Schüsseln seine besondere Würze. Er kostete es – es war Zucker. Mit einem Gefühl von neubelebtem Interesse ließ er den Blick durch das Restaurant wandern, um zu sehen, ob es noch andere Spuren dieses besonderen künstlerischen Geschmackes gab, der Zucker in Salzgefäße schüttet und Salz in Zuckerdosen. Abgesehen von einem seltsamen großen Schmutzflecken an der weißen Wand – offenbar verursacht durch eine dunkle Flüssigkeit – war der ganze Raum sauber, heiter, gewöhnlich. Valentin läutete nach dem Kellner.

Als dieser würdige Mann, ein Italiener mit gekräuseltem Haar und etwas unausgeschlafenen Augen, in der für ihn frühen Morgenstunde herbeigeeilt kam, ersuchte ihn der Detektiv (der für primitiven Humor einiges übrig hatte), den Zucker zu kosten und zu entscheiden, ob dieser dem hohen Ruf seines Etablissements angemessen war. Die Folge war, daß der Kellner mit einem riesigen Gähnen aufzuwachen schien.

»Treiben Sie diesen sinnigen Scherz jeden Morgen mit Ihren Gästen?« fragte Valentin. »Werden Sie des Spaßes, Salz und Zucker zu vertauschen, nie überdrüssig?«

Sobald dem Kellner die Ironie der Frage aufdämmerte, versicherte er mit stotterndem Eifer, daß seinem Restaurant eine solche Absicht fern liege; es müsse sich um ein höchst merkwürdiges Versehen handeln. Er nahm die Zuckerdose in die Hand und betrachtete sie; er nahm das Salzschüsselchen in die Hand und betrachtete es; sein Gesicht wurde immer fassungsloser. Schließlich eilte er mit einer hastig hervorgestoßenen Entschuldigung davon und kam ein paar Sekunden später mit dem Besitzer des Restaurants wieder. Auch der Besitzer untersuchte Zuckerdose und Salzschüsselchen; auch der Besitzer sah fassungslos drein.

Plötzlich entströmte dem Mund des Kellners ein Schwall unartikulierter Worte.

»Ick denken«, stammelte er voll Eifer, »ick denken, es sind diese zwei Geistlichen.«

»Was für zwei Geistliche?«

»Die zwei Geistlichen«, sagte der Kellner, »was die Suppe an die Wand schmissen.«

»Suppe an die Wand schmissen?« wiederholte Valentin, überzeugt, daß dies offenbar eine italienische Metapher sei.

»Ja, ja«, rief der Kellner aufgeregt und deutete auf den dunklen Flecken auf der weißen Tapete, »schmeißen sie da drüben an die Wand.«

Valentin stand da wie ein lebendiges Fragezeichen. Der Besitzer kam ihm mit einem etwas klareren Bericht zu Hilfe.

»Jawohl, mein Herr«, sagte er, »es stimmt schon, was der Kellner sagt, obwohl ich nicht glaube, daß es etwas mit dem Zucker oder mit dem Salz zu tun hat. Zwei Geistliche kamen heute sehr früh – wir hatten eben erst geöffnet – ins Lokal und tranken eine Suppe. Beide waren ruhige, würdige Herren, der eine klein, der andere groß. Dann zahlte der eine die Rechnung und ging; der andere aber, der überhaupt langsamer von Begriff schien, brauchte ein paar Minuten, bis er all seine Sachen zusammen hatte. Dann ging auch er; doch gerade bevor er zur Tür hinausging, nahm er bedächtig seine Tasse, die noch halb voll war, und schmiß die Suppe – klatsch! – an die Wand. Ich war im Hinterzimmer und der Kellner auch; als ich herausgestürzt kam, war der Flecken an der Wand und das Lokal leer. Der Schaden ist ja nicht groß, aber es war eine unverschämte Frechheit, und so versuchte ich, die beiden noch auf der Straße zu erwischen. Aber sie waren schon zu weit. Ich sah gerade noch, wie sie in Carstairs Street einbogen.«

Der Detektiv war im Nu auf den Beinen, hatte den Hut auf dem Kopf und den Spazierstock in der Hand. Schon vorher hatte er sich ja entschlossen, in der undurchdringlichen Dunkelheit seiner Jagd dem ersten seltsamen Fingerzeig zu folgen, der sich ihm darbieten mochte; und dieser Fingerzeig war seltsam genug. Er zahlte seine Rechnung, schlug klirrend die Glastüre hinter sich zu und bog rasch um die Ecke der nächsten Straße.

Glücklicherweise bewahrte er sich selbst in solch fieberhaften Momenten ein kühles, flinkes Auge. Irgend etwas vor einem Laden hatte seinen Blick gestört, ganz leicht nur, wie fernes Wetterleuchten. Trotzdem ging er zurück und sah sich den Laden an. Es war ein kleines Grünzeug- und Obstgeschäft; einige der Waren lagen, zu Haufen geschichtet, draußen auf dem Pflaster, und in jedem steckte ein Schild mit Preis und Namen. Ein Haufen bestand aus Apfelsinen, ein anderer aus Nüssen. Der Haufen aus Nüssen trug ein Pappschild mit der kühn geschwungenen, blauen Kreideinschrift: »Beste Tanger-Apfelsinen, 2 für 1 Penny.« Und auf dem Apfelsinenhaufen war die nicht minder klare und exakte Bezeichnung zu lesen: »Feinste Brasilnüsse, 1 Pfund 4 Pence.« Monsieur Valentin betrachtete die beiden Aufschriften, und es war ihm, als hätte er diese höchst subtile Art von Humor schon einmal erlebt, und zwar vor gar nicht langer Zeit. Er lenkte die Aufmerksamkeit des zornroten Obsthändlers, der finster die Straße hinauf und hinunter sah, auf die Ungenauigkeit seiner Anzeigen. Der Obsthändler sagte kein Wort, sondern steckte nur jede Karte wieder an ihre richtige Stelle. Der Detektiv, elegant an seinen Spazierstock gelehnt, musterte aufmerksam den Laden. Schließlich sagte er: »Verzeihen Sie bitte die scheinbare Irrelevanz meiner Einstellung, verehrter Herr, aber ich möchte Ihnen gern eine Frage aus dem Gebiet der Experimental-Psychologie und Ideenassoziation stellen.«

Der zornrote Händler maß ihn mit gefährlich drohendem Blick. Valentin aber schwang sein Stöckchen und fuhr frohgemut fort. »Warum«, sagte er, »warum sind zwei Täfelchen im Laden eines Grünzeughändlers so fehl am Platz wie ein Schaufelhut, der zu Besuch nach London kommt? Oder, falls ich mich nicht ganz verständlich mache, welches ist die geheimnisvolle Verbindung zwischen Nüssen, die als Apfelsinen bezeichnet sind, und zwei Geistlichen, der eine groß, der andere klein?«

Dem Händler quollen, wie einer Schnecke, die Augen aus dem Kopf; einen Augenblick sah es wirklich so aus, als wollte er sich auf den Fremden stürzen. Schließlich brachte er wütend die Worte hervor: »Ich weiß nicht, was Sie damit zu tun haben, aber wenn Sie einer von ihren Freunden sind, dann können Sie ihnen von mir ausrichten, daß ich ihnen, Pfarrer hin, Pfarrer her, eins über die idiotischen Schädel hauen werde, wenn sie noch einmal meine Äpfel durcheinanderbringen.«

»Wahrhaftig?« fragte der Detektiv mit einiger Anteilnahme. »Haben sie Ihnen die Äpfel durcheinandergebracht?«

»Einer von den zweien«, sagte der erboste Händler. »Hat sie über die ganze Straße verstreut. Ich hätte den albernen Kerl ja erwischt, aber ich hab' die Äpfel zusammenklauben müssen.«

»In welcher Richtung sind die zwei Geistlichen gegangen?« fragte Valentin.

»Zweite Straße links und dann quer über den Platz«, war die prompte Antwort.

»Danke«, rief Valentin und verschwand wie eine Fee. Drüben, jenseits des Platzes, stand ein Polizist, und Valentin sprach ihn an: »Dringende Sache, Schutzmann! Haben Sie zwei Geistliche in Schaufelhüten gesehen?«

Der Schutzmann begann heftig zu kichern: »Hab' ich, Herr. Und wenn Sie mich fragen – einer davon war betrunken. Er stand mitten auf der Straße und sah so gottverlassen aus, daß ich...«

»Wohin sind die beiden gegangen?« herrschte ihn Valentin an.

»Sie haben da drüben einen der gelben Autobusse genommen«, war die Antwort, »die nach Hampstead gehen.«

Valentin zückte seinen amtlichen Ausweis, sagte rasch und bestimmt: »Holen Sie zwei Ihrer Leute, damit sie mit mir die Verfolgung aufnehmen!« und überquerte die Straße mit solch ansteckender Energie, daß der schwerfällige Schutzmann den Auftrag beinahe hurtig ausführte. Anderthalb Minuten später schlossen sich dem französischen Detektiv auf der anderen Straßenseite ein Polizeiinspektor und ein Beamter in Zivil an.

»Well«, begann der Inspektor mit wichtig lächelnder Miene, »well, und was kann ich für Sie…?«

Valentin unterbrach ihn mit einer raschen Geste seines Stokkes. »Das werde ich Ihnen auf dem Verdeck jenes Omnibusses sagen«, erwiderte er und schlängelte sich wie ein Pfeil durch das Gewirr des Straßenverkehrs. Als alle drei keuchend hoch oben auf dem gelben Fahrzeug gelandet waren, sagte der Inspektor: »In einem Taxi könnten wir viermal so rasch vorwärts kommen.«

»Stimmt«, erwiderte ihr Anführer ruhig, »wenn wir nur eine Ahnung hätten, wohin wir fahren.«

»Well, *wohin* fahren wir?« sagte der andere und starrte ihn an. Valentin kaute ein paar Sekunden lang stirnrunzelnd an seiner Zigarette; dann nahm er sie aus dem Mund und sagte: »Wenn Sie *wissen*, was ein Mann vorhat, dann müssen Sie ihn überholen; wenn Sie aber *erraten* wollen, was er vorhat, dann müssen Sie sich hinter ihm halten; müssen schlendern, wenn er schlendert; stehenbleiben, wenn er stehenbleibt – kurz, sich so langsam vorwärts bewegen, wie er es getan hat. Dann sehen Sie möglicherweise, was er gesehen hat, und können das tun, was er getan hat. Das einzige, was uns im Augenblick übrigbleibt, ist: haarscharf Ausschau zu halten nach einer seltsamen Sache.«

»Nach was für einer seltsamen Sache?« fragte der Inspektor.

»Nach jeder seltsamen Sache«, antwortete Valentin und verfiel wieder in hartnäckiges Schweigen.

Der gelbe Omnibus kroch die Straßen Nordlondons entlang.

Die Stunden der Fahrt schienen nie mehr enden zu wollen. Der große Detektiv ließ sich zu keiner weiteren Erklärung herbei; und in seinen Begleitern stieg vielleicht ein wachsender leiser Zweifel über den Sinn seines Vorhabens auf. Vielleicht stieg in ihnen auch ein wachsendes leises Verlangen nach Essen auf, denn die übliche Lunchzeit war längst vorbei, und immer noch entfalteten sich die langen Straßen dieser nördlichen Vororte Londons, eine nach der anderen, wie ein teuflisches Teleskop. Es war eine jener Fahrten, wo man immer wieder fühlt, jetzt, ja jetzt müsse man endlich das Ende des Universums erreicht haben, nur um zu entdecken, daß man erst den Anfang von Tufnell Park erreicht hat. London starb dahin in schmutzigfeuchten Kneipen und ödem Gestrüpp, um dann rätselhaft wiedergeboren zu werden in breiten, lohenden Straßen und grelleuchtenden Hotels. Man hatte das Gefühl, durch dreizehn verschiedene vulgäre Städte zu reisen, die einander nur gerade berührten. Doch obgleich die Dämmerung sich schon drohend über ihren Weg legte, hielt der Pariser Detektiv immer noch schweigend Ausschau, das Auge fest auf die Fassaden der Straßen gerichtet, die zu beiden Seiten vorüberglitten. Nun befanden sie sich schon jenseits des Vororts Camden Town, und die Polizisten waren fast eingeschlafen; jedenfalls gab es ihnen einen Ruck, als Valentin plötzlich aufsprang, ihnen erregt auf die Schulter klopfte und dem Fahrer mit lautem Kommando befahl anzuhalten.

Sie stolperten die Stufen hinunter und standen auf der Straße, ohne zu wissen, warum man sie ausquartiert hatte. Während sie sich verdutzt ansahen, zeigte Valentins Finger triumphierend auf eine Fensterscheibe an der linken Straßenwand – eine breite Fensterscheibe in der Vorderfront eines prächtigen, goldverzierten Gasthauses. Dieses Fenster erglänzte, wie alle anderen in der würdigen Fassade, mit der stolzen Aufschrift »Restaurant« in schön gemustertem Mattglas; doch in seiner Mitte war, wie ein Stern im Eis, ein riesiger schwarzer Sprung.

»Endlich!« rief Valentin und schwang seinen Spazierstock…
»Endlich unsere Spur – das zerbrochene Fenster!«

»Fenster? Spur?« fragte der Inspektor. »Ja, wo haben wir den Beweis, daß dies etwas mit den zwei Geistlichen zu tun hat?«

Valentin zerbrach vor Zorn fast sein Bambusröhrchen. »Beweis!« schrie er. »Du lieber Himmel, der Mann sucht nach einem Beweis! Gewiß, die Chancen sind natürlich zwanzig zu eins, daß die Sache *nichts* mit den beiden zu tun hat. Aber was können wir andres tun? Verstehen Sie denn nicht? Wir müssen entweder den unwahrscheinlichsten Möglichkeiten nachgehen – oder uns zu Hause ins Bett legen!« Und damit stürmte er ins Restaurant, gefolgt von seinen Begleitern. Dann saßen sie bei einem verspäteten Mittagessen an einem kleinen Tisch und starrten den Stern aus zertrümmertem Glas von innen an. Nicht etwa, daß dieser ihnen jetzt sehr viel mehr verraten hätte.

»Ihr Fenster ist kaputt, wie ich sehe«, sagte Valentin zum Kellner, als er seine Rechnung bezahlte.

»Jawohl, Sir«, antwortete dieser und beugte sich mit kühler Geschäftigkeit über das Wechselgeld, das Valentin jetzt schweigend durch ein enormes Trinkgeld ergänzte. Der Kellner hob den Blick; sein Auge hatte zweifellos einen leichten, neubelebten Glanz.

»Jawohl, Sir, jawohl«, sagte er. »Sehr komische Sache das, Sir.«

»Wahrhaftig? Erzählen Sie«, bemerkte der Detektiv mit gelassener Neugier.

»Es war so, Sir«, berichtete der Kellner. »Zwei Herren in Schwarz kamen herein, zwei von diesen fremden Pfarrern, die jetzt überall hier herumlaufen. Sie haben, ohne viel miteinander zu reden, ein billiges Mittagessen eingenommen. Dann hat der eine bezahlt und ist rausgegangen. Der andre war gerade dabei, ihm zu folgen, da schau' ich doch auf mein Geld und sehe, daß man mir dreimal zu viel bezahlt hat. ›Heh‹, sag' ich zu dem Burschen an der Tür, er war schon fast draußen, ›Sie haben zuviel bezahlt.‹ – ›Oh‹, sagt er ganz kühl, ›haben wir das?‹ – ›Jawohl‹, sag' ich und nehm' die Rechnung, um sie ihm zu zeigen. Well, ich glaub', mich trifft der Schlag.«

»Was war los?« fragte der Detektiv.

»Nun, ich hätte auf sieben Bibeln geschworen, daß ich 4 Shilling auf die Rechnung geschrieben hatte. Aber wie ich mir sie jetzt ansehe, steht da – 14 Shilling, so klar wie gedruckt.«

»Und«, schrie Valentin und kam langsam, aber mit brennenden Augen näher. »Und dann?«

»Der kleine Pfarrer an der Tür sagt ganz gemütlich: ›Tut mir leid, Ihre Rechnung durcheinanderzubringen, aber vom Überschuß soll das Fenster bezahlt werden.‹ – ›Was für ein Fenster?‹ sag' ich. ›Das Fenster, welches ich jetzt einschlagen werde‹, sagt er, und damit haut er auch schon mit seinem Regenschirm dieses verdammte Fenster ein.«

Keiner der drei Polizisten konnte einen leisen Aufschrei unterdrücken, und der Inspektor flüsterte mit stockendem Atem: »Sind wir hinter entsprungenen Irren her?« Der Kellner fuhr mit einigem Ergötzen an der komischen Geschichte fort:

»Eine Sekunde lang war ich so verdattert, daß ich mich nicht rühren konnte. Der Mann marschierte zur Tür hinaus und holte seinen Freund gerade an der Ecke ein. Dann gingen sie so rasch die Bulloch Street hinauf, daß ich sie nicht mehr erwischen konnte, obwohl ich durch den Ausschank rannte.«

»Bulloch Street«, rief der Detektiv und schoß so schnell durch die genannte Straße wie jenes seltsame Paar, das er verfolgte.

Ihr Weg führte sie jetzt zwischen kahlen Ziegelwänden hindurch, die wie Tunnels aussahen, durch Straßen mit nur wenigen Lichtern, ja mit nur wenigen Fenstern, Straßen, die aus den kalten Überbleibseln von Irgendwas und Irgendwo erbaut schienen. Es wurde immer dunkler, und selbst die Londoner Polizisten konnten nur mit Mühe erraten, in welche Richtung sie ihr Weg eigentlich führte; doch war der Inspektor ziemlich sicher, daß sie schließlich auf irgendeinen Teil der Hampsteader Heide stoßen mußten. Plötzlich durchbrach ein bauchiges, gasbeleuchtetes Schaufenster das blaue Zwielicht wie eine Blendlaterne, und Valentin blieb einen Augenblick vor diesem grellen Zuckerbäckerladen stehen. Er zögerte eine Sekunde, dann ging er hinein. Nun stand er mit gewichtigem Ernst zwischen den fröhlichen Farben der Konditorei und kaufte, nicht ohne eine gewisse Sorgfalt, dreizehn Schokoladezigarren. Offensichtlich suchte er nach einem Anknüpfungspunkt. Aber dessen bedurfte es nicht.

Eine eckige, ältliche Jungfer hinter dem Ladentisch hatte seine elegante Erscheinung nur mit einem automatischen, fragenden Lächeln gemustert; doch als sie die Tür hinter ihm von der blauen Polizeiuniform des Inspektors verstellt sah, schien ihr Auge zu erwachen.

»Oh«, sagte sie, »wenn Sie wegen des Pakets gekommen sind, das habe ich schon abgeschickt.«

»Paket?« wiederholte Valentin, und jetzt war es an ihm, fragend zu schauen.

»Ich meine das Paket, das der Herr dagelassen hat – der geistliche Herr.«

»Um Gottes willen!« rief Valentin und beugte sich über den Ladentisch, wobei er zum ersten Male seinen brennenden Eifer offen zeigte, »um Himmels willen, sagen Sie uns genau, wie die Sache war!«

»Nun«, sagte die Frau ein bißchen zurückhaltend, »die beiden Geistlichen kamen vor etwa einer halben Stunde und kauften ein paar Pfefferminzpastillen. Sie plauderten ein wenig, und dann gingen sie weiter, nach der Heide zu. Kurz danach aber kommt der eine zurück in den Laden gelaufen und fragt: ›Habe ich ein Paket hier vergessen?‹ Nun, ich schaue überall nach, aber ich kann nichts finden. Drauf sagt er: ›Es macht nichts; aber wenn es noch auftauchen sollte, dann schicken Sie es doch bitte sofort an diese Adresse‹, und er ließ mir die Adresse da und einen Shilling für meine Mühe. Und tatsächlich, obwohl ich dachte, ich hätte überall gesucht, fand ich dann doch ein Paket aus braunem Papier. So hab' ich's an den Ort geschickt, den er mir angegeben hat. An die genaue Adresse kann ich mich jetzt nicht mehr erinnern, es war irgendwo in Westminster. Aber da dem Mann die Sache so wichtig war, ist jetzt wohl die Polizei deshalb gekommen?«

»Das ist sie«, erwiderte Valentin kurz. »Ist die Hampsteader Heide nah von hier?«

»Fünfzehn Minuten geradeaus«, sagte die Frau, »und Sie kommen mitten auf die Heide.« Valentin eilte aus dem Laden und begann zu rennen. Die beiden anderen Detektive folgten ihm in zögerndem Trab. Die Straße war so eng und so tief von Schatten umhüllt, daß sie überrascht stehen blieben, als ganz unerwartet die große, offene Heide, der unermeßliche Himmel vor ihnen lagen und sie sahen, wie hell und klar der Abend noch war. Eine vollendete Kuppel aus Pfauengrün, die sich zwischen den langsam erdunkelnden Bäumen und dem schwarzen Violett der Ferne in Gold auflöste. Die leuchtend grüne Tönung war gerade tief genug, um ein, zwei Sterne wie kristallene Punkte herauszuheben. Die letzten Reste des Tageslichts überstrahlten mit goldenem Schimmer den äußersten Rand von Hampstead und jene beliebte Mulde, die im Volksmund das »Tal des Heiles« heißt. Die Ausflügler, welche in diesem Teil der Heide so gern umherstreifen, hatten sich noch nicht alle verloren: Einige Paare saßen, in unbestimmten Konturen, auf Bänken; und hier und dort hörte man in der Ferne aus einer Schaukel Mädchengekreisch. Die Glorie des Himmels wölbte sich tiefer und düsterer um die hochgradige Gewöhnlichkeit des Menschen. Valentin stand auf dem Abhang, er blickte quer durch das Tal – und jetzt sah er, was er gesucht hatte.

Unter den dunklen Gruppen, die sich in der Ferne auflösten, war eine besonders dunkle, die sich nicht auflöste – eine Gruppe von zwei Gestalten in geistlicher Tracht. Obwohl sie von weitem so klein wie Insekten erschienen, konnte Valentin doch erkennen, daß eine der Figuren viel kleiner war als die andere. Und obwohl dieser andere den Rücken gebeugt hielt wie ein beflissener Student und sich ganz unauffällig benahm, konnte er erkennen, daß der Mann an die zwei Meter groß war. Valentin biß die Zähne zusammen, schwang ungeduldig seinen Stock und eilte weiter. Als er die Distanz erheblich verringert hatte und die beiden schwarzen Gestalten wie unter einem gewaltigen Mikroskop immer größer wurden, entdeckte er etwas anderes, etwas, das ihn überraschte und das er doch irgendwie erwartet hatte. Wer immer der hochgewachsene Priester war, über den Kleinen konnte kein Zweifel bestehen: Es war sein Freund aus dem Zug, der plumpe, kleine *curé* von Essex, dem er so freundliche Warnung wegen seiner Papierpakete erteilt hatte.

Soweit fügten sich alle Steine des Geduldspiels zu einem klaren, logischen Schlußbild. Valentin hatte bei seinen Erkundigungen am Morgen erfahren, daß ein gewisser Pater Brown aus Essex ein Silberkreuz mit Saphiren nach London brachte, eine Reliquie von beträchtlichem Wert, die er einigen ausländischen Priestern auf dem Kongreß zeigen wollte. Zweifellos war dies »das Ding aus Silber mit blauen Steinen«; und zweifellos war Pater Brown jenes kleine Greenhorn auf der Fahrt nach London. Nun war es nicht im geringsten erstaunlich, daß eine interessante Tatsache, die Valentin entdeckt hatte, genauso Flambeau entdeckt haben konnte. Flambeau konnte alles und jedes entdecken. Noch war es im geringsten erstaunlich, daß Flambeau, wenn er etwas von einem Saphirkreuz hörte, versuchen würde, es zu stehlen; im Gegenteil, das war die natürlichste Sache der Naturgeschichte. Am allerwenigsten aber war es erstaunlich, daß Flambeau ein solch einfältiges Schaf wie diesen Mann mit Schirm und Paketen nach jeder beliebigen Weide führen konnte. Wer hätte einen solchen Menschen nicht an einem Bindfaden zum Nordpol bugsieren können? War es da erstaunlich, daß ein Schauspieler wie Flambeau, als Priester verkleidet, ihn zur Hampsteader Heide bugsieren konnte? Insoweit also war das Verbrechen keineswegs rätselhaft; und während der Detektiv wegen der Hilflosigkeit des kleinen Priesters Mitleid empfand, hatte er für Flambeau beinahe ein Gefühl der Verachtung, weil er sich so weit degradiert hatte, dieses leichtgläubige Opferlamm zu berauben. Doch wenn Valentin an all das dachte, was inzwischen geschehen war, daran, was ihn zu diesem Triumph geführt hatte, dann zermarterte er vergeblich sein Gehirn, um auch nur den leisesten Sinn und Verstand in den Ereignissen zu entdecken. Was hatte der Diebstahl eines Silberkreuzes mit einem Suppenflecken an der Tapete zu tun? Was damit, daß Nüsse als Apfelsinen bezeichnet werden oder daß jemand für eine Fensterscheibe bezahlt und sie dann erst einschlägt? Er war am Ende seiner Jagd angelangt; aber irgendwie hatte er den Mittelteil verfehlt. Wenn ihm sonst ein Mißerfolg begegnet war (was nur selten vorkam), dann hatte er gewöhnlich den Ablauf der Geschehnisse klar erkannt und nur den Verbrecher nicht erwischt. Hier hatte er den Verbrecher erwischt, doch immer noch war ihm der Ablauf der Geschehnisse unklar.

Die beiden Gestalten, denen sie folgten, krochen wie schwarze Fliegen die großen grünen Umrisse eines Hügels entlang. Sie waren offensichtlich in ihr Gespräch vertieft und merkten wohl nicht, wohin ihr Weg sie führte; denn sicher führte er sie zu den sehr verwilderten, einsamen Anhöhen der Heide. Jetzt, da die Verfolger Boden gewannen, mußten sie sich zu der würdelosen Methode bequemen, die man beim Pirschen auf Rotwild anwendet, mußten sich hinter Baumstämme ducken oder, der Länge nach ausgestreckt, im tiefen Gras vorwärtskriechen. Durch so seltsame Schliche kamen die Jäger nahe genug an ihr Wild heran, um das Gemurmel der diskutierenden Stimmen zu vernehmen, aber noch konnten sie nichts verstehen, außer dem einen Wort »Vernunft«, das, von einer hohen, fast kindlichen Stimme gesprochen, immer wiederkehrte. Einmal, als plötzlich ein Abhang und gleich darauf ein wildes Gewebe von Dickicht sie von den beiden Gestalten trennte, verloren sie völlig die Spur. Erst nach zehn herzbeklemmenden Minuten fanden sie sie wieder, und dann führte sie zum Rande einer großen Hügelkuppel. Vor ihnen erstreckte sich ein Amphitheater der Natur mit den prächtigen, verlassenen Kulissen des Sonnenuntergangs. Unter einem Baum dieser eindrucksvollen, doch verwahrlosten Landschaft stand eine alte, halbzerfallene Holzbank, und auf dieser Bank saßen die zwei Priester, wie vorher in ernstes Gespräch versunken. Das schimmernde Grün und Gold hing immer noch am verdunkelten Horizont; aber die Kuppel über ihm verwandelte ihr Pfauengrün langsam in Pfauenblau, und die Sterne traten, wie festumrissene Juwelen, immer klarer hervor. Nach einem stummen Wink in Richtung auf seine Begleiter brachte Valentin es fertig, sich an den großen, weitverzweigten Baum heranzuschleichen. Da stand er nun in tödlichem Schweigen. Und zum ersten Male vernahm er die Worte der seltsamen Priester.

Nachdem er eineinhalb Minuten lang gelauscht hatte, schnürte ihm ein höllischer Zweifel die Kehle zusammen. Hatte er vielleicht die zwei englischen Polizisten nur deshalb zu diesem Ödland einer nächtlichen Heide geschleppt, um zu erkennen, daß ihr Unternehmen irrsinnig war, so irrsinnig, als wollte man Feigen von Disteln pflücken? Denn die beiden Priester sprachen haargenau wie Priester, andächtig, gelehrt, gelassen, sprachen über die geheimnisvollen Spinngewebe der Theologie. Der kleine Geistliche aus Essex redete einfacher, und sein rundes Gesicht war auf die kraftspendenden Sterne gerichtet; der andere sprach mit gesenktem Haupt, als wäre er nicht würdig, zu ihnen aufzublicken. Doch in keinem weißen italienischen Kloster, in keiner schwarzen spanischen Kathedrale hätte man ein unschuldigeres geistliches Gespräch vernehmen können.

Die ersten Worte, die an Valentins Ohr drangen, waren die letzten eines Satzes von Pater Brown: »...was das Mittelalter in Wirklichkeit meinte, wenn es die Himmel ›unbestechlich‹ nannte.« Der große Priester nickte mit gebeugtem Haupt und sagte: »Ja, ja, diese modernen Ungläubigen wenden sich an ihre Vernunft; doch wer könnte auf die Millionen Welten über uns blicken, ohne zu fühlen, daß es dort sehr wohl manch wunderbares Universum geben kann, in welchem Vernunft etwas völlig Unvernünftiges ist?«

»Nein«, erwiderte der andere Priester, »Vernunft ist immer vernünftig, selbst in der letzten Vorhölle, in dem verlorenen Grenzland der Dinge. Ich weiß wohl, daß viele Leute der Kirche vorwerfen, sie erniedrige die Vernunft, aber in Wahrheit ist es gerade umgekehrt. Die Kirche, sie allein auf Erden, gibt der Vernunft ihre wirkliche Hoheit. Die Kirche, sie allein auf Erden, erklärt, daß selbst Gott an Vernunft gebunden ist.«

Der andere Priester erhob sein strenges Gesicht zum funkelnden Himmel und erwiderte:»Und doch, wer weiß, ob in jenem unendlichen Universum –?«

»Nur physisch unendlich«, erklärte der kleine Priester und wandte sich mit einer heftigen Bewegung dem anderen zu,»nicht unendlich in dem Sinn, daß man den Gesetzen der Wahrheit entrinnen könnte.«

Valentin, hinter seinem Baum, riß sich in stummer Wut fast die Fingernägel aus. Es war ihm, als hörte er schon das Kichern der englischen Detektive, die er, auf einen phantastischen Einfall hin, den langen Weg hierhergeführt hatte, um jetzt dem metaphysischen Geschwätz zweier sanfter Pfarrer zu lauschen. In seiner Ungeduld überhörte er die nicht minder gelehrte Antwort des großen Priesters, und als er die Worte aufs neue aufnahm, sprach grade wieder Pater Brown:

»Vernunft und Gerechtigkeit beherrschen noch das fernste und einsamste Gestirn. Blicken Sie nur auf diese Sterne. Sehen sie nicht aus, als wäre jeder einzelne ein Diamant oder Saphir? Gut. Sie können sich die irrsinnigste Botanik oder Geologie vorstellen, die Ihnen beliebt. Denken Sie meinetwegen an diamantene Wälder mit Blättern aus Brillanten. Denken Sie, der Mond sei ein blauer Mond, ein einziger riesenhafter Saphir. Aber geben Sie sich nicht der Täuschung hin, daß all diese tolle Astronomie auch nur im geringsten die Vernunft und Rechtlichkeit unseres Handelns ändern könnte. Auf Plateaus von Opal, unter Klippen, aus Perlen geschnitten, würden Sie immer noch eine Tafel finden mit den Worten: ›Du sollst nicht stehlen.‹«

Valentin wollte sich gerade aus seiner steifen, kauernden Lage aufrichten und so leise wie möglich wegschleichen, zerschmettert von der einen großen Dummheit seines Lebens; aber irgend etwas in dem langen Schweigen des anderen Priesters bestimmte ihn, noch zu warten, bis dieser sprach. Freilich, als er es endlich tat, sagte er nur, mit gebeugtem Haupt und die Hände auf den

Knien: »Nun, ich bin nach wie vor überzeugt, daß andere Welten sehr wohl die Grenzen unserer Vernunft übersteigen könnten. Das Geheimnis der Himmel ist unergründlich, und ich für meinen Teil kann nur das Haupt neigen.«

Dann sagte er, immer noch mit gesenkter Stirn und ohne auch im leisesten Haltung oder Stimme zu wechseln: »Und jetzt rücken Sie mit diesem Saphirkreuz heraus, verstanden? Wir sind hier ganz allein, und ich könnte Sie in Stücke reißen wie eine Strohpuppe.«

Gerade die völlig unveränderte Stimme und Haltung des Sprechers verlieh der bestürzenden Wendung des Gesprächs merkwürdigerweise etwas besonders Gefährliches. Doch der Hüter der Reliquie schien den Kopf nur um eine winzige Nadelspur zu bewegen. Immer noch war sein etwas törichtes Gesicht offenbar auf die Sterne gerichtet. Vielleicht hatte er nicht verstanden. Oder vielleicht hatte er verstanden und war nur starr vor Entsetzen. »Ja«, sagte der große Priester mit der gleichen leisen Stimme und in der gleichen ruhigen Haltung, »ja, ich bin Flambeau.« Und dann, nach einer Pause, fügte er hinzu: »Also, werden Sie mir jetzt das Kreuz geben?«

»Nein«, erwiderte der andere, und die Silbe hatte einen seltsamen Klang.

Flambeau warf plötzlich alles priesterliche Getue über Bord. Der große Räuber lehnte sich auf seinem Sitz zurück und lachte – leise, aber lang.

»Nein«, rief er. »Sie werden mir das Kreuz auch nicht geben, Sie stolzer Prälat! Sie werden es mir nicht geben, Sie weltfremder Tropf! Und soll ich Ihnen sagen, warum nicht? Weil ich es schon hier in meiner Brusttasche habe!«

Das Männchen aus Essex wandte im Dämmerschein sein etwas verdutztes Gesicht und fragte mit dem ängstlichen Eifer einer naiven Schwankfigur: »Sind – sind Sie sicher?«

Flambeau jauchzte vor Vergnügen.

»Wahrhaftig«, rief er, »Sie sind so gut wie eine abendfüllende Posse! Jawohl, Sie Kohlkopf, ich bin ganz sicher. Ich war nämlich so vorsichtig, ein Duplikat Ihres Paketes zu machen, und jetzt, lieber Freund, haben Sie das Duplikat und ich hab' die Juwelen. Ein alter Trick, Pater Brown – ein sehr alter Trick!«

»Ja«, sagte Pater Brown und strich sich, wieder in seiner seltsam unbestimmten Art, übers Haar. »Ja, ich habe davon gehört.«

Der gigantische Verbrecher beugte sich mit plötzlichem Interesse zu dem kleinen Landpfarrer.

»*Sie* haben davon gehört?« fragte er. »Wie haben denn *Sie* davon gehört?«

»Nun, ich darf Ihnen seinen Namen natürlich nicht nennen«, erwiderte der kleine Mann einfach. »Er war ein Beichtkind, Sie verstehen. Er hat zwanzig Jahre lang auskömmlich nur von Duplikaten brauner Pakete gelebt. Und so, Sie verstehen, habe ich gleich, als Sie mir verdächtig vorkamen, an die Methode jenes armen Burschen gedacht.«

»Ich Ihnen verdächtig vorkam?« wiederholte der Verbrecher mit gesteigerter Neugier. »Hatten Sie wirklich genug Grütze, Argwohn zu schöpfen, nur weil ich Sie zu diesem verlassenen Teil der Heide führte?«

»Nein, nein«, sagte Brown mit leiser Entschuldigung. »Sehen Sie, ich schöpfte sofort Argwohn, als wir uns trafen. Sie verstehen – wegen dieser kleinen Ausbuchtung oben am Ärmel, wo Leute Ihres Berufs das Stachelarmband tragen.«

»Ja wie, beim Tartarus«, schrie Flambeau, »haben denn Sie jemals vom Stachelarmband gehört?«

»Oh, Sie verstehen – unsere kleine Herde!« sagte Pater Brown und zog die Augenbrauen hoch. »Als Kurat in Hartlepool hatte ich drei mit Stachelarmbändern. Und da Sie mir nun von Anfang an verdächtig waren – Sie verstehen doch –, habe ich dafür gesorgt, daß das Kreuz auf keinen Fall in Gefahr gerät. Ich habe Sie beobachtet – Sie verstehen –, und so sah ich dann, wie Sie die Pakete vertauschten. Und dann – Sie verstehen – habe ich sie zurückgetauscht. Und schließlich habe ich das richtige im Laden gelassen.«

»Im Laden gelassen?« wiederholte Flambeau, und zum erstenmal klang aus seiner Stimme nicht nur Triumph.

»Nun, es war so«, erklärte der kleine Priester in der gleichen natürlichen Art. »Ich ging zurück in jenen Zuckerbäckerladen und fragte, ob ich nicht ein Paket dagelassen hätte, und dann gab ich der Frau eine bestimmte Adresse an, für den Fall, daß es noch auftauchen sollte. Ich wußte natürlich, ich hatte das Paket nicht dort gelassen, aber jetzt, beim zweiten Mal, ließ ich es dort. Und so hat die Frau, statt mit dem wertvollen Paket hinter mir herzurennen, es an einen meiner Freunde in Westminster geschickt... Das habe ich auch«, fügte er etwas betrübt hinzu, »von einem armen Gesellen in Hartlepool gelernt. Er pflegte das so mit Handkoffern zu machen, die er auf Bahnhöfen stahl – aber er ist jetzt in einem Kloster. Oh, man erfährt das so, Sie verstehen«, sagte er und strich sich wieder mit dieser verzweifelt-entschuldigenden Geste übers Haar. »Es geht nicht anders, wir sind nun einmal Priester. Die Leute kommen und erzählen uns diese Sachen.«

Flambeau holte rasch ein braunes Paket aus seiner Innentasche und riß es in Stücke. Nichts befand sich darin als Papier und etliche Bleiklumpen. Mit einem Riesensprung war er auf den Beinen und schrie:

»Ich glaube es nicht! Ich glaube nicht, daß ein Tölpel wie Sie all das fertigbringt! Ich bin sicher, Sie tragen das Ding noch bei sich, und wenn Sie mir's nicht geben – nun, wir sind ganz allein, und ich werde es mit Gewalt nehmen!«

»Nein«, entgegnete Pater Brown und stand gleichfalls auf. »Sie werden es nicht mit Gewalt nehmen. Erstens, weil ich es wirklich nicht mehr habe. Und zweitens, weil wir nicht allein sind.«

Flambeau hielt in seinem Panthersprung inne.

»Hinter jenem Baum«, sagte Pater Brown mit einer Handbewegung, »stehen zwei kräftige Polizisten und der größte Detektiv unserer Zeit. Wie die hierhergekommen sind, fragen Sie? Nun, ich habe sie natürlich hergebracht. Wie ich das gemacht habe, möchten Sie wissen? Das will ich Ihnen gerne sagen – mein

Gott, wir müssen zwanzigmal so viele Schliche kennen, wenn wir unter Verbrechern arbeiten wollen. Also, ich war nicht sicher, ob Sie ein Dieb seien, und ich durfte natürlich nicht riskieren, gegen jemanden aus unserem eigenen Klerus Skandal zu machen. Deshalb stellte ich sie auf die Probe, um zu sehen, ob Sie sich vielleicht durch irgend etwas selbst verrieten. Nun, für gewöhnlich macht man etwas Krach, wenn man Salz in seinem Kaffee findet; tut man es nicht, dann hat man guten Grund, sich still zu verhalten. Ich vertauschte Salz und Zucker – *Sie* verhielten sich still. Für gewöhnlich erhebt man Einspruch, wenn die Rechnung dreimal zu hoch ist; zahlt man trotzdem, dann hat man sicher den Wunsch, unbemerkt zu bleiben. Ich änderte Ihre Rechnung – *Sie* zahlten.« Das Universum schien auf Flambeaus Tigersprung zu warten. Er stand wie verzaubert; eine unermeßliche Neugier betäubte ihn. »Nun«, fuhr Pater Brown mit schwerfälliger Klarheit fort, »nun, da Sie keine Spur für die Polizei zurücklassen wollten, mußte das natürlich ein anderer machen. Überall, wohin wir kamen, sorgte ich dafür, daß man für den Rest des Tages von uns sprach. Ich habe nicht viel Schaden angerichtet: ein Flecken an der Wand, verstreute Äpfel, eine zerbrochene Scheibe. Aber so habe ich das Kreuz behütet – wie eben das Kreuz immer behütet sein wird. Jetzt ist es schon in Westminster. Ich war etwas überrascht, daß Sie nicht versucht haben, mich durch die ›Eselspfeife‹ zu Fall zu bringen.«

»Durch die – was?« fragte Flambeau.

»Ich bin so froh, daß Sie nie davon gehört haben!« sagte der Priester und sein Gesicht verklärte sich. »Es ist eine faule Sache. Nein, Sie sind sicher ein zu guter Mensch, um ein ›Pfeifer‹ zu sein. Ich hätte freilich die ›Eselspfeife‹ nicht einmal durch den ›Hartsprung‹ verhindern können; meine Beine sind nicht stark genug.«

»Ja, wovon in aller Welt reden Sie denn?« fragte der andere.

»Wahrhaftig, ich glaube, Sie wissen gar nichts vom ›Hartsprung‹«, sagte Pater Brown, angenehm überrascht. »Oh, das ist gut – dann sind Sie noch nicht sehr tief gesunken!«

»Aber woher, beim Tartarus, wissen denn Sie von all diesen gräßlichen Dingen?« rief Flambeau.

Der Schatten eines Lächelns umspielte das runde, simple Gesicht seines geistlichen Widersachers.

»Oh«, sagte er, »vermutlich, weil ich ein weltfremder Tropf bin. Haben Sie nie daran gedacht, daß ein Mann, der sich immer wieder von Berufs wegen andrer Leute Sünden anhört, das Böse im Menschen wahrscheinlich einigermaßen kennt? Übrigens, noch eine andere Seite meines Berufs gab mir die Gewißheit, daß Sie kein Priester waren.«

»Was?« fragte der Dieb mit offenem Munde.

»Sie griffen die Vernunft an«, sagte Pater Brown. »Das tut kein echter Theologe.«

Und als er sich nun abwandte, um seine Sachen zusammenzuklauben, kamen die drei Polizisten aus dem Zwielicht der Bäume hervor. Flambeau war Künstler und Sportsmann. Er trat einen Schritt zurück und machte eine tiefe Verbeugung vor Valentin.

»Verneigen Sie sich nicht vor mir, mon ami«, sagte Valentin mit silberklarer Stimme. »Verneigen wir uns beide vor unserem Meister!«

So standen sie einen Augenblick entblößten Hauptes, während der kleine Priester aus Essex blinzelnd nach seinem Regenschirm suchte.

Der verschwiegene Garten

Aristide Valentin, der Chef der Pariser Polizei, hatte sich verspätet, und einige seiner Gäste trafen bereits vor ihm zum Diner ein. Sie wurden von Valentins altem Faktotum Ivan empfangen, einem bejahrten Mann mit einer Narbe und einem Gesicht, das fast ebenso grau war wie sein Schnurrbart; er saß wie gewöhnlich an einem Tisch in der großen Eingangshalle des Hauses, die voller Waffen hing. Valentins Haus war vielleicht genauso eigenartig und berühmt wie der Hausherr. Es war ein alter Bau mit dicken Mauern und hohen, über die Seine hängenden Pappeln; aber das Seltsamste – und für einen Polizeimann vielleicht Wertvollste – seiner Architektur bestand darin, daß es keinen anderen Ausgang als den durch die Vordertür gab, die von Ivan und dem Waffensaal bewacht wurde. Der große Garten war sorgfältig angelegt, und in ihn führten viele Türen des Hauses. Aus ihm jedoch gab es kein Tor zur Außenwelt; er war ringsum von einer hohen, glatten und unübersteigbaren Mauer umgeben, deren oberer Rand mit ausgesucht scharfen Eisenstacheln besät war; sicher kein schlechter Platz zum Nachdenken für einen Mann, dem ein paar hundert Verbrecher den Tod geschworen hatten.

Wie Ivan den Gästen erklärte, war sein Herr noch für etwa zehn Minuten dienstlich aufgehalten. »Dienstlich« – das hieß in diesem Falle, daß Valentin ein paar letzte Maßnahmen für Hinrichtungen und ähnliche unerquickliche Dinge treffen mußte. Diese Pflichten vollzog er stets auf das gründlichste, obwohl sie ihm von Grund auf verhaßt waren. So unbarmherzig er nämlich in der Verfolgung von Verbrechern war, so milde Ansichten hatte er über ihre Bestrafung. Und seitdem er als der bedeutendste Mann des französischen, ja beinahe des europäischen Polizeisystems anerkannt war, hatte er seinen großen Einfluß höchst ehrenvoll zur Milderung von Urteilen und zur Säuberung von Gefängnissen verwandt. Er war einer der erhabenen, menschenfreundlichen Freidenker Frankreichs, die nur einen Fehler haben: unter ihren Händen wird Barmherzigkeit noch kälter als Gerechtigkeit.

Als Valentin schließlich kam, trug er schon den dunklen Abendanzug mit der roten Rosette – ein eleganter Herr, dessen schwarzer Bart von ein paar grauen Strähnen durchwirkt war. Er ging durch die Halle geradenwegs in sein Arbeitszimmer, dessen Tür in den Garten führte; sie war weit geöffnet, und nachdem er, wie immer, sein Aktenköfferchen sorgfältig im Schrank eingeschlossen hatte, stand er ein paar Sekunden lang an der offenen Tür und schaute in den Garten hinaus. Ein greller Mond kämpfte mit den fliegenden Wolkenfetzen eines nahenden Gewitters, und Valentin betrachtete das Bild mit einer melancholischen Nachdenklichkeit, die für einen so wissenschaftlichen Mann etwas ungewöhnlich war. Aber vielleicht haben gerade solch rein wissenschaftliche Naturen geisterhafte Vorahnungen der gewaltigsten Probleme ihres Lebens. Doch rasch verjagte er diese übersinnliche Anwandlung, denn er wußte, daß er sich verspätet hatte und seine Gäste schon da waren. Ein Blick in den Salon freilich beruhigte ihn; sein wichtigster Gast war jedenfalls noch nicht gekommen. Er umfing mit dem nächsten all die andern Stützen seiner kleinen Gesellschaft: Er sah den englischen Botschafter Lord Galloway, einen cholerischen Mann mit rotbraunem Apfelgesicht, der das blaue Band des Hosenbandordens trug; er sah Lady Galloway, dünn wie ein Faden, mit weißem Haar und einem sensitiv vornehmen Antlitz; er sah ihre Tochter, Lady Margaret Graham, ein blasses, hübsches Mädchen mit kupferrotem Haar und elfenhaften Augen; er sah die üppige, schwarzäugige Herzogin von Mont St. Michel mit ihren beiden ebenso üppigen und schwarzäugigen Töchtern; er sah Dr. Simon, den typischen französischen Gelehrten, mit Brille, braunem Spitzbart und jenen waagrechten Stirnfalten, welche die Strafe für Überheblichkeit sind, da sie ja durch dauerndes Hochziehen der Augenbrauen verursacht werden; er sah Pater Brown aus Cobhole in Essex, den er kürzlich in England getroffen hatte.

Und er sah – vielleicht mit mehr Interesse als all diese – einen großen Mann in Uniform, der sich vor den Galloways verbeugt hatte, ohne ausgesprochen herzlich empfangen zu werden, und der nun als einziger herantrat, um seinen Gastgeber zu begrüßen. Das war Kommandant O'Brien von der französischen Fremdenlegion, eine schlanke, etwas prahlerische Erscheinung, glatt rasiert, mit dunklem Haar und blauen Augen. Und wie es sich für einen Offizier dieses berühmten Regiments der siegreichen Versager und erfolgreichen Selbstmörder gehört, wirkte er schneidig und gleichzeitig melancholisch. Seiner Herkunft nach war er ein irischer Gentleman, und in seiner Jugend hatte er die Galloways, besonders Margaret Graham, gut gekannt. Später mußte er seiner Schulden wegen seine Heimat verlassen, und zum Beweis seiner absoluten Unabhängigkeit von britischer Seite stolzierte er nun in französischer Uniform, mit Säbel und Sporen einher. Als er sich vor der Familie des Botschafters verbeugte, neigten Lord und Lady Galloway nur steif den Kopf, und Lady Margaret wandte den Blick ab.

Doch aus welch lang zurückliegenden Gründen sich diese Leute auch füreinander interessieren mochten, ihr vornehmer Gastgeber nahm keinen besonderen Anteil an ihnen. Jedenfalls war in seinen Augen keiner von ihnen der Gast des Abends. Valentin erwartete, aus ganz bestimmten Gründen, einen Mann von Weltruf, dessen Freundschaft er sich während seiner großen Triumphe als Detektiv in den Vereinigten Staaten versichert hatte. Er erwartete Julius K. Brayne, dessen ungeheure, ja überwältigende Geldsubventionen für kleine religiöse Sekten den amerikanischen und englischen Zeitungen so viel Anlaß zu billigem Scherz und noch billigerem Pathos gegeben hatten. Niemand konnte herausfinden, ob Mr. Brayne nun eigentlich ein Atheist, ein Mormone oder ein Gesundbeter war. Jedenfalls aber war er bereit, Geld in jedes intellektuelle Gefäß zu gießen, solange es nur ein unerprobtes Gefäß war. Eines seiner Steckenpferde bestand darin, auf den amerikanischen Shakespeare zu warten, ein Steckenpferd, das mehr Geduld erfordert als das Angeln. Er bewunderte Walt Whitman, hielt aber Luke P. Tanner aus Paris, Pa. »im kleinen Finger für fortschrittlicher« als Whitman. Er bewunderte alles, was ihm »fortschrittlich« vorkam. Auch Valentin hielt er für »fortschrittlich«, womit er ihm schweres Unrecht tat.

Als die mächtige Gestalt Julius K. Braynes im Zimmer erschien, wirkte das wie ein Gong. Er besaß jene seltene Eigenschaft, die wenigen von uns gegeben ist: Seine Gegenwart war genauso stark fühlbar wie seine Abwesenheit. Er war ein riesenhafter Kerl, ebenso breit wie hoch, und das eintönige Schwarz seines Abendanzugs war nicht einmal von dem Gold einer Uhrkette oder eines Ringes durchbrochen. Sein weißes Haar war glatt zurückgebürstet wie bei einem Deutschen, sein feuerrotes, dabei engelhaftes Gesicht trug ein dunkles Bartbüschel auf dem Kinn, das den sonst eher kindlichen Zügen eine theatralische, ja mephistophelische Wirkung verlieh. Aber der berühmte Amerikaner stand nicht lange im Brennpunkt aller Blicke; seine Verspätung hatte sich bereits zu einem häuslichen Problem ausgewachsen, und er wurde schnellstens, mit Lady Galloway am Arm, ins Eßzimmer transportiert. Die Galloways waren freundliche und nette Leute, die nur einen wunden Punkt hatten. Solange Lady Margaret nicht den Arm jenes Abenteurers O'Brien nahm, war ihr Vater völlig zufrieden; und das hatte sie auch nicht getan, sie hatte ganz sittsam Dr. Simons Arm genommen. Trotzdem verhielt sich der alte Lord Galloway unruhig und beinahe grob. Während des Essens war er noch einigermaßen diplomatisch. Aber als die Zigarren gereicht wurden und drei der jüngeren Herren – Simon, der Arzt, Brown, der Priester, und jener fatale O'Brien, der Verbannte in fremder Uniform – verschwanden, um sich unter die Damen zu mischen oder im Gewächshaus zu rauchen, da wurde der englische Diplomat ausgesprochen undiplomatisch. Alle sechzig Sekunden peinigte ihn der Gedanke, jener Taugenichts O'Brien könne sich heimlich mit Margaret verständigen – wie, versuchte er sich gar nicht auszumalen. Er saß bei seinem schwarzen Kaffee, zusammen mit dem schneeweißen Yankee Brayne, der an jede Religion, und dem leichtergrauten Franzosen Valentin, der an überhaupt keine glaubte. Mochten die zwei miteinander diskutieren, so viel sie wollten, ihm konnte keiner der beiden gefallen. Und als die »fortschrittliche« Wortklauberei schließlich ein entschieden langweiliges Stadium erreicht hatte, stand Lord Galloway auf, um den Salon aufzusuchen. Ein paar Minuten lang verirrte er sich in den langen Gängen, bis er plötzlich die schrille, belehrende Stimme des Arztes und die farblose des Priesters hörte und danach ein allgemeines Gelächter. Die stritten also offenbar auch über »Wissenschaft und Religion«, dachte er fluchend. Doch sobald er die Salontür geöffnet hatte, sah er nur noch eines: etwas, das nicht da war. Kommandant O'Brien war nicht da und Lady Margaret auch nicht. Genauso ungeduldig, wie er das Eßzimmer verlassen hatte, verließ er nun den Salon und stapfte wieder den Gang entlang. Die Vorstellung, seine Tochter vor dem irisch-algerischen Tunichtgut beschützen zu müssen, war nun fast zur fixen Idee geworden. Als er zum hinteren Teil des Hauses kam, wo Valentins Arbeitszimmer lag, stieß er überraschenderweise auf seine Tochter, die mit blassem, zornigem Gesicht an ihm vorbeistürmte. Ein neues Rätsel! War sie mit O'Brien zusammengewesen, wo war O'Brien? Wenn nicht, wo hatte sie gesteckt? Besessen von einer Art greisenhaftem Verdacht tappte er im Dunkeln weiter und fand schließlich einen Dienstbotenausgang zum Garten. Der Türkensäbel des Mondes hatte inzwischen alle Gewitterwolken in Fetzen gerissen und vertrieben. Sein silbernes Licht erhellte jeden Winkel des Gartens. Eine große, blau gekleidete Gestalt überquerte den Rasen in Richtung auf das Arbeitszimmer; ein silberner Mondstrahl traf das Gesicht – es war Kommandant O'Brien.

Er verschwand durch die Glastür im Haus. Lord Galloway sah ihm nach, in einer Aufwallung, die sich kaum beschreiben läßt, er war wütend und dabei unsicher. Der bläulich-silberne Garten glich einem Bühnenbild und schien ihn mit all der übermächtigen Zärtlichkeit zu verhöhnen, gegen die seine weltliche Autorität vergebens ankämpfte. Die langen, eleganten Schritte des Irländers erfüllten ihn mit solchem Zorn, als wäre er, Lord Galloway, ein Nebenbuhler und nicht der Vater. Das Mondlicht machte ihn toll. Wie durch Zauberkraft war er in einem Garten der Minnesänger gefangen, in einem Watteauschen Feenreich. Und entschlossen, solch amouröse Geistesschwäche durch ein offenes Wort abzuschütteln, eilte er seinem Feinde nach. Dabei stolperte er über einen Baumstumpf oder Stein im Gras. Er warf einen irritierten Blick auf das Ding, dann einen neugierigen. Im nächsten Augenblick bot sich dem Mond und den hohen Pappeln ein ungewöhnliches Schauspiel: ein englischer Diplomat von würdigem Alter, der aus Leibeskräften rannte und dabei schrie, ja brüllte.

Auf seine heiseren Rufe hin erschien ein blasses Gesicht in der Tür des Arbeitszimmers: die glänzenden Brillengläser unter der zerquälten Stirn Dr. Simons, der als erster deutlich die Worte des Edelmanns hörte. »Eine Leiche im Garten – eine blutüberströmte Leiche!« rief Lord Galloway. O'Brien war seinem Gedankenkreis jetzt offenbar völlig entschwunden.

»Wir müssen sofort Valentin verständigen«, sagte der Arzt, nachdem der andere mit brüchiger Stimme alles geschildert hatte, was sein entsetztes Auge hatte aufnehmen können.

»Welch ein Glück, daß er hier ist!« Noch während er sprach, betrat der große Detektiv, von den Schreien veranlaßt, das Zimmer. Es war fast ergötzlich, den typischen Umschwung in seinem Wesen zu sehen; er war mit der normalen Besorgnis eines Gastgebers und Gentleman hereingekommen, der befürchtet, ein Gast oder Diener sei plötzlich erkrankt. Doch sobald er die blutigen Tatsachen erfuhr, wurde er mit aller Entschiedenheit auf der Stelle forschend und sachlich; denn so unerwartet und furchtbar all dies sein mochte, es war sein Beruf.

»Wie seltsam, meine Herren«, sagte er, als sie hinaus in den Garten eilten, »daß ich überall in der Welt rätselhaften Fällen nachgejagt bin, bis sich nun einer in meinem eigenen Hinterhof abspielt. Aber wo ist die Stelle?« Sie überquerten den Rasen, was nicht ganz so einfach war, weil ein leichter Nebel vom Fluß her aufzusteigen begann; doch geführt von dem zitternden Galloway, fanden sie den ins tiefe Gras gesunkenen Körper – den Körper eines sehr großen und breitschultrigen Mannes. Er lag mit dem Gesicht zum Boden; so konnten sie nur erkennen, daß die mächtigen Schultern in schwarzer Kleidung steckten und daß der dicke Kopf kahl war, bis auf ein, zwei Büschel braunen Haares, das ihm wie nasses Seegras am Schädel klebte. Ein rotes Blutgerinnsel schlängelte sich unter dem Gesicht hervor.

»Wenigstens ein Trost«, sagte Simon mit seltsam dunkler Stimme, »er gehört nicht zu unserem Kreis.«

»Untersuchen Sie ihn, Doktor«, rief Valentin scharf, »vielleicht ist er noch nicht tot.«

»Er ist noch nicht ganz kalt, aber ich fürchte, tot ist er bestimmt«, antwortete er. »Helfen Sie mir, ihn hochzuheben.« Sie hoben ihn vorsichtig einen Zoll vom Boden auf, und sofort war jeder Zweifel an seinem Tod aufs schrecklichste beseitigt. Der Kopf fiel herunter. Er war völlig vom Körper abgetrennt worden; wer immer seine Kehle durchschnitten haben mochte, hatte gleich den ganzen Hals abgetrennt. Selbst Valentin war etwas erschüttert.

»Er muß stark wie ein Gorilla gewesen sein«, murmelte er.

Obwohl er an anatomische Untersuchungen gewöhnt war, ergriff Dr. Simon den Kopf nicht ohne Schaudern: Er war am Nacken und Kiefer ein wenig verletzt, aber das Gesicht war im wesentlichen unversehrt. Es war ein mächtiges, gelbes Gesicht, eingefallen und dabei angeschwollen, mit einer Hakennase und schweren Augenlidern – das Gesicht eines bösen römischen Kaisers, aber ein wenig auch mit den Zügen eines chinesischen Herrschers. Alle Anwesenden starrten das Haupt mit dem Auge absoluter Verblüffung an. Nichts Besonderes war an dem Mann zu bemerken; aber beim Aufheben des Körpers hatten sie den weißen Schimmer der Hemdbrust gesehen, die mit einem roten Blutschimmer beschmutzt war. Dr. Simon hatte recht: Dieser Mann hatte nie zu ihrer Gesellschaft gehört. Aber er mochte versucht haben, daran teilzunehmen, denn er war ganz danach gekleidet.

Valentin kniete nieder und untersuchte mit der Genauigkeit seiner beruflichen Routine Gras und Boden im Umkreis von etwa fünfzehn Metern um den Körper, worin ihn der Arzt nicht allzu geschickt und der englische Lord nur andeutungsweise unterstützten. Ihr Umherkriechen trug keine andere Frucht als ein paar Zweige, die in kleine Stücke zerbrochen oder zerhackt waren. Valentin untersuchte sie einen Augenblick und warf sie dann weg.

»Zweige«, sagte er ernst, »Zweige, und ein völlig fremder Mann mit abgehauenem Kopf; sonst liegt nichts auf diesem Rasen.«

Eine fast gruselige Stille trat ein, und dann schrie der entnervte Galloway laut auf:

»Wer ist das? Wer ist das da drüben an der Gartenmauer?«

Eine schmale Gestalt mit töricht großem Kopf schwankte durch den Dunst des Mondlichts auf sie zu, schaute einen Augenblick wie ein Kobold aus, entpuppte sich aber dann als der harmlose kleine Priester, den sie im Salon gelassen hatten.

»Hören Sie bitte«, sagte er sanft, »dieser Garten hat keine Tore, nicht wahr.«

Valentins schwarze Augenbrauen zogen sich ärgerlich zusammen, wie sie es grundsätzlich beim Anblick eines Priesterrocks taten. Aber er war zu fair, um die Wichtigkeit dieser Bemerkung zu leugnen.

»Sie haben recht«, sagte er, »ehe wir herausfinden, wie er getötet wurde, müssen wir herausfinden, wie er überhaupt hergekommen ist. Und nun hören Sie mir bitte zu, meine Herren. Wenn es ohne Beeinträchtigung meiner Position und Pflicht möglich ist, wollen wir gewisse vornehme Namen besser von all dem fernhalten! Es sind angesehene Damen hier, angesehene Herren und ein ausländischer Botschafter. Sobald wir es ein Verbrechen nennen, muß es auch als Verbrechen verfolgt werden. Aber bis dahin kann ich nach eigenem Ermessen verschwiegen sein. Ich bin der Kopf der Polizei; ich bin so bekannt, daß ich es mir leisten kann, privat zu sein. Beim Himmel, ich werde jeden meiner Gäste von jedem Verdacht reinigen, ehe ich meine Leute hereinrufe, um nach jemand anderem zu suchen. Versprechen Sie mir bei Ihrer Ehre, meine Herren, das Haus nicht vor morgen mittag zu verlassen; ich habe genügend Schlafzimmer für Sie alle. Sie, Dr. Simon, werden wohl meinen Diener Ivan in der Empfangshalle finden können; er ist absolut vertrauenswürdig. Er soll einen anderen Diener als Wache dort lassen und sofort zu mir kommen. Sie, Lord Galloway, sind sicher am geeignetsten, die Damen über das Vorgefallene zu unterrichten und einer Panik vorzubeugen. Sie dürfen natürlich auch nicht gehen. Pater Brown und ich werden bei dem Leichnam bleiben.«

Wenn aus Valentin derart der Geist eines Anführers sprach, gehorchte man ihm wie einem Signalhorn. Dr. Simon ging zur Rüstkammer und stöberte dort Ivan auf, den Privatdetektiv des offiziellen Detektivs. Galloway begab sich in den Salon und überbrachte die schreckliche Nachricht so taktvoll, daß die Damen erschrocken und bereits wieder beruhigt waren, als sich die übrige Gesellschaft dort versammelte. Mittlerweile standen der gute Priester und der gute Atheist bewegungslos im Mondlicht zu Haupt und Füßen des toten Mannes, gleich zwei symbolischen Statuen ihrer Todesphilosophien.

Ivan, der vertraute Diener mit der Narbe und dem Schnurrbart, schoß wie eine Kanonenkugel aus dem Haus und rannte quer über den Rasen zu Valentin, wie ein Hund zu seinem Herrn. Sein fahles Gesicht war erleuchtet von der Glut dieses häuslichen Detektivromans, und mit fast peinlichem Eifer bat er seinen Herrn um Erlaubnis, die sterblichen Überreste untersuchen zu dürfen.

»Ja, schau es dir an, wenn du magst, Ivan«, sagte Valentin, »aber beeil dich. Wir müssen hineingehen und drinnen alles gründlich besprechen.«

Ivan hob den Kopf auf und ließ ihn beinah wieder fallen.

»Ja«, keuchte er, »das ist doch – nein, er kann es nicht sein, es ist unmöglich. Kennen Sie diesen Mann, Herr?«

»Nein«, sagte Valentin gleichgültig; »wir sollten lieber hineingehen.«

Gemeinsam trugen sie den Körper zu einem Sofa im Arbeitszimmer und begaben sich dann alle in den Salon.

Der Detektiv setzte sich ruhig und fast zögernd an einen kleinen Schreibtisch; aber sein Auge war das stählerne Auge eines Richters bei der Verhandlung. Er warf ein paar rasche Notizen auf ein Blatt Papier, das vor ihm lag, und fragte dann kurz:

»Sind alle hier?«

»Nicht Mr. Brayne«, sagte die Herzogin von Mont St. Michel und sah sich um.

»Nein«, sagte Lord Galloway mit rauher, harter Stimme, »und mich dünkt, auch Mr. Neil O'Brien nicht. Ich sah diesen Herrn im Garten spazieren gehen, als der Leichnam noch warm war.«

»Ivan«, sagte der Detektiv, »hol Kommandant O'Brien und Mr. Brayne. Mr. Brayne raucht, wie ich weiß, seine Zigarre im Eßzimmer fertig; Kommandant O'Brien wird, denke ich, im Gewächshaus sein. Aber das weiß ich nicht genau.«

Der treue Diener verschwand wie der Blitz, und bevor sich noch jemand rühren oder ein Wort sagen konnte, fuhr Valentin mit dem gleichen soldatischen Tempo in seiner Erklärung fort.

»Jeder von Ihnen weiß, daß im Garten ein toter Mann gefunden wurde, dessen Kopf glatt vom Rumpf getrennt war. Sie haben ihn untersucht, Dr. Simon. Glauben Sie, daß große Kraft nötig wäre, um die Kehle eines Mannes derartig zu durchschneiden? Oder vielleicht nur ein scharfes Messer?«

»Ich würde sagen, daß es mit einem Messer überhaupt nicht möglich ist«, sagte der bleiche Arzt.

»Können Sie sich irgendein Werkzeug vorstellen«, begann Valentin wieder, »mit dem es möglich wäre?«

»Wenn ich die modernen Möglichkeiten in Betracht ziehe, kann ich mir tatsächlich keins vorstellen«, sagte der Arzt stirnrunzelnd. »Es ist nicht leicht, einen Hals auch nur ungeschickt abzuhacken, und dies war ein sehr glatter Hieb. Er könnte mit einer Streitaxt geführt sein oder mit einem alten Henkerbeil oder mit einem zweihändigen Schwert.«

»Aber um Himmels willen«, rief die Herzogin fast hysterisch, »hier liegen doch keine zweihändigen Schwerter oder Streitäxte herum.«

Valentin beschäftigte sich noch immer mit dem Papier, das vor ihm lag.

»Könnte es«, sagte er, während er eifrig schrieb, »könnte es mit einem langen französischen Kavalleriesäbel getan werden?«

Ein leises Klopfen war zu hören, das aus irgendeinem unvernünftigen Grund jedermanns Blut gerinnen ließ, gleich dem Klopfen in »Macbeth«. Mitten in das erstarrte Schweigen hinein sagte Dr. Simon:

»Ein Säbel – ja, ich glaube, das wäre möglich.«

»Danke«, sagte Valentin. »Komm herein, Ivan.«

Das Faktotum Ivan kam herein und meldete Kommandant Neil O'Brien an, den er im Garten wandernd entdeckt hatte.

Der irische Offizier stand verwirrt und herausfordernd an der Schwelle.

»Was wollen Sie von mir?« rief er.

»Bitte, setzen Sie sich«, sagte Valentin mit freundlicher Ruhe. »Sie sind ja ohne Ihren Säbel! Wo ist er denn?«

»Ich ließ ihn auf dem Tisch in der Bibliothek liegen«, sagte O'Brien, dessen irische Mundart durch seine Verwirrung noch stärker wurde. »Er war lästig, er wurde –«

»Ivan«, sagte Valentin, »hol bitte den Säbel des Kommandanten aus der Bibliothek.« Dann, als der Diener verschwunden war: »Lord Galloway sagt, er habe Sie den Garten verlassen sehen, kurz bevor er den Leichnam fand. Was haben Sie dort getan?«

Der Kommandant warf sich unbekümmert in einen Stuhl.

»Oh«, rief er in reinstem Irisch, »den Mond bewundert. Mich mit der Natur unterhalten, mein Junge!«

Tiefe Stille senkte sich herab. Sie dauerte an, bis schließlich wieder jenes alltägliche und doch schreckliche Klopfen zu hören

46

war. Ivan erschien und brachte eine leere stählerne Säbelscheide mit.

»Mehr konnte ich nicht finden«, sagte er.

Unmenschliches Schweigen herrschte im Zimmer, gleich jenem Meer unmenschlichen Schweigens, das die Anklagebank des verurteilten Mörders umgibt. Längst waren die schwachen Rufe der Herzogin dahingestorben. Lord Galloways Haß war befriedigt, ja sogar ernüchtert, als eine völlig unerwartete Stimme erklang.

»Ich glaube, ich kann Ihnen sagen«, rief Lady Margaret in jenem klaren, bebenden Ton, in dem eine tapfere Frau öffentlich spricht, »ich kann Ihnen sagen, was Mr. O'Brien im Garten getan hat, da er selbst zum Schweigen verpflichtet ist. Er bat mich, ihn zu heiraten. Ich wies ihn ab; ich sagte, in meinen familiären Verhältnissen könnte ich ihm nichts als meine Achtung schenken. Darüber war er etwas verstimmt; er schien von meiner Achtung nicht viel zu halten. Ich möchte wissen«, setzte sie mit etwas bleichem Lächeln hinzu, »ob er sie jetzt noch möchte. Denn ich biete sie ihm nun wieder an. Ich will überall beschwören, daß er so etwas nie getan hat.«

Lord Galloway hatte sich an seine Tochter herangedrängt und versuchte, sie in einem Ton einzuschüchtern, den er für leise hielt. »Hüte deine Zunge, Maggie«, sagte er mit dröhnendem Flüstern. »Warum willst du diesen Burschen in Schutz nehmen? Wo ist sein Säbel? Wo ist sein verwünschter Kavallerie –«

Der sonderbare, starre Blick, mit dem seine Tochter ihn ansah, ließ ihn verstummen, ein Blick, der die ganze Gruppe wie ein düsterer Magnet anzog.

»Du alter Narr«, sagte sie leise, ohne irgendwelche Rücksicht vorzutäuschen. »Was glaubst du beweisen zu können? Ich sage dir, dieser Mann ist unschuldig, während er mit mir zusammen war. Aber selbst wenn er schuldig ist, war er mit mir zusammen. Wenn er im Garten einen Mann ermordet hat, wer muß es gesehen – wer muß es zumindest gewußt haben? Hassest du Neil so sehr, daß du deine eigene Tochter –« Lady Galloway schrie auf.

Alle übrigen fühlten ein leises Gruseln durch den Kontakt mit einer jener teuflischen Tragödien, wie es sie schon immer zwischen Liebenden gegeben hat. Das stolze, blasse Gesicht der schottischen Aristokratin und ihr Liebhaber, der irische Abenteurer, glichen alten Gemälden in einem dunklen Haus. Das lange Schweigen war voll von unbestimmten historischen Erinnerungen an ermordete Ehemänner und giftmischende Mätressen.

Inmitten dieser morbiden Stille fragte eine harmlose Stimme: »War es eine sehr lange Zigarre?«

Der Gedankensprung war so ungeheuer, daß alle sich umblickten, um zu sehen, wer gesprochen hatte.

»Ich meine«, sagte der kleine Pater Brown in einer Zimmerecke, »ich meine jene Zigarre, die Mr. Brayne fertigraucht. Sie scheint fast so lang wie ein Spazierstock.«

Trotz der Belanglosigkeit dieser Bemerkung verriet Valentins Gesicht Zustimmung und Gereiztheit, als er den Kopf hob.

»Ganz richtig«, bemerkte er scharf. »Ivan, sieh dich noch einmal nach Mr. Brayne um und bring ihn sofort hierher.«

Sobald das Faktotum die Tür geschlossen hatte, wandte sich Valentin mit einem neuen Ton der Hochachtung an das Mädchen.

»Lady Margaret«, sagte er, »sicher fühlen wir alle Dankbarkeit und Bewunderung für die Art, mit der Sie Ihre sogenannte Würde überwunden und das Benehmen des Kommandanten erklärt haben. Aber es bleibt immer noch eine Lücke. Wenn ich recht verstanden habe, traf Lord Galloway Sie auf dem Weg vom Arbeitszimmer zum Salon; und nur ein paar Minuten später war er im Garten, und der Kommandant ging immer noch dort spazieren.«

»Sie dürfen nicht vergessen«, erwiderte Margaret mit leichter Ironie, »daß ich ihm gerade einen Korb gegeben hatte; wir konnten also kaum Arm in Arm zurückkommen. Er ist ein Gentleman; so schlenderte er draußen umher – und geriet in Mordverdacht.«

»In diesen wenigen Augenblicken«, sagte Valentin feierlich, »könnte er freilich –«

Wieder klopfte es, und Ivan steckte sein narbiges Gesicht zur Tür herein.

»Verzeihung, gnädiger Herr«, sagte er, »aber Mr. Brayne hat das Haus verlassen.«

»Verlassen!« rief Valentin und stand zum erstenmal auf.

»Gegangen. Verschwunden. Verdunstet«, antwortete Ivan in komischem Französisch. »Sein Hut und Mantel sind auch gegangen; und um das Maß voll zu machen, will ich Ihnen noch etwas erzählen. Ich lief aus dem Haus, um irgendwelche Spuren von ihm zu finden, und ich fand tatsächlich eine Spur, eine ziemlich große Spur.«

»Was soll das heißen?« fragte Valentin.

»Ich werde es Ihnen zeigen«, sagte der Diener und erschien wieder mit einem glänzenden, bloßen Kavalleriesäbel, dessen Spitze und Schneide mit Blut bedeckt waren. Jeder im Zimmer starrte darauf, als ob es ein Donnerkeil wäre; aber der abgebrühte Ivan erzählte ganz ruhig weiter.

»Dies fand ich«, sagte er, »etwa fünfzig Meter weiter, auf der Straße nach Paris hin, zwischen den Büschen. Mit andern Worten, ich fand es genau da, wo euer ehrenwerter Mr. Brayne es hingeworfen hatte, als er davonlief.«

Wieder herrschte Schweigen, aber diesmal eines anderer Art. Valentin nahm den Säbel, untersuchte ihn, dachte mit scharfer Konzentration nach und wandte sich dann mit höflichem Gesicht an O'Brien.

»Kommandant«, sagte er, »wir vertrauen darauf, daß Sie diese Waffe jederzeit für eine polizeiliche Untersuchung zur Verfügung stellen werden. Bis dahin«, fügte er hinzu und ließ den Stahl in die klingende Scheide zurückfallen, »lassen Sie mich Ihnen Ihren Säbel wiedergeben.«

Bei der militärischen Symbolik dieser Handlung konnten sich die Zuhörer kaum zurückhalten, Beifall zu klatschen.

Für Neil O'Brien war diese Geste in der Tat ein Wendepunkt

des Lebens. Als er kurze Zeit später, im frühen Morgenlicht, wieder in dem geheimnisvollen Garten umherging, war der übliche Ausdruck tragischer Unzulänglichkeit von seinem Gesicht gewichen. Er war ein Mann, der mancherlei Grund hatte, glücklich zu sein. Lord Galloway war ein Gentleman und hatte sich bei ihm entschuldigt. Lady Margaret war etwas Besseres als eine Lady, sie war eine Frau und hatte ihm etwas Besseres als eine Entschuldigung angeboten, als sie vor dem Frühstück zwischen den Blumenbeeten dahingeschlendert waren. Die ganze Gesellschaft war plötzlich leichtherziger und menschlicher; denn obwohl das Rätsel des toten Mannes bestehen blieb, war die Last des Verdachtes von ihnen allen genommen und mit jenem fremden Millionär nach Paris geflohen, einem Mann, den sie kaum kannten. Der Teufel war aus dem Haus vertrieben – er hatte sich selbst vertrieben.

Immerhin, das Rätsel blieb bestehen. Und als sich O'Brien auf eine Gartenbank neben Dr. Simon warf, nahm jener streng wissenschaftliche Mann es sofort wieder auf. Viel bekam er freilich von O'Brien, dessen Gedanken bei angenehmeren Dingen weilten, nicht zu hören.

»Ich kann nicht behaupten, daß es mich sehr interessiert«, sagte der Ire ganz offen, »besonders da alles jetzt ziemlich klar zu sein scheint. Offenbar haßte Brayne den Fremden aus irgendeinem Grund, lauerte ihm im Garten auf und tötete ihn mit meinem Säbel. Dann floh er zur Stadt und warf unterwegs den Säbel weg. Übrigens erzählte mir Ivan, der tote Mann habe einen Yankee-Dollar in der Tasche gehabt. Er war also ein Landsmann von Brayne, und das bringt die Sache zum Klappen. Ich sehe keinerlei Schwierigkeiten mehr.«

»Es gibt fünf ungeheure Schwierigkeiten«, sagte der Arzt ruhig, »gleich hohen Mauern innerhalb von Mauern. Verstehen Sie mich nicht falsch. Ich zweifle nicht, daß Brayne es getan hat; seine Flucht beweist es wohl. Aber wie hat er es getan? Erstes Rätsel: Warum sollte ein Mann einen anderen mit einem großen, unhandlichen Säbel töten, wenn er ihn beinah mit einem Taschenmesser töten und dieses wieder in die Tasche stecken kann? Zweites Rätsel: Warum war keinerlei Lärm, kein Aufschrei zu hören? Sieht ein Mann für gewöhnlich ruhig zu, wie ein anderer mit geschwungenem Säbel auf ihn zukommt, ohne auch nur ein Wort zu sagen? Drittes Rätsel: Ein Diener bewachte den ganzen Abend lang die Vordertür; und auf einem anderen Weg kann nicht einmal eine Ratte in Valentins Garten gelangen. Wie kam also der tote Mann in den Garten? Viertes Rätsel: Wie kam Brayne – unter den gleichen Umständen – aus dem Garten heraus?«

»Und das fünfte?« fragte Neil, die Augen auf den englischen Priester gerichtet, der langsam den Weg heraufgekommen war.

»Ist an sich eine Lappalie«, sagte der Arzt, »aber eine recht sonderbare, finde ich. Als ich zuerst sah, wie der Mörder den Kopf abgehauen hatte, nahm ich an, er hätte mehr als einmal zugeschlagen. Aber bei der Untersuchung fand ich viele Hiebe, die *über* dem tödlichen Schnitt gelagert waren. Mit anderen Worten, sie wurden geführt, nachdem der Kopf bereits ab war. Haßte Brayne seinen Feind so teuflisch, daß er im Mondschein an seinem Körper herumsäbelte?«

»Grauenhaft«, sagte O'Brien und schauderte.

Der kleine Priester Brown war während dieser Unterhaltung herangekommen und hatte mit charakteristischer Scheu gewartet, bis sie fertig waren. Dann sagte er unbeholfen:

»Es tut mir leid, Sie zu unterbrechen. Aber ich wurde hergeschickt, um Ihnen das Neueste mitzuteilen.«

»Das Neueste?« wiederholte Simon und starrte ihn etwas gequält durch seine Augengläser an.

»Ja, leider«, sagte Pater Brown sanft. »Wissen Sie, es hat noch einen Mord gegeben.« Beide Männer sprangen von ihrem Sitz auf.

»Und was noch seltsamer ist«, fuhr der Priester fort, die matten Augen auf den Rhododendron gerichtet, »es ist die gleiche gräßliche Art: wieder eine Enthauptung. Man fand den zweiten Kopf, noch blutend, im Fluß, nur ein paar Meter von hier auf Braynes Weg nach Paris; deshalb vermutet man, daß er –«

»Um Himmels willen«, rief O'Brien. »Ist Brayne ein Besessener?«

»Es gibt amerikanische Blutrachen«, sagte der Priester unbewegt. Dann fügte er hinzu: »Sie möchten bitte in die Bibliothek kommen und es sich ansehen.«

Kommandant O'Brien folgte den andern zur Untersuchung; ihm war ausgesprochen übel. Als Soldat verabscheute er all dies versteckte Blutvergießen. Wann würden diese phantastischen Hackereien endlich aufhören? Zuerst wird ein Kopf abgehackt, und dann noch einer; und in diesem Fall (sagte er bitter zu sich selbst) stimmte es nicht, daß zwei Köpfe besser sind als einer. Als er durch das Arbeitszimmer ging, ließ ihn ein schrecklicher Zufall fast zurücktaumeln. Auf Valentins Tisch lag das farbige Bild eines dritten blutigen Kopfes; und es war Valentins eigener Kopf. Ein zweiter Blick zeigte ihm, daß es sich nur um die »*Guillotine*« handelte, eine nationalistische Zeitung, die jede Woche einen ihrer politischen Gegner direkt nach der Hinrichtung zeigte, mit rollenden Augen und verzerrten Zügen; und Valentin war ein Antiklerikaler von besonderer Bedeutung. Aber O'Brien war Ire und selbst in seinen Sünden von einer gewissen Keuschheit; deshalb drehte sich ihm der Magen um bei dieser ungeheuren Brutalität des Verstandes, die Frankreich allein vorbehalten ist. Er sah Paris plötzlich als Ganzes, von den Grotesken an den gotischen Kirchen bis zu den großen Karikaturen in den Zeitungen. Er erinnerte sich an die gigantischen Scherze der Revolution. Er sah die große Stadt als eine einzige häßliche Kraft, von der blutdürstigen Skizze auf Valentins Tisch bis dorthin, wo über einem Gebirge und Wald von Kaulquappen der große Teufel von Notre-Dame herabgrinst. Die Bibliothek war langgestreckt, niedrig und dunkel; das einzige Licht im Raum kam unter den herabgelassenen Jalousien herein; es hatte noch ein wenig die rötliche Färbung des Morgens. Valentin und sein Diener Ivan erwarteten sie am oberen Ende eines langen, leicht schrägen Tisches, auf dem die sterblichen Überreste lagen, die im Zwielicht riesenhaft wirkten.

Die mächtige schwarze Gestalt und das gelbe Gesicht des im Garten gefundenen Mannes traten ihnen im wesentlichen unverändert entgegen. Der zweite Kopf, der diesen Morgen aus dem Schilf gefischt worden war, lag triefend und tropfend daneben; Valentins Leute suchten noch weiter, um den dazugehörigen Körper zu entdecken, von dem sie annahmen, er schwämme irgendwo auf dem Wasser. Pater Brown, der O'Briens Sensibilität nicht im geringsten zu teilen schien, ging zu dem zweiten Kopf hin und untersuchte ihn mit blinzelnder Sorgfalt. Es war nicht viel mehr als ein nasser, weißer Haarwust zu erkennen, durch das rote, schwebende Morgenlicht mit silbernem Feuer umrandet. Das Gesicht schien einem häßlichen, geröteten und vielleicht verbrecherischen Typus anzugehören; es hatte heftig gegen Bäume oder Steine angeschlagen, als es im Wasser hin und her geworfen wurde.

»Guten Morgen, Kommandant O'Brien«, sagte Valentin mit freundlicher Ruhe. »Sie haben wohl schon von Braynes letztem Schlächtereiversuch gehört?«

Pater Brown stand noch über den weißhaarigen Kopf gebeugt und sagte, ohne aufzublicken:

»Es ist also ganz sicher, daß Brayne auch diesen Kopf abgeschnitten hat?«

»Nun, es scheint nur logisch«, sagte Valentin, mit den Händen in den Taschen. »Auf die gleiche Art getötet wie der andere. Nur ein paar Meter von dem andern entfernt gefunden. Und mit derselben Waffe abgehauen, die er, wie wir wissen, mit sich nahm.«

»Ja, ja, ich weiß«, erwiderte Pater Brown nachgiebig. »Dennoch, wissen Sie, bezweifle ich, daß Brayne diesen Kopf abgehauen haben kann.«

»Warum nicht?« fragte Dr. Simon und sah den Priester forschend an.

»Nun, Doktor«, erwiderte dieser und sah blinzelnd auf, »kann ein Mann seinen eigenen Kopf abschneiden? Ich weiß nicht.«

O'Brien hatte das Gefühl, daß ein wahnsinniges Weltall um

seine Ohren zusammenkrachte. Der Arzt aber, mit seinem ungestümen Drang nach Realität, sprang vor und schob das nasse weiße Haar zurück.

»Oh, das ist zweifellos Brayne«, sagte der Priester ruhig. »Er hatte genau diese kleine Narbe am linken Ohr.«

Der Detektiv hatte den Priester mit starr leuchtenden Augen betrachtet; nun öffnete er den zusammengepreßten Mund und sagte scharf:

»Sie scheinen eine Menge über Brayne zu wissen, Pater Brown.«

»Ja«, sagte der kleine Mann einfach. »Ich habe mich mehrere Wochen mit ihm beschäftigt. Er hatte die Absicht, unserer Kirche beizutreten.«

Der Stern des Fanatismus erglühte in Valentins Auge. Mit verkrampften Händen ging er auf den Priester zu. »Und vielleicht«, rief er mit vernichtendem Hohn, »vielleicht dachte er auch daran, all sein Geld Ihrer Kirche zu vermachen.«

»Vielleicht«, sagte Brown gelassen, »es ist möglich.«

»In diesem Fall«, rief Valentin mit einem bösen Lächeln, »wissen Sie vielleicht in der Tat eine Menge über ihn! Über sein Leben und über seinen —«

Kommandant O'Brien legte Valentin die Hand auf die Schulter. »Hören Sie mit diesem verleumderischen Unsinn auf, Valentin«, sagte er, »oder es könnte noch mehr Säbel geben.«

Aber Valentin hatte sich unter dem stillen, bescheidenen Blick des Priesters bereits wiedergefunden. »Nun«, sagte er kurz, »persönliche Ansichten können warten. Sie, meine Herren, sind immer noch durch Ihr Versprechen zum Bleiben verpflichtet. Sie müssen sich und einander daran halten. Ivan hier wird Ihnen alles erzählen, was Sie vielleicht noch zu wissen wünschen; ich muß mich an die Arbeit begeben und meinen amtlichen Bericht schreiben. Wir können dies nicht länger geheimhalten. Ich werde in meinem Arbeitszimmer sein, falls es irgend etwas Neues gibt.«

»Gibt es irgend etwas Neues, Ivan?« fragte Dr. Simon, als der Polizeichef das Zimmer verlassen hatte.

»Nur eines, gnädiger Herr«, sagte Ivan und runzelte seine alte, graue Stirn; »aber auch das ist in seiner Art wichtig. Es handelt sich um jenen alten Knaben, den Sie auf dem Rasen gefunden haben«, und dabei zeigte er ohne jede Spur von Pietät auf den mächtigen schwarzen Leichnam mit dem gelben Kopf. »Jedenfalls haben wir herausgekriegt, wer er ist.«

»Wirklich!« rief der erstaunte Arzt; »und wer ist er?«

»Sein Name war Arnold Becker«, sagte der Unterdetektiv, »aber er hatte eine Menge Namen. Er war eine Art wandernder Taugenichts und ist auch in Amerika gewesen; dort hat Brayne ihn wohl kennengelernt. Wir selbst hatten nicht viel mit ihm zu tun, denn er arbeitete meistens in Deutschland; und wir haben uns natürlich mit der deutschen Polizei jetzt in Verbindung gesetzt. Aber merkwürdigerweise hatte er einen Zwillingsbruder, Louis Becker, der uns eine Menge zu schaffen machte. Rund herausgesagt, erst gestern hielten wir es für nötig, ihn zu guillotinieren. Nun, es ist sonderbar, meine Herren, aber als ich jenen Burschen dort flach auf dem Rasen liegen sah, hatte ich den größten Schreck meines Lebens. Wenn ich nicht mit eigenen Augen gesehen hätte, wie Louis Becker guillotiniert wurde, hätte ich geschworen, Louis Becker läge dort im Gras. Dann erinnerte ich mich natürlich an seinen Zwillingsbruder in Deutschland und verfolgte den Faden –«

Ivan hielt in seiner Erklärung inne – aus dem zwingenden Grund, weil ihm keiner zuhörte. Beide, der Kommandant und der Arzt, starrten Pater Brown an, der mit einem Ruck aufgesprungen war und seine Hände an die Schläfen preßte, wie einer, der plötzlich von heftigen Qualen geschüttelt wird.

»Halt, halt, halt!« rief er. »Hör eine Minute auf zu reden, denn ich sehe zur Hälfte! Wird Gott mir Kraft geben? Wird mein Verstand den einen Sprung machen und alles sehen? Hilf mir, Himmel! Ich konnte doch sonst leidlich gut denken. Ich konnte seinerzeit jede Seite im Aquinus paraphrasieren. Wird mein Kopf bersten – oder wird er erkennen? Ich sehe zur Hälfte – zur Hälfte!« Er vergrub den Kopf in den Händen und stand in einer

Art erstarrter Qual des Gedankens oder Gebetes da, während die anderen drei nur fassungslos auf dies letzte Wunder ihrer zwölf wilden Stunden starren konnten.

Als Pater Brown die Hände senkte, war da ein ganz neues und ernsthaftes Gesicht, das Gesicht eines Kindes. Der Priester stieß einen tiefen Seufzer aus und sagte: »Lassen Sie uns das so rasch wie möglich hinter uns bringen. Ich glaube, dies wird der schnellste Weg sein, Sie alle von der Wahrheit zu überzeugen.« Er wandte sich an den Arzt. »Dr. Simon«, sagte er, »Sie haben einen scharfen Verstand, und ich hörte, wie Sie heute morgen über die fünf schwersten Rätsel in dieser Angelegenheit sprachen. Nun, wenn Sie sie jetzt wieder aufgeben wollen, will ich sie beantworten.«

Simon fiel vor zweifelndem Erstaunen fast das Pincenez von seiner Nase, aber er antwortete sofort.

»Die erste Frage ist: Warum sollte ein Mann einen anderen überhaupt mit einem plumpen Säbel töten, wenn er ihn mit einer Haarnadel töten könnte.«

»Mit einer Haarnadel kann man einen Mann nicht enthaupten«, sagte Pater Brown ruhig, »und für *diesen* Mord war Enthaupten unbedingt notwendig.«

»Warum?« fragte O'Brien interessiert.

»Und die nächste Frage?« bat Pater Brown.

»Nun, warum schrie der Mann nicht auf?« fragte der Arzt; »Säbel in Gärten sind doch etwas ungewöhnlich.«

»Zweige«, sagte der Priester düster und wandte sich zum Fenster, das auf den Schauplatz der Tat hinaussah. »Keiner erkannte den Zweck der Zweige. Warum sollten Zweige auf jenem Rasen liegen, schauen Sie hin, so weit von jedem Baum entfernt? Sie waren nicht zerbrochen; sie waren zerhackt. Der Mörder fesselte die Aufmerksamkeit seines Feindes mit ein paar Säbeltricks, zeigte ihm, wie man einen Zweig mitten in der Luft durchschneiden konnte oder so etwas Ähnliches. Dann, während sich der Feind niederbeugte, um das Ergebnis zu sehen, ein unhörbarer Schlag, und der Kopf fiel.«

»Ja«, sagte der Arzt langsam, »das klingt ganz überzeugend. Aber meine nächsten beiden Fragen werden jeden verblüffen.«

Der Priester sah noch immer prüfend zum Fenster hinaus und wartete.

»Sie wissen, daß der Garten wie eine luftdichte Kammer abgeschlossen war«, fuhr der Arzt fort. »Nun, wie gelangte der Fremde in den Garten?«

Ohne sich umzudrehen, antwortete der kleine Priester: »Es war kein fremder Mann im Garten.«

Alle schwiegen, und dann löste ein plötzliches Gegacker von fast kindischem Lachen die Spannung. Die Ungereimtheit von Browns Bemerkung reizte Ivan zu offenem Spott.

»Oh!« rief er. »Dann schleppten wir also letzte Nacht keinen großen, fetten Körper zum Sofa? Er war wohl nicht in den Garten hineingekommen?«

»In den Garten hineingekommen?« wiederholte Brown nachdenklich. »Nein, nicht vollständig.«

»Zum Henker!« rief Simon. »Entweder ein Mann kommt in einen Garten hinein oder er kommt nicht.«

»Nicht unbedingt«, sagte der Priester mit einem schwachen Lächeln. »Was ist die nächste Frage, Doktor?«

»Ich nehme an, Sie sind krank«, rief Doktor Simon scharf; »aber wenn Sie durchaus wollen, werde ich die nächste Frage stellen. Wie kam Brayne aus dem Garten heraus?«

»Er kam nicht aus dem Garten heraus«, sagte der Priester und blickte immer noch aus dem Fenster.

»Kam nicht aus dem Garten heraus?« donnerte Simon.

»Nicht vollständig«, sagte Pater Brown.

Simon schüttelte die Fäuste in einem rasenden Anfall französischer Logik. »Entweder kommt ein Mann aus einem Garten heraus oder nicht«, schrie er.

»Nicht immer«, sagte Pater Brown.

Dr. Simon sprang ungeduldig auf. »Für solch sinnloses Geschwätz habe ich keine Zeit«, rief er ärgerlich. »Wenn Sie nicht begreifen können, daß ein Mann entweder auf der einen oder auf der anderen Seite der Mauer ist, will ich Sie nicht weiter belästigen.«

»Doktor«, sagte der Geistliche sanft, »wir sind immer sehr gut miteinander ausgekommen. Haben Sie Geduld um unserer alten Freundschaft willen und stellen Sie mir Ihre fünfte Frage.«

Der gereizte Doktor sank in einen Stuhl an der Tür und sagte kurz:

»Kopf und Schultern waren auf seltsame Art zerschnitten. Es schien nach dem Tode geschehen zu sein.«

»Ja«, sagte der Priester, ohne sich zu rühren, »das war die Absicht; um Sie eben in den einen, einfachen Irrtum verfallen zu lassen, den sie dann auch begangen haben. Es geschah, damit Sie als erwiesen annehmen sollten, daß der Kopf zum Körper gehörte.«

Jenes Grenzgebiet des Gehirns, in welchem alle Ungeheuer entstehen, regte sich in dem keltischen O'Brien aufs gräßlichste. Er fühlte die chaotische Gegenwart aller Zentauren und Frauen mit Fischleibern, welche die unnatürliche Einbildungskraft der Menschen erzeugt hat. Eine Stimme, die älter war als die seiner frühesten Ahnen, schien ihm ins Ohr zu flüstern: »Halte dich fern von dem schrecklichen Garten, wo der Baum mit der doppelten Frucht wächst. Vermeide den bösen Garten, wo der Mann mit den zwei Köpfen starb.« Doch während diese schlimmen symbolischen Gestalten über den alten Spiegel seiner irischen Seele glitten, war sein in Frankreich geschulter Verstand ganz wach und beobachtete den seltsamen Priester genauso scharf und skeptisch, wie das die anderen taten. Pater Brown hatte sich endlich umgedreht und stand gegen das Fenster gelehnt, das Gesicht in tiefem Schatten; aber selbst in jenem Schatten konnten sie sehen, wie aschgrau es war. Trotzdem sprach er ganz vernünftig, als gäbe es keine keltischen Seelen in der Welt.

»Meine Herren«, sagte er, »Sie fanden nicht Beckers fremden Körper im Garten. Sie fanden überhaupt keinen fremden Körper im Garten. Trotz Dr. Simons Logik behaupte ich weiterhin, daß Becker nur teilweise anwesend war. Sehen Sie her!« und bei diesen Worten zeigte er auf die schwarze Masse des geheimnisvollen

Leichnams. »Nie im Leben haben Sie jenen Mann erblickt. Haben Sie vielleicht diesen Mann schon einmal gesehen?«

Schnell rollte er den gelben Kahlkopf des Unbekannten zur Seite und legte den Kopf mit der weißen Mähne an seine Stelle. Und da lag – vollständig, vereint, unverkennbar: Julius K. Brayne. »Der Mörder«, erzählte Brown ruhig weiter, »hackte den Kopf seines Feindes ab und warf das Schwert weit über die Mauer. Aber er war zu klug, um nur das Schwert wegzuwerfen. Er warf auch den Kopf über die Mauer. Dann brauchte er dem Leichnam nur einen anderen Kopf aufzusetzen, und da er auf einer privaten Untersuchung bestand, konnte er Ihnen allen einreden, daß Sie einen völlig neuen Mann vor sich hatten.«

»Einen anderen Kopf aufsetzen!« sagte O'Brien starr.

»Welchen anderen Kopf? Köpfe wachsen nicht auf Gartenbüschen, oder doch?«

»Nein«, sagte Pater Brown trocken und sah auf seine Stiefel; »es gibt nur einen Ort, an dem sie wachsen. Sie wachsen im Korb der Guillotine, neben der der Polizeichef Aristide Valentin eine knappe Stunde vor dem Mord stand. Oh, meine Freunde, hört mich noch eine Minute an, bevor ihr mich in Stücke reißt! Valentin ist ein ehrlicher Mann, wenn es ehrlich ist, für eine vertretbare Sache bis zum Irrsinn einzutreten. Habt ihr nie in seinen kalten grauen Augen gesehen, daß er wahnsinnig ist? Er würde alles tun, *alles*, um das zu brechen, was er den Aberglauben des Kreuzes nennt. Dafür hat er gekämpft und gehungert, und jetzt hat er dafür gemordet. Braynes verrückte Millionen waren bisher auf so viele Sekten verstreut worden, daß sie das Gleichgewicht der Lage nur wenig verändern konnten. Aber Valentin vernahm das Gerücht, Brayne werde, gleich so vielen verwirrten Skeptikern, uns zugetrieben; und das war eine ganz andere Sache. Braynes Reichtümer sollten von nun an der verarmten und kampflustigen Kirche Frankreichs zufließen; er wollte sechs nationalistische Zeitungen wie die »*Guillotine*« finanzieren. Der Kampf stand auf Messers Schneide, und der Fanatiker fing Feuer an der Gefahr. Er beschloß, den Millionär zu töten, und er tat es so, wie man von dem größten Detektiv erwarten kann, daß er das einzige Verbrechen seines Lebens begeht. Er entwendete unter irgendeinem kriminologischen Vorwand den abgetrennten Kopf Beckers und nahm ihn in seinem Amtskoffer mit nach Hause. Dann hatte er jene letzte Auseinandersetzung mit Brayne, deren Ende Lord Galloway nicht mehr hörte; als alle Argumente fehlschlugen, führte er Brayne in den von Mauern umschlossenen Garten, sprach über Fechtkunst, benützte zur Erläuterung Zweige und einen Säbel und –«

Ivan mit der Narbe sprang auf. »Sie Wahnsinniger«, schrie er; »Sie werden sofort zu meinem Herrn gehn, und wenn ich Sie mit Gewalt –«

»Nun, ich wollte sowieso hingehen«, sagte Brown ernst, »Ich muß ihn auffordern zu beichten, und all das«.

Sie trieben den armen Brown wie eine Geisel oder ein Opfer vor sich her und stürmten alle in die plötzliche Stille von Valentins Arbeitszimmer.

Der große Detektiv saß an seinem Schreibtisch, offenbar zu beschäftigt, um ihren lärmenden Eintritt zu hören. Sie hielten einen Augenblick inne, und dann ließ etwas in der Haltung dieses aufrechten, eleganten Rückens den Arzt plötzlich vorwärtsspringen. Ein flüchtiger Blick verriet ihm, daß eine kleine Pillenschachtel neben Valentins Arm lag und daß er selbst tot auf seinem Stuhle saß. Und auf dem erloschenen Gesicht des Selbstmörders stand mehr geschrieben als nur der Stolz eines Cato.

Die seltsamen Schritte

Solltest du einmal einen Herrn jenes exklusiven Klubs »Die zwölf wahren Fischer« treffen, wie er anläßlich des alljährlichen Klubdiners das Hotel Vernon betritt, so wirst du, sobald er seinen Mantel ablegt, bemerken, daß er keinen schwarzen Frack trägt, sondern einen grünen. Und wenn du ihn nach dem Grund fragst (einmal angenommen, du besäßest die Tollkühnheit, ein so überirdisch vornehmes Wesen überhaupt anzusprechen), dann wird er dir wahrscheinlich antworten, er tue das, um eine Verwechslung mit dem Kellner zu vermeiden. Worauf du völlig zerschmettert von dannen gingest. Aber was du zurückließest, wäre ein bisher unenthülltes Geheimnis und eine Geschichte, die des Erzählens wert ist. Solltest du dann – um den gleichen Faden unwahrscheinlicher Mutmaßung weiterzuspinnen – einen freundlichen, schwer arbeitenden Priester namens Pater Brown treffen und ihn fragen, was er für den ungewöhnlichsten Glücksfall seines Lebens halte, so würde er dir wahrscheinlich antworten, daß er alles in allem sein bestes Stück im Hotel Vernon vollbracht habe, wo er ein Verbrechen verhindert und vielleicht sogar eine Seele gerettet habe, nur dadurch, daß er ein paar Schritten in einem Gang lauschte. Vielleicht ist er ein wenig stolz auf die kühne und wunderbare Ahnung, die ihn dazu gebracht hat, und deshalb wäre es möglich, daß er die Sache erwähnt. Da es aber ziemlich unwahrscheinlich ist, daß du jemals in der Gesellschaft hoch genug steigen wirst, um die »Zwölf wahren Fischer« kennenzulernen, oder je so tief bis zu den verrufenen Vierteln und Verbrechern sinken wirst, um auf Pater Brown zu stoßen, so wirst du die Geschichte wohl nie zu hören bekommen, wenn ich sie dir nicht erzähle.

Das Hotel Vernon, in dem die »Zwölf wahren Fischer« ihr jährliches Festmahl hielten, war eine Einrichtung, wie sie nur in einer oligarchischen Gesellschaft bestehen kann, die den Snobismus fast bis zur Verrücktheit treibt. Dieses Hotel war die paradoxe Einrichtung einer verkehrten Welt: ein »exklusives« kaufmännisches Unternehmen. Das heißt, es machte sich nicht dadurch bezahlt, daß es die Leute anzog, sondern buchstäblich dadurch, daß es sie abwies. Inmitten einer Plutokratie werden die Kaufleute bald schlau genug, ihre Kundschaft an Zurückhaltung zu übertreffen. Sie schaffen geradezu Schwierigkeiten, damit ihre reichen, gelangweilten Kunden Geld und Geschicklichkeit aufwenden müssen, um sie zu überwinden. Falls es in London ein modernes Hotel gäbe, das keiner betreten dürfte, der unter sechs Fuß groß wäre, so würde die Gesellschaft demütig Gruppen von sechs Fuß großen Leuten bilden, nur um dort essen zu dürfen. Falls es ein teures Lokal gäbe, das aus einer bloßen Laune seines Besitzers nur Donnerstag nachmittag geöffnet hätte, so wäre es am Donnerstag nachmittag überfüllt. Das Hotel Vernon stand wie durch Zufall an einer Ecke des vornehmen Viertels Belgravia. Es war ein kleines Hotel; und außerdem sehr unbequem. Aber gerade seine Unbequemlichkeit wurde von einer bestimmten Klasse als Schutzwall betrachtet. Besonders ein lästiger Punkt besaß fast lebenswichtige Bedeutung: Es konnten dort nämlich nie mehr als vierundzwanzig Personen gleichzeitig essen. Der einzige große Eßtisch war die berühmte Terrassentafel, die auf einer Art Veranda im Freien stand, mit dem Blick auf einen der herrlichsten alten Gärten Londons. So kam es, daß man sich selbst der vierundzwanzig Plätze an diesem Tisch nur bei warmem Wetter erfreuen konnte; und da dies den Genuß noch erschwerte, machte es ihn um so begehrenswerter. Der augenblickliche Besitzer des Hotels war ein Jude namens Lever; und er hatte fast eine Million herausgeholt, indem er den Gästen Hindernisse in den Weg legte, hineinzukommen. Natürlich verband er diese Raumbeschränkung seines Unternehmens mit der sorgfältigsten Qualität seiner Leistung. Weine und Speisen waren zweifellos so gut wie nur irgendwo in Europa, und das Benehmen der Dienerschaft spiegelte genau die festen Gewohnheiten der englischen Herrenklasse wider. Der Besitzer kannte alle seine

Kellner wie die Finger seiner Hand; es gab nie mehr als fünfzehn von ihnen. Eher konnte man Mitglied des Parlaments werden, als Kellner in diesem Hotel. Jeder Kellner war Meister im furchterregenden Schweigen und in unaufdringlicher Zuvorkommenheit, ganz als wäre er der Kammerdiener eines vornehmen Herrn. Und tatsächlich stand meistens jedem Herrn, der dort speiste, wenigstens ein Kellner zur Verfügung.

Der Klub der »Zwölf wahren Fischer« wäre nie darauf eingegangen, anderswo als an einem solchen Ort zu speisen, denn er bestand auf luxuriöser Abgeschlossenheit; der bloße Gedanke, daß ein anderer Klub im gleichen Gebäude auch nur speiste, hätte die Mitglieder sehr aus der Fassung gebracht. Aus Anlaß ihres jährlichen Klubessens pflegten die Fischer all ihre Schätze zur Schau zu stellen, nicht anders, als ob sie sich in einem Privathaus befänden. Dazu gehörte vor allem das berühmte Gedeck von Fischmessern und Gabeln, die nun einmal das Wahrzeichen des Vereins bildeten und von denen jedes einzelne Stück eine auserlesene Silberschmiedearbeit in Gestalt eines Fischers darstellte und am Griff mit einer großen Perle verziert war. Sie wurden jedesmal für den Fischgang aufgelegt, und dieser Gang war seit jeher das Herrlichste bei diesem herrlichen Mahl. Der Verein verfügte über eine Unmenge von Zeremonien und Gebräuchen, besaß aber weder eine Geschichte noch einen Zweck; und gerade dadurch war er so ungemein aristokratisch. Man mußte nichts Besonderes sein, um einer der Zwölf Fischer werden zu dürfen; aber wenn man nicht bereits zu einem gewissen Personenkreis gehörte, dann wußte man nicht einmal von seiner Existenz. Der Klub bestand seit zwölf Jahren. Mr. Audley war der Vorsitzende und der Herzog von Chester sein Stellvertreter.

Wenn ich die Atmosphäre dieses erstaunlichen Hotels nur einigermaßen klarmachen konnte, wird sich der Leser mit Recht wundern, wie ich überhaupt etwas von seinem Dasein wissen konnte; und er wird sich vielleicht sogar fragen, wie so eine alltägliche Persönlichkeit wie mein Freund Pater Brown dazu kam, in solch einer funkelnden Porträtgalerie zu erscheinen. Was dies anbelangt, ist meine Geschichte einfach, ja beinahe vulgär. Es gibt in der Welt einen sehr alten Aufrührer und Demagogen, der auch in die vornehmsten Zufluchtsorte mit der schrecklichen Nachricht einbricht, daß alle Menschen Brüder sind, und wo immer dieser Verräter aller Rangunterschiede auf seinem fahlen Roß erschien, war es Pater Browns Beruf, ihm zu folgen.

Einer der Kellner, ein Italiener, hatte an diesem Nachmittag einen Schlaganfall erlitten, und obwohl sein jüdischer Arbeitgeber solchen Aberglauben mit leichtem Staunen betrachtete, hatte er eingewilligt, nach dem nächsten katholischen Priester zu schikken. Was der Kellner Pater Brown beichtete, geht uns nichts an, und zwar aus dem vortrefflichen Grund, weil der Geistliche es für sich behielt; doch anscheinend veranlaßte es ihn zur Niederschrift von ein paar Notizen oder Bemerkungen, wohl um eine Botschaft zu übermitteln oder irgend etwas Krummes geradezubiegen. Mit der bescheidenen Unverschämtheit, die er auch im Buckingham-Palast gezeigt hätte, bat Pater Brown deshalb um ein Zimmer und um Schreibzeug. Mr. Lever wußte nicht, was er tun sollte. Er war ein zuvorkommender Mann und verfügte auch über jene Pseudoart von Güte, die eigentlich nur eine Abneigung gegen jede Schwierigkeit oder jeden peinlichen Auftritt ist. Andererseits glich die Anwesenheit eines unpassenden Fremden in seinem Hotel an diesem Abend einem Schmutzflecken auf einem eben gereinigten Gegenstand. Nie hatte es im Hotel Vernon irgend etwas Überflüssiges wie etwa ein Vorzimmer gegeben; kein Mensch wartete je in der Halle, und kein Zufallsgast betrat sie. Es gab fünfzehn Kellner. Und es gab zwölf Gäste. In dieser Nacht einen neuen Gast im Hotel anzutreffen, wäre ebenso unerhört gewesen wie in der eigenen Familie einen neuen Bruder am Frühstückstisch vorzufinden. Außerdem war die Erscheinung des Priesters zweitklassig und seine schäbige Kleidung ebenfalls; schon sein flüchtiger Anblick aus der Ferne hätte eine Krisis im Klub heraufbeschwören können. Schließlich verfiel Mr. Lever auf den Ausweg, diesen Schandfleck wenigstens zu verdecken, da er ihn schon nicht auslöschen konnte.

Wenn du jemals – was nie geschehen wird – das Hotel Vernon betrittst, so kommst du durch einen kurzen, mit einigen vergilbten, aber bedeutenden Gemälden geschmückten Korridor in die Hauptvorhalle, in die zu deiner Rechten verschiedene Gänge münden, welche in die Gasträume führen; und links bemerkst du einen ähnlichen Gang zur Küche und zum Hotelbüro hin. Unmittelbar zu deiner Linken befindet sich die Ecke eines Glasgehäuses, das in die Vorhalle hineinragt – gewissermaßen ein Haus innerhalb eines Hauses, wie das alte Hotelbüffet, das diesen Platz wahrscheinlich früher einmal eingenommen hatte. In diesem Büro saß der Vertreter des Besitzers (keiner in dem Hotel wurde jemals persönlich sichtbar, wenn er es vermeiden konnte), und genau dahinter auf dem Weg zu den Personalräumen befand sich die Garderobe, die letzte Grenze des Herrenreiches. Aber zwischen dem Büro und der Garderobe lag noch ein kleines Privatzimmer ohne anderen Ausgang, das manchmal von dem Besitzer für heikle und wichtige Angelegenheiten verwendet wurde, zum Beispiel um einem Herzog tausend Pfund zu leihen oder ihm einen halben Shilling zu verweigern. Es spricht für die ungeheure Duldsamkeit von Mr. Lever, daß er diesen heiligen Ort für etwa eine halbe Stunde durch einen gewöhnlichen Priester entweihen ließ, der ein Stück Papier bekritzelte. Die Geschichte, die Pater Brown niederschrieb, war sicherlich viel besser als diese, leider wird sie nie veröffentlicht werden. Ich kann nur soviel sagen, daß sie beinah ebenso lang war und daß die zwei oder drei letzten Abschnitte am wenigsten aufregend und fesselnd waren. Denn als er so weit gekommen war, erlaubte der Priester seinen Gedanken, ein wenig abzuschweifen, und seine ungewöhnlich scharfen Sinne erwachten. Die Zeit der Dämmerung und des Abendessens rückte heran; sein eigenes, kleines, vergessenes Zimmer war ohne Beleuchtung, und vielleicht schärfte die zunehmende Dunkelheit sein Gehör, wie das ja manchmal vorkommt. Als Pater Brown den letzten und unwesentlichsten Teil seines Dokumentes abfaßte, ertappte er sich dabei, wie er im Rhythmus eines von außen kommenden Geräusches schrieb, genau wie man manchmal

im Rhythmus eines fahrenden Zuges denkt. Als er sich dessen bewußt wurde, erkannte er auch, was es war: nur das gewöhnliche
Trippeln von Füßen, die an der Tür vorbeigingen, was ja in einem Hotel nichts Ungewöhnliches ist. Trotzdem starrte Pater
Brown zu der immer dunkler werdenden Decke hinauf und
lauschte. Nachdem er ein paar Sekunden lang träumerisch zugehört hatte, sprang er auf und war nun, mit etwas schiefgelegtem
Kopf, ganz ins Hören versunken. Dann setzte er sich wieder hin
und vergrub die Stirn in den Händen, wobei er nicht nur
lauschte, sondern auch nachdachte.

Die unentwegten Schritte draußen waren in ihren einzelnen
Etappen so, wie man sie in jedem Hotel hören mochte; und doch
hatten sie, im Ganzen genommen, etwas sehr Seltsames an sich.
Sie waren die einzigen vernehmbaren Schritte. Das Hotel war
immer sehr still, denn die wenigen Hausgäste gingen sofort in
ihre eigenen Zimmer, und die gut geschulten Kellner waren gewohnt, nahezu unsichtbar zu sein, bis man nach ihnen verlangte.
Man konnte sich kaum einen Ort vorstellen, wo es weniger Veranlassung gab, etwas Unregelmäßiges zu erwarten. Doch diese
Schritte hier waren so eigenartig, daß man gar nicht entscheiden
konnte, ob sie regelmäßig oder unregelmäßig waren. Pater
Brown folgte ihnen mit dem Finger auf der Tischkante wie ein
Mann, der auf dem Klavier eine Melodie ausprobiert. Zuerst
kam eine lange Reihe rascher, kurzer Schritte, wie sie etwa ein
leichter Mann machen würde, um ein Wettgehen zu gewinnen.
An einer bestimmten Stelle hielten sie plötzlich an und verwan-
delten sich in eine Art von langsam dahinschlenderndem Gang,
der zahlenmäßig kein Viertel der bisherigen Schritte ausmachte,
aber ungefähr die gleiche Zeit einnahm. Im Augenblick, da das
letzte laute Auftreten verhallte, kam wieder das Laufen oder
Trippeln von leichten, eiligen Füßen, und dann wieder das Dröh-
nen der schweren Schritte. Ohne Zweifel war es das gleiche Paar
Schuhe, teils weil (wie schon gesagt) keine anderen Schuhe unterwegs waren, und teils weil sie leicht, aber unmißverständlich
knarrten. Pater Browns Kopf war so geartet, daß er nicht umhin

konnte, Fragen zu stellen, und über dieser offenbar unbedeutenden Frage barst beinahe sein Kopf. Er hatte Männer laufen gesehen, die im Begriff waren zu springen. Er hatte Männer einen Anlauf zum Gleiten nehmen sehen. Aber warum in aller Welt sollte ein Mann einen Anlauf nehmen, um zu gehen? Oder andersherum betrachtet, weshalb sollte er gehen, um dann zu laufen? Und doch wollte sich keine andere Erklärung mit dem Possenspiel dieses unsichtbaren Beinpaares decken. Entweder lief der Mann sehr rasch die eine Hälfte des Ganges entlang, um sehr langsam die andere Hälfte entlang zu schreiten, oder er schritt an dem einen Ende sehr langsam aus, um an dem anderen das Vergnügen des Laufens zu haben. Keine dieser Vermutungen schien viel Sinn zu ergeben. In dem Geist des Priesters wurde es immer dunkler und dunkler, wie im Zimmer. Doch als er gründlicher nachzudenken begann, schien gerade das Dunkel seiner Zelle seine Gedanken lebendiger zu machen; wie in einer Vision erschienen die phantastischen Füße vor seinen Blicken, die in unnatürlicher und symbolischer Pose den Gang entlanghüpften. War es ein heidnischer religiöser Tanz? Oder eine völlig neuartige wissenschaftliche Übung? Pater Brown begann sich eingehend zu fragen, was die Schritte bedeuten konnten. Zuerst dachte er an den langsamen Schritt; es war keineswegs der Schritt des Besitzers. Männer dieses Schlages haben einen raschen Watschelgang, oder sie sitzen still. Es konnte auch kein Diener oder Bote sein, der auf einen Auftrag wartete. Es klang nicht danach. Die niederen Klassen taumeln zwar manchmal umher, wenn sie leicht betrunken sind, doch für gewöhnlich und vor allem in so glanzvoller Umgebung stehen oder sitzen sie in gezwungener Haltung. Nein; dieser schwere und doch elastische Schritt, in seiner nonchalanten Wichtigkeit nicht besonders laut und doch unbekümmert um den Lärm, den er verursachte, konnte nur einem Lebewesen dieser Erde gehören. Das war ein Herr aus dem westlichen Europa, und wahrscheinlich einer, der nie für seinen Lebensunterhalt gearbeitet hatte.

Gerade als Pater Brown zu dieser festen Gewißheit gelangt

war, veränderte sich der Schritt, wurde schneller und rannte flink wie eine Ratte an der Tür vorbei. Wie der Lauscher feststellte, war dieser Schritt nicht nur viel rascher, sondern auch wesentlich geräuschloser, beinah als ob der Mann auf Zehenspitzen ginge. Und doch verband sein Geist diese Art Schritt nicht mit Heimlichtuerei, wohl aber mit irgend etwas anderem, das ihm aber nicht und nicht einfallen wollte. Er war wütend über dies halbe Sicherinnern, das einem ein Gefühl von leichter Blödigkeit gibt. Bestimmt hatte er diesen merkwürdigen, schnellen Gang schon irgendwo gehört. Plötzlich sprang er mit einem neuen Gedanken auf und ging zur Tür. Das Zimmer hatte keinen direkten Ausgang zum Korridor, sondern führte auf der einen Seite in das gläserne Büro und auf der anderen in die Garderobe dahinter. Er versuchte, die Bürotür zu öffnen und fand sie verschlossen. Dann schaute er zum Fenster hinauf, einer viereckigen Scheibe voll purpurner Wolken, die durch den fahlen Sonnenuntergang zerteilt wurden, und für einen Augenblick witterte er Böses, wie ein Hund Ratten wittert.

Der vernünftige Teil seines Ich (ob es nun der weisere war oder nicht) gewann die Oberhand. Pater Brown erinnerte sich, daß der Besitzer ihm gesagt hatte, er würde die Tür verschließen und ihn später herauslassen. Er sagte sich selbst, daß zwanzig Dinge, die er nicht bedacht hatte, die exzentrischen Laute draußen erklären könnten; er erinnerte sich, daß es gerade noch hell genug war, um seine Arbeit zu beenden. Er trug sein Papier zum Fenster, um das letzte Abendlicht auszunutzen, und machte sich noch einmal fest entschlossen über die beinahe fertige Arbeit her. An die zwanzig Minuten hatte er so geschrieben, wobei er sich in dem schwächer werdenden Licht immer tiefer über sein Papier beugte; dann richtete er sich plötzlich auf. Er hatte die seltsamen Schritte wieder gehört.

Diesmal zeigten sie eine dritte Eigentümlichkeit. Bisher war der Unbekannte gegangen, zwar flüchtig und mit blitzartiger Behendigkeit, aber er war gegangen. Jetzt lief er. Man konnte die schnellen, weichen, springenden Schritte den Gang entlangkommen hören, gleich den Pfoten eines fliehenden und springenden Panthers. Wer immer da kommen mochte, war ein sehr kräftiger, lebhafter Mann, in stummer, aber heftiger Erregung. Doch als der Laut wie eine Art flüsternder Wirbelwind zum Büro hingestürmt war, verwandelte er sich wieder in das alte, langsame Schlendern.

Pater Brown warf sein Papier hin, und da er die Bürotür geschlossen wußte, ging er gleich in die Garderobe hinüber. Der Garderobier war gerade abwesend, wahrscheinlich weil sich alle Gäste beim Essen befanden und sein Amt vorläufig ein Ruheposten war. Nachdem Pater Brown sich durch einen grauen Wald von Mänteln durchgetastet hatte, stellte er fest, daß sich die dunkle Garderobe nach dem erleuchteten Gang hin zu einer Art Ladentisch öffnete, ähnlich den meisten solchen Tischen, über die wir schon alle Mäntel und Schirme gereicht und Marken dafür empfangen haben. Unmittelbar über dem halbkreisförmigen Bogen dieser Öffnung brannte eine Lampe. Sie warf nur ein schwaches Licht auf Pater Brown, der sich wie ein dunkler Umriß von dem Sonnenuntergangsfenster abhob. Doch eine nahezu theatralische Beleuchtung fiel auf den Mann, der vor der Garderobe im Gang stand. Es war ein eleganter Mann in sehr unauffälligem Abendanzug; ein hochgewachsener Mann, der aber trotz seiner Größe nicht viel Raum einzunehmen schien. Man spürte, daß er wie ein Schatten dahingleiten konnte, wo wesentlich kleinere Männer aufgefallen wären und gestört hätten. Sein Gesicht, das jetzt im Lampenlicht in scharfen Konturen erschien, sah gebräunt und lebhaft aus, es war das Gesicht eines Ausländers. Er war gut gewachsen, heiter und selbstbewußt; der einzige Einwand eines Kritikers hätte sich gegen den Sitz seines schwarzen Fracks richten können: Dieser paßte nicht ganz zu seiner Figur und seinen Manieren, ja er war sogar auf seltsame Weise geschwollen und gebauscht.

In dem Augenblick, da er Browns schwarze Gestalt im Sonnenuntergang erblickte, warf er ihm ein Stück Papier mit einer Nummer hin und rief mit leutseliger Autorität: »Ich möchte

bitte meinen Hut und meinen Mantel; ich muß sofort weggehen.«

Pater Brown nahm wortlos das Papier und begann gehorsam
den Mantel zu suchen; es war nicht die erste niedrige Arbeit, die
er in seinem Leben verrichtet hatte. Er fand ihn und legte ihn auf
den Tisch; inzwischen hatte der fremde Herr seine Westentasche
durchsucht und sagte lachend: »Ich habe gerade kein Silber an
mir; Sie können dies behalten.« Und er warf ihm einen halben
Sovereign hin und nahm seinen Mantel.

Pater Browns Gestalt blieb ganz dunkel und ruhig; aber in jenem Moment hatte er plötzlich den Kopf verloren. Und immer,
wenn er ihn verloren hatte, war sein Kopf am wertvollsten. In
solchen Augenblicken zählte er zwei und zwei zusammen, und
das Ergebnis war vier Millionen. Oft war die katholische Kirche,
die mit dem gesunden Menschenverstand verheiratet ist, mit dieser Methode nicht einverstanden. Oft war er selbst nicht damit
einverstanden. Aber es war eine echte Eingebung – wie sie in seltenen Krisen von großer Wichtigkeit ist –, die Eingebung, daß er,
der seinen Kopf verlöre, ihn eben dadurch retten könne. »Ich
glaube, mein Herr«, sagte er höflich, »Sie haben doch Silber an
sich.« Der hochgewachsene Gentleman starrte ihn an. »Zum
Teufel«, rief er. »Warum beschweren Sie sich darüber, daß ich
Ihnen Gold gebe?«

»Weil Silber manchmal wertvoller ist als Gold«, sagte der
Priester freundlich; »jedenfalls in größeren Mengen.«

Der Fremde betrachtete ihn neugierig. Danach blickte er noch
neugieriger zum Haupteingang hin. Schließlich kehrte sein Blick
zu Brown zurück und wandte sich dann sehr eingehend dem Fenster über Browns Kopf zu, das noch vom Nachglühen des Gewitters gefärbt war. Nun schien er einen Entschluß zu fassen. Er
legte eine Hand auf den Garderobentisch, schwang sich leicht
wie ein Akrobat hinüber und warf sich auf den Priester, indem er
ihn mit mächtiger Hand beim Kragen packte.

»Keinen Laut!« stieß er flüsternd hervor. »Ich möchte Ihnen
nicht drohen, aber –«

»Ich will Ihnen drohen«, sagte Pater Brown mit einer Stimme wie ein Trommelwirbel. »Ich will Ihnen mit dem Wurm drohen, der nie stirbt, und mit dem Feuer, das nie verlöschet.«

»Sie sind ein sonderbarer Garderobier«, sagte der andere.

»Ich bin Priester, Monsieur Flambeau«, sagte Brown, »und ich bin bereit, Ihre Beichte zu hören.«

Der andere schnappte ein paar Augenblicke nach Luft und taumelte dann in einen Stuhl.

Die ersten beiden Gänge des Mahles der »Zwölf wahren Fischer« waren erfolgreich beendet. Ich besitze keine Abschrift des Menus; und wenn ich sie besäße, würde sie niemandem das geringste verraten. Es war in einer Art Über-Französisch geschrieben, wie es die Köche gebrauchen, das aber für Franzosen völlig unverständlich wäre. Im Sinne der Klubtradition mußten die hors d'œuvres bis zur Verrücktheit mannigfaltig sein. Sie wurden mit großem Ernst verspeist, da sie zugegebenermaßen eine völlig nutzlose Zugabe darstellten, wie die gesamte Mahlzeit und der ganze Klub. Es war ferner Tradition, daß die Suppe leicht und anspruchslos zu sein hatte – gewissermaßen ein einfaches und strenges Fasten vor dem bevorstehenden Fischfest. Die Unterhaltung bestand aus jenem eigenartigen, seichten Gerede, welches das britische Weltreich zusammenhält, es im geheimen regiert, und das dennoch ein gewöhnlicher Engländer kaum begreifen würde, selbst wenn er es belauschen könnte. Kabinettminister beider Parteien wurden beim Taufnamen genannt und mit leicht gelangweilter Freundlichkeit verspottet. Der radikale Schatzkanzler, den alle Konservativen sonst seiner Erpressungen wegen zu verfluchen pflegten, wurde seiner minderwertigen Gedichte oder seines guten Reitens wegen gelobt. Der Führer der Konservativen, den sonst alle Liberalen als Tyrannen haßten, wurde gründlich diskutiert und im ganzen genommen als Liberaler gerühmt. Man gewann den Eindruck, daß Politiker etwas sehr Wichtiges seien. Und doch schien alles an ihnen wichtig zu sein, außer Politik.

Mr. Audley, der Vorsitzende, war ein liebenswürdiger, älterer Herr, der noch immer einen Gladstonekragen trug; er war eine Art Symbol dieser ganzen verworrenen und doch sehr starren Gesellschaft. Noch nie hatte er irgend etwas getan, nicht einmal etwas Falsches. Er war nicht aristokratisch, er war nicht einmal besonders reich. Er gehörte einfach dazu; und mehr war auch nicht nötig. Keine Partei konnte ihn ignorieren, und wenn er gewünscht hätte, Minister zu sein, würde man ihn bestimmt dazu gemacht haben. Der Herzog von Chester, sein Stellvertreter, war ein junger, aufsteigender Politiker. Das heißt, er war ein sympathischer Jüngling mit glattem, blondem Haar und sommersprossigem Gesicht, von bescheidenen Geistesgaben und ungemein wohlhabend. Sein Auftreten in der Öffentlichkeit war stets erfolgreich, und er erreichte das mit den einfachsten Mitteln. Wenn ihm ein Witz einfiel, machte er ihn und geriet dadurch in den Ruf, geistreich zu sein. Wenn ihm kein Witz einfiel, sagte er, jetzt sei keine Zeit für Scherze, und das wurde »fähig« genannt. Im Privatleben, in einem Klub seiner eigenen Gesellschaftsschicht, war er recht nett, freimütig und albern wie ein Schuljunge. Mr. Audley, der sich nie mit Politik beschäftigt hatte, behandelte sie etwas ernsthafter. Manchmal verwirrte er die Gesellschaft sogar durch Redensarten, in denen er einen gewissen Unterschied zwischen einem Liberalen und einem Konservativen andeutete. Er selbst war auch im Privatleben konservativ. Eine graue Haarrolle hing rückwärts über seinen Kragen wie bei gewissen altmodischen Staatsmännern, und von hinten gesehen bot er den Anblick eines Mannes, den das Empire brauchte. Von vorn betrachtet sah er wie ein gutmütiger, ein bißchen vernachlässigter Junggeselle aus, der im Albanyklub wohnte – und das war er auch.

Wie schon bemerkt, gab es vierundzwanzig Sitze an dem Terrassentisch und nur zwölf Klubmitglieder. Somit stand ihnen die Terrasse in ihrer ganzen Ausdehnung zur Verfügung. Alle saßen an der inneren Tischseite nebeneinander, ohne Gegenüber, und konnten ungehindert über den Garten blicken, dessen Farben noch lebhaft leuchteten, obwohl der Abend für die Jahreszeit etwas zu düster angebrochen war. Der Vorsitzende saß in der Mitte der Reihe, am rechten Ende der Vize-Präsident. Bevor sich die zwölf Gäste auf ihren Sitzen niederließen, war es aus irgendeinem unbekannten Grund üblich, daß alle fünfzehn Kellner in einer Reihe an der Wand entlang standen, wie Truppen, die vor dem König die Waffen präsentieren, während sich der fette Besitzer mit strahlender Überraschung vor den Klubmitgliedern verbeugte, als hätte er nie zuvor von ihnen gehört. Doch beim ersten Messer- und Gabelklirren war diese Dienerarmee verschwunden, nur einer oder zwei, die zum Wegnehmen oder Austeilen der Teller gebraucht wurden, schossen in tödlichem Schweigen umher. Mr. Lever, der Besitzer, war unter Höflichkeitskrämpfen natürlich lange vorher verschwunden. Es wäre übertrieben, ja unehrerbietig, zu behaupten, daß er je wieder persönlich erschien. Wenn jedoch der wichtigste Gang, der Fisch, aufgetragen wurde, spürte man – wie soll ich es ausdrücken – einen lebendigen Schatten, einen Schimmer seiner Persönlichkeit, der besagte, daß er in der Nähe weilte. Der heilige Fischgang bestand (für das Auge eines gewöhnlichen Sterblichen) in einem ungeheuren Pudding, etwa in der Größe und Form eines Hochzeitskuchens, in dem eine beträchtliche Anzahl interessanter Fische ihre ursprüngliche Gestalt völlig verloren hatten. Die zwölf wahren Fischer ergriffen ihre berühmten Fischmesser und Fischgabeln und rückten ihm mit so feierlichem Ernst zu Leibe, als koste jeder Zoll des Puddings soviel wie die Silbergabel, mit der er verspeist wurde. Und soviel ich weiß, kostete er auch so viel. Dieser Gang wurde mit Eifer und absolutem Schweigen behandelt; und erst nachdem er seinen Teller fast völlig geleert hatte, machte der junge Herzog die feierliche Bemerkung: »Das kann man nirgends so gut wie hier.«

»Nirgends«, bestätigte Mr. Audley in tiefem Baß, wandte sich an den Sprecher und nickte mehrmals mit dem ehrwürdigen Kopf. »Bestimmt nirgends als hier. Irgend jemand hat mir einzureden versucht, daß im Café Anglais –«

Hier wurde er durch das Abräumen seines Tellers unterbrochen und vorübergehend sogar in seinen Betrachtungen gestört, doch konnte er den kostbaren Faden seiner Gedanken wieder anknüpfen. »Man hat mir erzählt, daß der Fisch im Café Anglais genauso gut zubereitet würde. Keine Spur davon«, rief er und schüttelte unbarmherzig den Kopf, wie ein Richter, der ein Todesurteil ausspricht. »Keine Spur davon.«

»Überschätztes Lokal, das Café Anglais«, verkündete ein gewisser Oberst Pound, der seinem Aussehen nach seit Monaten zum erstenmal den Mund aufmachte.

»Oh, ich weiß nicht«, sagte der Herzog von Chester, der Optimist war, »für gewisse Dinge ist es recht hübsch. Nicht zu überbieten in –« Ein Kellner kam eilig hereingelaufen und blieb dann plötzlich stehen. Sein Anhalten war geräuschlos wie sein Schritt; doch all jene bestimmungslosen und liebenswürdigen Herren waren so an den glatten Ablauf des unsichtbaren Mechanismus gewöhnt, der ihr Leben umgab und erhielt, daß ein Kellner, der etwas Unerwartetes tat, sie wie ein Mißton erschreckte. Wie unsereiner ihn empfinden würde, wenn die leblose Welt den Gehorsam verweigerte – wenn ein Stuhl vor uns davonliefe.

Der Kellner stand ein paar Sekunden lang starr da, während sich auf jedem Gesicht am Tisch eine eigentümliche Scham abzeichnete, ein vollendetes Erzeugnis unserer Zeit: jene Mischung aus moderner Gefühlsduselei und dem schrecklichen, modernen Abgrund zwischen den Seelen der Reichen und denen der Armen. Ein echter historischer Aristokrat hätte dem Kellner alles mögliche an den Kopf geworfen, zuerst leere Flaschen und zum Schluß höchstwahrscheinlich Geld. Ein echter Demokrat hätte ihn mit kameradschaftlicher Offenheit im Ton gefragt, was zum Teufel denn passiert sei. Aber diese modernen Plutokraten konnten die Anwesenheit eines Armen nicht ertragen, weder als Sklaven noch als Freund. Daß irgend etwas mit der Bedienung nicht stimmte, setzte sie nur in peinliche Verlegenheit. Sie wollten nicht brutal sein, aber sie schreckten davor zurück, gütig sein zu müssen. Sie wünschten, die Sache, was immer sie sei, wäre vorüber. Und sie war vorüber. Nachdem der Kellner ein paar Sekunden lang leblos, wie zur Salzsäule erstarrt, dagestanden hatte, drehte er sich um und schoß wie verrückt hinaus.

Als er wieder im Zimmer oder vielmehr in der Türöffnung erschien, hatte er einen anderen Kellner dabei, mit dem er in südländischer Lebhaftigkeit tuschelte und gestikulierte. Dann ging der erste Kellner weg, ließ den zweiten zurück und erschien wieder mit einem dritten. Zu der Zeit, als sich ein vierter Kellner dieser übereilten Synode angeschlossen hatte, hielt Mr. Audley es im Interesse des Taktes für nötig, das Schweigen zu brechen. Das tat er, anstatt mit einer Präsidentenglocke, mit einem sehr lauten Räuspern und sagte: »Prächtige Arbeit, die der junge Moocher in Birma leistet. Kein anderes Volk in der Welt besitzt –«

Ein fünfter Kellner war wie ein Pfeil auf ihn zugeschwirrt und flüsterte ihm ins Ohr: »Tut mir leid, wichtig! Könnte der Besitzer Sie sprechen?«

Der Vorsitzende wandte sich verwirrt um und starrte wie betäubt Mr. Lever an, der sich mit einiger Schnelligkeit auf sie zuwälzte. Die Haltung des braven Besitzers wich von seiner gewöhnlichen Haltung nicht ab, doch sein Gesicht war ziemlich ungewöhnlich. Sonst pflegte es von einem frischen Kupferbraun zu sein; jetzt zeigte es ein kränkliches Gelb. »Sie werden mir verzeihen, Mr. Audley«, sagte er und schnappte asthmatisch nach Luft. »Ich bin sehr besorgt. Ihre Fischteller sind mitsamt den Messern und Gabeln weggeräumt worden.«

»Das will ich hoffen«, sagte der Vorsitzende mit einiger Wärme.

»Sahen Sie ihn?« keuchte der aufgeregte Hotelier. »Sahen Sie den Kellner, der sie wegnahm? Kennen Sie ihn?«

»Den Kellner?« antwortete Mr. Audley unwillig. »Gewiß nicht.«

Mr. Lever rang gequält die Hände. »Ich habe ihn niemals hergeschickt«, sagte er. »Ich weiß nicht, wann oder warum er kommt. Ich schicke meinen Kellner, damit er die Teller abräumt, und er findet sie bereits weggeräumt.«

Mr. Audley blickte so verwirrt drein, daß man hätte zweifeln können, ob er wirklich der Mann war, den das Empire braucht; keiner der Gesellschaft brachte ein Wort heraus außer dem Mann aus Holz – Oberst Pound –, der zu unnatürlicher Lebendigkeit galvanisiert schien. Steif erhob er sich aus seinem Stuhl, während die übrigen sitzen blieben, klemmte sich das Monokel ins Auge und sprach mit rauher, leiser Stimme, als hätte er das Sprechen halb verlernt. »Meinen Sie«, fragte er, »daß jemand unser silbernes Fischbesteck gestohlen hat?«

Der Besitzer wiederholte seine Handbewegung mit noch größerer Hilflosigkeit; und im Nu waren alle Männer am Tisch auf den Beinen. »Sind all Ihre Kellner hier?« fragte der Oberst in seinem leisen, rauhen Tonfall.

»Ja, alle sind hier. Ich habe das selbst festgestellt«, rief der junge Herzog und drängte sein knabenhaftes Gesicht in die Mitte. »Jedesmal, wenn ich hereinkomme, zähle ich sie; sie sehen so komisch aus, wenn sie sich an der Wand entlang aufstellen.«

»Aber so genau kann man sich doch nicht daran erinnern«, meinte schwerfällig zögernd Mr. Audley.

»Und ich sage Ihnen, daß ich mich ganz genau erinnere«, rief der Herzog aufgeregt. »Noch nie waren mehr als fünfzehn Kellner hier, und auch heute abend waren es nicht mehr als fünfzehn, das kann ich beschwören; nicht mehr und nicht weniger.«

Zitternd, vor Überraschung fast gelähmt, wandte sich der Besitzer an ihn. »Sie sagen – Sie sagen«, stotterte er, »Sie sahen alle meine fünfzehn Kellner?«

»Ja, wie immer«, bestätigte der Herzog. »Was ist los?«

»Nichts«, sagte Lever mit tiefem Nachdruck, »nur, es ist nicht möglich. Denn einer von ihnen liegt oben tot in seinem Zimmer.« Für einen Augenblick herrschte beängstigendes Schweigen im Zimmer. Es mag sein (so übernatürlich wirkt das Wort tot), daß jeder dieser Tagediebe eine Sekunde lang seine Seele betrachtete und feststellte, daß sie einer kleinen, vertrockneten Erbse glich. Einer von ihnen – ich glaube, es war der Herzog – fragte sogar mit der blödsinnigen Liebenswürdigkeit der Reichen: »Können wir etwas für ihn tun?«

»Er hat einen Priester gehabt«, antwortete der Jude nicht ohne Rührung. Nun erwachten sie, wie beim Schall des Jüngsten Gerichts, und erkannten ihre eigene Situation. Ein paar unheimliche Sekunden lang hatten sie wirklich das Gefühl gehabt, der fünfzehnte Kellner könnte der Geist des Toten von oben gewesen sein. Dieser Druck hatte ihnen die Sprache geraubt, denn Geister brachten sie in die gleiche Verlegenheit wie Bettler. Aber der Gedanke an das Silber brach den Zauber des Übernatürlichen, brach ihn unvermittelt und bewirkte eine heftige Reaktion. Der Oberst warf seinen Stuhl um und schritt zur Tür. »Wenn ein fünfzehnter Mann hier war, Freunde«, sagte er, »so war dieser fünfzehnte Kerl ein Dieb. Sofort an die Eingangs- und Hintertür und alles besetzt; dann können wir weiterreden. Die vierundzwanzig Perlen sind es wert, daß wir sie zurückerobern.«

Mr. Audley schien zunächst unsicher, ob es schicklich sei, sich aus irgendeinem Grund derartig zu beeilen, aber als er den Herzog in jugendlicher Kraft die Treppe hinunterstürzen sah, folgte er ihm, wenn auch mit etwas gesetzteren Bewegungen.

Im gleichen Augenblick rannte ein sechster Kellner ins Zimmer und erklärte, er habe den Stoß Fischteller auf einem Anrichtetisch gefunden, aber keine Spur des Silbers.

Der Haufen Gäste und Diener, der Hals über Kopf die Gänge entlangstolperte, teilte sich in zwei Gruppen. Die meisten Fischer folgten dem Besitzer zu dem vorderen Zimmer, um zu hören, ob irgend jemand hinausgegangen sei. Oberst Pound stürmte mit dem Vorsitzenden, dem Vize und ein oder zwei anderen den Gang zu den Dienstbotenräumen hinunter, der den wahrscheinlicheren Fluchtweg darstellte. Dabei kamen sie an der dunklen Nische oder Höhle der Garderobe vorbei und erblickten dort eine untersetzte schwarzgekleidete Gestalt, offenbar einen Diener, der hinten im Schatten stand.

»He! Sie dort!« rief der Herzog. »Haben Sie jemanden vorbeikommen sehen?« Die untersetzte Gestalt beantwortete die Frage nicht direkt, sondern sagte nur: »Vielleicht habe ich das, was Sie suchen, meine Herren.«

Unschlüssig und neugierig blieben sie stehen, während er ruhig nach hinten in die Garderobe ging, mit beiden Händen voll Silber zurückkam und es mit der Ruhe eines Verkäufers auf dem Tisch vor sich ausbreitete. Schließlich nahm es die Gestalt von einem Dutzend merkwürdig geformter Gabeln und Messer an.

»Sie – Sie«, stotterte der Oberst völlig außer Fassung. Dann warf er einen verstohlenen Blick in den kleinen, dunklen Raum und bemerkte zwei Dinge: erstens, daß der untersetzte, schwarzgekleidete Mann wie ein Geistlicher aussah; und zweitens, daß das Fenster des Zimmers dahinter zerbrochen war, wie wenn jemand gewaltsam durchgestiegen wäre.

»Wertvolle Sachen zum Aufbewahren in einer Garderobe, nicht wahr?« stellte der Geistliche voll heiterer Gelassenheit fest.

»Haben Sie – haben Sie diese Gegenstände gestohlen?« stotterte Mr. Audley mit starrem Blick.

»Selbst wenn«, sagte der Priester vergnügt, »hätte ich sie hiermit jedenfalls wieder zurückgebracht.«

»Aber Sie waren es nicht«, rief der Oberst, der immer noch das zerbrochene Fenster anstarrte.

»Offen gestanden, nein«, gab jener gutgelaunt zurück. Und er setzte sich sehr feierlich auf einen Stuhl.

»Doch Sie wissen, wer es war?« forschte der Oberst weiter.

»Seinen wirklichen Namen kenne ich nicht«, sagte der Priester sanft; »aber ich weiß einiges über seine Kampfkraft und ziemlich viel über seine geistigen Nöte. Seine körperlichen Qualitäten lernte ich schätzen, als er mich zu erwürgen versuchte, und seine moralischen, als er bereute.«

»Oh, wahrhaftig – bereute!« rief der junge Chester mit schallendem Gelächter.

Pater Brown stand auf und sagte, mit den Händen auf dem Rücken: »Komisch, nicht, daß ein Dieb und Landstreicher bereuen sollte, wenn so viele Reiche und Sorglose hart und leichtsinnig bleiben und vor Gott und den Menschen keine Früchte tragen? Aber damit, entschuldigen Sie bitte, überschreiten Sie ein wenig die Grenzen meines Gebietes. Wenn Sie die Reue als wirkliche Tatsache bezweifeln, bitte, hier sind Ihre Messer und Gabeln. Sie sind die ›Zwölf wahren Fischer‹, und hier sind all Ihre Silberfische. Er aber hat mich zum Menschenfischer gemacht.«

»Haben Sie den Mann gefangen?« fragte der Oberst scharf in sein stirnrunzelndes Gesicht. »Ja«, sagte er, »ich habe ihn gefangen, mit einer unsichtbaren Angel und einer unsichtbaren Leine; lang genug, ihn bis ans Ende der Welt laufen zu lassen und ihn doch mit einem einzigen Fadenruck zurückzuholen.«

Alle schwiegen. Langsam verzogen sich die Männer, um den Gefährten das wiedergewonnene Silber zu bringen oder den Besitzer über diese seltsame Angelegenheit auszufragen. Nur der Oberst mit dem grimmigen Gesicht saß noch immer auf dem Tisch, baumelte mit den langen, dürren Beinen und kaute an seinem schwarzen Schnurrbart. Endlich sagte er ruhig zu dem Priester: »Muß ein schlauer Bursche gewesen sein, aber ich glaube, ich kenne einen noch schlaueren.«

»Das war er auch«, antwortete Brown, »aber ich verstehe nicht recht, welchen andern Sie meinen.«

»Sie meine ich«, sagte der Oberst mit kurzem Lachen. »Ich verlange nicht, daß der Bursche eingesperrt wird; da können Sie ganz unbesorgt sein. Aber ich würde es mich einige Silbergabeln kosten lassen, um genau herauszukriegen, wie Sie in diese Geschichte verwickelt wurden und wie Sie das Zeug von ihm herausbekamen. Ich schätze, Sie sind der klügste Teufel unter uns allen.«

Pater Brown schien die treuherzige Aufrichtigkeit des alten Soldaten zu gefallen.

»Nun«, sagte er lächelnd, »über die Identität und die Geschichte dieses Mannes darf ich Ihnen natürlich nichts erzählen; aber ich sehe nicht ein, warum Sie nicht die reinen Tatsachen, die ich selbst herausgefunden habe, erfahren sollten.«

Mit unerwarteter Behendigkeit schwang er sich über die Schranke, setzte sich neben den Oberst und ließ die kurzen Beine baumeln wie ein kleiner Junge auf einem Zaun. Und dann begann er seine Geschichte so unbefangen zu erzählen, wie er etwa mit einem alten Freund am Kaminfeuer gesprochen hätte.

»Sehen Sie, Oberst«, fing er an, »ich war in der kleinen Kammer dort eingeschlossen und hatte etwas zu schreiben, als ich im Gang ein Paar Füße einen Tanz vollführen hörte, der so seltsam klang wie der Totentanz. Zuerst kamen schnelle, spaßige, kurze Schritte, wie von einem Mann, der auf Zehenspitzen ein Wettgehen 'veranstaltet; dann folgten langsame, sorglose, knarrende Schritte wie von einem schweren Mann, der mit einer Zigarre im Mund herumschlendert. Aber ich schwöre Ihnen, beide wurden von den gleichen Füßen verursacht, und sie wechselten sich ab; zuerst kam das Laufen und dann das Gehen; und dann wieder das Laufen. Anfangs dachte ich mir nicht viel dabei, doch dann wurde ich immer neugieriger, warum ein Mann gleichzeitig diese beiden Rollen spielen sollte. Den einen Schritt kannte ich; er glich genau dem Ihren, Oberst. Es war der Gang eines gutgenährten Herrn, der auf etwas wartet, der umherschlendert, mehr weil er körperlich fit als geistig ungeduldig ist. Ich wußte, daß ich auch den anderen Schritt kannte, aber mir fiel nicht ein, was es war. Welches abenteuerliche Geschöpf hatte ich auf meinen Wegen getroffen, das in solch ungewöhnlicher Art auf den Zehenspitzen dahinraste? Dann hörte ich irgendwo Teller klirren; und die Antwort stand so deutlich wie die Peterskirche vor mir. Es war der Schritt eines Kellners – jenes Laufen mit vorgebeugtem Oberkörper und gesenkten Augen, Füße, die sich mit den Zehenballen vom Boden abstießen, ein Mann mit fliegenden Frackschößen und wehender Serviette. Dann dachte ich eine Minute nach und noch eine halbe. Und ich glaube, ich sah die Art des Verbrechens so deutlich vor mir, als ob ich es in der nächsten Minute selbst begehen würde.«

Oberst Pound blickte ihn erwartungsvoll an, doch die sanften, grauen Augen des Sprechers waren mit fast leerer Nachdenklichkeit zur Decke gerichtet. »Ein Verbrechen«, erklärte er langam, »gleicht jedem anderen Kunstwerk. Sehen Sie mich nicht so erstaunt an; Verbrechen sind keineswegs die einzigen Kunstwerke, die aus einer höllischen Werkstätte hervorgehen. Aber jedes echte Kunstwerk, ob göttlich oder teuflisch, weist ein untrügliches Kennzeichen auf – sein Kern ist nämlich einfach, wie kompliziert auch immer die Ausführung sein mag. So sind zum Beispiel im ›Hamlet‹ die Groteske des Totengräbers, die Blumen der Wahnsinnigen, der wunderliche Putz Osrics, die Blässe des Geistes und der grinsende Schädel alles nur seltsame Ornamente eines Gewindes um die einfache, tragische Gestalt eines Mannes in Schwarz. Nun«, sagte er lächelnd und rutschte langsam von seinem Sitz herunter, »auch dies ist die einfache Tragödie eines Mannes in Schwarz. Ja«, fuhr er fort, als der Oberst verwundert aufblickte, »diese ganze Geschichte dreht sich um einen schwarzen Frack. Genau wie im ›Hamlet‹ haben wir die Rokokoschnörkel – Sie selbst, zum Beispiel. Da haben wir den toten Kellner, der zur Stelle war, als er gar nicht zur Stelle sein konnte. Wir haben die unsichtbare Hand, die das Silber von Ihrem Tisch entfernte und dann ins Nichts verschwand. Aber jedes geschickte Verbrechen beruht im Grunde auf irgendeiner ganz einfachen Tatsache – einer Tatsache, die überhaupt nichts Geheimnisvolles an sich hat. Die Täuschung, das Geheimnis entsteht erst durch die Entdeckung, die die Gedanken der Menschen von der ursprünglichen Tatsache abbringt. Dieses große, geschickt ausgeklügelte und – bei ungestörtem Verlauf – sehr einträgliche Verbrechen war auf der schlichten Tatsache aufgebaut, daß die Abendkleidung eines Herrn und die eines Kellners genau die gleiche ist. Alles übrige war Schauspielerei, und sogar ausnehmend gute Schauspielerei.«

Der Oberst stand auf und betrachtete stirnrunzelnd seine Schuhe. »Ich bin noch immer nicht sicher«, sagte er, »daß ich Sie richtig verstehe.«

»Oberst«, erwiderte Pater Brown, »ich sage Ihnen, daß dieser Erzengel an Unverschämtheit, der Ihre Gabeln gestohlen hat, zwanzigmal im vollen Lampenlicht diesen Gang auf und ab gelaufen ist, vor aller Augen. Er dachte nicht daran, sich in dunklen

Ecken zu verbergen, womit er sich verdächtig gemacht hätte. Die ganze Zeit über lief er in den beleuchteten Gängen umher, und überall schien er sich mit vollem Recht zu befinden. Fragen Sie mich nicht, wie er aussah; Sie selbst haben ihn heute abend sechs- oder siebenmal erblickt. Sie warteten mit all den andern feinen Leuten im Empfangsraum am Ende dieses Ganges, hinter dem die Terrasse liegt. Sooft er bei Ihnen erschien, war er der vollen- dete Kellner, mit gesenktem Kopf, fliegender Serviette und schnellen Füßen. Er stürzte auf die Terrasse hinaus, machte sich am Tischtuch zu schaffen und lief wieder zum Büro und den Räumen der Kellner zurück. Sobald er in den Gesichtskreis des Büroschreibers und der Kellner gekommen war, hatte er sich mit jedem Zoll seines Körpers, mit jeder kleinsten Bewegung in einen anderen Mann verwandelt. Mit der zerstreuten Unverschämt- heit, die alle Kellner von feinen Herren gewohnt sind, schlen- derte er zwischen den Angestellten umher. Ihnen war es nicht neu, daß ein Stutzer von der Tischgesellschaft in allen Teilen des Hauses herumspazierte, wie ein Tier im Zoo; sie wissen, daß für die oberen Zehntausend nichts bezeichnender ist als die Ange- wohnheit, überall, wo es ihnen paßt, herumzulaufen. Wenn ihn das Lustwandeln in diesem Gang hier langweilte, kehrte er um und verschwand wieder hinter dem Büro; genau jenseits, im Schatten des Bogens, verwandelte er sich wie durch Zauberei und lief wieder emsig zwischen den ›Zwölf Fischern‹ umher, als zuvorkommender Diener. Warum sollten die Herren irgendei- nen Kellner beachten? Warum sollten die Kellner einen vollendet auftretenden Gentleman verdächtigen? Ein paarmal vollführte er die gewagtesten Streiche. In den Privaträumen des Besitzers verlangte er lärmend eine Flasche Soda, er sei durstig. Herablas- send erklärte er, er wolle sie selber tragen, und das tat er auch; schnell und korrekt trug er die Flasche mitten zwischen Ihnen durch, zweifellos ein Kellner, der einen Auftrag ausführte. Na- türlich ließ sich das nicht lange durchführen, aber es war ja auch nur bis nach dem Fischgang notwendig. Der schwierigste Teil seiner Rolle war der Augenblick, als alle Kellner in einer Reihe standen; doch selbst da brachte er es fertig, gerade um die Ecke herum an der Wand zu lehnen, so daß ihn die Kellner in diesem wichtigen Moment für einen Gast und die Gäste ihn für einen Kellner hielten. Alles übrige war ein Kinderspiel. Falls ihn einer der Kellner abseits vom Tisch ertappt hätte, so hätte er nur einen gelangweilten Aristokraten ertappt. Er mußte sich nur alles gut einteilen und sich zwei Minuten, ehe der Fisch abgeräumt wurde, in einen flinken Kellner verwandeln, der ihn selbst abräumte. Er stellte die Teller auf einen Anrichtetisch, stopfte das Silber in seine Brusttasche, die jetzt höchstens ein bißchen zu bauschig aussah, und rannte wie ein Hase (ich hörte ihn kommen), bis er die Garderobe erreicht hatte. Dort hatte er nur wieder ein Plutokrat zu sein – ein Plutokrat, der in dringenden Geschäften abgerufen wurde. Er brauchte nur dem Garderobier seine Marke zu geben und elegant, wie er gekommen war, zu verschwinden. Nur – nur leider war zufällig ich der Garderobier.«

»Was haben Sie mit ihm gemacht?« rief der Oberst mit ungewöhnlicher Heftigkeit. »Was hat er Ihnen erzählt?«

»Verzeihen Sie«, sagte der Priester mit fester Stimme, »aber hier hört die Geschichte auf.«

»Nein, hier beginnt sie erst interessant zu werden«, brummte Pound. »Ich glaube, seine Arbeitsmethode begreife ich. Aber hinter die Ihrige bin ich noch nicht ganz gekommen.«

»Ich muß gehen«, sagte Pater Brown.

Gemeinsam schritten sie den Gang zur Empfangshalle hinunter, wo sie das frische, sommersprossige Gesicht des Herzogs von Chester erblickten, der ihnen strahlend entgegenschritt.

»Kommen Sie, Pound«, rief er atemlos. »Ich habe Sie überall gesucht. Das Essen geht weiter und alles klappt prächtig, und der alte Audley soll zu Ehren der geretteten Gabeln eine Rede halten. Wir wollen ein neues Zeremoniell einführen, nicht wahr? Zum Andenken an das Ereignis. Was schlagen Sie vor? Schließlich haben Sie ja die Sachen wieder zurückgebracht.«

»Nun«, erwiderte der Oberst und betrachtete ihn mit leicht sardonischer Zustimmung. »Ich würde vorschlagen, daß wir von nun an alle grüne Fräcke tragen anstelle der schwarzen. Man weiß nie, was für Verwechslungen vorkommen können, wenn man wie ein Kellner aussieht.«

»Oh, hol's der Henker«, rief der junge Mann, »kein Gentleman sieht je wie ein Kellner aus.«

»Und kein Kellner wie ein Gentleman, nehme ich an«, sagte der Oberst Pound mit demselben leisen Lachen. »Ehrwürden, Ihr Freund muß sehr geschickt gewesen sein, um den Gentleman spielen zu können.«

Pater Brown knöpfte seinen abgetragenen Überzieher bis zum Hals zu, denn die Nacht war windig, und nahm seinen schlichten Schirm aus dem Ständer. »Ja«, sagte er; »es muß schon harte Arbeit sein, als Gentleman zu leben; aber, wissen Sie, manchmal habe ich mir gedacht, daß es ebenso anstrengend sein dürfte, ein Kellner zu sein.«

Und mit einem »Guten Abend« stieß er die schweren Türen dieses Vergnügungspalastes auf. Die goldenen Tore schlossen sich hinter ihm, und mit schnellem Schritt wanderte er durch die dunstigen, finsteren Straßen, um noch einen Omnibus zu erreichen.

Die Sternschnuppen

»Das schönste Verbrechen, das ich je begangen habe«, pflegte Flambeau zu sagen, als er zu Jahren gekommen und ungemein moralisch geworden war, »wurde durch ein eigenartiges Zusammentreffen auch zu meinem letzten. Ich verübte es zu Weihnachten. Als Künstler war ich immer bestrebt, meine Verbrechen der jeweiligen Jahreszeit oder der Landschaft, in der ich mich gerade befand, anzupassen, wobei ich für jede besondere Untat die besonders geeignete Terrasse oder einen bestimmten Garten auswählte, wie man das ja auch bei Statuen tut. Landedelleute sollte man nur in großen, holzgetäfelten Räumen betrügen; während wieder jüdische Finanziers sich plötzlich zu ihrer Überraschung im grellen Lichterglanz des Café Riche ohne einen Penny in der Tasche finden müßten. Wenn ich etwa in England einen Dekan von seinen weltlichen Gütern befreien wollte (was nicht so einfach ist, wie man annehmen könnte), wünschte ich – wenn Sie verstehen, was ich meine –, ihn in die grünen Rasenflächen oder die grauen Türme eines alten Bischofssitzes einzurahmen. Ebenso empfand ich künstlerische Befriedigung, wenn in Frankreich, nachdem ich einen reichen, bösartigen Bauern um sein Geld gebracht hatte (was nahezu unmöglich ist), sich sein empörtes Haupt von der dunklen Reihe beschnittener Pappeln und jenen feierlichen gallischen Ebenen abhob, über denen der mächtige Geist Millets ruht.

Nun, mein letztes Verbrechen war ein Weihnachtsverbrechen, ein fröhliches, gemütliches, englisches Mittelstandsverbrechen; ein Verbrechen, wie man es bei Charles Dickens findet. Ich beging es in einem soliden alten Bürgerhaus in der Nähe von Putney, einem Haus mit einer halbrunden Auffahrt, einem Stall und großem Garten, einem Haus mit sauber geschnitztem Namen an beiden Eingangstüren, einem Haus im Schatten eines seltsamen alten Baumes. Sie kennen ja diese Art Häuser. Ich glaube wirklich, ich habe Dickens' Stil geschickt und beinahe literarisch getroffen. Eigentlich ein Jammer, daß ich noch am gleichen Abend in mich ging und meine Laufbahn aufgab.«

Flambeau pflegte dann die Geschichte von innen her aufzurollen, und selbst aus diesem Blickwinkel war sie sonderbar. Von außen betrachtet aber schien sie völlig unverständlich, und doch muß sie ein Fremder gerade von daher studieren. Und von diesem Standpunkt aus könnte man sagen, daß das Drama begann, als sich die Vordertür des Hauses nach dem Garten, in dem der seltsame Baum stand, öffnete und ein junges Mädchen mit Brot herauskam, um an diesem zweiten Weihnachtsnachmittag die Vögel zu füttern. Sie hatte ein hübsches Gesicht mit guten, braunen Augen; wie ihre Gestalt war, konnte man nicht einmal vermuten, denn sie war so tief in braune Pelze vermummt, daß es schwer festzustellen war, wo das Haar anfing und der Pelz aufhörte. Ohne ihr anziehendes Gesicht hätte man sie für einen netten kleinen Zottelbär halten können.

Der Winternachmittag war schon in leichte Abendröte getaucht, und auf den blumenlosen Beeten lag ein fast rubinrotes Licht, in dem die Geister der toten Rosen zu schweben schienen. An der einen Seite des Hauses stand der Stall, an der anderen führte eine Art Allee oder Kreuzgang von Lorbeer zu dem Garten dahinter. Nachdem die junge Dame Brotkrumen für die Vögel gestreut hatte (zum vierten oder fünften Male, da der Hund die Krumen immer wieder wegfraß), ging sie lässig den Lorbeerpfad hinunter zu der schimmernden Immergrünpflanzung, die dahinter lag. Hier stieß sie einen Laut der Überraschung aus – ob echt oder gespielt, war nicht ganz zu unterscheiden – und sah zu der hohen Gartenmauer empor, auf der rittlings eine etwas phantastische Figur saß. »Oh, springen Sie nicht herunter, Mr. Crook«, rief sie erschrocken, »es ist viel zu hoch.«

Die Person, die auf der Gartenmauer wie auf einem Luftroß ritt, war ein großer, ungelenker, junger Mann, dessen dunkles Haar wie eine Bürste hochstand, ein Mann mit gescheiten und charakteristischen Zügen, doch von blassem und beinahe fremdartigem Aussehen. Dieser Eindruck wurde durch eine herausfordernd rote Krawatte unterstrichen – offenbar der einzige Teil seiner Kleidung, auf den er Wert legte. Vielleicht war es ein Sinnbild. Unbekümmert um die ängstliche Bitte des Mädchens sprang er wie ein Grashüpfer neben ihr zu Boden, wobei er ganz gut die Beine hätte brechen können.

»Ich glaube, ich bin eigentlich zum Einbrecher bestimmt«, sagte er ruhig, »und zweifellos wäre ich auch einer, wenn ich nicht zufällig in dem hübschen Haus nebenan geboren wäre. Übrigens finde ich nichts Schlimmes an einem Einbrecher.«

»Wie können Sie nur so reden?« erwiderte sie vorwurfsvoll.

»Nun«, antwortete der junge Mann, »wenn man auf der falschen Seite der Mauer zur Welt gekommen ist, muß man eben auf die richtige hinübersteigen.«

»Bei Ihnen weiß man nie, was Sie im nächsten Augenblick sagen oder tun werden.«

»Das weiß ich oft selbst nicht«, gab Mr. Crook zurück; »jedenfalls bin ich jetzt auf der richtigen Seite der Mauer.«

»Und wo ist die richtige Seite?« fragte die junge Dame lächelnd.

»Dort, wo Sie sind«, sagte der junge Mann namens Crook.

Als sie gemeinsam durch die Lorbeerbäume zum Vorgarten gingen, ertönte dreimal eine Autohupe, jedesmal etwas näher, und ein Wagen von beachtlicher Geschwindigkeit, großer Eleganz und blaßgrüner Farbe brauste wie ein Vogel bis zur Haustür und blieb dort zitternd stehen.

»Hallo, sieh mal an«, sagte der junge Mann mit der roten Krawatte, »da ist jemand auf der richtigen Seite geboren. Ich wußte gar nicht, Miß Adams, daß Sie über einen so modernen Weihnachtsmann verfügen.«

»Oh, das ist mein Pate, Sir Leopold Fischer. Er besucht uns immer am zweiten Feiertag.«

Dann, nach einer kleinen, unschuldigen Pause, die unbewußt einen Mangel an Begeisterung verriet, fügte Ruby Adams hinzu: »Er tut viel Gutes.«

John Crook, der Journalist, hatte von dem berühmten City-Magnaten gehört; und es war bestimmt nicht sein Fehler, wenn der City-Magnat noch nichts von ihm gehört hatte, denn in gewissen Artikeln des »Clarion« oder der »Neuen Zeit« war Sir Leopold von ihm recht kräftig hergenommen worden. Doch er sagte nichts und beobachtete nur finster das Entladen des Autos, was beträchtliche Zeit in Anspruch nahm. Ein großer netter Chauffeur in Grün stieg vorne aus und ein kleiner netter Diener in Grau hinten, sie stellten Sir Leopold auf der Türschwelle ab und begannen ihn auszuwickeln wie ein besonders zerbrechliches und wertvolles Paket. Genügend Decken, um einen Basar auszustatten, Pelze von allen Tieren des Waldes und Shawls in sämtlichen Regenbogenfarben wurden nacheinander abgewikkelt, bis sie etwas enthüllten, was einer menschlichen Gestalt ähnelte: einen freundlichen, jedoch ausländisch anmutenden alten Herrn mit grauem Ziegenbart und strahlendem Lächeln, der seine Pelzhandschuhe aneinander rieb. Lange bevor diese Enthüllung vollendet war, hatten sich die beiden großen Flügeltüren der Vorhalle geöffnet, und Oberst Adams (der Vater der bepelzten jungen Dame) war herausgekommen, um seinen berühmten Gast ins Haus zu bitten. Er war ein hochgewachsener, sonnenverbrannter und sehr schweigsamer Mann, der eine fezartige Hauskappe trug, was ihm das Aussehen eines englischen Sirdars oder ägyptischen Paschas verlieh. Mit ihm kam sein Schwager, der vor einiger Zeit aus Kanada zurückgekehrt war, ein kräftiger und etwas lärmender junger Grundbesitzer mit blondem Bart, der James Blount hieß. Danach erschien noch die recht belanglose Gestalt des Priesters der nahegelegenen römisch-katholischen Kirche; denn die verstorbene Frau des Obersten war Katholikin gewesen, und wie es in solchen Fällen üblich ist, waren die Kinder im gleichen Glauben erzogen worden. Nichts an dem Priester schien bemerkenswert, nicht einmal sein Name, der einfach Brown lautete; doch der Oberst war seltsamerweise der Ansicht, daß er irgendwie ein guter Gesellschafter sei, und lud ihn deshalb oft zu solchen Familientagen ein.

In der großen Vorhalle des Hauses war sogar für Sir Leopold und die Beseitigung seiner letzten Hüllen genügend Raum. Portal, Vorraum und Halle waren im Verhältnis zum übrigen Haus ungewöhnlich breit und bildeten einen einzigen gewaltigen Raum, mit der Eingangstür am einen und dem Treppenaufgang am anderen Ende. Vor dem mächtigen Kaminfeuer der Halle, über dem der Säbel des Obersten hing, war die Prozedur endlich beendet, und die Gesellschaft, einschließlich des düsteren Crook, konnte Sir Leopold Fischer vorgestellt werden. Dieser ehrwürdige Kapitalist indessen schien noch immer mit Teilen seines Anzugs zu kämpfen und zog schließlich aus seiner innersten Gehrocktasche ein schwarzes, ovales Etui hervor, von dem er glückstrahlend erklärte, es sei das Weihnachtsgeschenk für sein Patenkind.

Mit kindlichem Stolz, der etwas Entwaffnendes an sich hatte, hielt er den anderen das Etui hin; ein leichter Druck, es sprang auf, und alle standen wie geblendet. Es war, als ob eine Kristallfontäne vor ihren Augen emporgeschossen sei. In einem Nest aus orangefarbenem Samt lagen wie drei Eier drei weiße, feurige Diamanten, welche die Luft ringsum in Brand zu setzen schienen. Fischer strahlte in lächelnder Befriedigung und berauschte sich an der Verblüffung und dem Entzücken des Mädchens, an der grimmigen Bewunderung und dem bärbeißigen Dank des Obersten, an dem Erstaunen der ganzen Gruppe.

»Ich werde sie wieder wegstecken, Liebling«, sagte Fischer und beförderte das Etui in seinen Rockschoß zurück. »Ich mußte gut darauf aufpassen, als ich hergefahren bin. Es sind die drei afrikanischen Diamanten, die man ›Sternschnuppen‹ nennt, so oft sind sie schon gestohlen worden! Alle großen Verbrecher sind hinter ihnen her, aber selbst die einfachen Leute von der Straße und in den Hotels hätten kaum die Finger davon lassen können, wenn ich sie unterwegs verloren hätte.«

»Was ich nur natürlich fände«, brummte der Mann mit der roten Krawatte. »Ich würde die Leute nicht tadeln, wenn sie sie genommen hätten. Wenn sie um Brot bitten und nicht einmal einen

Stein bekommen, können sie sich den Stein ruhig selber nehmen, finde ich.«

»Ich mag es nicht, daß Sie so reden«, rief das Mädchen in seltsamer Erregung. »Seit Sie so ein schrecklicher – ich weiß nicht, was – geworden sind, sprechen Sie nur noch so. Sie wissen schon, was ich meine. Wie nennt man doch einen Mann, der auch einen Kaminkehrer brüderlich umarmen würde?«

»Einen Heiligen«, sagte Pater Brown.

»Ich glaube eher«, bemerkte Sir Leopold mit herablassendem Lächeln, »daß Ruby einen Sozialisten meint.«

»Jemand, der von Radieschen lebt, ist deshalb noch kein Radikaler«, rief Crook heftig; »und wer Konserven vorzieht, muß noch kein Konservativer sein. Ebensowenig ist ein Sozialist ein Mensch, der mit einem Kaminkehrer sozial verkehren möchte. Unter einem Sozialisten versteht man einen Mann, der fordert, daß alle Kamine gekehrt und alle Kaminkehrer dafür bezahlt werden.«

»Der Ihnen aber nicht erlauben würde«, warf der Priester mit leiser Stimme ein, »daß Ihnen Ihr eigener Ruß gehört.«

Crook sah ihn interessiert, ja fast respektvoll an. »Möchte denn irgend jemand Ruß besitzen?« fragte er.

»Es könnte schon sein«, antwortete Brown nachdenklich. »Ich habe gehört, daß Gärtner ihn gebrauchen. Und einmal machte ich Weihnachten sechs Kinder glücklich, nur mit Ruß, äußerlich angewendet, als der Weihnachtsmann nicht erschien.«

»Oh, großartig«, rief Ruby. »Ich wünschte, Sie würden es uns heute vormachen.«

Mr. Blount, der geräuschvolle Kanadier, spendete diesem Vorschlag mit lauter Stimme Beifall, und auch der Finanzmann ließ die seinige vernehmen, allerdings durchaus mißbilligend. In diesem Augenblick klopfte es an der vorderen Doppeltür. Der Priester öffnete, und wieder sah man den Vorgarten mit seinem Immergrün, dem hohen alten Baum und allem übrigen; dunkel hob sich jetzt der Garten von einem prächtigen violetten Sonnenuntergang ab. Und die solcherart eingerahmte Szene war so farbenprächtig, so seltsam wie der Hintergrund einer Bühne, daß niemand im Augenblick die unscheinbare Gestalt vor der Tür bemerkte. Es war ein ganz gewöhnlicher Bote, der ein wenig mitgenommen aussah und in einem abgetragenen Mantel steckte.

»Ist jemand von den Herren Mr. Blount?« fragte er und wies unschlüssig einen Brief vor. Mr. Blount hörte mit seinen Begeisterungsrufen auf und griff nach dem Briefumschlag. Offensichtlich überrascht, riß er ihn auf und las; sein Gesicht bewölkte sich ein wenig, heiterte sich aber gleich wieder auf, als er sich an seinen Schwager und Gastgeber wandte.

»Tut mir leid, Schwager, daß ich dir so viele Ungelegenheiten verursache«, entschuldigte er sich in der fröhlich konventionellen Art der Koloniebewohner, »aber würde es dich sehr stören, wenn mich ein alter Bekannter heute abend hier geschäftlich besucht? Es ist Florian, der bekannte französische Knockabout-Komiker; ich habe ihn vor Jahren drüben im Westen kennengelernt (er ist französischer Kanadier von Geburt), und er scheint eine berufliche Sache mit mir vorzuhaben, obgleich ich mir kaum vorstellen kann, was es ist.«

»Natürlich«, erwiderte der Oberst. »Mein lieber Junge, jeder deiner Freunde ist willkommen. Zweifellos wird er eine Bereicherung unseres Abends bedeuten.«

»Der *wird* sein Gesicht schwarz anmalen, wenn du das meinst«, rief Blount lachend. »Er kann es auch weiß machen, und ich bin sicher, er wird euch allen etwas weismachen. Ich bin allerdings mehr für die alte, lustige Pantomime, wo sich ein Mann auf seinen Zylinder setzt.«

»Bitte nicht auf meinen«, sagte Sir Leopold Fischer würdevoll.

»Immerhin«, bemerkte Crook leichthin, »es gibt billigere Späße, als sich auf einen Hut zu setzen.«

Der rotbeschlipste Jüngling, seine anarchistischen Anschauungen und seine offensichtliche Vertraulichkeit mit dem hübschen Patenkind mißfielen Fischer mehr und mehr; das verleitete ihn, in höchst sarkastisch schulmeisterhafter Art zu erwidern:

»Ohne Zweifel haben Sie etwas entdeckt, was noch läppischer ist als das Sitzen auf einem Zylinder.«

»Gewiß, wenn man zum Beispiel den Zylinder auf sich sitzen läßt«, sagte der Sozialist.

»Genug, genug«, rief der kanadische Farmer mir lärmender Gutmütigkeit dazwischen, »wir wollen uns den netten Abend doch nicht verderben! Ich bin dafür, daß wir heute abend etwas wirklich Amüsantes anstellen. Nicht Gesichter schwärzen oder auf Hüten sitzen, wenn Ihnen das nicht gefällt – aber irgend etwas anderes in der Art. Weshalb führen wir nicht eine richtige altenglische Pantomime auf – Clown, Columbine und alles übrige? Als ich England mit zwölf Jahren verließ, habe ich eine gesehen, und die hat seitdem in meinem Geist wie ein Freudenfeuer geleuchtet. Erst voriges Jahr bin ich hierher zurückgekehrt und fand den Brauch der alten Pantomime erloschen. Ich wünsche mir eine rotglühende Feuerzange und einen Polizisten, aus dem man Kleinholz macht, und statt dessen bietet man mir Prinzessinnen, die bei Mondschein Moral predigen. Blaue Vögel und dergleichen! Blaubart wäre mehr in meiner Richtung, und ich fand immer am nettesten, wie er sich in den Hanswurst verwandelte.«

»Ich bin sehr dafür, aus dem Polizisten Kleinholz zu machen«, sagte John Crook. »Es ist eine bessere Definition des Sozialismus als alle vorher gegebenen… Aber die Improvisation einer altenglischen Pantomime ist höchstwahrscheinlich sehr schwierig.«

»Nicht die Spur«, rief Blount, nun völlig hingerissen. »Eine Hanswurstiade läßt sich am allerleichtesten aufführen, aus zwei Gründen. Erstens kann man eben sehr viel improvisieren, und zweitens braucht man eigentlich nur Dinge aus dem Haushalt – Tische und Handtuchhalter und Waschkörbe und solche Sachen.«

»Stimmt«, bestätigte Crook, nickte eifrig und ging auf und ab. »Ich fürchte nur, ich kann keine Polizistenuniform auftreiben. In der letzten Zeit habe ich keinen Polizisten umgebracht.«

Blount runzelte eine Weile nachdenklich die Stirn, dann schlug er sich auf die Schenkel und rief: »Doch, wir können. Ich habe Florians Adresse, und er kennt jeden Maskenverleiher in London. Ich will ihn anrufen, er soll eine Uniform mitbringen.« Und entschlossen ging er zum Telefon.

»Oh, das wird lustig, Pate«, rief Ruby und tanzte fast vor Begeisterung. »Ich werde Columbine sein und du der Hanswurst.«

»Ich glaube, Liebling, du mußt dir einen anderen Hanswurst suchen«, sagte der Millionär steif und fast mit heidnischer Würde. »Wenn du willst, spiele ich den Hanswurst«, sagte Oberst Adams, der damit zum ersten und letzten Male zu diesem Thema sprach, und nahm die Zigarre aus dem Mund.

»Du verdienst ein Denkmal«, rief der Kanadier, der eben strahlend vom Telefon zurückkam. »Jetzt haben wir alles beisammen. Mr. Crook kann der Clown sein; als Journalist kennt er alle abgedroschenen Witze. Ich kann Harlekin sein, dazu braucht man nur lange Beine und muß herumhopsen können. Mein Freund Florian bringt die Polizistenuniform mit und zieht sich schon unterwegs um. Wir können gleich hier in der Halle spielen, die Zuschauer haben auf den Treppenstufen Platz, eine Reihe über der anderen. Die Vordertüren bilden den Hintergrund, offen wie geschlossen. Geschlossen sieht man das Innere eines englischen Hauses, offen einen Garten im Mondschein. Alles klappt wie durch Zauberei.«

Er holte ein Stück Billardkreide heraus, das er zufällig in der Tasche hatte, lief durch die Halle und zog zwischen Eingangstür und Treppe die Linie für die Rampenlichter.

Wie selbst eine so improvisierte Veranstaltung rechtzeitig fertig werden konnte, war rätselhaft. Aber sie gingen mit jenem unbekümmerten Eifer daran, den man findet, wenn junge Leute im Haus sind; und Leidenschaft der Jugend war da, wenn sich auch nicht alle über die beiden Gesichter und Herzen, in denen sie brannte, im klaren waren. Wie es immer so geht, führte gerade das sonst überzahme bourgeoise Milieu zu immer tolleren Einfällen. Columbine sah reizend aus in ihrem abstehenden Rock, der eine verdächtige Ähnlichkeit mit dem Lampenschirm aus dem Wohnzimmer hatte. Clown und Hanswurst puderten sich mit Mehl aus der Küche, und die rote Farbe lieferte irgendein anderer Dienstbote, der wie alle wahrhaft christlichen Wohltäter ungenannt bleiben soll. Der Harlekin, mit Silberpapier aus alten Zigarrenkisten bekleidet, konnte nur mit Mühe davon abgehalten werden, den alten viktorianischen Kronleuchter zu plündern, um sich mit den Kristallstücken zu schmücken. Und er hätte es auch getan, wenn Ruby nicht irgendwo ein paar vergessene Theaterjuwelen ausgegraben hätte, die sie einmal auf einem Maskenball als Diamantenkönigin getragen hatte. Ihr Onkel, James Blount, war vor Spielfreude tatsächlich fast aus dem Häuschen; er war wie ein Schuljunge. Dem Pater Brown setzte er heimlich einen papiernen Eselskopf auf, den dieser geduldig trug; ja, der Priester enthüllte dabei noch die private Fähigkeit, mit den Ohren zu wackeln. Blount versuchte sogar, Sir Leopold Fischer einen Papierschwanz an die Rockschöße zu stecken, was allerdings stirnrunzelnd abgelehnt wurde.

»Onkel ist zu verrückt«, rief Ruby Crook zu, um dessen Schultern sie mit großem Ernst einen Kranz Würste geschlungen hatte. »Warum benimmt er sich so wild?«

»Der richtige Harlekin zu Ihrer Columbine«, erwiderte Crook. »Ich bin nur der Clown, der die alten Späße macht.«

»Ich wünschte, Sie wären der Harlekin«, sagte sie und schwang den Wurstkranz.

Obwohl Pater Brown jede Einzelheit, die hinter der Bühne vorbereitet wurde, kannte und durch die Verwandlung eines Kissens in ein Pantomimenbaby sogar selbst Beifall geerntet hatte, begab er sich doch in den Zuschauerraum und setzte sich mit all der feierlichen Erwartung eines Kindes, das zum erstenmal ins Theater geht, unter das Publikum. Es gab nur wenige Zuschauer; ein paar Freunde und Bekannte aus dem Ort und die Dienstboten. Sir Leopold Fischer saß in der Mitte, und seine breite Gestalt mit dem Pelz, den er immer noch um den Hals hängen hatte, nahm dem kleinen Geistlichen hinter ihm fast ganz die Aussicht, doch ist von keinem Kunstausschuß festgestellt worden, ob ihm dadurch viel entging. Die Pantomime war äußerst chaotisch, doch nicht zu verachten; sie war erfüllt von wilder Improvisation, die hauptsächlich von Crook, dem Clown, ausging. Er war auch sonst ein gescheiter Mann, aber an diesem Abend war er von so phantastischer Allwissenheit erfüllt, von einer die Welt an Weisheit überflügelnden Narrheit, wie sie einen jungen Mann überkommt, der für einen Augenblick einen bestimmten Ausdruck auf einem bestimmten Gesicht erblickt hat. Eigentlich sollte er nur den Clown spielen, in Wirklichkeit aber war er beinahe alles andere auch, der Autor (soweit von einem solchen die Rede sein konnte), der Souffleur, der Bühnenbildner, der Regisseur und vor allem das Orchester. Mitten in der zügellosen Vorstellung wirbelte er im Kostüm ans Klavier und hämmerte irgendein verrücktes, passendes Musikstück herunter.

Höhepunkt der Pantomime und überhaupt des ganzen Abends war der Augenblick, als die Flügeltüren im Hintergrund der Bühne aufflogen und den lieblich vom Mond überfluteten Garten zeigten, doch noch deutlicher den berühmten Künstler und Gast – den großen Florian, als Polizisten verkleidet. Der Clown am Klavier spielte den Schutzmannchor aus den »Piraten von Penzance«, doch er ertrank in dem betäubenden Beifall, denn jede Bewegung des großen Komikers war eine wundervolle, nicht übertriebene Darstellung des Auftretens und Benehmens eines wirklichen Polizisten. Der Harlekin sprang auf ihn los und hieb ihn auf den Helm; der Pianist spielte: »Wo hast du denn die schönen blauen Augen her?«, der Polizist blickte sich in wunderbar gemimtem Staunen um, dann versetzte ihm der Harlekin noch einen Schlag (während der Pianist mit ein paar Takten von »Immer mal wieder« nachhalf). Dann warf sich der Harlekin dem Polizisten direkt in die Arme und fiel unter tosendem Beifall auf ihn drauf. An dieser Stelle gab der fremde Schauspieler jene berühmte Darstellung eines Toten zum besten, von der man sich in Putney noch heute erzählt. Es schien fast unglaublich, daß ein lebender Mensch so blaß und benommen aussehen konnte.

Der athletische Harlekin warf ihn wie einen Mehlsack hin und her oder schwang ihn wie eine indische Keule, während gleichzeitig die passendsten und unpassendsten Melodien vom Klavier her ertönten. Als der Harlekin den komischen Polizisten keuchend vom Boden aufhob, spielte der Clown: »Reich mir die Hand, mein Leben.« Als er ihn den Rücken herunterrutschen ließ, »Ich bin nur ein armer Wandergesell«, und als der Harlekin schließlich den Schutzmann mit einem sehr überzeugenden Plumps fallen ließ, schlug der Verrückte am Klavier ein wirbelndes Tempo an, begleitet von ein paar Worten, die klangen wie »Ich schickte meiner Liebsten einen Brief, doch unterwegs verlor ich ihn.«

Etwa bei diesem Höhepunkt geistiger Anarchie verdunkelte sich Pater Browns Aussicht vollständig; denn der Citymagnat vor ihm erhob sich zu voller Höhe und suchte mit den Händen in allen seinen Taschen herum. Dann setzte er sich, noch immer nervös kramend, wieder hin, um gleich wieder aufzustehen. Einen Augenblick lang schien es, als wolle er allen Ernstes über die Rampenlichter steigen; dann warf er einen durchdringenden Blick auf den klavierspielenden Clown und stürzte ohne ein Wort zu sprechen aus dem Raum.

Der Priester sah noch ein paar Minuten länger dem tollen, aber nicht ungewandten Kriegstanz des Harlekins um sein herrlich bewußtloses Opfer zu. Mit wirklicher, wenn auch etwas primitiver Kunst tanzte der Harlekin langsam zur Tür hinaus in den Garten, der voller Mondlicht und Frieden war. Das aus Silberpapier zusammengekleisterte Kostüm, das im Schein der Lichter zu grell gewirkt hatte, sah nun weitaus zauberhafter und silberner aus, als er im blassen Schimmer des Mondes davontanzte. Das Publikum klatschte begeistert. Plötzlich wurde Pater Brown heftig am Arm ergriffen und flüsternd in das Arbeitszimmer des Obersten gebeten.

Er folgte dieser Aufforderung mit wachsender Besorgnis, die nicht einmal durch die feierliche Komik der Szene im Arbeitszimmer zerstreut wurde. Dort saß Oberst Adams, immer noch unverändert als Hanswurst verkleidet, dem das knochige Walbein über der Stirn tanzte, doch seine armen, alten Augen blickten traurig drein in dem Gefühl, ein Spielverderber sein zu müssen. Sir Leopold Fischer lehnte am Kaminsims und trug alle Anzeichen des Entsetzens an sich.

»Es ist eine sehr peinliche Geschichte, Pater Brown«, begann Adams. »Um mich kurz zu fassen: Die Diamanten, die wir alle heute nachmittag gesehen haben, sind aus dem Rockschoß meines Freundes verschwunden. Und da Sie –«

»Da ich«, ergänzte Pater Brown mit breitem Grinsen, »genau hinter ihm saß –«

»Nichts dergleichen soll angedeutet werden«, fiel Oberst Adams mit einem festen Blick auf Fischer ein, dessen Augen eher bestätigten, daß etwas Ähnliches angedeutet worden war. »Ich bitte Sie nur um den Beistand, den mir jeder Ehrenmann geben würde.«

»Nämlich, daß er seine Taschen umkehrt«, sagte Pater Brown und fing gleich damit an, wobei ein paar Kupfermünzen, eine Rückfahrkarte, ein kleines silbernes Kruzifix, ein schmales Brevier und ein Stück Schokolade zum Vorschein kamen.

Der Oberst betrachtete ihn lange und sagte dann: »Wissen Sie, ich würde lieber den Inhalt Ihres Kopfes als den Ihrer Taschen kennenlernen. Meine Tochter gehört zu Ihren Glaubensgenossen; nun, sie hat vor kurzem –« und er stockte.

»Sie hat vor kurzem«, rief der alte Fischer dazwischen, »ihres Vaters Haus einem halsabschneiderischen Sozialisten geöffnet, der ohne Scheu erklärt, er würde von einem Reicheren alles stehlen. Das ist das Ende der Sache. Denn hier haben wir den Reicheren – und jetzt doch um nichts reicheren.«

»Wenn Sie der Inhalt meines Kopfes interessiert, den können Sie haben«, sagte Pater Brown etwas müde. »Was er wert ist, können Sie mir später erzählen. Doch das erste, was ich in diesem nicht sehr bedeutenden Kopf finde, ist dies: Männer, die Diamanten stehlen wollen, sprechen nicht über Sozialismus. Sie neigen eher dazu«, fügte er ernsthaft hinzu, »ihn anzuklagen.« Die andern beiden sahen grimmig drein, und der Priester fuhr fort:

»Wir kennen ja solche Leute mehr oder weniger. Dieser Sozialist würde ebensowenig einen Diamanten stehlen wie eine Pyramide. Nein. Wir müssen sofort nach dem einzigen Mann sehen, den wir nicht kennen. Und das ist der Bursche, der den Schutzmann spielte – Florian. Ich wüßte gern, wo er in diesem Augenblick steckt.«

Der Hanswurst sprang auf und ging mit langen Schritten aus dem Zimmer. Eine Pause folgte, während der Millionär den Priester anstarrte und der Priester sein Brevier; dann kam der Hanswurst zurück und berichtete mit abgehackter Würde: »Der Schutzmann liegt noch immer auf der Bühne. Der Vorhang ist schon sechsmal auf- und niedergegangen, aber er liegt noch immer dort.« Pater Brown ließ sein Buch sinken und stand da, ein Bild völliger geistiger Niederlage. Nur sehr langsam flackerte Erkenntnis in seinen grauen Augen auf; und dann stellte er eine völlig absurde Frage: »Bitte, verzeihen Sie, Oberst, aber wann ist Ihre Frau gestorben?«

»Meine Frau!« wiederholte der Oberst verblüfft. »Vor einem Jahr und zwei Monaten. Ihr Bruder James kam leider eine Woche zu spät und konnte sie nicht mehr sehen.«

Der kleine Priester machte einen Sprung wie ein angeschossenes Kaninchen. »Vorwärts!« rief er in ungewöhnlicher Erregung. »Vorwärts! Wir müssen uns um diesen Schutzmann kümmern!« Sie eilten durch den Vorhang auf die Bühne, drängten sich roh zwischen Columbine und Clown (die sehr befriedigt miteinander zu flüstern schienen), und Pater Brown beugte sich über den am Boden liegenden, komischen Schutzmann.

»Chloroform«, sagte er, als er aufstand; »es fiel mir eben erst ein.«

Ein erschrecktes Schweigen war die Antwort, und dann sagte der Oberst langsam: »Bitte, erklären Sie uns doch genau, was das alles bedeutet.«

Pater Brown schüttelte sich vor Lachen, dann hielt er inne und kämpfte nur noch einmal dagegen an, während er weitersprach.

»Meine Herren«, keuchte er, »wir haben nicht viel Zeit zum

Reden. Ich muß dem Verbrecher nachlaufen. Doch dieser große französische Schauspieler, der so überzeugend den Schutzmann gespielt hat – dessen Körper der Harlekin geschaukelt und herumgewälzt und herumgeworfen hat –, der war –« Die Stimme versagte ihm, und er drehte ihnen den Rücken zu.

»Der war was?« fragte Fischer streng.

»Ein wirklicher Schutzmann«, sagte Pater Brown und verschwand im Dunkel.

Am Ende des dichtbewachsenen Gartens gab es Hecken und Lauben, deren Lorbeer und immergrünes Buschwerk sich sogar jetzt im tiefsten Winter von dem Saphirhimmel und dem Silbermond in warmen, südlichen Farbtönen abhoben. Das freundliche Grün des sich wiegenden Lorbeers, das satte Purpurindigo der Nacht, der einem riesigen Kristall ähnelnde Mond ergaben ein fast unverantwortlich romantisches Bild. Und zwischen den höchsten Zweigen der Bäume klettert eine seltsame Gestalt, die weniger romantisch als völlig phantastisch wirkt. Sie glitzert von Kopf bis Fuß, als wäre sie mit zehn Millionen Monden bekleidet; bei jeder Bewegung fällt das echte Mondlicht auf sie und setzt einen neuen Fleck an ihr in Feuer. Aber funkelnd und gewandt schwingt sie sich von den niedrigen Bäumen des Gartens zu den höheren, und sie hält nur einen Augenblick inne, weil ein Schatten unter den kleineren Bäumen dahingeglitten ist und unverkennbar zu ihr hinaufgerufen hat.

»Ja, Flambeau«, sagte die Stimme, »Sie sehen wirklich wie eine Sternschnuppe aus; aber im Grunde versteht man darunter immer einen fallenden Stern.«

Die silberne, glitzernde Gestalt oben scheint sich über den Lorbeer zu neigen, und da sie ohnehin leicht entkommen kann, hört sie der kleinen Gestalt unten zu.

»Sie haben niemals Besseres geleistet, Flambeau. Es war eine kluge Idee, aus Kanada zu kommen (vermutlich mit einem Pariser Billett), genau eine Woche nach Mrs. Adams Tod, als keiner in der Stimmung war, Fragen zu stellen. Noch klüger war es, sich die Sternschnuppen und den Tag von Fischers Ankunft vorzumerken. Aber es war nicht nur Klugheit, sondern wirkliches Genie in dem, was dann folgte. Der Diebstahl der Steine war wohl keine Kunst für Sie. Sie hätten es durch einen Taschenspielertrick auf hundert andere Arten fertiggebracht, auch wenn Sie nicht vorgegeben hätten, einen Papierschwanz an Fischers Rock zu heften. In allem übrigen aber haben Sie sich selbst übertroffen.«

Die silberne Gestalt im Grün der Blätter scheint wie hypnotisiert zu zögern, obwohl die Flucht nach rückwärts ganz einfach ist; sie starrt auf den Mann dort unten.

»O ja«, fuhr der Mann dort unten fort, »ich kenne die ganze Geschichte. Ich weiß, Sie haben die Pantomime nicht nur angeregt und durchgesetzt, sondern sie zu einem doppelten Zweck benutzt. Sie haben in aller Ruhe die Steine gestohlen; dann erfahren Sie von einem Komplizen, daß Sie verdächtigt werden und ein tüchtiger Polizeioffizier bereits unterwegs ist, um Sie noch am gleichen Abend zu verhaften. Ein gewöhnlicher Dieb wäre für die Warnung dankbar gewesen und hätte sich aus dem Staub gemacht; doch Sie sind ein Dichter. Sie waren bereits auf die Idee verfallen, die Diamanten im Glanz der falschen Theaterjuwelen Ihres Kostüms zu verbergen. Nun begreifen Sie, daß zum Gewand eines Harlekins das Erscheinen eines Polizisten recht gut passen würde. Der brave Offizier kam von der Polizeiwache in Putney, um Sie festzunehmen, und geriet in die merkwürdigste Falle, die je in dieser Welt gestellt worden ist. Als sich die Flügeltüren des Hauses öffneten, marschierte er direkt auf die Bühne einer Weihnachtspantomime, wo er von dem tanzenden Harlekin unter dem schallenden Gelächter aller ehrenwerten Leute von Putney geschlagen, gestoßen, herumgewirbelt und betäubt werden konnte. Oh, Sie werden nie mehr etwas Besseres leisten! Und jetzt könnten Sie mir eigentlich diese Diamanten zurückgeben.«

Der grüne Zweig, auf dem die glitzernde Gestalt schaukelte, raschelte wie in Erstaunen; doch die Stimme fuhr fort.

»Ich möchte wirklich, daß Sie sie zurückgeben, Flambeau, und ich möchte auch, daß Sie dieses Leben aufgeben. Noch steckt Jugend, Ehrgefühl und Humor in Ihnen; bilden Sie sich nicht ein, die würden bei diesem Gewerbe lange vorhalten. Man kann sich vielleicht auf einer gewissen Stufe des Guten halten, doch beim Bösen hat das noch kein Mensch vermocht. Dort führt der Weg nur immer weiter abwärts. Ein freundlicher Mensch trinkt und wird grausam; ein aufrichtiger Mensch tötet und leugnet es ab. Ich habe manchen gekannt, der gleich Ihnen damit anfing, ein ehrbarer Gesetzesverächter zu sein, der munter nur die Reichen beraubte und damit endete, daß er im Schlamm erstickte. Maurice Blum begann als überzeugter Anarchist, ein Vater der Armen; er endete als schäbiger Spion und Angeber, den beide Seiten ausnützten und verachteten. Harry Burke gründete seine Bewegung zur Beseitigung des Geldes reinen Herzens; jetzt schmarotzt er bei seiner halb verhungerten Schwester und bettelt um endlose Schnäpse. Lord Amber begab sich gewissermaßen aus Ritterlichkeit in eine wüste Gesellschaft; jetzt läßt er sich von den übelsten Geiern Londons erpressen. Hauptmann Barillon war der große Gentleman-Verbrecher vor Ihrer Zeit; er starb im Irrenhaus, heulend in Angst vor den Spitzeln und Hehlern, die ihn betrogen und zu Tode gehetzt haben. Ich weiß, Flambeau, die Wälder hinter Ihnen sehen offen und grenzenlos aus; ich weiß, Sie können im Nu wie ein Affe darin verschwinden. Aber eines Tages, Flambeau, werden Sie ein alter grauer Affe sein. Sie werden auf Ihrem Baum im Wald sitzen mit kaltem Herzen und dem Tode nahe, und die Baumwipfel werden sehr kahl sein.«

Alles blieb still, als wenn der kleine Mann unten den anderen auf dem Baum an einer langen, unsichtbaren Leine hielte; und er fuhr fort:

»Ihr Abstieg hat bereits begonnen. Sie haben sich immer gerühmt, nichts Gemeines zu tun, aber heute abend tun Sie etwas Gemeines. Sie bringen einen ehrlichen Jungen, gegen den sowieso schon einiges spricht, noch mehr in Verdacht; Sie trennen ihn von der Frau, die er liebt und die ihn liebt. Und Sie werden noch gemeinere Dinge tun, ehe Sie sterben.«

Drei funkelnde Diamanten fielen vom Baum auf den Rasen.

Der kleine Mann bückte sich, um sie aufzuheben, und als er wieder zu dem grünen Gitterwerk des Baumes emporblickte, war der silberne Vogel fort. Die Rückgabe der Schmuckstücke (die ausgerechnet der kurzsichtige Pater Brown zufällig aufgelesen hatte) beschloß den Abend mit ungeheurem Triumph; und Sir Leopold Fischer, in strahlendster Laune, versicherte dem Priester sogar, er selbst sei natürlich viel aufgeschlossener für alles in der Welt, aber dennoch könne er jene achten, deren Glaube sie zu Abgeschlossenheit und Weltfremdheit verurteile.

Der Unsichtbare

In dem kühlen blauen Zwielicht zweier steiler Straßen in Camden Town glühte die Konditorei an der Ecke wie das Ende einer Zigarre. Oder vielleicht eher wie die Glutreste eines Feuerwerks; denn das vielfarbig zusammengesetzte Licht brach sich in zahlreichen Spiegelscheiben und tanzte auf den vergoldeten fröhlichbunten Kuchen und Süßigkeiten. An dieses flammende Glas preßten sich die Nasen der Gassenjungen, denn all die Schokolade war in jenes metallische Rot und Gold und Grün eingewickelt, das fast noch besser ist als die Schokolade selbst; und der riesige weiße Hochzeitskuchen im Schaufenster war irgendwie unerreichbar und anziehend, gerade so, als wäre der ganze Nordpol ein delikates Gebäck. Solch herausfordernder Regenbogenglanz mußte natürlich die Jugend der Nachbarschaft bis zu zehn oder zwölf Jahren anlocken. Doch diese Ecke war offenbar auch für die reifere Jugend anziehend; denn ein junger Mann, bestimmt schon an die vierundzwanzig, starrte in eben dieses Schaufenster. Auch für ihn hatte der Laden einen magischen Glanz; doch kam in seinem Fall die Anziehungskraft wohl nicht völlig von der Schokolade, obwohl er sie keineswegs verachtete.

Der junge Mann war groß und kräftig, rothaarig und mit einem entschlossenen Gesicht, doch gelassen in seinem Wesen. Unterm Arm trug er eine flache, graue Mappe mit Federzeichnungen, die er mit mehr oder weniger Erfolg an Verleger verkaufte, seit ihn sein Onkel, ein Admiral, als »Sozialisten« enterbt hatte, aufgrund eines Vortrags, den er *gegen* dieses Wirtschaftssystem gehalten hatte. Er hieß John Turnbull Angus.

Schließlich trat er ein, ging durch die Konditorei in das Hinterzimmer, eine Art von billigem Restaurant, und lüftete im Vorbeigehen lässig den Hut vor der jungen Dame, die im Laden bediente. Sie war ein brünettes, flinkes Mädchen, nett in Schwarz gekleidet, mit frischen Farben und sehr lebhaften dunklen Augen. Nach einer angemessenen Pause begab sie sich zu seinem Tisch, um nach seinen Wünschen zu fragen.

Er bestellte das gleiche wie immer.

»Ich möchte bitte«, sagte er deutlich, »einen Fünfpfennigwecken und eine kleine Tasse schwarzen Kaffee.« Und eine Sekunde bevor das Mädchen ging, fügte er hinzu: »Außerdem möchte ich, daß Sie mich heiraten.«

Das junge Ladenmädchen wurde plötzlich steif: »Solche Scherze verbitte ich mir«, sagte sie.

Der rothaarige Jüngling richtete seine grauen Augen mit unerwartetem Ernst auf sie.

»Wirklich und wahrhaftig«, sagte er, »es ist mir ernst – so ernst wie mit dem Fünfpfennigwecken. Es ist kostspielig wie der Wecken, man muß dafür zahlen. Es ist unverdaulich wie der Wecken. Es tut weh.«

Das brünette Fräulein hatte die dunklen Augen nicht von ihm gewandt, sie schien ihn mit fast tragischer Genauigkeit zu erforschen. Als sie damit fertig war, hatte ihr Gesicht den Anflug eines Lächelns, und dann setzte sie sich zu ihm.

»Finden Sie nicht«, bemerkte Angus so ebenhin, »daß es eigentlich grausam ist, Fünfpfennigwecken zu essen? Sie könnten zu Groschenwecken heranwachsen. Ich werde diesen rohen Sport aufgeben, wenn wir verheiratet sind.«

Das brünette Fräulein stand auf und trat ans Fenster, offenbar von ernsten, doch nicht unfreundlichen Gedanken bewegt. Als sie sich endlich mit entschlossener Miene wieder umwandte, sah sie mit einiger Verwirrung, daß der junge Mann verschiedene Dinge aus dem Schaufenster sorgfältig auf dem Tisch aufbaute, unter anderem eine Pyramide farbfroher Süßigkeiten, mehrere Teller Sandwiches und jene beiden Karaffen voll von geheimnisvollem Portwein und Sherry, die man in solch englischen Konditoreien findet. In die Mitte dieses netten Aufbaus hatte er sorgfältig den riesigen weißen Zuckerkuchen gestellt, das Prunkstück des Fensters.

»Was, in aller Welt, tun Sie denn da?« fragte sie.

»Meine Pflicht, liebe Laure«, hub er an.

»Oh, um Himmels willen, hören Sie endlich auf, so zu reden!« rief sie. »Ich meine, was bedeutet das alles?«

»Ein Hochzeitsessen, Miß Hope.«

»Und was ist das?« fragte sie gereizt und zeigte auf das Zuckergebirge.

»Der Hochzeitskuchen, Mrs. Angus!« sagte er.

Das Mädchen ging nun zum Angriff über, hob den Kuchen ziemlich geräuschvoll hoch und stellte ihn wieder ins Schaufenster; dann kam sie zurück, stützte die zierlichen Ellenbogen auf den Tisch und blickte den jungen Mann nicht ungnädig, aber mit leicht komischer Verzweiflung an.

»Sie lassen mir überhaupt keine Zeit zum Überlegen«, sagte sie.

»So ein Narr bin ich nicht«, antwortete er, »das ist eben meine Art von christlicher Demut.«

Sie sah ihn immer noch an, doch hinter ihrem Lächeln war sie viel ernster geworden.

»Mr. Angus«, sagte sie fest, »bevor Sie diesen Unsinn auch nur eine Minute länger fortsetzen, muß ich Ihnen, so kurz es geht, einiges über mich selbst erzählen.«

»Sehr angenehm«, erwiderte Angus mit gravitätischer Miene, »Sie können mir bei der Gelegenheit auch gleich etwas über mich erzählen.«

»Oh, seien Sie endlich still und hören Sie zu«, sagte sie. »Es ist nichts, dessen ich mich schämen muß, sogar nichts, das mir besonders leid tut. Aber nehmen wir an: etwas verfolgte mich ständig wie ein Alptraum, etwas, das mich im Grunde gar nichts angeht – was dann?«

»Dann«, sagte der junge Mann ernsthaft, »dann würde ich vorschlagen, den Kuchen wieder zurückzubringen.«

»Nein, zuerst müssen Sie die Geschichte hören«, erwiderte Laura entschieden. »Zunächst müssen Sie wissen, daß meinem Vater das Gasthaus ›Zum Goldfisch‹ in Ludbury gehörte und ich in der Bar die Gäste zu bedienen pflegte.«

»Ich habe mich schon oft gefragt«, sagte er, »woher diese Konditorei einen gewissen christlichen Anstrich hat.«

»Ludbury«, fuhr das Mädchen fort, »ist ein verschlafenes, grünes Nest in Ostengland, und die einzigen netteren Leute, die in den ›Goldfisch‹ kamen, waren hin und wieder Handlungsreisende; im übrigen verkehrte dort die schrecklichste Gesellschaft, die es gibt; nur wissen Sie nicht, daß es sie gibt. Ich meine kleine, schäbige Tunichtgute, die gerade genug zum Leben hatten und nichts anderes zu tun, als sich im Wirtshaus herumzutreiben und auf Pferde zu wetten. Leute, deren Anzüge viel feiner waren als sie selbst. Aber nicht mal diese verkommenen jungen Kerle waren oft bei uns zu sehen; gewöhnlich kamen nur zwei – und mein Gott, *wie* gewöhnlich sie waren. Beide besaßen etwas Geld, beide waren ekelhaft faul und überelegant. Trotzdem taten sie mir ein bißchen leid, denn ich glaube fast, sie schlichen sich nur deshalb in unsere kleine, leere Kneipe, weil beide einen kleinen Körperfehler hatten, über den unsere Bauerntölpel lachten. Sie waren nicht direkt verunstaltet, sondern eher sonderbar. Der eine war auffallend klein, fast wie ein Zwerg oder wenigstens wie ein Jockey. Freilich sah er keineswegs wie ein Jockey aus mit seinem runden schwarzen Kopf, seinem gepflegten schwarzen Bart und den lebhaften Vogelaugen. Er klimperte mit dem Geld in der Tasche oder spielte mit seiner dicken goldenen Uhrkette; er kehrte zu sehr den Gentleman heraus, um wirklich einer zu sein. Dabei war er kein Dummkopf, nur eben ein richtiger Müßiggänger, merkwürdig geschickt in allerlei brotlosen Künsten, so etwas wie ein Gelegenheitszauberer; mit fünfzehn Streichhölzern, die sich gegenseitig entzündeten, entfachte er ein richtiges Feuerwerk; oder er verwandelte eine Banane im Nu zu einer tanzenden Puppe. Er hieß Isidor Smythe, und ich sehe ihn noch vor mir mit seinem kleinen, dunklen Gesicht, wie er an den Schanktisch kam und aus fünf Zigarren ein hüpfendes Känguruh machte.

Der andere Bursche war ruhiger und gewöhnlicher; trotzdem beunruhigte er mich weit mehr als der arme kleine Smythe. Er war sehr groß und schlank, hatte helles Haar und eine scharfgebogene Nase; in einer etwas gespenstischen Art wirkte er fast schön; nur schielte er so gräßlich, wie ich das nie vorher gesehen hatte. Wenn er einen fest ansah, wußte man nie recht, wo man selber war, geschweige denn, wo er hinschaute. Ich glaube, dies entstellte Aussehen erbitterte den armen Kerl ein wenig, denn während Smythe bereit war, seine Kunststücke bei jeder Gelegenheit vorzuführen, hockte James Welkin – so hieß der Schielende – immer nur in unserer Schankstube herum oder machte auf dem flachen, grauen Land ringsum lange, einsame Spaziergänge. Sicher war auch Smythe seiner kleinen Gestalt wegen etwas empfindlich, aber er verstand, es klüger zu verbergen. So lagen die Dinge. Und ich geriet ziemlich aus der Fassung, als mir beide in der gleichen Woche einen Heiratsantrag machten.

Nun, ich tat etwas, das ich inzwischen als töricht erkannt habe. Aber schließlich waren diese abstoßenden Menschen in gewissem Sinn meine Freunde, und es war mir schrecklich zu denken, sie könnten hinter den wahren Grund meiner Ablehnung kommen: daß sie nämlich so unmöglich häßlich waren. Deshalb redete ich ihnen ein, ich würde nur einen Mann heiraten, der es aus eigener Kraft zu etwas gebracht hätte. Ich sagte, ich wolle grundsätzlich nicht von ihrem ererbten Geld leben. Zwei Tage nach dieser gutgemeinten Erklärung begann das ganze Unheil. Ich hörte, daß beide ausgezogen seien, ihr Glück zu machen, als ob sie in irgendeinem dummen Märchen lebten. Nun, seitdem habe ich keinen von ihnen mehr gesehen. Aber von dem kleinen Smythe erhielt ich zwei Briefe, und die waren wirklich ziemlich aufregend.«

»Von dem anderen Mann haben Sie nie was gehört?« fragte Angus.

Das Mädchen zögerte einen Augenblick. »Nein«, sagte sie, »er hat nie geschrieben. In Smythes erstem Brief stand nur, er sei zusammen mit Welkin nach London gegangen; aber der war so gut zu Fuß, daß der kleine Mann zurückblieb und sich am Straßenrand ausruhte. Zufällig kam ein Wanderzirkus vorbei und nahm ihn mit. Und weil er nicht nur ein halber Zwerg war, sondern auch ein besonders geschickter Kerl, kam er auf dieser neuen Laufbahn ganz gut voran. Das war sein erster Brief. Den zweiten, der wesentlich spannender war, erhielt ich erst letzte Woche.« Der Mann namens Angus trank seinen Kaffee aus und betrachtete sie mit ruhigen, geduldigen Augen. Ihr Mund verzog sich zu einem leichten Lächeln, als sie fortfuhr:

»Sie haben wohl an den Plakatsäulen all die Ankündigungen über ›Smythes Stumme Diener‹ gelesen. Sonst wären Sie jedenfalls der einzige, der nichts davon weiß. Ich versteh' ja nicht viel davon, aber es ist irgendein Uhrwerk, durch das Maschinen alle Hausarbeit verrichten. Sie wissen doch: ›Drücken Sie auf den Knopf – ein Butler, der niemals trinkt.‹ ›Drehen Sie den Griff – zehn Dienstmädchen, die nie flirten.‹ Sie müssen die Plakate schon gesehen haben. Nun, was immer mit den Maschinen los ist, jedenfalls bringen sie haufenweise Geld ein, und alles diesem kleinen Kobold, den ich da unten in Ludbury kannte. Ich freue mich ja, daß der arme Junge jetzt festen Boden unter den Füßen hat; aber schlicht herausgesagt, ich hab' Angst, daß er jeden Moment hier auftaucht und mir erzählt, er habe es aus eigener Kraft zu etwas gebracht. Und das hat er ja wirklich.«

»Und der andere?« wiederholte Angus mit hartnäckiger Gelassenheit.

Laura Hope stand plötzlich auf. »Mein Freund«, sagte sie, »Sie sind ein Zauberer. Ja, Sie haben ganz recht. Ich habe von dem anderen Mann keine Zeile gesehen; und ich habe nicht die geringste Ahnung, was oder wo er ist. Aber gerade vor ihm fürchte ich mich so. Er ist immer in meiner Nähe. Und er ist es, der mich halb verrückt gemacht hat. Ich glaube sogar, ganz verrückt; denn ich fühle, er ist da, wenn er gar nicht da sein kann, und ich höre seine Stimme, wo ich sie unmöglich hören kann.«

»Nun, meine Liebe«, sagte der junge Mann heiter, »und wenn er der Teufel selbst wäre, sein Handwerk wäre gelegt; denn jetzt haben Sie jemandem davon erzählt. Verrückt wird man, wenn man allein ist, mein Kind. Aber wann glauben Sie denn, unseren schielenden Freund gefühlt und gehört zu haben?«

»Ich hörte James Welkin so deutlich lachen wie ich Sie jetzt sprechen höre«, sagte das Mädchen ernst. »Kein Mensch war zu sehen, denn ich stand gerade an der Ecke vor dem Laden und konnte beide Straßen entlangsehen. Ich hatte ganz vergessen, wie er lacht, obwohl sein Lachen so merkwürdig ist wie sein Schielen. Aber es ist die volle Wahrheit, daß ein paar Sekunden später der erste Brief seines Nebenbuhlers kam.«

»Hat das Gespenst vielleicht auch einmal gesprochen oder gequietscht oder sonst Töne von sich gegeben?« fragte Angus mit mildem Interesse.

Laura schauderte plötzlich, dann antwortete sie mit fester Stimme: »Ja... Gerade als ich Isidor Smythes zweiten Brief, in dem er mir seinen Erfolg mitteilte, fertig gelesen hatte, gerade da hörte ich Welkin sagen: ›Trotzdem wird er dich nicht bekommen.‹ So deutlich, als ob er hier im Zimmer wäre. Es ist furchtbar; ich glaube, ich muß doch verrückt sein.«

»Wenn Sie wirklich verrückt wären«, sagte der junge Mann, »dann würden Sie sich für normal halten. Aber mit diesem unsichtbaren Herrn ist bestimmt nicht alles normal. Zwei Köpfe sind besser als einer – ich verschone Sie mit Hinweisen auf andere Sprichwörter –, und im Ernst, wenn Sie einem gesetzten und praktischen Mann erlauben wollten, den Hochzeitskuchen wieder aus dem Fenster zu holen –«

Noch während er sprach, hörte man von der Straße her ein Kreischen; ein kleines Auto schoß auf die Ladentüre zu und hielt an. Im nächsten Augenblick stampfte ein kleiner Mann mit Zylinder ins Vorderzimmer. Angus, der bisher aus Gründen einer geistigen Hygiene seine gute Laune bewahrt hatte, verriet nun die Anspannung seiner Seele, indem er rasch aus dem Hinterzimmer hervor und dem Neuankömmling entgegentrat. Ein Blick auf diesen genügte, die wilden Vermutungen des Verliebten zu bestätigen. Diese äußerst flinke, aber zwergenhafte Gestalt mit dem frech nach vorn stehenden, schwarzen Spitzbart, den klugen, unruhigen Augen, den gepflegten, nervösen Händen mußte Isidor Smythe sein, der aus Bananenschalen und Zündholzschachteln Puppen machte – und aus stählernen Dienern Millionen. Beide Männer erkannten instinktiv den Anspruch des andern, und einen Augenblick lang sahen sie einander mit jener seltsamen, kühlen Großmut an, welche die Seele der männlichen Eifersucht ist.

Mr. Smythe machte jedoch keinerlei Anspielungen auf den Urgrund ihrer Rivalität, sondern sagte mit erregter Stimme: »Hat Miß Hope das Ding dort am Fenster gesehen?«

»Am Fenster?« wiederholte Angus mit erstaunten Augen.

»Zu Erklärungen ist keine Zeit«, sagte der kleine Millionär kurz. »Hier treibt jemand einen dummen Ulk, und wir müssen die Sache untersuchen.«

Dann wies er mit seinem polierten Spazierstock nach dem kurz vorher durch die Hochzeitsvorbereitungen des Mr. Angus etwas kahlgewordenen Fenster; und dieser Herr staunte nicht wenig, auf der Scheibe einen langen Papierstreifen aufgeklebt zu sehen, der bestimmt eine Weile früher nicht dort gewesen war. Er folgte dem energischen Smythe auf die Straße hinaus und fand, daß ein etwa anderthalb Meter langer Streifen Briefmarkenpapier sorgfältig auf die Außenseite der Scheibe geklebt war. Darauf stand in gekritzelter Druckschrift: »Wenn Sie Smythe heiraten, wird er sterben.«

»Laura«, rief Angus und steckte seinen großen, rothaarigen Kopf in den Laden. »Sie sind nicht verrückt!«

»Es ist die Schrift jenes Burschen Welkin«, sagte Smythe unwillig. »Seit Jahren habe ich ihn nicht gesehen, aber immerfort belästigt er mich. In den letzten zwei Wochen hat er fünf Drohbriefe in meiner Wohnung hinterlassen, und ich kann nicht einmal herausbekommen, wer sie abgibt, geschweige denn, ob es Welkin selbst tut. Der Portier schwört, keine verdächtige Gestalt gesehen zu haben, und jetzt klebt er hier auf ein öffentliches Schaufenster anderthalb Meter Papier, während die Leute im Laden …«

»Sehr richtig«, meinte Angus bedächtig, »während die Leute im Laden Tee tranken. Ich versichere Ihnen, mein Herr, ich bewundere die vernünftige Art, in der Sie die Sache angehen. Über alles andere können wir später reden. Der Bursche kann noch nicht weit gekommen sein, denn ich schwöre, als ich vor zehn oder fünfzehn Minuten das letztemal ans Fenster ging, war noch kein Papier da. Andrerseits ist er doch schon zu weit weg, als daß wir ihm nachjagen könnten; wir wissen ja nicht einmal, in welche Richtung er gelaufen ist. Wenn Sie meinem Rat folgen, Mr. Smythe, so übergeben Sie die Angelegenheit am besten einem tüchtigen Detektiv, keinem amtlichen, sondern einem privaten. Ich kenne einen äußerst gerissenen Burschen, der sich ganz in der Nähe niedergelassen hat, es ist keine fünf Minuten mit Ihrem Auto. Er heißt Flambeau, und obwohl er eine etwas stürmische Jugend hinter sich hat, ist er jetzt ein sehr ehrenwerter Mann, und sein Verstand ist Geld wert. Er wohnt in Lucknow Mansions, Hampstead.«

»Sonderbar«, sagte der kleine Mann und zog die Augenbrauen hoch. »Ich selbst wohne in Himalaja Mansions, gerade dort um die Ecke. Vielleicht kommen Sie mit, und während ich nach Hause gehe und diese komischen Welkin-Briefe heraussuche, können Sie unterdessen Ihren Freund, den Detektiv, holen.«

»Sehr liebenswürdig«, sagte Angus höflich. »Also los, je schneller wir handeln, desto besser.«

Und aus dem gleichen Gefühl ritterlicher Fairneß verabschiedeten sich beide Männer auf genau die gleiche förmliche Art von dem Fräulein und sprangen dann in den schnellen, kleinen Wagen. Als Smythe das Steuer ergriff und sie um die Straßenecke bogen, sah Angus belustigt ein riesiges Plakat »Smythes Stumme Diener« vor sich. Es war das Bild einer mächtigen Stahlpuppe ohne Kopf, die einen Tiegel mit der Aufschrift trug: »Eine Köchin, die nie mürrisch ist.«

Der kleine, schwarzbärtige Mann lächelte. »Ich verwende sie auch bei mir zu Hause, teils aus Reklamegründen und teils wirklich aus Bequemlichkeit«, sagte er. »Ehrenwort, meine großen mechanischen Puppen bringen Ihnen Kohlen oder Rotwein oder einen Fahrplan schneller als jeder lebendige Dienstbote; man muß nur auf den richtigen Knopf drücken. Freilich, ganz unter uns, ich muß doch zugeben, daß solche Diener auch ihre Nachteile haben.«

»Wirklich?« fragte Angus, »gibt es etwas, das sie nicht können?«

»Ja«, erwiderte Smythe distanziert, »sie können mir nicht sagen, wer jene Drohbriefe in meiner Wohnung abgab.«

Das Auto des Mannes war klein und flink, genau wie er; und tatsächlich hatte er es, ebenso wie seine häuslichen Dienstboten, selbst konstruiert. Wenn er ein Marktschreier war, dann jedenfalls einer, der an seine eigene Ware glaubte. Das Gefühl von etwas Kleinem, Dahinfliegendem wurde besonders deutlich, als sie so in dem ersterbenden, aber klaren Abendlicht die langen, weißen Straßenwindungen entlangschwebten. Bald wurden die weißen Kurven schärfer und schwindelerregend; sie bewegten sich in »aufsteigenden Spiralen«, wie es in den modernen Religionen heißt. Denn nun waren die beiden wirklich auf dem Gipfel eines Teiles von London, der ebenso steil abfällt wie Edinburg, wenn er auch nicht ganz so malerisch ist. Terrasse erhob sich über Terrasse, und der Wohnblock, dem sie zustrebten, stieg, von der Abendsonne vergoldet, zu fast ägyptischer Höhe an. Doch als sie um die Ecke bogen und in das Häuserhalbrund fuhren, das den Namen Himalaja Mansion trägt, änderte sich das Bild so jäh, wie wenn sich plötzlich ein Fenster auftut; denn dieser Haufen Mietshäuser lag über London wie über einem grünen Schiefersee. Die buschige Umzäunung auf der anderen Seite des Kieshalbrunds, gegenüber dem Häuserblock, glich eher einer Hecke oder einem Damm als einem Garten, und etwas tiefer floß ein künstlich angelegter Wasserstreifen, eine Art Kanal, sozusagen der Wallgraben dieser verborgenen Festung. Als das Auto um den Platz jagte, ließ es an der Ecke den einsamen Stand eines Kastanienbraters hinter sich, und gerade am anderen Ende des Bogens konnte Angus die verschwommene blaue Gestalt eines Polizisten erkennen, der langsam auf und ab ging. Sie waren die einzigen menschlichen Wesen in dieser hohen, vorstädtischen Einsamkeit; und Angus hatte das völlig unlogische Gefühl, daß sie die stumme Poesie Londons verkörperten. Sie erschienen ihm wie Gestalten eines Märchens.

Das kleine Auto schoß wie eine Kugel auf das rechte Haus zu und feuerte seinen Besitzer heraus, als wäre er eine Bombe. Sofort erkundigte er sich beim Türhüter in glänzender Uniform und bei einem untersetzten Hauswart in Hemdsärmeln, ob irgend jemand oder irgend etwas seine Wohnung betreten habe. Er erhielt die Versicherung, daß seit seiner letzten Nachfrage niemand und nichts an den beiden Angestellten vorbeigekommen sei; worauf er und der etwas verblüffte Angus wie eine Rakete im Fahrstuhl bis ins oberste Stockwerk emporgeschossen wurden.

»Kommen Sie einen Augenblick herein«, sagte Smythe atemlos. »Ich will Ihnen Welkins Briefe zeigen. Dann können Sie um die Ecke laufen und Ihren Freund holen.«

Er drückte auf einen in der Wand verborgenen Knopf, und die Tür öffnete sich von selbst. Sie führte in ein langes, geräumiges Vorzimmer; das einzig Auffallende darin waren große, halbmenschliche mechanische Figuren, die wie Schneiderpuppen zu beiden Seiten aufgereiht waren. Gleich Schneiderpuppen waren sie kopflos, und gleich Schneiderpuppen hatten sie einen hübschen, überflüssigen Buckel zwischen den Schultern und vorn einen Auswuchs wie eine Hühnerbrust. Davon abgesehen hatten sie nicht mehr Ähnlichkeit mit einem Menschen als irgendein mannshoher Bahnhofsautomat. Als Arme dienten ihnen zwei große Haken, mit denen sie ein Tablett tragen konnten; und damit man sie voneinander unterscheiden konnte, waren sie erbsgrün, zinnoberrot oder schwarz angemalt; im übrigen waren sie nichts als Automaten, und niemand hätte sich zweimal nach ihnen umgesehen. Jetzt tat es jedenfalls keiner. Denn zwischen den beiden Reihen von Dienstbotenpuppen lag etwas, das interessanter war als fast alle Mechanismen der Welt. Es war ein zerknitterter weißer Zettel, mit roter Tinte bekritzelt; und der flinke Erfinder hatte ihn sofort, als sich die Tür öffnete, ergriffen. Ohne ein Wort zu sagen, gab er ihn Angus. Die rote Tinte darauf war noch nicht trocken, und die Botschaft lautete: »Wenn Sie sie heute besucht haben, bringe ich Sie um.«

Nach kurzem Schweigen sagte Isidor Smythe ruhig: »Möchten Sie einen kleinen Whisky? Mir würde er jedenfalls guttun.«

»Danke; ich möchte lieber einen kleinen Flambeau«, sagte Angus düster. »Diese Geschichte scheint ziemlich ernst zu werden. Ich gehe ihn gleich holen.«

»Das ist recht«, sagte der andere mit bewundernswert guter Laune, »bringen Sie ihn so schnell wie möglich!«

Als Angus die Tür hinter sich schloß, sah er, wie Smythe auf einen Knopf drückte; eine der mechanischen Figuren verließ den Platz und glitt eine Rinne im Boden entlang, ein Tablett mit Siphon und Karaffe tragend. Es war ein wenig unheimlich, den kleinen Mann mit seinen toten Dienern allein zu lassen, die lebendig wurden, sobald sich die Tür schloß.

Sechs Stufen unterhalb Smythes Treppenabsatz war der Mann in Hemdsärmeln mit einem Eimer beschäftigt. Angus blieb stehen, stellte ihm ein gutes Trinkgeld in Aussicht und nahm ihm das Versprechen ab, den Platz nicht zu verlassen, bis er mit dem Detektiv zurückkehrte, und auf jeden Fremden aufzupassen, der etwa die Treppe heraufkäme. Dann stürzte er zur Eingangshalle hinab und gab dem am Tor stehenden Türhüter einen ähnlichen Auftrag, wobei er erfuhr, daß das Haus jedenfalls keine Hintertür besaß. Damit noch nicht zufrieden, griff er den umherwandernden Polizisten auf und veranlaßte ihn, sich gegenüber dem Eingang aufzustellen und ihn zu bewachen; und schließlich blieb er noch einen Moment stehen, um für einen Penny Kastanien zu kaufen und sich zu erkundigen, wie lange der Verkäufer in der Nachbarschaft zu bleiben vorhabe.

Der Kastanienhändler schlug den Rockkragen hoch und erklärte, er werde wahrscheinlich bald weggehen; es läge Schnee in der Luft. Tatsächlich war der Abend trübe und bitterkalt, doch Angus' Beredsamkeit gelang es, den Kastanienmann an seinem Posten festzunageln.

»Wärmen Sie sich an Ihren eigenen Kastanien«, sagte er ernst.

»Essen Sie den ganzen Vorrat auf; ich komme dafür auf. Ich gebe Ihnen einen Sovereign, wenn Sie hier bleiben, bis ich zurück bin, und mir dann sagen, ob irgend jemand, Mann, Frau oder Kind, in das Haus dort gegangen ist, vor dem der Türhüter steht.«

Mit einem letzten Blick auf den belagerten Turm ging er eilig weiter.

»Jedenfalls habe ich einen Ring um jenen Raum gelegt«, sagte er. »Alle vier können doch nicht Mr. Welkins Spießgesellen sein.«

Lucknow Mansions lag sozusagen auf einer tieferen Ebene jenes Häuserberges, als dessen Gipfel man Himalaja Mansions bezeichnen kann. Mr. Flambeaus halbamtliche Wohnung befand sich im Erdgeschoß und war in jeder Beziehung das genaue Gegenteil der »Stummen-Diener-Wohnung« mit ihren amerikanischen Maschinen und dem kalten, unpersönlichen Luxus.

Flambeau, der mit Angus befreundet war, empfing ihn in einem künstlerischen Rokokostübchen hinter seinem Büro, dessen Schmuck aus Säbeln, Hakenbüchsen, östlichen Raritäten, italienischen Weinflaschen, afrikanischen Kochtöpfen, einer weichfelligen Perserkatze und einem kleinen, verstaubten, römisch-katholischen Priester bestand, der ziemlich fehl am Platze schien.

»Mein Freund, Pater Brown«, stellte Flambeau vor. »Ich hatte schon oft den Wunsch, Sie sollten sich kennenlernen. Herrliches Wetter heute; nur etwas kalt für Südländer wie mich.«

»Ja, es wird wohl klar bleiben«, sagte Angus und setzte sich auf eine lilagestreifte Ottomane.

»Nein«, sagte der Priester leise, »es hat zu schneien begonnen.« Und wie es der Kastanienmann prophezeit hatte, begannen wirklich die ersten Flocken am Fenster vorbeizutreiben.

»Leider«, begann Angus ernst, »bin ich geschäftlich hier, und zwar in einer ziemlich schwierigen Sache. Gerade um die Ecke von Ihnen, Flambeau, lebt ein Mann, der dringend Ihre Hilfe braucht; er wird ständig von einem unsichtbaren Feind verfolgt und bedroht – einem Schurken, den niemand auch nur gesehen hat.«

Und Angus erzählte die Geschichte von Smythe und Welkin; er begann mit Lauras Erlebnissen und ging dann zu seinen eigenen über, erzählte von dem übernatürlichen Lachen an der Ecke zweier menschenleerer Straßen und von Worten, die in einem leeren Zimmer deutlich vernommen wurden. Flambeau hörte immer gespannter zu, während der kleine Priester an der Sache so unbeteiligt schien wie ein Möbelstück. Als Angus zu der Episode mit dem Schaufenster und dem geklebten, bekritzelten Papierstreifen kam, erhob sich Flambeau, und seine mächtigen Schultern schienen den Raum zu füllen.

»Wenn Sie nichts dagegen haben«, sagte er, »erzählen Sie mir den Rest lieber auf dem kürzesten Weg zum Hause dieses Mannes. Ich habe das Gefühl, daß keine Zeit zu verlieren ist.«

»Mit Vergnügen«, sagte Angus und erhob sich gleichfalls, »obwohl er im Augenblick ungefährdet genug ist; ich habe vier Männer beauftragt, den einzigen Zugang zu seinem Bau zu bewachen.« Sie bogen in die Straße ein, wobei der kleine Priester mit der Fügsamkeit eines Hündchens hinter ihnen hertrottete. »Wie schnell der Schnee liegenbleibt«, sagte er in heiterem Konversationston. Als sie die steilen, schon silbergepuderten Seitenstraßen hinaufgingen, beendete Angus seine Geschichte; und als sie den Halbkreis mit den aufgetürmten Wohnungen erreichten, konnte er in Ruhe seine Aufmerksamkeit den vier Wachtposten zuwenden. Der Kastanienverkäufer schwor sowohl vor wie nach Empfang des Souvereigns hartnäckig, daß er die Tür ständig bewacht und keinen Besucher habe eintreten sehen. Der Polizist äußerte sich noch bestimmter. Er kenne jede Sorte Gauner, sagte er, solche im Frack und solche in Lumpen; so grün sei er nicht, anzunehmen, daß verdächtige Personen verdächtig aussehen müßten; er habe nach jedermann Ausschau gehalten, aber so wahr ihm Gott helfe, es habe sich niemand gezeigt. Und als sich alle drei um den vergoldeten Türhüter drängten, der noch immer lächelnd und breitbeinig am Portal stand, war das Urteil vollends endgültig.

»Ich habe das Recht, jedermann zu fragen, ob Herzog oder Straßenkehrer, was er hier im Hause sucht«, sagte der freundliche, goldbetreßte Riese, »und ich kann schwören, keinen hatte ich zu fragen, seit dieser Herr hier wegging.«

Der unbedeutende Pater Brown, der im Hintergrund stand und bescheiden auf den Boden blickte, wagte hier bescheiden zu bemerken: »Es ist also niemand die Treppen hinauf- oder heruntergegangen, seit es zu schneien angefangen hat? Es fing an, als wir alle drüben bei Flambeau saßen.«

»Niemand ist hier gewesen, mein Herr, verlassen Sie sich auf mich«, versicherte der Türhüter mit strahlender Überzeugungskraft.

»Dann möchte ich nur wissen, was das ist«, sagte der Priester und starrte ausdruckslos wie ein Fisch auf den Boden.

Jetzt blickten auch die andern dorthin, und Flambeau stieß einen wilden Schrei aus, begleitet von einer französischen Geste. Denn es stand völlig außer Frage, daß in der Mitte des von dem goldbetreßten Mann bewachten Eingangs unverkennbar eine graue Fußspur lief, die genau zwischen den anmaßend gespreizten Beinen jenes Kolosses in den weißen Schnee gestampft war.

»Mein Gott!« rief Angus unwillkürlich. »Der Unsichtbare!«

Ohne ein weiteres Wort drehte er sich um und rannte von Flambeau gefolgt die Treppen hinauf; nur Pater Brown stand noch auf der schneebedeckten Straße und blickte um sich, als habe er jedes Interesse an seiner Frage verloren.

Flambeau befand sich in der richtigen Stimmung, mit seinen breiten Schultern die Tür aufzubrechen; aber der vernünftige, wenn auch weniger intuitive Schotte tastete am Türrahmen herum, bis er den unsichtbaren Knopf entdeckte; und langsam öffnete sich die Tür. Sie zeigte im wesentlichen das gleiche überfüllte Innere; in der Vorhalle war es jetzt dunkler, obwohl sie hie und da von den letzten Strahlen der Abendsonne getroffen wurde; ein paar der kopflosen Maschinen waren zu dem oder jenem Zweck von ihrem Platz entfernt worden und standen in dem dämmerigen Raum umher. Das Zwielicht ließ das Grün und Rot ihrer Kleidung dunkler erscheinen, und gerade durch ihre Formlosigkeit waren sie menschlichen Formen ein wenig ähnlicher geworden. Doch mitten unter ihnen, genau da, wo das Papier mit roter Tinte gelegen hatte, lag etwas, das verschütteter roter Tinte gleichsah. Aber es war nicht rote Tinte.

Mit echt französischer Mischung aus Vernunft und Heftigkeit rief Flambeau nur das Wort: »Mord!«, drang in die Wohnung ein und hatte in fünf Minuten jeden Winkel und jeden Schrank durchsucht. Wenn er aber erwartet hatte, den Leichnam zu finden, sah er sich getäuscht. Isidore Smythe war einfach nicht da, weder tot noch lebendig. Nach rasantem Suchen trafen sich die beiden Männer mit schweißtriefenden Gesichtern und starren Blicken wieder im Vorraum.

»Mein Freund«, sagte Flambeau (und er sprach vor lauter Aufregung französisch), »Ihr Mörder ist nicht nur unsichtbar, sondern er hat auch den Ermordeten unsichtbar gemacht.«

Angus blickte in dem dunklen Raum voll stummer Puppen umher, und in irgendeinem keltischen Winkel seiner Schottenseele regte sich ein Schauder. Eine der lebensgroßen Figuren überschattete unmittelbar den Blutfleck; vielleicht hatte der Ermordete sie gerade noch hergerufen, ehe er niederstürzte. Einer der hochschultrigen Haken, die dem Ding als Arme dienten, war etwas erhoben, und Angus hatte plötzlich die schreckliche Vorstellung, daß den armen Smythe sein eigenes Eisenkind erschlagen habe. Die Materie hatte sich aufgelehnt und die Maschinen ihren Herrn getötet. Aber selbst dann, was hatten sie mit ihm gemacht? »Ihn aufgefressen?« flüsterte ihm der Alpdruck zu; und einen Augenblick wurde ihm übel bei dem Gedanken an zerrissene menschliche Überreste, zermalmt und verschlungen von dieser kopflosen Maschinerie. Mit gewaltiger Anstrengung fand er sein geistiges Gleichgewicht wieder und sagte zu Flambeau: »So ist es also. Der arme Kerl ist gleich einer Wolke verdunstet und hat einen roten Streifen am Boden hinterlassen. Die Geschichte spielt nicht in unserer Welt.«

»Da bleibt nur eines übrig«, sagte Flambeau, »ob es mit unserer Welt zu tun hat oder mit der anderen: ich muß hinunter und mit meinem Freund reden.«

Sie gingen die Treppe hinunter, trafen den Mann mit dem Eimer, der wiederum erklärte, er habe keinen Eindringling hineingelassen, den Türhüter und den herumlungernden Kastanienmann, die nochmals beteuerten, sie hätten streng Wache gehalten. Aber als Angus sich nach seinem vierten Beweisstück umsah, konnte er es nicht entdecken, und etwas ungeduldig rief er: »Wo ist der Polizist?«

»Verzeihung«, sagte Pater Brown, »daran bin ich schuld. Ich habe ihn eben die Straße hinuntergeschickt, um etwas zu untersuchen – das ich des Untersuchens für wert hielt.«

»Schön, aber wir brauchen ihn bald wieder«, sagte Angus schroff, »man hat nämlich den Unglücklichen dort oben nicht nur ermordet, sondern auch spurlos verschwinden lassen.«

»Auf welche Weise?« fragte der Priester.

»Pater«, sagte Flambeau nach einer Pause, »bei meiner Seele, ich glaube, der Fall gehört eher in Ihr Gebiet als in meines. Weder Freund noch Feind hat das Haus betreten, und doch ist Smythe verschwunden, als ob ihn die Feen geraubt hätten. Wenn das nicht übernatürlich ist, dann –«

Während er noch sprach, wurden sie alle durch einen unerwarteten Anblick unterbrochen; der dicke blaue Polizist kam um die Ecke des Halbrunds gerannt, direkt auf Brown zu.

»Sie hatten recht, Herr«, keuchte er, »eben hat man die Leiche des armen Mr. Smythe im Kanal unten gefunden.«

Angus griff sich wild an den Kopf. »Ist er hinuntergelaufen und hat sich ertränkt?«

»Ich kann beschwören, daß er nicht hinuntergelaufen ist«, erwiderte der Polizist, »und er wurde auch nicht ertränkt, denn er starb durch einen tiefen Stich ins Herz.«

»Und dennoch sahen Sie niemand hineingehen?« fragte Flambeau mit ernster Stimme.

»Gehen wir ein wenig die Straße hinab«, sagte der Priester.

Als sie am anderen Ende des Platzes ankamen, sagte er unvermittelt:

»Wie dumm von mir! Ich vergaß ganz, den Polizisten etwas zu

fragen. Ich möchte wissen, ob vielleicht ein hellbrauner Sack gefunden wurde.«

»Warum ein hellbrauner Sack?« fragte Angus erstaunt.

»Wenn es nämlich ein Sack von anderer Farbe war, müssen wir wieder von vorn beginnen«, sagte Pater Brown; »wenn es aber ein hellbrauner Sack war, nun, dann ist der Fall beendet.«

»Das freut mich zu hören«, sagte Angus mit herzhafter Ironie. »Soweit ich sehen kann, hat er noch nicht einmal begonnen.«

»Sie müssen uns alles darüber erzählen«, bat Flambeau mit dem seltsam gewichtigen Ernst eines Kindes.

Unwillkürlich beschleunigten sie ihre Schritte, als sie die lange Straße hinuntereilten. Pater Brown ging hurtig voran, ohne ein Wort zu sagen. Dann aber begann er seine Erklärung des Falles mit einer fast rührenden Unbestimmtheit: »Ich fürchte, Sie werden die Lösung furchtbar prosaisch finden. Wir sind ja immer geneigt, zuerst das Abstrakte an einer Sache zu sehen, und bei dieser Geschichte kann man gar nicht anders beginnen.

Also. Ist Ihnen schon einmal aufgefallen, daß die Menschen nie wirklich auf das antworten, was man sie fragt? Sie beantworten das, was man meint – oder vielmehr das, was sie glauben, daß man meint. Angenommen, eine Dame fragt eine andere: ›Leben Sie jetzt ganz allein in Ihrem Haus?‹, dann lautet die Antwort der Dame nicht: ›Nein, da leben auch noch der Butler, die drei Lakaien, die Kammerzofe, und so weiter‹, obwohl die Zofe vielleicht gerade im Zimmer ist oder der Butler hinter dem Sessel steht. Nein, die Dame antwortet: ›Ich lebe jetzt ganz allein hier im Haus‹, weil sie meint, daß solche Leute nicht gemeint sein können. Aber angenommen, ein Arzt fragt die Dame während einer Epidemie: ›Leben Sie allein in Ihrem Haus?‹, dann wird sie doch sofort an den Butler denken, an die Zofe und all die übrigen. So geht man eben mit der Sprache um; auch die wahrste Antwort auf eine Frage ist nie eine wörtliche Antwort. Als diese vier durchaus ehrlichen Zeugen beteuerten, niemand habe das Haus betreten, da meinten sie nicht wirklich, daß *niemand* es betreten habe. Sie meinten: niemand Verdächtiger. Jemand *ist* ins

Haus gegangen und wieder herausgekommen, aber sie haben ihn nicht bemerkt.«

Angus zog seine roten Augenbrauen hoch. »Ein Unsichtbarer?« fragte er.

»Ein geistig Unsichtbarer«, erwiderte Pater Brown.

Ein, zwei Minuten später begann er wieder zu sprechen, in derselben unaufdringlichen Art wie jemand, der einfach vor sich hin sinniert: »Der Gedanke an so einen Unsichtbaren kommt einem natürlich nicht, außer eben, wenn man an ihn denkt. Und das war das Schlaue an dem Mann. Mir kam der Gedanke durch zwei, drei kleine Bemerkungen in der Erzählung von Mr. Angus. Da war zuerst der Umstand, daß dieser Welkin lange Spaziergänge machte. Und dann, vor allem, zwei Tatsachen, welche die junge Dame erwähnte, Tatsachen, die einfach nicht wahr sein konnten. – Seien Sie mir nicht böse«, fügte er rasch hinzu, als er die ärgerliche Kopfbewegung des Schotten sah, »sie dachte, was sie da sagte, sei wahr; aber es konnte nicht wahr sein. Ein Mensch *kann* nicht ganz allein auf einer Straße sein, wenn er im nächsten Augenblick einen Brief bekommt. Und er kann nicht ganz allein auf einer Straße sein, wenn er einen Brief zu lesen beginnt, den er gerade erhalten hat. Da muß jemand ganz in der Nähe sein – ein geistig Unsichtbarer.«

»Warum muß jemand in der Nähe sein?« fragte Angus.

»Weil«, erwiderte Pater Brown, »wenn man von Brieftauben absieht, irgendein Mensch den Brief gebracht haben muß.«

»Wollen Sie wirklich behaupten«, fragte Flambeau heftig, »daß Welkin der Dame seines Herzens die Briefe seines Nebenbuhlers überbracht hat?«

»Jawohl«, antwortete der Priester. »Welkin brachte der Dame seines Herzens die Briefe seines Nebenbuhlers. Sehen Sie, er mußte das tun.«

»Oh, ich halte das nicht länger aus!« explodierte Flambeau. »Wer ist der Kerl? Wie sieht er aus? Wie ist ein geistig unsichtbarer Mann für gewöhnlich angezogen?«

»Er ist sehr nett angezogen, in Rot, Blau und Gold«, erwiderte

der Priester mit klarer Bestimmtheit. »Und in dieser auffallen-
den, ja bunten Tracht betrat er unter den Augen von vier Menschen Himalaja Mansions; dann ermorderte er kaltblütig Mr.
Smythe und verließ auf demselben Weg das Haus, wobei er die
Leiche über seiner Schulter trug –«

»Hochwürden, Sir«, rief Angus und blieb stehen, »sind Sie
völlig verrückt oder bin ich es?«

»Sie sind nicht verrückt«, sagte Brown, »nur ein bißchen un-
aufmerksam. Sie haben zum Beispiel einen Mann wie diesen hier
nicht beachtet.«

Und dabei machte er drei rasche Schritte und legte seine Hand
auf die Schulter eines ganz gewöhnlichen Postboten, der sich, unbeachtet von ihnen, unter dem Schatten eines Baumes mit seinen
Briefen beschäftigte.

»Irgendwie«, sagte Brown nachdenklich, »scheint nie jemand
einen Postboten zu bemerken. Und doch hat er die gleichen Gefühle wie andere Männer; und außerdem trägt er einen großen
Postsack, worin man eine kleine Leiche unschwer verstecken
kann.«

Der Postbote, anstatt sich ihnen auf natürliche Art zuzuwen-
den, duckte sich und taumelte gegen den Gartenzaun. Er war ein
dünner Mann mit blondem Bart, eine höchst durchschnittliche
Erscheinung – aber als er mit ängstlichem Gesicht den Kopf
wandte, blickten die drei Männer in fast teuflisch schielende Augen.

Flambeau ging heim zu seinen Säbeln, Purpurteppichen und
der persischen Katze, denn er hatte eine Menge Dinge zu tun.
John Turnbull Angus ging »heim« zu der jungen Dame in dem
Laden, mit der dieser unbedachtsame junge Mann höchst glücklich zu werden gedenkt. Pater Brown aber wanderte viele Stunden lang unter dem Glanz der Sterne mit einem Mörder über die
schneebedeckten Hügel, und was sie miteinander sprachen, wird
man nie erfahren.

Die Ehre des Israel Gow

Ein stürmischer Abend in Olivgrün und Silber brach an, als Pater Brown, in ein graues schottisches Plaid gehüllt, das Ende eines grauen schottischen Tals erreichte und die seltsame Burg von Glengyle vor sich liegen sah. Sie versperrte das eine Ende der Schlucht wie eine Sackgasse; und sie glich dem Ende der Welt. Mit ihren steilen Dächern und Turmspitzen aus meergrünem Schiefer erhob sie sich wie eines der alten französisch-schottischen Schlösser und ließ den Engländer an die unheimlichen Kirchturmhüte der Hexen in alten Märchen denken; und die Föhren, die um die grünen Türme schwankten, waren so schwarz wie unzählige Rabenschwärme. Diese Note von träumerischer, fast schläfriger Teufelei war keine bloße Laune der Landschaft. Denn über dem Ort schwebte eine jener Wolken aus Hochmut, Irrsinn und geheimnisvollem Leid, die auf den vornehmen Häusern Schottlands schwerer lasten als auf denen anderer Menschenkinder. Schottland hat nämlich die doppelte Dosis jenes Gifts erhalten, welches man Vererbung nennt: das Blut des Aristokraten und das unentrinnbare Schicksal des Calvinisten.

Der Priester hatte sich von einer Reise, die ihn nach Glasgow geführt hatte, einen Tag gestohlen, um seinen Freund Flambeau, den Amateurdetektiv, zu treffen. Dieser hielt sich mit einem anderen, offizielleren Detektiv in der Burg von Glengyle auf, um Leben und Tod des verstorbenen Lord Glengyle zu erforschen. Diese geheimnisvolle Persönlichkeit war der letzte Vertreter eines Geschlechtes, das durch Tapferkeit, Wahnsinn und gewalttätige Verschlagenheit selbst unter dem bösartigen Adel seiner Nation bereits im 16. Jahrhundert gefürchtet war. Kein anderes war tiefer verstrickt in dem Labyrinth von Ehrgeiz, in dem Lügengewebe, die sich um Maria, Königin von Schottland, gesponnen hatten.

Ein Vers, der in jener Gegend umging, sang klar und offen von Ursache und Folgen jener Umtriebe:

Wie grüner Saft die Bäume wachsen ließ,
Wuchsen durch rotes Gold die Ogilvies.

Jahrhundertelang hatte die Burg von Glengyle keinen ehrenwerten Herrn besessen; und als das Viktorianische Zeitalter anbrach, hätte man denken können, daß nun alle Exzentrizitäten am Ende seien. Der letzte Lord Glengyle indessen wurde der Tradition seiner Herkunft durch das einzige gerecht, was bisher noch keiner getan hatte: Er verschwand. Ich will damit nicht sagen, daß er ins Ausland ging; allen Indizien zufolge befand er sich noch in der Burg, wenn er überhaupt irgendwo war. Aber obwohl sein Name im Kirchenregister und in der Pairsliste geschrieben stand, hatte ihn seit langem niemand mehr erblickt.

Falls er für irgend jemanden sichtbar war, so nur für einen einzigen Diener, der ein Mittelding aus Stallknecht und Gärtner war. Der Mann war derart taub, daß ihn die Leute gewöhnlich für stumm hielten, während jene, die ihn besser kannten, ihn als Halbidioten ansahen. Er war ein hagerer, rothaariger Arbeiter mit verbissenem Mund und Kinn und blauschwarzen Augen, der auf den Namen Israel Gow hörte; der einzige und schweigsame Diener auf dem verlassenen Besitz. Aber die Energie, mit der er Kartoffeln ausgrub, und die Regelmäßigkeit, mit der er in der Küche verschwand, gab den Leuten das Gefühl, er sorge für die Mahlzeiten seines Herrn, und der merkwürdige Lord sei noch in der Burg verborgen. Und wenn die Nachbarschaft noch eines weiteren Beweises seiner Existenz bedurft hätte, so war es die beharrliche Behauptung des Dieners, daß er sich nicht im Hause befände. Eines Morgens nun wurden der Bürgermeister und der Priester (denn die Glengyles waren Presbyterianer) nach der Burg berufen. Dort sahen sie, daß der Gärtner, Stallknecht und Koch seine zahlreichen Berufe um den eines Totengräbers bereichert und seinen edlen Herrn in einen Sarg genagelt hatte. Wie viele oder wie wenige weitere Untersuchungen angestellt wurden, um diese seltsame Tatsache zu erhärten, war noch nicht ersichtlich; denn die Angelegenheit war nicht juristisch untersucht worden, bevor Flambeau vor zwei oder drei Tagen nach Norden gekommen war. Um jene Zeit lag der Leichnam Lord Glengyles (wenn es sein Leichnam war) bereits seit einigen Tagen auf dem kleinen Friedhof auf dem Hügel.

Als Pater Brown den dunklen Garten durchschritt und in den Schatten des Schlosses kam, waren die Wolken schwer und die Luft sehr dumpf und gewitterschwül. Unter den letzten Streifen des grün-goldenen Sonnenuntergangs erblickte er eine schwarze menschliche Silhouette: einen Mann mit Zylinder, der einen großen Spaten geschultert hatte. Diese seltsame Kombination hatte etwas von einem Totengräber; aber als Brown sich des tauben Dieners erinnerte, der Kartoffeln ausgrub, fand er die Erscheinung ziemlich natürlich. Er wußte einiges über den schottischen Bauern; er kannte seine Achtbarkeit, die es angemessen erscheinen ließ, bei einer amtlichen Untersuchung im Zylinder zu erscheinen; und er wußte auch, daß seine Sparsamkeit es nie zulassen würde, deshalb auch nur eine Arbeitsstunde zu verlieren. Selbst das Stutzen des Mannes und sein mißtrauischer Blick, als der Priester vorbeiging, paßten zu der Wachsamkeit und Ängstlichkeit eines solchen Typs.

Flambeau selbst öffnete das große Tor. Bei ihm war ein Mann mit stahlgrauem Haar, der einige Papiere in der Hand hielt: Inspektor Craven von Scotland Yard. Die Eingangshalle war ausgesprochen kahl und leer; nur die blassen, grinsenden Gesichter von einem oder zweien der verruchten Ogilvies blickten unter ihren schwarzen Perücken aus geschwärzten Gemälden herab. Pater Brown folgte den beiden Detektiven in einen anderen Raum, wo sie an einem langen Eichentisch gesessen hatten, dessen eine Seite mit bekritzelten Papieren bedeckt war, flankiert von Whisky und Zigarren. Der ganze übrige Tisch war von zahlreichen Gegenständen bedeckt, die in Abständen voneinander angeordnet waren: so seltsam verschiedene Gegenstände, wie das nur überhaupt möglich war. Da war ein kleiner Haufen, der aussah wie glänzendes zerbrochenes Glas. Da war ein größerer Haufen braunen Staubes. Daneben lag etwas, das aussah wie ein einfaches Stück Holz.

»Sie scheinen ein geologisches Museum eingerichtet zu haben«, sagte Brown, als er sich hinsetzte, und deutete mit dem Kopf auf den braunen Staub und die gläsernen Splitter.

»Kein geologisches«, erwiderte Flambeau, »eher ein psychologisches.«

»Um Himmels willen«, rief lachend der Detektiv von Scotland Yard, »wir wollen doch nicht mit so großen Worten arbeiten.«

»Wissen Sie denn nicht, was Psychologie bedeutet?« fragte Flambeau liebenswürdig erstaunt. »Psychologie bedeutet Irrsinn.«

»Ich kann nicht ganz folgen«, antwortete der Beamte.

»Nun«, sagte Flambeau entschieden, »ich meine, daß wir bisher nur eine Tatsache über Lord Glengyle herausgefunden haben. Er war irrsinnig.«

Gows schwarze Silhouette mit Zylinder und Spaten erschien am Fenster und verschwand wieder, matt skizziert gegen den dunkler werdenden Himmel. Pater Brown starrte lässig auf die verschwindende Gestalt und antwortete: »Ich kann verstehen, daß etwas Seltsames an jenem Mann war; sonst hätte er sich nicht lebend begraben – noch hätte er es so eilig gehabt, sich begraben zu lassen, als er tot war. Aber woraus schließen Sie, daß es Wahnsinn war?«

»Nun«, sagte Flambeau, »hören Sie sich nur einmal die Liste der Gegenstände an, die Mr. Craven im Hause fand.«

»Wir brauchen eine Kerze«, sagte Craven plötzlich. »Es wird ein Gewitter geben, und es ist zu dunkel zum Lesen.«

»Befinden sich unter Ihren Kuriositäten auch Kerzen?« fragte Brown lächelnd.

Flambeau machte ein ernstes Gesicht und richtete die dunklen Augen auf seinen Freund. »Auch das ist merkwürdig«, sagte er.

»Fünfundzwanzig Kerzen, und nicht die Spur von einem Kerzenhalter.«

Während das Zimmer sich nun schnell verdunkelte und der Wind heftig anstieg, ging Brown den Tisch entlang, auf dem unter den übrigen fragmentarischen Gegenständen ein Bündel Wachskerzen lag. Dabei beugte er sich zufällig über den Haufen rotbraunen Staubes; und ein heftiges Niesen durchbrach die Stille.

»Hallo!« sagte er; »Schnupftabak!«

Er nahm eine der Kerzen, zündete sie sorgfältig an, kam zurück und steckte sie in den Hals einer Whiskyflasche. Die unruhige Nachtluft, die durch das gebrechliche Fenster strich, ließ die lange Flamme wie eine Fahne flattern. Und auf beiden Seiten der Burg hörten sie Meilen und Meilen schwarze Föhrenwälder rauschen, wie düsteres Meer um einen Felsen.

»Ich will das Inventar verlesen«, begann Craven ernst und nahm eins der Papiere, »das Inventar dessen, was wir als zusammenhanglos und unerklärlich in der Burg gefunden haben. Sie müssen wissen, daß das Schloß fast kahl und völlig vernachlässigt war; aber ein oder zwei Zimmer waren einfach, jedoch keineswegs armselig eingerichtet und offenbar von jemandem bewohnt worden; von jemandem, der nicht der Diener Gow war. Die Liste enthält folgendes:

Erster Posten: eine recht beträchtliche Sammlung kostbarer Steine, hauptsächlich Diamanten, aber alle lose, ohne jegliche Fassung. Natürlich haben die Ogilvies Familienschmuck besessen; und dies ist genau die Art von Juwelen, die gewöhnlich in besondere Fassungen eingesetzt sind. Die Ogilvies aber scheinen sie wie Kupfermünzen lose in den Taschen getragen zu haben.

Zweiter Posten: Haufen und Haufen von losem Schnupftabak, der in keinem Behälter aufbewahrt war, nicht einmal in einem Beutel, sondern lose herumlag, auf dem Kaminsims, auf dem Büffet, auf dem Klavier und sonst überall. Es erweckt den Eindruck, als habe der alte Herr sich nicht die Mühe machen

wollen, in einen Tabaksbeutel zu greifen oder einen Deckel auf-
zumachen.

Dritter Posten: hier und da im Haus verstreut merkwürdige
kleine Haufen winziger Metallstücke, von denen einige die Form
von stählernen Triebfedern und andere die von mikroskopisch
kleinen Rädern haben. Als ob ein mechanisches Spielzeug aus-
einandergenommen worden sei.

Vierter Posten: die Wachskerzen, die in Flaschenhälse gesteckt
werden müssen, weil es nichts anderes gibt, in das man sie stek-
ken könnte.

Das alles ist viel sonderbarer als irgend etwas, das wir erwartet
hatten. Auf das wesentliche Rätsel waren wir vorbereitet; wir
alle haben gemerkt, daß mit diesem letzten Lord etwas nicht gestimmt hat. Wir sind hierhergekommen, um herauszufinden, ob
er wirklich hier gelebt hat, ob er tatsächlich hier gestorben ist, ob
diese rothaarige Vogelscheuche, die ihn beerdigt hat, irgend etwas mit seinem Tode zu schaffen hatte. Aber nehmen Sie das
Schlimmste an, die finsterste oder melodramatischste Lösung,
die Sie wollen. Angenommen, der Diener tötete wirklich seinen
Herrn, oder angenommen, der Herr ist nicht wirklich tot, oder
angenommen, der Herr gibt sich für den Diener aus, oder angenommen, der Diener ist an Stelle des Herrn begraben; denken Sie
sich jeden Schauerroman aus, den Sie wollen, so haben Sie doch
noch immer keine Erklärung gefunden für Kerzen ohne Leuchter, noch für die Tatsache, warum ein ältlicher Herr aus gutem
Haus es sich zur Gewohnheit gemacht hat, Schnupftabak auf
dem Klavier zu verstreuen. Den Kern der Geschichte können wir
ahnen; das Geheimnisvolle daran ist das Beiwerk. Selbst mit der
größten Phantasie kann die menschliche Logik nicht Schnupftabak mit Diamanten verbinden oder Wachs mit winzigen Uhren-
teilen.«

»Ich glaube, ich sehe die Verbindung«, sagte der Priester.
»Dieser Lord Glengyle war ein Gegner der Französischen Revolution. Er war ein Anhänger des ›ancien régime‹ und versuchte
buchstäblich, das Familienleben der letzten Bourbonen wieder

ins Leben zu rufen. Er benutzte Schnupftabak, weil sich darin der Luxus des achtzehnten Jahrhunderts kundtat; Wachskerzen, weil sie die Beleuchtung des achtzehnten Jahrhunderts waren; die kleinen Metallstücke verkörpern das Steckenpferd Ludwigs XVI., das Schmiedehandwerk; die Diamanten sind für das Halsband Marie-Antoinettes bestimmt.«

Die beiden andern starrten ihn mit großen Augen an.

»Welch ungewöhnliche Idee!« rief Flambeau. »Glauben Sie wirklich, daß dies die Wahrheit ist?«

»Ich bin völlig sicher, daß sie es nicht ist«, antwortete Pater Brown. »Sie sagten nur, niemand könne Schnupftabak und Diamanten, Uhrwerk und Kerzen miteinander verbinden. Ich gab Ihnen diese eine Verbindung aus dem Stegreif. Ich bin sicher, die tatsächliche Wahrheit liegt tiefer.«

Er hielt einen Augenblick inne und lauschte auf das Klagen des Windes in den Türmen. Dann sagte er: »Der letzte Lord Glengyle war ein Dieb. Er führte ein Doppelleben, er war ein zu allem entschlossener Einbrecher. Er besaß keine Leuchter, weil er für die Laterne, die er trug, nur diese kurzgeschnittenen Kerzen verwendete. Den Schnupftabak gebrauchte er, wie die wilden französischen Verbrecher Pfeffer gebraucht haben: um ihn plötzlich in großen Mengen einem Häscher oder Verfolger ins Gesicht zu werfen. Aber der endgültige Beweis liegt in der merkwürdigen Vereinigung von Diamanten und kleinen Stahlrädern. Das erklärt doch alles, nicht wahr? Diamanten und kleine Stahlräder sind die einzigen zwei Instrumente, mit denen man eine Fensterscheibe herausschneiden kann.«

Ein Windstoß schlug den Zweig einer gebrochenen Föhre heftig gegen die Fensterscheibe hinter ihnen, als ob er einen Einbrecher parodieren wollte, aber sie drehten sich nicht um. Ihre Augen waren auf Pater Brown geheftet.

»Diamanten und kleine Räder«, wiederholte Craven nachdenklich. »Ist das alles, was Sie glauben macht, dies sei die richtige Lösung?«

»Ich halte es nicht für die richtige Lösung«, erwiderte der Priester ruhig; »aber Sie sagten, daß keiner die vier Dinge miteinander verbinden könne. Die wirkliche Geschichte ist natürlich viel langweiliger. Lord Glengyle hatte auf seinem Besitztum kostbare Steine gefunden oder glaubte, sie gefunden zu haben. Jemand hatte ihn mit diesen losen Brillanten beschwindelt und behauptet, er habe sie in den Höhlen der Burg gefunden. Die kleinen Räder wurden zum Diamantenschleifen benutzt. Er konnte diese Arbeit nur ziemlich roh und nur in kleinem Maßstab verrichten, mit Hilfe einiger Schafhirten oder rauher Burschen von den Hügeln. Schnupftabak ist der einzige Luxus solch schottischer Schäfer; das einzige, womit man sie bestechen kann. Sie hatten keine Leuchter, weil sie keine haben wollten; sie hielten die Kerzen in den Händen, während sie die Höhlen untersuchten.«

»Ist das alles?« fragte Flambeau nach einer langen Pause. »Haben wir endlich die nüchterne Wahrheit gefunden?«

»O nein«, sagte Pater Brown.

Als der Wind in dem ernsten Föhrenwald mit langem, spöttischem Geheul erstarb, fuhr Pater Brown mit völlig unbewegtem Gesicht fort:

»Ich habe dies nur vorgebracht, weil Sie sagten, man könne Schnupftabak mit Uhrwerk, oder Kerzen mit glänzenden Steinen nicht überzeugend verbinden. Zehn falsche Philosophien passen auf das Universum; zehn falsche Theorien passen auf die Burg von Glengyle; doch wir brauchen die richtige Erklärung der Burg und des Universums. Gibt es keine anderen Beweisstücke?«

Craven lachte, Flambeau stand lächelnd auf und schlenderte den Tisch entlang.

»Posten fünf, sechs, sieben usw.«, sagte er, »sind sicher eher mannigfaltig als belehrend. Eine merkwürdige Sammlung. Nicht Bleistifte, sondern die Minen aus Bleistiften. Ein unerklärlicher Bambusstock mit zersplitterter Spitze. Mit ihm könnte das Verbrechen begangen worden sein. Nur gibt es kein Verbrechen. Die einzigen anderen Dinge sind ein paar alte Meßbücher und kleine katholische Bilder, die die Ogilvies wohl vom Mittelalter her aufgehoben haben – da ihr Familienstolz stärker war als ihr Puritanismus. Wir haben sie nur deshalb unserem Museum beigefügt, weil sie so merkwürdig zerschnitten und entstellt sind.«

Das heftige Gewitter draußen trieb eine mächtige Wolkenmasse über Glengyle und hüllte das große Zimmer in Dunkelheit, als Pater Brown die kleinen illuminierten Seiten ansah, um sie zu untersuchen. Er sprach, bevor die Dunkelheit vorbeigezogen war. Aber es war die Stimme eines völlig neuen Menschen.

»Mr. Craven«, sagte er, und er sprach wie ein Mann, der plötzlich zehn Jahre jünger war, »Sie haben doch die gesetzliche Vollmacht, hinzugehen und das Grab zu untersuchen? Je eher wir das tun, um so besser, damit wir dieser entsetzlichen Angelegenheit auf den Grund kommen. An Ihrer Stelle würde ich sofort damit beginnen.«

»Sofort?« fragte der erstaunte Detektiv. »Und warum sofort?«

»Weil dies ernst ist«, antwortete Brown; »hier handelt es sich nicht mehr um verstreuten Schnupftabak oder um lose Kiesel, die aus hundert Gründen umherliegen können. Aber es gibt nur einen einzigen Grund, warum *dies* geschehen sein kann; und dieser Grund geht bis an die Wurzeln der Welt. Diese religiösen Bilder sind nicht einfach beschmutzt oder zerrissen oder beschmiert, wie es aus Dummheit oder Bigotterie geschehen sein kann, durch Kinder oder Protestanten. Diese Blätter und Illustrationen alter Gebetbücher sind sehr sorgfältig behandelt worden – und sehr sonderbar. Überall, wo der große, verzierte Name Gottes in den Illuminationen vorkommt, ist er höchst sorgfältig entfernt worden. Und das einzige andere Ding, das beseitigt worden ist, ist der Heiligenschein um den Kopf des Jesuskindes. Deshalb sage ich, laßt uns unsere Vollmacht und unseren Spaten und unser Beil nehmen und hinausgehen und den Sarg aufbrechen.«

»Was meinen Sie damit?« fragte der Londoner Beamte.

»Ich meine«, sagte der kleine Priester, und seine Stimme schien sich im Heulen des Sturmes ein wenig zu erheben. »Ich meine, daß in diesem Augenblick der große Teufel des Universums auf dem höchsten Turm der Burg sitzen kann, so riesenhaft wie hundert Elefanten und brüllend wie die Apokalypse selbst. Schwarze Magie ist die Wurzel von alledem.«

»Schwarze Magie«, wiederholte Flambeau mit leiser Stimme; denn er war ein zu aufgeklärter Mann, um an solche Dinge nicht zu glauben; »aber was bedeuten all die andern Gegenstände?«

»Oh, sicher etwas Verdammungswürdiges«, erwiderte Brown ungeduldig. »Wie sollte ich es wissen? Wie kann ich all ihre Irrwege hienieden erraten? Vielleicht kann man jemanden mit Schnupftabak und Bambus foltern. Vielleicht gelüstet es Wahnsinnige nach Wachs und Stahlspänen. Vielleicht kann man aus den Minen eine Irrsinnsdroge herstellen. Unser kürzester Weg zu diesem Geheimnis führt den Hügel hinauf zum Grabe.«

Seinen Kameraden war kaum bewußt, daß sie ihm gehorcht hatten, sie folgten ihm, bis ein heftiger Stoß des Nachtwindes sie im Garten beinahe zu Boden warf. Trotzdem hatten sie ihm wie Automaten gehorcht; denn Craven fand ein Beil in seiner Hand und die Vollmacht in seiner Tasche; Flambeau trug den schweren Spaten des seltsamen Gärtners, Pater Brown das kleine, vergoldete Buch, aus dem der Name Gottes herausgerissen worden war. Der Pfad hügelaufwärts zu dem Kirchhof war gewunden, aber kurz; nur durch die Heftigkeit des Windes kam er ihnen mühsam und lang vor. So weit das Auge reichte und immer weiter, je mehr sie den Abhang hinaufstiegen, erstreckten sich Meere über Meere von Föhren, die der Wind alle nach der gleichen Seite beugte. Und diese gemeinsame Bewegung schien ebenso vergebens wie unermeßlich, so vergebens, als wenn der gleiche Wind über einen unbewohnten und zwecklosen Planeten blasen würde. Durch das unendliche Gehege graublauer Wälder tönte schrill und hoch jene uralte Trauer, die auf dem Grunde aller heidnischen Dinge ruht. Man konnte sich einbilden, daß die Stimmen aus dieser Unterwelt von unergründlichem Laubwerk die Schreie verlorener und umherstreifender Heidengötter seien: von Göttern, die diesen irrationalen Wald durchstreift hatten und die nie den Weg zurück zum Himmel finden konnten.

»Sie sehen«, sagte Pater Brown in leisem, aber ungezwungenem Tonfall, »ehe es Schottland gab, waren die Schotten schon ein seltsames Volk. Und tatsächlich sind sie auch heute noch ein seltsames Volk. Aber ich bilde mir ein, daß sie in den prähistorischen Tagen wirklich Dämonen angebetet haben. Das ist der Grund«, fügte er freundlich hinzu, »warum sie die puritanische Theologie so ansprach.«

»Mein Freund«, sagte Flambeau und wandte sich fast zornig um, »was bedeutet all dieses Abrakadabra?«

»Mein Freund«, erwiderte Brown mit gleichem Ernst, »alle echten Religionen haben ein Merkmal: Materialismus. Nun, Teufelsanbetung ist eine völlig echte Religion.«

Sie hatten das grasbewachsene Haupt des Hügels erreicht, eine der wenigen kahlen Stellen, die sich deutlich von dem krachenden, heulenden Föhrenwald abhob. Ein niedriger Zaun, teils aus Holz, teils aus Draht, klapperte im Sturm und zeigte ihnen die Grenze des Kirchhofs. Aber da war Inspektor Craven schon zu der Ecke, wo das Grab lag, gelangt, und Flambeau hatte seinen Spaten mit der Schneide nach unten aufgepflanzt, und beide zitterten fast so sehr wie das bebende Holz und der Draht. Am Fuße des Grabes wuchsen große, hohe Disteln, grau und silbern von Fäulnis. Ein- oder zweimal, wenn eine vom Wind getragen auf ihn zuflog, zuckte Craven zusammen, als ob ihn ein Pfeil getroffen hätte. Flambeau trieb den Spaten durch das raschelnde Gras in die nasse Erde hinein. Dann hielt er inne und lehnte sich auf ihn wie auf einen Stab. »Mach weiter«, sagte der Priester sehr freundlich. »Wir versuchen ja nur, die Wahrheit zu entdecken. Wovor fürchtest du dich?«

»Ich habe Angst, sie zu entdecken«, sagte Flambeau.

Der Londoner Detektiv sprach plötzlich mit hoher, krähender Stimme, die harmlos und gesprächig sein sollte. »Ich bin neugierig, warum er sich wirklich auf diese Art versteckt hat. Sicher irgend etwas Schmutziges; war er aussätzig?«

»Schlimmer als das«, sagte Flambeau.

»Und was, glauben Sie, könnte schlimmer als Aussatz sein?« fragte der andere.

»Das wage ich mir nicht vorzustellen«, sagte Flambeau.

Ohne zu sprechen grub er einige furchtbar erwartungsvolle Minuten lang, dann sagte er mit erstickter Stimme: »Ich fürchte, er hat nicht die richtige Gestalt.«

»Jenes Stück Papier – in dem Fall, den wir einmal zusammen gelöst haben – hatte sie auch nicht, wie Sie wissen«, sagte Pater Brown ruhig, »und wir haben sogar das überlebt.«

Flambeau grub voll blindem Eifer weiter. Aber der Sturm hatte die erstickenden grauen Wolken, die gleich Rauch über den Hügeln hingen, weggedrängt und graue Felder schwachen Sternenlichts enthüllt, ehe er die Form eines rohen Holzsarges entblößte und ihn auf den Rasen umkippte. Craven ging mit seinem Beil drauf los; da berührte ihn eine Distel, und er schreckte zurück. Dann machte er einen weiteren Schritt und hackte und schlug mit dem gleichen Eifer wie Flambeau drauflos, bis der Deckel aufgerissen war und alles, was sich darin befand, im grauen Sternenlicht schimmerte.

»Knochen«, sagte Craven; »aber es ist ein Mensch«, fügte er hinzu, als ob er das nicht erwartet hätte.

»Ist er«, fragte Flambeau mit einer merkwürdig schwankenden Stimme, »ist er ganz in Ordnung?«

»Es scheint so«, sagte der Beamte trocken und beugte sich über das unbekannte, verfaulte Skelett in dem Kasten. »Warten Sie eine Minute.«

Flambeaus mächtige Gestalt erschauerte. »Jetzt kommt es mir erst zu Bewußtsein«, rief er, »warum, im Namen des Wahnsinns, sollte er denn nicht in Ordnung sein! Was ist es, das in diesem verfluchten kalten Gebirge solche Gewalt über einen gewinnen kann? Ich glaube, es ist die schwarze, hirnlose Gleichförmigkeit all dieser Wälder; und dazu die alte Angst vor dem Unbewußten. Es ist wie der Traum eines Atheisten. Föhren und immer mehr Föhren, millionenmal mehr Föhren –«

»Mein Gott!« rief der Mann am Sarg. »Er hat keinen Kopf.«

Während die andern wie gelähmt dastanden, zeigte der Priester zum erstenmal einen Schimmer von überraschtem Interesse.

»Keinen Kopf?« wiederholte er. »Keinen Kopf?« als hätte er beinahe irgendeinen anderen Mangel erwartet.

Halbverrückte Vorstellungen von einem kopflosen Baby, das in Glengyle geboren wurde, von einem kopflosen Jüngling, der sich in der Burg verbarg, von einem kopflosen Mann, der durch die alten Hallen und den prächtigen Garten schritt, glitten wie ein Panorama durch ihren Sinn. Aber nicht einmal in diesem erstarrten Augenblick schlug dies Märchen in ihnen Wurzeln oder schien irgendeinen Sinn zu haben. Wie erschöpfte Tiere lauschten sie töricht den schreienden Wäldern und dem kreischenden Himmel. Denken schien plötzlich etwas Ungeheures zu sein, das außerhalb ihrer Fassungskraft lag.

»Drei kopflose Männer stehen um dieses offene Grab«, sagte Pater Brown.

Der blaßgewordene Londoner Detektiv öffnete den Mund, um zu sprechen, und ließ ihn wie ein Idiot offenstehen, während ein langgezogener Schrei des Windes den Himmel zerriß; dann betrachtete er die Axt in seiner Hand, als ob sie ihm nicht gehörte, und ließ sie fallen.

»Vater«, sagte Flambeau mit jener kindlich ernsten Stimme, die er so selten gebrauchte, »was sollen wir tun?«

Die Antwort seines Freundes kam mit der Schnelligkeit eines abgefeuerten Gewehres.

»Schlafen!« rief Pater Brown. »Schlafen. Wir haben das Ende aller Wege erreicht. Wißt ihr denn, was Schlaf bedeutet? Wißt ihr, daß jeder Mensch, der schläft, an Gott glaubt? Schlaf ist ein Sakrament; denn er ist ein Akt des Vertrauens, und er ist eine Speise. Und wir brauchen ein Sakrament, sei es auch ein natürliches. Etwas hat uns getroffen, wovon Menschen sehr selten getroffen werden; vielleicht das Schlimmste, das sie treffen kann.« Cravens offene Lippen schlossen sich, um zu fragen: »Was meinen Sie damit?«

Der Priester wandte sein Gesicht der Burg zu, als er antwortete: »Wir haben die Wahrheit gefunden; und die Wahrheit gibt keinen Sinn.«

Er ging ihnen mit heftigen und ruhelosen Schritten voran, wie er es nur selten tat, und als sie die Burg wieder erreicht hatten, warf er sich mit der Unmittelbarkeit eines Hundes in den Schlaf.

Trotz seines mystischen Lobes des Schlummers war Pater Brown früher auf als jeder andere, mit Ausnahme des schweigenden Gärtners; er rauchte seine dicke Pfeife und beobachtete den stummen Diener bei seinen Arbeiten im Küchengarten. Der brüllende Sturm war bei Tagesanbruch in brausenden Regen übergegangen, und nun war der Tag von auffallender Frische. Selbst der Gärtner schien verwandelt; beim Anblick der Detektive jedoch pflanzte er seinen Spaten mürrisch in ein Beet, murmelte etwas über Frühstück, schlurfte die Kohlreihen entlang und schloß sich in der Küche ein.

»Das ist ein sehr brauchbarer Mann«, sagte Pater Brown. »Er bearbeitet die Kartoffeln geradezu erstaunlich. Dennoch«, fügte er mit unparteiischer Nachsicht hinzu, »hat er seine Fehler; wer von uns hätte keine? Dieses eine Beet zum Beispiel hat er nicht ganz regelmäßig umgegraben. Sehen Sie hier«, sagte er und stampfte plötzlich auf eine Stelle. »Wegen jener Kartoffel habe ich wirklich meine Bedenken.«

»Und warum?« fragte Craven, dem das neue Steckenpferd des kleinen Mannes Spaß machte.

»Ich bin mir nicht schlüssig über diese Kartoffel«, sagte der andere, »weil der alte Gow auch unschlüssig über sie war. Er stach seinen Spaten methodisch in jede Stelle außer dieser. Gerade hier aber muß eine besonders feine Kartoffel stecken.«

Flambeau ergriff den Spaten und trieb ihn heftig an jener Stelle in den Boden. Unter einer Ladung Erde warf er etwas heraus, das einer Kartoffel nicht ähnlich sah; es sah eher aus wie ein gräßlicher Pilz. Aber es traf den Spaten mit kaltem Ton; es rollte wie ein Ball darüber, und es grinste sie an.

»Der Lord Glengyle«, sagte Brown traurig und blickte ernst auf den Schädel herab.

Dann, nach einem Augenblick des Nachdenkens, nahm er Flambeau den Spaten ab und sagte: »Wir müssen ihn wieder verbergen« und begrub den Schädel in der Erde. Dann stützte er seinen schmalen Körper und seinen dicken Kopf auf den Spatengriff, der fest in der Erde steckte, und seine Augen waren leer und seine Stirn voller Falten. »Wenn sich jemand nur die Bedeutung dieser letzten Ungeheuerlichkeit erklären könnte«, murmelte er. Und auf den breiten Spatengriff gelehnt, vergrub er die Stirn in den Händen, wie es die Menschen in der Kirche tun.

Alle Ecken des Himmels leuchteten blau und silbern; die Vögel zwitscherten in den winzigen Gartenbäumen so laut, daß die Bäume selbst zu sprechen schienen. Nur die drei Männer schwiegen.

»Na, ich gebe es auf«, sagte Flambeau endlich heftig. »Mein Verstand und diese Welt passen nicht zueinander; und nun ist Schluß damit. Schnupftabak, zerstörte Gebetsbücher, und das Innere von Spieldosen – was –«

Pater Brown warf seine gequälte Stirn zurück und schlug mit einer für ihn ungewöhnlichen Unduldsamkeit auf den Spatengriff.

»Ach was, ach was, ach was!« rief er, »das alles ist so klar wie die Sonne. Als ich heute morgen die Augen aufschlug, wußte ich, was es mit dem Schnupftabak, dem Uhrwerk und allem übrigen auf sich hat. Und seitdem weiß ich über den alten Gow Bescheid, den Gärtner, der weder so taub noch so dumm ist, wie er vorgibt. An diesen seltsamen Einzelheiten stimmt nur etwas nicht. Und mit dem zerrissenen Meßbuch habe ich mich geirrt; daran ist auch nichts Böses. Aber an dieser letzten Sache, an dem Entweihen eines Grabes und dem Stehlen eines toten Kopfes – daran ist doch sicher etwas Böses? Darin liegt doch immer noch schwarze Magie? Das paßt einfach nicht zu der ganz einfachen Geschichte von Schnupftabak und Kerzen.« Er ging wieder umher und rauchte schwermütig.

»Mein Freund«, sagte Flambeau mit grimmigem Humor, »Sie müssen nachsichtig mit mir umgehen und daran denken, daß ich einst ein Verbrecher war. Der große Vorteil dieses Berufs war, daß ich die Geschichten immer selbst zusammensetzen konnte und sie so schnell ausführte, wie ich wollte. Dieses Herumlungern, wie es der Detektivberuf mit sich bringt, ist für meine französische Ungeduld zu schwer. Mein ganzes Leben lang habe ich alles sofort erledigt, gleichgültig, ob es sich um Gutes oder um Böses handelte; ich habe meine Duelle immer am nächsten Morgen ausgefochten; ich habe meine Rechnungen immer sofort bezahlt; ich habe nicht einmal den Besuch beim Zahnarzt aufgeschoben –«

Die Pfeife fiel Pater Brown aus dem Mund und zerbrach auf dem kiesigen Weg in drei Stücke. Mit rollenden Augen stand er da, das vollendete Bild eines Idioten. »Mein Gott, was für eine Rübe, Herr!« Und dann begann er in fast trunkener Art zu lachen.

»Der Zahnarzt!« wiederholte er. »Sechs Stunden lang im geistigen Abgrund, und alles nur, weil ich nicht an den Zahnarzt gedacht habe! Solch ein einfacher, solch ein schöner und friedlicher Gedanke! Freunde, wir haben eine Nacht in der Hölle verbracht; aber jetzt ist die Sonne aufgegangen, die Vögel singen, und die leuchtende Gestalt des Zahnarztes tröstet die Welt.«

»Ich muß den Sinn von alledem herauskriegen«, rief Flambeau und schritt vorwärts, »selbst wenn ich die Folter der Inquisition anwenden muß.«

Pater Brown unterdrückte den Wunsch, auf dem sonnenbeschienenen Rasen zu tanzen, und rief rührend wie ein Kind: »Laßt mich doch einmal ein bißchen töricht sein! Ihr habt ja keine Ahnung, wie unglücklich ich gewesen bin. Und jetzt weiß ich, daß in dieser Sache überhaupt kein tiefer Sinn verborgen ist. Nur ein bißchen Wahnsinn, vielleicht – und wen stört das?«

Er drehte sich einmal im Kreis und trat ihnen dann mit Würde entgegen.

»Dies hier ist keine Geschichte eines Verbrechens«, sagte er; »eher ist es die Geschichte einer seltsamen und absonderlichen Rechtschaffenheit. Wir haben es mit dem vielleicht einzigen Mann in der Welt zu tun, der nicht mehr genommen hat, als ihm zusteht. Was wir hier zu klären hatten, war die Studie jener wilden Lebenslogik, welche die Religion seiner Rasse gewesen ist. Jener alte Vers über das Haus von Glengyle –

Wie grüner Saft die Bäume wachsen ließ,
Wuchsen durch rotes Gold die Ogilvies –

war ebenso wörtlich wie bildlich gemeint. Er bedeutete nicht nur, daß die Ogilvies nach Reichtum strebten; er wollte auch sagen, daß sie buchstäblich Gold anhäuften; sie hatten eine riesige Sammlung von Schmuckstücken und Geräten aus Gold. Sie waren Geizhälse, deren Manie sich auf diese Art kundtat. So gesehen, zieht sich der Faden durch alle Dinge, die wir in der Burg gefunden haben. Diamanten ohne goldene Ringe; Kerzen ohne goldene Leuchter; die Minen von Bleistiften ohne die goldene Bleistifthülse; ein Spazierstock ohne goldene Spitze; Uhrwerk ohne goldene Uhren – ohne Taschenuhren. Und, so verrückt es auch klingt, wurden sogar die Heiligenscheine und der Name Gottes aus den alten Meßbüchern entfernt, weil auch sie aus echtem Gold waren.« In der stärkenden Sonne schien der Garten zu leuchten und das Gras fröhlicher zu wachsen, als die verrückte Wahrheit ans Licht kam. Flambeau zündete sich eine Zigarette an, als sein Freund fortfuhr.

»Wurden entfernt«, sagte Pater Brown, »entfernt, aber nicht gestohlen. Kein Dieb würde sich so geheimnisvoll benehmen. Ein Dieb hätte die goldenen Tabaksdosen mitsamt dem Schnupftabak genommen; die goldenen Bleistifthülsen mitsamt den Minen darin. Wir jedoch haben es mit einem Mann zu tun, der zwar ein eigenartiges Gewissen hat, aber jedenfalls ein Gewissen. Ich habe diesen verrückten Moralisten heute morgen dort drüben im Küchengarten getroffen und die ganze Geschichte gehört.

Von allen je in Glengyle geborenen Männern kam der verstorbene Erzbischof Ogilvie dem Bild eines guten Menschen am nächsten. Aber seine strenge Tugend verwandelte sich in Menschenfeindlichkeit; er grämte sich über die Unredlichkeit seiner Vorfahren und schloß daraus irgendwie auf die Unredlichkeit aller Menschen. Vor allem mißtraute er der ›Wohltätigkeit und Freigebigkeit‹; und er schwor, falls er je einen Menschen fände, der nicht mehr als haargenau sein Recht beanspruchte, so sollte der alles Gold von Glengyle erhalten. Nachdem er so der Menschheit den Fehdehandschuh hingeworfen hatte, schloß er sich ein, ohne auch nur im leisesten zu erwarten, daß ihm je ein solcher Mensch begegnen könnte. Eines Tages aber brachte ihm ein tauber und anscheinend schwachsinniger Bursche aus einem entlegenen Dorf zu später Stunde ein Telegramm; und der Erzbischof Lord Glengyle in seiner ätzenden Nettigkeit gab dem Burschen eine glänzende Kupfermünze ohne Wert, einen neugeprägten Heller. Wenigstens dachte er, er hätte ihm einen Heller gegeben, doch als er später sein Geld zählte, war der neue Heller noch da, aber ein Dukaten fehlte. Dieser Irrtum gab dem zynischen Denken des Herrn von Glengyle neue, willkommene Nahrung; auf jeden Fall würde der Junge die schmierige Gier der Menschenrasse beweisen. Entweder würde er sich nicht mehr blicken lassen, ein Dieb, der einen Dukaten behält; oder er würde ihn tugendhaft zurückbringen, ein Heuchler, der Belohnung erhofft. Doch mitten in der Nacht wurde Lord Glengyle – der ganz allein im Schloß wohnte – durch ein energisches Klopfen an der Haustür aus dem Bett geholt und mußte dem tauben Idioten das Tor öffnen. Und der Idiot brachte nicht den Dukaten zurück, wohl aber genau neunzehn Schillinge, elf Pfennige und drei Heller, das Wechselgeld für den Dukaten, abzüglich des ihm zustehenden Hellers.

An diesem unwahrscheinlich korrekten Verhalten entzündete sich das Gehirn des verrückten Lords wie an einer Flamme. Er kam sich vor wie Diogenes, der seit langem einen ehrlichen Mann gesucht und ihn endlich gefunden hatte. Er machte ein neues Testament, das ich gesehen habe. Er nahm den schwachsinnigen Burschen in sein großes, verkommenes Haus, bildete ihn zu seinem einzigen Diener aus und bereitete ihn in seltsamer Art auf eine Erbschaft vor. Denn was immer dieses sonderbare Geschöpf verstehen oder nicht verstehen kann, zwei fixe Ideen seines Herrn und Meisters verstand er bis ins letzte: erstens, daß der Buchstabe von Recht und Unrecht alles bedeutet; und zweitens, daß ihm selbst das Gold von Glengyle gehören sollte. Das ist alles, und es ist ganz einfach. Er hat alles Gold im Haus genommen, und nicht ein Gramm, das nicht Gold war; nicht einmal ein Gramm Schnupftabak. Er hat aus einem alten Buchschmuck das goldene Blatt losgelöst, ohne daran zu denken, daß er dadurch das Buch zerstören könnte. All das war klar zu verstehen, nur die Sache mit diesem Totenschädel ging mir nicht ein. Daß er den Totenkopf zwischen den Kartoffeln verscharrt hatte, gab mir wirklich ein mehr als unangenehmes Gefühl. Ich war in Sorge darüber – bis Flambeau, ohne es zu wissen, das erlösende Wort sprach.

Es ist alles in Ordnung. Er wird den Totenkopf zurück ins Grab legen, sobald er die Goldplombe aus dem Zahn entfernt hat.«

Und tatsächlich: Als Flambeau am nächsten Morgen über den Hügel schritt, sah er, wie dieses seltsame Geschöpf, der ehrenhafte Geizhals, an dem entweihten Grab schaufelte, während der schottische Shawl im Wind der Berge um seinen Hals flatterte. Der nüchterne Zylinder aber saß fest auf seinem Kopf.

Die Form stimmt nicht

Einige der großen Straßen, die von London aus nach Norden führen, ziehen sich bis tief ins Land hinein wie immer dünner werdende, immer unwirklichere Geistererscheinungen von städtischen Häuserreihen, seltsam unterbrochen durch große Lükken. Da ist etwa eine Reihe von Kaufläden, gefolgt von einem umzäunten Feld oder einer Pferdekoppel, dann kommt eine altberühmte Kneipe, danach vielleicht eine Gemüsegärtnerei oder eine Baumschule, dann wieder ein großes Privathaus, und schließlich ein Feld und noch ein Wirtshaus und so fort. Wer eine dieser Straßen entlanggeht, kommt an einem Haus vorbei, das ihm wahrscheinlich auffallen wird, obwohl schwer zu sagen ist, wodurch. Es ist ein langgestrecktes, niedriges Haus, das parallel zur Straße steht, größtenteils weiß und blaßgrün gestrichen, mit einer Veranda und Sonnenrouleaus und mit Erkern, von jenen eigenartigen Kuppeln überdacht, die hölzernen Schirmen gleichen, wie man sie manchmal an altmodischen Häusern sieht. Es ist auch tatsächlich ein altmodisches Haus, ungemein englisch und vorstädtisch in der guten alten, Reichtum ausstrahlenden Art des Bezirks Clapham. Und doch macht das Haus den Eindruck, als sei es hauptsächlich für die heiße Jahreszeit gebaut worden. Beim Anblick der weißen Farbe und der Sonnenrouleaus kommen einem verschwommene Erinnerungen an Turbane, ja sogar an Palmen. Ich kann diese Gefühle nicht begründen und ergründen; vielleicht wurde das Haus von einem Anglo-Inder erbaut.

Wie gesagt, wäre jeder, der an diesem Haus vorüberginge, unbeschreiblich von ihm fasziniert; er würde spüren, daß mit dem Haus eine eigene Geschichte verbunden ist. Und, wie man gleich hören wird, hätte er recht. Denn dies ist die Geschichte: Die Geschichte all der merkwürdigen Ereignisse, die sich zu Pfingsten des Jahres 18.. tatsächlich dort zugetragen haben.

Jeder, der am Donnerstag vor Pfingsten gegen halb fünf Uhr

nachmittags dort vorbeigekommen wäre, hätte gesehen, wie sich die Haustür öffnete und Pater Brown, Seelsorger der kleinen Sankt-Mungo-Kirche, herauskam, der eine mächtige Pfeife rauchte, und mit ihm sein sehr großer französischer Freund Flambeau, der eine sehr kleine Zigarette rauchte. Ob nun diese beiden Personen für den Leser von Interesse sein mögen oder nicht, jedenfalls waren sie nicht das einzige Interessante, das sich dem Auge bot, als sich die Haustür des weißgrünen Hauses öffnete. Das Haus besaß noch weitere Eigentümlichkeiten, die gleich zu Anfang geschildert werden müssen, nicht nur, damit der Leser diese tragische Geschichte voll verstehen, sondern auch, damit er sich vorstellen kann, was die aufgehende Tür enthüllte. Das ganze Haus war in der Form eines T gebaut, aber wie ein T mit besonders langem Querbalken und besonders kurzem Schwanzstück. Der lange Querbalken bildete die Vorderseite, die sich längs der Straße hinzog, mit dem Haupteingang in der Mitte; sie bestand aus zwei Stockwerken und enthielt fast alle wichtigen Zimmer. Das kurze Schwanzstück, das dem Eingang unmittelbar gegenüberlag und nach hinten führte, war nur ein Erdgeschoß mit zwei langen, ineinandergehenden Räumen. Der vordere der beiden war das Arbeitszimmer, in dem der berühmte Mr. Quinton seine wilden orientalischen Gedichte und Romane schrieb. Der anschließende Raum war ein Gewächshaus voll tropischer Pflanzen von ganz eigenartiger, fast erschreckender Schönheit, das an Nachmittagen wie diesem in leuchtendem Sonnenlicht erglühte. Wenn also die Haustür offenstand, blieb manch Vorübergehender buchstäblich stehen, nur um zu starren und zu staunen, denn er blickte durch eine vornehme Wohnung auf etwas, das wahrhaftig der Verwandlungsszene in einem Märchenspiel glich: Purpurwolken, Sonnengold und funkelnde Sterne, die voller Leben leuchteten und doch durchsichtig und fern erschienen.

Der Dichter Leonard Quinton hatte selbst sorgfältig diesen Effekt geschaffen; und es ist zweifelhaft, ob er seine Persönlichkeit in irgendeiner seiner Dichtungen so vollkommen zum Ausdruck gebracht hatte. Denn er war ein Mann, der Farbenpracht förmlich trank und in ihr schwelgte, der in seiner Sucht nach Farben manchmal bis zur Vernachlässigung der Form ging – sogar der guten Formen. Deshalb hatte er seine schöpferische Kraft so völlig der orientalischen Kunst und Bildfülle zugewandt; jenen sinnverwirrenden Teppichen und blendenden Stickereien, bei denen alle Farben sich zu einem glücklichen Durcheinander verschmelzen, da sie sonst nichts weiter ausdrücken oder lehren. Vielleicht nicht gerade mit vollendetem künstlerischen Erfolg, doch mit anerkannter Phantasie und Erfindungskraft hatte er versucht, Epen und Liebesgeschichten zu schreiben, die ein Schwelgen in grellen, ja sogar grausamen Farben widerspiegelten; Erzählungen von tropischem Himmel in sengendem Gold oder blutrotem Kupfer; von orientalischen Helden mit einer Mitra aus zwölf Turbanen, die auf purpurnen oder pfauengrün bemalten Elefanten einherritten; von riesenhaften Juwelen, die hundert Neger nicht zu schleppen vermochten, die aber in sagenhaftem, seltsam gefärbtem Feuer brannten.

Kurz (um die Sache prosaischer darzustellen), er befaßte sich viel mit morgenländischen Himmeln, die fast noch schlimmer sind als die abendländischen Höllen; mit orientalischen Herrschern, die man ruhig Wahnsinnige nennen könnte; und mit orientalischen Juwelen, die ein Juwelier aus der Bond Street (wenn die hundert unter ihrer Last taumelnden Neger sie ihm in den Laden brächten) wahrscheinlich als unecht durchschauen würde. Quinton war ein Genie, wenn auch ein krankhaftes; und selbst seine Krankhaftigkeit zeigte sich mehr in seinem Leben als in seinem Werk. Er war schwächlich und reizbarer Laune, denn seine Gesundheit hatte durch orientalische Opiumversuche schwer gelitten.

Seine Frau – eine hart arbeitende, überarbeitete Frau – hatte gegen das Opium viel einzuwenden, noch mehr aber gegen einen leibhaften indischen Fakir, den ihr Gatte bereits seit Monaten bei sich aufgenommen hatte, als einen Vergil, der seinen Geist durch die Himmel und Höllen des Ostens führen sollte.

Aus diesem Künstlerhaushalt also traten Pater Brown und sein Freund auf die Türschwelle, und nach ihren Gesichtern zu schließen, verließen sie ihn mit großer Erleichterung. Flambeau hatte Quinton in wilden Studentenzeiten in Paris gekannt und ein Wochenende lang die Bekanntschaft erneuert; doch auch abgesehen von Flambeaus verantwortungsbewußter Entwicklung der letzten Zeit, kam er mit dem Dichter jetzt nicht mehr gut aus. Sich mit Opium zugrunde richten und kleine erotische Verse auf Pergamentpapier schreiben, entsprach nicht seiner Vorstellung, wie ein Gentleman zum Teufel gehen sollte. Als die beiden auf der Türschwelle stehenblieben, ehe sie einen Rundgang durch den Garten machten, wurde die vordere Gartentür stürmisch aufgerissen, und ein junger Mann, den steifen schwarzen Hut im Nakken, stolperte eiligst die Stufen hinauf. Er war ein liederlich aussehender Bursche, dessen herrlich knallrote Krawatte so völlig verrutscht war, als hätte er damit geschlafen, und er schwang nervös einen dünnen, knotigen Spazierstock.

»Hören Sie«, sagte er atemlos, »ich will den alten Quinton sprechen. Ich muß ihn sprechen! Ist er ausgegangen?«

»Mr. Quinton ist zu Hause, glaube ich«, sagte Pater Brown und klopfte seine Pfeife aus, »aber ich weiß nicht, ob Sie ihn sprechen können. Der Arzt ist gerade bei ihm.«

Der junge Mann, der nicht gerade ganz nüchtern zu sein schien, stolperte in die Halle; im gleichen Augenblick kam der Arzt aus Quintons Arbeitszimmer, schloß die Tür und begann seine Handschuhe anzuziehen.

»Mr. Quinton sprechen?« sagte der Arzt kühl. »Nein, ich fürchte, das können Sie nicht. Sie dürfen es nicht einmal, auf keinen Fall. Niemand darf ihn sprechen; ich habe ihm gerade sein Schlafmittel gegeben.«

»Na, hören Sie doch mal, alter Junge«, sagte der Jüngling mit der roten Krawatte und versuchte, den Arzt liebevoll an den Rockaufschlägen zu packen. »Hören Sie, ich bin total abgebrannt, sage ich Ihnen. Ich –«

»Es hat keinen Sinn, Mr. Atkinson«, sagte der Arzt und

machte sich von ihm los. »Wenn Sie die Wirkungen eines Schlafmittels ändern können, dann ändere ich auch meinen Entschluß«, und damit setzte er seinen Hut auf und trat mit den anderen beiden in den Sonnenschein hinaus. Er war ein stiernackiger, gutmütiger, untersetzter Mann mit kleinem Schnurrbart, unsagbar gewöhnlich, der aber trotzdem einen fähigen Eindruck machte.

Der Jüngling mit der Melone, dem vom Umgang mit Menschen anscheinend nicht mehr geläufig war als die allgemeine Vorstellung, sie bei den Rockaufschlägen zu fassen, stand so verblüfft vor der Tür, als hätte man ihn körperlich hinausgeworfen; schweigend beobachtete er, wie die drei andern zusammen durch den Garten gingen.

»Das war eben eine derbe, faustdicke Lüge«, bemerkte der Mediziner lachend. »In Wirklichkeit bekommt der arme Quinton erst in etwa einer halben Stunde seinen Schlaftrunk. Aber ich denke nicht daran, ihn von diesem jungen Windhund belästigen zu lassen, der doch nur Geld borgen will, ohne die geringste Absicht, es zurückzuzahlen. Er ist ein schäbiger junger Taugenichts, obwohl er Mrs. Quintons Bruder ist und sie die beste Frau, die es je gegeben hat.«

»Ja«, sagte Pater Brown, »sie ist eine gute Frau.«

»Deshalb schlage ich vor, hier im Garten zu bleiben, bis sich der Kerl verzogen hat«, fuhr der Arzt fort, »und dann bringe ich Quinton die Medizin hinein. Atkinson kann nicht in Quintons Zimmer, weil ich die Tür abgeschlossen habe.«

»In diesem Fall, Dr. Harris«, sagte Flambeau, »könnten wir, wenn es Ihnen recht ist, einen Rundgang zur Rückseite des Gewächshauses machen. Dort ist zwar kein Eingang, aber es ist auch von außen sehenswert.«

»Ja, und ich könnte einen Blick auf meinen Patienten werfen«, lachte der Arzt, »denn er liegt am liebsten auf einem Diwan ganz am Ende des Gewächshauses mitten unter all den blutroten Poinsettias; ich würde dabei eine Gänsehaut bekommen… Aber was machen Sie denn da?«

Pater Brown war einen Augenblick stehengeblieben und hob aus dem hohen Gras ein darin fast völlig verborgenes orientalisches Messer auf, das eigenartig gekrümmt und mit herrlichen bunten Steinen und Metallen eingelegt war.

»Was ist das?« fragte Pater Brown und betrachtete es mit einigem Mißfallen.

»Oh, es wird wohl Quinton gehören«, antwortete Dr. Harris gleichgültig; »er hat allerlei chinesischen Krimskrams in seinem Haus. Oder vielleicht gehört es auch dem sanften Hindu, den er sich hält.«

»Welchem Hindu?« fragte Pater Brown, der noch immer auf den Dolch in seiner Hand starrte.

»Irgend so ein indischer Zauberer«, sagte der Arzt leichthin, »natürlich ein Betrüger.«

»Sie glauben nicht an Zauberei?« fragte Pater Brown, ohne aufzublicken.

»Blödsinn, Zauberei!« erwiderte der Arzt.

»Der Dolch ist sehr schön«, sagte der Priester mit leiser, träumerischer Stimme; »die Farben sind sehr schön. Aber die Form stimmt nicht.«

»Wieso?« fragte Flambeau und starrte ihn an.

»Aus vielen Gründen. Die Form als solche stimmt nicht, als Form an sich. Haben Sie das bei der östlichen Kunst noch nie empfunden? Die Farben sind berauschend lieblich; aber die Formen sind niedrig und schlecht – absichtlich niedrig und schlecht. Ich habe auf einem türkischen Teppich wirklich Böses gesehen.«

»Mon Dieu!« rief Flambeau lachend.

»Die Muster sind Buchstaben und Sinnbilder in einer Sprache, die ich nicht verstehe; aber ich weiß, sie stellen teuflische Worte dar«, fuhr der Priester mit immer leiserer Stimme fort. »Die Linien laufen absichtlich in falschen Formen – wie Schlangen, die sich krümmen, um zu entkommen.«

»Zum Teufel, wovon reden Sie?« sagte der Arzt mit lautem Lachen.

Flambeau sprach ruhig an Stelle des Priesters: »Pater Brown wird zuweilen von dieser mystischen Wolke befallen«, erklärte er; »aber ich mache Sie darauf aufmerksam, daß es immer nur geschieht, wenn tatsächlich irgend etwas Böses ganz in der Nähe lauert.«

»Lächerlich!« rief der Wissenschaftler.

»Sehen Sie es doch nur an!« rief Pater Brown und hielt ihm das gekrümmte Messer mit ausgestrecktem Arm hin, als ob es eine giftige Schlange wäre. »Sehen Sie nicht, daß die Form schlecht ist, daß sie nicht stimmt? Sehen Sie nicht, daß ihm der offene und ehrliche Zweck fehlt? Es *spitzt* sich nicht zu wie ein Speer. Es *schneidet* nicht wie eine Sichel. Es *sieht nicht aus* wie eine Waffe. Es sieht aus wie ein Folterwerkzeug.«

»Nun, da es Ihnen nicht zu gefallen scheint«, sagte der muntere Harris, »sollte man es besser seinem Eigentümer zurückgeben. Sind wir noch immer nicht am Ende dieses verdammten Gewächshauses? Die Form dieses *Hauses* stimmt nicht, wenn Sie wollen.«

»Sie verstehen mich nicht«, sagte Pater Brown kopfschüttelnd. »Die Form des Hauses ist sonderbar – vielleicht sogar lächerlich. Aber sie hat nichts Böses an sich.«

Während sie so sprachen, schlenderten sie um die gläserne Rundung, die das Gewächshaus abschloß, eine durch nichts unterbrochene Rundung, denn es gab an diesem Ende des Hauses weder Tür noch Fenster, durch die man hineingelangen konnte. Doch die Scheiben waren klar, und obwohl die Sonne schon zu sinken begann, schien sie noch hell; und so konnten sie drinnen nicht nur die flammenden Blüten erkennen, sondern auch die zerbrechliche Gestalt des Dichters, der in einer braunen Samtjacke lässig auf dem Diwan lag und über einem Buch halb zu schlummern schien. Er war ein blasser, schlanker Mann mit losem, kastanienbraunem Haar und schmalem Bart, welcher das Paradoxe an seinem Gesicht war, denn der Bart ließ es weniger männlich erscheinen. Diese Züge waren allen dreien wohlbekannt; doch selbst, wenn dies nicht der Fall gewesen wäre, ist es zweifelhaft, ob sie gerade jetzt auf Quinton geblickt hätten. Ihre Augen waren von einem andern Objekt gefesselt.

Gerade auf ihrem Weg unmittelbar vor der Rundung des Glasgebäudes stand ein hochgewachsener Mann, dessen Gewand in fleckenlosem Weiß bis zum Boden wallte und dessen nackter brauner Schädel, dessen Gesicht und Hals in der Abendsonne wie schimmernde Bronze glänzten. Er sah durch die Glaswand auf den Schläfer und war selbst regungsloser als eine Statue.

»Wer ist das?« rief Pater Brown und trat mit verhaltenem Atem einen Schritt zurück.

»Ach, das ist nur dieser Betrüger von einem Hindu«, brummte Harris, »aber ich weiß nicht, was er hier zu suchen hat.«

»Es sieht nach Hypnotismus aus«, sagte Flambeau und kaute an seinem Schnurrbart.

»Warum redet ihr Nichtmediziner dauernd Unsinn über Hypnotismus?« rief der Arzt. »Es sieht viel eher nach Einbruch aus.«

»Nun, auf jeden Fall wollen wir ihn ansprechen«, entschied Flambeau, der stets zum Handeln bereit war. Mit einem langen Schritt war er neben dem Inder. Und von seiner ganzen Länge herab, die selbst die des Orientalen noch überragte, sagte er mit gelassener Unverschämtheit:

»Guten Abend, mein Herr. Wünschen Sie irgend etwas?« Ganz langsam, wie ein großes Schiff, das im Hafen landet, wandte sich das gelbe Gesicht und blickte schließlich über die weiße Schulter. Überrascht stellten sie fest, daß die gelben Augenlider wie im Schlaf geschlossen waren. »Ich danke Ihnen«, sprach das Gesicht in ausgezeichnetem Englisch. »Ich wünsche nichts.« Dann öffnete er halb die Lider, so daß ein schmaler Streifen des schillernden Augapfels sichtbar wurde, und wieder holte: »Ich wünsche nichts.« Schließlich öffnete er die Lider vollends, sagte mit einem erschreckend starren Blick nochmals: »Ich wünsche nichts«, und schritt mit leichtem Rascheln in den schnell dunkler werdenden Garten hinein.

»Ein Christ ist bescheidener«, murmelte Pater Brown; »er wünscht etwas.«

»Was in aller Welt hat er dort gemacht?« fragte Flambeau mit zusammengezogenen Brauen und gedämpfter Stimme.

»Ich möchte später mit Ihnen reden«, sagte Pater Brown.

Das Sonnenlicht war noch da, aber schon hatte es sich rötlich gefärbt, und Bäume und Büsche zeichneten sich immer dunkler davon ab. Sie schritten um das Ende des Gewächshauses und gingen schweigend an der anderen Seite entlang, um zur Vordertür zu gelangen. Ihre Schritte schienen etwas in dem tieferen Winkel zwischen Arbeitszimmer und Hauptgebäude aufzuscheuchen, so wie man einen Vogel aufschreckt; und wieder sahen sie den weißgekleideten Fakir aus dem Schatten gleiten und zur Vordertür hinschlüpfen. Zu ihrem Erstaunen war er offenbar nicht allein gewesen. Doch sie unterdrückten ihre Unruhe, da plötzlich Mrs. Quinton erschien, eine Frau mit schwerem, goldenem Haar und bleichem, viereckigem Gesicht. Sie kam ihnen aus dem Halbdunkel entgegen und blickte ein wenig finster drein, war aber durchaus höflich.

»Guten Abend, Dr. Harris«, war alles, was sie sagte.

»Guten Abend, Mrs. Quinton«, erwiderte der kleine Arzt herzlich. »Ich will gerade Ihrem Gatten seinen Schlaftrunk geben.«

»Ja«, sagte sie mit klarer Stimme, »ich glaube, es ist Zeit.« Sie lächelte ihnen zu und verschwand im Haus.

»Diese Frau ist überarbeitet«, bemerkte Pater Brown; »sie gehört zu den Frauen, die zwanzig Jahre lang ihre Pflicht tun und sich dann zu etwas Fürchterlichem hinreißen lassen.«

Der kleine Arzt sah ihn zum erstenmal interessiert an. »Haben Sie je Medizin studiert?« fragte er.

»Ihr Beruf erfordert nicht nur Kenntnis des Körpers, sondern auch des Geistes«, antwortete der Priester, »der unsere nicht nur Kenntnis des Geistes, sondern auch des Körpers.«

»Nun«, sagte der Arzt, »ich will jetzt hineingehen und Quinton seine Arznei geben.«

Sie waren um die Ecke der Vorderfront gebogen und näherten sich dem Haupteingang. Als sie hineinkamen, erblickten sie den

Mann im weißen Gewand zum dritten Male. Er schritt geradewegs auf den Eingang zu, konnte also beinahe nur aus dem gegenüberliegenden Arbeitszimmer gekommen sein. Und doch wußten sie, daß dessen Tür abgesperrt war. Pater Brown und Flambeau behielten jedoch den Gedanken an diesen seltsamen Widerspruch für sich, und Dr. Harris war nicht der Mann, der sich über Unmögliches den Kopf zerbrach. Er ließ den allgegenwärtigen Asiaten hinausgehen, dann trat er mit flinkem Schritt in die Vorhalle. Dort stieß er auf eine Gestalt, die er bereits vergessen hatte. Der alberne Atkinson lungerte noch immer herum, summte vor sich hin und beklopfte dies und das mit seinem knotigen Spazierstock. Auf dem Gesicht des Arztes kämpften Ekel und Entschlossenheit, und er flüsterte rasch seinen Begleitern zu: »Ich muß die Tür wieder abschließen, sonst kommt diese Ratte hinein. Aber ich bin in zwei Minuten wieder zurück.«

Schnell schloß er die Tür auf und schloß sie sofort wieder hinter sich ab, wodurch er gerade noch einen plumpen Vorstoß des jungen Mannes mit der Melone vereitelte. Der Jüngling warf sich ungeduldig in einen der Lehnsessel in der Halle, Flambeau betrachtete eine persische Illustration an der Wand, und Pater Brown, der wie betäubt schien, blickte starr auf die Tür von Quintons Zimmer. Etwa vier Minuten später wurde die Tür wieder geöffnet. Diesmal war Atkinson flinker. Er machte einen Satz, hielt die Tür einen Augenblick offen und rief hinein: »Ach, höre doch mal, Quinton, ich brauche —«

Vom anderen Ende des Arbeitszimmers ertönte die klare Stimme Quintons, eine Mischung aus Gähnen und müdem Lachen.

»Ja, ich weiß, was du brauchst. Da, nimm, und laß mich in Ruhe. Ich schreibe an einem Gedicht über Pfauen.«

Bevor sich die Tür schloß, flog ein kleines Goldstück durch den Spalt, und Atkinson stolperte vorwärts und fing es mit erstaunlicher Geschicklichkeit auf.

»So, und jetzt Schluß mit der Bettelei!« sagte der Arzt; wütend versperrte er die Tür und schritt den andern in den Garten voraus.

»Jetzt kann der arme Leonard endlich ein wenig ausruhen«, sagte er zu Pater Brown; »er bleibt für ein, zwei Stunden ganz allein eingeschlossen.«

»Ja«, antwortete der Priester, »und seine Stimme klang heiter, als wir ihn verließen.« Dann blickte er sich nachdenklich im Garten um; er sah den liederlichen Atkinson, der dastand und mit dem Goldstück in seiner Tasche klimperte, und dahinter, im purpurnen Zwielicht, saß der Inder kerzengerade auf einem Grashügel, das Gesicht der sinkenden Sonne zugewandt. Dann fragte er unvermittelt: »Wo ist Mrs. Quinton?«

»Sie ist in ihr Zimmer hinaufgegangen«, antwortete der Arzt. »Man kann ihren Schatten hinter dem Vorhang sehen.«

Pater Brown blickte hinauf und prüfte stirnrunzelnd den dunklen Umriß, der sich in der Gasbeleuchtung des Zimmers von dem hellen Fenster abzeichnete.

»Ja, das ist ihr Schatten«, sagte er zustimmend, ging ein paar Schritte weiter und warf sich in einen Gartenstuhl.

Flambeau setzte sich neben ihn; doch der Arzt gehörte zu jenen energischen Menschen, die sich auf ihren eigenen Beinen wohler fühlen. Er schritt rauchend in die Dämmerung hinein, und die beiden Freunde blieben sich selbst überlassen.

»Mon père«, begann Flambeau in Französisch, »was ist mit Ihnen?«

Pater Brown verharrte eine halbe Minute schweigend und bewegungslos, dann sagte er: »Aberglaube ist irreligiös. Aber hier liegt irgend etwas in der Luft. Wahrscheinlich ist jener Inder daran schuld – teilweise wenigstens.«

Wieder versank er in Schweigen und beobachtete die ferne Silhouette des Inders, der noch immer aufrecht wie im Gebet dasaß. Auf den ersten Blick schien er bewegungslos, doch als Pater Brown ihn genauer betrachtete, sah er, daß sich der Mann in einem unmerklichen Rhythmus hin und her wiegte, so wie sich die dunklen Baumwipfel leise in dem leichten Wind wiegten, der die dunklen Gartenpfade entlangwehte und in den Blättern raschelte.

Die Dunkelheit brach jetzt schnell herein wie vor einem nahenden Gewitter, aber noch konnte man jede Gestalt an ihrem Platz erkennen. Atkinson lehnte teilnahmslos an einem Baum; Quintons Frau stand noch immer an ihrem Fenster; der Arzt schlenderte um das Ende des Gewächshauses, man konnte seine Zigarre wie ein Irrlicht glänzen sehen; und der Fakir saß noch immer aufrecht und doch schwankend da, während die Bäume über ihm zu schwingen und fast zu rauschen anfingen. Bestimmt war ein Unwetter im Anzug.

»Als der Inder mit uns sprach«, fuhr Brown in leichtem Plauderton fort, »hatte ich eine Art Vision, ich sah gewissermaßen ihn und mit ihm das ganze Universum, in dem er lebt. Und doch sagte er nur dreimal das gleiche. Als er zum ersten Male sagte, ›ich wünsche nichts‹, bedeutete das nur, daß er undurchdringlich war, daß Asien seine Geheimnisse nicht preisgibt. Dann sagte er wiederum, ›ich wünsche nichts‹, und ich wußte, daß er sich selbst genug sei, wie ein Kosmos, daß er keines Gottes bedürfe und es für ihn keine Sünde gebe. Aber als er zum dritten Male sagte ›ich wünsche nichts‹, flammten seine Augen. Und ich wußte, daß er buchstäblich meinte, was er sagte: daß das Nichts sein Sehen und seine Heimat sei, daß er nach dem Nichts begehrte wie nach Wein; daß Vernichtung, die reine Zerstörung von allem und jedem —«

Zwei Regentropfen fielen; aus irgendeinem Grund fuhr Flambeau zusammen und blickte auf, als hätten sie ihn gestochen. Und im gleichen Augenblick kam der Arzt vom Ende des Gewächshauses her auf sie zugelaufen, wobei er irgend etwas rief.

Als er wie eine Bombe zwischen sie fuhr, näherte sich der ruhelose Atkinson zufällig dem Haus; und der Arzt packte ihn mit heftigem Griff beim Kragen. »Schurke!« schrie er; »was hast du ihm getan, du Hund?«

Der Priester war aufgesprungen, und seine Stimme klang stählern wie die eines kommandierenden Generals. »Keine Schlägerei!« rief er kühl; »wir sind stark genug, um jeden, den wir wollen, festzuhalten. Was ist los, Doktor?«

»Mit Quinton stimmt etwas nicht«, sagte der Arzt, der totenblaß aussah. »Ich konnte ihn gerade noch durch die Scheiben erkennen, und die Art, wie er daliegt, gefällt mir nicht. Jedenfalls liegt er nicht mehr so da, wie ich ihn verlassen habe.«

»Gehn wir zu ihm hinein«, sagte Pater Brown kurz. »Sie können Atkinson ruhig loslassen. Ich habe ihn nicht aus den Augen verloren, seit wir Quintons Stimme gehört haben.«

»Ich werde hierbleiben und ihn bewachen«, sagte Flambeau schnell. »Sie können hineingehen und nachsehen.«

Der Arzt und der Priester liefen zur Tür des Arbeitszimmers, schlossen auf und stürzten hinein. Dabei fielen sie fast über den großen Mahagonitisch in der Mitte, an dem der Dichter zu schreiben pflegte; denn der Raum war nur durch ein schwaches Kaminfeuer erhellt, das des Kranken wegen unterhalten wurde. Mitten auf dem Tisch lag ein einzelnes Blatt Papier, offenbar mit Absicht hingelegt. Der Arzt ergriff es, warf einen Blick darauf, reichte es Pater Brown und stürzte mit dem Ausruf »Guter Gott, sehen Sie sich das an!« in das Glashaus, wo über den entsetzlichen Tropenblumen noch ein Schimmer des Abendrots zu hängen schien.

Pater Brown las die Worte dreimal, ehe er das Papier sinken ließ. Die Worte lauteten: »Ich sterbe durch eigene Hand; und doch sterbe ich durch Mord!« Sie waren in der unnachahmlichen, um nicht zu sagen unlesbaren Handschrift Leonard Quintons geschrieben.

Dann schritt Pater Brown, immer noch mit dem Papier in der Hand, dem Gewächshaus zu, wo ihm der Arzt mit einem Ausdruck der Gewißheit und des Entsetzens entgegenkam. »Er hat es getan«, sagte Harris.

Gemeinsam eilten sie durch die herrliche, unnatürliche Pracht der Kakteen und Azaleen und fanden den Dichter und Romanschreiber Leonard Quinton auf dem Diwan liegend. Sein Kopf war herabgesunken, und seine rötlichen Locken berührten den

Boden. In seiner linken Seite steckte der seltsame Dolch, den sie im Garten aufgehoben hatten, und seine schlaffe Hand ruhte noch am Griff.

Draußen brach das Unwetter mit einem Schlag los, wie die Nacht bei Coleridge, und der niederprasselnde Regen verdunkelte Garten und Glasdach. Pater Brown schien sich mehr für das Papier als für den Toten zu interessieren; er hielt es dicht an die Augen und versuchte es offenbar selbst im Zwielicht zu lesen. Dann hielt er es zu dem schwachen Licht empor, und in diesem Augenblick zuckte ein Blitz durch den Raum, so grell, daß das Papier schwarz dagegen schien. Donnererfüllte Dunkelheit folgte, und nachdem der Donner verhallt war, kam Pater Browns Stimme aus dem Dunkel: »Doktor, mit dem Papier ist etwas nicht in Ordnung. Die Form stimmt nicht.«

»Was meinen Sie damit?« fragte Dr. Harris und starrte ihn stirnrunzelnd an.

»Es ist nicht viereckig«, antwortete Brown. »Die eine Ecke ist abgeschnitten. Was bedeutet das?«

»Wie zum Teufel soll ich das wissen?« brummte der Arzt. »Können wir den armen Kerl nicht aufheben? Er ist mausetot.«

»Nein«, antwortete der Priester; »wir müssen ihn genauso liegenlassen und die Polizei holen.« Und er untersuchte weiterhin das Papier. Als sie durch das Arbeitszimmer zurückgingen, blieb er am Tisch stehen und hob eine kleine Nagelschere auf. »Aha«, sagte er mit einer gewissen Erleichterung, »damit hat er es gemacht. Und doch –« Und seine Augenbrauen zogen sich zusammen.

»Ach, hören Sie doch endlich mit dem Unsinn über diese Papierfetzen auf«, sagte der Arzt mit Nachdruck. »Das war eben seine Marotte. Er hatte Hunderte davon. Er schnitt alle Papierbogen so zu«, und er zeigte auf einen Stoß unbenutztes Manuskriptpapier auf einem anderen, kleineren Tisch. Pater Brown ging hin und ergriff ein Blatt. Es hatte die gleiche unregelmäßige Form.

»Tatsächlich«, sagte er. »Und hier sehe ich auch die abgeschnittenen Ecken.« Und trotz des Unwillens seines Begleiters begann er sie zu zählen.

»Stimmt«, sagte er mit entschuldigendem Lächeln. »Dreiundzwanzig beschnittene Bogen und zweiundzwanzig abgeschnittene Ecken. Und da Sie so ungeduldig sind, wollen wir jetzt die andern aufsuchen.«

»Wer soll es seiner Frau mitteilen?« fragte Dr. Harris. »Wollen Sie es ihr sagen, während ich einen Diener zur Polizei schikke?«

»Wie Sie wünschen«, murmelte Brown gleichgültig und begab sich in die Vorhalle.

Auch hier fand er ein Drama, allerdings von eher grotesker Art. Es zeigte nichts Geringeres als seinen riesigen Freund Flambeau in einer Kampfposition, an die er lange nicht mehr gewöhnt war, während auf dem Gartenweg, am Fuß der Treppe, zappelnd der liebenswerte Atkinson lag, nach einem Flug die Stufen hinunter mit den Beinen in der Luft; Melone und Spazierstock waren in andre Richtung geflogen. Atkinson hatte die nahezu väterliche Obhut Flambeaus allmählich sattbekommen und versucht, ihn niederzuschlagen, was bei dem Apachenkönig, auch nach dessen Abdankung, keineswegs ein einfaches Spiel war.

Flambeau wollte sich schon wieder auf den Feind werfen und ihn von neuem packen, als ihm der Priester leicht auf die Schulter klopfte. »Machen Sie Frieden mit Mr. Atkinson, mein Freund«, sagte er. »Gebt einander freien Pardon und sagen Sie ›Gute Nacht‹. Wir brauchen ihn nicht länger festzuhalten.« Dann, als sich Atkinson noch etwas ungläubig erhob, Hut und Stock zusammenklaubte und der Gartentür zueilte, fragte Pater Brown mit etwas ernsterer Stimme: »Wo ist der Inder?«

Unwillkürlich wandten sich alle drei – denn der Arzt hatte sich zu ihnen gesellt – der dunklen Rasenbank unter den im Zwielicht purpurnen, rauschenden Bäumen zu, wo sie den braunen, sich im Gebet wiegenden Mann zuletzt gesehen hatten. Der Inder war verschwunden. »Verdammt!« rief der Arzt. »Jetzt weiß ich, daß der schwarze Kerl es getan hat.«

»Ich dachte, Sie glauben nicht an Zauberei«, erwiderte Pater Brown ruhig.

»Das tue ich auch nicht«, sagte der Arzt mit zornigen Augen. »Ich weiß nur, daß ich diesen gelben Teufel verabscheute, als ich ihn für einen falschen Zauberer hielt. Und ich werde ihn noch mehr hassen, wenn ich je so weit kommen sollte zu denken, daß er ein echter Zauberer war.«

»Nun, seine Flucht macht nichts aus«, sagte Flambeau. »Denn wir hätten ihm doch nichts beweisen und anhaben können. Man kann schlecht der Bezirkspolizei eine Geschichte erzählen, daß jemand durch Zauberei oder Autosuggestion gezwungen wurde, Selbstmord zu begehen.«

Pater Brown hatte sich inzwischen ins Haus begeben, um der Frau des Toten die traurige Nachricht zu überbringen.

Als er wieder herauskam, sah er etwas bleich und ergriffen aus; doch was in jener Unterredung gesprochen wurde, hat man nie erfahren, auch nicht, als alles andere aufgeklärt war.

Flambeau, der ruhig mit dem Arzt sprach, war überrascht, seinen Freund so bald wieder an seiner Seite zu haben; doch Brown kümmerte sich nicht darum, er zog nur den Arzt beiseite und fragte: »Sie haben nach der Polizei geschickt, nicht wahr?«

»Ja«, antwortete Harris. »Sie müßte in zehn Minuten hier sein.«

»Wollen Sie mir einen Gefallen tun?« fragte der Priester ruhig. »Um die Wahrheit zu sagen, ich sammle solch sonderbare Geschichten, die oft, wie im Falle unseres Hindufreundes, Elemente enthalten, die man kaum in einem Polizeibericht wiedergeben kann. Nun möchte ich gern, daß Sie mir einen Bericht dieser ganzen Angelegenheit für meinen Privatgebrauch niederschreiben. Ihr Beruf erfordert Klugheit«, betonte er und sah dem Arzt streng und fest ins Gesicht. »Ich glaube manchmal, daß Ihnen einige Einzelheiten dieser Geschichte bekannt sind, die Sie bisher nicht erwähnen wollten. Mein Beruf ist wie der Ihre verschwiegen, und ich werde jedes Wort, das Sie aufschreiben, streng vertraulich behandeln. Aber schreiben Sie alles nieder.«

Der Arzt, der mit nachdenklich zur Seite geneigtem Kopf zugehört hatte, sah dem Priester einen Augenblick ins Gesicht, dann sagte er: »Einverstanden«, ging ins Arbeitszimmer und schloß die Tür hinter sich.

»Flambeau«, sagte Pater Brown, »dort unter der Veranda ist eine Bank, wo wir ungestört vom Regen rauchen können. Sie sind mein einziger Freund in dieser Welt, und ich möchte mit Ihnen sprechen. Oder vielleicht auch mit Ihnen schweigen.«

Sie machten es sich auf der Bank bequem. Pater Brown nahm gegen seine Gewohnheit eine gute Zigarre an und rauchte sie beharrlich und schweigend, während der Regen auf das Verandadach niederströmte.

»Mein Freund«, sagte er schließlich, »das ist ein seltsamer Fall. Ein höchst seltsamer Fall.«

»Scheint mir auch so«, sagte Flambeau und schüttelte sich ein wenig.

»Sie nennen ihn seltsam, und ich nenne ihn seltsam«, fuhr der andere fort, »und doch meinen wir genau das Gegenteil. Der moderne Verstand verwechselt immer zwei verschiedene Ideen: Das Geheimnis im Sinne des Wunderbaren, und das Geheimnis im Sinne des Verwickelten. Deshalb ist es so schwer, ein Wunder richtig zu sehen. Ein Wunder ist erschreckend; aber es ist einfach. Es ist einfach, weil es ein Wunder *ist*. Es ist Macht, die direkt von Gott kommt (oder vom Teufel) und nicht indirekt durch die Natur oder den menschlichen Willen. Sie meinen nun, daß dieser Fall wunderbar ist, weil hier ein Wunder vorliegt, weil es sich um Zauberkraft handelt, die von einem gottlosen Inder ausgeübt wurde. Verstehen Sie mich recht, ich behaupte nicht, daß keine Übersinnlichkeit oder Teufelei im Spiel war. Nur Himmel und Hölle wissen, durch welche Ströme der Umgebung seltsame Sünden in das Leben der Menschen dringen. In unserem Fall ist meine Ansicht diese: wenn es, wie Sie denken, reine Zauberei war, dann ist es wunderbar; aber es ist nicht geheimnisvoll – das heißt, es ist nicht kompliziert. Ein Wunder ist von geheimnisvoller Natur, aber seine Art ist einfach. Nun war aber die Art dieses Falles das genaue Gegenteil von einfach.«

Das Gewitter, das eine Weile nachgelassen hatte, schien wieder anzuschwellen, denn von fernher rollte schwacher Donner. Pater Brown streifte die Asche von seiner Zigarre ab und fuhr fort:

»Dieser Vorfall ist von gewundener, häßlicher, verwickelter Natur, die weder den direkten Schlägen des Himmels noch denen der Hölle eigen ist. Wie man die gewundene Spur einer Schlange erkennt, so erkenne ich die gewundene Spur eines Menschen.«

Ein greller Blitz öffnete eine Sekunde lang sein mächtiges Auge, der Himmel schloß sich wieder, und der Priester fuhr fort:

»Von allen unsauberen Einzelheiten dieses Falles war die Form des Papiers die unsauberste. Sie war unsauberer als der Dolch, der ihn tötete.«

»Sie meinen das Papier, auf dem Quinton seinen Selbstmord bekannte?« fragte Flambeau.

»Ich meine das Papier, auf dem Quinton geschrieben hat ›Ich sterbe durch eigene Hand‹«, antwortete Pater Brown. »Mein Freund, die Form dieses Papiers stimmte nicht, wenn je in dieser sündigen Welt etwas nicht gestimmt hat.«

»Es war doch nur eine winzige Ecke abgeschnitten«, sagte Flambeau, »und wie ich hörte, waren alle Papiere Quintons auf diese Art beschnitten.«

»Eine sehr merkwürdige Art und für mein Gefühl eine sehr falsche Art. Sehen Sie, Flambeau, dieser Quinton – Gott sei ihm gnädig – war vielleicht in manchem ein übler Kerl, aber er war wirklich ein Künstler, mit dem Bleistift und mit der Feder. Obwohl seine Schrift schwer zu lesen ist, war sie kühn und schön. Ich kann meine Worte nicht beweisen, ich kann überhaupt nichts beweisen. Aber ich sage Ihnen aus vollster Überzeugung, daß er nie diese elenden Schnipsel von einem Papierbogen abgeschnitten haben kann. Wenn er zu irgendeinem bestimmten Zweck, sei es zum Einordnen oder Einbinden oder sonst etwas, Papier beschneiden wollte, hätte er einen völlig anderen Schnitt mit der Schere gemacht. Erinnern Sie sich, wie das Papier aussah? Es war von gemeiner Form. Die Form war schlecht, sie stimmte nicht. So etwa. Erinnern Sie sich nicht?«

Und er fuhr mit seiner brennenden Zigarre im Finstern vor ihm hin und her und machte so schnelle, unregelmäßige Vierecke, daß Flambeau sie wirklich wie feurige Hieroglyphen auf dem Dunkel zu sehen vermeinte – solche Hieroglyphen, von denen sein Freund gesprochen hatte, die unentzifferbar sind und doch nichts Gutes bedeuten können.

»Aber«, sagte Flambeau, als der Priester die Zigarre wieder in den Mund steckte, sich zurücklehnte und zum Dach starrte, »angenommen, jemand anderer hat die Schere benutzt. Weshalb sollte dieser andere Quinton zum Selbstmord zwingen, indem er von seinem Manuskript Ecken abschneidet?«

Pater Brown lag immer noch zurückgelehnt da und starrte ins Weite, doch er nahm die Zigarre aus dem Mund und sagte: »Quinton hat niemals Selbstmord begangen.«

Flambeau sah ihn entgeistert an. »Warum zum Teufel«, schrie er, »warum hat er es dann gestanden?«

Der Priester beugte sich wieder nach vorn, stützte die Ellenbogen auf die Knie, blickte zu Boden und sagte mit leiser, deutlicher Stimme: »Er hat niemals gestanden, daß er Selbstmord begehen will.«

Flambeau legte die Zigarre weg. »Sie meinen, die Schrift war gefälscht?« fragte er.

»Nein«, sagte Pater Brown; »Quinton hat es selbst geschrieben.«

»Was wollen Sie dann?« sagte Flambeau ärgerlich; »Quinton schrieb ›Ich sterbe durch eigene Hand‹ eigenhändig auf ein leeres Stück Papier.«

»Dessen Form nicht stimmte«, sagte der Priester ruhig.

»Ach, diese verdammte Form!« rief Flambeau. »Was hat die Form damit zu tun?«

»Dreiundzwanzig beschnittene Bogen lagen dort«, fuhr

Brown unbewegt fort, »und nur zweiundzwanzig abgeschnittene Ecken. Folglich war eine davon vernichtet worden, wahrscheinlich die von dem beschriebenen Papier. Bringt Sie das nicht auf einen Gedanken?«

In Flambeaus Gesicht dämmerte etwas wie Verständnis auf, und er sagte: »Quinton hatte noch mehr darauf geschrieben, irgendwelche anderen Worte. ›Man wird euch sagen, ich sterbe durch eigene Hand‹, oder ›Glaubt nicht —‹«

»Feuer, wie die Kinder sagen«, unterbrach ihn sein Freund. »Doch das Stückchen war kaum einen halben Zoll breit; für ein Wort war kein Platz übrig, geschweige denn für fünf. Fällt Ihnen nichts ein, etwas, das kaum größer ist als ein Komma und das der Mann, in dessen Herzen die Hölle war, wegschneiden mußte, damit es nicht gegen ihn zeugen konnte?«

»Mir fällt nichts ein«, sagte Flambeau schließlich.

»Was halten Sie von einem Anführungszeichen?« fragte der Priester und warf seine Zigarre wie eine Sternschnuppe weit ins Dunkel hinein.

Flambeau brachte kein Wort heraus, und Pater Brown fuhr fort, wie einer, der auf das Wesentliche zurückkommt: »Leonard Quinton war ein Romanzendichter, und er schrieb an einer orientalischen Romanze über Zauberei und Hypnotismus. Er —«

In diesem Augenblick wurde die Tür hinter ihnen schnell geöffnet, der Arzt kam heraus, den Hut auf dem Kopf, und übergab dem Priester einen langen Briefumschlag.

»Hier ist das gewünschte Schriftstück«, sagte er, »und ich muß jetzt nach Hause gehen. Gute Nacht.«

»Gute Nacht«, sagte Pater Brown, als der Arzt lebhaften Schrittes dem Tor zueilte.

Er hatte die Haustür offengelassen, so daß ein Streifen Gaslicht herausfiel. Bei diesem Licht öffnete Brown den Umschlag und las:

»Lieber Pater Brown – *Vicisti, Galilae!* Oder anders gesagt: Sie haben verdammte Augen, denn sie durchschauen alles. Wäre es möglich, daß schließlich doch etwas hinter all Ihrem moralischen Humbug steckt?

Ich bin ein Mann, der seit seiner Knabenzeit an die Natur und alle natürlichen Funktionen und Instinkte geglaubt hat, gleichgültig, ob man sie moralisch oder unmoralisch nannte. Lange ehe ich Arzt wurde, als ich noch ein Schuljunge war, der Mäuse und Spinnen hielt, glaubte ich, das Beste in der Welt sei, wie ein braves Tier dahinzuleben. Jetzt allerdings bin ich etwas durcheinander; ich habe an die Natur geglaubt; doch es scheint, daß die Natur einen Menschen im Stich lassen kann. Sollte am Ende doch etwas hinter Ihren komischen Ansichten stecken? Ich fange wirklich an, krankhaft zu werden.

Ich liebte Quintons Weib. Was war daran unrecht? Die Natur hat es mich geheißen, und Liebe ist die Triebfeder der Welt. Ich dachte auch ganz aufrichtig, daß sie mit einem sauberen Tier wie mir glücklicher sein würde als mit jenem halb verrückten Quälgeist. Was war daran unrecht? Als Mann der Wissenschaft sah ich nur den Tatsachen ins Gesicht. Sie würde glücklicher sein.

Nach meinem eigenen Glauben war ich völlig frei, Quinton zu töten, was für jeden, auch für ihn selbst, das beste war. Doch als gesundes Tier hatte ich nicht die Absicht, mich selbst umzubringen. Ich beschloß daher, es erst zu tun, wenn ich es ungestraft tun könnte. Diese Gelegenheit sah ich heute morgen.

Ich war heute im ganzen dreimal in Quintons Arbeitszimmer. Als ich das erstemal hineinging, sprach er von nichts anderem als der verrückten Geschichte ›Der Fluch des Heiligen‹, an der er schrieb, und worin ein indischer Fakir einen englischen Oberst nur durch Gedankenübertragung zum Selbstmord zwingt. Er zeigte mir die letzten Blätter und las mir sogar den letzten Abschnitt vor, der ungefähr so lautete:

›Dem Eroberer des Pandschab, der nur noch ein gelbes Skelett und doch noch ein Riese war, gelang es, sich auf seinen Ellenbogen zu stützen und seinem Neffen ins Ohr zu hauchen: ‚Ich sterbe durch eigene Hand, und doch sterbe ich durch Mord!‘‹ Zufälligerweise, wie es in hundert Fällen einmal geschieht, standen diese letzten Worte am Anfang eines neuen Blattes. Ich verließ das Zimmer und ging, berauscht von der schrecklichen Gelegenheit, in den Garten hinaus. Während wir dann um das Haus schlenderten, arbeiteten mir zwei weitere Ereignisse in die Hand. Sie verdächtigten einen Inder, und Sie fanden einen Dolch, den der Inder höchstwahrscheinlich benutzen könnte. Ich ergriff die Gelegenheit, steckte ihn ein, ging in Quintons Arbeitszimmer zurück, verschloß die Tür und gab ihm sein Schlafmittel. Er wollte Atkinson keine Antwort geben, aber ich drang in ihn, dem Burschen etwas zuzurufen und ihn zu beruhigen; denn ich brauchte den klaren Beweis, daß Quinton noch lebte, als ich zum zweitenmal das Zimmer verließ. Quinton legte sich im Gewächshaus nieder, und ich kam durch das Arbeitszimmer zurück. Ich habe sehr geschickte Hände, und in einer halben Minute hatte ich getan, was ich tun wollte. Ich hatte den ganzen ersten Teil von Quintons Roman ins Kaminfeuer geworfen, wo er zu Asche verbrannte. Dann merkte ich, daß das Anführungszeichen störte, also schnitt ich es weg, und um es wahrscheinlicher zu machen, beschnitt ich den ganzen Papierstoß in gleicher Weise. So kam ich mit der Gewißheit heraus, daß Quintons Selbstmordgeständnis auf dem Tisch lag, während Quinton lebend, jedoch schlafend im Gewächshaus drüben ruhte.

Der letzte Akt war verwegen; das können Sie sich vorstellen: Ich gab vor, ich hätte Quinton tot daliegen gesehen und stürzte in sein Zimmer. Ich hielt Sie mit dem Papier auf, und da ich meine Hände sehr rasch gebrauchen kann, tötete ich ihn, während Sie das Geständnis seines Selbstmordes lasen. Er war von dem Schlafmittel halb betäubt, ich legte seine Hand um den Dolch und stieß ihn in seinen Leib. Der Dolch war von so merkwürdiger Form, daß nur ein Arzt den richtigen Winkel berechnen konnte, um sein Herz zu treffen. Ob Ihnen das wohl aufgefallen ist?

Als ich das vollbracht hatte, geschah das Außerordentliche: die Natur ließ mich im Stich. Ich fühlte mich krank. Mir war, als hätte ich etwas Unrechtes begangen. Ich fürchte, mein Gehirn versagt; ich finde ein zweifelhaftes Vergnügen bei dem Gedanken, daß ich das Ganze einem Menschen erzählt habe; daß ich es nicht allein mit mir herumtragen muß, wenn ich heirate und Kinder habe. Was ist mit mir los?... Werde ich verrückt... oder kann man Gewissensbisse haben, genau wie in Byrons Gedichten? Ich kann nicht mehr weiterschreiben.

James Erskine Harris.«

Pater Brown faltete den Brief sorgfältig zusammen und steckte ihn in seine Brusttasche, gerade als laut die Glocke an der Haustür ertönte und draußen auf der Straße die nassen Regenmäntel mehrerer Polizisten erglänzten.

Die Sünden des Prinzen Saradin

Seinen Ferienmonat verbrachte Flambeau, nachdem er sein Büro in Westminster sorgfältig verschlossen hatte, jedes Jahr in einem kleinen Segelboot, so klein, daß es meistens als Ruderboot verwendet wurde. Mehr als das: er befuhr damit ganz kleine Flüsse in den östlichen Grafschaften, so klein, daß das Boot einem Zauberschiff glich, welches auf dem Festland über Wiesen und Kornfelder dahinsegelte. Das Fahrzeug konnte gerade bequem zwei Menschen beherbergen; es hatte nur für das Nötigste Platz, und Flambeau hatte es mit solchen Dingen beladen, die, seiner besonderen Philosophie nach, das Nötigste waren. Sie beschränkten sich offenbar auf vier wesentliche Dinge: auf Lachskonserven, für den Fall, daß er essen wollte; auf geladene Revolver, für den Fall, daß er kämpfen wollte; auf eine Flasche Kognak, wahrscheinlich für den Fall, daß er in Ohnmacht fallen könnte; und auf einen Priester, vermutlich für den Fall, daß er sterben sollte. Mit diesem leichten Gepäck fuhr er im Schneckentempo die winzigen Flüsse von Norfolk hinunter, mit dem Ziel, schließlich das Hügelland zu erreichen; inzwischen aber genoß er die überhängenden Gärten und Wiesen, die im Spiegelbild des Wassers vorbeiziehenden Höfe und Dörfer, hielt gemächlich an, um in den versteckten Tümpeln und Winkeln zu fischen.

Als echter Philosoph verband Flambeau seinen Urlaub mit keinem bestimmten Zweck; doch als echter Philosoph verband er ihn mit einem Vorwand. Er verfolgte gewissermaßen einen halben Zweck, den er gerade so wichtig nahm, daß ein Erfolg den Urlaub gekrönt hätte, und doch so leicht, daß ihm ein Mißerfolg den Urlaub nicht verderben konnte. Vor vielen Jahren, als er noch Apachenkönig und die berühmteste Persönlichkeit von Paris war, hatte er oft überschwengliche Zuschriften voll Beifall, Tadel und sogar voll Liebe erhalten; doch eine davon hatte sich seinem Gedächtnis besonders eingeprägt. Sie bestand nur aus einer Visitenkarte in einem Umschlag mit englischer Briefmarke. Auf der Rückseite der Karte waren auf französisch und mit grüner Tinte folgende Sätze geschrieben: »Falls Sie sich jemals zur Ruhe setzen und ehrbar werden sollten, kommen Sie mich doch besuchen. Ich möchte Sie kennenlernen, denn ich kenne alle anderen großen Männer meiner Zeit. Jener Trick, wie Sie einen Detektiv den andern verhaften ließen, war die genialste Episode der französischen Geschichte.« Auf der Vorderseite der Karte war in der üblichen Art gedruckt: »Prinz Saradin, Schilfhaus, Schilfinsel, Norfolk.«

Er hatte sich damals nicht weiter um den Prinzen gekümmert, sondern nur ermittelt, daß jener in Süditalien den Ruf eines strahlenden Weltmannes erworben hatte. In seiner Jugend, so erzählte man sich, war er mit einer verheirateten Frau aus vornehmer Familie durchgegangen. Die Entführung an sich hatte in seinen Gesellschaftskreisen wenig Aufsehen erregt, nur durch eine damit verbundene Tragödie hatte sie viel Staub aufgewirbelt: nämlich durch den angeblichen Selbstmord des betrogenen Ehemanns, der sich in Sizilien, wie es hieß, in einen Abgrund gestürzt hatte. Danach lebte der Prinz eine Zeitlang in Wien, doch schien er die letzten Jahre nur noch auf ruhelosen Reisen verbracht zu haben. Erst als Flambeau, dem Prinzen gleich, es aufgegeben hatte, eine europäische Berühmtheit zu sein, und sich in England zur Ruhe gesetzt hatte, kam es ihm in den Sinn, diesem vornehmen Verbannten im Hügelland von Norfolk einen überraschenden Besuch abzustatten. Er hatte keine Ahnung, ob er den Ort finden würde; und in der Tat war dieser ziemlich klein und abgelegen. Doch der Zufall wollte es, daß er ihn eher als erwartet entdeckte. Eines Abends hatten sie ihr Boot unter einer Uferbank festgemacht, die unter hohem Gras und kurzgestutzten Bäumen versteckt lag. Nach dem anstrengenden Rudern waren sie bald eingeschlafen, und zufällig erwachten sie beide gleichzeitig, noch ehe es hell war. Genauer gesagt, erwachten sie, ehe es Tag war; denn ein großer, zitronengelber Mond ging eben erst in dem hohen Graswald über ihren Köpfen unter, und der Himmel zeigte ein lebhaftes Blauviolett, nächtlich, aber klar. In beiden Männern stiegen Erinnerungen an ihre Kindheit auf, an die Zeit der Elfen und Abenteuer, wo sich das hohe Gras wie ein Wald über einem schließt. So gegen den großen, tiefstehenden Mond gesehen, wirkten die Gänseblümchen tatsächlich wie Riesengänseblümchen, und der Löwenzahn wie Riesenlöwenzahn. Irgendwie erinnerte es sie an den Wandstreifen im Kinderzimmer. Das Flußbett lag so tief, daß die Wurzeln der Sträucher und Blumen über ihnen hingen und sie zu dem Gras emporblicken mußten.

»Wahrhaftig«, sagte Flambeau; »ich komme mir wie im Feenland vor.« Pater Brown setzte sich kerzengerade im Boot auf und bekreuzigte sich. Seine Bewegung war so unvermittelt, daß ihn sein Freund mit leisem Erstaunen fragte, was denn los sei. »Die Männer, welche die mittelalterlichen Balladen geschrieben haben, wußten besser Bescheid über Feen als Sie«, antwortete der Priester. »Im Feenland geschehen nicht nur reizende Dinge.«

»Ach, Unsinn«, rief Flambeau. »Unter so einem unschuldigen Mond können sich nur reizende Dinge ereignen. Ich bin dafür, weiterzurudern und zu sehen, was uns begegnet. Wir könnten sterben und vermodern, ehe wir noch einmal einen solchen Mond und eine solche Stimmung fänden.«

»Einverstanden«, erwiderte Pater Brown. »Ich habe ja nicht behauptet, es sei immer falsch, ins Feenland einzudringen. Ich habe nur gesagt, daß es immer gefährlich ist.«

Langsam ruderten sie den erwachenden Fluß hinauf; die violette Glut des Himmels und das blasse Gold des Mondes erstarben mehr und mehr und verloren sich in dem weiten, schattenhaften Himmelsgewölbe, das den Farben der Dämmerung vorangeht. Als die ersten schwachen Streifen aus Rot und Gold und Grau den Horizont vom einen bis zum andern Ende erfüllten, brachen sie sich an der schwarzen Masse einer Stadt oder eines Dorfes, das gerade vor ihnen am Fluß lag. Es herrschte bereits leichtes Zwielicht, das jede Einzelheit sichtbar machte, als sie unter den herabhängenden Dächern und Brücken dieses Ortes ankamen. Die Häuser mit ihren langen, niedrigen, krummen Dächern glichen mächtigen grauen und roten Rindern, die aus dem Fluß trinken wollten. Die immer heller und breiter werdende Dämmerung hatte sich bereits in volles Tageslicht verwandelt, ehe sie ein lebendes Wesen auf den Stegen und Brücken des schweigenden Städtchens erblickten. Endlich sahen sie einen sehr ruhigen, behäbigen Mann in Hemdsärmeln, mit einem Gesicht so rund wie der kürzlich versunkene Vollmond und mit roten Bartsträhnen um sein rundes Kinn, der an einem Pfahl gelehnt über der trägen Flut stand. Aus einem nicht erklärbaren Impuls erhob sich Flambeau in dem schwankenden Boot zu voller Höhe und rief dem Mann zu, ob er die Schilfinsel oder das Schilfhaus kenne. Das Lächeln des behäbigen Mannes verbreiterte sich allmählich, und er zeigte einfach nach der nächsten Flußbiegung hinter ihnen. Flambeau ruderte ohne weitere Worte darauf los.

Das Boot bog noch um manche bewachsene Ecke und folgte mancher schilfreichen und stillen Flußstrecke; doch gerade als das Suchen eintönig zu werden schien, waren sie um eine besonders scharfe Kurve gebogen und in eine Art von ruhigem Tümpel oder Teich gelangt, dessen Anblick sie instinktiv anhalten ließ. Denn mitten in dieser weiten Wasserfläche lag, ringsum von Schilf eingefaßt, eine lange, flache Insel, über deren ganze Länge sich ein langes, flaches Haus hinzog, eine Art Bungalow, aus Bambus oder einem andern zähen, tropischen Holz gebaut. Die senkrechten Bambusstäbe, die die Mauern bildeten, waren hellgelb, die schrägen Stäbe, aus denen das Dach bestand, dunkelrot und braun, doch sonst wirkte das ganze langgestreckte Haus einförmig und eintönig. Die Morgenbrise raschelte im Schilf, das die Insel einschloß, und blies auf dem seltsam gerippten Bauwerk wie auf einer riesigen Hirtenflöte.

»Bei Gott«, rief Flambeau, »endlich sind wir am Ziel! Das ist die ›Schilfinsel‹, wenn es je eine gegeben hat. Und hier, wenn irgendwo, ist das ›Schilfhaus‹! Ich glaube, der Dicke mit dem roten Bart war eine Fee.«

»Mag sein«, bemerkte Pater Brown ruhig, »doch dann war er eine böse Fee.«

Während er noch sprach, hatte der ungeduldige Flambeau in dem raschelnden Schilf angelegt, und sie standen auf der langen, wunderlichen Insel neben dem alten, stillen Haus.

Es kehrte seine Rückseite dem Fluß und dem einzigen Landungssteg zu; der Haupteingang lag auf der anderen Seite und blickte auf den Inselgarten hinaus. Die Besucher näherten sich ihm auf einem schmalen Pfad, der dicht unter dem niedrigen Dachrand an fast allen drei Seiten des Hauses entlanglief. Durch drei verschiedene Fenster auf drei verschiedenen Seiten blickten sie in denselben großen, gut beleuchteten Raum, der mit hellem Holz getäfelt war, eine große Anzahl von Spiegeln enthielt und für ein elegantes Frühstück hergerichtet war. Zu beiden Seiten der Vordertür, an der sie schließlich angekommen waren, standen zwei türkisblaue Blumentöpfe. Ein Diener von der griesgrämigen Sorte – groß, hager, grau und lautlos – öffnete ihnen und murmelte, Prinz Saradin sei augenblicklich abwesend, werde aber stündlich zurückerwartet; das Haus sei für ihn und seine Gäste bereit. Das Vorzeigen der Karte mit den grünen Schriftzügen erweckte einen Funken Leben in dem pergamentenen Gesicht des melancholischen Butlers, und mit fast zitternder Höflichkeit forderte er die Fremden zum Bleiben auf. »Seine Hoheit kann jede Minute hier sein«, sagte er, »und würde es sehr bedauern, jemanden, den er eingeladen hat, nicht anzutreffen. Wir haben Befehl, stets einen kalten Imbiß für ihn und seine Freunde bereitzuhalten, und es wäre sicher sein Wunsch, daß ich Ihnen serviere.«

Neugierig, wie dies kleine Abenteuer weitergehen werde, nahm Flambeau die Einladung herablassend an und folgte dem Alten, der ihn feierlich in den großen, hellgetäfelten Raum geleitete. Es war nichts besonders Bemerkenswertes daran, mit Ausnahme der ungewöhnlich zahlreichen, langen und tiefen Fenster, zwischen denen ebenso viele lange und tiefhängende Spiegel hingen, was dem Zimmer etwas eigenartig Luftiges und Wesenloses verlieh. Man hatte das Gefühl im Freien zu essen. Ein, zwei einfache Bilder hingen in den Ecken: die große graue Photographie eines sehr jungen Mannes in Uniform, und auf der anderen Seite eine rote Kreideskizze, die zwei langhaarige Knaben zeigte. Auf Flambeaus Frage, ob das Soldatenporträt den Prinzen darstelle, antwortete der Diener mit einer kurzen Verneinung, es sei der jüngere Bruder des Prinzen, Hauptmann Stephan Saradin. Und damit schien der Alte völlig einzutrocknen und jede Lust an einer Unterhaltung zu verlieren.

Nachdem das Frühstück mit ausgezeichnetem Kaffee und Likör beendet war, wurden die Gäste mit dem Garten, der Bibliothek und der Haushälterin bekanntgemacht – einer dunklen, schönen Frau von nicht geringer Hoheit, die fast einer plutonischen Madonna glich. Wie es sich herausstellte, waren sie und der Diener die einzigen Überreste des ursprünglichen ausländischen Haushalts des Prinzen, alle übrigen Dienstboten waren neu und in Norfolk von der Haushälterin besorgt worden. Letztere hörte auf den Namen Mrs. Anthony, doch ihre Aussprache hatte einen leichten italienischen Akzent, und für Flambeau bestand kein Zweifel, daß »Anthony« nur die Norfolkische Übersetzung eines etwas mehr südländischen Namens war. Auch Mr. Paul, der Butler, verriet leichte Anzeichen einer fremden Herkunft, wenn er auch in Sprache und Auftreten wie ein Engländer wirkte, was ja bei den gewandtesten Dienern des kosmopolitischen Adels oft der Fall ist.

So reizend und eigenartig das Haus auch war, so schien es doch von einer seltsam leuchtenden Trauer überschattet. Stunden mußten hier wie Tage erscheinen. Die langen, fensterreichen Räume erfüllte helles Tageslicht, und doch war es wie ein totes Tageslicht. Und durch alle anderen alltäglichen Geräusche, den Laut gesprochener Worte, das Klirren der Gläser oder den Schritt der Dienstboten, konnten die Gäste von allen Seiten das schwermütige Rauschen des Flusses hören.

»Wir sind um eine falsche Ecke gebogen und an einen falschen Ort geraten«, sagte Pater Brown, der durchs Fenster auf das graugrüne Schilf und die silberne Flut hinausblickte. »Macht nichts; manchmal kann man auch Gutes tun, wenn man die richtige Person am falschen Ort ist.«

Obwohl Pater Brown sonst sehr wenig sprach, entpuppte er sich diesmal als ein ungewöhnlich interessierter und mitfühlender kleiner Mann; und so drang er in den wenigen, aber endlos scheinenden Stunden tiefer in die Geheimnisse des Schilfhauses ein als sein Freund, der berufsmäßige Detektiv. Er besaß jene Gabe des teilnehmenden Schweigens, das zum Lösen der Zungen unentbehrlich ist; und ohne selbst viel zu reden, erfuhr er von seinen neuen Bekannten wahrscheinlich alles, was einer hier erfahren konnte. Der Diener war natürlich zurückhaltend. Er verriet eine mürrische, fast animalische Anhänglichkeit an seinen Herrn, dem, wie er sagte, sehr übel mitgespielt worden sei. Der Hauptschuldige schien der Bruder Seiner Hoheit zu sein, und schon bei der Nennung des Namens wurden die eingefallenen Wangen noch länger, und die Papageiennase runzelte sich verächtlich. Hauptmann Stephan war offenbar ein Tunichtgut und hatte seinen gutherzigen Bruder um Hunderte und Tausende geschröpft, ihn gezwungen, aus der großen Welt zu fliehen und in dieser Einsamkeit zu leben. Mehr ließ sich aus dem Butler Paul nicht herausbringen, und Paul war in dieser Sache unzweifelhaft Partei.

Die italienische Haushälterin ging etwas mehr aus sich heraus, obwohl sie, wie es Pater Brown vorkam, etwas weniger mit ihrem Herrn zufrieden war. Wenn sie von ihm sprach, hatte ihr Ton bei aller Scheu eine gewisse Schärfe. Flambeau und sein Freund standen in dem Spiegelzimmer und betrachteten die Rötelskizze der beiden Knaben, als die Haushälterin aus irgendeinem Anlaß rasch hereinkam. Es war die Eigenart dieses glitzernden, glasgetäfelten Raumes, daß jeder Eintretende sofort von vier oder fünf Spiegeln reflektiert wurde; somit brach Pater Brown, ohne sich umzuwenden, mitten im Satz seine Familienkritik ab.

Doch Flambeau, der direkt vor dem Bild stand, sagte bereits mit lauter Stimme: »Vermutlich die Brüder Saradin. Sie sehen beide recht unschuldig aus. Es wäre schwer festzustellen, welcher der gute und welcher der böse Bruder ist.« Als er die Anwesenheit der Frau bemerkte, gab er der Unterhaltung eine belanglose Wendung und schlenderte in den Garten hinaus. Aber Pater Brown starrte weiter unverwandt die rote Kreideskizze an; und Mrs. Anthony starrte weiter unverwandt Pater Brown an.

Sie hatte große, melancholische, braune Augen, und ihr olivenfarbenes Gesicht glühte dunkel in qualvoller Neugier, wie bei jemand, der über Wesen und Absicht eines Fremden im Zweifel ist. Ob des kleinen Priesters Kleidung und Glaube irgendwelche südlichen Beichtgedanken in ihr erweckten oder ob sie annahm, er wisse mehr, als er vorgab, jedenfalls sagte sie mit leiser Stimme wie zu einem Mitverschworenen: »In einem hat Ihr Freund ganz recht. Er sagt, es wäre schwer, den guten Bruder von dem bösen zu unterscheiden. Oh, es wäre schwer, furchtbar schwer, den guten herauszufinden.«

»Ich verstehe Sie nicht«, sagte Pater Brown und wandte sich langsam ab.

Die Frau trat einen Schritt näher an ihn heran, mit finsteren Brauen und wildgebeugtem Kopf, wie ein Stier, der die Hörner senkt. »Es gibt keinen guten«, zischte sie. »Es war schlecht genug von dem Hauptmann, all das Geld zu nehmen, doch ich glaube nicht, daß der Prinz es aus Güte hergegeben hat. Der Hauptmann ist nicht der einzige, der etwas auf dem Gewissen hat.«

Auf dem abgewandten Gesicht des Geistlichen begann ein Licht aufzudämmern, und sein Mund formte schweigend das Wort »Erpressung«. In diesem Augenblick erbleichte die Frau plötzlich, blickte über ihre Schulter und fiel beinahe um. Die Tür hatte sich geräuschlos geöffnet, und der bleiche Paul stand wie ein Geist auf der Schwelle. In der unheimlichen Illusion all der Spiegelwände schienen gleichzeitig fünf Pauls durch die Tür einzutreten. »Seine Hoheit«, sagte er, »ist soeben angekommen.«

Im gleichen Augenblick war die Gestalt eines Mannes draußen am ersten Fenster vorbeigegangen und hatte die sonnenbeschienene Täfelung wie eine beleuchtete Bühne gekreuzt. Einen Augenblick später kam sie am zweiten Fenster vorbei, und die vielen Spiegel warfen nacheinander dasselbe Adlerprofil und die stolz schreitende Gestalt zurück. Sie ging aufrecht und elastisch, aber das Haar war weiß und die Gesichtsfarbe ein eigentümliches Elfenbeingelb. Der Mann hatte jene gebogene Römernase, zu der gewöhnlich lange, hagere Wangen und ein ebensolches Kinn gehören, doch Schnurrbart und Spitzbart verdeckten sie zum Teil. Der Schnurrbart war viel dunkler als der Bart am Kinn, was etwas theatralisch wirkte, und auch die Kleidung wirkte fast wie das Kostüm eines Bonvivants: der Mann trug einen weißen Zylinder, eine Orchidee im Knopfloch, gelbe Weste und gelbe Handschuhe, die er beim Gehen hin und her schwang. Als er um die Ecke zur Vordertür kam, hörten sie, wie der gemessene Paul diese öffnete und der Neuankömmling in freundlichem Ton sagte: »Nun, Sie sehen, ich bin gekommen.« Der würdevolle Paul verbeugte sich und antwortete in seiner lautlosen Art; ein paar Minuten lang war von ihrer Unterhaltung nichts zu verstehen. Dann sagte der Diener: »Alles steht bereit«, und der handschuhschwingende Prinz Saradin kam fröhlich herein, um seine Gäste zu begrüßen. Wieder bot sich ihnen die Spiegelszene – fünf Prinzen, die durch fünf Türen das Zimmer betraten. Der Prinz legte den weißen Hut und die gelben Handschuhe auf den Tisch und schüttelte ihnen herzlich die Hand.

»Entzückt, Sie hier zu sehen, Mr. Flambeau«, sagte er. »Kenne Sie Ihrem Ruf nach sehr gut, falls diese Bemerkung nicht taktlos ist.«

»Keineswegs«, antwortete Flambeau lachend. »Ich bin nicht empfindlich. Sehr selten nur wird ein Ruf durch unbefleckte Tugend erworben.«

Der Prinz warf ihm einen scharfen Blick zu, um festzustellen, ob diese Entgegnung eine persönliche Spitze barg, dann lachte auch er, bot seinen Gästen Stühle an und nahm gleichfalls Platz.

»Netter kleiner Ort hier, nicht wahr?« sagte er lässig. »Nicht viel los, fürchte ich; aber das Fischen lohnt sich.«

Der Priester starrte ihn mit ernsten Babyaugen an; irgendeine dunkle Ahnung verfolgte ihn, die sich jeder vernünftigen Erklärung entzog. Er musterte das graue, sorgfältig gekräuselte Haar, das gelblichweiße Gesicht und die schlanke, etwas stutzerhafte Gestalt. All das wirkte nicht unnatürlich, vielleicht nur eine Spur zu laut, wie das Aussehen einer Person hinter Rampenlicht. Das unbeschreiblich Interessante lag irgendwo anders, in den Gesichtszügen selbst; Brown wurde von der ungewissen Erinnerung gequält, das Gesicht schon früher einmal gesehen zu haben. Der Mann glich irgendeinem alten Bekannten, der sich verkleidet hatte. Dann fielen ihm die Spiegel ein, und er schob seine Einbildung auf die psychologische Wirkung jener Vielfalt menschlicher Masken.

Prinz Saradin teilte seine gesellschaftliche Aufmerksamkeit mit viel Heiterkeit und Takt zwischen seinen Gästen auf. Sowie er merkte, daß der Detektiv ein Sportsmann war, der seinen Urlaub weidlich ausnützen wollte, führte er Flambeau und Flambeaus Boot zum besten Angelplatz des Flusses und kam schon nach zwanzig Minuten wieder in seinem eigenen Kanu zurück, um sich in der Bibliothek ebenso höflich Pater Brown und seinen mehr philosophischen Neigungen zu widmen. Er schien eine Menge sowohl über Fische wie über Bücher zu wissen, bei den Büchern allerdings erstreckte sich seine Kenntnis nicht auf die erbaulichsten; er verstand fünf oder sechs Sprachen, doch von allen fast nur den Slang. Offenbar hatte er in verschiedenen Städten gelebt, wohl überall in ziemlich gemischter Gesellschaft, denn einige seiner lustigsten Geschichten handelten von Spielhöllen und Opiumhöhlen, australischen Strauchdieben und italienischen Briganten. Pater Brown wußte, daß der ehemals so gefeierte Saradin die letzten Jahre fast nur auf Reisen verbracht hatte, doch nie hatte er geahnt, daß es Reisen von so gemeiner und amüsanter Art waren. In der Tat strahlte Prinz Saradin bei aller Würde des Weltmannes für einen so empfänglichen Beobachter wie den Priester eine Atmosphäre des Ruhelosen, ja des Unzuverlässigen aus. Sein Gesicht wirkte gemessen, doch das Auge flackerte wild; er hatte kleine, nervöse Eigenheiten, wie ein Mann, der von Alkohol und Giften zugrunde gerichtet ist; und sicher kümmerte er sich nicht um seinen Haushalt oder gab auch nur vor, das zu tun. Das Haus blieb ganz den beiden alten Angestellten überlassen, vor allem dem Butler, der den eigentlichen Grundpfeiler bildete. Mr. Paul war nicht nur Butler, sondern auch Küchenchef und Kämmerer; er speiste allein, doch mit fast ebensoviel Pomp wie sein Gebieter. Alle Dienstboten fürchteten ihn; und er verhandelte mit dem Prinzen in ergebener, doch unnachgiebiger Weise, gewissermaßen als wäre er des Prinzen Rechtsanwalt. Mit ihm verglichen, wirkte die finstere Haushälterin nur wie ein Schatten; sie schien sich selbst im Hintergrund zu halten und nur dem Diener zu dienen, und nie mehr hörte Brown jenes vulkanische Flüstern, das ihm von dem jüngeren Bruder erzählt hatte, der den älteren erpreßte. Ob der Prinz wirklich derartig von seinem Bruder, dem Hauptmann, gerupft wurde, war nicht mit Sicherheit festzustellen, doch lag etwas Unsicheres und Geheimnisvolles um Saradin, was die Geschichte keineswegs unglaubhaft erscheinen ließ.

Als sie wieder den langen Raum mit seinen Fenstern und Spiegeln betraten, fiel bereits der goldene Abendschein auf das Wasser und die Weiden am Ufer, und eine Rohrdommel schlug in der Ferne gleich einem Elfen, der auf einer winzigen Trommel spielt. Aufs neue befiel die seltsame Empfindung eines traurigen und bösen Feenlandes wie eine trübe Wolke den Geist des Priesters. »Ich wünschte, Flambeau wäre zurück«, murmelte er.

»Glauben Sie an Verhängnis?« fragte der ruhelose Prinz Saradin unvermittelt.

»Nein«, antwortete sein Gast, »ich glaube an das Jüngste Gericht.«

Der Prinz wandte sich vom Fenster ab und starrte ihn eigentümlich an, das Gesicht im Schatten. »Was meinen Sie?« fragte er.

»Ich meine, daß wir uns hier auf der Kehrseite des Gewebes befinden«, antwortete Pater Brown. »Die Dinge, die hier geschehen, sind offenbar nicht von Bedeutung, ihr wahrer Sinn tritt erst anderswo hervor. Anderswo trifft den wahrhaft Schuldigen die Vergeltung. Hier scheint sie oft den Falschen zu treffen.«

Der Prinz stieß einen unerklärlichen, fast tierischen Laut aus; seine Augen glänzten seltsam in dem beschatteten Licht. Im Kopf des Priesters kam plötzlich ein neuer, nicht abwegiger Gedanke ans Licht. Gab es eine andere Bedeutung für diese Mischung aus Geistesschärfe und Geistesabwesenheit in Saradins Denken und Sprechen? War der Prinz – war er geistig vollkommen gesund? Immer wieder wiederholte der Prinz die Worte: »Der Falsche – der Falsche«, viel öfter, als daß es die natürliche Reaktion in einem normalen Gespräch hätte sein können. Dann erwachte Pater Brown aus seinen Gedanken zu einer neuen Realität. In den Spiegeln vor sich sah er die lautlose Tür offenstehen und in ihrem Rahmen den lautlosen Mr. Paul, der wie immer unbeweglich vor sich hinstarrte.

»Ich hielt es für besser, gleich zu melden«, sagte er mit der steifen Ehrerbietung eines alten Familienanwalts, »daß ein von sechs Männern gerudertes Boot am Landungssteg angelegt hat; im Heck sitzt ein vornehmer Herr.«

»Ein Boot?« wiederholte der Prinz. »Ein Herr?« und er stand auf.

Banges Schweigen herrschte, unterbrochen nur durch den Laut des Vogels im Schilf; und dann, ehe jemand wieder zu Wort kommen konnte, schritt ein neues Gesicht und eine neue Gestalt im Profil an den drei sonnenbeschienenen Fenstern vorbei, wie der Prinz ein paar Stunden früher vorbeigeschritten war. Aber abgesehen von dem Zufall, daß beide Adlerprofile besaßen, hatten sie wenig gemeinsam. Statt des neuen weißen Zylinders, den Saradin getragen hatte, war hier ein schwarzer von etwas veralteter Form zu sehen; darunter steckte ein junges, sehr feierliches Gesicht, glatt rasiert, bläulich um das entschlossene Kinn und irgendwie an den jungen Napoleon erinnernd. Die Ähnlichkeit wurde noch durch seine altmodische und seltsame Kleidung verstärkt, als sei er ein Mann, der sich nie damit befaßt hatte, die Gewohnheiten seiner Vorfahren zu ändern. Er trug einen verschlissenen blauen Frack, eine rote, soldatisch anmutende Weste und plumpe weiße Hosen, wie sie im frühen viktorianischen Zeitalter üblich waren, die heute aber völlig grotesk aussehen. Aus diesem alten Kleiderladen blickte ein olivbraunes Gesicht hervor, das merkwürdig jung und unbeschreiblich aufrichtig wirkte.

»Zum Teufel!« rief Prinz Saradin, setzte seinen weißen Hut auf, schritt selbst zur Vordertür und öffnete sie nach dem abendlichen Garten hin.

Inzwischen hatten sich der Neuankömmling und sein Gefolge wie eine kleine Theaterarmee auf dem Rasen aufgestellt. Die sechs Bootsleute hatten das Boot an Land gezogen und bewachten es beinahe drohend, die Ruder wie Speere in der Hand. Es waren gebräunte Männer, von denen einige Ohrringe trugen. Einer von ihnen trat neben den jungen Mann mit dem Olivengesicht und der roten Weste; er trug einen großen schwarzen Kasten von ungewöhnlicher Form.

»Ihr Name ist Saradin?« fragte der junge Mann.

Saradin nickte ziemlich gleichgültig.

Der Ankömmling hatte treue, braune Hundeaugen, völlig verschieden von den ruhelosen und funkelnden Augen des Prinzen. Und doch wurde Pater Brown wieder von dem Gefühl gequält, als habe er ein Ebenbild dieses Gesichtes schon irgendwo gesehen; und wieder erinnerte er sich der vielen Reflexe des glasgetäfelten Raumes und schob sein Gefühl darauf. »Zum Kuckuck mit diesem Kristallpalast!« murmelte er. »Man sieht alles viel zu oft, wie in einem Traum.«

»Wenn Sie Prinz Saradin sind«, sagte der junge Mann, »möchte ich Ihnen mitteilen, daß mein Name Antonelli ist.«

»Antonelli«, wiederholte der Prinz lässig. »Der Name kommt mir irgendwie bekannt vor.«

»Sie gestatten, daß ich mich einführe«, sagte der junge Italiener. Mit der Linken zog er höflich seinen altmodischen Zylinder; mit der Rechten versetzte er dem Prinzen eine so schallende Ohrfeige, daß der weiße Zylinder die Stufen hinabrollte und einen der blauen Blumentöpfe auf dem Gestell ins Wanken brachte.

Was der Prinz auch sein mochte, ein Feigling war er offenbar nicht; er sprang seinem Gegner an die Kehle und warf ihn beinahe rücklings ins Gras. Doch sein Feind befreite sich mit einer seltsam unangebrachten Miene, mit dem Ausdruck einer Höflichkeit, die es eilig hat.

»Das wäre erledigt«, sagte er keuchend und in holprigem Englisch. »Ich habe beleidigt. Ich gebe Genugtuung. Marko, öffne den Kasten!«

Der Mann mit den Ohrringen, der neben ihm stand und den großen schwarzen Kasten trug, machte sich daran, ihn aufzuschließen. Er zog zwei lange italienische Rapiere mit glänzenden Stahlgriffen und Klingen heraus, die er mit den Spitzen in den Rasen steckte. Der seltsame junge Mann mit dem gelben, rachsüchtigen Gesicht, die beiden Degen, die wie Friedhofskreuze im Rasen steckten, und dahinter die ausgerichtete Reihe der Ruderer ließen das Bild wie eine Art barbarischen Gerichtshofs erscheinen. Alles andere aber war unverändert, so plötzlich war die Unterbrechung erfolgt. Das Gold der untergehenden Sonne glühte noch auf dem Rasen, und die Rohrdommel schlug noch immer, als wollte sie ein kleines, aber schreckliches Verhängnis ankündigen.

»Prinz Saradin«, sagte der Mann, der Antonelli hieß, »als ich noch ein Wickelkind war, haben Sie meinen Vater getötet und meine Mutter gestohlen; mein Vater war der Glücklichere. Sie haben ihn nicht im ehrlichen Kampf getötet, wie ich Sie töten werde. Sie und meine verkommene Mutter haben ihn zu einem einsamen Paß auf Sizilien entführt, ihn die Klippen hinuntergestürzt und sich dann auf und davon gemacht. Ich könnte Ihrem Beispiel folgen, wenn ich wollte, aber in irgend etwas Ihrem Beispiel zu folgen, wäre mir zu verächtlich. Ich bin Ihnen durch die ganze Welt gefolgt, und immer sind Sie vor mir geflohen. Dies aber ist das Ende der Welt – und auch Ihr Ende. Jetzt habe ich Sie, und ich gebe Ihnen die Chance, die Sie meinem Vater nicht gegeben haben. Wählen Sie eins dieser Rapiere.«

Prinz Saradin zog die Brauen zusammen und schien einen Augenblick zu zaudern, doch seine Ohren dröhnten noch von dem Schlag; er sprang vorwärts und packte einen der Griffe. Auch Pater Brown war vorwärtsgesprungen, bemüht, den Streit zu schlichten; doch bald erkannte er, daß seine persönliche Anwesenheit die Dinge nur schlimmer machte. Saradin war französischer Freimaurer und ein wilder Atheist, und durch das Gesetz solcher Gegensätze reizte ihn ein Priester nur. Was den anderen betraf, so rührte ihn überhaupt nichts, weder Priester noch Laie. Dieser junge Mann mit dem Napoleongesicht und den braunen Augen war etwas viel Härteres als ein Puritaner – ein Heide. Er war ein einfacher Totschläger aus der Frühzeit der Erde, ein Mann der Steinzeit – ein Mann aus Stein.

Eine Hoffnung blieb noch, nämlich das Hauspersonal zusammenzurufen, und Pater Brown rannte ins Haus zurück. Er fand jedoch, daß der Diktator Paul allen Dienstboten freigegeben hatte, nur die düstere Mrs. Anthony schritt ruhelos durch die großen Räume. Aber in dem Augenblick, da sie ihm ihr totenbleiches Gesicht zuwandte, löste sich ihm ein Rätsel des Spiegelhauses. Die schwermütigen braunen Augen von Antonelli waren die schwermütigen braunen Augen von Mrs. Anthony, und blitzartig erkannte er die Hälfte der Geschichte.

»Ihr Sohn ist draußen«, sagte er, ohne Worte zu verschwenden, »entweder er oder der Prinz werden getötet. Wo ist Mr. Paul?«

»Er ist am Landungssteg«, sagte die Frau kraftlos. »Er – er signalisiert um Hilfe.«

»Mrs. Anthony«, sagte Pater Brown sehr ernst, »es ist keine Zeit zu verlieren. Mein Freund ist mit seinem Boot flußabwärts gefahren und fischt. Das Boot Ihres Sohnes wird von seinen Leuten bewacht. Es gibt also nur dieses eine Kanu. Was hat Mr. Paul damit vor?«

»Santa Maria! Ich weiß es nicht«, rief sie und sank ohnmächtig auf den Boden nieder.

Pater Brown hob sie auf das Sofa, schüttete etwas Wasser über sie, rief um Hilfe und rannte dann zum Landungssteg der kleinen Insel hinunter. Doch das Boot befand sich bereits mitten im Strom, und der alte Paul ruderte und stieß es mit einer für seine Jahre unglaublichen Kraft flußaufwärts.

»Ich will meinen Herrn retten«, schrie er, und seine Augen flammten wie im Wahnsinn. »Ich werde ihn noch retten!«

Pater Brown konnte nur dem Boot nachblicken, wie es gegen den Strom ankämpfte, und beten, daß der alte Mann das Städtchen rechtzeitig alarmieren würde.

»Ein Duell ist schlimm genug«, murmelte er und fuhr sich durch das staubgraue, borstige Haar, »aber mit diesem Duell stimmt etwas nicht, selbst als Duell genommen. Ich fühle es in meinen Knochen. Was kann es nur sein?«

Während er so dastand und auf das Wasser, auf den zitternden Spiegel des Sonnenuntergangs starrte, hörte er vom anderen Ende des Inselgartens her einen schwachen, aber unverkennbaren Klang – das kalte Aufeinanderklirren von Stahl. Er wandte den Kopf. Draußen an der entferntesten Spitze der langgestreckten Insel, auf einem Rasenstreifen jenseits der Rosenhecke, kreuzten die Duellanten bereits die Waffen. Der Abendhimmel wölbte sich über ihnen wie ein Dom aus unbeflecktem Gold, und in der Entfernung war jede Einzelheit klar zu erkennen. Sie hatten ihre Röcke abgeworfen, doch die gelbe Weste und das weiße Haar Saradins, die rote Weste und die weißen Hosen Antonellis schimmerten in dem gleichmäßigen Licht wie die Farben von aufgezogenen tanzenden Puppen. Die beiden Rapiere funkelten von der Spitze bis zum Griff wie zwei diamantene Nadeln. Es lag etwas Entsetzliches in diesen beiden Gestalten, die so klein und so bunt erschienen. Sie glichen zwei Schmetterlingen, die sich gegenseitig aufzuspießen versuchten.

Pater Brown lief so rasch er konnte. Seine kurzen Beine bewegten sich wie Räder. Doch als er den Kampfplatz erreichte, sah er, daß er zu spät und doch zu früh kam – zu spät, um den Kampf aufzuhalten, der sich im Schatten der grimmigen, auf ihre Ruder gelehnten Sizilianer abspielte, und zu früh, um zu erraten, welchen Ausgang dieses tödliche Gefecht nehmen würde. Denn die beiden Männer waren einander völlig ebenbürtig; der Prinz gebrauchte seine Geschicklichkeit mit einem gewissen zynischen Vertrauen, der Sizilianer die seine mit mörderischer Sorgfalt. Selten wohl kann es ein schöneres Fechtturnier in einem von Menschen gefüllten Amphitheater gegeben haben als jenes, das auf dieser verlassenen Insel im Schilffluß klirrte und glitzerte. Der verwirrende Kampf hielt sich so lange im Gleichgewicht, daß in dem Priester wieder Hoffnung auflebte; nach aller menschlichen Voraussicht mußte Paul bald mit der Polizei zurück sein. Es wäre schon eine gewisse Erleichterung gewesen, wenn Flambeau vom Fischen zurückgekehrt wäre, denn er wog, physisch genommen, vier Männer auf. Aber keine Spur von Flambeau zeigte sich, und, was viel merkwürdiger war, auch keine Spur von Paul oder der Polizei. Weder Floß noch Stange waren zu entdecken, womit man hätte das Festland erreichen können; sie waren auf der verlorenen Insel, in dem weiten, namenlosen Raum abgeschnitten wie auf einem Felsen im Ozean.

Kaum war ihm dieser Gedanke gekommen, als sich das Klingen der Rapiere zu einem Klirren steigerte, die Waffe des Prinzen flog empor, und die Degenspitze seines Gegners stieß ihm mitten durch die Schulterblätter. Mit einer heftig taumelnden Bewegung sank er zurück, beinahe wie jemand, der einen halben Purzelbaum schlägt. Das Schwert flog wie eine Sternschnuppe aus seiner Hand und versank im fernen Fluß; und er selbst brach mit solch welterschütternder Macht zusammen, daß sein Körper einen großen Rosenstock abknickte und eine Wolke roter Erde zum Himmel aufwirbelte – wie den Rauch eines heidnischen Opfers. Der Sizilianer hatte dem Geist seines Vaters ein Blutopfer gebracht.

Der Priester lag sofort neben dem Leichnam auf den Knien, doch nur, um ganz klar zu erkennen, daß es ein Leichnam war. Während er noch einige letzte hoffnungslose Versuche anstellte, vernahm er weit oben vom Fluß her die ersten Stimmen und sah, wie ein Polizeiboot zum Landungssteg heranschoß mit Schutzmännern und anderen wichtigen Personen darin, einschließlich des aufgeregten Paul. Der kleine Priester erhob sich mit einer zweifelnden Grimasse. »Warum in aller Welt«, murmelte er, »warum in aller Welt konnte er nicht früher kommen?«

An die sieben Minuten später war die Insel durch eine Invasion von Stadtvolk und Polizei besetzt, und die letztere hatte Hand an den siegreichen Duellanten gelegt, wobei sie ihn vorschriftsmäßig daran erinnerte, daß alles, was er jetzt sagen würde, im Prozeß gegen ihn vorgebracht werden könne.

»Ich werde überhaupt nichts sagen«, erklärte der Besessene mit wunderbar friedvollem Gesicht. »Ich werde nie wieder irgend etwas sagen. Ich bin sehr glücklich und wünsche nur, aufgehängt zu werden.«

Dann schloß er den Mund, während sie ihn abführten, und es ist seltsam, aber unzweifelhaft wahr, daß er ihn in dieser Welt nie mehr öffnete, außer um bei seiner Verhandlung das Wort »Schuldig« auszusprechen.

Pater Brown hatte mit starrem Blick den plötzlich bevölkerten Garten, die Verhaftung des Blutmenschen, das Wegtragen des Leichnams nach der ärztlichen Untersuchung mitangesehen, wie einer, der das Ende eines häßlichen Traumes verfolgte; bewegungslos stand er da, wie von einem Alpdruck befallen. Er gab Namen und Adresse an, da man ihn als Zeugen brauchen würde, lehnte aber das ihm angebotene Fahrzeug nach dem Festland ab. So blieb er allein in dem Inselgarten zurück und starrte zuerst auf den geknickten Rosenbusch und dann auf den ganzen grünen Schauplatz dieser unerwarteten und unerklärlichen Tragödie. Längs des Flusses erstarb das Licht, Nebel stiegen aus den sumpfigen Ufern, und dann und wann huschte ein verspäteter Vogel vorbei.

Doch in seinem ungewöhnlich lebendigen Unterbewußtsein hatte sich hartnäckig die nicht zu vertreibende Gewißheit festgesetzt, daß irgend etwas noch ungeklärt war. Diese Empfindung, die er schon den ganzen Tag über nicht losgeworden war, ließ sich doch nicht völlig mit seiner Idee vom »Spiegelland« erklären. Er hatte bisher nicht die wirkliche Geschichte gesehen, sondern nur ein Spiel, eine Maskerade. Und doch läßt sich kein Mensch um einer Charade willen hängen oder sich den Leib durchbohren.

Während er so grübelnd auf den Stufen des Landungssteges saß, erblickte er den großen, dunklen Streifen eines Segels, das schweigend den Fluß hinabglitt, und er sprang mit einem solchen Gefühlsausbruch hoch, daß er beinahe weinte.

»Flambeau«, schrie er und schüttelte seinem Freund, der mit seinem Angelzeug an Land stieg, immer wieder die Hände, sehr zum Erstaunen dieses Sportsmannes. »Flambeau«, sagte er, »man hat Sie also nicht getötet?«

»Getötet!« wiederholte der Angler äußerst erstaunt. »Warum sollte ich wohl getötet worden sein?«

»Oh, weil fast jeder andere es ist«, rief sein Gefährte ziemlich aufgeregt. »Saradin wurde ermordet, und Antonelli möchte gehängt werden, und seine Mutter ist in Ohnmacht gefallen, und was mich betrifft, so weiß ich nicht, ob ich noch in dieser Welt bin oder in einer anderen. Aber Gott sei Dank sind Sie in derselben.« Und er packte den Arm des verblüfften Flambeau.

Als sie vom Landungssteg zurückgingen, kamen sie unter das vorspringende Dach des niedrigen Bambushauses und schauten durch eins der Fenster hinein, wie sie es bei ihrer Ankunft getan hatten. Sie erblickten ein von Lampen erleuchtetes Innere, das wohl geeignet war, ihre Augen zu fesseln. Der Tisch in dem langen Eßzimmer war bereits gedeckt gewesen, als Saradins Mörder wie ein Donnerwetter über die Insel hereingebrochen war. Und jetzt wurde das Abendessen in aller Ruhe fortgesetzt. Mrs. Anthony saß ziemlich mürrisch am unteren Ende der Tafel, während am oberen Ende Mr. Paul, der Butler, thronte: er aß und trank nur das Beste, seine triefenden, bläulichen Augen quollen merkwürdig hervor, sein hageres Gesicht schien undurchdringlich, doch keineswegs unzufrieden.

Mit einer Bewegung heftigster Ungeduld rüttelte Flambeau an dem Fenster, stieß es auf und steckte seinen empörten Kopf in den erleuchteten Raum.

»Gut!« schrie er, »ich kann es ja begreifen, daß ihr eine Erfrischung nötig habt, aber buchstäblich das Abendessen eures Herrn zu stehlen, während er ermordet im Garten liegt –«

»Ich habe im Laufe eines langen und angenehmen Lebens eine Menge Dinge gestohlen«, erwiderte der merkwürdige alte Herr ruhig; »diese Mahlzeit aber gehört zu den wenigen Dingen, die ich nicht gestohlen habe. Das Abendessen, das Haus und der Garten sind zufällig mein Eigentum.«

Ein Gedanke fuhr Flambeau blitzartig durch den Kopf.

»Sie wollen sagen«, begann er, »daß im Testament des Prinzen Saradin –«

»Ich bin Prinz Saradin«, sagte der alte Mann, während er an einer Salzmandel kaute.

Pater Brown, der den Vögeln draußen zusah, sprang wie angeschossen in die Höhe und steckte sein kreidebleiches Gesicht durchs Fenster. »Sie sind *was?*« wiederholte er mit schriller Stimme.

»Prinz Paul Saradin, Ihnen zu dienen«, sagte der ehrwürdige Herr höflich und griff nach einem Glas Sherry. »Ich lebe hier sehr ruhig, da ich viel Sinn für Häuslichkeit besitze; und nur aus Bescheidenheit lasse ich mich Mr. Paul nennen, zum Unterschied von meinem unglücklichen Bruder Mr. Stephan. Wie ich hörte, starb er vor kurzem – im Garten. Natürlich ist es nicht meine Schuld, wenn ihn Feinde bis an diesen Ort verfolgen. Das liegt an der bedauerlichen Unregelmäßigkeit seines Lebens. Er war kein häuslicher Charakter.«

Nun verfiel er wieder in Schweigen und starrte über das gebeugte und finstere Haupt der Frau hinweg die gegenüberliegende Wand an. Deutlich erkannten sie jetzt die Familienähnlichkeit, die ihnen an dem Toten aufgefallen war. Plötzlich hoben sich seine alten Schultern und zitterten ein wenig, als ob er etwas unterdrückte, doch sein Gesicht blieb unbewegt.

»Mein Gott!« rief Flambeau nach einer Pause; »er lacht!«

»Fort von hier«, sagte Pater Brown, der ganz bleich war. »Fort aus diesem Höllenhaus. Schauen wir, daß wir wieder in ein ehrliches Boot kommen.«

Die Nacht war auf Schiff und Fluß niedergesunken, ehe sie von der Insel abgestoßen waren; nun fuhren sie stromabwärts ins

Dunkel und wärmten sich an zwei dicken Zigarren, die wie rote Schiffslaternen glühten. Pater Brown nahm seine Zigarre aus dem Mund und sagte:

»Sie können jetzt wohl die ganze Geschichte erraten? Es ist übrigens eine recht primitive Geschichte. Ein Mann hatte zwei Feinde. Er war ein kluger Mann. Und so entdeckte er, daß zwei Feinde besser sind als einer.«

»Ich kann Ihnen nicht folgen«, antwortete Flambeau.

»Oh, es ist wirklich einfach«, fuhr sein Freund fort. »Einfach, obwohl keineswegs unschuldig. Beide Saradins waren Schurken; aber der Prinz, der ältere, gehörte zu jener Sorte Schurken, die sich durchsetzen; und der jüngere, der Hauptmann, zu jenen, die untergehen. Dieser verkommene Offizier sank immer tiefer, vom Bettler zum Erpresser, und eines Tages wurde ihm etwas über den Prinzen, seinen Bruder, bekannt, das diesen in seine Gewalt brachte. Offenbar war es keine harmlose Sache, denn Prinz Paul Saradin lebte ziemlich ausschweifend und hatte, was die sogenannten Gesellschaftssünden anging, keinen Ruf mehr zu verlieren. Kurz gesagt, es war ein Verbrechen, um dessentwillen man gehenkt werden konnte, und Stephan hatte seinem Bruder buchstäblich den Strick schon um den Hals geworfen. Irgendwie hatte er die Wahrheit über die sizilianische Geschichte herausgefunden und konnte beweisen, daß Paul den alten Antonelli im Gebirge ermordet hatte. Der Hauptmann lebte zehn Jahre lang verschwenderisch vom Schweigegeld, bis selbst das glänzende Vermögen des Prinzen ein wenig armselig auszusehen begann.

Aber Prinz Saradin trug außer diesem Blutsauger von Bruder noch eine andere Last. Er wußte, daß Antonellis Sohn, der zur Zeit des Mordes noch ein Kind war, in den wilden Ehrbegriffen Siziliens aufgewachsen war und nur dafür lebte, seinen Vater zu rächen; nicht mit dem Galgen, denn ihm fehlte Stephans gesetzlicher Beweis, sondern mit den alten Waffen der Vendetta. Der Knabe beherrschte diese Waffen mit tödlicher Vollkommenheit, und als er alt genug war, um sich ihrer zu bedienen, begann Saradin, wie die Salonpresse berichtete, zu reisen. In Wirklichkeit floh er, um sein Leben zu retten, indem er wie ein gehetzter Verbrecher von einem Ort zum andern eilte, immer mit dem unbarmherzigen Mann auf den Fersen. Das war Prinz Pauls Lage, also keineswegs eine gemütliche. Je mehr Geld er verbrauchte, um vor Antonelli zu fliehen, um so weniger blieb ihm, um Stephan den Mund zu stopfen. Je mehr er ausgab, um Stephans Schweigen zu erkaufen, desto geringer wurden seine Aussichten, Antonelli schließlich doch noch zu entkommen. Zu diesem Zeitpunkt bewies er, daß er ein großer Mann war – ein Genie wie Napoleon.

Anstatt sich seinen beiden Gegnern zu widersetzen, lieferte er sich ihnen plötzlich aus. Wie ein japanischer Ringer wich er zurück, und seine Feinde sanken zu seinen Füßen nieder. Er gab das Rennen um die Welt auf, und er ließ den jungen Antonelli seinen Aufenthaltsort wissen; dann übergab er alles seinem Bruder. Er schickte Stephan genügend Geld für elegante Kleidung und eine bequeme Reise und einen Brief dazu, der ganz trocken besagte: ›Das ist alles, was mir übriggeblieben ist. Du hast mich völlig ausgeplündert. Ich besitze noch ein kleines Haus in Norfolk mit Dienerschaft und Weinkeller, und wenn du noch mehr von mir forderst, mußt du es eben nehmen. Wenn du willst, gehört es dir, und ich will als dein Freund oder dein Verwalter oder was immer leben.‹ Er wußte, daß der Sizilianer die Brüder Saradin nur von Bildern her kannte; er wußte, daß sie einander etwas ähnelten, da beide graue Spitzbärte trugen. Also rasierte er sich glatt und wartete. Die Falle gelang. Der unglückliche Hauptmann kam triumphierend in seinen neuen Kleidern an, betrat das Haus als Prinz und rannte in das Rapier des Sizilianers.

Es gab nur einen Haken, und der spricht für die Ehre der menschlichen Natur. Schlechte Charaktere wie Saradin hauen oft daneben, da sie mit keinerlei menschlichen Tugenden rechnen. Für ihn war es selbstverständlich, daß der Schlag des Italieners aus dem Dunkel fallen würde, gewaltsam und ohne Zeugen, wie der Schlag, der gerächt werden wollte; daß das Opfer nachts erstochen oder aus dem Hinterhalt erschossen und so ohne ein

Wort zu reden sterben würde. Es war eine schlimme Minute für Prinz Paul, als Antonellis Ritterlichkeit ein förmliches Duell vorschlug, mit all den damit verbundenen Erklärungen. Deshalb machte er sich verstört in seinem Boot davon. Er floh barhäuptig im offenen Kahn, ehe Antonelli erfahren konnte, wer er war.

Doch in all seiner Verstörtheit war er nicht ohne Hoffnung. Er kannte den Abenteurer, und er kannte den Fanatiker. Es war durchaus möglich, daß Stephan, der Abenteurer, den Mund halten würde, schon aus dem theatralischen Vergnügen, eine Rolle zu spielen, aus dem Verlangen, sein neues, bequemes Heim zu behalten, im Vertrauen auf sein Schurkenglück und seine überlegene Fechtkunst. Und er war sicher, daß der Fanatiker Antonelli den Mund halten und sich hängen lassen würde, ohne seine Familie bloßzustellen. Paul trieb sich auf dem Fluß herum, bis der Kampf vorüber war. Dann alarmierte er die Stadt, holte die Polizei, sah seine beiden überwundenen Feinde, die er für immer los war, und setzte sich lächelnd zum Abendessen nieder.«

»Lachend, Gott steh uns bei!« sagte Flambeau mit heftigem Schaudern. »Solche Gedanken können nur vom Satan stammen.«

»Nein, der Gedanke stammt von Ihnen«, antwortete der Priester.

»Um Gottes willen!« rief Flambeau. »Von mir? Was wollen Sie damit sagen?«

Der Priester zog eine Visitenkarte aus der Tasche und hielt sie vor die schwache Glut seiner Zigarre; sie war mit grüner Tinte beschrieben.

»Erinnern Sie sich nicht mehr an seine originelle Einladung?« fragte er; »und an das Kompliment für Ihre Verbrecher-Heldentat? ›Jener Trick‹, sagte er, ›wie Sie einen Detektiv den andern verhaften ließen‹? Er hat Ihren Trick ganz genau nachgemacht. Gewandt schlüpfte er zwischen den beiden Feinden, die ihn bedrohten, durch und ließ sie einander anfallen und töten.«

Flambeau entriß Prinz Saradins Karte der Hand des Priesters und zerfetzte sie wütend in kleine Stücke.

»Das ist der letzte Rest des alten Totenschädels und der gekreuzten Knochen«, sagte er und streute die Stücke auf die dunklen, entschwindenden Wellen; »aber ich fürchte, die Fische vergiften sich noch daran.«

Der letzte Schimmer von weißer Karte und grüner Tinte wurde weggeschwemmt und verschwand im Dunkel; ein schwacher und zitternder Schein des anbrechenden Tages überflog den Himmel, und der Mond hinter dem Gras wurde bleicher. Schweigend trieben sie dahin.

»Vater«, fragte Flambeau plötzlich, »glauben Sie nicht, daß alles nur ein Traum war?«

Der Priester schüttelte den Kopf, entweder aus Ablehnung oder aus agnostischen Gedanken, aber er blieb stumm. Der Duft von Weißdorn und Obstgärten wehte ihnen aus der Nacht entgegen und sagte ihnen, daß der Wind erwacht sei; im nächsten Augenblick ließ er ihr kleines Boot schaukeln und schwellte die Segel und trug sie durch die Flußwindungen hinab zu glücklicheren Gefilden, zu den Heimstätten schuldloser Menschen.

Der Hammer Gottes

Das Dörfchen Bohun Beacon lag auf einem so steilen Hügel, daß sein hoher Kirchturm nur eine Bergspitze zu sein schien. Am Fuß der Kirche stand eine Schmiede, die gewöhnlich von rotem Feuerschein erleuchtet und immer mit Hämmern und Eisenstücken übersät war; ihr gegenüber, jenseits einer Kreuzung holpriger Wege, befand sich »Der Blaue Eber«, das einzige Wirtshaus des Ortes. An diesem Kreuzweg trafen sich beim ersten Schimmer eines bleiernen und silbernen Tages zwei Brüder und sprachen miteinander; der eine begann gerade den Tag, während der andere ihn beendete. Der hochwürdige und ehrenhafte Wilfried Bohun, ein sehr frommer Mann, war gerade auf dem Wege zu einer strengen Gebetsübung oder Morgenmeditation. Der ehrenwerte Oberst Norman Bohun war alles andre als fromm, er saß, noch im Abendanzug, auf der Bank vor dem »Blauen Eber« und trank, wobei der philosophische Betrachter entscheiden konnte, ob es sich dabei um sein letztes Glas vom Dienstag oder sein erstes vom Mittwoch handelte. Der Oberst selbst nahm das nicht so genau.

Die Bohuns gehörten zu den wenigen aristokratischen Familien, die ihren Ursprung bis ins Mittelalter zurückführen konnten, und ihre Fähnlein hatten Palästina gesehen. Aber es ist ein großer Irrtum anzunehmen, daß solche Häuser besonderen Wert auf ritterliche Tugenden legen. Wenige außer den Armen bewahren Überlieferungen. Aristokraten leben nicht nach Überlieferungen, sondern nach Moden. Und so waren die Bohuns unter Königin Anna Raufbolde gewesen und unter Königin Viktoria Stutzer. Aber wie so manche der wirklich alten Häuser waren sie in den letzten beiden Jahrhunderten verkommen und zu bloßen Trinkern und Gecken herabgesunken, ja, es hatte sogar Anzeichen von Geisteskrankheit gegeben. Sicherlich lag in dem wölfischen Vergnügungshunger des Obersten etwas kaum noch Menschliches, und sein chronischer Entschluß, nicht vor Tagesanbruch nach Hause zu gehen, rührte wohl von dem schrecklichen Fluch der Schlaflosigkeit her. Er war ein großes, schönes Tier, schon ältlich, aber mit auffallend blondem Haar. Er hätte geradezu löwenhaft ausgesehen, doch lagen seine blauen Augen so tief in den Höhlen, daß sie schwarz wirkten; auch standen sie ein wenig zu dicht beisammen. Zu beiden Seiten seines langen, blonden Schnurrbarts zog sich eine Falte oder Furche vom Nasenflügel bis zum Kinn herab, so daß sein Gesicht von einem höhnischen Grinsen durchschnitten schien. Über dem Abendanzug trug er einen merkwürdig hellgelben Mantel, der eher einem leichten Schlafrock als einem Überzieher glich, und auf seinem Hinterkopf thronte ein ungewöhnlich breitkrempiger Hut von leuchtend grüner Farbe, offenbar eine orientalische Rarität, die er zufällig aufgelesen hatte. Der Oberst zeigte sich mit Vorliebe in solch unpassender Kleidung, stolz darauf, daß er sie seiner Persönlichkeit immer anpassen konnte.

Sein Bruder, der Kurat, hatte das gleiche blonde Haar und die gleiche Eleganz, aber er war bis zum Kinn hinauf völlig in Schwarz eingeknöpft; sein Gesicht war glattrasiert, gepflegt und leicht nervös. Er schien nur für seine Religion zu leben; allerdings behaupteten manche Leute (besonders der presbyterianische Dorfschmied), es sei wohl eher eine Liebe zur gotischen Architektur als zu Gott, und sein geisterhaftes Herumspuken in der Kirche nur eine andere, reinere Form des fast krankhaften Schönheitsdurstes, der seinen Bruder Weibern und Wein nachjagen ließ. Diese Beschuldigung war anfechtbar, denn die praktische Frömmigkeit des Mannes war über jeden Zweifel erhaben. Und tatsächlich beruhte der Vorwurf zumeist auf einem Mißverstehen seiner Liebe zur Einsamkeit und zu heimlichem Gebet, gründete sich nur darauf, daß man ihn oft kniend antraf, nicht etwa vor dem Altar, sondern an seltsamen Plätzen, in der Krypta oder auf der Galerie und sogar auf dem Kirchturm. In diesem Augenblick wollte er die Kirche durch den Hof der Schmiede betreten. Doch als er seines Bruders tiefliegende Augen in dieselbe Richtung starren sah, blieb er stehen und runzelte ein wenig die

Stirn. Auf die Annahme, das Interesse des Obersten könne der Kirche gelten, verschwendete er keinen Gedanken. Es konnte sich also nur um die Schmiede handeln. Und obwohl der Schmied als Puritaner nicht zu seiner Gemeinde gehörte, waren ihm ein paar skandalöse Dinge über die schöne und in ihrer Art berühmte Frau des Schmiedes zu Ohren gekommen. Argwöhnisch blickte er über den Hof, und der Oberst stand lachend auf.

»Guten Morgen, Wilfried«, sagte er. »Als braver Gutsherr wache ich schlaflos über meinen Leuten. Ich will gerade den Schmied besuchen.«

Wilfried sah zu Boden. »Der Schmied ist nicht da«, sagte er, »er ist nach Greenford hinüber.«

»Ich weiß«, antwortete der andere mit leisem Lachen; »deshalb will ich ihn ja besuchen.«

»Norman«, sagte der Priester, dessen Augen auf einem Kiesel am Weg ruhten, »fürchtest du dich nie vor Donnerkeilen?«

»Was meinst du damit?« fragte der Oberst. »Ist dein Steckenpferd Meteorologie?«

»Ich meine«, sagte Wilfried ohne aufzublicken, »ob du nie bedacht hast, daß Gott dich mitten auf der Straße niederstrecken könnte?«

»Verzeihung«, sagte der Oberst; »ich sehe, dein Steckenpferd sind Volksmärchen.«

»Und das deine ist Gotteslästerung«, erwiderte der Geistliche, an seiner einzigen empfindlichen Stelle getroffen. »Aber wenn du schon Gott nicht fürchtest, hast du doch allen Grund, die Menschen zu fürchten.«

Der andere zog die Augenbrauen hoch. »Die Menschen fürchten?« fragte er.

»Auf vierzig Meilen im Umkreis ist Barnes, der Schmied, der größte und stärkste Mann«, sagte der Priester mit harter Stimme. »Ich weiß, du bist kein Feigling oder Schwächling, aber er könnte dich über die Mauer werfen.«

Der Hieb saß, da dies unbestreitbar war, und die finstere Linie zwischen Mund und Nase trat stärker und tiefer hervor. Einen

Augenblick stand er so da mit dem breiten Grinsen im Gesicht. Doch sofort fand Oberst Bohun seine grausam gute Laune wieder und lachte, wobei unter seinem gelben Schnurrbart wie bei einem Hund zwei Fangzähne sichtbar wurden. »In diesem Fall, lieber Wilfried«, sagte er völlig sorglos, »war es weise von dem letzten der Bohuns, teilweise in Harnisch auszugehen.«

Er nahm den merkwürdigen, runden, grün bezogenen Hut ab, und da zeigte sich, daß er innen mit Stahl gefüttert war. Wilfried erkannte einen leichten japanischen oder chinesischen Helm wieder, der von einer Trophäe im alten Ahnensaal stammte.

»Es war der erste, der mir zu Hand kam«, erklärte der Bruder leichthin, »immer den nächsten Hut – und das nächste Weib.«

»Der Schmied ist nach Greenford hinüber«, sagte Wilfried ruhig; »es ist unbestimmt, wann er zurückkommt.«

Damit wandte er sich ab, trat gebeugten Hauptes in die Kirche und bekreuzigte sich, wie jemand, der von einem unreinen Geist befreit sein möchte. Es drängte ihn, so unsägliche Gemeinheit in dem kühlen Dämmerlicht seiner hohen gotischen Kreuzgänge zu vergessen; aber an diesem Morgen sollte sein stiller Gebetsrundgang immer wieder durch kleine Anlässe gehemmt werden. Als er die um diese Stunde sonst leere Kirche betrat, sprang eine kniende Gestalt eilig auf und trat in das volle Licht des Portals. Überrascht blieb der Kurat stehen. Denn der frühe Kirchgänger war kein anderer als der Dorfidiot, ein Neffe des Schmiedes, der sich für gewöhnlich weder um die Kirche noch um sonst etwas bekümmerte, und auch gar nicht dazu imstande war. Man nannte ihn nur den »Verrückten Joe« – er schien keinen anderen Namen zu haben. Er war ein dunkler, träger Bursche von kräftiger Statur, mit verschlafenem, teigigem Gesicht, glattem, schwarzem Haar und stets offenem Mund. Als er an dem Priester vorbeiging, verriet seine Mondkalbmiene nicht im leisesten, was er getan oder gedacht hatte. Noch nie hatte ihn jemand beten sehen. Was für ein Gebet mochte er wohl verrichtet haben? Bestimmt ein recht ungewöhnliches.

Wilfried Bohun stand lange wie angewachsen auf seinem

Platz; er sah den Idioten in den Sonnenschein hinaustreten, wo ihn sein liederlicher Bruder mit herablassender Scherzhaftigkeit begrüßte. Als letztes sah er noch, wie der Oberst Pfennigstücke nach Joes offenem Mund warf, mit dem ernsthaften Anschein, diesen auch richtig zu treffen.

Das häßliche, von der Sonne bestrahlte Bild menschlicher Dummheit und Grausamkeit ließ den Asketen schließlich zu seinen Gebeten um Reinigung und neue Gedanken zurückkehren. Er stieg auf die Galerie hinauf, zu dem Kirchenstuhl unter einem bunten Fenster, das er liebte und das seinen Geist stets beruhigte; es war ein blaues Fenster mit einem Engel, der Lilien trug. Bald dachte er nicht mehr so sehr an den Idioten mit dem fahlen Gesicht und dem Fischmaul. Er dachte nicht mehr so sehr an den bösen Bruder, der wie ein magerer Löwe mit schrecklichem Heißhunger einherschritt. Immer tiefer versank er in den kühlen, süßen Farben von Silberblüten und saphirnem Himmel.

An der gleichen Stelle wurde er eine halbe Stunde später von Gibbs, dem Dorfschuster, gefunden, der ihn höchst eilig holen kam. Bereitwillig sprang er auf, denn er wußte, einer Kleinigkeit wegen wäre Gibbs bestimmt nicht hergekommen. Wie in so vielen Dörfern, war der Schuster auch hier der Atheist und sein Erscheinen in der Kirche noch um einen Grad ungewöhnlicher als das des Verrückten Joe. Es war ein Morgen der theologischen Rätsel.

»Was gibt es?« fragte Wilfried Bohun etwas förmlich, während seine zitternde Hand nach dem Hut griff. Der Atheist sprach in einem Ton, der aus seinem Mund überraschend respektvoll klang und sogar eine gewisse ungeschickte Teilnahme verriet.

»Sie müssen entschuldigen, Herr«, flüsterte er heiser, »aber wir dachten, Sie sollten es sofort erfahren. Ich fürchte, es ist etwas Schreckliches passiert, Herr. Ich fürchte, Ihr Bruder –«

Wilfrieds zarte Hände verkrampften sich. »Welche Teufelei hat er jetzt wieder begangen?« rief er in unwillkürlichem Zorn.

»Nun, Herr«, sagte der Schuster hüstelnd, »ich fürchte, er hat nichts begangen und wird nie wieder etwas begehen. Ich fürchte, es ist aus mit ihm. Sie kommen besser selbst herunter, Sir.«

Der Priester folgte dem Schuster eine kurze Wendeltreppe hinab, die sie zu einem hoch über der Straße gelegenen Tor brachte. Mit einem Blick übersah Bohun die ganze Tragödie; wie eine Landkarte lag sie zu seinen Füßen ausgebreitet. Im Hof der Schmiede standen fünf oder sechs Männer, fast alle in Schwarz, einer jedoch in der Uniform eines Polizeiinspektors. Bohun erkannte den Arzt, den presbyterianischen Pfarrer und den Priester der römisch-katholischen Kirche, welcher die Frau des Schmiedes angehörte. Der Priester sprach gerade schnell und leise auf die Frau ein, während sie, ein wunderschönes Wesen mit rotgoldenem Haar, hemmungslos auf einer Bank schluchzte. Zwischen den beiden Gruppen, nahe dem großen Haufen von Hämmern, lag ein Mann im Abendanzug breit und flach auf dem Gesicht. Selbst aus dieser Höhe hätte Wilfried jede Einzelheit der Kleidung und Erscheinung leidlich identifizieren können, bis zu den Familienringen an den Fingern; der Schädel aber war ein einziger gräßlicher Spritzer, wie ein Stern aus Schwarz und Blut. Wilfried Bohun sah kein zweitesmal hin, er lief die Treppe hinunter in den Hof. Als der Doktor, sein Hausarzt, ihn begrüßte, bemerkte er es kaum. Er stammelte nur: »Mein Bruder tot. Was hat das zu bedeuten? Welch schreckliches Geheimnis steckt dahinter?«

Unheilvolles Schweigen antwortete ihm; dann sagte der Schuster, der Gesprächigste unter den Anwesenden: »Es ist schrecklich genug, Sir, aber ein Geheimnis steckt nicht dahinter.«

»Wie meinen Sie das?« fragte Wilfried mit blutleerem Gesicht.

»Es ist klar genug«, antwortete Gibbs. »Auf vierzig Meilen im Umkreis kann nur *ein* Mann solch einen Schlag geführt haben, und der hatte auch am meisten Grund dazu.«

»Wir dürfen nicht voreilig urteilen«, warf der Arzt, ein großer, schwarzbärtiger Mann, nervös ein; »aber ich kann Mr. Gibbs' Meinung über die Art des Hiebes bestätigen. Es ist ein entsetzlicher Hieb. Mr. Gibbs glaubt, nur *ein* Mann in dieser Gegend könne ihn geführt haben. Meiner Ansicht nach kann ihn überhaupt niemand geführt haben.«

Ein abergläubischer Schauder überlief die schlanke Gestalt des Priesters.

»Ich verstehe nicht«, sagte er.

»Mr. Bohun«, erklärte der Arzt mit leiser Stimme, »kein Vergleich wäre hier zureichend. Daß der Schädel wie eine Eierschale in Stücke geschlagen wurde, ist zu wenig gesagt. Knochensplitter wurden in den Körper und den Boden getrieben wie Flintenkugeln in eine Lehmmauer. Der Hieb kam von der Hand eines Riesen.«

Er schwieg einen Augenblick und blickte grimmig durch seine Brille; dann fügte er hinzu: »Die Sache hat ein Gutes – die meisten Leute hier sind auf einen Schlag von jedem Verdacht gereinigt. Wenn Sie oder ich oder irgendein gewöhnlicher Mann in der Gegend dieses Verbrechens angeklagt wären, so müßte man uns freisprechen, wie man ein Kind davon freisprechen müßte, die Nelson-Säule gestohlen zu haben.«

»Das sage ich ja«, wiederholte der Schuster hartnäckig, »nur *ein* Mann kann es getan haben, und dem ist es auch zuzutrauen. Wo ist Simeon Barnes, der Schmied?«

»Nach Greenford hinüber«, sagte Bohun zögernd.

»Wohl eher nach Frankreich hinüber«, murmelte der Schuster.

»Nein, er ist weder da noch dort«, ließ sich die dünne, farblose Stimme des kleinen katholischen Priesters vernehmen, der sich der Gruppe angeschlossen hatte. »Dort kommt er gerade die Straße herauf.«

Der kleine Priester mit seinem braunen Stoppelhaar und dem runden, hölzernen Gesicht war keine interessante Erscheinung. Aber hätte er Apollos Schönheit besessen, so wäre er doch in diesem Augenblick von keinem beachtet worden. Alle wandten sich um und spähten den Flußweg entlang, der sich aus der Ebene heraufschlängelte. Und in der Tat kam dort mit den ihm eigenen Riesenschritten Simeon, der Schmied; und er trug einen Hammer auf der Schulter. Simeon war ein starkknochiger, gigantischer Mann mit tiefliegenden, finsteren Augen und dunklem Kinnbart. Ruhig unterhielt er sich mit seinen beiden Begleitern; und obwohl er nie besonders heiter wirkte, schien er im Augenblick ganz unbeschwerten Sinnes zu sein.

»Mein Gott!« rief der atheistische Schuster; »da ist auch der Hammer, mit dem er es tat!«

»Nein«, sagte der Inspektor, ein vernünftig aussehender Mann mit rotblondem Schnurrbart, der nun zum ersten Male den Mund aufmachte. »Der Hammer, mit dem er es tat, liegt drüben an der Kirchenmauer. Wir haben ihn und den Leichnam genauso gelassen, wie wir sie fanden.«

Alle sahen hin, und der kleine Priester ging hinüber und betrachtete schweigend das Werkzeug. Es war einer der winzigsten und leichtesten Hämmer, und man hätte ihn unter den übrigen kaum bemerkt; aber an seiner Eisenkante klebten Blut und blondes Haar.

Nach kurzem Schweigen sprach der kleine Priester ohne aufzublicken, und in seiner langweiligen Stimme war ein neuer Klang: »Mr. Gibbs war im Irrtum, als er behauptete, es läge kein Geheimnis vor. Jedenfalls ist es unerklärlich, warum ein so riesenhafter Mann einen so mächtigen Schlag mit einem so kleinen Hammer führen sollte.«

»Das ist doch unwichtig«, rief Gibbs voll Eifer. »Was sollen wir mit Simeon Barnes tun?«

»Ihn in Frieden lassen«, antwortete ruhig der Priester. »Er kommt ja freiwillig her. Ich kenne seine beiden Begleiter, brave Burschen aus Greenford, die in die presbyterianische Kapelle gehen wollen.«

Noch während er sprach, bog der gewaltige Schmied um die Kirchenecke in seinen eigenen Hof. Dort blieb er unbeweglich stehen, und der Hammer entfiel seiner Hand. Der Inspektor, der bisher eine undurchdringliche Amtsmiene bewahrt hatte, ging auf der Stelle zu ihm hin.

»Ich will Sie nicht fragen, Mr. Barnes«, sagte er, »ob Sie irgend etwas über diesen Vorfall wissen. Sie sind nicht verpflichtet, etwas auszusagen. Ich hoffe, Sie wissen nichts darüber und können das beweisen. Aber ich muß Sie in aller Form im Namen des Königs verhaften – die Anschuldigung lautet ›Mord an Oberst Bohun‹. «

»Niemand kann Sie zwingen, ein Wort zu sagen!« rief der Schuster voll halbamtlicher Erregung. »Man muß Ihnen alles beweisen. Und bisher ist noch nicht einmal erwiesen, daß es Oberst Bohun ist, dessen Kopf so völlig zerschmettert wurde.«

»Damit kommt er nicht durch«, sagte leise der Arzt zum Priester, »das hat er in Detektivgeschichten gelesen. Als Hausarzt des Oberst kannte ich seinen Körper besser als er selbst. Er hatte sehr feine, ganz eigenartige Hände. Zeige- und Mittelfinger waren von der gleichen Länge. Nein, das ist schon der Oberst!«

Er blickte auf den Toten mit dem zermalmten Schädel; ihm folgten die stählernen Augen des bewegungslosen Schmiedes und blieben dort haften.

»Ist Oberst Bohun tot?« fragte er ruhig. »Dann ist er in der Hölle.«

»Sagen Sie nichts! Oh, sagen Sie ja nichts!« rief der atheistische Schuster und tanzte vor verzückter Bewunderung des englischen Gerichtsverfahrens. Denn niemand hängt so am Buchstaben des Gesetzes wie der gute Freidenker. Der Schmied sah ihn mit dem hoheitsvollen Auge des Fanatikers an.

»Ihr Ungläubigen denkt wie die Füchse auskneifen zu können, weil ihr die weltlichen Gesetze auf eurer Seite habt«, sagte er, »aber Gott behütet die Seinen in seinem Mantel, das wird euch noch heute offenbar werden.«

Dann zeigte er auf den Oberst und fragte: »Wann starb dieser Hund in seiner Sünden Maienblüte?«

»Mäßigen Sie Ihre Sprache!« rief der Arzt.

»Mäßigen Sie die Sprache der Bibel, und ich will die meine mäßigen. Wann starb er?«

»Um sechs Uhr morgens sah ich ihn noch am Leben«, sagte Wilfried Bohun stockend.

»Gott ist groß«, sagte der Schmied. »Herr Inspektor, ich habe nicht das geringste gegen meine Verhaftung einzuwenden. Eher sollten Sie etwas dagegen haben. Mir macht es nichts aus, wenn ich den Gerichtssaal ohne einen Flecken auf meinem Charakter verlasse. Aber vielleicht ist es Ihnen nicht gleichgültig, Ihre Karriere durch einen groben Schnitzer zu gefährden.«

Zum ersten Male betrachtete der wackere Inspektor den Schmied mit der gleichen lebhaften Anteilnahme wie alle übrigen. (Nur der kleine, seltsame Priester starrte noch immer den kleinen Hammer an, der den schrecklichen Schlag geführt hatte.)

»Da drüben stehen zwei Männer«, fuhr der Schmied mit behäbiger Klarheit fort, »brave Kaufleute aus Greenford, die Ihnen allen bekannt sind. Sie werden beschwören, daß sie mich von Mitternacht bis Tagesanbruch und noch viel später im Sitzungssaal unserer Erweckungsmission gesehen haben, wo wir die ganze Nacht hindurch eine Seele nach der anderen retteten. Und noch zwanzig andere Leute in Greenford können das beeiden. Wäre ich ein Heide, Herr Inspektor, so würde ich Sie straucheln lassen; aber als Christ bin ich verpflichtet, Ihnen zu helfen. Deshalb frage ich Sie: Wollen Sie mein Alibi jetzt gleich oder erst vor Gericht hören?«

Zum ersten Male schien der Inspektor beunruhigt.

»Natürlich würde ich Ihre Unschuld lieber sofort bewiesen sehen«, sagte er.

Der Schmied verließ mit seinen weiten, ruhigen Schritten den Hof und kehrte mit den beiden Greenforder Freunden zurück, die wirklich mit fast allen Anwesenden gut befreundet waren. Niemand dachte daran, ihre Worte zu bezweifeln. Und als sie geendet hatten, stand die Unschuld Simeons so fest wie die große Kirche über ihnen.

Die ganze Gruppe stand im Banne eines Schweigens, das seltsamer und unerträglicher war als jedes Gespräch. Gedankenlos und nur um irgend etwas zu sagen, fragte der Kurat den katholischen Priester: »Sie scheinen sich sehr für diesen Hammer zu interessieren, Pater Brown.«

»Ja, das tue ich«, erwiderte Pater Brown; »warum ist es ein so kleiner Hammer?«

Mit einer raschen Bewegung wandte sich der Arzt ihm zu. »Bei Gott, Sie haben recht«, rief er; »wer würde einen so kleinen Hammer wählen, wenn zehn größere herumliegen?«

Dann senkte er die Stimme und flüsterte dem Kuraten zu: »Nur jemand, dem ein großer Hammer zu schwer ist. Mann und Frau sind an Kraft oder Mut nicht allzu verschieden, doch die Hebekraft in den Schultern ist anders. Eine kühne Frau könnte mit einem leichten Hammer ohne besondere Anstrengung zehn Morde begehen. Aber mit einem schweren könnte sie nicht einmal einen Käfer töten.«

Wilfried Bohun starrte ihn an, fast hypnotisiert vor Entsetzen. Pater Brown, den Kopf ein wenig seitlich geneigt, lauschte interessiert und aufmerksam. Der Arzt fuhr mit hämischem Nachdruck fort:

»Warum glauben diese Dummköpfe immer, daß nur der Ehemann den Liebhaber seiner Frau haßt? In neun von zehn Fällen haßt die Frau selbst ihren Liebhaber am meisten. Wer kann wissen, wie unverschämt oder treulos er sie behandelt hat – sehen Sie sie doch an!«

Er wies heftig auf das rothaarige Weib. Sie saß immer noch auf der Bank und hatte nun endlich den Kopf gehoben. Die Tränen trockneten auf ihrem schönen Gesicht; aber ihre Augen waren mit einem besessenen, beinah idiotischen Glanz auf die Leiche gerichtet.

Der ehrenwerte Wilfried Bohun machte eine schwache Handbewegung, als wolle er nichts von all dem wissen. Pater Brown jedoch wischte nur ein wenig Asche von seinem Ärmel und sagte in seiner monotonen Art:

»Sie sind der typische Arzt. Ihr geistiges Wissen ist höchst eindrucksvoll, aber Ihr physisches völlig unmöglich. Ich gebe zu, daß die Frau ihren Liebhaber weit öfter zu töten wünscht als der Betrogene. Ich gebe ferner zu, daß die Frau eher einen kleinen Hammer ergreifen wird als einen großen. Aber das Problem besteht in der physischen Unmöglichkeit. Keine Frau auf Erden könnte den Kopf eines Mannes so völlig zu Brei schlagen.«

Nach einer Pause fügte er nachdenklich hinzu:

»Diese Leute haben es immer noch nicht ganz begriffen. Der Mann trug einen stählernen Helm, und der Schlag zersplitterte diesen wie Glas. Sehen Sie doch die Frau an. Sehen Sie ihre Arme an.« Wieder schwiegen alle, und dann sagte der Arzt etwas verdrießlich: »Möglicherweise habe ich mich geirrt; Einwände lassen sich schließlich gegen alles vorbringen. Aber an der Hauptsache halte ich fest. Nur ein Idiot würde den kleinen Hammer aufnehmen, wenn er einen großen zur Hand hätte.«

Bei diesen Worten griff sich Wilfried Bohun mit seinen dünnen, bebenden Händen an den Kopf. Die Finger durchwühlten das spärliche, blonde Haar. Dann lösten sich seine Hände, und er rief: »Auf dieses Wort habe ich gewartet. Nun ist es ausgesprochen.«

Er meisterte seine Erregung und fuhr fort: »Sie sagten, nur ein Idiot würde den kleinen Hammer aufnehmen?«

»Ja«, entgegnete der Arzt, »und?«

»Nun«, sagte der Kurat, »ein Idiot hat es auch getan.«

Die anderen starrten ihn wie gebannt an, und er sprach in fieberhafter, fast hysterischer Aufregung weiter.

»Ich bin Priester«, rief er mit unsicherer Stimme, »und ein Priester sollte kein Blut vergießen. Ich – ich meine, er sollte niemand an den Galgen liefern. Deshalb danke ich Gott, daß ich den Verbrecher jetzt klar erkenne – denn dieser Verbrecher kann nicht an den Galgen kommen.«

»Sie wollen ihn nicht anzeigen?« forschte der Arzt.

»Selbst wenn ich ihn anzeigte, würde er nicht gehenkt«, antwortete Wilfried mit einem wilden, aber merkwürdig seligen Lächeln.

»Als ich heute morgen die Kirche betrat, fand ich dort einen Wahnsinnigen im Gebet – den armen Joe, der sein Lebtag nie ganz bei Sinnen war. Gott allein weiß, was er betete; aber von solch wunderlichen Leuten kann man ruhig annehmen, daß auch ihre Gebete widersinnig sind. Möglicherweise wird ein Verrückter beten, ehe er jemand umbringt. Als ich den armen Joe zum letzten Male sah, war er mit meinem Bruder zusammen. Und mein Bruder hänselte ihn.«

»Beim Zeus!« rief der Arzt, »das nenne ich endlich reden. Aber wie erklären Sie –«

Der ehrenwerte Wilfried zitterte fast vor Erregung über seine Entdeckung.

»Sehen Sie denn nicht, sehen Sie nicht«, rief er fieberhaft, »daß nur diese Theorie die beiden sonderbaren Dinge erklärt, daß sie beide Rätsel löst. Die beiden Rätsel sind der kleine Hammer und der gewaltige Schlag. Dem Schmied könnte man den gewaltigen Schlag zutrauen, aber nie hätte er den kleinen Hammer gewählt. Sein Weib hätte den kleinen Hammer gewählt, aber sie hätte nicht den gewaltigen Schlag führen können. Nur der Idiot könnte beides getan haben. Was den kleinen Hammer betrifft – nun, er war verrückt und hätte genausogut nach jedem anderen Gegenstand greifen können. Und was den gewaltigen Schlag betrifft, haben Sie noch nie gehört, Doktor, daß ein Tobsüchtiger während eines Anfalls die Kraft von zehn Männern haben kann?«

Der Arzt atmete tief, dann sagte er:

»Zum Teufel, ich glaube, Sie haben recht.«

Pater Brown hatte seine Augen so lange und so fest auf den Sprecher gerichtet, daß eines klar wurde: diese großen grauen Kuhaugen waren keineswegs so nichtssagend wie das übrige Gesicht. Als niemand mehr sprach, sagte er mit betonter Achtung:

»Mr. Bohun, von allen Theorien, die bisher vorgebracht wurden, ist Ihre die einzige, die in allen Punkten hieb- und stichfest, ja unwiderlegbar scheint. Deshalb haben Sie ein Recht zu erfahren, daß es, wie ich positiv weiß, nicht die richtige ist.«

Damit entfernte sich der kleine Mann und starrte wiederum den Hammer an.

»Dieser Bursche scheint mehr zu wissen, als er sollte«, flüsterte der Arzt dem Kuraten verdrießlich zu.

»Diese papistischen Priester sind verteufelt schlau.«

»Nein, nein«, sagte Bohun, nun völlig erschöpft, »es war der Verrückte. Es war der Verrückte.«

Die beiden Priester und der Arzt hatten sich während ihres Gesprächs ein wenig von der offiziellen Gruppe, zu welcher der Inspektor und sein Gefangener gehörten, abgesondert. Doch jetzt, da ihr eigenes Grüppchen sich aufgelöst hatte, vernahmen sie wieder die Stimmen der anderen. Der Priester sah für einen Augenblick ruhig auf und blickte dann sofort wieder vor sich hin, als der Schmied in entschiedenem Ton sagte:

»Ich hoffe, Herr Inspektor, Sie sind überzeugt. Wie Sie mit Recht behaupten, bin ich ein starker Mann, aber ich hätte den Hammer nicht aus dem Handgelenk von Greenford bis hierher schleudern können. Mein Hammer hat auch keine Flügel bekommen, um eine halbe Meile über Hecken und Felder zu fliegen.«

Der Inspektor lachte gutmütig.

»Nein, ich glaube, wir können von Ihnen absehen, obwohl es das merkwürdigste Zusammentreffen ist, das ich kenne. Ich möchte Sie nur noch bitten, uns nach Kräften bei der Entdeckung eines Mannes beizustehen, der Ihre Größe und Stärke hat. Bei Gott, Sie können uns doch noch von Nutzen sein, mindestens bei der Festnahme! Sie haben wohl keine Ahnung, wer es sein könnte?«

»Ich habe vielleicht eine Ahnung«, sagte der Schmied mit dem blassen Gesicht, »aber der, den ich meine, ist kein Mann.« Und als er sah, wie sich die bestürzten Augen der Anwesenden seinem Weib auf der Bank zuwandten, legte er ihr die mächtige Hand auf die Schulter und setzte hinzu:

»– auch keine Frau.«

»Was wollen Sie damit sagen?« fragte der Inspektor scherzhaft. »Glauben Sie etwa, daß eine Kuh den Hammer benutzte?«

»Ich glaube, kein Wesen von Fleisch und Blut hielt diesen Hammer«, sagte der Schmied mit erstickter Stimme; »mit den Augen des Todesengels gesehen: der Mann starb nicht durch eine menschliche Hand.«

Wilfried machte eine jähe Bewegung vorwärts und starrte ihn aus brennenden Augen an.

»Wollen Sie etwa behaupten, Barnes«, ertönte die scharfe Stimme des Schusters, »daß der Hammer von selbst aufsprang und den Mann niederschlug?«

»Oh, starrt nur und spottet, ihr Herren«, rief Simeon; »ihr geistlichen Herren, die ihr uns sonntags erzählt, wie Senacherib in der Einsamkeit von Gott niedergestreckt wurde. Ich glaube, daß einer, der unsichtbar in jedem Haus weilt, die Ehre des meinigen verteidigte und ihren Schänder tot vor die Schwelle legte. Ich glaube, die Kraft, die jenem Schlag innewohnte, war die gleiche Kraft, die aus Erdbeben spricht, und keine geringere.«

»Ich selbst warnte Norman vor Donnerkeilen«, sagte Wilfried mit höchst seltsamer Stimme.

Der Inspektor lächelte ein wenig. »Diese Kraft liegt außerhalb meiner Amtsgewalt«, sagte er.

»Aber Sie stehen nicht außerhalb der Seinen«, erwiderte der Schmied, »nehmen Sie sich in acht.«

Damit wandte er ihm den breiten Rücken zu und trat ins Haus. Pater Brown nahm sich des sichtlich sehr mitgenommenen Wilfried an.

»Wir wollen diesen schrecklichen Ort verlassen, Mr. Bohun«, sagte er freundlich. »Darf ich mir Ihre Kirche ansehen? Sie soll ja eine der ältesten von England sein. Und wie Sie wissen«, fügte er mit einer komischen Grimasse hinzu, »haben wir ein gewisses Interesse an alten englischen Kirchen.«

Wilfried Bohun lächelte nicht, denn Humor war nicht gerade seine starke Seite. Aber er stimmte eifrig zu, mit Freuden bereit, seine gotischen Herrlichkeiten jemandem zu zeigen, der dafür offenbar mehr Verständnis hatte als der presbyterianische Schmied oder der atheistische Schuster.

»Sehr gerne«, sagte er, »gehen wir gleich durch diesen Seiteneingang.« Und er schlug den Weg zu der hochgelegenen Tür oberhalb der Stufen ein. Pater Brown war ihm bis zur ersten

Stufe gefolgt, als er eine Hand auf seiner Schulter spürte. Als er sich umwandte, erblickte er die düstere, dürre Gestalt des Arztes, dessen Gesicht, von Argwohn umschattet, noch finsterer war als sonst.

»Sir«, sagte er streng, »Sie scheinen einige Geheimnisse dieser dunklen Geschichte zu kennen. Haben Sie die Absicht, sie für sich zu behalten?«

»Nun, Doktor«, antwortete der Priester mit freundlichem Lächeln, »Leute meines Berufs haben einen sehr guten Grund, Dinge, deren sie nicht ganz sicher sind, für sich zu behalten. Es ist nämlich immer wieder unsere Pflicht, sogar die Dinge für uns zu behalten, deren wir sicher sind. Falls Sie freilich meine Verschwiegenheit für unhöflich halten, will ich so weit gehen, wie ich nur irgend kann. Ich will Ihnen zwei sehr deutliche Hinweise geben.«

»Und die wären?« fragte der Arzt unwirsch.

»Erstens«, sagte Pater Brown ruhig, »fällt die Geschichte absolut in Ihr Gebiet. Sie hat mit Wissenschaft, und zwar mit Physik zu tun. Der Schmied ist im Irrtum. Nicht, wenn er behauptet, der Schlag sei göttlichen Ursprungs, sicher aber, wenn er ihn auf ein Wunder zurückführt. Es war kein Wunder, Doktor, außer in dem Sinne, daß der Mensch an sich, mit seinem seltsam zum Bösen neigenden und doch wieder halb-heroischen Herzen ein Wunder ist. Die Kraft, die jenen Schädel zerschmetterte, ist dem Wissenschaftler gut bekannt – sie gehört zu den bekanntesten Naturgesetzen.«

Der Arzt sah ihn mit gespannter Aufmerksamkeit an und fragte: »Nun, und der andere Hinweis?«

»Der andere Hinweis ist dies«, erwiderte der Priester: »Erinnern Sie sich, wie verächtlich der Schmied, der doch sonst an Wunder glaubt, von dem unmöglichen Märchen sprach, daß sein Hammer Flügel bekommen habe und eine halbe Meile über Land geflogen sei?«

»Ja«, sagte der Arzt, »ich erinnere mich.«

»Nun«, erklärte Pater Brown mit breitem Lächeln, »von allem, was heute vorgebracht wurde, kam dieses Märchen der tatsächlichen Wahrheit am nächsten.«

Damit kehrte er ihm den Rücken und folgte dem Kuraten die Treppe hinauf. Der ehrenwerte Wilfried hatte bleich und ungeduldig auf ihn gewartet, als gäbe diese Verzögerung seinen Nerven den letzten Rest. Nun führte er den Besucher sofort zu seinem Lieblingswinkel in der Kirche, zu jenem Teil der Galerie, welcher der geschnitzten Decke am nächsten lag und von dem wunderbaren Fenster mit dem Engel erleuchtet wurde. Der kleine römische Priester betrachtete und bewunderte alles nach Gebühr, wobei er die ganze Zeit über freundlich, doch mit leiser Stimme redete. Doch als er zu dem Seitenausgang und der Wendeltreppe kam, die Wilfried hinabgeeilt war, um den toten Bruder zu sehen, lief Pater Brown mit der Behendigkeit eines Affen nicht hinunter, sondern hinauf, und seine klare Stimme ertönte von einer kleinen äußeren Plattform herab.

»Kommen Sie herauf, Mr. Bohun«, rief er. »Die Luft wird Ihnen guttun.«

Bohun folgte ihm und trat auf eine Art steinerne Galerie oder Balkon hinaus. Von dort konnte man die unendliche Ebene überblicken, aus der sich ihr kleiner Hügel erhob; er verlor sich nach dem purpurnen Horizont hin in Wäldern und war mit Dörfern und Farmen übersät. Unter ihnen lag deutlich und viereckig, aber winzig klein, der Hof des Schmiedes, wo der Inspektor noch immer seine Notizen machte und der Leichnam noch immer wie eine zerklatschte Fliege am Boden lag.

»Könnte die Weltkarte sein, nicht wahr?« fragte Pater Brown.

»Ja«, sagte Bohun ernst und nickte mit dem Kopf.

Unmittelbar unter ihnen und um sie her stürzten die Linien des gotischen Baues mit einer selbstmörderisch beängstigenden Schnelligkeit nach außen ins Leere. In der Architektur des Mittelalters liegt jenes Element titanischer Kraft, das, von wo aus man es auch betrachtet, immer zu fliehen scheint wie der feste Rücken eines rasenden Pferdes. Die Kirche war aus altem, schweigendem Stein gehauen, an der Vogelnester klebten und muffige Schwämmebündel wie Bärte hingen. Und doch sprang sie, von unten gesehen, wie ein Springbrunnen zu den Sternen empor und stürzte jetzt, von oben betrachtet, wie ein Wasserfall in den lautlosen Abgrund. Vor den beiden Männern auf dem Turm tat sich die erschreckendste Seite der Gotik auf: die schwindelerregende Fernsicht, die ungeheure Verkürzung und Umkehrung aller Proportionen, welch große Dinge winzig klein erscheinen läßt und kleine Dinge groß; ein steinernes Durcheinander in schwebender Luft. Kleine Stücke aus Stein, die durch ihre Nähe riesenhaft wirkten, ragten vor einem Schachbrett aus Feldern und Bauernhäusern, die in der Entfernung zwergenhaft erschienen. Den steinernen Vogel an der Ecke oder irgendein anderes Tier konnte man unschwer für einen Drachen halten, der sich anschickte, die Triften und Dörfer unten zu verwüsten. Die ganze Atmosphäre war schwindelerregend und gefährlich, als würde man von den kreisenden Schwingen ungeheurer Geister in der Luft gehalten, und die alte Kirche, hoch und schön wie eine Kathedrale, schien mit ihrer gewaltigen Masse gleich einer Gewitterwolke auf dem sonnenbeschienenen Land zu lasten.

»Ich halte es für etwas gefährlich, auf so hohen Punkten zu stehen, selbst um zu beten«, sagte Pater Brown. »Man sollte zu Höhen hinaufblicken, nicht von ihnen hinab.«

»Sie meinen, man könnte fallen?« fragte Wilfried.

»Die Seele könnte fallen, wenn schon nicht der Leib«, sagte der andere Priester.

»Ich verstehe nicht ganz«, murmelte Wilfried.

»Nehmen Sie zum Beispiel den Schmied«, fuhr Pater Brown ruhig fort; »ein braver Mann, aber kein Christ – hart, herrschsüchtig, unnachsichtig. Nun, die Begründer seiner schottischen Religion beteten auf Hügeln und hohen Felsen, und dabei lernten sie, mehr auf die Welt herunterzusehen als zum Himmel hinauf. Demut ist die Mutter der Riesen. Vom Tal aus erblickt man große Dinge; vom Gipfel nur kleine.«

»Aber er – er hat es nicht getan«, sagte Bohun zitternd.

»Nein«, entgegnete der andere mit seltsamem Ton, »wir wissen, er hat es nicht getan.«

Einen Augenblick lang ließ er seine blaßgrauen Augen ruhig über die Ebene gleiten, dann sprach er weiter:

»Ich kannte einen Mann, der früher einmal mit den andern zusammen vor den Altären kniete; später aber zog er hochgelegene, einsame Plätze für sein Gebet vor, Ecken und Nischen des Glokkenturms oder der Turmspitze. Und einmal, als sich an solch schwindelerregendem Ort die ganze Welt unter ihm wie ein Rad zu drehen schien, verdrehte sich sein Verstand, und er hielt sich für Gott. Und obwohl er ein guter Mensch war, beging er ein großes Verbrechen.«

Wilfrieds Gesicht war abgewandt, doch seine knochigen Hände liefen blau und weiß an, während sie das Steingeländer umklammerten.

»Er dachte, *er* dürfe über die Welt richten und den Sünder zerschmettern. Nie wäre ihm dieser Gedanke gekommen, hätte er mit den andern unten gekniet. Aber von hier oben aus kamen ihm alle Menschen wie Insekten vor. Vor allem war da einer mit einem grünen Hut, der frech grade unter ihm einherstolzierte – ein giftiges Insekt.«

Krähen krächzten um den Turm; kein anderer Laut war zu hören, bis Pater Brown fortfuhr: »Dazu kam, daß er eine der schrecklichsten Naturgewalten in der Hand hielt; ich meine die Schwerkraft, jene wahnsinnige, immer schneller werdende Kraft, mit der die Erde all ihre Geschöpfe, wenn sie losgelassen sind, sofort wieder an ihr Herz zurücktreibt. Sehen Sie, gerade unter uns geht jetzt der Inspektor über den Hof. Wenn ich nur einen Kiesel über die Brüstung fallen ließe, würde er wie eine Flintenkugel wirken und ihn niederschlagen. Wenn ich einen Hammer fallen ließe – selbst einen kleinen Hammer –«

Wilfried Bohun schwang ein Bein über die Brüstung, aber Pater Brown hatte ihn sofort am Rockkragen.

»Nicht durch diese Pforte«, sagte er ganz freundlich, »diese Pforte führt zur Hölle.«

Bohun taumelte gegen die Mauer und starrte ihn entsetzt an. »Woher wissen Sie das alles?« rief er, »sind Sie ein Teufel?«

»Ich bin ein Mensch«, antwortete Pater Brown sehr ernst, »und habe daher alle Teufel im Herzen. Hören Sie zu«, sagte er nach einer kurzen Pause, »ich weiß, was Sie getan haben – jedenfalls kann ich es mir zum größten Teil vorstellen. Als Sie Ihren Bruder verließen, waren Sie, nicht unberechtigt, von solchem Zorn erfüllt, daß Sie nach einem kleinen Hammer griffen, halb entschlossen, ihn niederzuschlagen, noch während seinem Mund all die Gemeinheiten entstürzten. Dann, als Sie sich gefaßt hatten, steckten Sie den Hammer unter Ihren Rock und eilten in die Kirche. Dort beteten Sie leidenschaftlich an den verschiedensten Stellen, unter dem Fenster mit dem Engel, auf der Plattform darüber und noch höher, von wo aus Sie den orientalischen Hut des Obersten wie den Rücken eines grünen, umherkrabbelnden Käfers sehen konnten. Dann schnappte etwas in Ihrer Seele ein, und Sie ließen Gottes Donnerkeil fallen.«

Wilfried fuhr sich langsam mit der Hand an den Kopf und fragte mit schwacher Stimme: »Wie konnten Sie wissen, daß sein Kopf einem grünen Käfer glich?«

»Oh«, sagte der andere mit einem flüchtigen Lächeln, »das sagte mir mein gesunder Menschenverstand. Doch hören Sie weiter. Ich sage, ich weiß das alles; aber niemand wird es von mir erfahren. Den nächsten Schritt müssen Sie selbst entscheiden; ich werde nichts weiter unternehmen, sondern alles mit dem Beichtsiegel verschließen. Wenn Sie mich fragen, weshalb – gibt es viele Gründe dafür, aber nur einer davon betrifft Sie. Ich überlasse alles Ihnen, weil Sie noch nicht so tief gefallen sind wie andere Mörder. Sie taten nichts dazu, dem Schmied oder seiner Frau das Verbrechen unterzuschieben, als Sie das leicht hätten tun können. Sie wollten es dem Schwachsinnigen in die Schuhe schieben, weil Sie wußten, daß er nicht dafür zu büßen hatte. Solche Lichtpunkte bei Mördern herauszufinden, ist ein Teil meines Berufes. Und nun kommen Sie mit ins Dorf hinunter und ziehen Sie Ihres Weges, frei wie der Wind; denn ich habe nichts mehr zu sagen.«

In tiefstem Schweigen stiegen sie die Wendeltreppe hinunter und traten ins Sonnenlicht hinaus. Wilfried Bohun öffnete sorgfältig die hölzerne Zauntür der Schmiede, dann trat er auf den Inspektor zu und sagte:

»Ich möchte mich Ihnen stellen; ich habe meinen Bruder getötet.«

Das Auge des Apoll

Jener einzigartige, rauchige Schimmer, der, verhüllend und erhellend, den geheimnisvollen Reiz der Themse bildet, verwandelte sich immer mehr von Grau in glitzerndes Silber, als die Sonne sich dem Zenit über Westminster näherte und zwei Männer die Westminster-Brücke überquerten. Der eine war sehr groß und der andere sehr klein; in einem Spiel der Phantasie konnte man sie mit dem hochmütigen Glockenturm des Parlaments und dem demütigen, krummen Rücken der Abtei vergleichen, besonders, da der kleine Mann Priesterkleidung trug.

Die amtliche Beschreibung des Großen lautete auf M. Hercule Flambeau, Privatdetektiv; er war auf dem Weg zu seinem neuen Büro, das in einem Neubau gegenüber dem Tor der Abtei lag. Die amtliche Beschreibung des kleinen Mannes lautete auf Hochwürden J. Brown, Priester an der St.-Franz-Xaver-Kirche in Camberwell; er war auf dem Weg von einem Sterbebett und kam, das neue Büro seines Freundes zu besichtigen.

Das Gebäude hatte in seiner wolkenkratzenden Höhe etwas Amerikanisches, und auch die geölte Vollkommenheit seiner Telefon- und Liftanlagen war amerikanisch. Aber es war noch nicht ganz fertig und stand teilweise leer. Bisher waren nur drei Mieter eingezogen; die Räume über Flambeau waren bewohnt, und die unmittelbar unter ihm; die beiden Stockwerke darüber und die drei darunter standen völlig leer. Doch der erste Blick auf dieses neue Getürm von Wohnungen wurde durch etwas ungemein Fesselndes in Bann gehalten. Abgesehen von ein paar Überresten des Baugerüsts war das einzige Auffallende an der Außenseite jenes Büros zu sehen, das über Flambeaus Zimmern lag. Es war ein ungeheures, vergoldetes Menschenauge, das von goldenen Strahlen umgeben war und ebensoviel Platz einnahm wie zwei bis drei Bürofenster. »Was in aller Welt ist das?« fragte Pater Brown und blieb stehen.

»Oh, nur eine neue Religion«, erwiderte Flambeau lachend, »eine jener neuen Religionen, die einem die Sünden mit der einfachen Behauptung vergeben, man habe nie welche begangen. So etwas wie Gesundbeterei, würde ich denken. Nichts weiter, als daß ein Bursche, der sich Kalon nennt (seinen richtigen Namen kenne ich nicht, aber so kann er bestimmt nicht heißen), das Büro über mir gemietet hat. Unter mir habe ich zwei Maschinenschreiberinnen, und über mir diesen schwärmerischen Schwindler. Er nennt sich den neuen Priester des Apoll und betet die Sonne an.«

»Er soll sich in acht nehmen«, sagte Pater Brown. »Von allen Gottheiten war die Sonne am grausamsten. Aber was soll das Riesenauge dort oben?«

»Soweit ich es verstehe«, antwortete Flambeau, »lautet eine ihrer Theorien, daß der Mensch alles ertragen kann, solange sein Gemüt ruhig ist. Ihre wichtigsten Symbole sind die Sonne und das offene Auge; sie behaupten nämlich, wer wirklich gesund sei, könne sogar in die Sonne starren.«

»Wer wirklich gesund ist, käme nie auf eine solche Idee«, sagte Pater Brown.

»Ja, das ist wohl alles, was ich Ihnen über diese Religion erzählen kann«, fuhr Flambeau leichthin fort. »Natürlich gibt sie auch vor, alle körperlichen Krankheiten heilen zu können.«

»Auch jene besondere Geisteskrankheit?« fragte Pater Brown mit ernsthafter Neugier.

»Welche besondere Geisteskrankheit?« fragte Flambeau lächelnd.

»Sich für völlig gesund zu halten«, antwortete sein Freund.

Flambeau interessierte sich mehr für das ruhige, kleine Büro unter ihm als für den flammenden Tempel droben. Er war ein klardenkender Südländer, der sich nur unter Katholiken oder Atheisten etwas vorstellen konnte; neue Religionen von leuchtender und farbloser Art waren nicht nach seinem Geschmack. Ihm lag mehr das Menschliche, besonders wenn es hübsch aussah; außerdem waren die beiden jungen Damen im Stockwerk unter ihm auf ihre Art Charaktere. Das Büro gehörte zwei Schwestern, beide schlank und dunkel. Die eine war groß und auffallend; mit ihren finsteren, scharfgeschnittenen Adlerzügen gehörte sie zu den Frauen, die man sich immer im Profil vorstellt, wie die geschliffene Schneide einer Waffe. Sie schien ihren Lebensweg erzwingen zu wollen. Ihre Augen waren von überraschendem Glanz, aber es war eher der Glanz des Stahls als der des Diamanten; und ihre aufrechte, schlanke Gestalt wirkte bei aller Anmut ein wenig steif. Die jüngere Schwester konnte als ihr verkürzter Schatten gelten, ein wenig grauer, farbloser, unbedeutender. Beide trugen schwarze Bürokleidung mit schmalen Herrenmanschetten und Kragen. In den Londoner Büros gibt es Tausende solch trockner, fleißiger Damen; doch der Reiz dieser beiden lag eher in ihrer wirklichen als in ihrer scheinbaren Stellung. Denn Pauline Stacey, die ältere, war die Erbin des Wappens einer halben Grafschaft und großen Reichtums; sie war in Schlössern und Gärten aufgewachsen, bis ihr kalter Hochmut, eine häufige Eigenschaft der modernen Frauen, sie dem zugetrieben hatte, was sie für ein strengeres und höheres Leben hielt. Dabei hatte sie keineswegs auf ihr Vermögen verzichtet. Das wäre ihr als romantische und mönchische Geste erschienen, die ihrer praktischen Art fernlag. Sie halte ihren Reichtum zusammen, pflegte sie zu sagen, um ihn für wirklich soziale Zwecke zu verwenden. Einen Teil davon hatte sie in ihr Geschäft gesteckt, das zu einem Muster-Schreibbüro werden sollte, ein anderer Teil war auf verschiedene Gesellschaften verteilt, die der Förderung von Frauenemanzipation dienten. Wie weit Joan, ihre Schwester und Partnerin, diesen etwas prosaischen Idealismus teilte, war schwer zu sagen. Doch folgte sie Pauline mit fast hündischer Zuneigung, die in ihrem tragischen Anflug vielleicht anziehender war als der harte, hohe Sinn der Älteren. Pauline Stacey hatte keinerlei Beziehung zum Tragischen, sie schien sogar seine Existenz zu leugnen.

Ihr heftiges Temperament und ihre kalte Ungeduld hatten Flambeau bei seinem ersten Besuch im Hause sehr belustigt. Er hatte in der Eingangshalle vor der Lifttür gezögert und auf den Boy gewartet, der für gewöhnlich die Fremden zu den verschiedenen Stockwerken bringt. Aber dieses Mädchen mit den glänzenden Falkenaugen hatte es rundweg abgelehnt, sich mit einer derartigen Verzögerung abzufinden. Sie wisse genau mit Fahrstühlen Bescheid, erklärte sie scharf, und sei von Jungen nicht abhängig – und auch nicht von Männern. Obwohl ihr Büro nur im dritten Stock lag, gelang es ihr, während der paar Sekunden Fahrt, Flambeau den größten Teil ihrer Anschauungen aus dem Stegreif vorzutragen; vor allem, daß sie eine moderne, arbeitende Frau sei und moderne Arbeitsmaschinen liebe. Dabei leuchteten ihre glänzenden schwarzen Augen in abstraktem Zorn über jene Narren, welche die mechanische Wissenschaft ablehnen und die Romantik zurücksehnen. Heutzutage müsse jeder mit Maschinen umgehen können, sagte sie, so wie sie selbst den Lift bedienen könne. Es schien ihr sogar unangenehm zu sein, daß Flambeau ihr die Lifttür öffnete; und als dieser Herr zu seinen eigenen Räumen hinaufging, lächelte er mit etwas gemischten Gefühlen über so viel leidenschaftliche Unabhängigkeit.

Zweifellos hatte sie ein scharfes, realistisches Gehaben; die Bewegungen ihrer schmalen, feinen Hände waren schroff, beinahe destruktiv. Als Flambeau einmal wegen einer Schreibarbeit in ihr Büro kam, hatte sie gerade die Brille ihrer Schwester auf den Boden geworfen und trampelte darauf herum. Sie war mitten in einer sittlichen Tirade über »kränkliche medizinische Ansichten«, und krankhaftes Eingeständnis von Schwäche, wie es die Benutzung eines solchen Gegenstands beweise. Sie verbot ihrer Schwester, je wieder solch künstliches, ungesundes Zeug mitzubringen. Sie wollte wissen, ob man etwa von ihr annehme, daß sie Holzbeine, falsche Haare oder Glasaugen trage; und dabei funkelten ihre Augen wie schrecklicher Kristall.

Flambeau, völlig verwirrt von diesem Fanatismus, konnte sich nicht zurückhalten, Miß Pauline mit direkter, französischer Logik zu fragen, warum eigentlich eine Brille ein krankhafterer

Schwächebeweis sei als ein Lift, und warum uns die Wissenschaft in dem einen Fall helfen dürfe, in dem anderen aber nicht.

»Das ist doch grundverschieden«, erklärte Pauline von oben herab. »Batterien und Motoren und solche Dinge sind Kennzeichen der männlichen Kraft – ja, und auch der weiblichen, Mr. Flambeau. All diese großen Kräfte, die Entfernungen überwinden und Zeit sparen, sollen wir ruhig benutzen. Das ist erhaben und herrlich – das ist wirkliche Wissenschaft. Aber diese ekelhaften Krücken und Pflaster, welche die Ärzte verschreiben – das sind doch nur Etiketten der Feigheit. Die Ärzte kleben uns Arme und Beine an, als wären wir alle Krüppel und kranke Sklaven. Aber ich bin frei geboren, Mr. Flambeau! Die Menschen halten diese Dinge nur deshalb für notwendig, weil sie zur Furcht erzogen sind und nicht zu Macht und Mut; den Kindern wird ja schon von törichten Kindermädchen verboten, in die Sonne zu starren, und so können sie es später nicht, ohne zu blinzeln. Aber weshalb sollte unter all den Sternen einer sein, den ich nicht ansehen darf? Die Sonne ist nicht mein Herr, und ich will sie mit offenen Augen anschauen, wann immer es mir paßt.«

»Ihre Augen werden die Sonne blenden«, sagte Flambeau mit einer fremdartigen Verbeugung. Es machte ihm immer aufs neue Spaß, dieser seltsamen, steifen Schönheit, Komplimente zu sagen, zum Teil, weil es sie ein wenig aus dem Gleichgewicht brachte. Doch als er zu seinem Büro hinaufging, atmete er tief und pfiff vor sich hin, während er zu sich sagte: »Sie ist also diesem Taschenspieler mit dem vergoldeten Auge in die Hände gefallen.« Denn so wenig er auch von Kalons neuer Religion wußte oder sich darum kümmerte, von ihrem besonderen Merkmal des In-die-Sonne-Starrens hatte er schon gehört.

Bald entdeckte er, daß die geistigen Bande zwischen den Stockwerken über und unter ihm sehr fest waren und sich immer fester knüpften. Der Mann, der sich Kalon nannte, war ein herrliches Geschöpf, vom Körperlichen her durchaus wert, der Hohepriester Apolls zu heißen. Er war fast so groß wie Flambeau und sah viel besser aus mit seinem goldenen Bart, den mächtigen blauen Augen und der wehenden Löwenmähne. Der Gestalt nach war er die blonde Bestie Nietzsches, aber diese animalische Schönheit wurde durch echten Verstand und Geist erhöht, verklärt und gemildert. Wenn er schon einem der großen Sachsenkönige glich, so jedenfalls einem, der gleichzeitig ein Heiliger war. Und das alles trotz des Mißverhältnisses seiner alltäglichen Umgebung; trotz der Tatsache, daß sein Büro im mittleren Stockwerk eines Hauses in der Viktoriastraße lag; daß sein Schreiber, ein gewöhnlicher Jüngling mit Kragen und Manschetten, im Vorzimmer zwischen ihm und dem Flur saß; daß sein Name auf einem Messingschild prangte und das vergoldete Emblem seines Glaubens wie ein Optikerschild über der Straße hing. All diese Gewöhnlichkeiten konnten nichts von dem lebendigen Eindruck und der Begeisterung auslöschen, die von Kalons Seele und Körper ausgingen. Ja, diesen Marktschreier umwehte die Aura eines bedeutenden Mannes. Selbst in dem losen leinenen Jackenanzug, den er im Büro trug, war er eine faszinierende, gewaltige Erscheinung. Und wenn er, in weiße Gewänder gehüllt und mit einem Goldreif gekrönt, täglich die Sonne begrüßte, sah er so herrlich aus, daß den Leuten auf der Straße das Lachen auf den Lippen erstarb. Dreimal am Tag trat dieser neue Sonnenanbeter auf seinen kleinen Balkon hinaus, um dort im Angesicht von ganz Westminster seinem strahlenden Herrn eine Litanei aufzusagen, einmal bei Tagesanbruch, einmal bei Sonnenuntergang und einmal um Punkt zwölf Uhr mittag. Und da es eben von den Türmen des Parlaments und der Pfarrkirche Mittag schlug, sah Pater Brown nach oben und erblickte zum erstenmal den weißen Priester Apolls.

Flambeau hatte dies Schauspiel oft genug gesehen und verschwand in der Vorhalle des großen Hauses, ohne sich darum zu kümmern, ob sein geistlicher Freund ihm folgte. Aber Pater Brown – sei es nun aus beruflichem Interesse am Rituellen oder aus einem mehr persönlichen Interesse an Narretei – blieb stehen und starrte zu dem Balkon des Sonnenanbeters hinauf, wie er es genauso bei einem Kasperltheater getan hätte. Der Prophet Kalon stand bereits mit silbernen Gewändern und hocherhobenen Händen da, und der Klang seiner merkwürdig durchdringenden Stimme, die pathetisch die Sonnenlitanei sprach, war bis auf die geräuschvolle Straße hinunter zu hören. Er war mitten im Gebet, die Augen fest auf die flammende Scheibe gerichtet. Es ist zweifelhaft, ob er irgend etwas oder irgend jemanden auf der Erde wahrnahm; ganz bestimmt nicht einen kümmerlichen Priester mit rundem Gesicht, der aus der Menge unten mit blinzelnden Augen zu ihm emporblickte. Darin bestand vielleicht sogar der auffallendste Unterschied zwischen diesen beiden so ungleichen Männern. Pater Brown konnte nichts ansehen, ohne zu blinzeln; aber der Priester Apolls konnte sogar in die Mittagssonne starren, ohne mit der Wimper zu zucken.

»O Sonne«, rief der Prophet, »du Stern, der du zu groß bist, um mit den anderen Sternen gemeinsam zu wandeln! O Quelle, die ruhig in jenen geheimnisvollen Ort fließt, den man Raum nennt. Weißer Vater aller unermüdlichen weißen Dinge, der weißen Flammen und der weißen Blumen und der weißen Gipfel! Vater, der du unschuldiger bist als die unschuldigsten und friedlichsten deiner Kinder; Urreinheit, in deren Frieden −«

Ein Stürzen und Krachen wie die umgekehrte Explosion einer Rakete wurde von einem langgezogenen, schrillen Schrei durchschnitten. Fünf Leute stürzten in die Haustür hinein, während drei heraustürzten, und einen Augenblick lang bildeten sie einen unentwirrbaren Knäuel. Das Gefühl eines plötzlich hereingebrochenen Schreckens schien die halbe Straße mit Unheilsnachrichten zu füllen, die um so schlimmer waren, als niemand wußte, was eigentlich geschehen war. Nur zwei Männer blieben bei diesem Aufruhr ruhig: der schöne Priester Apolls auf dem Balkon oben und der häßliche Priester Christi unter ihm.

Nun erschien in der Haustür die hohe Gestalt Flambeaus mit ihrer titanischen Energie; sofort beherrschte er die kleine Menschenansammlung. Mit einer Stimme, die wie ein Nebelhorn dröhnte, befahl er, einen Arzt zu holen; als er wieder in dem dunklen, dicht umdrängten Eingang verschwand, schlüpfte Pater Brown völlig unbeachtet mit hinein. Und während er sich durch die Menge schlängelte, konnte er noch immer die erhabene Melodie und Monotonie des Sonnenpriesters vernehmen, der weiterhin den glücklichen Gott anrief, den Freund der Quellen und Blumen.

Pater Brown fand Flambeau und sechs andere Leute um den Schacht versammelt, in dem der Lift herunterzukommen pflegte. Aber nicht der Lift war heruntergekommen, sondern etwas anderes; etwas, das mit dem Lift hätte kommen sollen.

Während der letzten vier Minuten hatte Flambeau darauf niedergestarrt, hatte er die blutende Gestalt und den zerschmetterten Schädel der schönen Frau angesehen, die das Tragische verneint hatte. Er bezweifelte nicht im geringsten, daß es Pauline Stacey war; und, obwohl er nach dem Arzt geschickt hatte, zweifelte er nicht im geringsten an ihrem Tode.

Er konnte sich nicht recht erinnern, ob sie ihm gefallen oder mißfallen hatte; für beides gab es so viele Gründe. Jedenfalls war sie in seinen Augen eine Persönlichkeit gewesen, und ihr Verlust, der kleine, unwichtige Züge plötzlich mit unerträglicher Macht ins Gedächtnis rief, traf ihn wie mit Dolchstichen. Er erinnerte sich ihres hübschen Gesichts und ihrer jüngferlichen Reden mit jener unvermittelten, geheimnisvollen Lebendigkeit, welche die ganze Bitterkeit des Todes enthält. In einem Augenblick, wie ein Blitz aus heiterem Himmel, wie ein Donnerkeil aus dem Nichts, war dieser schöne, stolze Körper durch den offenen Liftschacht zu Tode gestürzt. War es Selbstmord? Bei einer so ausgesprochenen Optimistin schien das unmöglich. War es Mord? Aber wer in diesen fast unbewohnten Räumen konnte sie ermordet haben? Mit heiserem Wortschwall, den er für kraftvoll hielt und der ihm plötzlich sehr schwächlich vorkam, erkundigte er sich, wo denn jener Bursche Kalon steckte. Eine schwerfällige, ruhige Stimme versicherte ihm, daß Kalon während der letzten fünfzehn Minuten draußen auf dem Balkon gestanden und seinen Gott angebetet habe. Als Flambeau diese Stimme hörte und Pater Browns Hand fühlte, wandte er ihm sein dunkles Gesicht zu und fragte schroff:

»Aber wenn er die ganze Zeit über draußen war, wer soll es denn getan haben?«

»Vielleicht sollten wir hinaufgehen und es herausfinden«, sagte der andere. »Bis zum Eintreffen der Polizei haben wir noch eine Viertelstunde Zeit.«

Flambeau ließ den Leichnam in der Obhut der Ärzte und stürzte die Treppe hinauf zu dem Schreibbüro; da niemand darin war, rannte er weiter zu seinem eigenen. Kaum hatte er es betreten, als er mit weißem Gesicht wieder zu seinem Freund zurückkehrte. »Ihre Schwester«, sagte er mit bedrückendem Ernst, »ihre Schwester scheint ausgegangen zu sein.«

Pater Brown nickte. »Vielleicht ist sie auch zu jenem Sonnenmann hinaufgegangen. An Ihrer Stelle würde ich das feststellen, und dann wollen wir in Ihrem Büro darüber reden. Nein«, fügte er plötzlich hinzu, als wäre ihm plötzlich etwas eingefallen, »wann werde ich endlich klüger werden? Natürlich unten, in ihrem Büro.«

Flambeau starrte ihn verständnislos an; doch er folgte dem kleinen Pater hinunter zu den leeren Räumen der Staceys, wo sich dieser unergründliche Priester in einem großen, roten Ledersessel direkt am Eingang niederließ, so daß er bequem die ganze Treppe überblicken konnte. Er brauchte nicht lange zu warten. Innerhalb von vier Minuten kamen drei Gestalten herunter, denen nur ihr feierlicher Ernst etwas Gemeinsames verlieh. Die erste war Joan Stacey, die Schwester der Toten – augenscheinlich war sie oben in dem provisorischen Tempel des Apollopriesters gewesen; die zweite war der Priester Apolls persönlich, der seine Litanei beendet hatte und in voller Pracht die leeren Treppen herabschwebte – mit seinem weißen Gewand, dem Bart und dem gescheitelten Haar erinnerte er ein wenig an Dorets Christus beim Verlassen des Prätoriums; der dritte war der leicht verstörte Flambeau, dessen Brauen finster zusammengezogen waren.

Miß Joan Stacey, dunkel, mit schlaffen Zügen und zu früh ergrautem Haar, ging direkt zu ihrem Schreibtisch und legte mit geübten Bewegungen ihre Papiere zurecht. Diese mechanische

Tätigkeit ließ die übrigen ihre Vernunft wiederfinden. Wenn Miß Joan Stacey eine Verbrecherin war, dann war sie jedenfalls eine sehr kaltblütige. Pater Brown betrachtete sie eine Weile mit seltsamem, leichtem Lächeln und sprach dann, ohne sie aus den Augen zu lassen, jemand anderen an.

»Prophet«, sagte er, womit er offenbar Kalon meinte, »ich wünschte, Sie würden mir etwas über Ihre Religion erzählen.«

»Es wäre mir eine Ehre«, sagte Kalon und neigte sein noch immer gekröntes Haupt, »aber ich bin nicht sicher, ob ich Sie richtig verstanden habe.«

»Nun, es ist so«, sagte Pater Brown in seiner offenen, aber zögernden Art. »Nach unserer Lehre ist ein Mann mit wirklich schlechten Grundsätzen zum Teil selbst daran schuld. Aber bei all dem erkennen wir doch, ob jemand sein reines Gewissen mit einem Haufen Sophistereien umnebelt hat. Also, halten Sie Mord überhaupt für etwas Böses?«

»Ist das eine Anklage?« fragte Kalon sehr ruhig.

»Nein«, antwortete Brown ebenso sanft, »es ist die Verteidigungsrede.«

Nach einer langen, überraschenden Stille erhob sich der Prophet Apolls langsam, und es war, als ob die Sonne aufginge. Er füllte das Zimmer so sehr mit Licht und Leben, daß er ebensogut die ganze Ebene von Salisbury hätte ausfüllen können. Seine von der Robe umwallte Figur schien den ganzen Raum mit klassischem Faltenwurf zu tapezieren; seine epischen Gesten schienen ihm größere Ausdehnung zu verleihen, bis die kleine, schwarze Gestalt des modernen Priesters völlig fehl am Platze schien, ein runder, schwarzer Fleck auf hellenischer Pracht.

»Endlich treffen wir uns, Kaiphas«, sagte der Prophet. »Ihre Kirche und meine sind die einzig realen auf dieser Erde. Ich bete die Sonne an und Sie ihren Untergang; Sie sind der Priester des sterbenden, ich der des lebendigen Gottes. Ihr Gehaben, voll Verdacht und Verleumdung, ist Ihres Rockes und Ihres Glaubens würdig! Ihre ganze Kirche ist ja nichts wie eine schwarze Polizei; ihr seid nichts wie Spitzel und Detektive, welche die

Menschen durch Verrat und Folter zu Schuldbekenntnissen zwingen wollen. Ihr wollt die Menschen ihrer Verbrechen, ich sie ihrer Unschuld überführen. Ihr wollt sie von ihren Sünden überzeugen; ich überzeuge sie von ihrer Tugend!

Leser der Bücher des Bösen, nur noch ein Wort, ehe ich Eure grundlosen Spukgestalten für immer hinwegblase. Ihr habt nicht die geringste Vorstellung, wie gleichgültig es mir ist, ob ihr mich überführen könnt oder nicht. Was ihr Schande und schreckliches Henkerswerk nennt, bedeutet mir nicht mehr, als der Menschenfresser in einem Kinderbuch einem erwachsenen Mann bedeutet. Sie wollten die Verteidigungsrede halten. Mir liegt so wenig an dem Nebelland dieses Lebens, daß ich selbst die Anklagerede halten werde. In dieser ganzen Angelegenheit spricht nur eine Tatsache gegen mich, und die werde ich selbst vorbringen. Die tote Frau war meine Geliebte und meine Braut; nicht in dem Sinn, den ihr Hohlköpfe rechtmäßig nennt, sondern nach einem reineren, strengeren Gesetz, als ihr es je begreifen könnt. Wir beide lebten in einer anderen Welt als ihr, wir schritten durch Städte aus Kristall, während ihr euch mühsam durch Tunnels und Gänge aus Backstein arbeitet. Natürlich weiß ich, daß theologische wie andre Polizisten sich immer einbilden werden, es gäbe keine Liebe ohne Haß; das also ist der erste Punkt für die Anklage. Der zweite Punkt wiegt schwerer, das verhehle ich nicht. Es ist nicht nur wahr, daß Pauline mich liebte, es ist ebenso wahr, daß sie heute morgen, bevor sie starb, an diesem Tisch ein Testament gemacht und mir und meiner Kirche eine halbe Million hinterlassen hat. Los, wo sind die Handschellen? Glaubt ihr, es kümmert mich, was ihr mit mir vorhabt? Zuchthausstrafe bedeutet mir nicht mehr, als an einer Zwischenstation auf sie zu warten. Der Galgen ist für mich nur ein durch-gehender Wagen, um zu ihr zu gelangen.«

Er sprach mit der bezwingenden Überlegenheit eines Redners. Flambeau und Joan Stacey starrten ihn voll sprachloser Bewunderung an. In Pater Browns Gesicht malte sich äußerste Erschöpfung; mit schmerzhaft verzogener Stirn blickte er zu Boden. Der

Sonnenprophet lehnte sich leicht an den Kaminsims und fuhr fort: »In ein paar Worten habe ich die ganze Anklage gegen mich vorgebracht – die einzig mögliche Anklage. Mit noch weniger Worten will ich sie zu Staub blasen, daß auch nicht eine Spur davon zurückbleibt. Was die Frage anlangt, ob ich das Verbrechen begangen habe, so besteht die Antwort in einem einzigen Satz: Ich kann dieses Verbrechen nicht begangen haben. Pauline Stacey stürzte fünf Minuten nach zwölf aus diesem Stockwerk in den Schacht. Hundert Leute können auf der Zeugenbank aussagen, daß ich zu jener Zeit auf meinem Balkon stand, von kurz vor zwölf bis fünfzehn Minuten danach – der üblichen Zeit meiner öffentlichen Gebete. Mein Schreiber, ein achtbarer Jüngling aus Clapham und ohne jede nähere Beziehung zu mir, wird beschwören, daß ich volle zehn Minuten vor zwölf eintraf, fünfzehn Minuten vor dem leisesten Anzeichen des Unfalls, und daß ich während der ganzen Zeit mein Büro oder meinen Balkon nicht verlassen habe. Niemand verfügt über ein so vollständiges Alibi: Ich könnte halb Westminster als Zeugen vorladen. Sie stecken die Handschellen besser wieder ein. Die Anklage ist hinfällig.

Damit aber auch kein Hauch dieses irrsinnigen Verdachts die Luft verpeste, will ich Ihnen noch mehr erzählen. Ich glaube zu wissen, wie meine unglückliche Freundin ums Leben kam. Wenn Sie wollen, können Sie mich oder meinen Glauben oder meine Philosophie dafür tadeln; aber Sie können mich nicht dafür ins Gefängnis bringen. Wer sich je mit dem Studium der höheren Wahrheiten befaßt hat, weiß, daß schon immer gewisse Eingeweihte und Erleuchtete die Gabe des Schwebens empfangen haben – daß sie sich also frei in der Luft halten konnten. Das ist nur ein Teil jener großen Eroberung der Materie, die das Hauptelement unserer Geheimwissenschaft bildet. Die arme Pauline besaß ein leicht erregbares, ehrgeiziges Naturell. Um die Wahrheit zu sagen, sie hielt sich für tiefer in die Geheimnisse eingedrungen, als sie wirklich war; und wenn wir gemeinsam den Lift benutzten, hat sie mir oft gesagt, daß man mit genügend festem Willen auch ohne Lift leicht wie eine Feder hinabschweben könne. Ich bin fest überzeugt, daß sie in einem Augenblick der Ekstase dieses Wunder versucht hat. Ihr Wille oder ihr Glaube müssen im entscheidenden Moment versagt haben, und das niedrige Gesetz der Materie rächte sich aufs grausamste. Das ist die ganze Geschichte, meine Herren, eine traurige, Ihrer Meinung nach wohl vermessene und gottlose Geschichte, doch bestimmt kein Verbrechen; und gewiß eine Geschichte, die nichts mit mir zu tun hat. In der Sprache der Polizeigerichte wird es wohl Selbstmord heißen. In meinen Augen wird es immer ein heroischer Fehlschlag bleiben, im Dienste des wissenschaftlichen Fortschritts und des langsamen Aufstiegs zum Himmel.«

Zum erstenmal seit ihrer Bekanntschaft sah Flambeau Pater Brown als Besiegten. Noch immer saß er da und blickte mit schmerzvoll verzogenen Brauen zu Boden, als wenn er sich schämte. Man konnte sich unmöglich dem Gefühl entziehen, das des Propheten beschwingte Worte geweckt hatten: Hier war ein mittelmäßiger Kopf, der von Berufs wegen seine Mitmenschen verdächtigte, durch einen stolzeren und reineren Geist von natürlicher Freiheit und Gesundheit überwältigt worden. Pater Brown blinzelte wie in körperlicher Qual und sagte endlich: »Ja, wenn es sich so verhält, mein Herr, müssen Sie nur noch das erwähnte Testament nehmen und damit verschwinden. Wo mag die Arme es nur gelassen haben?«

»Es wird wohl drüben auf ihrem Schreibtisch bei der Tür liegen«, sagte Kalon in jener überwältigend unschuldigen Art, die ihn völlig freizusprechen schien. »Sie sagte ausdrücklich, sie würde es heute morgen schreiben, und tatsächlich sah ich sie schreiben, als ich mit dem Lift zu meinen Räumen fuhr.«

»Stand ihre Tür denn offen?« fragte der Priester und betrachtete eine Ecke der Binsenmatte.

»Ja«, antwortete Kalon ruhig.

»Seitdem ist sie also offen gewesen«, sagte der andere und studierte weiter schweigend die Matte.

»Hier drüben liegt ein Blatt Papier«, sagte die grimmige Miß Joan mit etwas merkwürdiger Stimme. Sie war zum Schreibtisch ihrer Schwester hinübergegangen und hielt einen Bogen blaues Kanzleipapier in der Hand. Auf ihrem Gesicht lag ein säuerliches Lächeln, das für diese Gelegenheit etwas unpassend schien, und Flambeau blickte sie finster an.

Der Prophet Kalon hielt sich mit derselben königlichen Selbstverständlichkeit, die er bisher zur Schau getragen hatte, von dem Papier fern. Aber Flambeau nahm es ihr aus der Hand und las es mit wachsender Verwirrung. Es begann wie ein gewöhnliches Testament, doch nach den Worten »Ich schenke und vermache alles, was ich bei meinem Tode besitze«, brach die Schrift plötzlich mit einem Gekritzel ab, und von dem Namen des Erben fehlte jede Spur. Verwundert gab es Flambeau seinem Freund, der nur einen Blick darauf warf und es schweigend dem Sonnenpriester reichte.

Einen Augenblick später hatte dieser Hohepriester in den glänzenden, wallenden Gewändern mit zwei großen Schritten den Raum durchmessen und sich vor Joan aufgepflanzt, wobei ihm die blauen Augen aus dem Kopf zu treten schienen.

»Welchen Gaunerstreich haben Sie hier verübt?« schrie er. »Das ist nicht alles, was Pauline geschrieben hat.«

Zu aller Erstaunen war es eine völlig neue Stimme, die da in schrillem Yankee-Englisch sprach; wie ein Mantel waren all seine Größe und seine gewählte Aussprache von ihm abgefallen.

»Sonst liegt nichts auf dem Schreibtisch«, sagte Joan, die ihn mit demselben mißgünstigen Lächeln fest ansah.

Plötzlich brach der Mann in Gotteslästerungen und einen Schwall von Flüchen aus. Es war erschütternd, zu sehen, wie er seine Maske fallen ließ – als ob das wirkliche Gesicht eines Menschen abfiele.

Als er vom Fluchen außer Atem war, schrie er in breitestem Amerikanisch: »Hören Sie! Ich mag ein Abenteurer sein, aber Sie sind eine Mörderin. Ja, Gentlemen, da haben Sie den Tod in Ihrem Sinne erklärt und ohne jedes Schweben. Das arme Ding schreibt sein Testament zu meinen Gunsten: da kommt ihre verfluchte Schwester herein, ringt mit ihr um die Feder, zerrt sie zum

Schacht und wirft sie hinunter, ehe sie fertigschreiben kann. Verdammt! Wir werden die Handschellen doch noch brauchen.«

»Wie Sie richtig bemerkt haben«, entgegnete Joan mit verächtlicher Ruhe, »ist Ihr Schreiber ein sehr ehrbarer junger Mann, der die Bedeutung eines Eides kennt; er kann vor jedem Gerichtshof beschwören, daß ich in Ihrem Büro mit einer Schreibarbeit beschäftigt war, fünf Minuten bevor und fünf Minuten nachdem meine Schwester abstürzte. Mr. Flambeau wird Ihnen bestätigen, daß er mich dort fand.«

Alle schwiegen.

»Demnach«, rief Flambeau, »war Pauline allein, als sie hinabstürzte, und es war Selbstmord.«

»Sie war allein«, sagte Pater Brown, »aber es war kein Selbstmord.«

»Aber wie starb sie dann?« fragte Flambeau ungeduldig.

»Sie wurde ermordet.«

»Aber sie war doch ganz allein«, widersprach der Detektiv.

»Sie wurde ermordet, obwohl sie ganz allein war«, antwortete der Priester.

Alle starrten ihn an, doch er verharrte weiter in seiner niedergeschlagenen Haltung, mit einer Falte auf der runden Stirn und einem Ausdruck von unpersönlicher Scham und Sorge; seine Stimme klang farblos und traurig.

»Was ich wissen möchte«, rief Kalon mit einem Fluch, »wann kommt die Polizei, um diese blutbefleckte, gottlose Schwester zu holen! Sie hat ihr Fleisch und Blut umgebracht; sie hat mir eine halbe Million geraubt, die mir so rechtmäßig gehörte wie –«

»Komm, komm, Prophet«, unterbrach ihn Flambeau nicht ohne Hohn; »denke daran, daß die ganze Welt nur eine Nebelbank ist!«

Der Hierophant des Sonnengottes versuchte, wieder seine alte Pose einzunehmen. »Es ist ja nicht nur des Geldes wegen«, rief er, »obwohl damit unsere Sache in der ganzen Welt auf eine sichere Grundlage gestellt würde. Es handelt sich auch um die

Wünsche meiner Geliebten. Für Pauline war das alles heilig. In Paulines Augen –«

Pater Brown sprang so heftig auf, daß er seinen Stuhl umwarf. Er war totenblaß, schien aber von Hoffnung entflammt; seine Augen leuchteten.

»Das ist es«, rief er mit klarer Stimme. »Das ist der richtige Anfang. In Paulines Augen –«

In fast tödlicher Verwirrung wich der große Prophet vor dem kleinen Priester zurück. »Was meinen Sie? Wie können Sie es wagen?« rief er immer wieder.

»In Paulines Augen«, wiederholte der Priester, dessen eigene immer stärker leuchteten. »Reden Sie weiter – in Gottes Namen reden Sie weiter! Auch das gemeinste Verbrechen, das der Teufel je eingab, wird durch ein Geständnis leichter; ich flehe Sie an: bekennen Sie. Sprechen Sie weiter, sprechen Sie weiter – in Paulines Augen –«

»Laß mich fort, du Teufel«, brüllte Kalon, der sich wie ein gefesselter Riese wand. »Wer bist du, verdammter Spion, der seine Spinnennetze um mich zieht und mir auflauert? Laß mich fort.«

»Soll ich ihn aufhalten?« fragte Flambeau und lief zur Tür, die Kalon bereits aufgerissen hatte.

»Nein, lassen Sie ihn laufen«, sagte Pater Brown mit einem seltsam tiefen Seufzer, der aus den Tiefen des Weltalls zu kommen schien. »Lassen Sie Kain laufen, denn er gehört Gott.«

Schweigen herrschte im Zimmer, als der Sonnenpriester gegangen war, ein Schweigen, das Flambeaus ungestümen Geist mit endloser Neugier quälte. Miß Joan Stacey ordnete völlig gelassen die Papiere auf ihrem Schreibtisch.

»Pater«, begann Flambeau endlich, »meine Pflicht, nicht nur meine Neugier, veranlaßt mich herauszufinden, wer das Verbrechen begangen hat.«

»Welches Verbrechen?« fragte Pater Brown.

»Natürlich das, mit dem wir es zu tun haben«, erwiderte sein ungeduldiger Freund.

»Wir haben es mit zwei Verbrechen zu tun«, sagte Pater

Brown; »Verbrechen von völlig verschiedenem Gewicht – und mit völlig verschiedenen Verbrechern.«

Miß Joan Stacey, die ihre Papiere zusammengelegt und weggeräumt hatte, machte sich nun daran, den Aktenschrank zu verschließen. Pater Brown beachtete sie so wenig wie sie ihn und fuhr fort:

»Beide Verbrechen richteten sich gegen dieselbe Schwäche derselben Person, im Kampf um ihr Geld. Der Urheber des großen Verbrechens fand seinen Plan durch das kleinere Verbrechen durchkreuzt; der Urheber des kleinen Verbrechens bekam das Geld.«

»Oh, halten Sie keine Vorlesung«, stöhnte Flambeau, »sagen Sie es mit ein paar Worten.«

»Ich kann es mit einem Wort sagen«, antwortete sein Freund.

Miß Joan Stacey stülpte sich mit sachlich-düsterem Stirnrunzeln ihren sachlich-düsteren Hut auf den Kopf, und während die Unterhaltung weiterging, ergriff sie ohne Hast Handtasche und Schirm und verließ das Zimmer.

»Die Wahrheit liegt in einem einzigen Wort, sogar in einem sehr kurzen«, sagte Pater Brown. »Pauline Stacey war blind.«

»Blind?« wiederholte Flambeau und erhob sich langsam zu voller Höhe.

»Es lag in der Familie. Ihre Schwester wollte eine Brille tragen, aber Pauline erlaubte es nicht; sie hatte nun einmal die besondere Philosophie oder Schrulle, daß man solche Schwächen nicht durch Nachgeben ermutigen dürfe. Sie wollte die Trübung nicht zugeben und versuchte, sie durch ihren Willen zu vertreiben. Durch diese Anstrengung verschlechterten sich ihre Augen immer mehr; doch die größte Anstrengung sollte erst kommen. Sie kam durch diesen unbezahlbaren Propheten, oder wie er sich nennt, der sie lehrte, mit bloßem Auge in die heiße Sonne zu starren. Das hieß: Apoll empfangen. Oh, wären diese Neuheiden wenigstens Altheiden, dann wären sie ein wenig klüger! Die alten Heiden wußten, daß reine, nackte Naturverehrung ihre grausamen Seiten hat, daß das Auge Apolls versengen und blenden kann.«

Nach kurzer Pause fuhr der Priester mit leiser, fast gebrochener Stimme fort: »Ich weiß nicht, ob dieser Teufel sie vorsätzlich blind machte, aber es besteht kein Zweifel, daß er ihre Blindheit benutzte, um sie zu töten. Wie Sie wissen, fuhren die beiden mit diesen selbsttätigen Fahrstühlen; Sie wissen auch, wie sanft und geräuschlos die Fahrstühle dahingleiten. Kalon ließ das Mädchen aussteigen und sah durch die offene Tür, wie sie in ihrer bedächtigen Blindenart das versprochene Testament schrieb. Fröhlich rief er ihr zu, daß er den Fahrstuhl für sie stehenlasse, und sie solle herauskommen, wenn sie fertig sei. Dann drückte er auf den Knopf und glitt lautlos zu seinem eigenen Stockwerk hinauf, trat durch das Büro hinaus auf den Balkon und betete in aller Sicherheit vor der belebten Straße, während das arme Mädchen, als es fertig war, froh hinauslief, wo ihr Liebhaber und der Fahrstuhl auf sie warteten, und stieg –«

»Hören Sie auf!« rief Flambeau.

»Der Druck auf jenen Knopf sollte ihm eine halbe Million einbringen«, fuhr der kleine Pater in dem farblosen Ton fort, mit dem er solche Scheußlichkeiten berichtete; »aber es ging schief. Es mißlang, weil zufällig eine andere Person da war, die ebenfalls das Geld wollte und die ebenfalls das Geheimnis von Paulines Blindheit kannte. Offenbar hat niemand bemerkt, daß mit diesem Testament etwas nicht stimmte: obwohl es unvollendet und ohne Unterschrift war, hatten die andere Miß Stacey und ein Dienstbote es bereits als Zeugen unterschrieben. Mit der typischen weiblichen Mißachtung gesetzlicher Formen hatte Joan es schon vorher unterschrieben und ihrer Schwester erklärt, sie könne es ja später fertig machen. Also wollte Joan, daß ihre Schwester das Testament ohne die Anwesenheit von Zeugen unterschrieb. Warum das? Ich dachte an ihre Blindheit, und plötzlich begriff ich alles: Pauline sollte nur deshalb ohne Zeugen unterschreiben, weil sie überhaupt nicht unterzeichnen sollte.

Leute wie die Staceys benutzen immer Füllfederhalter; aber bei Pauline war es besonders selbstverständlich. Durch Gewohnheit, festen Willen und Gedächtnis konnte sie beinahe so gut wie früher schreiben; aber sie wußte nicht, wann die Tinte zu Ende war. Deshalb wurden ihre Füllfederhalter immer sorgfältig von ihrer Schwester gefüllt – alle mit Ausnahme dieses einen. Diesen füllte Joan vorsorglich nicht; die Tinte reichte gerade noch für ein paar Zeilen und versiegte dann völlig. Und der Prophet verlor fünfhunderttausend Pfund und beging einen der brutalsten und genialsten Morde in der menschlichen Geschichte um nichts.«

Flambeau ging zu der offenen Tür und hörte, wie die Polizeibeamten die Treppe heraufkamen. Er drehte sich um und sagte: »Sie müssen alles teuflisch genau verfolgt haben, um Kalon in zehn Minuten zu entlarven.«

Pater Brown blickte ihn erstaunt an.

»Oh, Kalon«, sagte er. »Nein; ich mußte ziemlich scharf überlegen, bis mir alles über Miß Joan und die Füllfeder klar wurde. Daß Kalon der Verbrecher war, wußte ich schon, bevor ich das Haus betrat.«

»Sie scherzen!« rief Flambeau.

»Nein, es ist mein Ernst«, antwortete der Priester. »Ich sage Ihnen, ich wußte, daß er es getan hatte, bevor ich überhaupt wußte, worum es sich handelte.«

»Aber wieso denn?«

»Diese heidnischen Stoiker«, sagte Brown nachdenklich, »versagen immer durch ihre Stärke. Der Krach und der Schrei waren auf der ganzen Straße zu hören, doch der Priester Apolls bekümmerte sich überhaupt nicht darum. Ich wußte nicht, was geschehen war; aber mir war klar, daß er, was immer es war, darauf gewartet hatte.«

Die Legende
vom zerbrochenen Säbel

Die tausend Arme des Waldes waren grau und seine Millionen Finger silbern. In einem Himmel, der die grünlichblaue Farbe von Schiefer hatte, glänzten die Sterne kalt wie Eissplitter. Die dicht bewaldete, kaum bewohnte Landschaft klirrte von bitterem, hartem Frost. Schwarze Löcher zwischen den Baumstämmen glichen den unergründlichen, finsteren Höhlen der herzlosen skandinavischen Hölle, einer Hölle von unermeßlicher Kälte. Selbst der viereckige, steinerne Kirchturm hatte etwas von nordischem Heidentum an sich, er sah aus wie ein Barbarenturm inmitten des seeumspülten Felsen Islands. Es war eine sonderbare Nacht, um einen Kirchhof zu erforschen. Aber andererseits war er vielleicht eine Untersuchung wert.

Aus dem aschgrauen Waldgelände stieg er steil zu einer Art Höcker oder Schulter grünen Rasens empor, der im Sternenlicht grau wirkte. Die meisten Gräber lagen auf dem Abhang, und der Weg zur Kirche hinauf stieg steil wie eine Treppe an. Das Denkmal, durch das der Ort seine Berühmtheit erlangt hatte, befand sich oben auf dem Hügel, der einzigen flachen, ins Auge fallenden Stelle. Es bildete einen merkwürdigen Gegensatz zu den eintönigen Gräbern ringsum, da es einer der größten Bildhauer des modernen Europa geschaffen hatte; dennoch war sein Ruhm sofort in Vergessenheit geraten durch den Ruhm des Mannes, den es darstellte. Der kleine Silberstift des Sternenlichts zeigte die massive Bronzegestalt eines am Boden liegenden Soldaten, die starken Hände zu ewiger Andacht verschlungen, das dunkle Haupt auf einer Kanone ruhend. Das ehrwürdige Antlitz trug einen Bart, oder genauer gesagt einen Backenbart, nach der altmodischen, schwerfälligen Art des Obersten Newcombe. Die Uniform, obgleich nur mit wenigen Strichen angedeutet, war die des modernen Kriegers. Zu seiner Rechten lag ein Säbel mit abgebrochener Spitze; zu seiner Linken eine Bibel. An heißen Sommernachmittagen kamen Kutschen voll von Amerikanern und gebildeten Kleinbürgern, um das Denkmal zu besichtigen; aber selbst dann empfanden sie das weite Waldgelände mit seiner einzigen, schwermütigen Kuppel, der Kirche und dem Friedhof als einen merkwürdig stummen und vernachlässigten Ort. In diesem Eisesdunkel tiefsten Winters jedoch hätte man meinen sollen, das Denkmal sei mit den Sternen allein gelassen. Dennoch kreischte in der Stille des erstarrten Waldes ein hölzernes Tor, und zwei schwarzgekleidete Gestalten stiegen den schmalen Pfad zu dem Grab empor.

Da beide schwarze Kleidung trugen, konnte man in dem schwachen Sternenlicht nur erkennen, daß der eine Mann ungewöhnlich groß war und der andere neben ihm auffallend klein. Sie stiegen zu dem Grabmal des historischen Kriegers hinauf und starrten es einige Minuten lang an. Im weiten Umkreis befand sich kein menschliches, vielleicht sogar kein lebendes Wesen; und jemand mit krankhafter Phantasie hätte sich leicht fragen können, ob sie selber Menschen seien. Jedenfalls wäre jedem Beobachter der Beginn ihrer Unterhaltung höchst befremdend erschienen. Nach dem ersten Schweigen sagte nämlich der kleinere Mann zu dem andern: »Wo verbirgt der Weise einen Kiesel?«

Und der Große antwortete leise: »Am Strande.«

Der Kleine nickte und sagte, wieder nach kurzem Schweigen: »Wo verbirgt der Weise ein Blatt?«

Und der andere antwortete: »Im Walde.«

Abermals Schweigen. Dann begann der Große wieder: »Meinen Sie, es ist je vorgekommen, daß ein Weiser, der einen echten Diamanten verbergen will, ihn unter falsche legt?«

»Nein, nein«, sagte der Kleine lachend, »wir wollen das Vergangene ruhen lassen.«

Er stampfte ein paarmal mit seinen kalten Füßen auf und ab und sagte dann: »Daran denke ich überhaupt nicht, sondern an etwas anderes; an etwas ganz Besonderes. Zünden Sie doch bitte ein Streichholz an.«

Der Große suchte in seiner Tasche, und bald tauchte ein schwacher Lichtschimmer die flache Seite des Denkmals in Gold. Auf ihr waren in schwarzen Buchstaben die wohlbekannten Worte eingegraben, die so viele Amerikaner voll Ehrfurcht gelesen hatten: »Geweiht dem Andenken des Generals Sir Arthur St. Clare, Held und Märtyrer, der stets seine Feinde besiegte und sie stets verschonte, und der schließlich verräterisch von ihnen gemordet wurde. Möge Gott, auf den er vertraute, ihn belohnen und rächen.«

Das Streichholz verbrannte des großen Mannes Finger, erlosch und fiel zu Boden. Er wollte ein zweites anzünden, doch sein kleiner Gefährte hielt ihn ab. »Schon gut, Flambeau, alter Freund; ich habe gesehen, was ich wollte. Oder vielmehr, ich habe nicht gesehen, was ich nicht sehn wollte. Und nun müssen wir eineinhalb Meilen bis zum nächsten Gasthaus gehen, dort will ich versuchen, Ihnen die ganze Sache zu erklären. Denn weiß Gott, man braucht ein tröstliches Kaminfeuer und ein Bier, wenn man es wagt, eine solche Geschichte zu erzählen.«

Sie stiegen den steilen Pfad hinab, verschlossen das verrostete Schloß und stapften den gefrorenen Waldweg entlang. Schon eine gute Viertelmeile waren sie gegangen, ehe der Kleinere wieder zu sprechen begann. Er sagte: »Ja, der Weise verbirgt einen Kieselstein am Strand. Aber was tut er, wenn er keinen Strand hat? Haben Sie je von der großen St.-Clare-Affäre gehört?«

»Ich weiß gar nichts über englische Generäle, Pater Brown«, antwortete der Große lachend, »nur ein wenig über englische Polizisten. Ich weiß nur, daß Sie mich ein gutes Stück Wegs herumgeschleppt haben zu all den Altären dieses Burschen, wer immer er auch ist. Man könnte annehmen, er liege an sechserlei Plätzen begraben. In der Westminsterabtei habe ich ein Grabmal des Generals St. Clare gesehen; am Themseufer habe ich ein Reiterstandbild des Generals St. Clare gesehen; ich habe ein Medaillonbild des General St. Clare in der Straße, wo er geboren wurde, gesehen; ein zweites in der, wo er lebte; und jetzt schleppen Sie mich noch im Dunkeln zu seinem Sarg auf einem Dorffriedhof.

Langsam habe ich von seiner großartigen Persönlichkeit genug, vor allem, da ich nicht die leiseste Ahnung habe, wer er war. Worauf machen Sie denn Jagd bei all diesen Grabstätten und Denkmälern?«

»Ich suche nur ein einziges Wort«, sagte Pater Brown. »Ein Wort, das nirgends zu finden ist.«

»Nun«, fragte Flambeau, »wollen Sie mir nichts davon erzählen?«

»Ich muß Ihnen zwei Geschichten darüber erzählen«, bemerkte der Priester. »Die erste kennt alle Welt; die zweite nur ich allein. Was alle Welt weiß, ist einfach und klar genug. Und außerdem ist es vollkommen falsch.«

»Sie haben recht«, sagte fröhlich der Große, der Flambeau hieß. »Wir wollen am falschen Ende beginnen. Beginnen wir mit dem, was alle wissen und was nicht wahr ist.«

»Wenn schon nicht gänzlich unwahr, so jedenfalls sehr unvollständig«, fuhr Pater Brown fort; »denn tatsächlich läuft alles, was die Öffentlichkeit weiß, genau auf dies eine hinaus: Es ist allen bekannt, daß Arthur St. Clare ein großer und erfolgreicher englischer General war. Man weiß, daß er nach glänzenden, doch vorsichtigen Feldzügen in Indien und Afrika den Oberbefehl gegen Brasilien erhielt, als der große brasilianische Patriot Olivier sein Ultimatum stellte. Man weiß, daß St. Clare in diesem Kampfe Oliviers stark überlegene Truppen mit sehr geringen Kräften angriff und nach heldenmütigem Widerstand gefangengenommen wurde. Und man weiß, daß St. Clare nach seiner Gefangennahme zum Entsetzen der zivilisierten Welt am nächsten Baum aufgehängt wurde. Nach dem Rückzug der Brasilianer fand man ihn dort baumelnd, mit seinem zerbrochenen Säbel um den Hals.«

»Und diese allgemein verbreitete Geschichte ist unwahr?« fragte Flambeau.

»Nein«, sagte sein Freund ruhig, »so weit sie geht, ist diese Geschichte durchaus wahr.«

»Ich finde, sie geht weit genug!« sagte Flambeau, »aber wenn das, was man sich erzählt, wahr ist, wo liegt dann das Geheimnis?«

Sie kamen an vielen Hunderten grauer, gespenstischer Bäume vorüber, bevor der kleine Priester antwortete. Nachdenklich kaute er an seinen Nägeln und begann: »Nun, es ist ein psychologisches Geheimnis. Oder vielmehr ein doppeltes psychologisches Geheimnis. Bei jenem brasilianischen Vorfall handeln nämlich die beiden berühmtesten Männer der modernen Geschichte völlig gegen ihren sonstigen Charakter. Bedenken Sie, Olivier und St. Clare waren beide Helden – darüber besteht kein Zweifel; es war wie der Kampf zwischen Hektor und Achilles. Was würden Sie aber zu einem Treffen sagen, bei dem sich Achilles furchtsam und Hektor verräterisch benimmt?«

»Erzählen Sie weiter!« sagte der Große ungeduldig, als der andere wieder an seinem Finger kaute.

»Sir Arthur St. Clare war ein Soldat vom alten, frommen Schlage, von jenem Schlage, der uns während des Aufstands rettete«, fuhr Pater Brown fort. »Sein Leben lang war er mehr dafür, seine Pflicht zu erfüllen, als irgendein Risiko einzugehen; und bei allem persönlichen Mut war er bestimmt ein vorsichtiger Befehlshaber, der kein Soldatenleben nutzlos verschwendete. Und doch unternahm er bei dieser letzten Schlacht etwas, dessen Sinnlosigkeit selbst ein Kind einsehen würde. Man braucht kein Stratege zu sein, um die völlige Zwecklosigkeit seiner Aktion zu begreifen; genausowenig wie man ein Stratege sein muß, um einem Omnibus auszuweichen. Das ist also das erste Geheimnis; was ging im Kopf des englischen Generals vor sich? Das zweite Rätsel ist, was ging im Herzen des brasilianischen Generals vor sich? Olivier mag als Präsident ein Phantast oder ein Schädling gewesen sein, aber selbst seine Feinde geben zu, daß er hochherzig wie ein fahrender Ritter war. Nahezu jeder seiner bisherigen Gefangenen war freigelassen, ja oft mit Wohltaten überschüttet worden. Selbst Menschen, die ihm wirkliches Unrecht zugefügt hatten, verließen ihn gerührt von seiner schlichten Hochherzigkeit und Milde. Warum in aller Welt sollte er sich nur einmal in seinem Leben teuflisch rächen? Und gerade für diesen einen Schlag, der ihn gar nicht verletzt haben konnte? So liegt der Fall. Einer der klügsten Männer der Welt handelt ohne Grund wie ein Idiot. Einer der besten Männer der Welt handelt ohne Grund wie ein Schurke. Das ist der langen Rede kurzer Sinn; alles weitere überlasse ich Ihnen, mein Junge.«

»Nein, das tun Sie nicht!« sagte der andere knurrend. »Das ist Ihre Geschichte, und nun werden Sie sie mir, ob Sie wollen oder nicht, erzählen.«

»Gut«, fuhr Pater Brown fort. »Es wäre nicht fair, die öffentliche Meinung so darzustellen, wie ich es getan habe, ohne die beiden Vorfälle zu erwähnen, die inzwischen geschehen sind. Ich kann nicht behaupten, daß sie ein neues Licht verbreiten, denn niemand kann sie verstehen. Sie verbreiten eher eine neue Art von Dunkelheit; sie weisen der Finsternis neue Richtungen. Das erste Geschehnis war dies: Der Hausarzt der St. Clares überwarf sich mit der Familie und begann eine Serie scharfer Artikel zu veröffentlichen, in denen er behauptete, der verstorbene General habe an religiösem Wahnsinn gelitten; aber aus seinen Berichten konnte man höchstens entnehmen, daß der General ein besonders frommer Mann war. Auf alle Fälle hielt sich dies Gerücht nicht lange. Es war seit jeher allgemein bekannt gewesen, daß St. Clares puritanische Frömmigkeit etwas überspannt war. Der zweite Vorfall war wesentlich fesselnder. Bei jenem unglücklichen, auf verlorenem Posten kämpfenden Regiment, das den Überfall am Rio Negro unternahm, befand sich ein gewisser Hauptmann Keith, der damals mit St. Clares Tochter verlobt war und sie später heiratete. Er war einer von denen, die von Olivier gefangengenommen wurden und der offenbar wie alle übrigen, mit Ausnahme des Generals, gut behandelt und nachher freigelassen wurde. Etwa zwanzig Jahre später veröffentlichte dieser Mann, der inzwischen Oberstleutnant geworden war, eine Art Selbstbiographie mit dem Titel ›Ein britischer Offizier in Birma und Brasilien‹. An der Stelle nun, wo der gespannte Leser irgendeine Aufklärung über die geheimnisvolle Katastrophe des

Todes von St. Clare erwartet, finden sich nur die Worte: ›Das ganze Buch hindurch habe ich die Dinge so sachlich und eindeutig erzählt, wie sie tatsächlich geschehen sind, da ich der altmodischen Meinung bin, Englands Ruhm sei festgefügt genug, um keiner Erklärung oder Entschuldigung zu bedürfen. Nur hinsichtlich der Niederlage am Rio Negro werde ich eine Ausnahme machen; meine Gründe hierfür sind zwar privat, aber völlig ehrenhaft und zwingend. Doch um dem Andenken zweier berühmter Männer Gerechtigkeit widerfahren zu lassen, will ich folgendes sagen: General St. Clare ist bei dieser Gelegenheit der Unfähigkeit beschuldigt worden. Ich kann nur bezeugen, daß dies Unternehmen, richtig verstanden, eines der glänzendsten und klügsten seines Lebens war. Dem Präsidenten Olivier wird grausame Ungerechtigkeit vorgeworfen. Ich glaube es der Ehre eines Feindes schuldig zu sein, wenn ich sage, daß er bei dieser Gelegenheit noch mehr als sonst die ihm eigene edle Gesinnung bewies. Um das Ganze verständlicher auszudrücken, kann ich meinen Landsleuten versichern, daß St. Clare keineswegs ein solcher Narr und Olivier keineswegs ein solcher Unmensch war, wie es den Anschein hatte. Mehr habe ich nicht zu sagen; und kein Beweggrund in der Welt wird mich je veranlassen, auch nur ein Wort mehr über den Fall zu sagen.‹«

Wie ein leuchtender Schneeball glänzte jetzt der große frostige Mond durch das Gewirr der Zweige, und in seinem Schein hatte der Erzähler seine Erinnerung an Kapitän Keiths Worte mit Hilfe eines bedruckten Stück Papiers auffrischen können. Als er es zusammengefaltet und in seine Tasche zurückgesteckt hatte, hob Flambeau impulsiv mit einer typisch französischen Bewegung die Hand hoch.

»Warten Sie, warten Sie ein wenig«, rief er aufgeregt. »Ich glaube, ich kann die Lösung sofort erraten!«

Schwer atmend schritt er vorwärts, seinen schwarzen Kopf und den Stiernacken gebeugt, wie ein Mann, der ein Wettgehen gewinnt. Der kleine Priester, belustigt und interessiert, hatte es schwer, neben ihm herzutraben. Gerade vor ihnen traten die

Bäume auf beiden Seiten ein wenig zurück, und der Weg senkte sich in ein klares, mondbeschienenes Tal, bis er wieder wie ein Kaninchen in der Wand eines anderen Waldes verschwand. Der Eingang schien klein und rund wie das schwarze Loch eines Eisenbahntunnels. Aber er war nur noch ein paar hundert Meter entfernt und gähnte sie wie eine Höhle an, ehe Flambeau wieder sprach.

»Ich hab's«, rief er endlich und schlug sich auf die Schenkel. »Nur vier Minuten hab' ich nachgedacht, und schon kann ich Ihnen die ganze Geschichte selbst erzählen.«

»Gut«, stimmte sein Freund zu. »Erzählen Sie.«

Flambeau hob den Kopf und senkte die Stimme.

»General Arthur St. Clare«, begann er, »entstammte einer Familie, in der Wahnsinn erblich war, und sein ganzes Streben ging dahin, dies vor seiner Tochter und möglichst auch vor seinem zukünftigen Schwiegersohn geheimzuhalten. Mit Recht oder mit Unrecht glaubte er, der endgültige Zusammenbruch stehe nahe bevor, und er beschloß, sich umzubringen. Doch ein gewöhnlicher Selbstmord würde das, was er fürchtete, verraten. Mit dem Herannahen des Feldzugs verdichteten sich die Wolken über seinem Geist immer mehr, und in einem Augenblick des Irrsinns opferte er seine militärischen Pflichten seinen persönlichen. Er stürzte sich Hals über Kopf in die Schlacht und hoffte, durch die erste Kugel zu fallen. Als er aber einsah, daß er nur Gefangenschaft und Schande erreicht hatte, barst die in seinem Hirn versiegelte Bombe; er zerbrach seinen Säbel und erhängte sich.«

Fest starrte er auf die graue Waldmauer vor sich, deren einzige schwarze Öffnung dem Zugang zum Grabe glich, das auch am Ende ihres Weges lag. Vielleicht hatte dieser so plötzlich endende Pfad etwas Drohendes, was seine lebhafte Vision der Tragödie noch verstärkte, denn er schauderte.

»Eine entsetzliche Geschichte«, schloß er.

»Eine entsetzliche Geschichte«, wiederholte der Priester mit gesenktem Haupt; »doch nicht die wahre Geschichte.«

Dann warf er in einer Art von Verzweiflung den Kopf zurück und rief: »Oh, ich wünschte, sie wäre wahr gewesen.«

Der große Flambeau wandte sich um und starrte ihn an.

»Ihre Geschichte ist sauber«, rief Pater Brown in tiefer Bewegung. »Eine freundliche, lautere, ehrliche Geschichte, so klar und weiß wie jener Mond. Wahnsinn und Verzweiflung sind etwas Unschuldiges. Es gibt Schlimmeres, Flambeau!«

Flambeau blickte wild zu dem so beschworenen Mond empor, über den sich gerade ein schwarzer Ast wie ein Teufelshorn krümmte.

»Vater – Vater«, rief er mit typisch französischer Geste und schritt noch schneller aus, »meinen Sie, es war schlimmer als das?«

»Schlimmer als das«, kam es wie ein Grabesecho zurück. Und sie verschwanden in dem schwarzen Kreuzgang des Waldes, der sich wie eine finstere Tapete aus Stämmen zu ihren Seiten entlangzog wie der dunkle Korridor aus einem Traum.

Bald waren sie im tiefsten Innern des Waldes und fühlten sich überall von Laubwerk umgeben, das sie nicht sahen, als der Priester wieder zu sprechen begann:

»Wo verbirgt der Weise ein Blatt? Im Walde. Aber was tut er, wenn er keinen Wald hat?«

»Schon gut«, rief Flambeau gereizt, »was tut er?«

»Er läßt einen Wald wachsen«, antwortete der Priester mit dunkler Stimme. »Eine furchtbare Sünde.«

»Hören Sie«, rief sein Freund ungeduldig, denn der dunkle Wald und die dunklen Reden gingen ihm etwas auf die Nerven. »Wollen Sie mir die Geschichte erzählen oder nicht? Was für andere Beweisstücke liegen noch vor?«

»Ich habe drei weitere Indizien gefunden«, sagte Pater Brown, »die ich in Löchern und Winkeln aufgestöbert habe, und ich will sie Ihnen lieber in logischer als in chronologischer Reihenfolge erzählen. Vor allem haben wir als Gewährsmann für den Verlauf und Ausgang der Schlacht natürlich die Meldungen Oliviers, die klar genug sind. Er hatte sich mit zwei oder drei Regimentern auf den Höhen über dem Rio Negro verschanzt, dessen anderes Ufer niedriges Sumpfgelände bildete. Dahinter stieg das Land wieder sanft aufwärts, und dort befand sich ein einziges englisches Regiment als Vorposten, hinter dem, jedoch erstaunlich weit entfernt, die Hauptmacht der Engländer lag. Die gesamten britischen Truppen waren an Zahl weit überlegen; aber dieses eine Regiment stand so weit vor seiner Basis, daß Olivier den Plan erwog, den Fluß zu überschreiten und es abzuschneiden. Bei Sonnenuntergang war er jedoch entschlossen, in seiner eigenen, starken Stellung zu bleiben. Am nächsten Morgen bei Tagesanbruch sah er zu seiner größten Verblüffung, daß diese Handvoll Engländer ohne jede Verbindung mit der Hauptmacht den Fluß überschritten hatte, die eine Hälfte auf einer Brücke zur Rechten und die andere Hälfte durch eine Furt weiter oben, und daß sie sich im Sumpfgelände unter ihm festgesetzt hatten.

Daß sie bei ihrer geringen Zahl und gegen eine solche Stellung einen Angriff wagen sollten, war schon unglaublich genug; doch Olivier bemerkte etwas noch Ungewöhnlicheres. Anstatt zu versuchen, festen Boden zu gewinnen, nachdem sie durch einen so unwahrscheinlichen Vorstoß nun den Fluß im Rücken hatten, verharrte das wahnsinnige Regiment einfach dort im Schlamm wie die Fliegen im Sirup. Selbstverständlich rissen die Brasilianer mit ihrer Artillerie große Lücken hinein, was jene nur mit schwachem Gewehrfeuer erwidern konnten. Doch sie hielten sich; und Oliviers kurzer Bericht schließt voller Bewunderung für die unvorstellbare Tapferkeit dieser Schwachsinnigen. ›Unsere Linien rückten dann endlich vor‹, schreibt Olivier, ›und trieben sie in den Fluß; wir nahmen General St. Clare und einige andere Offiziere gefangen. Der Oberst und der Major waren im Kampf gefallen. Ich kann nicht umhin auszusprechen, daß man in der Geschichte selten etwas Schöneres erblicken konnte als den letzten Widerstand dieses außergewöhnlichen Regiments; verwundete Offiziere ergriffen die Gewehre gefallener Soldaten, und der General selbst stand uns zu Pferde gegenüber, barhäuptig und mit zerbrochenem Säbel.‹ Über das, was dem General später zustieß, schweigt sich Olivier genauso aus wie Hauptmann Keith.«

»Gut«, brummte Flambeau, »gehen wir zum nächsten Gewährsmann über.«

»Den nächsten zu finden«, sagte Pater Brown, »braucht Zeit; um so schneller wird es gehen, davon zu erzählen. Im Armenhaus in Lincolnshire Moor fand ich endlich einen alten Soldaten, der nicht nur am Rio Negro verwundet worden war, sondern unmittelbar neben dem Oberst des Regiments gekniet hatte, als dieser starb. Dies war ein gewisser Oberst Clancy, ein Bulle von Irländer; und er scheint fast ebenso aus Wut wie an den feindlichen Kugeln gestorben zu sein. Jedenfalls war er für diesen lächerlichen Überfall nicht verantwortlich; der General muß ihn dazu gezwungen haben. Seine letzten Worte waren nach der Aussage meines Gewährsmannes: ›Da geht der verdammte alte Esel mit seinem abgehauenen Säbel! Wäre es doch lieber sein Schädel!‹ Sie werden sehen, daß jedermann die Tatsache des zerbrochenen Säbels erwähnt zu haben scheint, allerdings meistens ehrerbietiger als der verstorbene Oberst Clancy. Und nun zum dritten Fragment.«

Der Weg durch den Wald begann anzusteigen, und der Erzähler hielt einen Moment inne, um Atem zu schöpfen, ehe er weiterschritt. Dann fuhr er in dem gleichen nüchternen Tone fort:

»Erst vor ein oder zwei Monaten starb in England ein brasilianischer Beamter, der mit Olivier in Streit geraten war und seine Heimat verlassen hatte, ein Spanier namens Espado, der sowohl hier als auch auf dem Kontinent eine wohlbekannte Erscheinung war. Ich habe ihn auch gekannt; er war ein gelbgesichtiger, alter Weltmann mit einer Hakennase. Aus persönlichen Gründen erhielt ich die Erlaubnis, die von ihm hinterlassenen Dokumente durchzusehen; natürlich war er Katholik, und ich war während seiner letzten Stunde bei ihm. Nichts unter seinen Dokumenten warf neues Licht auf die dunkle St.-Clare-Affäre, außer fünf oder sechs gewöhnlichen Schreibheften mit den Aufzeichnungen eines englischen Soldaten. Vermutlich hatten die Brasilianer sie bei einem der Gefallenen gefunden. Jedenfalls brach das Tagebuch am Vorabend der Schlacht plötzlich ab.

Aber der Bericht über den letzten Tag im Leben dieses armen Burschen war lesenswert. Ich habe ihn bei mir, aber es ist zu dunkel, um ihn hier vorzulesen, und ich will Ihnen kurz den Inhalt erzählen. Der erste Teil der Eintragungen ist voller Scherze, die hauptsächlich einen der Männer, den man den Geier nannte, als Zielscheibe haben. Es sieht nicht so aus, als ob diese fragwürdige Person einer der Ihren gewesen ist; er scheint überhaupt kein Engländer gewesen zu sein, noch wird er ausdrücklich als Feind erwähnt. Er scheint eher ein dort ansässiger Mittelsmann gewesen zu sein, ein Nichtkämpfer, vielleicht ein Mann, der die Wege gut kannte, eine Art Führer oder auch ein Journalist. Oft saß er mit dem alten Oberst Clancy in Beratungen zusammen; aber weit öfter hat man ihn im Gespräch mit dem Major gesehen. In der Tat spielte der Major in der Erzählung des Soldaten eine besondere Rolle; er war ein magerer, dunkelhaariger Mann und hieß Murray, offenbar ein Nordirländer und Puritaner. In dem Tagebuch finden sich immer wieder scherzhafte Bemerkungen über die Strenge des Ulstermannes auf der einen Seite und die joviale Fröhlichkeit des Oberst Clancy auf der andern. Auch einige Witze über den Geier stehen darin, der mit Vorliebe bunte Anzüge trug.

Doch all diese Späße werden sozusagen durch den Ton der Kriegstrompete verscheucht. Hinter dem englischen Lager und fast parallel zum Fluß führte eine der wenigen Hauptstraßen jener Gegend. Nach Westen bog sie zum Fluß ab, über den die bereits erwähnte Brücke geschlagen war. Ostwärts verschwand die Straße in der Wildnis, und in etwa zwei Meilen Entfernung stand hier der nächste englische Vorposten. Aus dieser Richtung kam an jenem Abend das Blitzen und Klirren leichter Kavallerie, an deren Spitze auch der einfache Tagebuchschreiber voll Erstaunen den General samt seinem Stab erkennen konnte. Er ritt den großen Schimmel, den Sie schon oft in Illustrierten und auf Bildern in Ausstellungen gesehen haben; und Sie können sicher sein, daß der Gruß, der ihm zuteil wurde, keine bloße Zeremonie war. Er indessen verschwendete keine Zeit auf Zeremonien. Er sprang sofort aus dem Sattel, trat zu einer Gruppe von Offizieren und begann ein eingehendes, doch vertrauliches Gespräch. Was unserem Freund, dem Tagebuchschreiber, am meisten auffiel, war sein besonderes Verlangen, sich mit Major Murray zu besprechen; dabei wirkte eine solche Bevorzugung, solange sie nicht übertrieben war, keineswegs unnatürlich. Die beiden Männer waren für gegenseitige Sympathien wie geschaffen; beide waren Männer, die ›ihre Bibel lasen‹; beide waren Offiziere vom alten protestantischen Schlag. Wie dem auch sei, es steht fest, daß der General immer noch ernsthaft mit Murray sprach, als er wieder zu Pferde stieg; und als er sein Pferd langsam die Straße zum Fluß hinunterritt, schritt der große Ulstermann noch immer in eifrigem Gespräch neben dem Pferd des Generals einher. Die Soldaten beobachteten die beiden, bis sie hinter einer Baumgruppe verschwanden, dort, wo die Straße sich dem Fluß zuwandte. Der Oberst war zu seinem Zelt zurückgekehrt und die Männer zu ihrer Wache; der Tagebuchschreiber schrieb noch vier Minuten lang weiter und sah dann etwas ganz Erstaunliches.

Der große Schimmel, der langsam die Straße hinabgeschritten war, wie er das schon in vielen Umzügen getan hatte, kam plötzlich im Galopp zurück und eilte ihnen entgegen, als ob er ein Wettrennen gewinnen wollte. Anfangs glaubten sie, er sei mit seinem Reiter durchgegangen; doch bald erkannte man, daß der General, ein ausgezeichneter Reiter, das Pferd selbst zu vollem Galopp anspornte. Roß und Reiter stürmten wie der Wirbelwind auf sie los; dann zügelte der General das taumelnde Pferd und rief flammenden Gesichts nach dem Oberst, mit einer Stimme wie die Posaune des Jüngsten Gerichts.

Ich kann mir vorstellen, daß ein Erdbeben wie diese Katastrophe, die sich überstürzte, den Geist eines Menschen wie unseres Tagebuchschreibers völlig verwirrte. Mit der benommenen Erregung eines Traumes sahen sich die Soldaten in Reih und Glied fallen – buchstäblich fallen – und begriffen, daß sofort über den Fluß hinüber angegriffen werden sollte. Der General und der Major, so hieß es, hätten irgend etwas Bedrohliches an der Brücke festgestellt, und es war gerade noch Zeit, um das nackte Leben zu kämpfen. Der Major war sofort weitergegangen, um die Reserven von der hinteren Straße herbeizuholen; aber es war trotzdem fraglich, ob die Hilfe rechtzeitig eintreffen konnte. Noch in dieser Nacht mußte der Fluß überschritten und im Morgengrauen die Höhen gestürmt werden. Mit dem Wirrwarr und Durcheinander dieses romantischen Nachtmarsches bricht das Tagebuch plötzlich ab.«

Pater Brown war vorangeschritten, denn der Waldweg wurde schmaler, steiler und gewundener, bis sie das Gefühl hatten, eine Wendeltreppe hinaufzusteigen. Die Stimme des Priesters tönte von oben herab aus der Dunkelheit.

»Noch eine geringfügige Ungeheuerlichkeit geschah. Als der General sie zu ihrem ritterlichen Angriff drängte, zog er den Säbel zur Hälfte aus der Scheide; und wie beschämt von solchem Melodrama, stieß er ihn wieder zurück. Sie sehen, immer aufs neue der Säbel.«

Schwaches Licht fiel durch das Gewirr der Zweige und warf ein gespenstisches Schattennetz um ihre Füße; denn sie stiegen nun wieder zu dem blassen Licht der reinen Nacht hinauf. Flambeau fühlte die Wahrheit um sich wie eine Stimmung, aber nicht wie eine Realität. Er antwortete verwirrt: »Was ist denn eigentlich mit dem Säbel los? Offiziere tragen für gewöhnlich einen, oder nicht?«

»In modernen Kriegen werden sie nicht mehr oft erwähnt«, sagte der andere ruhig, »aber in dieser Geschichte stolpert man fortwährend über diesen Säbel.«

»Und was ist schon daran?« brummte Flambeau, »es war ein ganz gewöhnlicher Vorfall; der Säbel des alten Mannes zerbrach in der letzten Schlacht. Man konnte darauf wetten, daß die Zeitungen sich darauf stürzen würden. Das haben sie auch getan, und auf allen Grabmälern und dergleichen ist der Säbel mit seiner abgebrochenen Spitze abgebildet. Ich hoffe, Sie haben mich nicht auf diese Polarexpedition mitgeschleppt, weil zwei Männer mit geschultem Auge St. Clares zerbrochenen Säbel gesehen haben.«

»Nein«, rief Pater Brown mit einer Stimme, die wie ein Pistolenschuß klang; »aber wer sah seinen unzerbrochenen Säbel?«

»Was wollen Sie damit sagen?« rief der andere und blieb im Sternenlicht stehen. Unvermittelt waren sie aus dem grauen Waldestor herausgetreten.

»Ich sagte, wer sah seinen unzerbrochenen Säbel«, wiederholte Pater Brown hartnäckig. »Bestimmt nicht der Tagebuchschreiber; denn der General steckte ihn rechtzeitig in die Scheide.«

Flambeau starrte in das Mondlicht wie ein plötzlich Erblindeter in die Sonne; und sein Freund geriet zum erstenmal in Eifer.

»Flambeau«, rief er, »ich kann es nicht beweisen, obwohl ich all diese Gräber durchjagt habe. Aber ich bin ganz sicher. Lassen Sie mich nur noch eine winzige Tatsache hinzufügen, die der Angelegenheit ein völlig anderes Gesicht gibt. Durch einen merkwürdigen Zufall war der Oberst einer der ersten, der durch eine feindliche Kugel fiel, lange bevor die Truppen aufeinanderstießen. Dennoch sah er, daß St. Clares Säbel zerbrochen war. Weshalb war er zerbrochen? Wie wurde er zerbrochen? Mein Freund, er wurde *vor der Schlacht* zerbrochen.«

»Ach«, sagte sein Freund halb im Scherz, »und wo ist, bitte, das andere Stück?«

»Das kann ich Ihnen sagen«, erwiderte der Priester, ohne zu zögern. »In der Nordostecke des Friedhofs der protestantischen Kathedrale zu Belfast.«

»Wirklich?« forschte der andere. »Haben Sie es gesehen?«

»Ich konnte nicht«, gestand Brown mit offenkundigem Bedauern. »Es steht ein großes Marmormonument darüber; ein Denkmal des heldenhaften Major Murray, der ruhmvoll kämpfend in der berühmten Schlacht am Rio Negro fiel.«

Flambeau war mit einem Schlag wieder hellwach.

»Sie meinen«, rief er mit heiserer Stimme, »General St. Clare haßte Murray und ermordete ihn auf dem Schlachtfeld, weil –«

»Sie sind immer noch voll guter und reiner Gedanken«, sagte Pater Brown. »Es war schlimmer als das.«

»Nun«, gestand Flambeau, »mein Vorrat an teuflischer Phantasie ist erschöpft.«

Der Priester schien wirklich im Zweifel, wo er beginnen sollte, und schließlich fragte er wieder:

»Wo würde ein Weiser ein Blatt verbergen? Im Walde.«

Der andere antwortete nicht.

»Und wenn er keinen Wald hätte, würde er sich einen schaffen. Und wenn er ein welkes Blatt verbergen wollte, würde er sich einen welken Wald schaffen.«

Noch immer kam keine Antwort, und der Priester fügte noch freundlicher hinzu:

»Und wenn ein Mann einen Leichnam verbergen wollte, würde er ein Feld von Leichen schaffen, um ihn dort zu verbergen.«

Flambeau stampfte vorwärts, ungeduldig über die Verschwendung von Zeit und Raum. Doch Pater Brown erzählte ruhig weiter, als vollende er nur den vorangegangenen Satz.

»Sir Arthur St. Clare war, wie ich schon gesagt habe, ein Mann, der seine Bibel las. Daran krankte er. Wann werden die Menschen endlich begreifen, daß es einem Menschen nichts hilft, seine Bibel zu lesen, wenn er nicht auch die der anderen liest? Ein Buchdrucker liest die Bibel der Druckfehler wegen. Ein Mormone liest seine Bibel und findet darin Polygamie; ein Gesundbeter liest sie und findet, daß wir weder Arme noch Beine haben. St. Clare war ein alter anglo-indischer Soldat protestantischen Glaubens. Nun stellen Sie sich einmal vor, was das bedeuten kann; und lassen Sie um Himmels willen jede Scheinheiligkeit beiseite. Es kann einen Mann bedeuten, der körperlich ein wüstes Leben führt, unter tropischem Himmel und in orientalischer Gesellschaft, und der sich ohne Vernunft und Führung an ein orientalisches Buch verliert. Selbstverständlich las er das Alte Testament lieber als das Neue. Und selbstverständlich fand er alles darin, was er wünschte – Wollust, Tyrannei, Verrat. Oh, ich glaube schon, daß er das war, was man ehrbar nennt. Aber was hilft es, wenn ein Mann ehrbar ist im Dienste der Ehrlosigkeit?

In jedem der glühenden und verschwiegenen Länder, in die dieser Mann kam, hielt er sich einen Harem, folterte er Zeugen und häufte er auf schändliche Art Gold an; aber sicherlich hätte er ruhigen Herzens behauptet, er tue das zum Ruhme des Herrn. Meine eigene Theologie begnügt sich mit der Frage: welches Herrn? Jedenfalls öffnet diese Art von Gemeinheit eine Tür nach der anderen zur Hölle und führt dabei in immer kleinere Kammern. Das wahrhaft Schlimme am Verbrechen besteht ja darin, daß ein Mann nicht wilder und grausamer wird, sondern nur gemeiner und niederträchtiger. Bald erstickte St. Clare förmlich in Schwierigkeiten, die von Bestechungen und Erpressungen kamen; und er brauchte immer mehr Geld. Zur Zeit der Schlacht am Rio Negro war er immer tiefer gesunken, bis zu jener Stufe, welche Dante als die allerunterste des Universums schildert.«

»Sie meinen?« fragte sein Freund wieder.

»Die meine ich«, erwiderte der Geistliche und zeigte plötzlich auf eine zugefrorene Pfütze, die im Mondlicht glänzte. »Erinnern Sie sich, wen Dante in den letzten Höllenzirkel des Eises versetzte?«

»Die Verräter«, antwortete schaudernd Flambeau. Während er in der unmenschlichen Baumlandschaft umherblickte, deren Umrisse höhnisch und fast obszön wirkten, konnte er beinahe fühlen, Dante zu sein, und der Priester mit dem erklärenden Fluß seiner Rede war in der Tat ein Vergil, der ihn durch das Land endloser Sünden führte.

Die Stimme fuhr fort: »Wie Sie wissen, war Olivier eine Don-Quixote-Natur, die weder Geheimdienst noch Spione zuließ. Dennoch wurde dies wie so vieles andere hinter seinem Rücken erledigt. Und zwar besorgte mein alter Freund Espado solche Dinge; er war der auffällig gekleidete Geck, dessen Hakennase ihm den Spitznamen ›der Geier‹ eingetragen hatte. Während er den Menschenfreund an der Front spielte, schlängelte er sich durch die englischen Reihen und traf so schließlich auf deren – Gott sei Dank – einzigen korrupten Mann, und das war der Mann an der Spitze. St. Clare brauchte dringend Geld, Berge von Geld. Der fallengelassene Hausarzt drohte mit jenen unvorstellbaren Enthüllungen, die später begannen, aber dann abgebrochen wurden, Geschichten von unerhörten und geradezu prähistorischen Geschehnissen in Park Lane; von Dingen, die ein englischer Protestant getan hatte und die nach Menschenopfern und Horden von Sklaven rochen. Außerdem brauchte er Geld als Mitgift für seine Tochter, da ihm ebensoviel daran lag, für reich gehalten zu werden, wie es wirklich zu sein. Er griff nach dem letzten Strohhalm, verriet sein Land an Brasilien, und Reichtum strömte ihm von den Feinden Englands zu. Aber noch ein anderer hatte mit Espado, dem Geier, gesprochen. Irgendwie war der finstere, grimmige, junge Major aus Ulster dem schrecklichen Verrat auf die Spur gekommen; und als sie langsam zusammen jenen Weg zur Brücke hinabgingen, erklärte Murray dem General, er müsse den Oberbefehl sofort niederlegen oder er würde vor ein Kriegsgericht gestellt und erschossen. Der General hielt ihn hin, bis sie den Saum von Tropenbäumen an der Brücke erreichten, und dort, an dem plätschernden Fluß unter sonnigen Palmen (ich kann das Bild förmlich sehen), zog der General den Säbel und stieß ihn dem Major durch die Brust.«

Die winterliche Straße bog über eine schneidend kalte Höhe, die mit schwarzen Schreckgestalten von Gebüsch und Dickicht bedeckt war; doch dahinter glaubte Flambeau den schwachen Umriß eines Lichtscheins zu sehen, kein Sternen- oder Mondlicht, sondern ein Feuer, wie es die Menschen anzünden. Er beobachtete es, während die Erzählung ihrem Ende zueilte.

»St. Clare war ein Höllenhund, aber er besaß Rasse. Nie, das schwöre ich Ihnen, war er so klar bei Verstand und so tatkräftig wie damals, als der arme Murray kalt und starr zu seinen Füßen lag. Wie Hauptmann Keith ganz richtig sagt, war der große

Mann in keinem seiner Triumphe so groß wie in dieser letzten, weltverachtenden Niederlage. Kühl betrachtete er seine Waffe und wischte das Blut ab; er bemerkte, daß die Spitze, die er seinem Opfer zwischen die Schultern gestoßen hatte, abgebrochen war. Ganz ruhig, als blicke er zum Fenster seines Klubs hinaus, sah er alles, was folgen mußte. Er sah, daß seine Männer diese unerklärliche Leiche finden mußten; daß sie die unerklärliche Säbelspitze herausziehen und den unerklärlichen, zerbrochenen Säbel oder sein Fehlen bemerken mußten. Er hatte wohl den Tod, aber nicht Schweigen herbeigeführt. Doch sein anmaßender Verstand lehnte sich gegen diese Schwierigkeiten auf. Es gab noch einen Weg. Er konnte diese Leiche weniger unerklärlich machen. Er konnte einen Berg von Leichen schaffen, um diese eine zu verdecken. Zwanzig Minuten später marschierten achthundert englische Soldaten in den Tod.«

Die warme Glut hinter dem schwarzen Winterwald wurde stärker und heller, und Flambeau schritt kräftig aus, um sie zu erreichen. Auch Pater Brown beschleunigte seinen Schritt; aber er schien völlig in seine Geschichte versunken zu sein.

»So groß war die Tapferkeit dieses englischen Häufleins und so gewaltig das Genie ihres Anführers, daß sogar der wahnsinnige Vormarsch noch glücklich hätte ausgehen können, wenn sie nur sofort den Hügel angegriffen hätten. Doch der böse Geist, der sie wie Schachfiguren benutzte, hatte andere Ziele und Beweggründe. Sie mußten wenigstens so lange im Sumpf bei der Brücke stehenbleiben, bis britische Leichen dort keinen ungewöhnlichen Anblick mehr boten. Dann kam die letzte großartige Szene: der silberhaarige Soldatenheilige händigte seinen zerbrochenen Säbel aus, um weiteres Blutvergießen zu verhindern. Oh, für ein Stegreifstück war es sehr gut gespielt. Aber ich glaube (beweisen kann ich es nicht), ich glaube, es geschah, während sie dort in dem verdammten Sumpf steckten, daß einer zweifelte – und einer ahnte.« Er schwieg einen Augenblick und fügte dann hinzu:

»Eine Stimme, ich weiß nicht woher sie kommt, sagt mir, der

Mann, der es ahnte, war der Liebende... der Mann, der die Tochter des Alten heiraten sollte.«

»Aber wie steht es mit Olivier und dem Aufhängen?« fragte Flambeau.

»Olivier? Teils aus Ritterlichkeit, teils aus Klugheit beschwerte er seinen Marsch nur selten mit Gefangenen«, erklärte der Priester. »Meistens ließ er alle frei, und so tat er es auch in diesem Fall.«

»Alle außer dem General«, sagte Flambeau.

»Alle«, wiederholte der Priester.

Flambeau runzelte die dunklen Brauen. »Ich verstehe es noch immer nicht ganz«, sagte er.

»Es gibt noch ein anderes Bild«, sagte Pater Brown mit geheimnisvoller Stimme: »Ich kann es nicht beweisen; aber ich kann mehr – ich kann es sehen. Ich sehe, wie morgens ein Lager auf den kahlen, glühenden Hügeln abgebrochen wird und wie brasilianische Uniformen sich in Haufen und Reihen zum Abmarsch bereit machen. Ich sehe Oliviers rotes Hemd, ich sehe seinen langen, schwarzen Bart wehen, während er mit dem breitkrempigen Hut in der Hand dasteht. Er verabschiedet sich von dem großen Feind, den er freigibt – von dem schlichten, weißhaarigen englischen Veteranen, der ihm im Namen seiner Männer dankt. Die überlebenden Engländer stehen in Reih und Glied dahinter; neben ihnen Vorräte und Fahrzeuge für den Rückzug. Die Trommeln wirbeln; die Brasilianer ziehen ab; die Engländer stehen noch wie Statuen. Und so verharren sie, bis der letzte Laut und der letzte Schimmer des Feindes vom Tropenhimmel verschwunden ist. Und nun, plötzlich, ändern alle ihre Haltung, wie Tote, die zum Leben erwachen; ihre fünfzig Gesichter wenden sich dem General zu – Gesichter, die man nicht vergessen kann.«

Flambeau sprang vorwärts. »Oh«, rief er. »Sie meinen doch nicht –«

»Ja«, sagte Pater Brown mit tiefbewegter Stimme. »Es war eine englische Hand, die den Strick um St. Clares Nacken legte; ich glaube, die Hand, die den Ring an den Finger seiner Tochter steckte. Englische Hände zogen ihn auf den Baum der Schande hinauf; die Hände der Männer, die ihn angebetet hatten und ihm zum Sieg gefolgt waren. Und englische Seelen (Gott verzeihe uns und erbarme sich unser aller!) starrten ihn an, wie er unter fremdem Himmel am grünen Galgen einer Palme schaukelte, und beteten in ihrem Haß, er möge direkt zur Hölle fahren.«

Als die beiden den höchsten Punkt des Gipfels erreichten, flammte ihnen durch die roten Vorhänge eines englischen Gasthauses scharlachfarbenes Licht entgegen. Es erhob sich neben der Straße, als ob es in einem Übermaß von Gastlichkeit beiseitegetreten sei. Die drei Türen standen einladend offen; und sie konnten das Stimmengewirr und Gelächter der Menschen hören, die für eine Nacht glücklich waren.

»Mehr brauche ich Ihnen nicht zu erzählen«, schloß Pater Brown. »In der Wildnis verurteilten und richteten sie ihn; und dann schworen sie um der Ehre Englands und seiner Tochter willen einen Eid, die Geschichte vom Lohn des Verräters und dem Säbel des Mörders auf ewig in sich zu versiegeln. Vielleicht – Gott helfe ihnen – versuchten sie auch, sie zu vergessen. Versuchen wir wenigstens, sie zu vergessen! Hier ist unser Gasthaus.«

»Von Herzen gern«, sagte Flambeau und wollte gerade in den hellen, geräuschvollen Raum treten, als er zurückprallte und fast zu Boden fiel.

»Sehen Sie doch, in Teufels Namen!« rief er und wies starr auf das viereckige hölzerne Wirtsschild über der Tür. Es zeigte verschwommen in der Dunkelheit die rohe Zeichnung einer Säbelscheide und einer zerbrochenen Klinge; und in kitschig altertümlicher Schrift die Worte: »Zum zerbrochenen Säbel«.

»Waren Sie nicht darauf vorbereitet?« fragte Pater Brown sanft. »Er ist der Gott dieses Landes; die Hälfte aller Gasthäuser und Parks und Straßen sind nach ihm und seiner Geschichte genannt.« »Ich glaubte, wir wären mit diesem Ungeheuer fertig«, rief Flambeau und spuckte auf die Straße.

»Nie wird man in England mit ihm fertig sein«, sagte der Priester und blickte zu Boden, »solange Metall und Stein bestehen.

Auf Jahrhunderte hinaus werden seine Marmorstatuen die Seelen stolzer, unschuldiger Knaben erheben, aus seiner ländlichen Grabstätte wird der Duft der Treue wie aus Lilien steigen. Millionen, die ihn nie gekannt haben, werden ihn wie einen Vater lieben – diesen Mann, den die wenigen, die ihn kannten, wie Dreck behandelt haben. Er soll ein Heiliger bleiben; und nie soll die Wahrheit über ihn bekannt werden, denn ich bin nun endlich zu einem Entschluß gekommen. Es liegt so viel Gutes und Böses im Enthüllen von Geheimnissen, daß ich mein Verhalten auf die Probe stellen will. All diese Zeitungen werden vergehen; die antibrasilianische Reklame ist schon vorbei; Olivier wird bereits überall geehrt. Wenn aber jemals in den Geschichtsbüchern oder in Metall und Marmor, die unvergänglich wie die Pyramiden sind, Oberst Clancy oder Hauptmann Keith oder Präsident Olivier oder sonst ein Unschuldiger zu Unrecht beschuldigt werden, dann würde ich sprechen. Solange es sich nur darum handelt, daß St. Clare zu Unrecht gerühmt wird, würde ich schweigen. Und das werde ich.«

Sie traten in die Schenke mit den roten Vorhängen, die nicht nur gemütlich, sondern fast elegant eingerichtet war. Auf einem Tisch stand ein silbernes Abbild von St. Clares Grabmal, das Silberhaupt war gebeugt, der silberne Säbel zerbrochen. An den Wänden hingen farbige Photographien des gleichen Schauplatzes und ein Fahrplan der Wagen, mit denen die Touristen hinfahren konnten. Pater Brown und Flambeau setzten sich auf die bequem gepolsterten Bänke.

»Kommen Sie, es ist kalt«, rief Pater Brown; »trinken wir ein Glas Wein oder Bier.«

»Oder Kognak«, sagte Flambeau.

Die drei Todeswerkzeuge

Von Berufs wegen wie aus Überzeugung wußte Pater Brown besser als die meisten von uns, daß jeden Toten eine gewisse Würde umgibt. Doch selbst ihn überkam ein paradoxes Gefühl, als man ihn bei Tagesanbruch herausklopfte und ihm berichtete, daß Sir Aaron Armstrong ermordet worden sei. Es lag etwas Sinnwidriges und Unpassendes in solch heimlicher Gewalttat gegen eine so restlos amüsante und populäre Figur. Denn Sir Aaron war amüsant bis zur Grenze des Komischen und seine Beliebtheit schon fast legendär. Ebensogut konnte Sunny Jim sich erhängt haben oder Mr. Pickwick in Hanwell gestorben sein. Denn obwohl Sir Aaron, als ein überzeugter Philanthrop, sich mit den Schattenseiten unserer Gesellschaftsordnung befaßte, war es sein Stolz, dies auf die fröhlichste Art zu tun. Seine politischen und sozialen Ansprachen waren Sturzbäche von Anekdoten und »lebhafter Heiterkeit«; er barst vor Gesundheit; seine Ethik war reiner Optimismus; und er nahm sich des Trinkerproblems – seines Lieblingsthemas – mit jener unsterblichen, ja eintönig guten Laune an, die so oft den erfolgreichen Abstinenzler kennzeichnet.

Auf den puritanischen Rednertribünen und Kanzeln kannte jeder die alte Geschichte seiner Wandlung: wie es ihn schon als Knaben von der schottischen Theologie zum schottischen Whisky gezogen hatte, wie er beidem entwuchs und zu dem wurde (wie er es bescheiden nannte), was er war. Freilich ließen es sein mächtiger weißer Bart, sein kindliches Gesicht und die glänzende Brille, die bei zahllosen Essen und Kongressen auftauchten, irgendwie kaum glaubhaft erscheinen, daß er je etwas so Krankhaftes war wie ein Schnapstrinker oder Calvinist. Er war, so fühlte man, die ernsteste Frohnatur unter allen Menschenkindern.

Er hatte am ländlichen Rand von Hampstead gelebt, in einem hübschen, hohen, aber schmalen Haus, einer Art von modernem prosaischen Turm. Die schmalste der vier schmalen Seiten lag über der steilen, grünen Böschung einer Eisenbahnlinie und wurde durch vorüberfahrende Züge erschüttert. Sir Aaron Armstrong hatte nämlich, wie er lärmend erklärte, überhaupt keine Nerven. Aber hatte der Zug früher oft das Haus erschüttert, so waren an jenem Morgen die Rollen vertauscht: das Haus erschütterte den Zug.

Die Lokomotive verlangsamte ihr Tempo und blieb genau vor der Stelle stehen, wo eine Ecke des Hauses auf die steile Rasenböschung stieß. Das Anhalten der meisten mechanischen Dinge geht zwangsläufig langsam vor sich; doch die lebende Ursache des Anhaltens hatte sich in diesem Fall sehr rasch bewegt. Ein ganz in Schwarz gekleideter Mann, sogar (wie man sich bis ins erschreckende Detail erinnerte) mit schwarzen Handschuhen, erschien auf der Böschung oberhalb der Lokomotive und schwang seine schwarzen Hände wie Windmühlenflügel. Dies allein hätte kaum auch nur einen langsamen Zug angehalten. Aber er stieß einen Schrei aus, der später als äußerst unnatürlich und ungewöhnlich beschrieben wurde. Es war einer jener Schreie, die entsetzlich deutlich sind, selbst wenn man nicht verstehen kann, was geschrien wird. In diesem Falle war es das Wort »Mord«!

Aber der Lokomotivführer schwört, er hätte genauso angehalten, wenn nur der schreckliche, klare Tonfall und nicht das Wort an sein Ohr gedrungen wäre.

Nachdem der Zug stand, konnte auch der oberflächlichste Blick viele Zeichen der Tragödie erkennen. Der Mann in Schwarz auf dem Grün war Sir Aaron Armstrongs Diener Magnus. Der Baronet hatte in seinem Optimismus oft über die schwarzen Handschuhe dieses düsteren Angestellten gelacht; aber im Augenblick zeigte niemand Lust, über ihn zu lachen.

Sobald ein oder zwei Neugierige die Geleise überschritten hatten und jenseits der rauchigen Hecke waren, sahen sie den Körper eines alten Mannes, der fast bis zum Fuß der Böschung hinabgerollt war: er trug einen gelben Morgenrock mit grellrotem

Futter. Ein Stückchen Strick schien sich um sein Bein verwickelt zu haben, vermutlich bei einem Kampf. Auch ein paar Blutspritzer waren zu sehen, allerdings sehr klein; doch der ganze Körper war in eine Stellung verrenkt oder geknickt, in die ein lebendiges Wesen auf natürliche Art nicht geraten konnte. Es war Sir Aaron Armstrong. Nach einigen Augenblicken allgemeiner Ratlosigkeit kam ein großer Mann mit blondem Bart hinzu, in welchem einige der Reisenden Mr. Patrick Royce erkannten, den Sekretär des Toten, einen Herrn, der einst in Kreisen der Boheme wohlbekannt und in Künsten der Boheme sogar berühmt war. Auf eine unbestimmtere, doch beinahe noch eindringlichere Art spiegelte sich in ihm das Grauen des Dieners wider. Als schließlich die dritte Person jenes Haushalts, Alice Armstrong, die Tochter des Toten, wankend und zitternd in den Garten kam, hatte der Lokomotivführer bereits den Signalpfiff ertönen lassen, und der Zug war davongekeucht, um von der nächsten Station Hilfe zu holen. Daß Pater Brown so schnell hergebeten wurde, geschah auf Bitten von Patrick Royce, dem hünenhaften Sekretär und ausgedienten Bohemien. Royce war von Geburt Irländer und einer jener gelegentlichen Katholiken, die sich ihres Glaubens nur dann erinnern, wenn sie wirklich in einer Klemme stecken. Aber man hätte Royces Ersuchen wohl weniger prompt erfüllt, wenn nicht einer der amtlichen Detektive ein Freund und Bewunderer des nicht amtlichen Flambeau gewesen wäre; und man konnte unmöglich mit Flambeau befreundet sein, ohne zahllose Geschichten über Pater Brown gehört zu haben. Als daher der junge Detektiv, der Merton hieß, den kleinen Priester quer über die Felder zur Eisenbahnstrecke führte, war ihr Gespräch von Anfang an viel vertrauter, als man es bei zwei einander völlig Fremden erwarten konnte.

»Soweit ich sehen kann«, sagte Mr. Merton offen, »gibt das Ganze überhaupt keinen Sinn. Niemanden könnte man ernstlich verdächtigen. Magnus ist ein feierlicher alter Narr, ein viel zu großer Narr, um ein Mörder zu sein. Royce war seit Jahren der beste Freund des Baronets; und die Tochter betete den Ermordeten zweifellos an. Außerdem ist das alles zu albern. Wer würde einen so fröhlichen alten Burschen wie Armstrong töten? Wer könnte seine Hände mit dem Blut eines Tischredners beflecken? Genausogut könnte man den Weihnachtsmann umbringen.«

»Ja, es war ein fröhliches Haus«, sagte Pater Brown zustimmend. »Es war ein fröhliches Haus, solange er lebte. Meinen Sie, es wird fröhlich bleiben, nun, da er tot ist?«

Merton stutzte ein wenig und betrachtete seinen Begleiter mit interessiertem Blick.

»Nun, da er tot ist?« wiederholte er.

»Ja«, fuhr der Priester gleichmütig fort, »*er* war fröhlich. Aber übertrug er seine Fröhlichkeit? War, ehrlich gesagt, außer ihm selbst irgendwer in dem Haus fröhlich?«

Ein Fenster in Mertons Geist ließ jenes seltsam überraschende Licht ein, das uns zum erstenmal Dinge klar zeigt, die wir immer gekannt haben. Er war oft, in kleinen Polizeiangelegenheiten des Philanthropen, bei den Armstrongs gewesen; und nun, bei näherer Beleuchtung, erschien es ihm als ein bedrückendes Haus. Die Zimmer waren sehr hoch und sehr kalt; die Einrichtung durchschnittlich provinziell; das elektrische Licht in den zugigen Korridoren war trüber als Mondlicht. Und obwohl das rote Gesicht und der silberne Bart des alten Mannes abwechselnd jedes Zimmer und jeden Gang wie ein Freudenfeuer erhellt hatten, hinterließ die Glut keine Wärme. Zweifellos war diese erstaunliche Ungemütlichkeit des Hauses zum Teil gerade der Vitalität und Überschwenglichkeit seines Besitzers zuzuschreiben; er brauche weder Öfen noch Lampen, pflegte er zu sagen, weil er seine eigene Wärme mit sich führe. Aber als sich Merton der übrigen Bewohner erinnerte, mußte er zugeben, daß sie nur wie Schatten ihres Herrn wirkten.

Der melancholische Diener mit den gräßlichen schwarzen Handschuhen war beinahe ein Alptraum; Royce, der Sekretär, ein Bulle von Mann, in Tweed gekleidet und mit kurzem Bart, war real genug; aber der strohfarbene Bart war, gleich dem Tweed, auffallend grau gesprenkelt, und die breite Stirn war voll vorzeitiger Falten. Er war auch sicher gutmütig, aber es war eine traurige Art Gutmütigkeit, beinahe eine Gutmütigkeit des gebrochenen Herzens – ja, er sah nach Mißerfolg im Leben aus. Was Armstrongs Tochter anging, so schien es fast unglaublich, daß sie überhaupt seine Tochter war: so blasse Farben und zarte Konturen hatte sie. Sie war anmutig, aber in ihrer Gestalt lag das Zittern einer Espe. Merton hatte sich manchmal gefragt, ob dies Beben vielleicht vom Lärm der vorbeifahrenden Züge herrührte.

»Sie sehen«, sagte Pater Brown bescheiden blinzelnd, »ich bin nicht sicher, daß die Armstrong-Heiterkeit – für andere Leute – so sehr erheiternd ist. Sie sagen, daß niemand einen so glücklichen alten Mann töten könne, aber ich weiß nicht; *ne nos inducas in tentationem.* Wenn ich jemals jemanden ermorden würde«, fügte er ganz schlicht hinzu, »dann wahrscheinlich einen Optimisten.«

»Warum?« rief Merton belustigt. »Sind Sie der Ansicht, die Menschen lieben keine Heiterkeit?«

»Die Menschen lieben ein oft wiederkehrendes Lachen«, antwortete Pater Brown, »aber ich glaube nicht, daß sie ein ständiges Lächeln mögen. Heiterkeit ohne Humor geht sehr auf die Nerven.«

Schweigend gingen sie einen Teil der windigen, grasbewachsenen Eisenbahnböschung entlang, und gerade als sie in den weitreichenden Schatten des hohen Armstrong-Hauses kamen, sagte Pater Brown wie jemand, der einen störenden Gedanken eher wegwirft als ihn ernsthaft äußert: »Natürlich ist Trinken an sich weder gut noch schlecht. Aber manchmal kann ich nicht umhin zu fühlen, daß Männer wie Armstrong ab und zu ein Glas Wein brauchen, um traurig zu werden.«

Mertons offizieller Vorgesetzter, ein grauhaariger, fähiger Mann namens Gilder, stand auf der grünen Böschung und wartete auf den Leichenbeschauer. Er unterhielt sich gerade mit Patrick Royce, der sich mit breiten Schultern und gesträubtem Bart und Haar über ihm auftürmte. Das war um so auffallender, als Royce sonst immer nach vorne gebückt zu gehen pflegte und seine geringen schriftlichen und häuslichen Pflichten in einer schwerfälligen und demütigen Art zu verrichten schien, gleich einem Büffel, der einen Kinderwagen zieht. Beim Anblick des Priesters hob er mit sichtlicher Freude das Haupt und zog ihn ein paar Schritte beiseite. Inzwischen redete Merton den älteren Detektiv zwar höchst respektvoll, doch nicht ohne eine gewisse knabenhafte Ungeduld an. »Nun, Mr. Gilder, sind Sie mit dem Geheimnis um ein großes Stück weitergekommen?«

»Es gibt kein Geheimnis«, erwiderte Gilder und blickte mit verträumten Augen ins Weite.

»Für mich jedenfalls ist es eines«, sagte Merton lächelnd.

»Die Sache ist ganz einfach, mein Junge«, bemerkte der Vorgesetzte und strich seinen grauen Spitzbart. »Drei Minuten, nachdem Sie zu Mr. Royces Pfarrer gegangen waren, kam alles heraus. Sie erinnern sich an jenen schwarzbehandschuhten Diener mit dem Teiggesicht, der den Zug anhielt?«

»Ich werde mich immer an ihn erinnern. Irgendwie brachte er mir das Gruseln bei.«

»Nun«, sagte Gilder träge, »als der Zug wieder weg war, war auch der Mann weg. Ein kaltblütiger Verbrecher, meinen Sie nicht auch? Mit demselben Zug zu entfliehen, von dem aus nach der Polizei gerufen wird?«

»Sie sind also ziemlich sicher«, bemerkte der junge Mann, »daß er wirklich seinen Herrn umgebracht hat?«

»Ja, mein Sohn; ich bin ziemlich sicher«, erwiderte Gilder trocken; »und zwar aus dem unwichtigen Grund, daß er mit 20 000 Pfund in Banknoten durchgegangen ist, die im Schreibtisch seines Herrn lagen. Nein; die einzig nennenswerte Schwierigkeit ist herauszufinden, wie er ihn tötete. Der Schädel scheint mit einem schweren Gegenstand zertrümmert zu sein, aber es liegt nirgends eine Waffe herum, und sicher wäre es unhandlich für den Mörder, sie mitzunehmen, außer sie war zu klein, um bemerkt zu werden.«

»Vielleicht war die Waffe zu groß, um bemerkt zu werden«, sagte der Priester mit einem seltsamen, weisen Kichern.

Bei dieser phantastischen Bemerkung wandte Gilder sich um und fragte Brown ziemlich streng, was er meine.

»Dumme Art, es auszudrücken, ich weiß«, sagte Pater Brown entschuldigend. »Klingt wie ein Märchen. Aber der arme Armstrong wurde von der Keule eines Riesen getötet, einer großen, grünen Keule, zu groß, um gesehen zu werden, einer Keule, die wir die Erde nennen. Er wurde gegen diese grüne Böschung geschlagen, auf der wir stehen.«

»Was wollen Sie damit sagen?« fragte der Detektiv rasch.

Pater Brown wandte sein Mondgesicht der schmalen Fassade des Hauses zu und blinzelte armselig nach oben. Die andern folgten seinen Blicken und sahen, daß an der äußersten Spitze der sonst blinden Rückwand des Hauses ein Dachstubenfenster offenstand.

»Sehen Sie nicht«, erklärte er, indem er ein bißchen ungeschickt wie ein Kind hinzeigte, »daß er von dort heruntergeworfen wurde?«

Gilder prüfte stirnrunzelnd das Fenster und sagte dann: »Zugegeben, das wäre durchaus möglich. Aber ich verstehe nicht, wie Sie dessen so sicher sein können.«

Brown riß seine grauen Augen weit auf. »Nun«, sagte er, »am Bein des Toten hängt doch ein Stück Strick. Sehen Sie nicht jenes andere Ende Strick, das sich an der Ecke des Fensters verfangen hat?«

In jener Höhe sah das Ding wie ein ganz winziges Staubkorn oder Härchen aus, aber der kluge, alte Detektiv war überzeugt.

»Sie haben ganz recht, Sir«, sagte er zu Pater Brown, »diesmal waren Sie uns zweifellos eine Nasenlänge voraus.«

Noch während er sprach, nahm ein Sonderzug mit nur einem Wagen die Geleiskurve zu ihrer Linken und entlud beim Halten eine weitere Gruppe Polizisten, in deren Mitte das Armesündergesicht von Magnus, dem entflohenen Diener, erschien.

»Bei Gott! Sie haben ihn«, rief Gilder und lief mit neu erwachter Munterkeit der Gruppe entgegen.

»Haben Sie das Geld?« rief er dem ersten Polizisten zu.

Der Mann sah ihn mit recht seltsamem Ausdruck an und sagte: »Nein.« Dann fügte er hinzu: »Wenigstens nicht hier.«

»Welches ist der Inspektor, bitte?« fragte der Mann, der Magnus hieß.

Als er sprach, wurde jedem sofort verständlich, daß seine Stimme allein einen Zug hätte anhalten können. Er war ein langweilig aussehender Mann mit angeklatschtem schwarzem Haar, farblosem Gesicht und einem leicht östlichen Einschlag in den waagrechten Schlitzen von Augen und Mund. Seine Abstammung und sein Name waren schon damals unbestimmt, als Sir Aaron ihn von einer Kellnerstelle in einem Londoner Restaurant »gerettet« hatte und (wie manche sagten) vor schändlicheren Dingen. Doch so tot sein Gesicht war, so lebendig war seine Stimme. Ob infolge der Exaktheit einer fremden Sprache oder aus Rücksicht auf seinen Herrn (der etwas taub gewesen), jedenfalls waren Magnus' Laute von besonders klingender und durchdringender Beschaffenheit, und die ganze Gruppe zuckte förmlich zusammen, als er zu sprechen begann.

»Ich habe immer gewußt, daß es so kommen wird«, sagte er laut mit unverschämter Gelassenheit. »Mein armer alter Herr machte sich lustig, weil ich Schwarz trug; aber ich sagte immer, ich möchte nicht unvorbereitet sein für sein Begräbnis.«

Er bekräftigte seine Worte mit einer knappen Geste der schwarzumhüllten Hände.

»Sergeant«, rief Inspektor Gilder und blickte wütend auf die dunklen Finger, »wollen Sie dem Burschen keine Armbänder anlegen? Er sieht ziemlich gefährlich aus.«

»Well, Sir«, erwiderte der Sergeant wieder mit dem seltsam ratlosen Blick von vorher, »ich weiß nicht, ob wir das dürfen.«

»Wieso?« fragte der andere scharf. »Haben Sie ihn nicht verhaftet?«

Ein leichtes, verächtliches Lächeln spielte um den geschlitzten Mund, und der Pfiff eines nahenden Zuges klang wie spöttischer Widerhall.

»Wir nahmen ihn fest«, erwiderte der Sergeant gewichtig«, als er gerade aus der Polizeistation in Highgate kam, wo er das ganze Geld seines Herrn bei Inspektor Robinson hinterlegt hatte.«

Gilder sah den Diener mit äußerstem Erstaunen an. »Warum in aller Welt haben Sie das getan?« fragte er Magnus.

»Sehr einfach, um es vor dem Verbrecher zu sichern«, antwortete der andere ruhig.

»Sir Aarons Geld«, sagte Gilder, »dürfte doch wohl bei Sir Aarons Familie sicher genug sein.«

Der Schluß seines Satzes erstickte im Getöse des Zuges, der rüttelnd und rasselnd anfuhr; aber durch all den Höllenlärm, dem jenes Unglückshaus von Zeit zu Zeit ausgesetzt war, konnten sie jede Silbe von Magnus Antwort in ihrer glockengleichen Klarheit hören:

»Ich habe keine Veranlassung, Sir Aarons Familie zu trauen.«

Plötzlich hatten die bewegungslos dastehenden Männer das unheimliche Gefühl der Gegenwart einer neuen Person; und Merton war kaum überrascht, als er aufsah und über Pater Browns Schulter hinweg das bleiche Gesicht von Armstrongs Tochter erblickte. Sie sah jung und schön aus wie ein Silberkunstwerk, doch ihr Haar war von so staubigem, farblosem Braun, daß es irgendwie schon völlig ergraut schien.

»Seien Sie vorsichtig mit Ihren Worten«, bemerkte Royce barsch, »Sie werden Miß Armstrong erschrecken.«

»Das hoffe ich«, sagte der Mann mit der klaren Stimme.

Als die Frau zu aller Erstaunen zusammenzuckte, fuhr er fort:

»Ich bin an Miß Armstrongs Zittern einigermaßen gewöhnt. Ich habe sie seit Jahren immer wieder zittern sehen. Einige glaubten, sie bebe vor Kälte, andere, sie bebe vor Furcht; aber ich weiß, sie zitterte vor Haß und gottlosem Zorn – besessen von Teufeln, die heute morgen ihr Fest gefeiert haben. Sie wäre inzwischen mit ihrem Liebhaber und all dem Geld auf und davon gegangen, wäre ich nicht gewesen. Immer schon, seit mein armer alter Herr sie hinderte, diesen betrunkenen Lumpen zu heiraten –«

»Halt!« sagte Gilder sehr entschieden; »Ihre phantastischen

Verdächtigungen der Familie gehen uns nichts an. Wenn Sie keinen handgreiflichen Beweis haben, sind Ihre bloßen Ansichten —«

»Oh! Ich werde Ihnen handgreifliche Beweise liefern«, fiel ihm Magnus mit seinem trockenen Tonfall ins Wort. »Sie werden mich vorladen müssen, Herr Inspektor, und ich werde unter Eid die Wahrheit sagen. Die Wahrheit aber ist dies: Sofort, nachdem der alte Mann blutend aus dem Fenster geworfen wurde, lief ich in die Dachstube und fand seine Tochter ohnmächtig am Boden, einen Dolch in der Hand. Gestatten Sie mir, dies ebenfalls der zuständigen Behörde zu überreichen.«

Damit nahm er aus seiner hinteren Rocktasche ein langes, rotbeflecktes Messer mit Horngriff und überreichte es höflich dem Sergeanten. Dann trat er wieder zurück, und seine Schlitzaugen verschwanden fast völlig in einem breiten, chinesischen Grinsen. Merton wurde bei diesem Anblick fast übel, und er flüsterte Gilbert zu:

»Sicher werden Sie doch Miß Armstrongs Wort dem seinen vorziehen?«

Pater Brown hob plötzlich den Kopf, und sein Gesicht sah so unwahrscheinlich frisch aus, als hätte er es eben gewaschen.

»Ja«, sagte er voll strahlender Unschuld, »aber steht Miß Armstrongs Wort überhaupt gegen das seine?«

Das Mädchen stieß einen seltsam erschreckten, kurzen Schrei aus. Alle sahen sie an. Ihr Körper war starr, als wäre er gelähmt; nur das von mattbraunem Haar umrahmte Gesicht war lebendig vor furchtbarem Erstaunen. Sie stand da wie mit einem Lasso gefangen und gewürgt.

»Dieser Mann«, sagte Gilder ernst, »behauptet, daß Sie nach dem Mord bewußtlos gefunden wurden — mit einem Messer in der Hand.«

»Er spricht die Wahrheit«, erwiderte Alice.

Das nächste, dessen sie sich bewußt wurden, war, daß Royce mit seinem großen, gebeugten Kopf in ihrem Kreis auftauchte und die sonderbaren Worte murmelte:

»Nun, wenn ich schon mit muß, will ich vorher noch ein biß-chen Spaß haben.«

Seine breiten Schultern hoben sich, seine Eisenfaust fuhr in Magnus' grinsendes Mongolengesicht und warf ihn flach wie einen Seestern auf den Rasen. Zwei oder drei Polizisten packten Royce auf der Stelle; den anderen aber war, als hätte die Welt allen Verstand verloren und sich in ein sinnloses Narrenspiel verwandelt.

»Lassen Sie das, Mr. Royce«, hatte Gilder gebieterisch gerufen. »Ich werde Sie wegen Körperverletzung festnehmen.«

»Das werden Sie nicht«, erwiderte der Sekretär, und seine Stimme glich einem stählernen Gong. »Sie werden mich wegen Mordes festnehmen.«

Gilder warf einen unruhigen Blick auf den zu Boden geschlagenen Mann, aber da dieser bereits aufrecht saß und sich von dem kaum verletzten Gesicht ein bißchen Blut abwischte, sagte er nur kurz: »Was soll das heißen?«

»Es stimmt, was dieser Kerl behauptet«, erklärte Royce. »Miß Armstrong wurde mit einem Messer in der Hand ohnmächtig. Aber sie hatte das Messer nicht ergriffen, um ihren Vater anzugreifen, sondern um ihn zu verteidigen.«

»Ihn zu verteidigen«, wiederholte Gilder ernst. »Gegen wen?«

»Gegen mich«, antwortete der Sekretär.

Alice sah ihn erstaunt und bestürzt an; dann sagte sie mit leiser Stimme:

»Trotz allem bin ich froh, daß Sie so tapfer sind.«

»Kommen Sie mit hinauf«, sagte Royce mit schwerer Zunge, »und ich werde Ihnen die ganze verdammte Geschichte erklären.«

Die Dachstube, der Privatraum des Sekretärs (und für einen so umfangreichen Eremiten eine etwas kleine Zelle), zeigte in der Tat alle Spuren eines heftigen Dramas. Mitten auf dem Boden lag ein großer Revolver; eine offene, aber noch nicht ganz leere Whiskyflasche war weiter nach links gerollt. Die Decke des kleinen Tisches war herabgezerrt und zertrampelt, und ein Stück

Schnur, wie jenes an der Leiche, war quer über das Fensterbrett geworfen. Zwei Vasen lagen zerbrochen auf dem Kaminsims und eine auf dem Teppich.

»Ich war betrunken«, sagte Royce. Und dies schlichte Bekenntnis des frühzeitig zerstörten Mannes wirkte irgendwie rührend wie die erste Sünde eines Babys.

»Sie alle wissen über mich Bescheid«, fuhr er mit heiserer Stimme fort. »Jeder weiß, wie meine Geschichte anfing, und so mag sie meinetwegen auch enden. Einst hatte ich den Ruf eines begabten Mannes, und ich hätte auch ein glücklicher werden können; Armstrong rettete die Reste meines Geistes und Körpers aus den Kneipen und war auf seine Art immer nett zu mir, der arme Kerl! Nur wollte er mich Alice nicht heiraten lassen, und immer wird es heißen: mit Recht. Nun, Sie können Ihre eigenen Schlüsse ziehen und werden keine Einzelheiten von mir verlangen. Dort in der Ecke liegt meine halbleere Whiskyflasche, hier auf dem Teppich mein völlig geleerter Revolver. Der Strick, den man bei dem Toten fand, gehörte zu meinem Koffer, und der Leichnam wurde aus meinem Fenster geworfen. Sie brauchen keine Detektive, um meine Tragödie ans Licht zu bringen; sie ist in dieser Welt der schwachen Seelen recht gewöhnlich. Ich liefere mich selbst an den Galgen; und, bei Gott, das genügt.«

Auf ein entsprechend diskretes Zeichen umstellten Polizisten den kräftigen Mann, um ihn abzuführen; aber ihre Diskretion wurde beträchtlich durch das seltsame Gehaben Pater Browns gestört, der auf Händen und Knien auf dem Teppich lag, wie in eine Art erniedrigendes Gebet vertieft. Da ihm seine soziale Würde äußerst gleichgültig war, verharrte er in dieser Haltung. Er wandte der Gesellschaft nur sein strahlendes, rundes Gesicht zu und bot so den Anblick eines Vierfüßlers mit höchst drolligem Menschenkopf.

»Hören Sie«, erklärte er freundlich, »so geht das wirklich nicht. Zuerst sagten Sie, wir hätten keine Waffe gefunden. Jetzt aber finden wir zu viele: das Messer zum Stechen, den Strick zum Erdrosseln und die Pistole zum Schießen; und dabei hat er sich das Genick bei einem Sturz aus dem Fenster gebrochen. Das geht nicht. Es ist unökonomisch.«

Und er schüttelte unten am Boden den Kopf wie ein weidendes Pferd.

Inspektor Gilder hatte den Mund zu einer ernsten Rede geöffnet, aber ehe er sprechen konnte, fuhr die groteske Gestalt am Boden geschwätzig fort:

»Und nun drei völlig unmögliche Dinge: Erstens diese Löcher im Teppich, wo sechs Kugeln eingedrungen sind. Warum in aller Welt sollte jemand auf einen Teppich schießen? Ein Betrunkener drückt auf den Kopf seines Feindes ab, der ihn angrinst. Er fängt keinen Streit mit seinen Füßen an oder belagert seine Pantoffel. Und dann der Strick –«

Nachdem Pater Brown mit dem Teppich fertig war, erhob er jetzt die Hände und steckte sie in die Taschen, kniete aber weiter ganz unbefangen auf dem Boden.

»– in welchem auch nur denkbaren Rausch würde jemand versuchen, einem anderen einen Strick um den Hals zu legen, und ihn dann um sein Bein binden? So betrunken war Royce bestimmt nicht, sonst schliefe er jetzt noch wie ein Klotz. Und dann, das Klarste von allem, die Whiskyflasche, um sie dann, nachdem er sein Ziel erreicht hat, in die Ecke zu rollen, eine Hälfte zu verschütten und die andere drin zu lassen? Das ist das allerletzte, was ein Alkoholiker täte.«

Er stand unbeholfen auf und sagte zu dem geständigen Mörder im Tone tiefster Zerknirschung:

»Es tut mir schrecklich leid, mein Lieber, aber Ihre Geschichte ist reiner Unsinn.«

»Sir«, sagte Alice Armstrong leise zu dem Priester, »kann ich Sie einen Augenblick allein sprechen?«

Diese Bitte trieb den geschwätzigen Geistlichen auf den Flur hinaus, doch bevor er im nächsten Zimmer weiterreden konnte, sagte das Mädchen schon mit seltsamer Bestimmtheit:

»Sie sind ein kluger Mann, und ich weiß, Sie versuchen Patrick zu retten. Aber es ist aussichtslos. Je tiefer Sie dieser furchtbaren

Sache auf den Grund gehen, um so mehr Belastendes werden Sie gegen den Unglücklichen entdecken, den ich liebe.«

»Warum?« fragte Pater Brown und sah sie fest an.

»Weil«, antwortete sie ebenso bestimmt, »ich selbst ihn das Verbrechen begehen sah.«

»Ah!« sagte Pater Brown ruhig, »und was tat er?«

»Ich befand mich im Zimmer nebenan«, erzählte sie; »beide Türen waren geschlossen, aber plötzlich hörte ich eine Stimme brüllen, wie ich nie zuvor eine gehört habe: ›Hölle! Hölle! Hölle!‹ immer und immer wieder – und dann erbebten die beiden Türen vom ersten Revolverschuß. Noch dreimal krachte es, bevor ich beide Türen offen hatte. Das Zimmer war voller Rauch, und er kam von der Pistole meines armen, wahnsinnigen Patrick; ich sah ihn mit eigenen Augen die letzte mörderische Salve abfeuern. Dann sprang er auf meinen Vater los, der sich entsetzt ans Fensterbrett klammerte, warf ihm einen Strick über den Kopf und versuchte ihn zu erwürgen; doch die Schnur glitt während des Ringens seinen Körper hinab und wickelte sich um sein Bein. Dann schleifte ihn Patrick wie ein Irrer im Zimmer herum. Ich ergriff ein Messer vom Teppich, warf mich zwischen die beiden und konnte den Strick gerade noch zerschneiden, ehe ich ohnmächtig wurde.«

»Ich verstehe«, sagte Pater Brown mit der gleichen steifen Höflichkeit. »Danke.«

Und während das Mädchen unter der Last ihrer Erinnerungen zusammenbrach, ging der Priester ruhigen Schrittes ins Nebenzimmer, wo er jetzt nur Gilder und Merton bei Patrick Royce fand, der mit gefesselten Händen auf einem Stuhl saß. Pater Brown wandte sich bescheiden an den Inspektor:

»Dürfte ich in Ihrem Beisein ein Wort an den Gefangenen richten? Und darf er eine Minute diese komischen Manschetten ablegen?«

»Er ist ein sehr kräftiger Mann«, sagte Merton mit gedämpfter Stimme. »Warum möchten Sie, daß er sie ablegt?«

»Nun, ich dachte«, erwiderte der Priester demütig, »ich

dürfte vielleicht die besondere Ehre haben, ihm die Hand zu drücken.«

Beide Detektive starrten ihn an, und Pater Brown fügte hinzu: »Wollen Sie ihnen nicht alles erzählen, Sir?«

Der Mann auf dem Stuhl schüttelte den zerzausten Kopf, und der Priester wandte sich ungeduldig ab.

»Dann werde ich es tun«, sagte er. »Das Privatleben des einzelnen ist wichtiger als öffentliches Ansehen. Ich werde die Lebenden behüten und die Toten ihre Toten begraben lassen.«

Er trat an das verhängnisvolle Fenster und blickte hinaus, während er weitersprach.

»Ich sagte Ihnen, daß es bei diesem Fall zu viele Waffen und nur einen Toten gab. Jetzt sage ich Ihnen: Es gab überhaupt keine Waffen – sie wurden nicht zum Töten verwendet. – All diese schrecklichen Werkzeuge, die Schlinge, das blutbefleckte Messer, der Revolver, waren Werkzeuge einer seltsamen Barmherzigkeit. Sie dienten nicht dazu, Sir Aaron zu ermorden, sondern ihn zu retten.«

»Ihn zu retten!« rief Gilder. »Wovor?«

»Vor sich selbst«, sagte Pater Brown. »Er war ein Irrer, von Selbstmordgedanken besessen.«

»Was?« rief Merton ungläubig. »Und die Religion der Heiterkeit?«

»Ist eine grausame Religion«, sagte der Priester und sah aus dem Fenster. »Weshalb konnte man ihn nicht ein wenig weinen lassen, wie es seine Vorfahren taten? Seine Pläne erstarrten, seine großen Ideen erkalteten; hinter jener fröhlichen Maske verbarg sich das leergebrannte Gehirn des Atheisten. Um wenigstens den äußeren Schein aufrechtzuerhalten, verfiel er schließlich wieder dem Schnaps, den er einst aufgegeben hatte. Aber für den einsamen Abstinenzler ist Alkoholismus ein Schreckgespenst: Jene psychologische Hölle, vor der er andere gewarnt hat, malt er sich aus und erwartet sie. Es hat den armen Armstrong nur allzu früh gepackt, und heute morgen war er in einem solchen Zustand, daß er dasaß und schrie, er sei in der Hölle, mit so irrer Stimme, daß seine Tochter sie nicht erkannte. Er verlangte um jeden Preis nach dem Tode, und mit der Affenschlauheit des Irren hatte er den Tod in den verschiedensten Formen um sich verstreut – einen Strick, den Revolver seines Freundes und ein Messer. Royce kam zufällig herein und griff auf der Stelle ein. Er warf das Messer hinter sich auf den Teppich, nahm den Revolver, und da er keine Zeit hatte, ihn anders zu entladen, gab er Schuß um Schuß auf den Fußboden ab. Der Selbstmörder entdeckte eine vierte Todesmöglichkeit und sprang zum Fenster. Der Retter tat das einzig Mögliche – und lief ihm mit dem Strick nach und versuchte, ihm Hände und Füße zu fesseln. Da stürzte das unselige Mädchen herein und bemühte sich in völliger Verkennung der Sachlage, ihren Vater zu befreien. Zuerst ritzte sie nur die Hände des armen Patrick, und daher kommt das bißchen Blut in dieser kleinen Geschichte. Sie haben natürlich bemerkt, daß es zwar Blutspuren im Gesicht jenes Dieners hinterließ, aber keine Wunde? Und kurz bevor die arme Frau ohnmächtig wurde, schnitt sie ihren Vater los, so daß er krachend durch jenes Fenster in die Ewigkeit sauste.«

Ein langes Schweigen trat ein, nur unterbrochen durch das metallene Klirren der Handschellen, die Gilder Patrick Royce abnahm. Dann sagte er:

»Sie hätten lieber die Wahrheit enthüllen sollen, Sir. Sie und die junge Dame sind mehr wert als alle Nachrufe für Armstrong.«

»Zum Teufel mit Armstrongs Nachrufen!« rief Royce rauh. »Begreifen Sie nicht, daß ich schwieg, weil sie es nicht erfahren darf?«

»Was nicht erfahren darf?« fragte Merton.

»Daß sie ihren Vater getötet hat, Sie Narr!« brüllte der andere. »Ohne ihr Dazwischentreten wäre er jetzt noch am Leben! Sie würde den Verstand verlieren, wenn sie es wüßte!«

»Nein, das glaube ich nicht«, bemerkte Pater Brown und griff nach seinem Hut. »Ich wäre dafür, ihr alles zu erzählen. Selbst die blutigsten Irrtümer vergiften das Leben nicht so wie Sünden;

jedenfalls könnten Sie jetzt beide glücklicher werden. Entschuldigen Sie, ich muß zur Taubstummenschule zurück.«

Als er auf den vom Wind umwehten Rasen hinaustrat, hielt ihn ein Bekannter aus Highgate an und sagte:

»Der Leichenbeschauer ist da; die Untersuchung dieses interessanten Falles wird gleich anfangen.«

»Ich muß zur Taubstummenschule zurück«, sagte Pater Brown. »Leider kann ich der Untersuchung nicht beiwohnen.«

Die Weisheit
des Pater Brown

Für Lucian Oldershaw

Die Abwesenheit des Mr. Glass

Die Konsultationsräume von Dr. Orion Hood, dem überragenden Kriminologen und Spezialisten für gewisse moralische Gebrechen, zogen sich an der Seeseite von Scarborough entlang hinter einer Reihe sehr großer und heller französischer Fenster, welche die Nordsee als eine endlose Außenmauer aus blaugrünem Marmor erscheinen ließen. An einem solchen Ort hat die See etwas von der Eintönigkeit eines blaugrünen, umlaufenden Paneels, waren doch auch die Zimmer ihrerseits von einer durchgehenden und schrecklichen Regelmäßigkeit beherrscht, nicht unähnlich der schrecklichen Regelmäßigkeit des Meeres. Man darf daraus nicht schließen, daß es Dr. Hoods Räumlichkeiten an Luxus oder vielleicht sogar an Poesie mangelte. Das alles war da und war an seinem Ort; aber man merkte, daß nichts davon jemals an einem anderen als an seinem Ort geduldet würde.

Es gab Luxus: Auf einem eigenen Tischchen standen acht oder zehn Kästchen mit feinsten Zigarren, doch waren sie nach einem Plan angeordnet, daß jeweils die stärksten am nächsten zur Wand und die mildesten am nächsten zum Fenster liegen mußten. Ein Ständer mit drei Sorten von Spirituosen, alles selbstverständlich vorzügliche Marken, befand sich stets auf diesem Luxustisch, aber phantasievolle und böse Zungen behaupteten, daß sich der Pegelstand beim Whisky, beim Kognak und beim Rum niemals veränderte. Es gab auch Poesie: Die linke Zimmerecke war mit einer ebenso vollständigen Sammlung der englischen Klassiker tapeziert, wie sie die rechte Ecke an englischen und ausländischen Physiologen vorzuweisen hatte, sobald man aber einen Band Chaucer oder Shelley aus dieser Sammlung herausnahm, irritierte einen sein Fehlen wie eine Lücke zwischen den Schneidezähnen eines Bekannten. Man konnte nicht sagen, daß die Bücher nie gelesen wurden; wahrscheinlich wurden sie es sogar, aber der Eindruck blieb, als wären sie an ihrem Platz festgekettet wie die Bibeln in alten Kirchen. Dr. Hood behandelte seine privaten Bücherregale wie eine öffentliche Bibliothek. Und da diese strikte wissenschaftliche Unantastbarkeit selbst vor den Regalen mit Lyrik und Balladen und vor den mit Getränken und Tabak beladenen Tischen nicht haltmachte, versteht es sich von selbst, daß ein noch größeres Maß an solch heidnischer Heiligkeit die anderen Regale beschützte, welche die Bibliothek des Spezialisten trugen, und auch die anderen Tische, welche die zerbrechlichen und fast hexenhaften Instrumente eines chemischen und mechanischen Laboratoriums beherbergten.

Dr. Orion Hood durchschritt seine Zimmerflucht, begrenzt – wie es in der Sprache der Schulgeographie heißt – im Osten durch die Nordsee und im Westen durch die gedrängten Reihen seiner soziologischen und kriminologischen Bibliothek. Er war in Künstlersamt gehüllt, doch ohne die Nachlässigkeit eines Künstlers, sein Haar war stark mit Grau durchsetzt, doch wuchs es dicht und gesund; sein Gesicht war mager, doch sanguinisch und zukunftsfroh. Alles an ihm wie an seinem Zimmer deutete auf etwas zugleich Festes und Ruheloses wie die große Nordsee, an der er (aus bloßen Prinzipien der Hygiene) sein Haus errichtete.

Das Schicksal stieß in spaßhafter Laune unversehens die Tür auf und führte jemanden in diese langgestreckten, gesetzten und von der See flankierten Räume, der vielleicht den verwirrendsten Gegensatz zu ihnen und zu ihrem Herrn und Meister darstellte. Als Antwort auf ein kurzes, doch höfliches Klopfen öffnete sich die Tür nach innen, und herein ins Zimmer stolperte eine unförmige kleine Gestalt, die ihren eigenen Hut und Regenschirm so unbezwingbar zu finden schien, wie einen ganzen Berg von Gepäck. Der Schirm war ein schwarzes, verschlissenes und lange über jede Reparatur hinausgewachsenes Bündel, der Hut war ein breitkrempiger, schwarzer Kopfputz von kirchlichem, aber in England nicht gebräuchlichem Schnitt, der Mann schließlich war die wahre Inkarnation aller Einfalt und Hilflosigkeit.

Der Doktor betrachtete seinen Besucher mit gedämpftem Erstaunen, wie er es wohl gezeigt hätte, wäre irgendein großes, aber offensichtlich harmloses Seeungeheuer unversehens in sein Zimmer gekrochen. Der Besucher sah den Doktor mit jenem strahlenden, doch atemlosen Wohlwollen an, wie es eine fette Putzfrau auszeichnet, wenn sie es eben noch geschafft hat, sich in einen Omnibus hineinzustopfen: Eine vielfältige Mischung aus sozialer Selbstbefriedigung und körperlicher Unordnung. Sein Hut fiel zu Boden, sein schwerer Schirm schlüpfte ihm polternd zwischen die Knie; er griff nach dem einen und tauchte nach dem anderen, gleichzeitig aber sagte er mit unvermindert anhaltendem Lächeln:

»Mein Name ist Brown. Bitte, verzeihen Sie! Ich komme wegen dieser Sache mit den MacNabs. Ich habe gehört, Sie helfen oft Leuten aus solchen Schwierigkeiten. Verzeihen Sie bitte, wenn ich mich irre!«

Hier war er durch einige Verrenkungen seines Hutes wieder habhaft geworden und machte nun eine sonderbar knappe und ruckartige Beugung über ihn hinweg, als sei damit alles befriedigend in Ordnung gebracht.

»Ich verstehe Sie nicht ganz«, erwiderte der große Gelehrte mit kühler Förmlichkeit in seinem Benehmen. »Ich fürchte, Sie haben die Zimmer verwechselt. Ich bin Dr. Hood, und meine Tätigkeit ist beinahe ausschließlich literarischer oder erzieherischer Natur. So ist es richtig, daß mich die Polizei gelegentlich konsultiert in Fällen von ganz besonderer Schwierigkeit und Bedeutung, aber –«

»Oh, das ist ein Fall von allergrößter Bedeutung«, unterbrach ihn der kleine Mann namens Brown. »Sehen Sie, ihre Mutter will die Verlobung nicht zulassen.« Und er lehnte sich in seinen Stuhl zurück, ganz strahlende Vernunft.

Dr. Hoods Brauen waren dunkel zusammengezogen, aber die Augen darunter glänzten von etwas, was ebensogut Ärger oder Belustigung sein mochte.

»Und doch«, sagte er, »verstehe ich immer noch nicht ganz.«

»Sie müssen wissen, die beiden wollen heiraten«, sagte der

Mann mit dem Klerikerhut. »Maggie MacNab und der junge Todhunter wollen *heiraten*. Nun, was kann wichtiger und bedeutender sein als so etwas?«

Seine wissenschaftlichen Triumphe hatten den großen Orion Hood vieler Dinge beraubt – manche sagen: seiner Gesundheit, andere meinen: seines Gottes; aber sie hatten ihn nicht völlig um seinen Sinn für das Absurde gebracht. Bei dem letzten Argument des einfältigen Priesters machte sich ein verstohlenes Lachen aus seinem Innersten frei, und er warf sich in einen Lehnstuhl mit der ironisch karikierten Haltung eines Arztes bei einer Konsultation.

»Mr. Brown«, sagte er ganz ernsthaft, »es ist nunmehr genau vierzehn Jahre und ein halbes her, daß ich zuletzt in einem persönlichen Problem um meinen persönlichen Rat gebeten wurde. Damals ging es um den Versuch, den französischen Präsidenten während eines Banketts beim Lord Mayor zu vergiften. Heute geht es, wenn ich Sie richtig verstehe, um die Frage, ob eine Freundin von Ihnen, die Maggie heißt, die geeignete Braut für einen Ihrer Freunde namens Todhunter ist. Nun, Mr. Brown, ich bin ein Sportsmann, ich übernehme die Sache. Ich will der Familie MacNab meinen Beistand gewähren, so gut wie damals der Französischen Republik und dem König von England – nein, besser noch: Vierzehn und ein halbes Jahr besser. Ich habe heute nichts anderes vor. Erzählen Sie mir Ihre Geschichte!«

Der kleine Geistliche namens Brown dankte ihm mit unbestreitbarer Wärme, aber immer noch mit einer sonderbaren Art von Einfältigkeit. Es wirkte eher so, als dankte er einem Fremden in einem Rauchsalon für die Mühe, ihm die Streichhölzer gegeben zu haben, statt daß er doch gewissermaßen (wie es der Fall war) dem Direktor von Kew Garden dafür dankte, daß er mit ihm aufs Feld hinausging, um ein vierblättriges Kleeblatt zu finden. Mit kaum einem Beistrich hinter seinen herzlichen Dankesbezeugungen begann der kleine Mann seinen Bericht.

»Ich sagte Ihnen, mein Name sei Brown; so ist es in der Tat, und ich bin Pfarrer in der kleinen katholischen Kirche, die Sie gewiß schon gesehen haben, hinter den abgelegenen Wegen, wo die

Stadt im Norden aufhört. An dem hintersten, abgelegensten dieser Wege, der wie ein Damm am Meer entlang läuft, lebt ein sehr ehrenwertes, aber ziemlich irritierbares Mitglied meiner Gemeinde, eine Witwe mit dem Namen MacNab. Sie hat eine Tochter und vermietet Zimmer; und zwischen ihr und ihrer Tochter und zwischen ihr und ihren Mietern... nun, es läßt sich ohne Zweifel für beide Seiten eine Menge sagen. Gegenwärtig hat sie nur einen Mieter, den jungen Mann, der Todhunter heißt; er hat aber mehr Unruhe gestiftet als alle früheren Mieter zusammen, denn er möchte die Tochter des Hauses heiraten.«

»Und die Tochter des Hauses?« fragte Dr. Hood mit großem und stillem Vergnügen. »Was will denn die?«

»Ja, sie will ihn heiraten«, rief Pater Brown und setzte sich eifrig aufrecht. »Das gerade ist ja die fürchterliche Komplikation.«

»Fürwahr, ein gräßliches Rätsel«, bemerkte Dr. Hood.

»Der junge James Todhunter«, fuhr der Geistliche fort, »ist ein recht manierlicher Mann, soweit ich weiß; aber es weiß eben niemand sehr viel über ihn. Er ist ein vergnüglicher, braunhaariger, kleiner Kerl, flink wie ein Affe, glattrasiert wie ein Schauspieler und zuvorkommend wie ein geborener Reiseleiter. Er scheint die Taschen voller Geld zu haben, aber niemand weiß, was für einen Beruf er hat. Mrs. MacNab ist deshalb (da sie einen Hang zum Pessimismus hat) der festen Überzeugung, daß es etwas Schreckliches sein muß und höchstwahrscheinlich mit Dynamit zusammenhängt. Das Dynamit muß von besonders scheuer und lautloser Beschaffenheit sein, denn der arme Kerl schließt sich jeden Tag für ein paar Stunden ein und studiert irgend etwas hinter verschlossener Tür. Er versichert, seine Heimlichkeit sei nur kurzfristig und voll gerechtfertigt, und überdies verspricht er, alles noch vor der Hochzeit zu erklären. Das ist alles, was irgend jemand mit Bestimmtheit weiß; freilich erzählt eine Mrs. MacNab eine Menge darüber hinaus, mehr als sie selbst für ihre Person sich sicher sein kann. Sie wissen ja, wie an einem solchen Ort der Unkenntnis die Geschichten wie Gras aus der Erde wachsen. Da gibt es Geschichten von zwei Stimmen, die man im Zimmer gehört hat, obwohl man, wenn die Tür aufgeht, Todhunter immer allein vorgefunden hat. Da gibt es Geschichten von einem mysteriösen großen Mann mit einem Zylinder, der einmal aus dem Seenebel und anscheinend aus der See selbst aufgetaucht sei, der leise durch die Dünen und den kleinen Hintergarten im Zwielicht geschritten sei, bis man ihn durch das offene Fenster mit dem Mieter sprechen gehört habe. Das Gespräch habe mit einem Streit geendet. Jedenfalls habe Todhunter das Fenster mit großer Heftigkeit zugeschlagen, woraufhin der Mann mit dem Zylinder sich wieder in Seenebel aufgelöst habe. Diese Geschichte wird von der Familie mit den abenteuerlichsten Zügen versehen, ich glaube aber, Mrs. MacNab zieht ihre ursprüngliche Fassung vor, daß nämlich der große Unbekannte, oder was immer es sein mag, jede Nacht aus der großen Kiste in der Zimmerecke hervorkriecht, die den ganzen Tag über verschlossen bleibt. Sie sehen daraus, wie diese verschlossene Tür zu Todhunters Zimmer als die Pforte zu allen Wundern und Monstrositäten aus Tausendundeine Nacht behandelt wird. Auf der anderen Seite haben wir den kleinen Kerl in seinem achtbaren schwarzen Rock, so pünktlich und unschuldig wie eine Standuhr. Er bezahlt seine Miete auf die Minute genau; er ist praktisch ein Abstinenzler; er ist unermüdlich nett zu den jüngeren Kindern und kann sie einen ganzen Tag lang unterhalten und – schließlich und vor allem – er hat sich ebenso bei der ältesten Tochter beliebt gemacht, die morgen mit ihm zum Altar gehen will.«

Ein Mann, der sich einmal leidenschaftlich auf irgendwelche weitgespannten Theorien eingelassen hat, besitzt stets das Bedürfnis, sie auch auf den trivialsten Gegenstand anzuwenden. So ließ sich auch der große Spezialist, nachdem er sich einmal zu der Einfalt des Priesters herabgelassen hatte, sehr ausgiebig herab. Er setzte sich bequem in seinem Lehnstuhl zurecht und begann im Tonfall eines etwas geistesabwesenden Dozenten zu sprechen:

»Auch bei einem winzigen Vorfall empfiehlt es sich, erst einen

Blick auf die Haupttendenzen der Natur zu werfen. Eine ganze bestimmte Blume braucht zu Anfang des Winters nicht tot zu sein, aber *die* Blumen sterben; ein ganz bestimmter Kieselstein ist vielleicht nie von der Flut benetzt worden, aber die Flut kommt immer an den Strand. Für das wissenschaftlich geschulte Auge ist die ganze Geschichte der Menschheit eine Serie von kollektiven Bewegungen, Zerstörungen und Wanderungen wie das Fliegensterben etwa im Winter oder die Wiederkehr der Zugvögel im Frühling. Nun, die Grundtatsache aller Geschichte ist die Rasse. Rasse erzeugt Religion; Rasse erzeugt legale und ethische Kriege. Dafür gibt es kein schlagenderes Beispiel als jenen wilden, weltfremden und aussterbenden Stamm, den wir für gewöhnlich die Kelten nennen und von dem Ihre Freunde, die MacNabs, Musterexemplare darstellen. Klein, dunkelhäutig und von diesem spezifisch träumerischen und unsteten Blut, akzeptieren sie leicht jede abergläubische Erklärung irgendeines Vorfalls, genauso wie Sie immer noch (Sie verzeihen mir, wenn ich das sage) jene abergläubische Erklärung aller Vorfälle akzeptieren, die Sie und Ihre Kirche repräsentieren. Es ist gar nicht verwunderlich, daß solche Leute, mit der raunenden See im Rücken und der (Sie verzeihen) Kirchenglocken dröhnenden Kirche vor ihnen, phantastische Züge in etwas hineinlegen, was vielleicht nur ganz einfache, natürliche Vorgänge sind. Sie, mit Ihren nur engen Verpflichtungen in der Gemeinde, sehen nur die besondere, einmalige Mrs. MacNab, die von dieser besonderen, einmaligen Geschichte mit den zwei Stimmen und dem großen Mann aus dem Meer geängstigt wird. Aber der Mann mit einer wissenschaftlichen Vorstellungskraft sieht notwendig den ganzen, über die weite Welt verstreuten Clan der MacNabs, die letztlich in ihrem Durchschnitt sich so wenig unterscheiden wie irgendeine Vogelart. Er sieht Tausende von Mrs. MacNabs in Tausenden von Häusern, wie sie ihren kleinen Tropfen Morbidität in die Teetassen ihrer Bekannten fallen lassen; er sieht...«

Ehe noch der Gelehrte seinen Satz schließen konnte, kam von draußen ein zweites und diesmal viel dringenderes Klopfen; je-

mand mit raschelndem Rock wurde eilig den Korridor entlang-
gebracht, und die Tür öffnete sich vor einem jungen Mädchen,
anständig und sauber gekleidet, aber in Unordnung und feuerrot
vor Hast. Sie hatte vom Seewind zerzauste, blonde Haare und
wäre vollkommen schön gewesen, wären ihre Backenknochen
nicht, nach Art der Schotten, in Form und Farbe ein wenig zu
sehr hervorgetreten. Ihre Entschuldigung war beinahe so kurz
angebunden wie ein Befehl:

»Es tut mir leid, daß ich Sie unterbrechen muß, Sir«, sagte sie.
»Aber ich mußte Pater Brown gleich nachlaufen; es geht jetzt um
Leben und Tod.«

Pater Brown kam mit einiger Verwirrung auf seine Beine.
»Warum, was ist denn passiert, Maggie?« fragte er.

»James ist ermordet worden, jedenfalls nach allem, was ich
ausmachen konnte«, antwortete das Mädchen, immer noch außer Atem vom schnellen Laufen. »Dieser Mann namens Glass
war wieder bei ihm; ich hörte sie ganz deutlich durch die Tür
miteinander reden. Zwei verschiedene Stimmen; denn James
spricht tief und heiser, die andere Stimme dagegen war hoch und
zitterig.«

»Dieser Mann namens Glass?« wiederholte der Geistliche mit
einiger Verblüffung.

»Ich weiß, daß er Glass heißt«, antwortete das Mädchen in
voller Ungeduld, »ich hörte es durch die Tür. Sie haben gestritten
– um Geld, glaube ich –, denn ich hörte, wie James immer wieder
sagte: ›Das ist richtig, Mr. Glass‹, oder ›nein, Mr. Glass‹, und
dann wieder: ›Zwei und drei, Mr. Glass‹. Aber wir reden zu
lange, Sie müssen sofort mitkommen, vielleicht reicht uns die
Zeit noch.«

»Aber Zeit wozu?« fragte Dr. Hood, der die ganze Zeit die
junge Dame mit offensichtlichem Interesse beobachtet hatte.
»Was hat es mit Mr. Glass und seinen Geldschwierigkeiten auf
sich, daß uns solche Eile aufgezwungen wird?«

»Ich habe versucht, die Tür aufzubrechen, und es war um-
sonst«, antwortete das Mädchen kurz angebunden. »Dann lief

ich in den rückwärtigen Hof und schaffte es, auf das Fenstersims hochzuklettern, von dem aus man in das Zimmer sehen kann. Das Zimmer war ganz dunkel und schien leer zu sein. Aber ich schwöre, daß ich James in einer Ecke habe liegen sehen, zusammengebogen, als wäre er betäubt oder erwürgt worden.«

»Das ist sehr ernst«, sagte Pater Brown, fischte seinen wandernden Hut und seinen Schirm zusammen und stand auf. »Übrigens habe ich Ihren Fall eben diesem Herrn vorgetragen, und seine Meinung…«

»…hat sich sehr verändert«, sagte der Gelehrte in ernstem Ton. »Ich glaube, die junge Dame ist nicht so keltisch wie ich angenommen habe. Da ich nichts anderes vorhabe, will ich rasch meinen Hut aufsetzen, und dann mit Ihnen in die Stadt hinunterlaufen.«

Wenige Minuten später näherten sich die drei zusammen dem öden Ende von Mrs. MacNabs Straße; das Mädchen mit dem strengen und atemlos entschlossenen Schritt der Bergbewohner, der Kriminologe mit einer lässigen Eleganz (die nicht einer gewissen leopardenähnlichen Geschmeidigkeit entbehrte) und der Priester mit einem energischen Trab ohne jede erkennbare Besonderheiten. Der Anblick dieses Stadtviertels rechtfertigte so ziemlich des Doktors dunkle Hinweise über das Wechselverhältnis von trostlosen Stimmungen und Umgebungen. Die verstreuten Häuser lagen, immer weiter voneinander entfernt, in einer löcherigen Reihe an der Küste hingestreckt, der Nachmittag verkroch sich in einer vorschnellen und halb gespenstigen Dämmerung; die See lag in einem tintigen Purpur da und raunte vielsagend. In dem zerzausten Hintergarten der MacNabs, der zu den Dünen hinunterlief, reckten sich zwei schwarze, kahle Bäume wie Geisterarme in Verwunderung empor, und als dann noch Mrs. MacNab die Straße mit mageren und ähnlich ausgebreiteten Armen hinablief, um sie zu empfangen, ihr verzerrtes Gesicht ganz im Schatten, da wirkte sie selber wie ein kleines Gespenst. Der Doktor und der Priester gaben kaum Antwort auf ihre schrillen Wiederholungen der Geschichte, die ihre Tochter bereits erzählt hatte, obwohl sie verwirrende Details auf eigene Rechnung hinzufügte, verbunden mit Racheschwüren gegen Mr. Glass, weil er Mr. Todhunter ermordet hatte, und gegen Mr. Todhunter, weil er sich von ihm hatte ermorden lassen, oder auch gegen Mr. Todhunter im besonderen, weil er es gewagt hatte, ihre Tochter heiraten zu wollen, und andererseits nicht lange genug gelebt hatte, um es zu tun. Sie zwängten sich durch die engen Gänge auf der Vorderseite des Hauses, bis sie zu einer hinten gelegenen Tür des Mieters kamen, und dann drückte Dr. Hood, mit dem Trick eines alterfahrenen Detektivs, mit seiner Schulter gegen die Täfelung und sprengte die Tür auf.

Sie gab die Szene einer stummen Katastrophe frei; niemand, der sie auch nur für einen Augenblick gesehen hatte, konnte daran zweifeln, daß das Zimmer der Schauplatz einer heftigen Auseinandersetzung zwischen zwei, vielleicht auch mehreren Personen gewesen war. Spielkarten lagen verstreut auf dem Tisch herum oder waren quer über diesen geflogen, so als sei ein Kartenspiel jäh unterbrochen worden. Zwei Weingläser standen, zum Einschenken bereit, auf einem Beistelltisch, ein drittes lag zerschmettert in einem Stern von Glassplittern auf dem Teppich. Wenige Fuß davon entfernt, lag etwas, das aussah wie ein langes Messer oder wie ein kurzer Degen, gerade, doch mit einem reich verzierten und bemalten Griff; seine matt glänzende Klinge fing nur eben noch einen Schimmer aus dem trüben Fenster auf, durch das man die schwarzen Bäume gegen den bleiernen Meeresspiegel gewahren konnte. In die entgegengesetzte Zimmerecke war ein vornehm aussehender Zylinderhut gerollt, als habe man ihn gerade jemandem vom Kopf geschlagen. Dieser Eindruck war in der Tat so zwingend, daß man ihn beinahe noch rollen sah. Und in der Ecke dahinter, hingeworfen wie ein Sack Kartoffeln und mit Stricken zusammengeschnürt wie ein Reisekorb auf der Eisenbahn, lag Mr. James Todhunter mit einem verknoteten Schal um den Mund und sieben oder acht Schlingen rund um seine Ellbogen und Handgelenke. Seine braunen Augen freilich waren hellwach und sahen lebhaft umher.

Dr. Orion Hood verharrte einen Augenblick an der Schwelle und saugte diese ganze Szenerie stummer Gewalttätigkeit in sich auf. Dann eilte er über den Teppich hinweg, hob den großen Zylinderhut auf und setzte ihn gravitätisch auf den Kopf des noch immer gefesselten Todhunters. Der Hut war so eindeutig zu groß für ihn, daß er ihm fast bis auf die Schultern rutschte.

»Mr. Glass' Hut«, sagte der Doktor und nahm den Hut mit zurück und untersuchte seine Innenseite mit einer Taschenlinse. »Wie läßt sich die Abwesenheit von Mr. Glass und die Anwesenheit von Mr. Glass' Hut erklären? Denn Mr. Glass ist, was seine Kleidung betrifft, kein achtloser Mann. Der Hut hier ist von modischer Form und sorgfältig gebürstet und poliert, wenn er schon nicht mehr ganz neu ist. Ein alter Dandy, so möchte ich meinen.«

»Aber, um Gottes willen!« rief Miß MacNab aus, »wollen Sie denn nicht den Mann vorher losbinden?«

»Ich sage mit voller Absicht ›alt‹, obschon nicht mit Gewißheit«, fuhr der Doktor dozierend fort, »denn meine Begründung könnte etwas weit hergeholt scheinen. Das Haar beim Menschen fällt in sehr unterschiedlicher Stärke aus, doch fällt fast stets ein wenig Haar aus, und mit dem Vergrößerungsglas müßte ich die winzigen Härchen in einem noch kürzlich getragenen Hut erkennen können. Es sind keine zu erkennen, das führt mich zu meiner Vermutung, daß Mr. Glass kahlköpfig ist. Verbindet man diese Beobachtung nun mit der hochgezogenen und weinerlichen Stimme, die Miß MacNab so lebhaft beschrieben hat (Geduld, mein liebes Kind, Geduld!), verbindet man den haarlosen Kopf mit der Tonlage, die einem senilen Ärger eigentümlich ist, so dürfen wir daraus, meine ich, auf ein gewisses fortgerücktes Alter schließen. Dessen ungeachtet war der Mann möglicherweise sehr kräftig, und er war, beinahe mit Sicherheit, groß. Ich könnte mich bis zu einem gewissen Grad auf die Geschichte von seinen früheren Erscheinungen am Fenster stützen – als die Erscheinungen eines großen Mannes im Zylinder, ich glaube aber, ein viel sichereres Indiz dafür zu besitzen. Dieses Weinglas ist durch das ganze Zimmer geworfen worden, einer der Splitter liegt jedoch auf der hohen Konsole neben dem Kamin. Niemals hätte ein solcher Splitter hierher fallen können, wäre das Gefäß von der Hand eines so verhältnismäßig kleinen Mannes geschleudert worden, wie es Mr. Todhunter ist.«

»Nebenbei«, sagte Pater Brown, »könnten wir nicht ebensogut Mr. Todhunter losbinden?«

»Unsere Informationen, die wir aus dem Trinkgefäß ableiten können, sind hier noch nicht zu Ende«, fuhr der Spezialist fort. »Ich will gleich sagen, daß der Mann namens Glass ebensogut durch Ausschweifungen wie durch das Alter kahl und nervös geworden sein kann. Mr. Todhunter, wie schon bemerkt wurde, ist ein ruhiger und sparsamer Mann, insbesondere ein Abstinenzler. Diese Spielkarten und Weingläser sind kein Teil seiner normalen Lebensgewohnheiten; sie sind für einen besonderen Gast hergerichtet. Wir können, wie die Dinge einmal stehen, sogar noch weitergehen. Mr. Todhunter mag oder mag nicht diese Weingläser besitzen, es gibt aber überhaupt keine Anzeichen dafür, daß er selber Wein besitzt. Was sollte also in diese Gläser gefüllt werden? Spontan würde ich annehmen: Irgendein Kognak oder Whisky, vermutlich eine bessere Marke, aus einem Taschenflakon des Mr. Glass. So haben wir doch etwas über das Portrait des Mannes oder zumindest seines Typs vor uns: Groß, ältlich, elegant, aber schon etwas verbraucht, mit Sicherheit ein Freund des Spiels und der starken Getränke. Mr. Glass ist ein Gentleman, wie er in den Randgebieten unserer Gesellschaft nicht unbekannt ist.« »Wenn Sie mich jetzt«, rief das Mädchen, »nicht gleich zu ihm lassen, um ihm die Fesseln abzunehmen, laufe ich hinaus und rufe nach der Polizei.«

»Ich würde gerade *Ihnen* nicht raten, Miß MacNab«, sagte Dr. Hood ernst, »es mit der Polizei so eilig zu haben. Pater Brown, ich bitte Sie mit allem Nachdruck, Ihre Gemeinde zu besänftigen, um ihretwillen, nicht um meinetwillen. Nun, wir wissen jetzt einiges über die Person und den Charakter des Mr. Glass. Was sind dagegen die Hauptfakten, die wir über Mr. Todhunter kennen? Es sind im wesentlichen drei: Er ist sparsam und er ist mehr oder weniger vermögend, und er hat ein Geheimnis. Das sind ganz offensichtlich die drei Hauptmerkmale eines an sich gutartigen Mannes, der erpreßt wird. Und sicher ist es ebenso offensichtlich, daß die verwaschene Eleganz, die liederlichen Gepflogenheiten und die schrille Reizbarkeit des Mr. Glass die unmißverständlichen Abzeichen jener Art von Geschöpfen ist, die ihn erpressen würde. Wir haben die beiden typischen Kontrahenten einer Schweigegeldtragödie: auf der einen Seite den ehrenwerten Mann mit einem Geheimnis, auf der anderen den Westendgeier mit einer Spürnase für solche Geheimnisse. Diese Männer haben sich heute hier getroffen und miteinander gestritten, wobei sie Prügel austauschten und eine blanke Waffe benutzten.«

»Wollen Sie jetzt endlich die Stricke wegnehmen?« fragte das Mädchen bockig.

Dr. Hood stellte den Zylinder sorgfältig auf den Beistelltisch zurück und ging hinüber zu dem Gefangenen. Er untersuchte ihn gründlich, bewegte ihn etwas, ja drehte ihn halb an den Schultern herum, aber er antwortete lediglich:

»Nein, ich glaube, die Stricke können bleiben, bis Ihre Freunde von der Polizei die Handschellen bringen.«

Pater Brown, der teilnahmslos auf den Teppich gestarrt hatte, drehte sein rundes Gesicht herum und sagte:

»Was meinen Sie damit?«

Der Mann der Wissenschaft hatte den seltsamen, dolchähnlichen Degen vom Teppich aufgehoben und untersuchte ihn gründlich, während er antwortete:

»Da Sie Mr. Todhunter gefesselt vorfinden«, sagte er, »kommen Sie vorschnell zu dem Schluß, daß Mr. Glass ihn gefesselt habe und daß er dann, so vermute ich, geflohen sei. Dagegen sprechen vier Einwände. Erstens, warum sollte ein so auf seine Kleidung achtender Herr wie unser Freund Glass diesen Hut zurücklassen, wenn er doch aus freien Stücken gegangen ist? Zweitens«, fuhr er fort und ging zum Fenster, »ist das der einzige Ausgang, und der ist von innen verschlossen. Drittens, die Klinge hier hat an der Spitze eine winzige Blutspur, aber an Mr. Todhunter ist keine Wunde. Mr. Glass trug die Wunde, lebend oder sterbend, mit sich davon. Rechnen Sie dazu die simple Wahrscheinlichkeit. Es ist viel wahrscheinlicher, daß der Erpreßte seinen Inkubus zu töten versuchte, als daß der Erpresser versuchen sollte, die Gans umzubringen, die seine goldenen Eier legt. Wir haben da, denke ich, eine ziemlich komplette Geschichte.«

»Aber die Stricke?« fragte der Priester, dessen Augen in etwas ausdrucksloser Bewunderung geöffnet waren.

»Ah, die Stricke«, sagte der Experte mit ganz eigenem Tonfall. »Miß MacNab wollte so gerne wissen, warum ich Mr. Todhunter nicht von seinen Fesseln befreit habe. Ich werde es ihr sagen: Ich habe es deshalb nicht getan, weil sich Mr. Todhunter jeden Augenblick, wenn er nur will, selber davon befreien kann.«

»Was?« rief das Auditorium mit ganz unterschiedlichem Tonfall und dem Ausdruck des Erstaunens.

»Ich habe mir alle Knoten an Mr. Todhunters Fesseln angesehen«, begann Hood ruhig von neuem. »Zufällig verstehe ich mich einigermaßen auf Fesseln; sie sind ja eine eigene Disziplin der Kriminologie. Jeden dieser Knoten hat er selbst geknüpft und könnte ihn selbst wieder lösen; nicht einen darunter würde ein Feind gebunden haben, der ihn ernsthaft fesseln wollte. Die ganze Affäre mit den Fesseln ist nichts als eine schlaue Finte, damit wir denken sollen, er sei das Opfer der Auseinandersetzung und nicht der unselige Glass, dessen Leichnam irgendwo im Garten verscharrt oder in den Kamin gestopft sein kann.«

Darauf herrschte ein ziemlich betretenes Schweigen; es wurde dunkel im Zimmer, die von Seeluft verdorrten Zweige sahen kahler und schwärzer aus als je, dafür schienen sie näher ans Fenster gerückt zu sein.

Man konnte sich fast einbilden, es wären Seeungeheuer wie Kraken oder Tintenfische, sich krümmende Polypen, die vom Meer heraufgekrochen seien, um das Ende dieser Tragödie zu sehen, so wie *er*, der Schurke und das Opfer darin, der schreckliche

Mann mit dem großen Hut, einst vom Meer heraufgekrochen waren. Die ganze Atmosphäre war erfüllt von dem Pesthauch der Erpressung, der krankhaftesten aller menschlichen Verirrungen, da sie ein Verbrechen ist, da sie ein Verbrechen verhüllt, ein schwarzes Pflaster auf einer schwärzeren Wunde.

Das Gesicht des kleinen katholischen Geistlichen, das für gewöhnlich selbstzufrieden und ein wenig komisch aussah, wurde unversehens von neugierigen Stirnrunzeln überzogen. Es war nicht länger die leere Neugierde seines früheren arglosen Auftretens. Es war vielmehr eine schöpferische Neugierde, die sich immer zeigt, wenn jemand die ersten Fäden eines Gedankens findet.

»Sagen Sie das noch einmal, bitte«, sagte er schlicht und beunruhigt zugleich: »Meinen Sie wirklich, Todhunter kann sich ohne fremde Hilfe fesseln und entfesseln?«

»Genau das meine ich«, sagte der Doktor.

»Herr im Himmel!« rief Brown plötzlich aus. »Ich möchte wissen, ob es nicht am Ende *das* sein könnte!«

Er schnüffelte durch das Zimmer, fast wie ein Kaninchen, und starrte mit einer ganz ungewohnten Lebhaftigkeit in das halbverdeckte Gesicht des Gefangenen. Dann kehrte er sein eigenes, eher albernes Gesicht wieder der Gesellschaft zu. »Ja, das ist es!« rief er mit einer gewissen Erregung. »Könnt ihr es denn nicht in dem Gesicht des Mannes sehen? Ja, seht euch seine Augen an!«

Sowohl der Professor wie das Mädchen folgten der Richtung seines Blicks. Und obwohl das breite schwarze Tuch die untere Hälfte von Todhunters Gesicht vollständig verdeckte, bemerkten sie jetzt etwas Angestrengtes und Gespanntes in seiner oberen Gesichtshälfte.

»Seine Augen sehen sonderbar aus«, rief das sehr beunruhigte junge Mädchen. »Ihr Barbaren, ich glaube, es tut ihm weh!«

»Das glaube ich nicht«, sagte Dr. Hood. »Die Augen haben sicher einen eigentümlichen Ausdruck. Ich würde aber diese querlaufenden Falten eher für einen Ausdruck jener leichten psychologischen Anomalie halten, die...«

»Ach, dummes Zeug!« unterbrach ihn Pater Brown. »Seht ihr denn nicht, daß er lacht?«

»Lacht!« wiederholte der Doktor und zuckte zusammen.

»Aber worüber, auf Gottes Erdboden, könnte er denn lachen?«

»Nun«, erwiderte Pater Brown, sich gewissermaßen entschuldigend, »ohne allzusehr darauf herumzureiten: Ich fürchte, er lacht über Sie. Und ich bin in der Tat geneigt, auch über mich selbst ein wenig zu lachen, nachdem ich es jetzt weiß.«

»Da Sie jetzt was wissen?« fragte Hood in leichter Verzweiflung.

»Da ich jetzt«, antwortete der Priester, »Mr. Todhunters Beruf kenne.«

Er schnüffelte wieder durchs Zimmer, sah einen Gegenstand nach dem anderen mit seinem scheinbar leeren Blick an und brach dann jedesmal in ein ebenso sinnloses Lachen aus, was für seine Zuschauer eine reichlich irritierende Sache war. Sehr lachte er über den Hut, viel lauter noch über das zerbrochene Glas, der Blutspritzer an der Degenspitze aber rief in ihm lebensgefährliche Konvulsionen der Erheiterung hervor. Schließlich drehte er sich zu dem wütenden Spezialisten um.

»Doktor Hood«, rief er verzückt, »Sie sind ein großer Poet! Sie haben ein ungeschaffenes Wesen aus dem Nichts hervorgerufen. Um wieviel gottähnlicher ist so etwas, als wenn Sie nur die bloßen Fakten ausgegraben hätten! Wahrhaftig, die bloßen Fakten sind im Vergleich dazu nur sehr alltäglich und komisch.«

»Ich habe nicht die geringste Ahnung, wovon Sie reden«, sagte Dr. Hood ziemlich hochmütig, »meine Fakten sind alle unwiderlegbar, wenn auch notwendig unvollständig. Ein kleiner Anteil mag auch der Intuition eingeräumt werden (oder der Poesie, wenn Sie diesen Ausdruck vorziehen), aber nur weil die ergänzenden Details noch nicht zweifelsfrei sichergestellt sind. In der Abwesenheit von Mr. Glass…«

»Das ist es doch, das ist es«, sagte der kleine Priester und nickte eifrig mit dem Kopf. »Das ist die erste Idee, die man festnageln muß: Die Abwesenheit von Mr. Glass. Er ist so außerordentlich abwesend, so vermute ich wenigstens«, fügte er nachdenklich hinzu, »daß überhaupt noch niemand so abwesend war wie Mr. Glass.«

»Wollen Sie damit sagen, er ist überhaupt nicht in der Stadt?« fragte der Doktor.

»Ich will damit sagen, er ist überhaupt nirgendwo«, antwortete Pater Brown. »Er ist sozusagen in vollständiger Abwesenheit von der Natur aller Dinge.«

»Sie wollen ernsthaft behaupten«, sagte der Spezialist mit einem Lächeln, »daß es eine solche Person gar nicht gibt.«

Der Priester machte ein Zeichen der Zustimmung. »Es ist schon ein Jammer«, sagte er.

Orion Hood brach in ein verächtliches Lachen aus: »Nun«, sagte er, »ehe wir uns den hundertundein anderen Beweisstükken zuwenden, nehmen wir den ersten Beweis, der uns in die Hände fiel, die erste Tatsache, über die wir stolperten, als wir hier ins Zimmer hereinplatzten. Wenn es keinen Mr. Glass gibt, wessen Hut ist das dann?«

»Er gehört Mr. Todhunter«, antwortete Pater Brown.

»Aber er paßt ihm doch gar nicht«, rief Hood ungeduldig. »Er könnte ihn überhaupt nicht tragen!«

Pater Brown schüttelte mit unaussprechlicher Nachsicht den Kopf. »Ich habe nie gesagt, daß er ihn tragen könnte«, antwortete er. »Ich habe gesagt, es ist sein Hut. Oder wenn Sie auf diesem Unterschied in der Schattierung bestehen, es ist ein Hut, der ihm gehört.«

»Und wo ist da der Unterschied in der Schattierung?« fragte der Kriminologe mit leichtem Hohn.

»Mein verehrter Herr«, brach der milde kleine Mann mit einem ersten Anzeichen von etwas wie Ungeduld los, »wenn Sie die Straße hier zum nächstbesten Hutgeschäft hinuntergehen, werden Sie feststellen, daß es, nach dem allgemeinen Sprachgebrauch, einen Unterschied gibt zwischen dem Hut eines Menschen und den Hüten, die ihm gehören.«

»Aber ein Hutmacher«, protestierte Hood, »kann aus seinem Lager von neuen Hüten Geld herausholen. Was könnte dagegen Todhunter aus einem alten Hut herausholen?«

»Kaninchen«, erwiderte Pater Brown, ohne zu zögern.

»*Was?*« schrie Hood auf.

»Kaninchen, Bänder, Süßigkeiten, Goldfische, Papierschlangen«, schnurrte der ehrwürdige Herr seine Liste herunter, »haben Sie das nicht gleich in dem Augenblick gemerkt, als Sie den Trick mit den falschen Fesseln durchschauten? Genauso ist es mit dem Degen. Mr. Todhunter hat keinen Kratzer am ganzen Körper, wie Sie richtig sagen, aber er hat einen Kratzer in sich, wenn Sie mir folgen können.«

»Meinen Sie, einen Kratzer in Mr. Todhunters Kleidern?« erkundigte sich Mrs. MacNab streng.

»Ich meine nicht in Mr. Todhunters Kleidern«, sagte Pater Brown. »Ich meine in Mr. Todhunter selber.«

»Was, um aller Irrenhäuser willen, *meinen* Sie denn nun endlich?«

»Mr. Todhunter«, erklärte Pater Brown milde, »erlernt das Metier eines Zauberers, Jongleurs, Bauchredners und Entfesselungskünstlers. Das Zaubern erklärt den Hut. Er ist ohne Spuren von Haaren, nicht weil er von einem vorzeitig kahlgewordenen Mr. Glass getragen wurde, sondern weil er noch nie von irgend jemand getragen wurde. Das Jonglieren erklärt die drei Gläser, die Mr. Todhunter hochzuwerfen und in Bewegung zu halten übte. Da er sich noch im Stadium des Lernens befindet, warf er ein Glas gegen die Decke. Und das Jonglieren erklärt auch den Degen, den zu schlucken zu Todhunters professionellen Pflichten und zu seinem professionellen Ehrgeiz gehörte. Da er aber auch hier erst im Lehrlingsstadium sich befindet, ritzt er sich ganz leicht an der Innenseite seiner Kehle. Deshalb hat er auch eine Wunde in sich, von der ich sicher bin (nach seinem Gesichtsausdruck zu schließen), daß sie nicht allzu schwer ist. Er übte auch den Trick der Selbstentfesselung, wie ihn die Davenport Brothers berühmt gemacht hat, und er war eben dabei, sich zu befreien, als wir alle ins Zimmer stürzten. Natürlich sind die Karten für Kartenkunststücke bestimmt, und sie sind deshalb über den Boden verstreut, weil er eine der Spielarten geprobt hat, wie man sie durch die Luft fliegen lassen kann. Er hielt seinen Beruf geheim, weil er, wie jeder andere Zauberer auch, seine Kunststücke geheimhalten muß. Die bloße Tatsache aber, daß ein Tagedieb in einem Zylinder einmal zu seinem Hinterfenster hineinschaute und von ihm mit großer Empörung weggejagt wurde, genügt vollständig, uns auf die falsche Fährte der Romantik zu setzen, so daß wir uns einbildeten, daß sein ganzes Leben überschattet sei von dem Gespenst im Zylinder des Mr. Glass.«

»Was aber hat es mit den zwei Stimmen auf sich?« fragte Maggie und starrte ihn an.

»Haben Sie nie einen Bauchredner gehört?« fragte Pater Brown. »Wissen Sie nicht, daß sie erst mit natürlicher Stimme sprechen und sich dann in eben der schrillen, gepreßten und unnatürlichen Stimme antworten, die Sie gehört haben?«

Es gab ein langes Schweigen, und Dr. Hood betrachtete den kleinen Mann, der eben gesprochen hatte, mit einem dunklen und aufmerksamen Lächeln.

»Sie sind wirklich eine sehr einfallsreiche Person«, sagte er, »man hätte es in einem Buch nicht besser darstellen können. Aber es gibt einen einzigen Teil in der Existenz von Mr. Glass, den Sie nicht wegdiskutieren konnten, und das ist sein Name. Miß MacNab hörte ihn ganz deutlich von Mr. Todhunter so angeredet.«

Der Reverend Mr. Brown fiel in ein ziemlich kindisches Kichern. »Nun, das«, sagte er, »ist der albernste Teil einer albernen Geschichte. Während unser jonglierender Freund hier seine drei Gläser abwechselnd hochwarf, zählte er sie beim Auffangen und kommentierte auch laut, wenn er eines verfehlte. In Wirklichkeit sagte er und schimpfte:, ›Eins, zwei und drei – Mistglas! Eins, zwei – Mistglas!‹ und so weiter.«

Einen Augenblick war Stille im Zimmer, dann brachen alle zugleich, wie auf Verabredung, in lautes Lachen aus. Zugleich knüpfte die Gestalt in der Zimmerecke zufrieden alle Knoten auf und warf die Stricke in hohem Bogen beiseite. Dann trat sie mit einer Verbeugung in die Mitte des Zimmers und brachte aus ihrer Tasche einen in blau und rot gedruckten Anschlagzettel zum Vorschein, der ankündigte, daß ZALADIN, der Welt größter Zauberer, Schlangenmensch, Bauchredner – das menschliche Känguruh –, mit einer vollständig neuen Serie von Kunststücken seine erste Vorstellung geben werde, im Empire Pavillon, Scarborough, am nächsten Montag um acht Uhr abends, pünktlich.

Das Paradies der Diebe

Der große Muscari, der originellste aller jungen toskanischen Poeten, eilte mit federnden Schritten in sein Lieblingsrestaurant, das über das Mittelmeer hinausblickte, mit einem Sonnendach überdeckt und von kleinen Zitronen- und Orangenbäumen umstanden war. Kellner in weißen Schürzen breiteten auf weißen Tischen bereits die Insignien eines frühen und eleganten Lunch aus, und das schien bei ihm eine Befriedigung noch zu steigern, die ohnehin bereits ans Prahlerische grenzte. Muscari hatte eine Adlernase wie Dante, Haar und Krawatte waren gleich dunkel und wallend, er trug einen schwarzen Mantel und hätte auch beinahe noch eine schwarze Maske tragen können, so sehr umgab ihn das Fluidum eines venezianischen Melodrams. Er bewegte sich, als habe der Troubadour noch eine ernst zu nehmende soziale Stellung, etwa wie ein Bischof. Er ging, soweit es sein Jahrhundert irgend erlaubte, buchstäblich als Don Juan mit Degen und Gitarre durch die Welt.

Denn er reiste niemals ohne einen Kasten für seine Degen, mit denen er viele glänzende Duelle ausgefochten hatte, oder ohne einen entsprechenden Kasten für seine Mandoline, mit der er derzeit Miß Ethel Harrogate, der reichlich konventionellen Tochter eines Bankiers aus Yorkshire, während ihres Ferienaufenthaltes Serenaden dargeboten hatte. Dennoch war er weder ein Scharlatan noch ein Kindskopf, sondern ein heißblütiger, logisch denkender Südländer, der immer irgend etwas begehrte und dann um jeden Preis. Seine Lyrik war so gerade zupackend wie anderer Leute Prosa. Er verlangte nach Ruhm oder Wein oder nach der Schönheit von Frauen mit einer brennenden Direktheit, wie sie unter den wolkenverhangenen Idealen oder den wolkenverhangenen Kompromissen des Nordens unvorstellbar ist. Unseren verschwommeneren Rassen schmeckte seine Intensität nach Gefahr oder sogar nach Ruchlosigkeit. Wie das Feuer oder das Meer war er zu einfach, als daß man ihm hätte trauen mögen.

Der Bankier und seine schöne englische Tochter wohnten in dem Hotel, das zu Muscaris Restaurant gehörte; aus diesem Grunde war es auch sein Lieblingsrestaurant. Ein rascher Blick durch das Lokal zeigte ihm sogleich, daß die englische Gesellschaft noch nicht heruntergekommen war. Das Restaurant funkelte, war aber noch verhältnismäßig leer. Zwei Priester saßen im Gespräch an einem Tisch in der Ecke, doch nahm Muscari (ein leidenschaftlicher Katholik) von ihnen nicht mehr Notiz, als von einem Paar Krähen. Da erhob sich von einem noch weiter entfernten Tisch, der halb durch einen golden von Orangen leuchtenden Zwergbaum verdeckt war, eine Person, deren Kostüm den auffallendsten Gegensatz zu seinem eigenen bildete, und schritt auf den Dichter zu.

Die Gestalt war in buntkariertes Tweed gekleidet, mit einer rosaroten Krawatte, einem steifen Kragen und leuchtendgelben Schuhen. Die Gestalt brachte es fertig, in der klassischen Tradition von Arry in Margate gleich auffallend und gewöhnlich auszusehen. Sobald aber diese Cockney-Erscheinung näher kam, stellte Muscari zu seiner Verblüffung fest, daß sich der Kopf ganz entschieden vom Körper unterschied. Es war ein italienischer Kopf, kraushaarig, dunkel und mit äußerst lebhaftem Mienenspiel im Gesicht, der sich da unvermittelt aus dem wie Pappdeckel steifen Kragen und aus der komischen rosa Krawatte abhob. Mehr als das, es war ein Kopf, den er kannte. Er erkannte, trotz all der gräßlichen Aufmachung von englischem Ferienglück, das Gesicht als das eines alten, lange vergessenen Freundes mit dem Namen Ezza. Als Jüngling war dieser das Wunder der Schule gewesen. Und man hatte ihm mit noch nicht fünfzehn Jahren bereits europäischen Ruhm vorausgesagt. Als er dann aber in die Welt eintrat, versagte er, erst öffentlich als Dramatiker und Demagoge, und dann über Jahre hinweg privat als Schauspieler, Handlungsreisender, Agent oder Journalist. Zuletzt hatte Muscari ihn im Rampenlicht der Bühne gesehen; er war nur zu vertraut mit den Verlockungen dieses Berufs gewesen, und man glaubte allgemein, daß ein seelisches Unheil irgendwelcher Art ihn ruiniert habe.

»Ezza!« rief der Dichter, sprang auf und schüttelte ihm in heiterem Erstaunen die Hand. »Ich habe dich, weiß Gott, schon in vielen Kostümen hier im grünen Salon gesehen, aber nie hätte ich erwartet, dich als Engländer wiederzufinden.«

»Das«, antwortete Ezza mit Ernst, »ist nicht die Kleidung eines Engländers, sondern die des Italieners der Zukunft.«

»In diesem Fall«, bemerkte Muscari, »muß ich gestehen, daß ich dem Italiener der Vergangenheit entschieden den Vorzug gebe.« »Das ist dein alter Fehler, Muscari«, sagte der Mann im Tweedanzug kopfschüttelnd. »Und der Fehler Italiens. Im sechzehnten Jahrhundert waren wir Toskaner das Morgenlicht am Horizont der Geschichte. Wir hatten den neuesten Stahl, die neueste Schnitzkunst, die neueste Chemie. Warum sollten wir jetzt nicht die neuesten Fabriken haben, die neuesten Motoren, das neueste Finanzsystem – und die neuesten Kleidermoden?«

»Weil es sich nicht lohnt, sie zu haben«, antwortete Muscari. »Du kannst den Italienern den Glauben an den Fortschritt nicht beibringen; sie sind dafür zu intelligent. Wer einmal den Abstecher zum bequemen Leben gefunden hat, wird niemals auf den neuausgebauten und langweiligen Straßen laufen wollen.«

»Nun, für mich ist Marconi, nicht d'Annunzio, der Stern Italiens«, sagte der andere. »Das ist der Grund, warum ich Futurist geworden bin – und Reiseführer.«

»Ein Reiseführer!« lachte Muscari. »Ist das der letzte auf der Liste deiner Berufe? Und wen führst du derzeit durch Italien?«

»Oh, einen Mann mit dem Namen Harrogate und seine Familie, glaube ich wenigstens.«

»Doch nicht den Bankier aus diesem Hotel?« fragte mit einiger Lebhaftigkeit der Dichter.

»Das ist der Mann«, antwortete der Reiseführer.

»Zahlt es sich denn aus?« fragte der Troubadour unschuldig.

»Für mich reicht es«, meine Ezza mit einem betont rätselhaften Lächeln. »Aber ich bin auch kein alltägliches Beispiel für einen Reiseführer.« Dann, als wolle er rasch das Thema wechseln, sagte er außer jedem Zusammenhang: »Er hat eine Tochter – und einen Sohn.«

»Die Tochter ist ein göttliches Geschöpf«, bestätigte Muscari. »Vater und Sohn sind dagegen meines Wissens nur menschliche Wesen. Aber, seine harmlosen guten Eigenschaften zugegeben, scheint dir der Bankier nicht ein glänzender Paradefall für meine Behauptung? Harrogate hat Millionen in seinem Safe, und ich – trage nur dieses Loch in meiner Tasche: Aber du wirst nicht behaupten wollen – du kannst einfach nicht sagen, daß er gescheiter sei als ich, oder wagemutiger als ich, oder auch nur tatkräftiger. Er ist nicht gescheit; er hat Augen wie blaue Knöpfe; er ist nicht tatkräftig, er humpelt nur wie ein Paralytiker von Stuhl zu Stuhl. Er ist ein gewissenhafter, freundlicher, alter Schafskopf; aber er hat einen Haufen Geld aus dem einfachen Grund, daß er es sammelt wie ein kleiner Junge Briefmarken. Du hast einen zu guten Kopf für das Geschäft, Ezza. Du würdest nie vorankommen. Um schlau genug zu sein, um an all das Geld heranzukommen, müßte man dumm genug sein, es zu wollen.«

»Ich bin dumm genug dafür«, sagte Ezza düster.

»Doch würde ich vorschlagen, deine Kritik am Bankier vorerst aufzuschieben – da kommt er.«

Mr. Harrogate, der große Finanzier, trat in diesem Augenblick wirklich zur Tür herein, aber niemand beachtete ihn. Er war ein massiv gebauter, älterer Mann mit wäßrigen blauen Augen und verblichenem sandfarbenen Schnurrbart; ohne seine gebeugte Haltung hätte er ein Colonel sein können. Er trug einige ungeöffnete Briefe in der Hand. Sein Sohn Frank war ein wohlgeratener junger Mann mit lockigem Haar, sonnenverbrannt und lebhaft; aber auch ihn sah niemand an. Alle Augen waren nämlich – zumindest für den Augenblick – wie gewöhnlich auf Ethel Harrogate gerichtet, deren goldgelockter Griechenkopf und deren Morgenrotfarben wie mit Absicht gegen die saphirblaue See sich abhoben wie das Bild einer Göttin. Der Dichter Muscari zog den

Atem ein, als nähme er einen tiefen Trunk. Er tat es auch: Er trank die klassische Antike, die seine Vorväter geschaffen hatten. Auch Ezza betrachtete sie mit mindestens ebenso eindringlichen und viel verwirrenderen Blicken.

Miß Harrogate war eben jetzt besonders strahlend und wie geschaffen für die Konversation. Ihre Familie hatte sich in die bequemere kontinentalere Lebensweise fallen lassen, so daß sie auch dem fremdländischen Muscari und sogar dem Reiseführer Ezza gestatteten, an ihrer Mittagstafel und an ihrem Gespräch teilzuhaben. In Ethel Harrogate hatte sich die Konventionalität mit einem Glanz und einer ganz eigenen Vollkommenheit selbst gekrönt. Stolz auf den Reichtum ihres Vaters, froh über ihre vornehmen Lustbarkeiten, eine liebende Tochter und ein wetterwendischer Flirt, war sie all das mit einer goldenen frohen Natur, die noch ihren Stolz angenehm und ihre gesellschaftliche Wohlgesetztheit zu einer erfrischenden und erquickenden Eigenschaft machte. Alle drei waren in heller Aufregung über angebliche Gefahren, die auf einem Gebirgspfad drohen sollten, zu dem sie diese Woche noch einen Ausflug unternehmen wollten. Die Gefahr drohte nicht durch einen Felsabsturz oder eine Lawine, sondern von etwas noch viel romantischerem. Man hatte Ethel eindringlich darüber belehrt, daß Briganten, die wahren Halsabschneider der modernen Legende, immer noch diesen Gebirgskamm heimsuchten und besonders den Paß über die Apenninen besetzt hielten, den sie nehmen wollten.

»Sie behaupten«, schluderte sie mit dem abscheulichen Behagen eines Schulmädchens, »das ganze Gebiet werde nicht vom König von Italien beherrscht, sondern vom König der Diebe. Wer ist nur der König der Diebe?«

»Ein großer Mann«, antwortete Muscari, »würdig genug, sich neben Ihrem Robin Hood zu behaupten, Signorina. Von Montano, dem König der Diebe, hörte man in den Bergen zuerst etwa vor zehn Jahren, zu einer Zeit, als alle Leute überzeugt waren, die Briganten seien für immer ausgerottet. Seine wilde Macht breitete sich mit der Schnelligkeit einer stillen Revolution aus. Man fand seine leidenschaftlichen Proklamationen in jedem Bergnest, seine Wachen, das Gewehr in der Hand, in jeder Bergschlucht. Sechsmal versuchte die italienische Regierung, ihn auszuheben, und sechsmal wurden sie wie von Napoleon in regelrechten Schlachten zurückgeschlagen.«

»Also, so etwas«, stellte der Bankier nachdrücklich fest, »würde in England niemals gestattet; vielleicht sollten wir nach alledem doch lieber eine andere Route wählen. Der Reiseführer meint freilich, der Weg sei vollkommen ungefährlich.«

»Er ist vollkommen ungefährlich«, sagte der Reiseführer verächtlich: »Ich bin zwanzigmal über diesen Paß gegangen. Es mag einmal einen alten Knastbruder gegeben haben, zu Zeiten unserer Großmütter, der sich König der Diebe genannt hat. Aber das gehört der Geschichte an, wenn nicht überhaupt der Fabel. Die Straßenräuberei ist heute vollständig ausgerottet.«

»Man kann sie niemals vollständig ausrotten«, antwortete Muscari, »denn der bewaffnete Aufstand ist eine dem Südländer natürliche Reaktion. Unsere Bauern sind wie die Berge, reich an Anmut und grün in der Heiterkeit, aber mit vulkanischen Feuern unter der Oberfläche. Es gibt einen äußersten Grad der Verzweiflung. An ihm greifen die Nordländer zur Flasche – und unsere Armen zum Degen.«

»Dichter haben einmal ihre Privilegien«, höhnte Ezza. »Wäre Signor Muscari ein Engländer, würde er in Wandsworth nach Straßenräubern sich umschauen. Glauben Sie mir, man läuft in Italien so wenig Gefahr, entführt zu werden, wie in Boston seinen Skalp zu verlieren.«

»Dann schlagen Sie weiterhin vor, den Versuch zu wagen?« fragte Mr. Harrogate stirnrunzelnd.

»Oh, es klingt so aufregend«, rief das Mädchen aus und blickte mit ihren strahlenden Augen auf Muscari. »Glauben Sie wirklich, der Paß ist gefährlich?«

Muscari warf seine schwarze Mähne zurück. »Ich weiß, daß er gefährlich ist«, sagte er. »Ich werde ihn selbst morgen überschreiten.«

Der junge Harrogate blieb für einen Augenblick allein zurück, um sein Glas Weißwein zu leeren und sich eine Zigarette anzuzünden, während die Schöne in Begleitung des Bankiers, des Reiseführers und des Poeten sich entfernte und dabei Glockentöne silberner Satire um sie streute. Etwa zur gleichen Zeit erhoben sich die beiden Priester in der Ecke. Der größere von beiden, ein weißhaariger Italiener, verabschiedete sich. Der kleinere drehte sich um und schlenderte auf den Sohn des Bankiers zu. Dieser war verblüfft zu sehen, daß der katholische Priester ein Engländer war. Vage erinnerte er sich, daß er dem Pater auf größeren Gesellschaften bei einigen seiner katholischen Freunde bereits begegnet war. Der Mann sprach ihn jedoch an, noch ehe seine Erinnerungen sich sammeln konnten.

»Mr. Frank Harrogate, wenn ich mich nicht irre«, sagte der Mann. »Ich bin Ihnen bereits vorgestellt worden, möchte mich aber darauf nicht berufen. Das Sonderbare, was ich Ihnen zu sagen habe, kommt besser von einem Fremden. Mr. Harrogate, ich sage nur ein Wort und gehe dann: Nehmen Sie sich Ihrer Schwester in der Stunde ihres großen Unglücks an.«

Selbst für Franks wahrhaft brüderliche Indifferenz schien die Ausstrahlung und der Übermut seiner Schwester noch frisch zu sprühen und zu klingen; er konnte noch immer ihr Lachen aus dem Hotelgarten herüberhören. So starrte er seinen düsteren Ratgeber voller Verwirrung an.

»Meinen Sie die Briganten?« fragte er, und dann erinnerte er sich an vage Befürchtungen seinerseits: »Oder denken Sie etwa an Muscari?«

»Man denkt nie an das eigentliche Unheil«, sagte der seltsame Priester. »Man kann nur gütig sein, liebevoll, wenn es eintrifft.« Und damit eilte er aus dem Raum und ließ sein Gegenüber mit offenem Mund zurück.

Ein oder zwei Tage danach kroch und schlingerte ein Wagen mit der Gesellschaft die Ausläufer der bedrohlichen Bergkette hinauf. Zwischen Ezzas leichtsinniger Verneinung und Muscaris prahlischer Verachtung aller Gefahr war die Familie aus der Hochfinanz in ihrem ursprünglichen Entschluß festgeblieben, und Muscari hatte seine Reise mit der ihrigen zusammengelegt. Unvermuteter schon war das Auftauchen des kleinen Priesters aus dem Restaurant, der sich an der Station der Küstenstadt eingestellt hatte. Er erklärte lediglich, daß eine geschäftliche Angelegenheit auch ihn über die Berge zu gehen zwinge. Doch der junge Harrogate mußte seine Gegenwart mit den geheimnisvollen Befürchtungen und Warnungen vom Vorabend in Verbindung sehen.

Das Gefährt war eine Art bequemer Waggonette, ersonnen von dem modernistischen Talent des Reiseführers, der die Expedition dank seiner wissenschaftlich geschulten Betriebsamkeit und seines sprudelnden Witzes eindeutig beherrschte. Die These von der Banditengefahr war aus Rede und Gedanken verbannt; ihr wurde nur insoweit Rechnung getragen, als man sich um eine leichte Bewaffnung gekümmert hatte. Der Reiseführer und der junge Bankier trugen geladene Pistolen, und Muscari (mit viel lausbubenhaftem Spaß an der Sache) hatte eine Art Hirschfänger unter seinem schwarzen Mantel umgeschnallt.

Er hatte seine prächtige Person griffbereit neben die entzükkende Engländerin gepackt; auf ihrer anderen Seite saß der Priester, dessen Name Brown war und der glücklicherweise ein schweigsamer Zeitgenosse war; der Reiseführer samt Vater und Sohn nahmen die Bank auf der Rückseite ein. Muscari war in überschäumender Laune, da er ernsthaft an die Gefahr glaubte, und nach seinem Gebaren und Rede hätte Ethel ihn ohne weiteres für einen Maniac halten können. Doch lag etwas in dem halsbrecherischen und überwältigenden Aufstieg zwischen Felsen wie Berggipfeln, bedeckt mit Wäldern, die Obsthainen glichen, was Ethels Seele mit der seinigen gemeinsam emporhob zu dem purpurfarbenen, bizarren Himmel voller kreisender Sonnen. Die weiße Straße kletterte nach oben wie eine weiße Katze, sie überspannte finstere Abgründe wie ein straff gezogenes Seil, sie war um weitentfernte Vorgebirge geworfen wie ein Lasso.

Und wie hoch sie auch kamen, blühte doch überall die Bergwüste wie eine Rose. Die Felder waren von Sonne und Wind in die Farben der Eisvögel, Papageien und Kolibris leuchtend gekleidet, in den Schimmer von Hunderten blühender Blumen. Es gibt keine lieblicheren Wiesen und Wälder als die englischen, keine erhabeneren Bergspitzen und Schluchten als die von Snowdon und Glencoe. Aber niemals zuvor hatte Ethel Harrogate südliche Gärten den nordischen Bergzacken aufgepfropft gesehen, niemals die Klamm von Glencoe voll beladen mit den Früchten von Kent. Nichts erinnerte hier an die schaurige Einsamkeit und Öde, die man in England mit der wilden Szenerie des Berglandes verbindet. Es wirkte eher wie ein vom Erdbeben zerrissenes Maurenschloß oder wie ein holländischer Tulpengarten, den man mit Dynamit zu den Sternen gejagt hatte.

»Es sieht aus wie Kew Gardens auf Beach Head«, sagte Ethel.

»Das ist unser Geheimnis«, antwortete Muscari, »das Geheimnis des Vulkans, das auch das Geheimnis der Revolution ist – daß eine Sache nämlich gewalttätig und doch fruchtbar sein kann.«

»Sie selbst sind auch reichlich gewalttätig«, sagte sie und lächelte ihm zu.

»Und doch recht unfruchtbar«, gab er zu. »Wenn ich diese Nacht sterbe, so sterbe ich unverheiratet und als ein Narr.«

»Meine Schuld war es nicht, daß Sie mitgekommen sind«, sagte sie nach einem prekären Augenblick des Schweigens.

»Ihr Fehler ist es nie«, antwortete Muscari, »es war ja auch nicht Ihre Schuld, daß Troja fiel.«

Während er noch sprach, fuhren sie an überhängenden Felshängen vorbei, die sich wie Flügel über eine Biegung von besonderer Gefährlichkeit ausspannten. Verschreckt durch den breiten Schatten über dem schmalen Wegrand, schreckten die Pferde unsicher zurück. Der Kutscher sprang ab, um sie an der Trense zu führen, und darüber gerieten sie völlig außer Kontrolle. Ein Pferd stieg zu seiner vollen Höhe auf – zu der riesigen und erschreckenden Höhe eines Pferdes, das zum Zweifüßer wird. Das genügte, um das Gleichgewicht zu verändern: Der ganze Wagen kippte um wie ein Schiff und brach durch den Buschsaum am Rande des Abgrunds. Muscari schlang einen Arm um Ethel, die sich an ihn klammerte und laut aufschrie. Das waren die Augenblicke, für die er lebte!

Im gleichen Moment, da die schaurigen Bergwände wie eine purpurne Windmühle sich um den Kopf des Dichters drehten, ereignete sich etwas, das zunächst noch viel erstaunlicher wirkte. Der ältliche und lethargische Bankier sprang senkrecht in der Kutsche auf und sprang über den Abgrund, noch ehe ihn das umgestürzte Fahrzeug dorthin verfrachten konnte. Zunächst wirkte das Ganze so verrückt wie ein Selbstmordversuch. Beim zweiten Blick aber erwies es sich als sichere Kapitalanlage. Der Mann aus Yorkshire hatte offensichtlich mehr Geistesgegenwart und Klugheit, als Muscari ihm zugetraut hatte. Denn er landete genau auf einem schmalen Erdstreifen, der wie eigens mit Gras und Klee gepolstert schien, um ihn aufzufangen. Wie es der Zufall wollte, ging es der ganzen Gesellschaft nicht schlechter, auch wenn ihre Formen des Entkommens weniger heroisch wirkten. Unmittelbar unter der jähen Wegbiegung befand sich nämlich eine mit Gras und Blumen bestandene Mulde, wie eine abgesunkene Wiese, eine Art grüner Samttasche in den langen, grünen Schleppgewändern der Berge. Dorthin wurden sie alle gestoßen und umgekippt, mit geringem Schaden bis auf ihr Handgepäck und den Inhalt ihrer Taschen, die weit im Gras umher verstreut wurden. Der zusammengebrochene Wagen hing noch immer oben, verstrickt in die dichte Weghecke, und die Pferde arbeiteten sich mühsam den Hang hinunter. Der erste, der wieder auf die Beine kam, war der kleine Priester, der sich mit einem Ausdruck von schafsmäßiger Verblüffung am Kopf kratzte; Frank Harrogate hörte, wie er zu sich murmelte: »Warum, um alles in der Welt, sind wir gerade hier abgestürzt?«

Er sah sich blinzelnd den Verhau um sich an und entdeckte dann seinen besonders plumpen Regenschirm. Darüber lag der breite Sombrero, der von Muscaris Kopf gefallen war, und daneben versteckte sich ein versiegelter Geschäftsbrief, den er nach einem Blick auf die Adresse dem älteren Harrogate zurückgab. Auf seiner anderen Seite verbarg ein Grasbüschel zum Teil Miß Ethels Sonnenhut, und gerade darunter lag eine seltsame kleine Glasflasche, keine zwei Zoll lang. Der Priester hob sie auf; rasch und unauffällig machte er den Stöpsel auf und roch daran, da nahm sein bekümmertes Gesicht die Farbe von Asche an.

»Der Himmel bewahre uns!« murmelte er, »das darf doch nicht ihres sein! Das Unheil kann sie nicht jetzt schon ereilt haben!« Er ließ das Fläschchen in seine Westentasche gleiten. »Ich denke, ich bin dazu berechtigt«, sagte er, »zumindest, bis ich etwas mehr weiß.«

Er blickte bekümmert zu dem Mädchen hinüber, das in diesem Moment von Muscari aus den Blumen aufgehoben wurde. Der Dichter bemerkte: »Wir sind in den Himmel gefallen; das ist ein gutes Omen. Sterbliche überheben sich und stürzen nieder; nur Götter und Göttinnen können aufwärts fallen.«

Und in der Tat tauchte sie aus dem Meer von Farben so schön und glücklich auf, als eine unwirkliche Erscheinung, daß der Priester seinen Verdacht ganz zerstreut fand.

»Schließlich«, dachte er, »gehört ihr das Gift vielleicht doch nicht; wahrscheinlich ist es nur einer von Muscaris Taschenspielertricks.« Muscari half dem Mädchen mit leichter Hand auf die Beine, machte ihr dann einen absurden Komödiantenbückling und schlug mit gezogenem Hirschfänger so kräftig auf die ineinanderverwickelten Zügel der Pferde ein, daß diese sich aufrappeln konnten und zitternd im Gras zum Stehen kamen. Da ereignete sich ein bemerkenswerter Vorfall. Ganz stumm und leise trat ein ärmlich gekleideter und von der Sonne ungewöhnlich verbrannter Mann aus den Büschen und nahm die Pferde beim Halfter. Er trug ein bizarr geformtes Messer am Gürtel, sehr breit und krumm gebogen. Nichts an ihm sonst war bemerkenswert, nur sein plötzliches und stummes Erscheinen. Der Dichter fragte ihn, wer er sei, und er gab keine Antwort.

Muscari blickte sich in der verwirrten und verworrenen Gruppe um, die sich in der Mulde drängte, und bemerkte auf einmal, daß ein zweiter gebräunter und zerschlissen gekleideter Mann mit einem kurzen Gewehr unter dem Arm vom unteren Wiesenrand aus zu ihnen heraufsah, wobei er die Ellbogen in die Grasnarbe gestützt hatte. Dann blickte er hinauf zur Straße, von wo sie abgestürzt waren, und sah in die Mündungen von vier weiteren Karabinern, die auf sie herunterstarrten und in ebenso viele braune Gesichter mit offenen, aber völlig ausdruckslosen Augen.

»Die Briganten!« rief Muscari in einer Anwandlung von grausiger Heiterkeit aus. »Es war eine Falle! Ezza, wenn du mir den Gefallen tun willst, den Kutscher als ersten umzulegen, können wir uns immer noch den Weg freischießen. Sie sind nur zu sechst!«

»Der Kutscher«, sagte Ezza, der mit grimmig in die Tasche geschobenen Händen dastand, »ist zufälligerweise ein Angestellter von Mr. Harrogate.«

»Dann erschieß ihn erst recht!« schrie der Dichter ungeduldig. »Man hat ihn bestochen, seinen Herrn umzuwerfen. Dann nehmen wir die Dame in die Mitte und brechen in einem Handstreich durch die Linie unserer Angreifer!«

Und, tief durch Gras und Blumen watend, eilte er furchtlos den vier Karabinern entgegen; da er aber, außer dem jungen Harrogate, niemand nachfolgen sah, drehte er sich um und schwenkte seinen Degen, um die anderen anzufeuern. Er sah jedoch, wie der Fremdenführer immer noch ein wenig abseits stand, in der Mitte des Wiesenfleckens, die Hände in den Hosentaschen, und sein mageres, ironisches Italienergesicht schien im Abendlicht immer länger und länger zu werden.

»Du dachtest, Muscari, ich sei der Versager unter allen unseren Klassenkameraden«, sagte er unversehens, »und du seist der Star. Aber ich war erfolgreicher als du, und mir gehört der wichtigere Platz in der Geschichte. Ich habe die Epen gelebt, während du sie nur geschrieben hast.«

»Nun komm schon«, donnerte Muscari von oben. »Willst du im Ernst stehenbleiben und dummes Zeug schwatzen, wenn es ein Mädchen zu retten gilt und drei starke Männer dir dabei helfen? Wie soll man dich da bloß nennen?«

»Mich nennt man Montano«, rief der seltsame Reiseführer, nunmehr mit ebenso lauter, volltönender Stimme. »Ich bin der König der Diebe und heiße euch alle in meiner Sommerresidenz willkommen.«

Während er noch sprach, traten fünf weitere stumme Männer, die Waffen im Anschlag, aus den Sträuchern und blickten zu ihm auf in Erwartung seiner Befehle. Der eine von ihnen hielt ein großes Stück Papier in der Hand.

»Dieser kleine, entzückende Schlupfwinkel, wo wir uns eben alle ein Stelldichein geben«, fuhr der Reiseführer und Brigant mit dem gleichen gelassenen und düsteren Lächeln fort, »ist – zusammen mit ein paar Höhlen darunter – als das Paradies der Diebe bekannt. Es ist mein Lieblingsbollwerk in diesen Bergen; denn (wie Sie zweifellos bemerkt haben werden) mein Adlerhorst ist unsichtbar sowohl von der oben entlang führenden Straße wie vom Tal aus. Er ist noch um einiges sicherer als uneinnehmbar: Er ist unsichtbar. Hier verbringe ich den größeren Teil meines Lebens, und hier werde ich sicher einmal sterben, wenn die Carabinieri je mich aufspüren sollten. Ich gehöre nicht zu den Verbrechern, die den letzten Ausweg sich offenhalten, sondern zu der besseren Art von Freischärlern, die ihre letzte Kugel für sich selber aufbewahren.«

Alle starrten ihn wie vom Donner gerührt und stumm an. Pater Brown seufzte tief auf, wie erleichtert, und befühlte die kleine Phiole in seiner Tasche mit den Fingern. »Gott sei Dank!« murmelte er, »das ist schon viel wahrscheinlicher. Das Gift gehört natürlich dem Räuberhauptmann. Er trägt es bei sich, damit man ihn wie Cato niemals lebend zu fassen kriegt.«

Der König der Diebe setzte inzwischen seine Rede mit der gleichen bedrohlichen Höflichkeit fort. »Mir bleibt es noch aufgegeben«, sagte er, »meinen Gästen die wirtschaftlichen Bedingungen zu erläutern, unter denen ich das Vergnügen habe, sie hier zu bewirten. Ich brauche sicher das vertraute alte Ritual des Lösegeldes nicht im einzelnen zu erklären, das notwendigerweise auch ich aufrechterhalten muß. Im übrigen betrifft das auch nur einen Teil der Gesellschaft. Den Reverend Pater Brown und den gefeierten Muscari werde ich morgen mit der ersten Dämmerung freigeben und zu meinen Vorposten eskortieren lassen. Dichter und Geistliche, wenn Sie mir die Vereinfachung in meiner Rede gestatten wollen, haben nun einmal kein Geld. Und darum (da man aus ihnen schon keinen Gewinn ziehen kann) laßt uns die Gelegenheit beim Schopf ergreifen und unsere Bewunderung für die klassische Literatur und die Verehrung für die heilige katholische Kirche dokumentieren.«

Er hielt mit einem wenig erquicklichen Lächeln inne. Pater Brown blinzelte wiederholt zu ihm hinüber und schien mit einemmal mit äußerster Aufmerksamkeit zuzuhören. Der Räuberhauptmann nahm seinem Adjutanten das große Papier aus der Hand, blickte kurz darauf, und fuhr dann fort:

»Meine weiteren Absichten gehen mit aller Deutlichkeit aus dieser Bekanntmachung hervor, die ich sogleich bei Ihnen zirkulieren lassen will und die ich dann in jedem Dorf des Tales und an jeder Wegbiegung in den Bergen anschlagen lasse. Ich möchte Sie mit den Einzelheiten des Wortlauts nicht behelligen, denn Sie können das ohne weiteres nachprüfen. Der Inhalt meiner Proklamation ist, in seine Hauptpunkte zusammengefaßt, der folgende: Als erstes gebe ich bekannt, daß ich den englischen Millionär, den Koloß der Hochfinanz, Mr. Samuel Harrogate, gefangengenommen habe. Als nächstes verkündige ich, daß ich bei ihm Noten und Wertpapiere im Werte von 2000 Pfund gefunden habe, die er mir ausgehändigt hat. Nun, da es ausgesprochen unmoralisch wäre, derlei dem gläubig staunenden Publikum anzukündigen, ohne daß an der Sache ein wahres Wort wäre, möchte ich vorschlagen, daß die Aushändigung ohne weitere Verzögerung erfolgt. Ich empfehle Mr. Harrogate senior, mir auf der Stelle die zweitausend Pfund in seiner Tasche zu übergeben.«

Der Bankier sah ihn mürrisch an, mit zusammengezogenen Brauen und einem roten Gesicht. Aber er war sichtlich eingeschüchtert. Der Sprung aus dem kippenden Wagen schien seine letzten Manneskräfte erschöpft zu haben. So war er ängstlich wie ein armer Sünder zurückgeblieben, als sein Sohn und Muscari ihren waghalsigen Angriff versucht hatten, um aus der Räuberfalle noch auszubrechen.

Und auch jetzt ging seine rote und zitternde Hand, wenn auch widerstrebend, zu seiner Brusttasche und überreichte dem Briganten ein Bündel mit Papieren und Briefumschlägen.

»Vortrefflich«, frohlockte der Mann ohne Gesetz, »soweit ging alles ganz einvernehmlich. Ich komme nun auf die Punkte meiner Proklamation zurück, die in Bälde über ganz Italien verbreitet werden sollen. Das dritte Item betrifft das Lösegeld. Ich fordere von den Freunden der Familie Harrogate ein Lösegeld in Höhe von dreitausend Pfund, was – wie ich sicher bin – als beinahe beleidigend gegenüber dieser Familie empfunden wird, da es nur eine so bescheidene Einschätzung ihrer Wichtigkeit repräsentiert. Wer würde nicht gern die dreifache Summe bezahlen, um einen Tag länger in diesem häuslichen Kreis verbringen zu dürfen? Ich will vor Ihnen nicht verhehlen, daß das Dokument mit gewissen juristischen Phrasen endet, alle die unerfreulichen Dinge betreffend, die passieren können, wenn das Geld nicht rechtzeitig bezahlt wird; doch inzwischen, meine Damen und Herren, lassen Sie mich Ihnen versichern, daß ich leidlich wohl mit Bequemlichkeit, mit Wein und Zigarren versehen bin, und seien Sie für den Moment in sportlichem Geiste hier herzlich willkommen zu den Genüssen des Paradieses der Diebe!«

Seine ganze Rede über hatten sich die zweifelhaft aussehenden Männer mit Karabinern und schmutzigen Filzhüten stumm und in so wachsender Anzahl um die Gesellschaft versammelt, daß selbst Muscari widerwillig zugeben mußte, daß ein Ausfall mit dem Degen hoffnungslos sei. Er blickte sich um; aber das Mädchen war bereits zu ihrem Vater hinübergegangen, um ihn zu trösten und aufzuheitern. Ihre natürliche Zuneigung für ihn war so stark oder stärker als ihr ein wenig snobistischer Stolz auf seinen Erfolg. Muscari bewunderte ihre kindliche Ergebenheit und war doch zugleich, mit der Unlogik des Liebhabers, durch sie irritiert. Er steckte seine Waffe in die Scheide zurück, trat zur Seite und warf sich mürrisch auf eines der Grasbüschel nieder. Der Priester setzte sich nahe neben ihn, und Muscari wendete ihm in augenblicklicher Gereiztheit seine Adleraugen und seine Adlernase zu.

»Nun«, sagte der Dichter schneidend, »glauben die Herrschaften immer noch, ich sei zu romantisch? Gibt es noch, frage ich, Briganten in den Wäldern?«

»Es wäre möglich«, sagte Pater Brown wie ein Ungläubiger.

»Was wollen Sie damit sagen?« fragte sein Partner scharf.

»Ich will damit sagen, daß ich sehr verwirrt bin«, erwiderte der Priester. »Ich bin verwirrt durch diesen Ezza oder Montano oder wie er sonst noch heißen mag. Er ist mir als Brigant noch viel unerklärlicher, als er es in seiner Rolle als Reiseführer war.«

»Aber warum denn?« fragte sein Reisegefährte. »Santa Maria! Ich hätte gedacht, als Räuber ist er eindeutig genug.«

»Ich habe mit ihm drei merkwürdige Schwierigkeiten«, sagte der Priester mit ruhiger Stimme. »Und ich hörte gerne Ihre Meinung darüber. Zuallererst muß ich Ihnen erzählen, daß ich damals in dem Restaurant am Ufer gesessen habe. Als Sie alle vier den Speisesaal verließen, gingen Sie und Miß Harrogate plaudernd und lachend voran; der Bankier und der Reiseführer blieben dagegen weiter zurück. Sie sprachen nur ganz wenig und ziemlich leise. Ich konnte aber nicht umhin zu hören, wie Ezza die folgenden Worte sagte: ›Lassen Sie das Mädchen noch ein wenig Spaß haben, Sie wissen ja, das Schreckliche kann sie jeden Augenblick treffen.‹ Mr. Harrogate antwortete nichts; so mußten die Worte wohl für ihn eine Bedeutung haben. Aus einem augenblicklichen Impuls heraus warnte ich ihren Bruder, daß sie in Gefahr sein könnte. Ich sagte über die Art der Gefahr nichts, da ich davon keine Ahnung hatte. Wenn er damit aber die Entführung in den Bergen gemeint hat, so war die Bemerkung Unsinn. Warum sollte der Reiseführer alias Räuberhauptmann seinen Auftraggeber warnen – und sei es nur durch einen Wink –, wenn er damit seine ganze Absicht gefährdete, ihn hier in den Bergen in eine Mausefalle zu locken? Das konnte nicht gemeint sein. Wenn aber nicht, was war das dann für ein Unheil, das über Miß Harrogate lauerte und das beiden, dem Reiseführer sowohl wie dem Bankier, im voraus bekannt war?«

»Ein Unheil über Miß Harrogate«, rief der Dichter aus und setzte sich ziemlich heftig aufrecht. »Erklären Sie sich, fahren Sie fort!«

»Alle meine Fragen drehen sich um unseren Banditenhäuptling«, nahm der Priester nachdenklich wieder das Wort. »Hier meine zweite: Warum bestand er bei seiner Forderung nach Lösegeld so sehr auf der Tatsache, daß er dem Opfer auf der Stelle bereits zweitausend Pfund abgenommen habe? Das hat doch nicht die leiseste Wirkung auf das Lockermachen des Lösegeldes. Ganz im Gegenteil: Harrogates Freunde hätten sicher viel mehr Angst um sein Leben, wenn sie die Diebe für arm und für zum Äußersten gedrängt hielten. Dennoch hat er den Raub an Ort und Stelle ganz besonders herausgestrichen und an die erste Stelle seiner Liste gestellt. Warum sollte Ezza Montano so darauf erpicht sein, ganz Europa mitzuteilen, daß er seinem Opfer die Taschen geleert habe, noch ehe er seine Erpressung durchgesetzt hat?«

»Ich habe keine Ahnung«, sagte Muscari und strich sein schwarzes Haar einmal ohne jede affektierte Geste zurück. »Vielleicht sind Sie der Ansicht, daß Sie mich aufklären, aber in Wahrheit stoßen Sie mich nur tiefer ins dunkel. Und was ist Ihr dritter Einwand gegen den König der Diebe?«

»Der dritte Einwand«, sagte, immer noch sehr im Grübeln, Pater Brown, »ist der Platz, auf dem wir sitzen. Warum nennt unser Räuberführer diesen Platz seine Hauptfestung und das Paradies der Diebe? Sicher, es ist ein angenehmer Fleck, um darauf zu landen, und es ist ein reizend anzusehender Ort. Sicher ist es auch richtig, wie er sagt, daß er vom Tal wie von der Höhe aus unsichtbar ist und sich darum sehr für ein Versteck eignet. Aber eine Festung ist es nicht. Niemals könnte es auch eine Festung sein. Ich glaube, von allen Festungen der Welt wäre diese sicher die unsinnigste. Denn der Platz wird offensichtlich von oben durch die Staatsstraße, die quer über die Berge führt, völlig beherrscht – gerade von dort her, wo die Polizei am wahrscheinlichsten auftauchen müßte. Haben uns hier vor noch nicht einer halben Stunde nicht fünf schäbige, kurzläufige Gewehre hilflos in Schach gehalten? Eine Viertelkompanie irgendwelcher Soldaten hätte uns im Nu in den Abgrund gejagt. Was also hat dieser verrückte kleine Flecken aus Gras und Blumen zu bedeuten? Eine Verschanzung ist es nicht, sondern etwas anderes: Es hat irgendeine sonderbare Bedeutung, einen Sinn, den ich nicht verstehe. Das ganze ist eher eine improvisierte Theaterdekoration oder eine natürliche Pergola, es ist wie die Szenerie zu einer romantischen Komödie, oder wie...«

Während sich die Worte des kleinen Priesters in die Länge zogen und in stockendem und träumerischem Nachdenken sich schließlich verloren, hörte Muscari, dessen Instinkt rasch und ungeduldig ansprach, ein neues Geräusch in den Bergen. Selbst für ihn waren die Laute vorerst nur sehr schwach und leise zu vernehmen, doch hätte er schwören mögen, daß die Abendbrise so etwas wie das Schlagen von Pferdehufen und entfernte Rufe mit sich führe.

Im gleichen Moment und noch lange, ehe die Geräusche auch das weniger erfahrene Ohr der Engländer erreicht hatten, eilte Montano, der Brigant, zum Straßenrand hinauf, stellte sich in das zerteilte Gesträuch, wobei er sich an einen Baum anlehnte, und spähte die Straße hinunter. Er gab, wie er so dastand, eine absonderliche Figur ab; denn er hatte sich zwar in seiner Eigenschaft als König der Banditen einen phantastischen Hut, ein Waffengehänge und einen nachschleppenden Degen zugelegt, aber beständig schimmerte der prosaische Tweedanzug des Reiseführers an unterschiedlichen Stellen bei ihm durch.

Kurze Zeit später drehte er sein olivfarbenes, höhnisches Gesicht um und machte eine Bewegung mit seiner Hand. Auf das Signal hin verstreuten sich die Räuber, nicht in wirrer Auflösung, sondern in einer Art eingeübter Guerilladisziplin. Statt die Straße entlang den Höhenkamm besetzt zu halten, verteilten sie sich am Weg und versteckten sich hinter Bäumen und Sträuchern, als wollten sie ungesehen einen herannahenden Feind beobachten. Der Lärm im Hintergrund wurde lauter; deutlich konnte man eine Stimme hören, die Befehle erteilte.

Die Räuber liefen unruhig durcheinander, fluchten und flüsterten, und die Abendluft füllte sich mit metallischen Geräuschen, als sie ihre Pistolen luden, die Messer locker machten und ihre Säbel an die Steine rasseln ließen. Dann schien sich der Lärm von beiden Seiten auf der darüberliegenden Straße zu begegnen: Zweige brachen ab, Pferde wieherten, Männer schrien auf.

»Hilfe zur rechten Zeit!« rief Muscari aus, sprang auf seine Füße und schwenkte den Hut: »Die Polizei geht ihnen an den Kragen! Vorwärts, für die Freiheit, und laßt uns eine gute Klinge für sie kreuzen! Seid Rebellen wider eure Räuber! Kommt und überlaßt nicht alles der Polizei, das ist so abscheulich modern. Fallt den Schurken in den Rücken! Die Polizei rettet uns, auf denn, ihr Freunde, und laßt uns die Polizei retten!«

Und damit warf er seinen Hut in die Luft, zog zum zweitenmal seinen Hirschfänger, und begann den Abhang zur Straße hochzuklettern. Frank Harrogate sprang auf und eilte ihm, den Revolver in der Hand, zu Hilfe, da fand er sich unerwartet von der rauhen Stimme seines Vaters, der in äußerster Aufregung schien, gebieterisch zurückgerufen.

»Ich will es nicht haben«, sagte der Bankier mit fast erstickter Stimme. »Ich befehle dir, dich hier nicht einzumischen.«

»Aber Vater«, sagte Frank mit Leidenschaft, »ein italienischer Ehrenmann gibt uns das Beispiel. Da kannst du nicht verlangen, daß die Engländer zurückstehen!«

»Es ist sinnlos«, sagte der ältere Mann und zitterte heftig am ganzen Körper, »es ist sinnlos. Wir müssen uns unter unser Geschick beugen.«

Pater Brown sah den Bankier an, dann legte er instinktiv seine Hand an sein Herz, wie es schien, in Wirklichkeit jedoch auf das kleine Fläschchen mit dem Gift, und ein helles, leuchtendes Erkennen kam in sein Gesicht, ähnlich dem, durch das sich der Tod den Menschen ankündigt.

Muscari hatte indessen, ohne weiter auf Hilfe zu warten, den Straßenrand erklommen und schlug dem Räuberhäuptling so heftig gegen die Schulter, daß dieser stolperte und herumgeschleudert wurde. Auch Montano hatte seinen Säbel aus der Scheide gezogen, und Muscari zielte, ohne weiter Laut zu geben, einen Hieb nach seinem Kopf, den dieser auffangen und parieren mußte. Doch noch während sich die beiden kurzen Klingen kreuzten und aufeinanderschlugen, ließ der König der Diebe schon seine Degenspitze sinken und lachte.

»Was soll das, alter Freund?« sagte er in gutgelauntem italienischen Dialekt. »Die verdammte Farce ist ohnehin gleich vorbei.«

»Was meinst du damit, du Schwindler?« keuchte der rachefühlende Poet. »Ist deine Tapferkeit ebenso bloßes Theater wie deine Ehrlichkeit?«

»Alles an mir ist Theater«, gab der Ex-Reiseführer in vollständiger und heiterer Gelassenheit zurück. »Ich bin ein Schauspieler, und sollte ich einmal privat einen Charakter besessen haben, so habe ich das lange vergessen. Ich bin sowenig ein genuiner Räuber wie ich ein genuiner Reiseführer war. Ich bin nichts als ein Bündel von Masken, und dagegen kannst du wohl kein Duell ausfechten.« Und er lachte mit lausbubenhaftem Vergnügen, ehe er in seine alte, breitbeinige Attitüde zurückfiel, mit dem Rücken dem Gefecht auf der Straße zugekehrt.

Die Dämmerung breitete sich unterhalb der Bergwände aus. Da war es nicht leicht, viel von dem Verlauf des Kampfes auszumachen, außer daß kräftige Gestalten ihre Pferde durch den Haufen der Räuber durchdrängten, und daß diese eher geneigt schienen, die Eindringlinge wegzuschieben und wegzudrücken, als sie umzubringen. Das Ganze wirkte eher wie eine Menschenmenge in der Stadt, die der Polizei den Weg versperrt, als wie das letzte Gefecht eines verlorenen und gesetzlosen Haufens von Räubern. Gerade als Muscari seine Augen noch voller Verwunderung umherschweifen ließ, fühlte er eine leichte Berührung an seinem Arm und sah wie einen kleinen Noah mit großem Hut den sonderbaren kleinen Priester neben sich stehen, der ihn um die Freundlichkeit bat, ihm ein oder zwei Worte sagen zu dürfen.

»Signor Muscari«, sagte der Pater, »in einer so vertrackten Krise werden Sie mir eine persönliche Bemerkung nachsehen. Ich möchte Ihnen, ohne Ihnen nahezutreten, einen Rat geben, wie sie mehr Gutes ausrichten können, als indem Sie den Polizisten helfen, die ohnehin hier durchbrechen werden. Sie müssen mir meine zudringliche Indiskretion nachsehen, aber: Liegt Ihnen etwas an dem Mädchen? Viel genug, meine ich, daß Sie es heiraten und daß Sie ein guter Ehemann sein wollen?«

»Ja«, sagte der Dichter ganz einfach.

»Liegt ihr etwas an Ihnen?«

»Ich denke schon«, kam die ebenso ernste Antwort.

»Dann gehen Sie gleich zu ihr hinüber und halten um ihre Hand an«, sagte der Priester. »Legen Sie ihr alles zu Füßen, was Sie können, Himmel und Erde, was Sie nur haben. Die Zeit ist knapp bemessen.«

»Warum?« fragte erstaunt der Mann der Feder.

»Weil«, sagte Pater Brown, »ihr Verhängnis eben die Straße heraufkommt.«

»Nichts kommt die Straße herauf«, argumentierte Muscari, »nur die Rettungsmannschaft.«

»Gehen Sie jedenfalls hinüber«, sagte sein Ratgeber, »und machen Sie sich bereit, sie vor ihrer Rettungsmannschaft zu retten.« Beinahe mit dem letzten Wort brachen, den ganzen Kamm entlang, die davonstürzenden Briganten durch das Gebüsch. Sie tauchten in Sträuchern und im dichten Gras unter, als ein besiegter und verfolgter Haufen. Sogleich sah man die großen, federgeschmückten Hüte der berittenen Gendarmerie oben über der niedergetretenen Hecke auftauchen. Ein neuer Befehl wurde erteilt; es gab einigen Lärm beim Absteigen, dann erschien ein stattlicher Offizier im Federhut, mit einem grauen Spitzbart und einem Blatt Papier in der Hand, genau in der Öffnung, die das Tor zum Paradies der Diebe bildete. Es gab ein augenblickliches Stillschweigen, das auf außerordentliche Weise durch den Bankier unterbrochen wurde, der mit heiserer und erstickter Stimme ausrief:

»Beraubt! Man hat mich beraubt!«

»Aber, das war doch schon vor Stunden«, rief sein Sohn verwundert, »da hat man dich um zweitausend Pfund beraubt!«

»Nicht um zweitausend Pfund«, sagte der Finanzier mit plötzlich wiedergewonnener und schrecklich anzusehender Fassung, »nur um ein kleines Fläschchen.«

Der Polizeioffizier mit dem grauen Spitzbart kam über die grüne Mulde auf die Gruppe zu. Als er dem König der Diebe auf seinem Weg begegnete, schlug er ihm mit einer Mischung aus Freundlichkeit und Grobheit auf die Schulter und gab ihm einen Stoß, der ihn forttaumeln ließ. »Du bist auch schön in die Patsche geraten«, sagte er, »wenn du solche Tricks zu spielen versuchst.«

Wieder schien es dem Künstlerauge Muscaris nicht ganz wie die Festnahme eines großen und verzweifelten Verbrechers. Der Offizier ging weiter, machte vor der Gruppe um Harrogate halt und sagte: »Samuel Harrogate, ich verhafte Sie im Namen des Gesetzes wegen Veruntreuung der Gelder der Hull und Huddersfield Bank.«

Der große Bankier nickte mit der grotesken Andeutung einer geschäftsmäßigen Zustimmung, schien dann einen Augenblick zu überlegen, und auf einmal, noch ehe jemand ihn hindern konnte, drehte er sich halb um und war mit einem Schritt an der Kante des äußersten Bergabsturzes. Er hob seine Hände hoch empor und sprang, genau wie er aus der Kutsche gesprungen war. Nur fiel er dieses Mal nicht auf die kleine Wiese direkt unter ihm; er stürzte tausend Fuß nach unten, um im Tal als ein Haufen zerschlagener Knochen liegenzubleiben.

Der Ärger des italienischen Carabiniero, den er lautstark Pater Brown gegenüber äußerte, war mit guten Teilen von Bewunderung versetzt. »Das sieht ihm ähnlich, uns am Schluß noch so zu entwischen«, meinte er. »Er war ein großer Räuber, wenn Sie es so wollen. Sein letzter Trick war, glaube ich, ohne jedes Beispiel.

Er entfloh mit dem Geld zu einer Gesellschaft nach Italien und ließ sich von Theaterräubern in seinem eigenen Sold entführen, um das Verschwinden des Geldes und sein eigenes Verschwinden zur gleichen Zeit zu erklären. Die Forderung nach Lösegeld wurde wirklich von der Polizei fast überall ernst genommen. Er hat ja auch schon seit vielen Jahren Unternehmungen getrieben, die nicht schlechter waren, wirklich nicht schlechter. Er wird ein schwerer Verlust für seine Familie sein.«

Muscari führte die unglückliche Tochter beiseite, die sich eng an ihn klammerte, wie sie es noch für viele Jahre später tun sollte. Aber noch in diesem tragischen Zusammenbruch konnte er nicht umhin, ein Lächeln über den Handschlag halbironischer Freundschaft für den unbezwingbaren Ezza Montano aufzubewahren. »Und wohin treibt es dich als nächstes?« fragte er ihn über die Schulter.

»Birmingham«, antwortete der Schauspieler und zog an seiner Zigarette. »Sagte ich nicht zu dir, daß ich ein Futurist bin? Ich glaube wirklich an alle diese Sachen, wenn ich überhaupt an etwas glaube. Veränderung, Erregung, Neuheiten jeden Morgen. Ich gehe nach Manchester, nach Liverpool, Leeds, Hull, Hudersfield, Glasgow, Chicago – kurz, eine aufgeklärte, energiegeladene, zivilisierte Gesellschaft.«

»Kurz«, sagte Muscari, »in das wahre Paradies der Diebe.«

Das Duell des Dr. Hirsch

Monsieur Maurice Brun und Monsieur Armand Armagnac eilten mit einer Art geschäftsmäßiger Beflissenheit über die sonnenbeschienenen Champs-Élysées. Beide waren sie klein, lebhaft und unternehmend. Beide trugen sie schwarze Bärte, die nicht zu ihrem Gesicht zu gehören schienen, nach der seltsamen französischen Mode geschnitten, die echtes Haar wie künstliches aussehen läßt. Monsieur Brun hatte einen dunklen keilförmigen Bart unter der Lippe kleben. Monsieur Armagnac hingegen hatte zwei Bärte, je einen aus jeder Seite seines ausgeprägten Kinnes hervorsprießen. Beide waren sie jung. Beide waren sie Atheisten, in ihrer Weltanschauung auf bedrückende Weise festgelegt, jedoch außerordentlich beweglich darin, sie zu verfechten.

Monsieur Brun war berühmt geworden durch den Vorschlag, das geläufige Wort »adieu« aus den klassischen Texten der französischen Literatur zu tilgen und auf seine Benützung im täglichen Sprachgebrauch eine mäßige Geldstrafe zu setzen. »Dann«, so meinte er, »wird auch der Name eures in der Einbildung existierenden Gottes zum letzten Mal in menschlichen Ohren sein Echo gefunden haben.« Monsieur Armagnac verlegte sich mehr auf den Widerstand gegen den Militarismus; so wollte er den Text der Marseillaise von »Zu den Waffen, Bürger« in »Auf zum Streik, Bürger« umändern. Seine Abneigung gegen Waffengewalt war übrigens von einer besonderen und gallischen Art. Ein bedeutender und sehr reicher englischer Quäker, der ihn aufsuchte, um über die Entwaffnung des ganzen Planeten mit ihm zu verhandeln, erlitt eine herbe Enttäuschung, als ihm Armagnac einleitend vorschlug, die Soldaten sollten doch ihre Offiziere erschießen.

Genau in diesem Punkt unterschieden sich die beiden Männer grundlegend von ihrem Vater und Meister in der Philosophie. Dr. Hirsch, wiewohl in Frankreich geboren und mit allen glorreichen Segnungen einer französischen Erziehung ausgestattet, war von gänzlich anderem Temperament; milde, träumerisch, menschenfreundlich und, ungeachtet eines skeptischen Systems, nicht ohne Sinn fürs Transzendentale. Er glich, kurz gesagt, mehr einem Deutschen als einem Franzosen; und sosehr sie ihn bewunderten, irgend etwas im Unterbewußtsein dieser Gallier wehrte sich gegen seine friedfertige Art, sich für den Frieden einzusetzen. Im übrigen Europa jedoch wurde Paul Hirsch von seinen Anhängern wie ein heiliger Weiser verehrt. Seine weitreichenden und gewagten Theorien legten Zeugnis ab für sein streng geführtes Leben und seine untadelige, wenn auch etwas unterkühlte moralische Einstellung. Er vertrat in etwa die Position von Darwin verbunden mit der Position von Tolstoi. Trotz alledem war er weder Anarchist noch Vaterlandsfeind; seine Ansichten über die allgemeine Abrüstung waren gemäßigt und zielten auf Evolution ab – die republikanische Regierung setzte beträchtliches Vertrauen in ihn, besonders was einige seiner chemischen Neuerungen betraf. Er hatte unlängst einen geräuschlosen Sprengstoff entdeckt, dessen Geheimnis die Regierung jetzt sorgfältig hütete.

Sein Haus stand an einer hübschen Straße nahe den Champs-Élysées – einer Straße, die in diesem heißen Sommer einen fast so dicht belaubten Eindruck machte wie der nahe liegende Park. Eine Allee von Kastanienbäumen wehrte die Sonnenhitze ab; nur an einer Stelle war sie unterbrochen, wo ein großes Café mit seinen Tischen bis an die Straße hinausreichte. Diesem beinahe gegenüber, befand sich der Wohnsitz des großen Wissenschaftlers, ein weißer Bau mit grünen Jalousien, vor dessen Fenstern im ersten Stock ein schmiedeeiserner Balkon entlanglief. Darunter führte das Eingangstor in einen freundlichen Hof, der teils gepflastert, teils mit Sträuchern bepflanzt war. Ihn durchquerten die beiden Franzosen in lebhaftem Gespräch.

Die Türe wurde ihnen von Simon, dem alten Diener des Doktors, geöffnet, den man mit seinem korrekten schwarzen Anzug, mit seinen grauen Haaren, seiner Brille und der vertrauenerwekkenden Umgangsweise ohne weiteres für den Doktor selbst hätte halten können. In der Tat war er ein viel überzeugenderer Mann der Wissenschaft als sein Herr, denn Dr. Hirsch erinnerte in seinem Aussehen an einen gegabelten Rettich, so sehr ließ der Klotz von einem Schädel den Rest seiner Person als verkümmert erscheinen. Mit dem gewichtigen Ernst eines großen Arztes, der ein Rezept aushändigt, übergab der Diener Monsieur Armagnac einen Brief. Dieser riß ihn mit der seinen Landsleuten eigenen Hast auf und las in aller Eile das folgende:

»Ich kann nicht zu Ihnen herunterkommen. Ein Mann ist in meinem Haus, dem zu begegnen ich streng ablehnen muß. Es ist ein chauvinistischer Offizier mit dem Namen Dubosc. Er sitzt auf der Treppe. In allen anderen Räumen hat er die Einrichtung zertrümmert. Ich habe mich in mein Arbeitszimmer eingeschlossen, dem Café gerade gegenüber. Wenn Sie mich lieben, so gehen Sie hinüber in das Café und warten Sie an einem der Tische draußen. Ich werde versuchen, ihn hinüberzuschicken. Ich möchte, daß Sie ihm antworten und mit ihm sprechen. Ich kann ihn nicht selbst treffen. Ich kann es nicht, ich will es nicht.

Es wird einen neuen Fall Dreyfus geben.

P. Hirsch.«

Monsieur Armagnac sah Monsieur Brun an. Monsieur Brun nahm sich den Brief, las ihn und sah Monsieur Armagnac an. Dann begaben sich beide rasch zu einem der kleinen Tische unter den Kastanien und besorgten sich zwei große Gläser mit jenem abscheulichen grünen Absinth, den sie offensichtlich bei jedem Wetter und zu jeder Tageszeit konsumierten. Außer ihnen schien das Café leer zu sein. Nur ein Soldat trank Kaffee an einem der Tische; an einem anderen saßen ein großer Mann, der einen kleinen Aperitif trank, und ein Geistlicher, der gar nichts trank.

Maurice Brun räusperte sich und sagte: »Natürlich müssen wir dem Meister in jeder Weise behilflich sein, aber...«

Es gab ein jähes Schweigen, dann sagte Armagnac: »Er mag

sehr triftige Gründe haben, diesem Mann nicht selbst begegnen zu wollen, aber…«

Bevor einer von ihnen noch seinen Satz beenden konnte, wurde es offenkundig, daß man den Eindringling aus dem gegenüberliegenden Haus vertrieben hatte. Die Büsche unter dem Eingangsbogen schwankten und brachen auseinander, als der unwillkommene Gast wie eine Kanonenkugel zwischen ihnen durchschoß.

Es war ein stämmiger Mann mit einem kleinen und schiefsitzenden Tirolerhut, ein Mann, der in seinem ganzen Aussehen etwas von einem Tiroler an sich hatte, breitschultrig, aber mit schlanken und behenden Beinen in Bundhosen und handgestrickten Strümpfen. Sein Gesicht war nußbraun; braun waren auch seine blanken und unruhigen Augen; sein dunkles Haar war steif aus der Stirn gebürstet, der Hinterkopf kurz abrasiert und gab einen mächtigen quadratischen Schädel frei. Auch trug er einen gewaltigen schwarzen Bart wie die Hörner eines Bisons. Ein so massiver Kopf sitzt im allgemeinen auf einem Stiernacken; dieser aber war durch einen großen bunten Schal verhüllt, in dem man bis zu den Ohren eingewickelt war und der vorne wie eine farbige Weste in seiner Jacke steckte. Es war ein Schal mit tiefen roten Farben, dunkles Rot, Altgold und Purpur, wahrscheinlich orientalischer Herkunft. Im ganzen hatte der Mann einen Hauch des Barbarischen an sich. Er wirkte eher wie ein ungarischer Landedelmann als wie ein gewöhnlicher französischer Offizier. Sein Französisch allerdings war unverkennbar das eines Ortsansässigen; und sein französischer Patriotismus war so impulsiv, daß es ans Absurde grenzte. Seine erste Handlung, kaum daß er aus dem Torbogen herausgeflogen war, bestand darin, mit Stentorstimme die Straße hinunterzurufen: »Gibt es hier noch Franzosen?«, so als riefe er nach Christen mitten in Mekka.

Armagnac und Brun standen sofort auf; aber es war zu spät. Aus allen Straßenecken kamen bereits Leute gelaufen und bildeten eine kleine, aber ständig wachsende Menschentraube. Mit dem sicheren Instinkt der Franzosen für die Politik der Straße war der Mann schon auf das Café gegenüber zugelaufen, sprang auf einen der Tische, ergriff einen Kastanienzweig, um sich im Gleichgewicht zu halten, und rief dröhnend wie einst Camille Desmoulins, als er die Eichenblätter unter das Volk streute:

»Franzosen!« donnerte er, »ich kann nicht reden! Gott stehe mir bei, gerade darum muß ich reden! Die Kerle in ihren lausigen Parlamenten, die das Reden gelernt haben, haben auch gelernt, den Mund zu halten... den Mund zu halten wie der Spion, der sich in dem Haus gegenüber verkrochen hat! Den Mund zu halten wie er, wenn ich an seine Schlafzimmertür trommle! Den Mund zu halten wie eben jetzt, obwohl er doch meine Stimme über die Straße hört und vor Angst schlottert! Oh, sie können auf eine sehr beredte Weise den Mund halten – diese Politiker! Aber die Zeit ist gekommen, da wir, die wir nicht reden können, reden *müssen*. Ihr alle seid an die Preußen verraten. Verraten in diesem Augenblick. Verraten durch diesen Mann. Ich bin Jules Dubosc, Colonel der Artillerie in Belfort. Wir haben gestern in den Vogesen einen deutschen Spion gefangen, und bei ihm wurde ein Papier gefunden... das Papier, das ich hier in meiner Hand halte. Oh, sie haben versucht, die Sache zu vertuschen; aber ich brachte den Fetzen direkt zu dem Mann, der ihn geschrieben hat, zu dem Mann in diesem Haus! Er ist in seiner Handschrift und gezeichnet mit seinen Initialen. Es ist eine Anweisung, das Geheimnis des neuen, geräuschlosen Pulvers zu finden. Hirsch hat das geräuschlose Pulver erfunden; Hirsch hat diesen Zettel darüber geschrieben. Die Aufzeichnung ist in deutscher Sprache, und sie wurde in der Tasche eines Deutschen gefunden. ›Sage dem Mann, die Formel für Pulver ist im grauen Umschlag in oberster Schublade links, im Schreibtisch des Kriegsministers, in roter Tinte. Soll vorsichtig sein. P. H.‹.«

Er ratterte seine kurzen Sätze wie ein Schnellfeuergewehr herunter, aber es war klar, daß er zu der Art von Menschen gehörte, die entweder verrückt sind oder im Recht. Die meisten in der Menge waren Nationalisten und rasch in bedrohlichem Aufruhr; eine Minderzahl von ebenso ärgerlichen Intellektuellen, angeführt durch Armagnac und Brun, machten die Mehrheit nur noch angriffslustiger.

»Wenn es sich um ein militärisches Geheimnis handelt«, rief Brun, »warum schreien Sie es auf die Straße hinaus?«

»Das will ich Ihnen sagen!« brüllte Dubosc über die brodelnde Menge hinweg. »Ich kam zu diesem Mann aufrichtig und höflich, wie es sich gehört. Wenn er eine Erklärung gehabt hätte, so wäre sie vollständig vertraulich von mir entgegengenommen worden. Er aber verweist mich an zwei Fremde in einem Café wie an zwei Dienstboten. Er hat mich aus dem Haus geworfen, aber ich komme zurück, das Volk von Paris hinter mir!«

Ein Aufschrei schien sogar die Fassade des Häuserblocks zu erschüttern, und zwei Steine flogen, von denen einer das Fenster über dem Balkon zertrümmerte. Der aufgebrachte Colonel stürzte sich erneut durch das Eingangstor, und sogleich hörte man ihn drinnen schreien und toben. Von Augenblick zu Augenblick schwoll die Menschenmenge weiter an; sie brandete gegen die Geländer und Treppen im Haus des Verräters; schon schien die Erstürmung des Gebäudes so unvermeidlich wie die der Bastille, da öffnete sich das zerbrochene Fenster, und Dr. Hirsch trat auf den Balkon heraus. Einen Augenblick lang schien die allgemeine Wut in Gelächter umzuschlagen; denn seine Erscheinung wirkte in einer solchen Szene absurd. Sein langer nackter Hals und die hängenden Schultern erinnerten an eine Champagnerflasche, aber das war auch das einzig Festliche an seinem Aussehen. Die Jacke hing an ihm wie an einem Kleiderständer; sein brandrotes Haar war lang und struppig; Backen und Kinn waren rings umsäumt von einem jener irritierenden Bärte, die weit weg vom Mund erst anfangen. Er war sehr bleich und trug eine blaue Brille.

Leichenblaß wie er war, sprach er doch mit so fester Entschlossenheit, daß der Pöbel bereits im Verlauf seines dritten Satzes ruhig wurde.

»...euch jetzt nur zwei Dinge zu sagen. Das erste gilt meinen Feinden, das zweite meinen Freunden. Meinen Feinden sage ich:

Es ist wahr, daß ich Monsieur Dubosc nicht sehen will, obwohl er gerade vor meiner Tür tobt. Es ist wahr, daß ich zwei andere Männer gebeten habe, ihm statt meiner entgegenzutreten. Und ich will euch sagen, warum! Weil ich ihn weder sehen will noch sehen darf – weil es gegen alle Regeln der Würde und der Ehre verstieße, ihn zu sehen. Ehe ich aber durch einen Gerichtshof von seinen Anschuldigungen glorreich freigesprochen werde, schuldet dieser Herr mir als Ehrenmann noch Satisfaktion, und wenn ich ihn an meine Sekundanten verweise, so folge ich genau…«

Armagnac und Brun schwenkten heftig ihre Hüte, und selbst die Feinde des Doktors brüllten Beifall bei dieser unerwarteten Herausforderung. Noch einmal gingen ein paar Pfiffe im Applaus unter, dann hörte man ihn sagen: »Zu meinen Freunden – ich selbst würde immer und ausschließlich die Waffen des Geistes bevorzugen, und eine weiterentwickelte Menschheit wird sich sicherlich darauf beschränken. Aber es ist unsere eigene und kostbarste Erkenntnis, daß Materie und Vererbung zwingende Kräfte sind. Zwar sind meine Bücher erfolgreich, meine Theorien unwiderlegt; in allen politischen Belangen habe ich unter einem schier körperlichen Vorurteil der Franzosen zu leiden. Ich darf nicht reden wie Clemenceau und Déroulède – deren Worte sind wie der Widerhall ihrer Pistolen. Die Franzosen verlangen nach dem Duellanten wie die Engländer nach dem Sportsmann. Gut – ich liefere die Probe aufs Exempel: Ich werde diesen barbarischen Tribut leisten und dann den Rest meines Lebens der Vernunft weihen.«

Sofort fanden sich zwei Leute in der Menge, die Dubosc ihre Hilfe anboten, der auch alsbald und vollkommen befriedigt wieder unter ihnen erschien. Einer der beiden war der einfache Soldat mit dem Kaffee; er sagte schlicht: »Ich stehe Ihnen zur Verfügung, Monsieur, ich bin der Herzog de Valognes.« Der zweite war der große Herr, dem sein Freund, der Geistliche, zuerst vergeblich abzuraten versuchte. Dann gab der Priester auf und ging allein davon.

Am frühen Abend wurde hinter dem Café Charlemagne ein

leichtes Essen serviert. Weder Glas noch vergoldeter Stuck deckte den Raum, doch hatten fast alle Gäste ein schwankes Blätterdach über dem Kopf; denn die dekorativ angeordneten Bäume standen so dicht zwischen den Tischen und um sie herum, daß der Eindruck eines lauschigen kleinen Gartens entstand. An einem der mittleren Tische saß in versunkener Einsamkeit ein rundlicher kleiner Geistlicher, der sich ernst und hingebungsvoll damit beschäftigte, einen Turm gebratener Weißfische abzubauen. Im Alltag an eine einfache Lebensführung gewöhnt, hatte er eine besondere Vorliebe für unerwartete und ausgefallene Genüsse; er war ein enthaltsamer Epikuräer. Er hob die Augen erst von seinem Teller, um den rote Paprikaschoten, Zitronen, Schwarzbrot und Butter etc. in Reih und Glied standen, als plötzlich ein Schatten quer über seinen Tisch fiel und sein Freund Flambeau sich ihm gegenübersetzte. Flambeau war verdüstert.

»Ich fürchte, ich muß mich aus diesem Geschäft zurückziehen«, sagte er mit Nachdruck, »natürlich bin ich auf seiten der französischen Soldaten wie Dubosc und gegen die französischen Atheisten, wie Hirsch einer ist. Der Herzog meinte ebenso wie ich, man müsse die Beschuldigung erst untersuchen, und ich bin sehr froh darüber.«

»Dann ist das Papier eine Fälschung?« fragte der Geistliche.

»Das ist ja gerade das Merkwürdige«, antwortete Flambeau. »Es ist ganz und gar Hirschs Handschrift, und niemand kann den kleinsten Fehler daran finden. Aber Hirsch hat es nicht geschrieben. Sofern er ein überzeugter Franzose ist, hat er es nicht geschrieben, weil es den Deutschen Informationen liefert. Ist er aber ein deutscher Spion, dann kann er es deshalb nicht geschrieben haben – nun, weil es den Deutschen überhaupt keine Informationen liefert.«

»Sie meinen, die Information ist falsch?« fragte Pater Brown.

»Falsch«, erwiderte der andere, »und zwar genau in dem Punkt, über den Dr. Hirsch bestimmt genauestens orientiert war – nämlich in seiner Aussage über das Versteck seiner eigenen Geheimformel in seiner eigenen Ministeriumsabteilung. Durch

Vermittlung von Hirsch und der Behörden wurde es dem Herzog und mir erlaubt, das Geheimfach im Kriegsministerium zu untersuchen, wo Hirschs Formel aufbewahrt wird. Wir sind die einzigen, die das Versteck gesehen haben, außer dem Erfinder selbst und dem Kriegsminister; dieser erlaubte es, um Hirsch vor dem Duell zu retten. Danach können wir Dubosc wirklich nicht mehr unterstützen, da sich seine Enthüllungen als Schwindel erwiesen haben.«

»Und sind sie Schwindel?« fragte Pater Brown.

»Ja«, sagte sein Freund verdrießlich. »Es ist eine ungeschickte Fälschung von jemandem, der von dem richtigen Versteck keine Ahnung hatte. Er behauptete, das Schriftstück sei in dem Fach rechts an dem Schreibtisch des Ministers. In Wirklichkeit ist das Fach mit der Geheimschublade links vom Schreibtisch. Er behauptet, der graue Schutzumschlag enthalte ein langes Dokument, mit roter Tinte geschrieben. Es ist nicht mit roter, sondern mit gewöhnlicher schwarzer Tinte geschrieben. Es ist unsinnig zu behaupten, Hirsch habe etwas Falsches über ein Papier gesagt, das nur ihm allein bekannt war; oder, daß er einem ausländischen Dieb dadurch habe helfen wollen, daß er ihn veranlaßte, in falschen Schubladen zu wühlen. Ich glaube, wir geben es auf und entschuldigen uns bei dem alten Rotfuchs.«

Pater Brown schien zu überlegen; er steckte einen kleinen Weißfisch auf seine Gabel. »Sind Sie sicher, daß der graue Umschlag im linken Fach lag?« fragte er.

»Ganz sicher«, entgegnete Flambeau. »Der graue Umschlag... es war in Wirklichkeit ein weißer... war...«

Pater Brown legte die Gabel mitsamt dem kleinen silbernen Fisch wieder hin und starrte zu seinem Freund hinüber. »Was?« fragte er mit völlig veränderter Stimme.

»Na und, was?« fragte Flambeau zurück und kaute herzhaft weiter.

»Er war *nicht* grau?« sagte der Geistliche. »Flambeau, Sie erschrecken mich.«

»Was, zum Teufel, erschreckt Sie daran?«

»Mich erschreckt der weiße Umschlag«, sagte der andere mit ernstem Tonfall. »Wenn er nur grau gewesen wäre! Zum Henker, er könnte genausogut grau gewesen sein! Aber wenn er weiß war, dann ist die ganze Angelegenheit schwarz. Der Doktor scheint da doch irgendwie herumgepfuscht zu haben.«

»Wenn ich Ihnen aber sage, daß der Doktor so einen Zettel gar nicht geschrieben haben kann!« rief Flambeau. »Alles auf dem Zettel stimmt nicht mit den Tatsachen überein. Und, schuldig oder unschuldig, Dr. Hirsch war genau über alle Tatsachen unterrichtet.«

»Der Mann, der diesen Zettel geschrieben hat, war auch genau unterrichtet«, sagte sein geistlicher Freund nüchtern. »Es wäre ihm sonst nicht gelungen, sie so falsch wiederzugeben. Man muß einen ganzen Haufen wissen, um jede Kleinigkeit falsch anzugeben... genau wie der Teufel.«

»Meinen Sie...?«

»Ich meine, jemand, der Lügen auf gut Glück erzählt, wird gelegentlich auch einmal einen wahren Tatbestand erwischen«, sagte sein Freund mit Überzeugung. »Nehmen Sie einmal an, jemand schickt Sie auf die Suche nach einem Haus mit einer grünen Türe, blauer Jalousie, mit einem Vorgarten, aber ohne Hinterhof, mit einem Hund, aber ohne Katze, wo Kaffee getrunken wird, aber niemals Tee. Sie würden vielleicht sagen, wenn Sie das Haus nicht finden können, alles sei nur erfunden. Ich sage, nein. Ich sage, wenn Sie ein Haus finden, dessen Tür blau und dessen Jalousie grün ist, das einen Hinterhof, aber keinen Vorgarten hat, wo Katzen gehalten, Hunde aber sofort erschossen werden, literweise Tee getrunken wird, Kaffee aber keinesfalls – dann wäre Ihnen klar, das richtige Haus gefunden zu haben. Der Mann, der Sie geschickt hat, muß dieses spezielle Haus gekannt haben, um so minutiös ungenau zu sein.«

»Aber was könnte dahinterstecken?« fragte sein Tischgenosse.

»Ich durchschaue es noch nicht«, sagte Brown. »Ich verstehe diese ganze Hirsch-Angelegenheit überhaupt nicht. Solange es nur die linke Schublade statt der rechten und rote Tinte statt schwarzer war, dachte ich, es handle sich um den zufälligen Schnitzer eines Fälschers. Da dachte ich ganz wie Sie. Drei ist aber eine mystische Zahl; sie setzt den Dingen ein Ende. Auch dieser Sache. Daß die Lage der Schublade, die Farbe von Tinte und Kuvert – das zufällig *keins* von diesen Dingen stimmen sollte; das *kann* kein Zufall sein. Es war auch keiner.«

»Was war es dann? Verrat?« fragte Flambeau und wandte sich wieder seiner Mahlzeit zu.

»Auch da bin ich mir nicht sicher«, antwortete Brown mit bestürzter Miene. »Das einzige, was mir einfällt... Nun, ich habe den Fall Dreyfus nie verstanden. Mir fällt es leichter, Beweisstücke aus moralischen Motiven abzuleiten als aus irgendwelchen anderen. Ich achte auf die Augen eines Menschen, auf seine Stimme, verstehen Sie, und ob seine Familie glücklich ist, und welchen Dingen einer nachhängt und welche einer vermeidet. Nun, der Fall Dreyfus hat mir Kopfzerbrechen gemacht. Nicht wegen der schrecklichen Dinge, die man sich gegenseitig zur Last legte. Ich weiß – auch wenn es nicht zeitgemäß ist, so etwas zu sagen –, daß die menschliche Natur, auch wenn sie am höchsten zu stehen scheint, zur Entartung neigt, daß die Menschen sich verhalten können wie Cenci oder Borgia. Nein, was mich verwirrte, war die Aufrichtigkeit auf beiden Seiten. Ich meine jetzt nicht die politischen Parteien. Die große Masse ist im Durchschnitt ehrlich und wird oft getäuscht. Ich meine die Personen der Handlung. Ich meine die Verschwörer, wenn sie Verschwörer waren. Ich meine den Verräter, wenn er ein Verräter war. Ich meine die Männer, die die Wahrheit wissen mußten. Dreyfus aber verhielt sich wie ein Mann, der überzeugt ist und bleibt, daß ihm unrecht geschieht. Und die Staatsmänner und Soldaten waren ebenso überzeugt, das Unrecht liege bei ihm. Ich sage nicht, daß ihr Benehmen richtig war. Ich sage nur, sie benahmen sich so, als ob sie von ihrem Recht überzeugt wären. Ich kann das alles nicht erklären, ich weiß nur, was ich sagen will.«

»Ich wollte, ich könnte es«, sagte sein Freund. »Aber was hat das alles mit dem alten Hirsch zu tun?«

»Nehmen Sie einmal an, jemand in einer Vertrauensstellung«, fuhr der Geistliche fort, »beginnt, dem Feind Informationen zu liefern, weil es falsche Informationen sind. Nehmen Sie an, er glaubte sogar, sein Vaterland zu retten, indem er die Fremden in die Irre führt. Nehmen Sie weiter an, dies würde ihn mit Spionen in Kontakt bringen, kleine Darlehen würden ihm gemacht, er selbst würde mit kleinen Verpflichtungen allmählich gebunden. Nehmen Sie schließlich an, er versuchte, seine widersprüchliche Stellung auf undurchsichtige Weise beizubehalten, den fremden Spionen zwar die Wahrheit nicht zu sagen, sie diese aber mehr und mehr erraten zu lassen. Sein besseres Ich – was immer davon noch übrig ist – könnte immer noch sagen: ›Ich habe dem Feind ja nicht geholfen; ich sagte, es sei die linke Schublade.‹ Sein schlechtes Ich müßte bereits sagen: ›Sie können aber merken, daß die rechte gemeint ist.‹ Ich halte das psychologisch für möglich – in einem aufgeklärten Zeitalter, versteht sich.«

»Psychologisch mag es möglich sein«, antwortete Flambeau, »das würde zweifellos erklären, warum Dreyfus sich ungerecht behandelt fühlte und seine Richter ihn trotzdem schuldig fanden. Historisch aber klappt das nicht, denn Dreyfus' Dokument, wenn es wirklich sein Dokument war, war auf den Buchstaben korrekt.«

»Ich dachte nicht an Dreyfus«, sagte Pater Brown.

Stille hatte sich allmählich um sie ausgebreitet, nachdem die Tische sich geleert hatten. Es war schon spät, auch wenn die Abendsonne an allem haftete, als sei sie durch Zufall in den Bäumen hängengeblieben. In das Schweigen hinein reagierte Flambeau mit einer plötzlichen Bewegung seines Stuhls, so daß ein vereinzeltes nachhallendes Geräusch entstand, und warf seinen Ellbogen über die Lehne.

»Nun«, sagte er unwirsch, »wenn Hirsch nichts Besseres ist als ein feiger Nachrichtenhändler...«

»Sie brauchen nicht zu streng mit ihnen sein«, meinte Pater Brown sanft. »Es ist nicht ganz ihre Schuld; sie haben eben keinen Instinkt. Ich meine damit das Gefühl, das eine Frau manchmal davon abhält, mit einem Mann zu tanzen, oder einen Mann, sich auf eine Spekulation einzulassen. Man hat ihnen beigebracht, alles sei eine Frage des Grades.«

»Jedenfalls«, rief Flambeau ungeduldig, »lasse ich auf meinen Duellanten nichts kommen, und ich werde bei der Stange bleiben. Der alte Dubosc mag eine Schraube locker haben, aber wenigstens ist er ein Patriot.«

Pater Brown wandte sich wieder seinen Weißfischen zu.

Aber etwas an der Unbeirrbarkeit seines Essens veranlaßte Flambeau, seine lebhaften dunklen Augen erneut auf seinen Freund zu richten. »Was ist mit Ihnen los?« fragte Flambeau, »Dubosc ist auf seine Weise in Ordnung. Sie zweifeln doch nicht an ihm?«

»Lieber Freund«, sagte der kleine Geistliche und legte Messer und Gabel mit einer Geste hilfloser Verzweiflung auf den Teller. »Ich zweifle an allem. An allem, meine ich, was heute passiert ist. Ich zweifle an der ganzen Geschichte, obwohl sie sich vor meinen Augen abgespielt hat. Ich zweifle an jeder Szene, die meine Augen seit heute morgen gesehen haben. An dieser Sache ist etwas, das zu einem landläufigen Polizeifall nicht paßt, wo der eine Mann mehr oder weniger lügt, der andere Mann mehr oder weniger die Wahrheit sagt. Nun, ich habe Ihnen die einzige Theorie entwickelt, die für irgend jemand befriedigend sein mag. *Mich* befriedigt sie nicht.«

»Mich auch nicht«, erwiderte Flambeau stirnrunzelnd, während der andere mit einem Ausdruck völliger Resignation an seinen Fischen weiteraß. »Wenn Ihre Mutmaßung nur darauf hinausläuft, daß eine Botschaft auch das Gegenteil ihrer Aussage vermitteln kann, dann würde ich das ungewöhnlich scharfsinnig nennen, aber... ja, wie würden Sie das nennen?«

»Ich würde es fadenscheinig nennen«, gab der Geistliche prompt zur Antwort, »ungewöhnlich fadenscheinig. Das ist aber auch das Seltsame an der ganzen Geschichte. So lügt doch nur ein Schuljunge. Es gibt nur drei Versionen, die von Dubosc, die von Hirsch und mein Hirngespinst. Entweder wurde dieser Zettel von einem französischen Offizier geschrieben, um einen französischen Beamten zugrunde zu richten; oder er wurde von einem französischen Beamten geschrieben, um deutschen Offizieren zu helfen; oder ein französischer Beamter hat ihn geschrieben, um deutsche Offiziere in die Irre zu führen. So weit, so gut. Man erwartet aber von einem Geheimdokument, welches zwischen Beamten und Offizieren von Hand zu Hand geht, daß es ganz anders aussieht. Man erwartet etwa eine Chiffrierung, zumindest Abkürzung; sicher eine wissenschaftliche und streng fachliche Terminologie. Dieses Papier ist bewußt einfach abgefaßt wie ein Groschenroman: ›In der purpurfarbenen Grotte wirst du ein goldenes Kästchen finden.‹ Es sieht so aus, ob…, als ob es absichtlich darauf angelegt wäre, sofort als Fälschung erkannt zu werden.«

Beinahe noch ehe sie ihn wahrnehmen konnten, war ein kleiner Mann in französischer Uniform auf ihren Tisch zugeeilt und ließ sich auf einen der Stühle fallen. »Ich habe außerordentliche Neuigkeiten«, sagte der Herzog de Valognes. »Ich komme eben von unserem Colonel. Er packt seine Sachen, um das Land zu verlassen, und bittet uns, ihn *sur le terrain* zu entschuldigen.«

»Was?« schrie Flambeau mit einer Ungläubigkeit, die an Entsetzen grenzte. »*Entschuldigen?*«

»Ja«, sagte der Herzog mürrisch, »jetzt und auf der Stelle vor allen Leuten, wo die Degen schon gezogen sind. Und Sie und ich sollen die Suppe auslöffeln, während er dabei ist, das Land zu verlassen.«

»Aber was *kann* das nur bedeuten?« schrie Flambeau. »Er kann doch nicht Angst haben vor diesem kleinen Hirsch! Verdammt noch mal!« schrie er in durchaus verständlicher Wut, »das gibt's doch nicht, daß jemand sich vor Hirsch fürchtet!«

»Ich glaube, es ist ein Komplott«, stieß der Herzog hervor. »Ein Komplott von Juden und Freimaurern. Es soll Hirschs Ruhm hochspielen…«

Pater Browns Miene sah unverändert aus, doch wirkte er seltsam zufrieden; Unwissenheit und Erkenntnis konnten sich gleichermaßen in seinem Gesicht ausdrücken. Wie der Blitz aber konnte die Maske der Dummheit fallen und die Maske der Klugheit ihren Platz einnehmen; und Flambeau, der seinen Freund kannte, wußte, daß dieser mit einemmal alles verstanden hatte. Brown schwieg und aß sein Fischgericht fertig.

»Wo haben Sie unseren geschätzten Colonel gesehen?« fragte Flambeau gereizt.

»Er ist um die Ecke im Hotel St. Louis bei den Élysées; wir sind mit ihm hingefahren, er packt zusammen, sage ich Ihnen.«

»Meinen Sie, er ist noch da?« fragte Flambeau und sah finster auf den Tisch.

»Ich glaube nicht, daß er schon weg sein kann«, erwiderte der Herzog. »Er muß für eine lange Reise packen...«

»Nein«, sagte Pater Brown in aller Seelenruhe und stand plötzlich auf. »Nur für eine ganz kurze Reise, in der Tat für eine besonders kurze. Aber wir können ihn noch rechtzeitig erwischen, wenn wir ein Taxi nehmen.«

Mehr war aus ihm nicht herauszubringen, bis der Wagen beim Hotel St. Louis um die Ecke fegte, wo sie ausstiegen und er sie alle eine Seitenstraße entlangführte, die schon tief im Schatten der hereinbrechenden Dunkelheit lag. Einmal, als der Herzog ungeduldig fragte, ob Hirsch nun des Verrats schuldig sei oder nicht, antwortete er ganz geistesabwesend: »Nein, nur des Ehrgeizes – wie Cäsar.« Dann fügte er etwas Zusammenhangloses hinzu: »Er führt ein sehr einsames Leben, er hat alles immer selbst machen müssen.«

»Nun gut, wenn er ehrgeizig ist, müßte er jetzt befriedigt sein«, sagte Flambeau verbittert. »Ganz Paris wird ihm zujubeln, nachdem unser verfluchter Oberst davongelaufen ist.«

»Sprechen Sie nicht so laut«, sagte Pater Brown mit gedämpfter Stimme, »Ihr verfluchter Oberst ist da vorne.«

Die beiden anderen zuckten zusammen und zogen sich in den Schatten der Wand zurück, denn die stämmige Gestalt ihres flüchtigen Duellanten erschien tatsächlich vor ihnen, in jeder Hand eine Reisetasche. Er sah beinahe genauso aus wie bei ihrem ersten Zusammentreffen, nur hatte er seine malerischen Bergsteiger-Kniehosen gegen die herkömmlichen Beinkleider vertauscht. Es war klar, er machte sich gerade aus dem Staube.

Die Seitenstraße, auf der sie ihn verfolgten, führte an Hinterhöfen entlang und wirkte wie die Rückseite einer Bühne. Eine dunkle Mauer ohne Ende säumte die eine Seite, gelegentlich unterbrochen von abgenutzten, verschmutzten Türen, alle fest verschlossen und unansehnlich, es sei denn, ein herumstrolchender Lausbub hätte sie mit Kreide vollgekritzelt. Traurig dunkle Baumwipfel schauten hin und wieder über die Mauer, jenseits derer im verglühenden Abendlicht die Rückseite einer langen Reihe hoher Häuser erschien, wie sie in Paris üblich sind. Sie war gar nicht weit weg und wirkte trotzdem wie eine unerreichbare marmorne Bergkette. Die andere Seite der Gasse war durch das hohe düstere Gitter eines Parks begrenzt.

Flambeau sah sich beklommen um. »Ich weiß nicht«, sagte er, »etwas an diesem Ort…«

»Hallo«, rief der Herzog plötzlich, »der Kerl ist verschwunden. Er hat sich aufgelöst wie ein Gespenst!«

»Er hat einen Schlüssel«, erklärte der Priester, »er ist nur durch eine dieser Gartentüren gegangen.« Und während er noch sprach, hörten sie eine der hölzernen Türen vor ihnen ins Schloß fallen. Flambeau stürzte auf das Gartentor zu, das sich direkt vor seiner Nase geschlossen hatte, und stand einen Moment davor, von Neugierde zerrissen und an seinem schwarzen Schnurrbart kauend. Er streckte seine langen Arme aus und schwang sich gespannt wie ein Affe auf die Mauer. Seine mächtige Gestalt stand schwarz gegen den purpurnen Abendhimmel, ganz wie die Baumwipfel neben ihm.

Der Herzog sah den Geistlichen an. »Duboscs Flucht ist sorgfältiger durchgeführt, als wir dachten«, sagte er, »aber ich nehme doch an, er wird Frankreich den Rücken kehren.«

»Er wird allem den Rücken kehren«, antwortete Pater Brown.

Valognes Augen leuchteten, aber seine Stimme senkte sich. »Sie meinen Selbstmord?« fragte er.

»Man wird seine Leiche niemals finden«, meinte der andere.

Flambeau auf der Mauer stieß einen unterdrückten Schrei aus. »Mein Gott«, rief er auf französisch, »jetzt weiß ich, wo wir sind. Es ist die Rückseite der Straße, in der der alte Hirsch wohnt. Ich meine doch, ich kann immer noch die Kehrseite des Hauses so gut erkennen wie die eines Menschen.«

»Und Dubosc ist hier hineingegangen«, rief der Herzog, sich auf die Schenkel schlagend. »Nun werden sie einander noch begegnen!« Und mit einem Ausbruch seines gallischen Temperaments sprang er zu Flambeau auf die Mauer, setzte sich und strampelte buchstäblich mit den Füßen. Nur der Geistliche blieb unten an die Wand gelehnt stehen, drehte dem Schauplatz der Ereignisse den Rücken und sah nachdenklich über den Zaun des Parks auf die im Zwielicht schimmernden Bäume.

Der Herzog übte trotz seiner Aufregung die Zurückhaltung des Aristokraten. Er wollte zwar das Haus sehen, aber nicht es ausspionieren; Flambeau jedoch, der die Instinkte eines Einbrechers (und eines Detektivs) hatte, war bereits von der Mauer in die Gabelung eines Baumes gesprungen, von wo er ganz nahe zu dem einzig erleuchteten Fenster an der Rückseite des hohen dunklen Hauses kriechen konnte. Das Licht war durch eine rote Jalousie nur schlecht verdeckt, so daß an einer Seite ein Spalt klaffte. Auf diese Weise konnte Flambeau sehen – sein Leben an der Spitze eines verräterisch dünnen Astes aufs Spiel setzend –, wie Oberst Dubosc in einem strahlend hellen und luxuriös eingerichteten Schlafzimmer umherging. Trotz der Nähe des Hauses konnte Flambeau hören, was seine Gefährten an der Mauer sagten, und er wiederholte leise:

»Ja, jetzt werden sie sich endlich treffen!«

»Sie werden sich niemals treffen«, sagte Pater Brown. »Hirsch hatte recht, als er sagte, daß in einem solchen Fall die Duellanten einander nicht treffen dürften. Haben Sie die seltsame psychologische Geschichte von Henry James gelesen, von den zwei Leuten, die sich so lange aus Zufall verfehlten, daß sie sich schließlich voreinander fürchteten und meinten, das Schicksal lauere hinter ihnen? Dies hier ist ähnlich, aber noch merkwürdiger.«

»In Paris gibt es genug Leute, die die beiden von solchen krankhaften Einbildungen heilen werden«, sagte Valognes rachesüchtig. »Und wie sie sich treffen werden, wenn wir sie fangen und zwingen, miteinander zu kämpfen!«

»Sie werden sich nicht einmal am Jüngsten Tag begegnen«, sagte der Priester. »Selbst wenn unser Herrgott das Weltenszepter am Kampfplatz schwingen wollte, selbst wenn St. Michael die Trompete zum Kampfbeginn blasen würde – selbst dann, wenn der eine bereit stünde, der andere würde nicht kommen.«

»Was sollen, zum Donnerwetter, diese mystischen Sprüche?« rief der Herzog de Valognes ungeduldig. »Warum in aller Welt sollen die beiden sich nicht wie andere Leute auch treffen?«

»Jeder ist das Gegenteil des anderen«, sagte Pater Brown und lächelte geheimnisvoll. »Sie widersprechen sich. Sie schließen sich aus, sozusagen.«

Dann blickte er wieder auf die dunkler werdenden Bäume von gegenüber. Valognes aber wandte ganz plötzlich, auf einen mühsam unterdrückten Ausruf Flambeaus hin, seinen Kopf. Der Späher hatte gerade in dem erleuchteten Raum gewahrt, wie der Oberst im Weitergehen seinen Rock auszog. Flambeaus erster Gedanke war es, daß es jetzt wirklich nach Kampf aussah; aber sogleich gab er diese Überlegung zugunsten einer neuen preis. Der mächtige Brustkasten und die breiten Schultern von Dubosc waren auf einmal nichts als eine dicke Schicht Watte und verschwanden mit seiner Jacke. In Hemd und Hosen war es ein eher schmächtiger Herr, der jetzt durch das Schlafzimmer dem Bad zustrebte, mit keiner grimmigeren Absicht als der, sich zu waschen. Er beugte sich über das Waschbecken, versenkte das tropfende Gesicht in ein Handtuch und drehte sich schließlich um, so daß helles Licht auf ihn fiel. Der braune Teint war geschwunden, ebenso der dicke schwarze Schnurrbart. Der Mann war glatt rasiert und sehr blaß. Vom Oberst blieb nichts weiter übrig als die glänzenden braunen faltigen Augen. Unten an der Mauer fuhr Pater Brown mit seinen tiefsinnigen Überlegungen fort, als ob er nur zu sich selbst spräche:

»Es ist genau, wie ich zu Flambeau gesagt habe. Mit diesen Gegensätzen geht es nicht. Sie funktionieren nicht. Sie kämpfen auch nicht. Wenn es weiß ist statt schwarz und fest statt flüssig und immer so weiter – dann stimmt da etwas nicht, Monsieur, dann stimmt da etwas nicht. Der eine der Männer ist hell, der andere dunkel – der eine dick, der andere dünn, einer stark, der andere schwach. Der eine hat einen Schnurrbart und keinen Vollbart, so daß man seinen Mund nicht sehen kann; der andere hat einen Vollbart und keinen Schnurrbart, so daß man sein Kinn nicht sehen kann. Einer hat das Haar bis zum Schädel abrasiert, dafür einen Schal, der seinen Hals verbirgt, der andere hat niedrige Hemdkrägen, aber langes Haar, um seinen Schädel zu verdecken. Es ist alles zu sauber aufeinander abgestimmt, Monsieur, und da ist etwas faul an der Sache. Dinge, die so gegensätzlich sind, können nicht miteinander streiten. Wo immer der eine herauskommt, verschwindet der andere. Wie ein Gesicht und seine Maske, wie ein Schloß und der Schlüssel dazu…«

Flambeau starrte in das Haus mit einem Gesicht, so weiß wie ein Leintuch. Der Mann in dem Zimmer stand mit dem Rücken zu ihm vor einem Spiegel. Er hatte inzwischen einen Kranz fettiges rotes Haar um sein Gesicht gelegt; es hing unordentlich um seinen Kopf herum und klebte an seinem Kinn und an seinen Backen, den spöttischen Mund freigebend. – Aus dem Spiegel blickte, fürchterlich grinsend, nunmehr ein bleiches Judasgesicht, umgeben von züngelndem Höllenfeuer. Für den Bruchteil einer Sekunde sah Flambeau die wilden rotbraunen Augen flakkern, dann waren sie von einer blauen Brille verdeckt. Die Gestalt schlüpfte in einen losen schwarzen Umhang und verschwand in Richtung auf die Hausfront. Kurz darauf verkündete brausender Beifall von jenseits der Straße, daß Dr. Hirsch wieder auf dem Balkon erschienen war.

Der Mann in der Galerie

Die beiden Männer tauchten gleichzeitig an den gegenüberliegenden Enden einer Art Galerie auf, die an einem Seitenflügel des Apollo-Theaters in Adelphi entlang führte. Das Licht der hereinbrechenden Dämmerung fiel satt und leuchtend in die Straßen. Im Vergleich dazu war die lange Galerie dunkel, so daß einer den anderen in der Entfernung nur als schemenhaften Umriß ausmachen konnte. Dennoch erkannten sie sich selbst in dieser trüben Düsternis; denn beide Männer waren von unverwechselbarer Erscheinung. Und sie haßten einander.

Die überdachte Galerie führte auf der einen Seite zu einer der steilen Gassen von Adelphi, auf der anderen zu einer Terrasse, von der aus man den in Abendrot getauchten Fluß überblicken konnte. Eine kahle Mauer begrenzte den Durchgang auf der einen Seite: Teil eines verwahrlosten, mittlerweile geschlossenen Theaterrestaurants. An jedem Ende der anderen Galeriewand waren zwei Türen eingelassen. Keine von beiden wirkte wie die üblichen Bühnenausgänge. Es schien sich eher um eine Art Geheimtür für Star-Schauspieler zu handeln, in diesem Fall für die Hauptdarsteller der Shakespeare-Aufführung dieses Tages. Solche Prominenzen bevorzugen verschwiegene Ein- und Ausgänge, um Freunden zu begegnen oder ihnen auszuweichen.

Mit Sicherheit gehörten die beiden Männer hier zu diesen Eingeweihten, die augenscheinlich wußten, was es mit diesen Türen auf sich hatte, und sicher schienen, daß man ihnen öffnete; denn beide näherten sich derselben Tür mit der gleichen selbstsicheren Gelassenheit. Indes, sie taten es nicht gleich schnell; der Mann vom entfernteren Ende beeilte sich so, daß beide nahezu gleichzeitig vor dem geheimen Bühnenausgang eintrafen. Sie tauschten einen höflichen Gruß, verharrten einen Augenblick, ehe derjenige von ihnen, der schneller gegangen war und der Ungeduldigere zu sein schien, an die Tür klopfte.

Nicht nur darin zeigte sich jener Grad der Verschiedenheit beider Männer, der nicht zuließ, den einen dem anderen unterlegen zu nennen. Privat galt jeder auf seine Weise als tüchtig und beliebt. Öffentlich gehörten sie beide zur besten Gesellschaft. Aber alles an ihnen, vom Ansehen bis zum Aussehen, war durchaus unvergleichbar. Sir Wilson gehörte zu jenem Gesellschaftstyp, dessen Rang einfach jedermann geläufig war. Je intimer man in den maßgeblichen Kreisen verkehrte, desto zwangsläufiger stieß man auf Sir Wilson Seymour. In der Reihe jener vielen inkompetenten Komiteemitglieder, die sich von der Reform der Königlichen Akademie bis hin zu Metallegierungsproblemen der Großbritannischen Industrie mit allem und jedem beschäftigten, war er mit Abstand der kompetenteste. Seine besondere Domäne war die Kunst: Er war eine solche Ausnahmeerscheinung, daß niemand mit Sicherheit beurteilen konnte, ob hier nun ein bedeutender Aristokrat zum Künstler oder ein bedeutender Künstler zum Aristokraten geworden war. Kurzum: Schon ein Fünfminutengespräch mit ihm verschaffte einem den Eindruck, als habe man zeitlebens unter seinem bestimmenden Einfluß gestanden.

Er war eine distinguierte Erscheinung im Sinne des Wortes: zurückhaltend und einzigartig zugleich. An seinem Seidenzylinder gab es modisch nichts auszusetzen, dennoch unterschied er sich von allen anderen – war vielleicht ein wenig gestreckter und unterstrich so die Körpergröße des Mannes. Seine hohe, schlanke Gestalt war leicht gebeugt, doch wirkte sie in keiner Weise schwächlich. Sein Haar war silbergrau, ließ ihn aber nicht alt erscheinen; er trug es länger als üblich, was ihm gleichwohl keine weichlichen Züge verlieh; es war lockig, wirkte aber nicht frisiert. Sein sorgfältig gestutzter Bart gab ihm eine betont männliche, ja militärische Note, vergleichbar jenen alten Generälen von Velasquez, deren dunkle Porträts in seinem Hause hingen. Seine grauen Handschuhe waren um eine Nuance bläulicher, sein Stock mit dem Silberknauf um eine Spur länger als Dutzende solcher Handschuhe und Stöcke, wie man sie in Theatern und Restaurants kokett zu wirbeln pflegte.

Der andere Mann war nicht so groß, aber niemandem wäre es eingefallen, ihn klein zu nennen, sondern nur kräftig und gutaussehend. Auch sein Haar war lockig und um den massigen Schädel kurzgeschoren: ein Kopf, mit dem man Türen einrennt, um mit Chaucer zu reden. Sein militärisch geschnittener Schnurrbart und seine Schulterhaltung wiesen ihn als Soldaten aus, doch hatte er so eigentümlich offene und durchdringend blaue Augen, wie man sie häufiger bei Seeleuten findet. Er wirkte irgendwie kantig und eckig: sein Kinn, seine Schultern, sogar sein Rock wirkten kantig. Und in der Tat hatte ihn Mr. Max Beerbohm in der seinerzeit gängigen »extremen Richtung der Karikatur« als den verkörperten Lehrsatz aus dem Vierten Buch des Euklid dargestellt.

Denn auch er war ein prominenter Mann, wenngleich er Erfolge ganz anderer Art aufzuweisen hatte. Man mußte durchaus nicht in den besten Kreisen verkehren, um von Kapitän Cutler, der Belagerung von Hongkong und dem großen Marsch durch China gehört zu haben. Wo immer man sich aufhielt, es war von ihm die Rede; jede zweite Ansichtskarte zierte sein Porträt, jedes zweite Bilderblatt brachte seine Karten und beschrieb seine Schlachten, in Varietés und auf Drehorgeln wurden Lieder zu seinen Ehren gespielt. Sein möglicherweise unbeständigerer Ruhm war gleichwohl zehnmal größer, verbreiteter und spontaner als der des anderen Mannes. In Tausenden englischer Heime galt er – allenfalls Nelson vergleichbar – als epochale Größe. Dennoch hatte er in England unvergleichlich weniger Macht als Sir Wilson Seymour.

Die Tür wurde den beiden Männern von einem alten Bediensteten oder Kammerdiener geöffnet, dessen niedergeschlagene Miene und Haltung, dessen schäbiger schwarzer Rock und abgewetzte Hosen einen merkwürdigen Kontrast bildeten zu der gleißenden Garderobeneinrichtung der berühmten Schauspielerin. Die Wände waren über und über mit Spiegeln behängt und verstellt, die den Raum aus allen möglichen Brechungswinkeln so reflektierten, daß er wie die zahllosen Facetten eines riesigen

Diamanten wirkte – falls das Innere eines Diamanten überhaupt vorstellbar ist. Die anderen Luxus-Attribute, einige Blumen, bunte Kissen, Erinnerungsstücke an Bühnenkostüme, wurden von all den Spiegeln zu einem verrückt-verworfenen Bild aus »Tausendundeiner Nacht« vervielfältigt, das sich, einem Vexierbild gleich, unaufhörlich irisierend veränderte, da der umherschlurfende Diener mal einen Spiegel herauszog, mal einen anderen an die Wand zurückschob.

Beide Männer redeten den dumpfen Bediensteten mit Namen an, nannten ihn Parkinson und fragten ihn nach der Lady: Miß Aurora Rome. Parkinson sagte, sie sei im Nebenraum, und er wolle hineingehen, um die Herren zu melden. Ein Schatten huschte über das Gesicht der beiden Besucher, denn das angrenzende Zimmer war das Privatgemach des berühmten Schauspielers, mit dem zusammen Miß Aurora auf dem Theater spielte; schließlich gehörte sie zu den Frauen, die mit Bewunderung zugleich auch Eifersucht entfachen. Nach einer halben Minute öffnete sich die Verbindungstür, und sie trat auf, wie sie es stets tat – bühnenreif sogar im Privatleben, so daß selbst die herrschende Stille als tosender, wohlverdienter Beifall erschien.

Bekleidet war sie mit einem sonderbaren Gewand aus pfauengrünem und pfauenblauem Satin, der wie blaues und grünes Metall schimmerte, ganz so, wie es Kinder und Schöngeister entzückt. Ihr schweres, kastanienbraunes Haar umrahmte eines jener Mädchengesichter, wie sie allen Männern, besonders aber Jünglingen und den Herren mit den grauen Schläfen gefährlich zu werden pflegen. Zusammen mit ihrem Partner, dem berühmten amerikanischen Schauspieler Isidore Bruno, brachte sie eine besonders poetische und phantastische Deutung des »Sommernachtstraums« auf die Bühne, natürlich mit Oberon und Titania, verkörpert von Bruno und ihr selbst, als den tragenden Rollen. In dieser traumhaften und erlesenen Dekoration, die einer Kulisse für geheimnisvolle Tänze angemessen schien, unterstrich das grüne Kostüm – schillernden Käferflügeln vergleichbar – ihre einzigartige, schwer zu erfassende, elfenhafte Ausstrahlung.

Doch ein Mann, wenn er ihr bei Tageslicht gegenüberstand, war von nichts anderem fasziniert als vom Gesicht dieser Frau.

Sie begrüßte beide Besucher mit jenem strahlenden und zugleich spöttischen Lächeln, das so viele Männer in einer gerade noch gefährlichen Distanz zu ihr hielt. Sie nahm von Cutler Blumen entgegen, die ebenso exotisch und kostspielig waren wie seine Siege, und empfing von Sir Wilson Seymour ein Geschenk ganz anderer Art, das dieser Gentleman ihr etwas später und in etwas nonchalanterer Weise überreichte. Denn es widerstrebte seiner ganzen Art und Erziehung, heftige Gefühle zur Schau zu tragen, und zugleich seiner konventionellen Konventionslosigkeit, so etwas banal Selbstverständliches zu schenken wie Blumen. Er habe zufällig eine Kleinigkeit ausfindig gemacht, sagte er, etwas, das eher eine Kuriosität sei; ein antiker griechischer Dolch aus der Mykenischen Epoche, der sehr wohl zur Zeit des Theseus und der Hippolyta getragen worden sein mochte. Wie alle Waffen der Heldenzeit sei er aus Bronze gemacht, seltsamerweise noch immer scharf genug, um jemanden damit erstechen zu können. Besonders die blattartige Form sei es gewesen, die ihn angezogen habe: vollkommen wie eine griechische Vase. Wenn er von irgendwelchem Interesse für Miß Rome sei oder sie ihn irgendwie in ihrem Stück verwenden könne, so hoffe er, sie würde...

Die Tür zum Nebenzimmer wurde aufgerissen, und es erschien eine stattliche Person, die zu dem in seinen Erläuterungen unterbrochenen Seymour sogar einen noch größeren Gegensatz bildete als Kapitän Cutler. Beinahe sechseinhalb Fuß hoch und mit mehr ausgestattet als nur Theatermuskeln und -sehnen, glich Isidore Bruno, angetan mit einem prächtigen Leopardenfell und dem goldbraunen Schmuck Oberons, einem heidnischen Gott. Er stützte sich auf eine Art Jagdspeer, der sich auf der Bühne wie ein leichter Silberstab ausnehmen mochte, in dem kleinen und verhältnismäßig engen Raum jedoch so alltäglich wie eine spitze Eisenstange aussah – allerdings auch ebenso gefährlich. Seine lebhaften schwarzen Augen rollten temperamentvoll in seinem bronzefarbenen Gesicht; und so hübsch es auch war, stachen in diesem Augenblick nur die hohen Backenknochen und die zusammengekniffenen Zähne hervor, die gewisse in Amerika umlaufende Gerüchte über seine Abstammung aus den Plantagen der Südstaaten wachriefen.

»Aurora«, begann er mit seiner tiefen, vor Leidenschaft bebenden Stimme, die so oft die Zuhörer ergriffen hatte, »willst du…«

Er hielt unschlüssig inne, als plötzlich eine sechste Gestalt in der Türöffnung auftauchte – eine Gestalt, die in diesem Milieu so wenig am Platze war, daß sie beinahe lächerlich wirkte. Es war ein auffallend kleiner Mann in der schwarzen Kleidung eines römisch-katholischen Weltgeistlichen, der sich, insbesondere in Gegenwart Brunos und Auroras, ausnahm wie ein aus einer geschnitzten Arche entsprungener hölzerner Noah. Er schien sich jedoch keiner Kontrastwirkung bewußt zu sein, sondern sagte mit schlichter Höflichkeit: »Ich glaube, Miß Rome hat nach mir geschickt.«

Ein genauer Beobachter hätte bemerken können, daß die Temperatur der herrschenden Emotionen bei dieser unemotionellen Unterbrechung eher stieg. Die Sonderstellung dieses professionellen Junggesellen schien es den anderen klarzumachen, daß sie um die Frau herumstanden wie eine Versammlung verliebter Rivalen: Er trat auf wie ein Fremder, der, wenn er mit einem schneebedeckten Mantel in ein Zimmer tritt, erst richtig zu erkennen gibt, daß es darin so heiß wie in einem Backofen ist. Die Gegenwart dieses einen Mannes, der sie nicht liebte, verstärkte das deutliche Gefühl von Miß Rome, alle anderen seien in sie verliebt, und zwar jeder auf eine irgendwie gefährliche Art: der Schauspieler mit allen Begierden eines Wilden und eines verwöhnten Kindes; der Soldat mit dem primitiven Egoismus eines Mannes, der mehr Willen als Verstand hat; Sir Wilson mit jener täglich stärker werdenden Konzentration, mit der alte Hedonisten sich einer Liebhaberei hingeben; und endlich – mit der stumpfen Hingabebereitschaft eines Hundes – sogar der unterwürfige Parkinson, der sie schon vor ihren Triumphen gekannt hatte und ihr zunächst mit Blicken, dann hinter ihr herschlurfend ins Zimmer gefolgt war.

Ein gewitzter Beobachter hätte jedoch noch etwas Sonderbareres bemerken können. Und der Mann, der einem schwarzen hölzernen Noah glich (dabei aber keineswegs einiger Schlauheit ermangelte), registrierte es denn auch mit besonderem, gleichwohl verhaltenem Vergnügen. Es war offensichtlich, daß die große Aurora, obwohl keineswegs gleichgültig gegenüber der Bewunderung des anderen Geschlechtes, in diesem Augenblick alle diese Männer, die sie anhimmelten, loswerden und allein sein wollte mit dem einen Mann, der sie zumindest in diesem gewissen Sinne nicht bewunderte. Der kleine Geistliche vermerkte respektvoll und freudig die Entschlossenheit und weibliche Diplomatie, mit der sie sich an diese Aufgabe machte. Wie einen napoleonischen Feldzug beobachtete er ihr schnelles und genaues Geschick, alle zu verjagen und keinen zu verbannen. Bruno, der große Schauspieler, war so kindisch, daß es leicht war, ihn hinauszuschicken; wie ein schmollendes Kind verließ er das Zimmer und schlug die Tür hinter sich zu. Cutler, der britische Offizier, erwies sich in einer solch delikaten Situation als Dickhäuter, war jedoch peinlich genau, wenn es um Umgangsformen ging. Er würde alle Winke ignorieren, aber eher sterben, als den bestimmten Auftrag einer Dame ignorieren. Was den guten Seymour anging, so mußte der ganz anders behandelt werden; er wurde als letzter entlassen. Die einzige Methode, ihn loszuwerden, war, ihn vertrauensvoll als alten Freund anzusprechen und ihn in das Geheimnis dieses gelinden Hinauswurfs einzuweihen. Der Geistliche bewunderte Miß Rome aufrichtig, wie sie es mit einer wohlerwogenen Strategie verstand, ihre Absichten zu erreichen.

Sie ging zu Kapitän Cutler hinüber und sagte in ihrer gewinnendsten Art: »Ich werde all diese Blumen werthalten, weil es wahrscheinlich Ihre Lieblingsblumen sind. Aber sehen Sie, ohne meine Lieblingsblumen wären sie nicht vollzählig. Gehen Sie doch, bitte, hinüber in jenes Geschäft an der Ecke dort, und holen Sie mir einige Maiglöckchen, dann wird alles ganz wunderschön sein.«

Das erste Ziel ihrer Diplomatie, der Weggang des wütenden Bruno, war dadurch erreicht. Mit einer königlichen Gebärde hatte er seinen Speer wie ein Zepter dem erbarmungswürdigen Parkinson überreicht und war eben dabei, sich auf einen gepolsterten Sitz wie auf einen Thronsessel niederzulassen. Aber bei diesem unverhohlenen Affront des Rivalen funkelte im opalisierenden Glanz seiner Augen all die leidenschaftliche Unverschämtheit des Sklaven auf; er ballte für einen Augenblick seine braunen Fäuste, stieß dann die Tür auf und verschwand in seine eigenen Gemächer. Doch inzwischen war Miß Romes Versuch, die britische Armee zu mobilisieren, nicht so gut gelungen, wie man dies hätte annehmen dürfen. Cutler hatte sich zwar schnell und steif erhoben und war, als folgte er einem imaginären Befehl, unbedeckten Hauptes zur Tür geschritten. Doch in der gegen einen Spiegel lehnenden schlanken Gestalt Seymours lag vielleicht etwas zu aufreizend Elegantes, das den Kapitän veranlaßte, kurz bevor er den Ausgang erreichte, stehenzubleiben und den Kopf wie eine wild gewordene Bulldogge hin und her zu werfen.

»Ich muß diesem dummen Menschen den Weg zeigen«, flüsterte Aurora, zu Seymour gewandt, und lief in den Vorraum hinaus, um den sich entfernenden Gast zur Eile anzuhalten.

Seymour, in seiner eleganten und sorglosen Pose, schien zu lauschen und sich erleichtert zu fühlen, als er die Dame dem Kapitän einige letzte Weisungen nachrufen hörte, sie sich kurz umwendete und lachend an jenes Ende der Galerie lief, das in der Terrasse oberhalb der Themse mündete. Doch ein oder zwei Sekunden später verfinsterte sich Seymours Gesicht wieder. Ein Mann in seiner Position hat viele Rivalen, und so erinnerte er sich, daß an dem anderen Ende der Galerie ein entsprechender Eingang zu Brunos Privatzimmer führte. Er verlor äußerlich nichts von seiner Würde, wechselte mit Pater Brown einige höfliche Worte über das Wiederaufleben byzantinischer Architektur in der Westminster Kathedrale und schlenderte dann ganz ungezwungen hinaus auf die Galerie. Pater Brown und Parkinson blieben allein zurück; keiner von den beiden hatte etwas für unnötige Konversation übrig. Der Kammerdiener ging im Zimmer umher, zog Spiegel heraus und schob sie wieder zurück; seine schmierigen, dunklen Kleider sahen noch schäbiger aus, da er immer noch den prunkvollen Zauberstab König Oberons umfaßt hielt. Jedesmal, wenn er einen Spiegel hervorzog, erschien Pater Brown in neuer schwarzer Gestalt; das aberwitzige Spiegelzimmer war voller Pater Browns; sie hingen verkehrt in der Luft wie Engel, schlugen Purzelbäume wie Akrobaten und kehrten einem den Rücken zu wie ungewöhnlich ungezogene Leute.

Pater Brown schien diese ganze sprachlose Zeugenschar nicht zu bemerken, sondern beobachtete Parkinson mit unauffällig aufmerksamen Blicken, bis dieser sich mitsamt seinem lächerlichen Speer ins Nebenzimmer, Brunos Garderobe, entfernte. Dann gab sich der Priester allgemeinen Betrachtungen hin, die ihn stets zu unterhalten pflegten; er berechnete die Winkel der Spiegel, die Winkel jeder Brechung, die Winkel, mit denen jeder Spiegel an der Wand befestigt sein mußte... als er einen schrillen, doch erstickten Schrei hörte.

Er sprang auf und lauschte wie gelähmt. Im gleichen Augenblick stürzte Sir Seymour, bleich wie Elfenbein, ins Zimmer: »Wer ist dieser Mann in der Galerie?« schrie er. »Wo ist der Dolch, den ich mitgebracht habe?«

Ehe Pater Brown sich in seinen schweren Stiefeln umdrehen konnte, wühlte Seymour im Zimmer herum und suchte den Dolch. Doch bevor er ihn oder irgendeine andere Waffe hätte finden können, hallten auf dem Pflaster draußen schnelle Schritte, und in der Türöffnung erschien das eckige Gesicht Cutlers. Er hielt groteskerweise immer noch einen Strauß Maiglöckchen in der Hand. »Was ist das?« schrie er. »Wer ist der Kerl dort in der Galerie? Steckt da irgendeiner Ihrer Tricks dahinter?«

»Meine Tricks?« zischte sein bleicher Rivale und machte einen Schritt auf ihn zu.

In dem Augenblick, da all dies vor sich ging, trat Pater Brown hinaus in den oberen Teil der Galerie, blickte den Gang hinunter und eilte schnell auf das zu, was er sah.

Daraufhin hörten die anderen beiden Männer auf zu streiten und stürzten ihm nach, während Cutler rief: »Was machen Sie? Wer sind Sie?«

»Mein Name ist Brown«, sagte der Geistliche traurig, als er sich über etwas niederbeugte und dann wieder aufrichtete. »Miß Rome hatte nach mir geschickt, und ich kam, so schnell ich konnte. Ich bin zu spät gekommen.«

Die drei Männer sahen zu Boden; und im Schein dieses späten Nachmittagslichts stockte wenigstens einem das Herz; wie ein Goldstreifen fiel das Licht in die Galerie, in deren Mitte Aurora Romes grünschillerndes Gewand strahlte, das leblose Antlitz nach oben gerichtet. Ihr Kleid war wie nach einem Kampf aufgerissen und entblößte die rechte Schulter, doch die Wunde, aus der das Blut strömte, war auf der anderen Seite. Der Bronzedolch lag flach und glitzernd ein paar Handbreit entfernt.

Eine geraume Zeit herrschte tiefes Schweigen, so daß man aus der Ferne das Lachen eines Blumenmädchens vernahm und jemanden in einer der vom Ufer entfernten Straßen wütend nach einem Autotaxi pfeifen hörte. Dann fuhr der Kapitän mit einer plötzlichen Bewegung, die so leidenschaftlich wie theatralisch sein konnte, Sir Wilson Seymour an die Kehle.

Seymour sah ihm unerschrocken und unbeweglich in die Augen. »Sie brauchen mich nicht umzubringen«, sagte er kalt und gelassen; »ich werde die Rechnung begleichen.«

Der Kapitän zögerte und senkte seine Hand, und der andere fügte mit eiskalter Direktheit hinzu: »Falls ich nicht die Nerven habe, es mit diesem Dolch zu tun, so schaffe ich es in einem Monat durch Trinken.«

»Trinken reicht mir nicht«, erwiderte Cutler; »ehe ich sterbe, will ich dafür Blut sehen. Nicht das Ihre – doch ich glaube zu wissen, wessen Blut.«

Und bevor die anderen seine Absicht erraten konnten, ergriff er den Dolch, sprang auf die nächste Tür am unteren Ende der

Galerie zu, brach sie trotz Schloß und Riegel auf und stand Bruno in dessen Garderobe gegenüber. In diesem Augenblick trottete der alte Parkinson schwankend aus der Tür heraus und sah die Leiche. Zitternd näherte er sich ihr, blickte matt mit bebendem Gesicht auf sie nieder, ging dann zitternd in die Garderobe zurück und setzte sich auf einen der reichverzierten und gepolsterten Stühle. Pater Brown lief zu ihm hinüber, ohne auf Cutler und den hünenhaften Schauspieler zu achten, obwohl das Zimmer bereits von ihren Schlägen widerhallte und sie anfingen, miteinander um den Dolch zu raufen. Seymour, der einen Rest Vernunft bewahrt hatte, rief mit einem Pfiff Polizisten vom Ende der Galerie herbei.

Als die Polizei eintraf, mußten sie die beiden Männer auseinanderreißen, die sich mit affenähnlichem Griff umklammert hielten. Nach einigen formellen Fragen wurde Isidore Bruno auf die Beschuldigung des Mordes hin, die sein wütender Gegner vorbrachte, verhaftet. Der Gedanke, daß der große Nationalheld des Tages einen Übeltäter eigenhändig gefangengenommen hatte, wog zweifellos bei der Polizei schwer, der ein gewisser Sinn für öffentliche Sensationen nicht abzusprechen war. Man behandelte Cutler mit feierlicher Hochschätzung und machte ihn darauf aufmerksam, daß er eine kleine Wunde an der Hand habe. Denn als Cutler zwischen umgeworfenen Stühlen und Tischen auf Bruno eingedrungen war, hatte dieser ihm den Dolch entwunden und ihn unterhalb des Handgelenks getroffen. Die Verletzung war indes nur unbedeutend, doch ehe der halbwilde Gefangene aus dem Zimmer gebracht werden konnte, starrte er mit befriedigtem Lächeln auf das blutige Rinnsal.

»Sieht fast wie ein Kannibale aus. Nicht?« sagte der Polizeimann anbiedernd zu Cutler.

Cutler gab keine Antwort, sondern ließ sich einen Augenblick später etwas schroff vernehmen: »Wir müssen nach der... Toten... sehen...« Seine Stimme versagte.

»Nach den *beiden* Toten«, fiel die Stimme des Geistlichen von der anderen Seite des Zimmers ein. »Dieser arme Kerl war tot, als ich zu ihm hinüberkam.« Da stand er und sah auf den alten Parkinson hinab, der wie ein schwarzes Bündel zusammengesunken auf dem prächtigen Stuhl saß. Auch er hatte der verstorbenen Frau seinen unmißverständlichen Tribut gezahlt.

Die Stille wurde zuerst von Cutler unterbrochen, der von einer rauhen Zärtlichkeit angerührt schien. »Ich wollt', ich wäre er«, sagte er heiser. »Ich erinnere mich, wie er – mehr als irgendeiner – ihr mit den Blicken zu folgen schien, wenn sie umherging. Sie war seine Luft, und jetzt ist er verschmachtet. Er ist einfach tot.«

»Wir sind alle tot«, sagte Seymour mit seltsamer Stimme und blickte die Straße hinab.

Sie verabschiedeten sich an der Straßenecke von Pater Brown mit einigen belanglosen Entschuldigungen bezüglich etwaiger Formlosigkeiten, die sie sich möglicherweise hätten zuschulden kommen lassen. Die Mienen beider Männer waren traurig und verschlossen.

Im Kopf des kleinen Priesters ging es stets zu wie in einem Kaninchengehege; die Gedanken jagten einander zu schnell, als daß er sie hätte festhalten können. Wie der weiße Schwanz eines Kaninchens fuhr ihm blitzartig der Gedanke durch den Kopf, daß er zwar des Kummers dieser beiden Männer gewiß sein konnte, nicht jedoch ihrer Unschuld.

»Wir gehen nun wohl am besten alle«, sagte Seymour schwermütig; »wir haben alles getan, was in unserer Macht stand, um zu helfen.«

»Werden Sie meine Motive richtig verstehen«, fragte Pater Brown ruhig, »wenn ich sage, daß Sie alles getan haben, was in Ihrer Macht stand, um Schaden anzurichten?«

Beide fuhren betroffen zurück, und Cutler fragte scharf: »Um wem zu schaden?«

»Um sich selbst zu schaden«, antwortete der Geistliche. »Ich möchte Ihren Kummer nicht noch vermehren, wenn es nicht allgemeine Menschenpflicht wäre, Sie zu warnen. Sie haben so ziemlich alles Menschenmögliche getan, um sich an den Galgen zu bringen, falls dieser Schauspieler freigesprochen werden sollte. Man wird mich sicherlich vorladen und verhören; ich werde gezwungen sein, auszusagen, daß, nachdem man den Schrei gehört hatte, Sie beide im Zustand höchster Aufregung ins Zimmer stürzten und wegen jenes Dolches einen Streit anfingen. Soviel ich unter Eid aussagen kann, könnte jeder von Ihnen es getan haben. Damit haben Sie sich geschadet; und dann hat sich Kapitän Cutler noch obendrein an jenem Dolch verwundet!«

»Verwundet!« rief der Kapitän verächtlich aus. »Ein läppischer kleiner Kratzer.«

»Der Blut fließen ließ«, erwiderte der Geistliche kopfnickend. »Wir wissen, daß jetzt auf der Klinge Blutspuren zu finden sind. Und darum werden wir niemals erfahren, ob vorher Blut daran war.«

Sie schwiegen; dann sagte Seymour mit einem Nachdruck, der seiner gewöhnlichen Art zu reden ganz fremd war: »Aber ich habe einen Mann in der Galerie gesehen.«

»Das weiß ich«, antwortete der Kirchenmann mit einem Gesicht, hart wie die Konturen eines Holzschnitts, »auch Kapitän Cutler hat einen Mann dort gesehen. Das ist es, was so unwahrscheinlich scheint.«

Bevor sich einer darüber soweit klarwerden konnte, um auch nur zu antworten, hatte sich Pater Brown höflich entschuldigt und war mit seinem zerfledderten Regenschirm stapfend die Straße hinaufgegangen.

In modernen Zeitungen ist heute das wichtigste und am sorgfältigsten geführte Ressort die Gerichtsreportage. Wenn es wahr ist, daß im zwanzigsten Jahrhundert für Morde mehr Raum bleibt als für Politik, so hat das vornehmlich den Grund, daß ein Mord eben eine ernstere Sache ist. Aber sogar dies würde das überwältigende Aufsehen kaum erklären können, mit dem der ›Fall Bruno‹ oder ›Das Geheimnis der Galerie‹ in der Londoner Presse und in allen Provinzblättern überall ausführlich detailliert gewürdigt wurde. Die Aufregung war so groß, daß die Presse tatsächlich wochenlang von diesen Wahrheiten zehrte; und die Berichte über die Verhöre und Kreuzverhöre waren zwar endlos, ja sogar unerträglich, doch zumindest verläßlich. Der wahre Grund lag natürlich im Zusammentreffen der Personen. Das Opfer war eine allgemein bekannte Schauspielerin; der Angeklagte war ein allgemein bekannter Schauspieler; und der Angeklagte war, wie die Dinge nun einmal standen, auf frischer Tat festgenommen worden von einem in dieser patriotischen Zeitstimmung hochgeschätzten Offizier. Durch diese ungewöhnlichen Umstände wurden die Zeitungen dermaßen in Aufregung versetzt, daß sie sich geradezu zu Aufrichtigkeit und Genauigkeit hinreißen ließen; daher kann der Rest dieser eigenartigen Geschichte tatsächlich aus den Berichten über den Prozeß gegen Bruno wiedergegeben werden.

Der Vorsitzende in diesem Prozeß war der Richter Monkhouse, einer von jenen Richtern, die man im allgemeinen als witzig verspottet, die aber meist ernster zu nehmen sind als die ernsten Richter; denn ihre heitere Ungezwungenheit entspringt einem lebhaften Protest gegen alle professionelle Feierlichkeit; während der andere Typus des Richters in Wahrheit voller Frivolität steckt, weil er eitel ist. Da alle Hauptbeteiligten bekannte Persönlichkeiten der Gesellschaft waren, hatte man die Zusammensetzung des Gerichts sorgfältig gewählt; als Staatsanwalt fungierte Sir Walter Cowdray, ein schwerfälliger, doch gewichtiger Beamter von jener Art, die es versteht, englisch und vertrauenerweckend zu wirken und gleichsam nur widerstrebend rhetorisch sich hervorzutun. Der Angeklagte wurde von Herrn Patrick Butler verteidigt; dieser Mann wurde von Leuten, die den irischen Charakter mißverstanden (und von jenen, die noch nicht von ihm verhört worden waren), fälschlich für einen bloßen Flaneur gehalten. Die medizinischen Untersuchungen ergaben keine Widersprüche, da der Arzt, den Sir Seymour an Ort und Stelle gerufen hatte, mit dem hervorragenden medizinischen Fachmann, der später die Leiche untersucht hatte, vollkommen übereinstimmte. Aurora Rome war mit irgendeinem scharfen Instrument erstochen worden, mit einer Art Messer oder Dolch; jedenfalls war es ein Instrument mit kurzer Klinge; die Wunde lag gerade oberhalb des Herzens, und der Tod war augenblicklich eingetreten. Als der erste Arzt sie gesehen hatte, konnte sie kaum zwanzig Minuten tot gewesen sein. Daher mochten, als Pater Brown sie gefunden hatte, kaum drei Minuten nach Eintritt des Todes vergangen sein.

Es folgte der Bericht irgendeines amtlichen Detektivs, der sich hauptsächlich mit dem Beweis oder dem Mangel eines Beweises für irgendein Anzeichen eines Kampfes beschäftigte; der einzige Hinweis darauf war das an der Schulter aufgerissene Kleid, und dies schien wiederum nicht genau mit der Wundstelle übereinzustimmen. Nachdem diese Details vorgebracht worden waren, wurde, obwohl sie unaufgeklärt blieben, der erste Kronzeuge aufgerufen.

Sir Wilson Seymour machte seine Aussage so wie alles andere, was er tat, also nicht nur gut, sondern in geradezu vollendeter Manier. Obgleich selbst weit mehr ein Mann der Öffentlichkeit als der Richter, verstand er es genau, die feine Nuance zu finden, durch die er dem Richter Ihrer Majestät gegenüber in den Hintergrund trat; und obgleich er ein Ansehen genoß wie etwa der Premierminister oder der Erzbischof von Canterbury, konnte man doch in seiner Stellungnahme zu dieser Sache nichts anderes erkennen als die Äußerung irgendeines Privatmannes mit gutem Namen. Er war in seinen Aussagen ebenso erfrischend klar und deutlich wie in den Komiteesitzungen. Er hatte, sagte er, Miß Rome im Theater besucht; er war dort Kapitän Cutler begegnet; eine Zeitlang hatte sich ihnen auch der Angeklagte zugesellt, war dann jedoch in seine eigene Garderobe zurückgegangen; dann war auch noch ein katholischer Priester hinzugekommen, der nach der Lady gefragt und sich mit dem Namen Brown vorgestellt hatte. Später war Miß Rome ein wenig aus dem Theatergebäude hinausgetreten, bis zum Eingang der Galerie, um Kapitän Cutler einen Blumenladen zu zeigen, in dem er ihr noch einige Blumen kaufen sollte; der Zeuge war im Zimmer geblieben und hatte einige Worte mit dem Geistlichen gewechselt. Er hatte dann deutlich gehört, wie die Verstorbene, nachdem sie den Kapitän fortgeschickt hatte, sich lachend umgedreht hatte und die Galerie zu deren Ende hin hinuntergelaufen war, an dem sich die Garderobe des Angeklagten befand. Neugierig geworden wegen dieser Eile seiner Freunde, war er selbst auf die Galerie hinausgetreten und hatte in der Richtung auf die Tür des Angeklagten hinuntergesehen. Ob er etwas in der Galerie gesehen habe? Ja, er habe etwas in der Galerie gesehen.

Sir Walter Cowdray machte eine eindrucksvolle Pause, während der der Zeuge zu Boden blickte und trotz seiner üblichen Gelassenheit noch blässer als gewöhnlich schien. Dann fragte der Rechtsanwalt mit leiser Stimme, die anteilnehmend klang und zugleich doch etwas Schleichendes hatte: »Haben Sie es genau gesehen?«

So erregt Sir Wilson Seymour auch war, seine Gedanken blieben doch vollkommen klar. »Ganz genau, was die Konturen anbelangt, doch undeutlich, das heißt überhaupt nicht, was die Details innerhalb der Konturen betrifft. Die Galerie ist so lang, daß jeder, der sich in deren Mitte befindet, schwarz erscheint gegen das Licht am anderen Ende.« Der Zeuge senkte abermals seine Blicke und fügte hinzu: »Ich hatte diese Tatsache schon vorher bemerkt, als Kapitän Cutler zum erstenmal eintrat.« Es entstand wieder ein Schweigen, und der Richter beugte sich vor, um etwas zu notieren.

»Nun«, fragte Sir Walter geduldig, »wonach sahen die Konturen aus? Glichen sie zum Beispiel der Gestalt der ermordeten Frau?«

»Nicht im geringsten«, antwortete Seymour ruhig.

»Wonach schienen sie Ihnen denn auszusehen?«

»Es schien mir, als wäre es ein großer Mann gewesen«, erwiderte der Zeuge.

Jedermann im Saal bemühte sich, den Blick auf sein Schreibutensil oder seinen Schirmgriff zu richten, auf seine Schuhe oder sein Buch oder was immer er nur unauffällig schauen konnte. Man schien geradezu zwanghaft die Blicke vom Angeklagten abzuwenden, aber spürte seine Gegenwart auf der Anklagebank überlebensgroß. So stattlich Bruno sich dem Auge auch darbieten mochte, schien er zu unerhörter Größe zu wachsen, als alle Blicke von ihm abgewendet waren.

Mit feierlichem Gesicht lehnte sich Cowdray in seinen Stuhl zurück und fuhr glättend über sein schwarzes, seidenes Gewand und seinen weißen seidenen Backenbart. Sir Wilson, nachdem er zum Schluß noch einige Einzelheiten angegeben hatte, die auch andere bezeugen konnten, stand gerade im Begriff, die Zeugenbank zu verlassen, als der Verteidiger mit katzenartiger Behändigkeit aufsprang und ihn zurückhielt.

»Ich möchte Sie nur noch einen Augenblick um Geduld bitten«, sagte Mr. Butler, ein bäuerischer Typ mit roten Augenbrauen, der einen etwas verschlafenen Eindruck machte. »Wollen Sie bitte dem hohen Gericht sagen, woher Sie wußten, daß es ein Mann war?«

Ein feines, vornehmes Lächeln glitt über Seymours Züge. »Ich fürchte, es hängt mit den Hosenbeinen zusammen«, sagte er. »Als ich das helle Tageslicht zwischen den langen Beinen sah, mußte ich schließlich davon überzeugt sein, daß es ein Mann war.«

Butlers schläfrige Augen öffneten sich mit der Plötzlichkeit einer lautlosen Explosion. »Schließlich!« wiederholte er langsam. »So haben Sie also anfangs geglaubt, es wäre eine Frau?«

Seymour zeigte zum erstenmal so etwas wie einen Anflug von Verwirrung.

»Es ist zwar kaum ein Tatsachenbeweis«, sagte er, »aber wenn es das hohe Gericht wünscht, so werde ich natürlich über meinen Eindruck berichten. Etwas an der Erscheinung gemahnte zwar nicht direkt an eine Frau, wirkte aber doch wieder nicht männlich; die Konturen waren irgendwie anders. Und irgendwie schien es, als trüge sie lange Haare.«

»Vielen Dank«, sagte Mr. Butler und setzte sich unvermittelt, als hätte er das erfahren, was er erfahren wollte.

Kapitän Cutler trat als weit weniger konzentrierter und gefaßter Zeuge auf als Sir Wilson, doch sein Bericht über das, was zunächst passierte, deckte sich im wesentlichen mit Wilsons Aussage. Er beschrieb, wie Bruno in seine Garderobe zurückgekehrt, wie er selbst fortgeschickt worden war, um einen Strauß Maiglöckchen zu kaufen, wie er dann zu dem oberen Ende der Galerie gekommen war, was er in der Galerie gesehen hatte, wie er Seymour verdächtigt und dann mit Bruno gekämpft hatte. Doch konnte er nur wenig dazu beitragen, die schwarze Gestalt, die er und Seymour gesehen hatten, plastischer erscheinen zu lassen. Nach ihren Umrissen befragt, äußerte er mit einem etwas zu anzüglichen Grinsen zu Seymour hin, *er* sei schließlich kein Kunstkritiker. Darüber befragt, ob es eine Frau oder ein Mann gewesen sei, sagte er – und dabei richtete er seine Worte nicht weniger anzüglich knurrend an den Angeklagten –, daß die Gestalt eher wie ein wildes Tier ausgesehen habe. Der Mann schien von aufrichtigem Zorn und Kummer so sehr bedrückt zu sein, daß Cowdray ihn schnell von der Verpflichtung enthob, Tatsachen zu bestätigen, die schon ziemlich klar waren.

Auch der Verteidiger faßte sich kurz in seinem Kreuzverhör, obwohl er (seiner Gewohnheit nach), sogar wenn er sich kurz faßte, einen ziemlich langatmigen Eindruck machte. »Sie haben einen eigentümlichen Ausdruck gebraucht«, sagte er, während er Cutler schläfrig betrachtete. »Was meinen Sie damit, daß die Gestalt eher wie ein Tier als wie ein Mann oder eine Frau aussah?«

Cutler schien wirklich erregt. »Vielleicht hätte ich das nicht sagen sollen«, erwiderte er, »doch wenn das Vieh riesige buckelige Schultern hat wie ein Schimpanse und Borsten, die ihm vom Kopf abstehen wie einem Schwein...«

Mr. Butler fiel ihm mit unauffälliger Ungeduld ins Wort. »Ganz gleich, ob das Haar nun Schweineborsten glich oder nicht«, sagte er, »sah es denn wie Frauenhaar aus?«

»Frauenhaar?« fuhr der Offizier auf. »Allmächtiger Scott, nein!«

»Ihr Vorgänger hat das behauptet«, entgegnete der Verteidiger kalt und schnell. »Und hatte die Gestalt irgendwo so geschwungene und weibliche Konturen, wie dies in so beredter Weise geschildert wurde? Nein? Keine weibliche Silhouette? Die Gestalt war, wenn ich Sie richtig verstehe, eher schwerfällig und eckig?«

»Er hat sich vielleicht vorgebeugt«, sagte Cutler mit heiserer, etwas erstickter Stimme.

»Oder auch nicht«, sagte Mr. Butler und setzte sich nieder, so unvermittelt und übergangslos wie zuvor.

Der dritte Zeuge, der von Sir Walter Cowdray aufgerufen wurde, war der kleine katholische Geistliche, der so klein war im Vergleich zu den andern, daß sein Kopf kaum über den Rand des Zeugenstandes reichte und es den Eindruck erweckte, als würde hier ein Kind verhört. Doch unglücklicherweise war Sir Walter offenbar irgendwie von der fixen Idee befangen (vor allem wohl einiger konfessioneller Kompliziertheiten innerhalb seiner Familie wegen), daß Pater Brown auf seiten des Angeklagten stünde. Ganz einfach, weil der Angeklagte ein böser Mensch und ein Ausländer sei und überdies schwarzes Blut habe. So fuhr er also Pater Brown scharf an, wann immer dieser ehrenwerte Gottesmann sich anschicken wollte, etwas zu erklären; und schärfte ihm ein, mit ja oder nein zu antworten und die Tatsachen zu berichten, wie sie waren, und alle jesuitischen Tricks gefälligst zu vermeiden. Als Pater Brown ganz einfach zu erklären begann, wer seiner Meinung nach der Mann in der Galerie gewesen sei, fuhr der Vorsitzende mit der Erklärung dazwischen, daß er seine Theorien nicht brauche.

»Eine schwarze Gestalt wurde in der Galerie gesehen. Und Sie sagen, daß Sie sie gesehen haben. Also, was für eine Gestalt war das?«

Pater Brown blinzelte, als sei er getadelt worden, aber schließlich hatte er längst gelernt, was es heißt, gehorsam und demütig zu sein. »Die Gestalt«, sagte er, »war kurz und dick, hatte aber zwei scharfe, schwarze Vorsprünge, die nach oben gebogen waren, auf jeder Seite des Kopfes oder oben drauf, fast wie Hörner, und...«

»Wahrscheinlich der gehörnte Teufel«, rief Cowdray und lehnte sich mit einem triumphierenden Lachen zurück. »Es war wohl der Teufel, der gekommen war, die Protestanten zu fressen.«

»Nein«, sagte Pater Brown ungerührt, »ich weiß, wer es war.« Den Menschen im Saal teilte sich das zugleich dumpfe und entschiedene Gefühl mit, etwas Unerhörtes, Phantastisches würde sich begeben. Die Person auf der Anklagebank hatten sie vergessen. Sie dachten nur an die Gestalt in der Galerie. Und sie, die von den drei tüchtigen und ehrenwerten Männern nach dem eigenen Augenschein beschrieben worden war, glich immer mehr einem durch Alpträume geisternden Phantom; der eine nannte sie Frau, der andere Tier und der dritte Teufel…

Der Richter sah Pater Brown mit halbgeschlossenen Augen durchdringend an. »Sie sind ein sonderbarer Zeuge«, sagte er, »aber an Ihnen ist etwas, das mich glauben macht, Sie wollen die Wahrheit sagen. Nun, wer war es, den Sie in der Galerie gesehen haben?«

»Ich war es selbst«, sagte Pater Brown.

Butler sprang lautlos und geschmeidig auf. »Das hohe Gericht wird mir ein kurzes Kreuzverhör gestatten.« Dann, ohne innezuhalten, warf er Brown die anscheinend zusammenhanglose Frage hin: »Sie haben von diesem Dolch gehört; Sie wissen, daß die Sachverständigen sagen, das Verbrechen sei mit einer kurzen Klinge verübt worden?«

»Ja, mit einer kurzen Klinge«, stimmte Brown zu und nickte gravitätisch wie eine alte Eule, »aber mit einem sehr langen Griff.« Noch ehe die Zuhörer sich ganz von der irritierenden Vorstellung befreien konnten, daß der Priester sich selbst gesehen habe, wie er mit einer kurzen Klinge mit langem Griff (was die ganze Sache irgendwie noch schrecklicher erscheinen ließ) einen Mord beging, beeilte er sich selbst, eine Erklärung abzugeben.

»Ich meine, nicht nur Dolche haben kurze Klingen. Auch Speere. Und auch Speere treffen mit der Spitze, wie Dolche, wenn es sich um jene imitierten Speere handelt, die man im Theater verwendet. So wie der Speer, mit dem der alte Parkinson seine Lady tötete, kurz nachdem sie nach mir geschickt hatte, um ihre Familienangelegenheiten zu ordnen – und ich kam einen Augenblick zu spät, Gott sei mir gnädig! Aber er ist in Reue gestorben – er starb eigentlich aus Reue. Was er getan hatte, konnte er nicht ertragen.«

Die Menschen im Gerichtssaal mußten den Eindruck gewinnen, der kleine Priester, der da drauflosschwatzte, sei tatsächlich auf der Zeugenbank verrückt geworden. Doch der Richter starrte ihn mit immer noch weit aufgerissenen Augen voller Spannung und Aufmerksamkeit an; und der Verteidiger fuhr unbeirrt mit seinen Fragen fort.

»Falls Parkinson es mit diesem Theaterspeer getan hat«, fragte Butler, »muß er ihn aus einer Entfernung von etwa vier Yards geschleudert haben. Wie können Sie die Kampfspuren erklären, wie das von der Schulter gerissene Gewand?« Er war dazu übergegangen, diesen Mann, der hier bloß als Zeuge stand, wie einen Experten zu behandeln; aber niemand bemerkte dies im Augenblick.

»Das Gewand der armen Lady«, sagte der Zeuge, »war zerrissen, weil es sich in einem aus der Vertäfelung herausschiebbaren Rahmen verfangen hatte, der gerade hinter ihr herausgestoßen worden war. Sie bemühte sich, loszukommen, und während sie damit beschäftigt war, kam Parkinson aus dem Zimmer des Angeklagten und schleuderte den Speer.«

»Ein verschiebbarer Rahmen?« fragte der Anwalt irritiert.

»Von der anderen Seite gesehen war es ein Spiegel«, erklärte Pater Brown. »Als ich in der Garderobe saß, bemerkte ich, daß einige dieser Spiegel offensichtlich in die Galerie hinausgeschoben werden können.«

Wieder trat ein langes, überraschtes Schweigen ein, und diesmal war es der Richter, der endlich etwas sagte. »Sie meinen also wirklich, daß Sie selbst der Mann waren, den Sie sahen, als Sie die Galerie hinunterblickten – im Spiegel?«

»Ja, Euer Ehren, das wollte ich sagen«, erwiderte Brown, »aber man fragte mich nach den Umrissen der Gestalt; und da unsere Hüte Ecken haben, die wie Hörner aussehen, also darum habe ich…«

Der Richter beugte sich vor, und seine alten Augen leuchteten noch mehr, als er betont fragte: »Wollen Sie also wirklich sagen, daß dieses wilde undefinierbare Etwas, mit weiblichen Umrissen und Frauenhaar und Männerhosen, das Sir Wilson Seymour gesehen hat, Sir Wilson Seymour selber war?«

»Ja, Euer Ehren«, erwiderte Pater Brown.

»Und Sie wollen sagen, daß Kapitän Cutler in dem Schimpansen mit den buckeligen Schultern und Schweinsborsten einfach nur sich selbst gesehen hat?«

»Ja, Euer Ehren.«

Der Richter lehnte sich mit einem Ausdruck des Behagens zurück, in dem Schadenfreude und Bewunderung kaum zu unterscheiden waren.

»Und können Sie uns sagen«, fragte er, »wieso gerade Sie Ihr eigenes Bild im Spiegel erkannt haben, wenn so erlauchte Männer dazu nicht imstande sind?«

Pater Brown blinzelte und stammelte noch scheuer und vermeintlich unsicherer als zuvor: »Wirklich, ich weiß es nicht… falls es nicht daran liegt, daß ich weniger oft in den Spiegel schaue.«

Der Fehler in der Maschine

Eines Tages, als die Sonne sich schon zu neigen begann, saßen Flambeau und sein Freund, der Priester, in den Temple Gardens. War es die Umgebung oder ein anderer, ähnlicher Zufall, ihre Konversation drehte sich jedenfalls um Probleme der Gerichtsverhandlung. Sie begannen bei der Frage der Berechtigung des Kreuzverhörs, berührten die römischen und mittelalterlichen Foltermethoden, um schließlich die Einrichtung eines Untersuchungsrichters in Frankreich und das Folterverhör in Amerika zu erörtern.

»Unlängst habe ich etwas über diese sogenannte psychometrische Methode gelesen«, sagte Flambeau, »von der jetzt allenthalben die Rede ist, besonders in Amerika. Sie wissen, was ich meine? Man legt dem Beschuldigten ein sogenanntes Pulsometer um das Handgelenk und urteilt nach der Stärke des Herzschlags beim Aussprechen bestimmter Worte. Was halten Sie davon?«

»Das ist wahrhaftig interessant und erinnert mich an jene mittelalterliche Vorstellung, derzufolge die Leiche bei der Berührung durch den Mörder wieder zu bluten beginnt«, antwortete Pater Brown.

»Soll ich Sie wirklich so verstehen, daß Sie beide Methoden der Wahrheitsfindung für gleich wertvoll halten?« entfuhr es dem Freunde.

»Für gleich wertlos halte ich sie«, entgegnete der Geistliche. »Blut fließt, schnell oder langsam, in toten oder lebenden Körpern aus Millionen mehr Gründen, als wir je wissen werden. Das Blut müßte schon auf sehr sonderbare Weise fließen, es müßte das Matterhorn hinauffließen, bevor ich ein Zeichen darin sehe, daß ich die Ursache dessen bin.«

»Aber die Methode«, entgegnete der andere, »ist von den anerkanntesten Spezialisten Amerikas geprüft worden!«

»Was für sentimentale Narren Wissenschaftler doch sind«, rief Pater Brown, »und wieviel sentimentaler müssen Amerikas Wissenschaftler sein! Wer anders als ein Yankee würde je daran denken, aufgrund von Herzschlägen einen Beweis zu liefern. Sie müssen so einfältig sein, wie der Mann, der das Erröten einer Frau für den Beweis ihrer Liebe nimmt! Diesen ›Beweis‹, der sich der Blutzirkulation verdankt, hat der unsterbliche Harvey erbracht; er ist eine durch und durch faule Angelegenheit.«

»Und dennoch«, beharrte Flambeau, »könnte er zumindest ein Hinweis sein.«

»Ein Stock, der in eine bestimmte Richtung zeigt, hat einen entscheidenden Nachteil«, antwortete der andere. »Welchen? Nun, die andere Seite des Stockes zeigt jeweils in die entgegengesetzte Richtung. Es kommt darauf an, die richtige Seite des Stocks zu fassen. Ich habe einmal zugesehen, wie die Methode angewandt wurde, seither glaube ich nicht mehr daran.« Und er begann, die Geschichte dieser Desillusion zu berichten.

Die Geschichte hatte sich vor nun fast zwanzig Jahren zugetragen, als er Vorsteher seiner Glaubensbrüder in einem Gefängnis in Chicago war – wo die irische Bevölkerung eine derart ausgeprägte Neigung sowohl für Verbrechen wie deren Sühnung besaß, daß er alle Hände voll zu tun hatte.

Der Ranghöchste nach dem Gouverneur war der Ex-Detektiv Greywood Usher, ein wie der Leibhaftige aussehender, übermäßig langsam sprechender Yankee-Philosoph, der seine Leichenbittermiene gelegentlich gegen eine wie um Entschuldigung bittende Grimasse vertauschte. Auf seine etwas bevormundende Weise konnte er Pater Brown ganz gut leiden, so wie dieser ihn akzeptierte – ohne freilich dessen Theorien zu akzeptieren. Diese Theorien waren unglaublich kompliziert, wenn sie auch mit unglaublicher Simplizität dargestellt wurden.

Eines Abends ließ diese Person den Geistlichen kommen, der, wie es seine Art war, schweigend vor dem mit Papieren übersäten Schreibtisch Platz nahm und wartete. Der Beamte kramte aus dem papiernen Wust einen Zeitungsausschnitt hervor und reichte ihn dem Geistlichen, der ihn aufmerksam studierte. Es war ein Ausschnitt aus einem der bekanntesten Gesellschaftsblätter, der wie folgt lautete:

Mr. Todd, fröhlichster Witwer unserer Gesellschaft, veranstaltet wieder eines seiner spektakulären Feste. Die Mitglieder der besseren Gesellschaft werden sich noch der Kinderwagenparade des erfindungsreichen Herrn Todd erinnern, als dieser auf seinem Anwesen Pilgrims Pond viele unserer *débutants* noch jünger erscheinen ließ, als sie tatsächlich waren. Ebenso elegant, aber noch verrückter und großherziger im sozialen Sinne war das letztjährige Fest unseres erfindungsreichen Witwers, der stadtbekannte Kannibalenschmaus: Wo nämlich als Gag das Konfekt in Form von menschlichen Gliedmaßen serviert wurde und wo so manch einer von denen, die immer dabei sind, seinen Partner zu verzehren sich anerbot. Die Parole des neuen Festes kennt allein der verschwiegene Kopf des Mr. Todd. Wenn man den umherschwirrenden Gerüchten Glauben schenken darf, so geht es diesmal um eine Parodie der Sitten und Gebräuche derer, die am entgegengesetzten Ende der gesellschaftlichen Skala zu Hause sind. Dies ist um so wahrscheinlicher, als der splendide Mr. Todd den berühmten Weltreisenden und reinrassigen Aristokraten Lord Falconroy, frisch aus den Eichenwäldern Englands kommend, zu seinen Gästen zählt. Lord Falconroys Reisen datieren noch vor der Zeit, als sein ehrwürdiger Titel wiederauferstanden war. Bereits in seiner Jugend hatte er die Republik besucht, und das Gerücht kennt viele Gründe für seine Rückkehr.

»Miß Etta Todd ist eine unserer hinreißendsten New Yorkerinnen, die einmal nahezu zwölfhundert Millionen Dollar schwer sein wird.«

»Nun«, fragte Usher, »interessiert Sie das?«

»Im Gegenteil«, war die Antwort des Geistlichen, »mir fehlen die Worte. Ich wüßte im Moment nichts anderes, das mich weniger interessieren könnte. Und solange der heilige Zorn der Republik derartige Schreiberlinge noch nicht auf dem elektrischen

Stuhl hinrichten läßt, so lange sehe ich keinen Grund, warum Sie so etwas interessieren sollte.«

»So, so«, bemerkte Usher trocken und schob ihm einen anderen Ausschnitt zu. »Interessiert Sie vielleicht *das* hier?«

Die Überschrift lautete: »Entsetzlicher Mord an einem Wachtposten. Sträfling entflohen.« Der Text meldete: »Kurz vor Tagesanbruch wurde heute im Gefängnis von Sequah ein Hilferuf vernommen. Als die Aufsicht in die Richtung des Hilferufs eilte, fand sie die Leiche des Wärters, der für die nördliche Mauer der Strafanstalt zuständig war, der schwierigsten Stelle für Ausbruchsversuche, für die eine Wache für ausreichend befunden worden war. Das bedauerliche Opfer war von der hohen Mauer hinabgestoßen und sein Kopf wie mit einer Keule eingeschlagen worden; sein Gewehr wurde nicht gefunden. Nachforschungen ergaben, daß eine der Zellen leer war. Sie gehörte bis dahin einem rabiaten Verbrecher, der sich als Oscar Rian ausgab. Er saß zwar nur wegen eines geringfügigen Vergehens ein, doch herrschte die allgemeine Ansicht, es handele sich bei ihm um ein Subjekt mit dunkler Vergangenheit und rabenschwarzer Zukunft. Als das Tageslicht den Ort des Verbrechens schließlich voll ausleuchtete, fand man an der Wand über der Leiche einen von seiner Hand geschriebenen unvollständigen Satz, den er offensichtlich mit Blut dort angebracht hatte: ›Das war Notwehr, er hatte das Gewehr. Ich wollte weder ihm noch sonst irgendeinem was tun, bis auf einen. Die Kugel werde ich mir bis Pilgrims Pond aufheben. – O. R.‹ Wer solche Mauern und diesen Posten bezwingen will, muß hinterhältigste oder kaltblütigste Tricks kennen und über enorme körperliche Kräfte verfügen.«

»Nun, der Stil ist diesmal gekonnter«, gab der Geistliche zu, »aber ich weiß immer noch nicht, womit ich Ihnen dienen kann. Es würde ein komisches Bild abgeben, wenn ich auf meinen kurzen Beinen diesem Hünen von einem Verbrecher durch das ganze Land hinterherlaufen sollte. Ich zweifle, ob überhaupt einer ihn kriegen kann. Das Gefängnis von Sequah ist dreißig Meilen von hier entfernt und das Gelände wild und unzulänglich; und die andere Seite, nach der er sich sicher davongemacht hat, ist vollkommen unerschlossen und geht in die Prärie über. Er kann in jedem Loch und auf jedem Baum sein.«

»Er ist weder in einem Loch«, sagte der Beamte, »noch sitzt er auf einem Baum.«

»Ja, und woher wollen Sie das wissen«, fragte Pater Brown zwinkernd.

»Möchten Sie mit ihm sprechen?« fragte Usher.

Pater Brown riß seine unschuldigen Augen weit auf: »Er ist hier?« rief er. »Ja, wie denn, wie haben Ihre Leute ihn denn geschnappt?« »Ich habe ihn mir selbst gekauft«, sagte der Yankee genüßlich, erhob sich und streckte faul seine staksigen Beine vor den Kamin. »Ich habe ihn mit dem Griff meines Spazierstockes zur Strecke gebracht. Schauen Sie nicht so ungläubig! Es ist wahr. Sie kennen meine Angewohnheit, einen Spaziergang in die Umgebung dieses unglückseligen Ortes zu machen. Nun, heute am frühen Abend ging ich einen steilen Weg entlang, der eingerahmt war mit dunklen Hecken und grau aussehenden Äckern, und der Mond beschien silbern diese Szenerie. Nun, da sah ich plötzlich einen Mann in geduckter Haltung im Eilschritt über das Feld auf den Weg zu laufen. Er machte auf mich einen ziemlich erschöpften Eindruck, andererseits durchbrach er die dichte Hecke, als sei diese entweder aus Spinnenweben gemacht oder aus Stein (denn ich hörte die Zweige brechen und gegeneinanderschlagen wie Bajonette). In der Sekunde, in der er im Mondlicht auftauchte, um den Weg zu kreuzen, brachte ich ihn mit meinem Spazierstockgriff zu Fall. Dann bemühte ich laut und anhaltend meine Trillerpfeife, so daß meine Leute aufkreuzten und ihn festnahmen.«

»Es wäre peinlich gewesen«, bemerkte Pater Brown, »wenn es sich um einen Sportsmann beim Training gehandelt hätte.«

»Das war er nicht«, entgegnete Usher eilig. »Wir wußten sehr bald, um wen es sich handelte; im übrigen wußte ich es bereits, als das erste Mondlicht ihn streifte.«

»Sie nahmen an, es sei der durchgebrannte Sträfling, weil Sie heute früh der Zeitung entnommen hatten, daß ein Sträfling durchgebrannt sei«, erwiderte schlicht der Geistliche.

»Ich hatte bessere Gründe zu dieser Annahme«, entgegnete Usher barsch. »Den ersten will ich übergehen – daß nämlich veritable Sportsleute nachts über frische Äcker rennen und sich ihre Augen in Dornenhecken ausreißen. Außerdem laufen sie nicht herum wie geschlagene Hunde. Hinzu kamen weitere Anhaltspunkte für das geübte Auge. Der Mann hatte eine grobschlächtige und dürftige Aufmachung, aber sie war nicht nur grob und dürftig – nein, sie war auf geradezu groteske Weise schlotterig. Selbst im Mondlicht, das ihn nur in Umrissen kenntlich machte, erweckte er durch seinen in den übergroßen Mantelkragen gewickelten Kopf den Eindruck eines Krüppels, und die langen Ärmel ließen die Person wie ohne Hände erscheinen. Ich ahnte gleich, daß er auf irgendeine Weise es verstanden hatte, seine Anstaltskleidung bei einem anderen Subjekt gegen neue einzuwechseln, die im freilich nicht paßte. Zweitens ging ein rechter Wind, der mir, hätte er welches gehabt, sein wehendes Haar gezeigt hätte. Und nicht zuletzt ging mir durch den Sinn, daß jenseits des Ackers, den zu überqueren er im Begriff war, Pilgrims Pond liegt, für das sich unser Sträfling, wie Sie sich wohl erinnern, die letzte Kugel aufgespart hatte. Dies alles bedenkend, ließ ich meinen Stock agieren.«

»Ein brillantes Beispiel raschester Deduktion«, sagte Pater Brown, »aber trug er die Waffe bei sich?« Und als Usher plötzlich seinen Gang unterbrach, fügte der Geistliche entschuldigend hinzu: »Ich habe nämlich gelernt, daß eine Kugel allein nur halb so viel wert ist.«

»Er hatte kein Gewehr«, sagte der andere ernst, »aber das hängt zweifellos mit einem unglücklichen Zufall oder mit einer Änderung seiner Pläne zusammen. Höchstwahrscheinlich hat ihn dieselbe Strategie, die ihn die Kleider wechseln ließ, veranlaßt, sein Gewehr fortzuwerfen; er begann zu bereuen, daß er den Mantel im Blut seines Opfers zurückgelassen hatte.«

»Nun, das ist leicht möglich«, antwortete der Geistliche.

»Und es ist überdies müßig, darüber zu spekulieren«, schloß nun Usher ab, indem er sich mit anderen Papieren zu beschäftigen begann, »weil wir inzwischen sicher sind, daß er der Gesuchte ist.«

Sein geistlicher Freund dagegen hakte nach: »Aber wieso?« – und Greywood Usher warf die Papiere wieder hin und nahm noch einmal die beiden Zeitungsausschnitte zur Hand.

»Da Sie so insistent sind«, sagte er, »will ich noch einmal von vorn beginnen. Auch Sie werden bemerkt haben, daß diese beiden Ausschnitte nur in einem Punkt sich berühren, nämlich in der Erwähnung von Pilgrims Pond, dem Besitz des Millionärs Ireton Todd. Sie wissen ferner, daß dieser eine respektable Person ist; einer von denen, die auf ihrem Weg nach oben...«

»...über unsere Leichen gehen«, fuhr sein Begleiter fort. »Ich kenne das. Petroleum, oder?«

»Wie dem auch sei«, fuhr Usher fort, »Todd spielt eine große Rolle in dieser sonderbaren Geschichte.«

Wiederum streckte sich Usher vor dem Feuer und fuhr in seiner umständlichen, belehrenden Art fort.

»Oberflächlich betrachtet, gibt es hier überhaupt kein Geheimnis. Es ist weder geheimnisvoll noch sonderbar, daß so ein schräger Vogel sein Gewehr vom Gefängnis nach Pilgrims Pond bringt. Unsere Menschen hier sind nicht wie ihr Engländer, die einem Reichen all seinen Reichtum nachsehen, wenn er nur Geld für Hospitäler und Pferde ausgibt. Unser Todd ist aufgrund seiner Geschicklichkeit reich geworden; und es gibt gar keinen Zweifel darüber, daß einige von denen, an denen er seine Geschicklichkeit bewiesen hat, nun mit dem Gewehr nach Pilgrims Pond kommen, um ihre Geschicklichkeit mittels eines Gewehrs an ihm zu beweisen. Dem trickreichen Todd könnte von einem Mann ein Bein gestellt werden, dessen Namen er nie gehört hat; von einem Arbeiter, den er rausgeschmissen hat, oder von dem Angestellten irgendeines Unternehmens, das er auf dem Gewissen hat. Todd hat zwar Köpfchen und großes öffentliches Ansehen; aber in diesem Land ist das Verhältnis von Arbeitgeber und Arbeitnehmer ein ziemlich gespanntes. So würde die Geschichte laufen, wenn dieser Rian mit der Absicht nach Pilgrims Pond gekommen wäre, Todd zu töten. So sah sie für mich aus, bis ich eine weitere kleine Entdeckung machte, die den Detektiv in mir weckte. Als mein Gefangener in guten Händen war, nahm ich meinen Stock und machte mich wieder auf den Weg und folgte ihm zwei oder drei Kehren hinab bis zu jenem Tor von Todds Gelände, das dem Tümpel oder See gegenüberliegt, der dem Platz seinen Namen gab. Es war mittlerweile zwei Stunden später, so gegen sieben Uhr. Das Mondlicht schien nun heller, und seine weißen Strahlen flackerten über den geheimnisvollen Tümpel und dessen graue, schlammige Ufer, auf denen unsere Väter noch Hexen sich tummeln sahen, bevor sie untergingen. Ich habe den Inhalt des Märchens nicht mehr ganz im Kopf, aber Sie wissen, welchen Ort ich meine. Er liegt nördlich von Todds Haus, zur Wildnis zu, wo die beiden knorrigen Bäume stehen, die so kümmerlich und düster aussehen, daß sie eher wie Pilze als wie anständiges Gesträuch wirken. Während ich noch so stand und auf den seltsamen Tümpel starrte, kam es mir vor, als würde ich den Schatten eines Mannes sich vom Haus aus auf diesen zubewegen sehen, aber es war zu finster und ich zu weit entfernt, um meiner Sache sicher zu sein. Außerdem wurde meine Aufmerksamkeit von etwas viel Näherliegendem in Anspruch genommen. Ich versteckte mich hinter dem Zaun, der nicht mehr als zweihundert Yards vom Nordflügel des Hauses entlanglief und glücklicherweise durchbrochen war, als hätte man ihn eigens für neugierige Blicke dergestalt angelegt. Eine Tür wurde in der dunklen Masse des Flügels geöffnet und gab den Blick auf eine schwarze Gestalt vor dem erleuchteten Hintergrund frei – eine offenbar vermummte Gestalt, die sich in die Nacht hinaus vorbeugte. Sie schloß das Tor hinter sich und ich entdeckte, daß sie eine Laterne bei sich trug, welche ein trübes Licht auf Kleidung und Umrisse der Person warf. Es schien sich offensichtlich um eine Frau zu handeln, die sich, um nicht erkannt zu werden, in einen zerschlissenen Mantel gewickelt hatte. An der Kleidung wie an dem ganzen Gebaren lag etwas sehr Merkwürdiges, wenn man bedenkt, daß diese Person geradewegs dieses prächtige Haus verlassen hatte. Sie lief vorsichtig den gewundenen Gartenweg herab und kam auf diese Weise bis auf fünfzig Yards an mich heran. Auf der Rasenfläche vor dem See blieb sie stehen, hob die Laterne über ihren Kopf und schwang sie dreimal hin und her, wie um ein Signal zu geben. Beim zweitenmal fiel ein kurzer Strahl auf ihr Angesicht – auf ein Angesicht, das ich sehr wohl kannte. Obwohl sie unnatürlich bleich war und ein Schal ihren Kopf bedeckte, wie ihn hier die Arbeiterfrauen zu tragen pflegen, war ich doch sicher, daß es sich um Etta Todd handelte, die Tochter des Millionärs.

Sie legte den Weg, den sie gekommen, mit gleicher Vorsicht zurück, und die Tür schloß sich wie vordem hinter ihr. Ich war eben im Begriff, die Verfolgung durch einen Satz über den Zaun aufzunehmen, als mir zu Bewußtsein kam, daß mein detektivisches Jagdfieber meiner Autorität unwürdig sei, zumal ich ja bereits alle Karten in der Hand hatte. Aber als ich mich anschickte umzukehren, durchbrach ein weiteres Geräusch die Stille der Nacht. In einem der oberen Stockwerke wurde ein Fenster aufgerissen, auf der Seite, die sich meinen Blicken entzog, und eine furchterregende Stimme brüllte in den dunklen Garten nach dem Verbleib von Lord Falconroy, der im ganzen Hause vermißt wurde. Über den Urheber der Stimme gab es keinen Zweifel, ich habe sie zu oft bei politischen Diskussionen vernommen – sie gehörte Ireton Todd selber. Einige der anderen Gäste schienen sich an den unteren Fenstern oder auf der Treppe eingefunden zu haben und meldeten nach oben, Falconroy habe sich vor einer Stunde zu einem Spaziergang in Richtung Pilgrims Todd aufgemacht und sei seither nicht mehr gesehen worden. Plötzlich schrie Todd: ›Mord, Mord!‹ – und schmiß das Fenster zu. Ich konnte ihn drinnen noch die Treppe hinunterpoltern hören. Mich meines früher gefaßten Vorsatzes besinnend, machte ich mich davon, auch um der nun mit Sicherheit einsetzenden Suche zu entgehen, und kam kurz nach acht hierher zurück.

Darf ich Sie bitten, sich nun der kleinen Notiz aus der Gesellschaftskolumne zu entsinnen, die Sie als so entsetzlich uninteressant einstuften. Wenn die letzte Kugel des Flüchtigen nicht für Todd bestimmt war, was sicher sein dürfte, so war sie für Lord Falconroy bestimmt, bei dem die Ware nach Lage der Dinge auch abgeliefert wurde. Es gibt keinen geeigneteren Platz, einen Menschen aus dem Wege zu räumen, als die geologisch sonderbaren Ufer dieses Tümpels, wo der vom Leben zum Tode Beförderte durch den zähen Schlamm in praktisch unerreichbare Tiefen versinkt. Wir dürfen also annehmen, unser geschorener Gast hatte es nicht auf Todd, sondern auf Falconroy abgesehen. Wie ich Ihnen schon dargelegt habe, so gibt es in Amerika viele Leute mit vielerlei Gründen, die den Wunsch haben könnten, Todd ins Jenseits zu befördern. Andererseits gibt es keinen vernünftigen Grund, warum irgendeine Person einen gerade in Amerika gelandeten englischen Lord killen sollte – bis auf den einen, den uns diese Notiz in der Zeitung mitgeteilt hat: daß der Lord ein Auge auf die Tochter des Millionärs geworfen hat. Unser geschorener Freund muß, trotz seines miserablen Anzugs, ein nach Höherem strebender Liebhaber gewesen sein.

Ich weiß, diese Vorstellung kommt Ihnen absurd oder komisch vor; das liegt daran, daß Sie ein Engländer sind. In Ihren Ohren klingt das so, als würde die Tochter des Erzbischofs von Canterbury in der St.-Georges-Kathedrale ihr Jawort einem Vagabunden geben. Dabei vergessen Sie, der aufstrebenden Macht unserer besseren Kreise Rechnung zu tragen. Sie haben einen gutaussehenden, grauhaarigen Herrn im Abendanzug und mit einer gewissen Ausstrahlung vor sich, Sie wissen, er ist eine Säule des Staates und folgern sogleich, er müsse auch einen Vater haben. Das ist ein Irrtum, denn Sie bedenken dabei nicht, daß er noch vor gar nicht langer Zeit in einem Gefängnis gesessen sein könnte. Sie bedenken nicht die Kraft und die Aufstiegsmöglichkeiten in unserem Staate. Viele unserer einflußreichsten Bürger sind nicht nur erst kürzlich, sondern auch erst in fortgeschrittenem Alter zu Ruhm und Ehre gekommen. Todds Tochter war schon achtzehn Jahre alt, als ihr Vater den großen Stich machte. Es ist deshalb gut möglich, daß sie noch einen Verehrer aus schlechten Zeiten hatte – oder noch eine solche Person verehrt, wie ich aus den Laternenzeichen zu folgern habe. Sollte dem so sein, so hat die Hand, die die Laterne schwenkte, mit Sicherheit etwas mit der Hand zu tun, die die Waffe hielt. Dieser Fall, fürchte ich, wird noch einigen Staub aufwirbeln.«

»Nun«, sagte der Geistliche geduldig, »und wie ging es weiter?«

»Ich vermute, Sie werden entsetzt sein«, fuhr Usher fort, »weil ich weiß, daß Sie auf die Technik in dieser Beziehung keine großen Stücke halten. Ich habe hier ziemlich viele Befugnisse, und vielleicht nehme ich mir noch ein paar mehr heraus als erlaubt. Jedenfalls hatte ich den Eindruck, einen geeigneten Fall für den Psychometer gefunden zu haben, von dem ich Ihnen erzählte. Meiner Auffassung nach kann diese Maschine nicht lügen.«

»Eine Maschine kann weder lügen noch die Wahrheit sagen«, antwortete Pater Brown.

»Aber in diesem Fall hat sie es getan, wie ich Ihnen beweisen werde. Ich setzte unseren Mann mit dem üblen Anzug auf einen bequemen Stuhl und schrieb ganz einfach Worte auf eine Tafel. Die Maschine tat nichts anderes, als die Veränderungen des Pulsschlages zu verzeichnen, und ich beobachtete sein Verhalten. Der Trick dabei ist, ein Wort, das mit dem Verbrechen in Zusammenhang steht, dem Menschen in einem ganz anderen, natürlichen Zusammenhang vorzuführen. Ich schrieb also ›Reiher‹, dann ›Adler‹, dann ›Eule‹, und schließlich ›Falke‹, was ihn furchtbar erschrecken ließ. Und als ich noch ein ›n‹ und ein ›r‹ anfügte, schien der Zeiger die Maschine geradezu sprengen zu wollen. Aber wer in diesem Land, frage ich Sie, hat Grund, bei der Nennung des Namens eines kürzlich angekommenen Engländers in die Höhe zu springen – wenn nicht dessen Mörder? Ist das nicht eine sicherere Methode als das ganze Geschwätz der Augenzeugen zusammen: eine Maschine, die nicht imstande ist zu lügen?«

»Sie vergessen dabei«, bemerkte der Geistliche, »daß diese verläßliche Maschine stets von einer unverläßlichen bedient werden muß.«

»Was soll das denn heißen?« fragte unser Detektiv.

»Ich meine den Menschen«, antwortete Pater Brown, »die unzuverlässigste Maschine, die ich kenne. Ich möchte nicht unhöflich sein und auch nicht annehmen, daß Sie diese Beschreibung des Menschen auf sich beziehen. Sie sagen, Sie hätten das Verhalten des Mannes beobachtet, aber woher wissen Sie, daß Sie richtig beobachtet haben! Sie sagen, die Worte mußten auf ganz natürliche Weise einen Zusammenhang bilden, aber woher wissen Sie, daß Sie einen natürlichen Zusammenhang hergestellt haben? Woher wissen Sie, daß er nicht vielmehr Ihr Verhalten studiert hat, wenn es schon darauf ankommt? Wer sollte beweisen, daß nicht vielmehr Sie ziemlich aufgeregt waren? An Ihrem Handgelenk war ja keine Maschine angeschlossen!«

»Ich kann Ihnen versichern«, schrie der Amerikaner nun aufgebracht, »daß ich so kühl wie ein Kürbis war!«

»Aber auch Verbrecher können so kühl wie ein Kürbis sein«, antwortete Pater Brown mit einem Lächeln. »Und sicher so kühl wie Sie!«

»Schön, aber dieser war es nicht«, sagte Usher und warf die Papiere durcheinander. »Oh, Sie langweilen mich!«

»Das tut mir leid«, sagte daraufhin sein Gegenüber. »Ich weise nur auf eine denkbare Möglichkeit hin. Wenn Sie aufgrund seines Verhaltens das Wort erkennen, das ihn an den Galgen bringt, warum sollte er nicht aufgrund Ihres Verhaltens das Wort erkennen, das ihn an den Galgen bringen würde? Ich würde nach mehr als nur nach Worten gehen, bevor ich einen Mann hängen würde.«

Usher hieb auf die Tischplatte und erhob sich in einer Art trotzigem Triumph.

»Genau das ist es, was ich Ihnen beweisen wollte«, rief Usher nun. »Ich versuchte es mit der Maschine, um nachher auf andere Weise herauszufinden, daß sie recht hatte. Und die Maschine hatte recht!«

Er hielt einen Moment inne und fuhr dann ruhiger fort. »Ich möchte betonen, daß ich bis auf das wissenschaftliche Experiment sehr wenig in Händen hatte. Gegen die Aufführung des Mannes sprach nichts. Seine Kleider waren schlotterig, aber sie waren eher besser als die Kleider jener Klasse, zu der er offensichtlich gehörte. Und abgesehen von den Spuren der Jagd über frische Äcker und staubige Hecken war der Mann vergleichsweise sauber. Das könnte damit zusammenhängen, daß er eben erst aus dem Gefängnis ausgebrochen war; aber es erinnert mich mehr an die verzweifelten Anstrengungen der niederen Klassen, sauber auszusehen. Sein Benehmen, muß ich gestehen, stand ganz in Einklang damit. Er war schweigsam und zuvorkommend wie jene, er schien ein großes, aber verborgenes Problem zu haben wie jene. Er zeigte völlige Unkenntnis gegenüber dem in Frage stehenden Verbrechen und schien mir mit Ungeduld auf etwas zu warten, das ihn aus seiner hoffnungslosen Falle befreien könnte. Er fragte mich zu mehreren Malen, ob er mit einem Verteidiger sprechen könnte, der ihn früher einmal in geschäftlichen Dingen beraten hatte, kurz, er verhielt sich die ganze Prozedur über wie ein vollkommen unschuldiger Mensch. Nichts sprach gegen ihn, außer dem kleinen Zeiger auf der Skala, der die Veränderung seines Herzschlags anzeigte.

Die Maschine, mein Herr, war somit auf die Probe gestellt. Und die Maschine behielt recht. Denn als ich mit ihm aus der Amtsstube in den Vorraum kam, wo alle möglichen anderen Leute auf ihr Verhör warteten, schien es mir, als hätte er sich durchgerungen, mir ein Geständnis zu machen. Er wandte sich mir zu und sprach mit leiser Stimme: ›Nein, ich kann das nicht durchhalten. Wenn Sie unbedingt alles über mich wissen wollen...‹ In diesem Moment springt eine der armen Frauen, die im Vorraum saßen, auf und zeigte laut kreischend mit dem Finger auf diese Person. Ich habe in meinem Lebben noch nie etwas so

Dämonisches gesehen: Ihr knochiger Finger zielte auf ihn wie ein Blasrohr. Und obwohl ihre Stimme ein einziges Geheul war, so war doch jede Silbe wie ein Glockenschlag zu hören. ›Drugger Davis!‹ schrie sie. ›Man hat Drugger Davis geschnappt!‹

Zwanzig von den gräßlichen Weibern, zumeist Diebinnen und Dirnen, drehten sich ihm zu und schauten ihn voller Schadenfreude und Haß an. Auch wenn ich noch niemals zuvor diesen Namen gehört hatte, so wäre ich doch durch das entsetzte Gebaren dieser Person sicher gewesen, daß mein sogenannter Oscar Rian seinen wahren Namen gehört hatte. Aber ich bin nicht ganz so dumm, wie Sie vielleicht zu denken belieben. Dieser Drugger Davis war einer der gefährlichsten und übelsten Gauner, die jemals unsere Polizei genarrt haben. Er hatte schon mehrere Morde auf dem Gewissen, bevor er diesen letzten an dem Wachtposten beging. Aber er konnte nie wirklich überführt werden, weil er es immer so anstellte wie bei seinen geringfügigen Vergehen, bei denen man ihn häufig erwischte. Er trat immer als schmucker, gut erzogener Gauner auf – so wie heute –, der die Kellnerinnen und Ladenmädchen um ihr Geld erleichterte. Häufig freilich ging er weiter. Dann fand man die Mädchen mit Schokolade oder Zigaretten betäubt auf, und ihr gesamter Besitz war verschwunden. Schließlich wachte eines der Mädchen nicht mehr auf – aber die Todesursache konnte nicht festgestellt werden und von einem Mörder fehlte jede Spur. Es gab dann Gerüchte, daß er wieder aufgetaucht sei, diesmal in der entgegengesetzten Rolle, nämlich als Geldverleiher statt als Geldnehmer, aber weiterhin im Umgang mit armen Witwen, denen er zu gefallen wußte, und die jedesmal böse hereinfielen. So sieht also unser unschuldiger Mann und sein unschuldiger Lebenswandel aus. Inzwischen haben ihn auch vier andere Verbrecher und drei Aufseher identifiziert und seine Untaten bestätigt. So – und was haben Sie nun noch gegen mein armes Maschinchen vorzubringen? Hat es ihm nicht etwas Entscheidendes angetan? Oder würden Sie es vorziehen zu behaupten, die Frau und ich hätten ihm etwas angetan?«

»Was das betrifft, was Sie für ihn getan haben«, sagte Pater Brown, der aufgestanden war und sich lässig streckte, »Sie haben ihn vor dem elektrischen Stuhl bewahrt. Denn man wird ihn ja kaum wegen der unbewiesenen Giftmordaffäre hängen können. Was dagegen den Ausbrecher betrifft, der den Wachtposten ermordet hat, so ist dieser Ihnen mit Sicherheit nicht ins Netz gegangen. Auf jeden Fall ist Mr. Davis dieses Verbrechens nicht schuldig.«

»Was soll denn das nun schon wieder«, begehrte Usher auf, »warum soll er denn dieses Verbrechens nicht schuldig sein?«

»Herr, sei uns gnädig!« rief nun seinerseits der kleine Mann in einem seiner seltenen Temperamentsausbrüche. »Deshalb, weil er der anderen Vergehen schuldig ist! Ich kann nicht begreifen, was in euren Köpfen vor sich geht. Ihr scheint zu glauben, alle Sünden müssen immer zusammen auftreten. Sie reden, als ob ein Geizhals vom Montag am Dienstag immer die Spendierhosen anhaben muß. Sie erzählen mir, Ihr Mann hätte Wochen und Monate damit zugebracht, sparsame Frauen um ihre kleinen Sümmchen zu bringen; daß er sie bestenfalls mit Rauschmitteln, schlimmstenfalls mit Gift umgebracht hat. Daß er als mieser Geldverleiher wieder auftauchte, um noch mehr arme Seelen auf die gleiche geduldige und schäbige Art auszunehmen. Betrachten wir das als erwiesen – lassen Sie uns, um des Argumentes willen annehmen, daß er all das getan hat. Denn wenn das stimmt, kann ich Ihnen sagen, was er nicht getan hat. Er hat keine befestigte und von einem Aufseher mit einer Waffe bewachte Mauer gestürmt; er hat nicht eigenhändig an die Mauer geschrieben, daß er es getan hat; er hat sich nicht damit aufgehalten, Notwehr zu seiner Rechtfertigung anzugeben; er hat nicht behauptet, etwas gegen den armen Aufseher zu haben; er hat nicht das Haus des Millionärs benannt, zu dem er mit seinem Gewehr aufbrechen will; er hat seine Initialen nicht mit dem Blut eines andern geschrieben. Bei allen Heiligen! Sehen Sie denn nicht, daß dieser Mann im Guten wie im Bösen einen vollständig anderen Charakter hat. Warum denken Sie nicht ein bißchen so wie ich? Man könnte geradezu meinen, Sie hätten nie ein Laster gehabt!«

Der entsetzte Amerikaner war gerade im Begriff, seinen Mund aufzureißen, als wie verrückt gegen die Tür gebummert wurde. Die Tür sprang auf. Greywood Usher war einem Moment zu der Meinung gelangt, Pater Brown habe den Verstand verloren. Aber schon einen Moment später dachte er, er selbst sei dabei durchzudrehen. In den Raum stürzte ein Mann mit den übelsten Klamotten und einem schmutzstarrenden Hut auf dem Kopfe, sein eines Auge von einem grünblauen Schatten umgeben, und überhaupt sahen die Augen denen eines wildgewordenen Tigers ähnlich. Das übrige Gesicht war kaum auszumachen, da die eine Hälfte mit einem verfilzten Vollbart derart überwuchert war, daß kaum die Nase durchkam, die andere dagegen von einem schmutzigen roten Tuch bedeckt wurde. Mr. Usher durfte sich rühmen, die schrecklichsten Galgenvögel des Landes von Angesicht zu kennen, aber ein derart als Vogelscheuche zurechtgestutzter Halbaffe war ihm noch nie vor die Augen getreten. Doch vor allem hatte er in seinem beschaulichen wissenschaftlichen Leben noch niemals gehört, daß ein solches Subjekt als erstes das Wort an ihn zu richten wagte.

»Jetzt hören Sie mir mal gut zu, mein lieber Usher«, erdreistete sich der Kerl mit dem roten Tuch, »ich habe nämlich jetzt die Nase voll. Hören Sie auf, mit mir Versteck zu spielen; ich lasse mich nicht für dumm verkaufen. Lassen Sie meinen Gast laufen, dann kann mein Fest weitergehen. Behalten Sie ihn aber noch den Bruchteil einer Sekunde hier, dann wird Ihnen was blühen. Denn wenn hier einer was zu sagen hat, dann bin ich das.«

Der große Usher starrte das geifernde Ungeheuer mit einem alle anderen Gefühle abtötenden Erstaunen an. Der bloße Schock, den seine Augen zu ertragen hatten, machte seine Ohren beinahe gebrauchsunfähig. Schließlich fuchtelte er erregt mit einer Glocke umher, deren schriller Klang von Pater Browns Stimme unterbrochen wurde.

»Ich möchte eine Vermutung aussprechen«, sagte er, »auch

wenn sie etwas verwirrend klingt. Diesen Herrn kenne ich nicht, aber ich habe Grund zu glauben, daß ich ihn kenne. Und Sie kennen ihn ebenfalls, sogar recht gut, auch wenn Sie ihn nicht kennen. Das klingt paradox, ich weiß.«

»Die Welt hat einen Sprung!« sagte daraufhin Usher und ließ sich breitbeinig in seinen Schreibtischstuhl plumpsen.

»Zum letztenmal«, brüllte jetzt der Fremde dazwischen und bekräftigte diesen Satz mit einem Schlag auf den Tisch. »Das werden Sie mir büßen. Ich werde…«

»Wer, zum Teufel, sind Sie denn«, schrie nun seinerseits der plötzlich aufrecht im Sessel sitzende Usher zurück. »Ich glaube, der Name dieses Gentlemans ist Todd«, sagte der Geistliche und nahm den Zeitungsausschnitt zur Hand. »Ich fürchte, Sie haben die Klatschseite nicht genau genug gelesen«, seufzte er und begann die Notiz herunterzuleiern: »›kennt allein der verschwiegene Kopf des Mr. Todd. Wenn man den umherschwirrenden Gerüchten Glauben schenken darf, so geht es diesmal um eine Parodie der Sitten und Gebräuche derer, die am entgegengesetzten Ende der gesellschaftlichen Skala zu Hause sind.‹ Auf Pilgrims Pond wird gerade ein großes Lumpenfest gegeben, und einer der Gäste ist verschwunden. Als guter Gastgeber hat sich Mr. Todd augenblicklich hierher begeben, ohne sich die Zeit für einen Kleiderwechsel zu gestatten.«

»Welchen Herrn meinen Sie denn eigentlich?«

»Ich meine den Herrn in den schlechtsitzenden Kleidern, den Sie über den Acker laufen sahen. Wäre es nicht besser, Sie würden der Sache sofort nachgehen? Er wird schon ungeduldig darauf warten, zu seinem Champagner zurückkehren zu dürfen, von dem ihn der Ausbrecher mit dem Gewehr vertrieben hatte.«

»Sie meinen doch nicht ernsthaft…«, stotterte der Beamte.

»Begreifen Sie doch, Mr. Usher«, sagte Pater Brown ruhig; »Sie behaupteten, die Maschine könne keinen Fehler machen – und in einem gewissen Sinne haben Sie damit recht. Aber die andere Maschine, die jene bediente, machte einen Fehler. Sie hatten angenommen, Ihr Mann hätte bei dem Namen Falconroy zu zittern begonnen, weil er Lord Falconroys Mörder war. Aber er begann in Wahrheit zu zittern, weil er Lord Falconroy ist.«

»Aber warum, in drei Teufels Namen, hat er es denn nicht gesagt?« fragte der nun vollkommen verwirrte Usher.

»Ich nehme an, der gerade ausgestandene Schreck und seine momentane Verfassung schienen ihm nicht unbedingt aristokratisch zu sein, darum hat er seinen Namen anfangs verschwiegen – aber dann wollte er ihn ja nennen«, sagte Pater Brown und besah sich dabei seine Stiefelspitzen, »als diese Frau ihm plötzlich einen anderen Namen gab.«

»Aber Sie können doch nicht so verrückt sein, anzunehmen«, sagte der leichenblasse Greywood Usher, »daß Lord Falconroy identisch mit Drugger Davis ist!«

Der Geistliche sah ihn sehr ernsthaft, doch mit etwas zu bedeutsamer Miene an.

»Ich will dazu gar nichts mehr sagen, den Rest überlasse ich Ihnen. Ihre Zeitung berichtet, daß er seinen Titel erst kürzlich wieder aufgefrischt hat; aber diese Zeitungen sind alle sehr unzuverlässig. Ferner wird berichtet, er sei schon früher in den Staaten gewesen; aber die ganze Geschichte klingt nicht sehr sauber. Davis und Falconroy sind beide ziemliche Feiglinge, aber das sind schließlich viele andere auch. Keinen Hund würde ich an den Galgen bringen, wenn es mir auf meine Meinung darüber ankäme. Aber ich glaube«, fügte er nachdenklich hinzu, »ihr Amerikaner seid zu bescheiden. Ihr idealisiert die englische Aristokratie – selbst da, wo jemand nur aristokratisch auftritt. Ihr seht einen properen Engländer im Abendanzug; ihr wißt, daß er im Oberhaus sitzt – und schon nehmt ihr an, daß er auch einen Vater hat. Sie bedenken nicht die Kraft und die Aufstiegsmöglichkeiten in unserem Lande. Viele unserer einflußreichsten Adeligen sind nicht nur erst kürzlich…«

»Bitte hören Sie auf!« rief Mr. Usher und versuchte verzweifelt, mit den Händen den ironischen Zug im Gesicht des anderen abzuwehren. »Hören Sie jetzt endlich auf, mit diesem Irren zu reden!« brüllte nun wieder Mr. Todd dazwischen. »Bringen Sie mich zu meinem Freund!«

Am nächsten Morgen erschien Pater Brown wieder mit einer scheinheiligen Miene und einem weiteren Zeitungsausschnitt. »Ich fürchte, Sie vernachlässigen die Klatschspalten in der Zeitung, aber diese hier wird auch Sie interessieren.«

Usher las die Überschrift: ›Die nächtlichen Schwärmer von Pilgrims Pond.‹ Und der Text lautete: »Vor Wilkinsons Reparaturwerkstatt spielte sich gestern nacht folgende komische Geschichte ab. Ein Streifenpolizist beobachtete, wie ein Mann in Sträflingskleidern sich ohne jede Scheu hinter das Steuer eines eleganten *Panhards* setzte; in seiner Begleitung befand sich ein Mädchen, das sich einen alten Umhang um den Kopf gewickelt hatte. Als der Polizist einschritt, schlug diese Person den Umhang zur Seite, so daß das Gesicht der Tochter des Millionärs Todd zum Vorschein kam, die gerade das ›Lumpenfest‹ auf Pilgrims Pond verlassen hatte, auf dem die gesamte *high-society* in ähnlicher Verkleidung versammelt war. Sie und der Herr in Gefängniskleidern waren im Begriff, eine kleine Spazierfahrt anzutreten.«

Unter diesem Zeitungsausschnitt fand Mr. Usher einen weiteren, der einer später erscheinenden Zeitung entnommen war: »Sensationelle Flucht der Millionärstochter mit einem Ausbrecher. Sie hatte das ›Lumpenfest‹ arrangiert. Jetzt in Sicherheit in...«

Als Mr. Greywood Usher endlich aufblickte, hatte sich Pater Brown aus dem Staube gemacht.

Caesars Kopf

Es gibt in Bompton oder Kensington eine scheinbar unendlich lange Straße mit prächtigen, wenngleich zumeist leerstehenden Häusern, die den Eindruck einer Reihe Grabmäler erwecken. Selbst die Stufen, die zu den dunklen Portalen hinaufführen, gleichen jenen mächtigen Stufen der Pyramiden, und man zögert, um Einlaß zu bitten, aus Angst, eine leibhaftige Mumie könnte die Tür öffnen. Am schlimmsten freilich bedrückt einen die Länge dieser grauen, ununterbrochenen Fassaden. Dem einsamen Wanderer muß es so vorkommen, als würde nie eine Unterbrechung oder eine Ecke in Sicht kommen – doch es gibt diese Ausnahme, die zwar sehr unscheinbar ist, gleichwohl mit Ausrufen der Freude begrüßt wird. Zwischen zweien der dunklen Gebäude befindet sich eine Art Lücke, als hätte sich in der gleichmäßigen Fassade eine Tür geöffnet, in die eine Bierkneipe oder ein kleines Gasthaus eingelassen ist, wie gemacht für das Personal der reichen Leute ringsum. Gerade ihrer Unscheinbarkeit und Armseligkeit verdankt diese Kneipe, die wie ein Knusperhäuschen am Fuße der Steinriesen aussieht, ihren rührenden und zauberhaften Charme.

Jeder an einem bestimmten Herbstabend Vorübergehende hätte bemerken können, wie eine Hand die rote Scheibengardine, die – mit großen weißen Lettern beschriftet – das Innere von der Straße halb abschirmte, beiseite schob, um ein Gesicht freizugeben, das dem eines unschuldigen Kobolds glich. In Wahrheit gehörte es einem Gentleman mit dem unscheinbaren Namen Brown, der als Geistlicher früher in Cobhole, Essex, und nun in London seinen Pflichten nachging. Ihm gegenüber saß sein Freund Flambeau, ein halbamtlicher Detektiv, der damit beschäftigt war, Notizen über einen gerade in der Nachbarschaft aufgeklärten Fall zu machen. Die beiden saßen an einem Tisch in der Nähe des Fensters, als der Geistliche den Vorhang beiseite schob und hinausschaute; das tat er so lange, bis eine Person das

Fenster passiert hatte, um dann den Vorhang wieder fallenzulassen. Unmittelbar danach ließ er seine runden Äuglein zu der weißen, spiegelverkehrten Beschriftung über ihm wandern, um anschließend den nächsten Tisch zu observieren, an dem ein Matrose vor Käse und Bier und ein rothaariges Mädchen vor einem Glas Milch saßen. Schließlich (als er sah, daß sein Freund das Notizbuch einsteckte) sagte er mit sanfter Stimme:

»Wenn Sie zehn Minuten Zeit haben, möchte ich Sie bitten, dem Herrn mit der falschen Nase zu folgen.«

Flambeau sah ihn voller Verwunderung an; aber auch das Mädchen mit den roten Haaren sah ihn an, allerdings verriet ihr Ausdruck mehr als nur Erstaunen. Sie war einfach, ja geradezu nachlässig mit einem braunen Kittel bekleidet; aber ohne Zweifel war sie eine Dame, und zwar eine unnötig hochmütige dazu.

»Dem Herrn mit der falschen Nase?« wiederholte Flambeau, »wer soll denn das sein?«

»Ich habe auch keine Ahnung«, antwortete der Geistliche, »deshalb möchte ich ja, daß Sie es herausfinden; ich bitte Sie um diesen Gefallen. Er ist da entlanggelaufen« – und dabei machte er mit dem Daumen eine undefinierbare Geste – »und kann noch keine drei Laternen weit sein. Mich interessiert nur die Richtung, in der er verschwunden ist.«

Flambeau betrachtete seinen Freund mit einer Mischung aus Erstaunen und Belustigung, erhob sich aber schließlich und zwängte seinen massigen Körper durch die niedrige Tür dieser Zwergenherberge, der sofort von einem zwielichtigen Dämmer aufgesogen wurde.

Pater Brown seinerseits zog ein Büchlein aus der Tasche, in dessen Lektüre er sich unverzüglich vertiefte, und durch nichts in der Welt ließ er sich anmerken, daß er sehr wohl des Umstandes gewahr ward, daß die rothaarige Dame ihren Tisch mit dem seinen vertauscht hatte. Schließlich beugte sie sich vor und sagte mit leiser, klarer Stimme: »Was sagen Sie da? Woher wissen Sie, daß sie falsch ist?«

Der so Angesprochene hob seine schweren Augenlider, die in

sichtlicher Verwirrung zitterten. Und sogleich heftete er seinen Blick neuerlich auf die weißen Buchstaben, die die Fensterscheibe der Schenke zierten. Die Augen der jungen Dame folgten dieser Bewegung und blieben ebenfalls, wenngleich in völligem Unverständnis – an den Buchstaben hängen. »Nein, nein«, antwortete der geistliche Herr auf ihre unausgesprochenen Gedanken, »es heißt nicht ›Sela‹ wie in den Psalmen; so habe ich es übrigens in meiner Zerstreutheit vorhin auch gelesen; es heißt ganz einfach ›Ales‹.«

»Und?« brachte die ihn anstarrende Dame nur hervor, »was hat das zu bedeuten?«

Die ziellos schweifenden Blicke des Geistlichen blieben plötzlich auf den Ärmeln ihrer Bluse ruhen, die an den Handgelenken mit einer schmalen Spitzenborte abgesetzt waren – gerade breit genug, um diesen Kittel von dem einer Arbeiterin zu unterscheiden und ihn eher wie das Arbeitskleid einer Malerin aussehen zu lassen. Es hatte den Anschein, als würde diese Tatsache seinen Gedanken reichlich Nahrung geben, doch kam seine Antwort eher langsam und zögernd. »Nun, sehen Sie, Madame, von außen sieht diese Kneipe ja... gewiß, es ist eine tadellose Wirtschaft... aber Damen wie Sie haben da... wenigstens in der Regel... eine andere Meinung. Auf jeden Fall gehen sie niemals freiwillig in derartige Etablissements, abgesehen...«

»Nun?« fragte sie.

»Abgesehen von ein paar wenigen Unglücklichen, die auf jeden Fall nicht hereinkommen, um hier Milch zu trinken.«

»Sie sind ein sonderbarer Mensch«, erwiderte die junge Dame. »Darf ich fragen, warum Sie diese Beobachtungen anstellen?«

»Auf keinen Fall, um Ihnen Kummer zu bereiten«, lautete die freundliche Antwort. »Ich möchte nur gewappnet sein für den Fall, daß Sie mich eines Tages freiwillig um meine Hilfe bitten.«

»Aber warum sollte ich Sie um Hilfe bitten?«

Der Geistliche setzte seinen träumerischen Monolog fort: »Sie sind hier nicht hereingekommen, um Ihren Beschützer zu sehen oder andere zwielichtige Gestalten, und wenn, dann hätten Sie sich im Klubraum verabredet... Sie haben diesen Ort auch nicht wegen eines plötzlichen Unwohlseins aufgesucht, sonst hätten Sie mit der – im übrigen reizenden – Wirtin gesprochen... außerdem sehen Sie auch nicht krank aus, vielmehr verängstigt... Die Straße hier ist die einzige ohne Nebenwege, und die Häuser sind in der Regel verschlossen... Deshalb kam ich zu der Annahme, Sie hätten jemand gesehen, dem Sie nicht begegnen wollten, und seien deshalb in dieses Gasthaus als dem einzigen Versteck in dieser Steinwüste geflüchtet... Deshalb warf ich einen kurzen Blick auf eben die Person, die als erste nach Ihnen vorüberkam, und ich hoffe, damit die Befugnisse eines Fremden nicht überschritten zu haben... Und da ich glaubte, in jenem Herrn ein Exemplar einer üblen Sorte Mensch gesehen zu haben, in Ihnen dagegen die Vertreterin einer besseren... hielt ich mich bereit, Ihnen zu helfen, sollte jener versuchen, Sie zu belästigen. Das ist alles. Mein Freund wird ebenfalls gleich wieder hier sein; und sicherlich wird er nichts herausfinden, wenn er lediglich eine dunkle Straße hinuntertappt... Das lag jedenfalls nicht in meiner Absicht.«

»Ja, aber warum haben Sie ihn dann hinausgeschickt?« rief sie aus, wobei sie sich in noch heftigerer Neugier über den Tisch lehnte. Sie hatte jenen stolzen, fordernden Ausdruck im Gesicht, wie er häufig Rothaarigen eignet, und eine römische Nasenform, die ihn an Marie-Antoinette erinnerte.

Er sah ihr nun zum erstenmal geradewegs ins Gesicht und sagte: »Weil ich hoffte, daß Sie mit mir sprechen würden.«

Nun war es an ihr, ihm in die Augen zu sehen, wobei ein leichter Zorn ihr über das erhitzte Gesicht huschte; aber trotz aller Erregung schaffte sich ihr Humor in ihren Augenwinkeln Platz, und fast spöttisch fragte sie: »Da Sie nun einmal so großen Wert auf meine Unterhaltung legen, werden Sie wohl die Güte haben, meine Frage zu beantworten.« Und nach einer Pause fügte sie hinzu: »Ich hatte die Ehre, Sie nach Ihren Beweggründen zu fragen, die Nase jenes Herrn für falsch zu halten.«

»Bei diesem Wetter hat Wachs die Eigenschaft, leicht fleckig zu werden«, antwortete der Geistliche.

»Aber es ist doch eine so auffällig krumme Nase«, erwiderte das Mädchen.

Auf Pater Browns Gesicht erschien ein Lächeln. »Ich habe nicht behauptet, es handle sich hier um einen Scherzartikel«, sagte er. »Vielmehr glaube ich, daß hinter dieser krummen Nase eine viel edler geformte sich verbirgt.«

»Aber warum?« bohrte sie weiter.

»Wie geht doch gleich das Ammenmärchen?« fragte unser Geistlicher zerstreut. »Es war einmal ein krummer Mann, der folgte einem krummen Weg... Und jener Mann, fürchte ich, geht einen besonders krummen Weg – indem er seiner Nase lang geht.«

»Aber warum denn? Was hat er denn getan?« rief die rothaarige Schönheit unsicher.

»Hören Sie, ich möchte mir Ihr Vertrauen nicht erschleichen«, gab Pater Brown ruhig zurück. »Aber ich glaube, zu dieser Sache kann ich von Ihnen mehr erfahren als Sie von mir.« Mit einem Ruck sprang das Mädchen auf und stand für eine Sekunde mit geballten Fäusten ganz still vor ihm; es schien, als wolle sie im Moment losstürzen. Doch plötzlich entkrampften sich ihre Finger, und sie nahm wieder Platz. »Sie sind ein noch größeres Geheimnis als all die andern«, preßte sie hervor, »aber irgendwie habe ich das Gefühl, als steckte in Ihrem Geheimnis ein Herz.«

»Am schrecklichsten ängstigt uns ein Nebel ohne Mittelpunkt«, ließ sich mit ruhiger Stimme der Geistliche vernehmen, »der Grund übrigens, warum wir den Atheismus als Nachtmahr empfinden.«

»Alles will ich Ihnen erzählen«, kam es nun trotzig aus des Mädchens Mund, »bis auf eines: warum ich das tue... ich weiß es selber nicht.«

Sie dröselte an dem speckigen Tischtuch herum und fuhr fort: »Sie sehen so aus, als wüßten Sie, was Snobismus ist und was nicht; und wenn ich Ihnen sage, daß ich aus einer alten Familie stamme, dann begreifen Sie wohl, wie ich das meine; in der Tat liegt das Hauptproblem meiner Geschichte in der besonderen

Wertschätzung, die mein Bruder dem Begriff *noblesse oblige* entgegenbringt. Nun, ich heiße Christabel Carstairs. Sie werden von meinem Vater gehört haben, Oberst Carstairs, der die berühmte Sammlung römischer Münzen aufgebaut hat. Es ist schwer für mich, meinen Vater zu beschreiben: Am nächsten komme ich wohl mit der Feststellung, daß er selbst einer seiner römischen Münzen glich, so schön war er und so einmalig und so wertvoll und so hart und auch so hinter der Zeit. Seine Sammlung erfüllte ihn mit mehr Stolz als seine Orden – und das sagt ja wohl alles. Sein außergewöhnlicher Charakter bildete sich mehr als deutlich noch in seinem Letzten Willen ab. Er hatte zwei Söhne und eine Tochter. Mit meinem Bruder Giles gab es Streit, worauf der Vater ihn mit einer kleinen Rente nach Australien schickte. Meinem Bruder Arthur vermachte er die Münzkollektion und eine noch unbedeutendere Rente. Mein Vater wollte ihn damit auszeichnen, es bedeutete für ihn die höchste Ehre, die er zu vergeben hatte in Anerkennung von Arthurs Rechtschaffenheit und Aufrichtigkeit, aber auch seiner Erfolge in Mathematik und Nationalökonomie in Cambridge. Auf diese Weise fiel mir nahezu sein gesamtes Vermögen in den Schoß – aber ich bin sicher, mit welcher Verachtung er mir diesen Teil seines Erbes hinterließ.

Nun werden Sie denken, Arthur sei über diese Aufteilung erbost gewesen – aber weit gefehlt: Arthur ist ganz wie sein Vater. Kaum hatte er die Sammlung übernommen, benahm er sich wie ein seinem Tempel geweihter Priester – und alle Streitigkeiten aus früheren Jahren waren vergessen. Er verband die Münzen auf eben dieselbe unduldsame und abgöttische Weise wie vordem sein Vater mit dem Ehrencodex der Carstairs. Das römische Geld mußte, nach seiner Vorstellung, mit allen römischen Tugenden bewahrt werden. Er gab sich keinen Vergnügungen hin, gönnte sich nichts – er lebte ausschließlich für seine Sammlung. Nicht einmal zu den Mahlzeiten erschien er in einem ordentlichen Aufzug, sondern stets in einem schmuddeligen Morgenmantel, in dem er auch den ganzen Tag in seinen braunen Münzpäckchen herumwerkelte, die außer ihm keiner auch nur berühren durfte. Manchmal kam er mir in seinem Auftreten und mit seinem schmalen, blassen Gesicht wie ein alter asketischer Mönch vor. Dann und wann freilich erschien er nach der letzten Mode gekleidet – aber stets nur, wenn er sich nach London aufmachte, um auf Auktionen neue Stücke für die Carstairs-Sammlung zu ersteigern.

Wenn Sie, mein Herr, je in Ihrem Leben mit jungen Leuten sich abgegeben haben, dann werden Sie leicht ermessen können, wie mein Verhältnis zu diesen Umständen beschaffen war. Nämlich so, daß mir die alten Römer nachgerade egal waren. Ich bin nicht so veranlagt wie mein Bruder Arthur; ich liebe das Leben. Ich habe eine gehörige Portion Romantik und anderen Unsinn von der Seite der Familie mitbekommen, der ich auch meine roten Haare verdanke. Und der arme Giles war von gleicher Art; die Atmosphäre der Münzsammlung mag als Entschuldigung für ihn sprechen, wenngleich er sich wirklich strafbar machte und beinahe ins Gefängnis wandern mußte. Aber er hatte sich nicht übler als ich benommen, wie Sie gleich hören werden.

Jetzt folgt nämlich der schlimme Teil meiner Geschichte. Ein kluger Mann wie Sie wird sich ausmalen können, was für ein Ereignis eintreten mußte, um das monotone Leben eines siebzehnjährigen Mädchens in solcher Umgebung zu verwirren. Doch bin ich im Moment von so gräßlichen Angelegenheiten bedrängt, daß ich meine Gefühle kaum zu beschreiben vermag. Wir lebten zu jener Zeit in einem kleinen Badeort in Süd-Wales, und in der Nachbarschaft wohnte ein pensionierter Kapitän zur See mit seinem Sohn, etwa fünf Jahre älter als ich, der mit Giles, bevor dieser in die Kolonien mußte, befreundet war. Sein Name spielt keine Rolle, aber ich erzähle Ihnen auch diesen, weil ich dies erzählen will: Er hieß Philip Hawker. Wir gingen zusammen Krabben fangen und bildeten uns fest ein, ineinander verliebt zu sein; zumindest behauptete er es, während ich es glaubte. Wenn ich Ihnen überdies erzähle, daß er einen braunen Lockenkopf hatte und ein vom Meer gebräuntes Falkengesicht, so hat das nichts weiter mit seiner Person zu tun, ist aber wichtig für die Geschichte: denn er war die Ursache für ein mehr als sonderbares Zusammentreffen.

Eines Nachmittags im Sommer hatte ich Philip versprochen, mit ihm ans Meer auf Krabbenfang zu gehen. Ungeduldig wartete ich im vorderen Wohnzimmer auf sein Erscheinen und sah dabei Arthur zu, der einige frisch erworbene Päckchen mit Münzen auf seine pedantische Weise nach hinten in sein Arbeitszimmer und Museum beförderte. Sobald ich die schwere Tür hinter ihm ins Schloß fallen hörte, schnappte ich mir mein Fangnetz und wollte mich gerade aus dem Staube machen, als ich sah, daß mein Bruder eine Münze vergessen hatte, die nun glitzernd auf der langen Fensterbank lag. Es handelte sich um ein Bronzestück mit dem Kopf Caesars, dessen scharfgeschnittene Nase und dessen hagere Nackenlinie in Verbindung mit der Farbe ein fast exaktes Porträt Philip Hawkers ergaben. Ich erinnerte mich nun, daß Giles einmal Philip gegenüber von solch einer Münze erzählt hatte und daß dieser sie gerne besitzen wollte. Vielleicht können Sie sich vorstellen, welcher Art die Gedanken waren, die augenblicklich durch meinen Kopf rasten; ich hatte das Gefühl, im Besitz eines Zaubermittels zu sein. Ach, dachte ich, wenn ich ihm diese Münze schenken könnte, dann wäre das ein Unterpfand für unsere ewige Liebe. Tausend Gedanken schossen mir auf einmal durch den Kopf. So hatte ich plötzlich den Eindruck, ein ungeheurer Abgrund würde sich unter mir auftun, wenn ich nur daran dachte, was Arthur zu dieser Sache sagen würde: ein Carstairs ein Dieb! Und ein Dieb an dem Schatze der Carstairs! Ich glaube, mein Bruder hätte mich seelenruhig wie eine Hexe verbrennen lassen. Aber dieser Gedanke an so fanatische Brutalität stachelte sowohl meinen alten Haß auf seinen Antiquitätenwahnsinn wieder an als auch meine Sehnsucht nach Jugend und Freiheit, die mir vom Meer her zuriefen. Draußen war heller Sonnenschein und Wind, und der gelbe Kopf eines Stechginsters klopfte fröhlich gegen das Fenster. Ich dachte an das lebende und wachsende Gold auf allen Feldern dieser Erde – und an das tote, stumpfe Metall meines Bruders, wie es da von Jahr zu Jahr tiefer unter dem Staube verschwand. Die Herrlichkeit der Natur stand mit der Sammlung alter Münzen im Streite.

Aber die Natur ist älter als die Carstairs-Sammlung. Und als ich schließlich die Straße zum Meer hinunterlief, die Münze in der festgeballten Faust, da fühlte ich das gesamte Römische Reich, mitsamt dem Carstairs-Stammbaum, auf meinen Schultern. Da brüllte nicht nur der alte Löwe, unser Wappentier, in meinen Ohren, auch alle Adler Caesars schienen flatternd und kreischend zu meiner Verfolgung versammelt.

Doch meine Seele stieg höher und höher, wie der Drachen eines Kindes, bis ich über die lockeren Sanddünen zu dem flachen, nassen Strand kam, wo mich Philip erwartete, der schon etliche hundert Meter weit draußen bis zu den Knöcheln im glitzernden Wasser stand. Ein gewaltiger Sonnenuntergang bereitete sich vor, der die weite Fläche des seichten Wassers in einen feuerroten See verwandelt hatte. Ich zerrte mir Schuhe und Strümpfe herunter und spritzte auf Philip zu, der ja ein gutes Stück entfernt stand. Erst dann drehte ich mich um. Da standen wir beide ganz allein, nur Sand und Wasser um uns herum: Dort schenkte ich ihm Caesars Kopf.

In just demselben Augenblick durchblitzte mich die Vorstellung, ein Unbekannter würde mich von den Dünen her anstarren. Eine Sekunde später freilich hielt ich das für einen Streich meiner Nerven, denn jener Unbekannte war nur ein dunkler Punkt vor dem Horizont – und das einzige, was ich sicher ausmachen konnte, war eine bewegungslose Gestalt, die mit schräggeneigtem Kopfe in die Gegend schaute. Ob er mich beobachtete, dafür gab es keinen logischen Beweis. Seine Augen konnten ebensogut ein Schiff verfolgen oder sich am Sonnenuntergang erfreuen, die Person konnte auch das Spiel der Möwen beobachten oder einen der anderen Menschen, die sich am Strand aufhielten. Indes, meine prophetische Annahme erwies sich als richtig, denn ich mußte beobachten, wie er geradewegs über die weite Fläche in unsere Richtung ausschritt. Je näher er kam, desto besser konnte ich ihn erkennen: Er hatte schwarzes Haar und einen

Bart, und seine Augen waren von einer dunklen Brille verdeckt. Sein schwarzes Gewand sah arm, aber sauber aus, ebenso sein schwarzer Zylinder und die festen Stiefel. Ohne auf dieses Schuhwerk zu achten, lief er ins Meer und kam mit der Gleichmäßigkeit eines abgefeuerten Geschosses auf mich zu.

Mir fehlen die Worte, um Ihnen die Skala meiner Empfindungen zu schildern, die mich beim Anblick so zweifelhaften Verhaltens überkamen. Es schien, als sei der Unbekannte gerade über eine Klippe gekommen und ginge nun seelenruhig mitten in der Luft weiter; so natürlich durchbrach er die Schranke zwischen den Elementen. Mir kam es vor, als würde ein Haus durch die Luft segeln oder der Kopf eines Menschen – denn obwohl er nicht mehr tat, als mit den Schuhen ins Wasser zu gehen, machte er doch den Eindruck eines Dämons, der wissentlich ein Gesetz unserer Natur verhöhnte. Hätte er nur eine Sekunde vor Betreten des Wassers innegehalten, so hätte sich der ganze Spuk aufgelöst. So aber schien er Augen nur für mich zu haben und des Ozeans nicht zu achten. Philip beschäftigte sich in geringer Entfernung von mir mit seinem Netz und bemerkte nichts. In der Zwischenzeit war der Fremde bis auf zwei Armlängen an mich herangekommen, wobei das Wasser bis zur halben Kniehöhe seine Beine umspülte. Und dann sprach er mit klarer Stimme, aber gezierter Ausdrucksweise:

›Würde es Sie inkommodieren, mein Fräulein, an anderer Stelle eine Münze mit anderer Beschriftung zu hinterlegen?‹

Mit einer Ausnahme hatte dieser Mensch nichts eigentlich Abstoßendes an sich. Seine dunklen Augengläser waren nicht vollkommen undurchsichtig, sondern aus gewöhnlichem blauem Glas, und seine Augen waren nicht voll nervöser Ungeduld, sondern ruhig auf mich gerichtet. Auch seinen Bart konnte man nicht als lang und ungepflegt bezeichnen; der Eindruck eines zugewachsenen Gesichts verdankte sich nur der Tatsache, daß sein Ansatz sich unmittelbar unter den Backenknochen befand. Seine Hautfarbe war weder bleich noch leichenfarben, eher frisch und jugendlich; doch eben dieser Umstand verstärkte noch das Gefühl, einer furchterregenden Wachsfigur gegenüberzustehen. Das einzig äußerlich Seltsame war seine Nase, deren Spitze etwas zur Seite gebogen war, so als hätte man sie in weichem Zustand mit einem Kinderhämmerchen traktiert. Man konnte nicht einmal von einer Deformation sprechen, und doch bereitete mir dieser Anblick einen höllischen Schrecken. Wie der ganze Kerl da so im sonnenrot durchfluteten Wasser vor mir stand, kam er mir vor wie ein vom Gottseibeiuns selber ausgesandtes Meeresungeheuer, das eben aus einem Meer von Blut aufgestiegen war.

Der Himmel weiß, warum die Krümmung einer Nase meine Phantasie dergestalt anstachelte. Ich hegte jedenfalls den Verdacht, er könnte diesen Körperteil wie einen Finger bewegen — und meinte in der Tat, er hätte dies Exempel gerade in diesem Moment statuiert.

›Irgendeine geringfügige Unterstützung‹, fuhr er in seinem schauderhaften Akzent fort, ›die mich der Verpflichtung enthebt, Ihrer werten Familie genauere Kenntnis zuzuführen.‹

In diesem Augenblick fiel es mir wie Schuppen von den Augen: Dieser Mensch hatte wegen der gestohlenen Münze einen Erpressungsversuch vor! Und meine sämtlichen abergläubischen Befürchtungen und Zweifel wurden von der praktischen Frage verdrängt: Wie war er dahintergekommen? Ich hatte das Bronzestück in einer spontanen Anwandlung entwendet; ich war ohne Zweifel ohne Zeugen gewesen, da ich mich vor einem Rendezvous mit Philip stets versicherte, allein zu sein. Auf meinem Weg zum Meer war mir keiner gefolgt, und selbst wenn das geschehen wäre, so hätte man meine Hand auf der Suche nach der Münze durchleuchten müssen. Und für einen Menschen auf der Düne war es unmöglich, in so großer Entfernung zu erkennen, was ich Philip in die Hand gedrückt hatte.

›Philip‹, brach es schließlich aus mir hervor, ›frage du den Menschen, was er von mir will!‹

Philips Gesicht war rot angelaufen, als er von seinem geflickten Netz emporschaute; es war unklar, ob diese Röte vom Bükken rührte oder ein Zeichen der Scham war, wenn nicht nur der

Widerschein der im Meer sinkenden Sonne. Jedenfalls fuhr er den Mann lediglich an: ›Machen Sie, daß Sie weiterkommen!‹ und watete dann mit mir im Schlepptau in Richtung des Ufers, ohne den Fremden auch nur noch eines Blickes zu würdigen. Vielleicht nahm er an, unser gräßlicher Besucher würde sich nicht so leicht wie wir Jungen auf den spitzen Steinen, die überdies mit Algen bewachsen und schlüpfrig waren, zurechtfinden, denn er wählte einen Weg an einem steinernen Wellenbrecher entlang, der bis zum Kamm der Düne emporlief. Aber mein Verfolger konnte nicht nur zierlich seine Worte setzen, er verstand es ebenso, anmutig über glitschigen Grund zu tänzeln. Ich vernahm seine gewählte Sprache beständig hinter meinem Rücken, bis plötzlich, gerade als wir den Rist der Düne erreicht hatten, Philips Geduldsfaden, der bei sonstigen Gelegenheiten einiges zu vertragen schien, mit einem Male riß. Er drehte sich mit einem Ruck um und fauchte: ›Verschwinden Sie. Ich habe keine Lust, jetzt mit Ihnen zu reden!‹ Und als der Mann zur Erwiderung gerade den Mund öffnen wollte, versetzte ihm Philip einen so beherzten Schlag, der den Mann die ganze Höhe der Düne hinunterpurzeln ließ. Ich sah noch, wie er sich dort wieder auf die Beine stellte, über und über mit Sand bedeckt.

Dieser Hieb beruhigte mich etwas, wenngleich er die Gefahr vergrößern konnte. Philip schien auf seinen mutigen Einsatz auch nicht gerade stolz zu sein. Obwohl aufmerksam wie immer, machte er doch einen niedergeschlagenen Eindruck. Und bevor ich noch genauer mit ihm über den Vorfall reden konnte, verabschiedete er sich von mir an seiner Haustür – mit zwei Bemerkungen, die mich tief trafen. Er meinte, ich müßte die Münze eigentlich der Sammlung wieder zurückgeben, andererseits wolle er sie ›für den Augenblick‹ aufbewahren. Dann fügte er plötzlich und wie nebenbei hinzu: ›Weißt du, daß Giles aus Australien zurück ist?‹«

Die Tür des Gasthauses wurde geöffnet, und der gewaltige Schatten von Detektiv Flambeau fiel über den Tisch. Der Geistliche stellte ihn in der ihm eigenen, einnehmenden Weise der jungen Dame vor, wobei er dessen Geschicklichkeit und Sympathie derartigen Fällen gegenüber unterstrich. Und ohne recht nach einer Begründung zu fragen, wiederholte das Mädchen noch einmal seine Geschichte vor beiden Zuhörern.

Unterdes schob Flambeau dem Geistlichen einen Zettel zu, dem dieser mit nicht geringem Erstaunen die folgende Mitteilung entnahm: »Mit der Droschke nach Wagga Wagga, 379 Mafeking Avenue, Putney.« Das Mädchen fuhr in seiner Erzählung fort.

»Verwirrt machte ich mich auf den Weg zu unserem Haus. Mein Kopf war immer noch nicht klar, als ich unsere Pforte erreichte, vor der ich eine Milchflasche stehen sah – und den Mann mit der krummen Nase. Die Milchflasche vor der Tür bedeutete, daß das Personal nicht zu Hause war, lediglich Arthur, der wahrscheinlich in seinem fleckigen Hausmantel in seinem Arbeitszimmer herumwurstelte und sicher nicht auf die Türglocke achten würde. Kein Mensch also hätte mir beistehen können bis auf Arthur, dessen Erscheinen zugleich meinen Untergang bedeutet hätte. In heller Verzweiflung drückte ich dem Unhold zwei Shillinge in die Hand und sagte ihm, er solle in ein paar Tagen wieder vorbeikommen, dann hätte ich mir die Angelegenheit genauer überlegt. Brummend trollte er sich davon, wenngleich gutwilliger, als ich erwartet hatte – vielleicht eine Folge seines Falles –, und mit unverhohlenem Vergnügen verfolgte ich mit den Augen den Sandfleck auf seinem Rücken, bis er ein paar Häuser weiter um eine Ecke verschwand.

Daraufhin ließ ich mir die Tür öffnen und versuchte bei einer Tasse Tee die Geschichte zu überdenken. Ich saß im Wohnzimmer am Fenster und sah in den Garten hinaus, der im letzten Licht der Abendsonne glühte. Doch ich war zu abgelenkt und versunken, um die Wiesen und die Blumenbeete recht eigentlich in ihrer Schönheit zu beachten. Aus diesem Grunde traf mich der Schock um so stärker, weil ich vollkommen unvorbereitet war.

Da stand dieser üble Charakter, den ich eben noch fortgeschickt hatte, seelenruhig in der Mitte des Gartens. O ja, wir alle kennen aus der Schönen Literatur Geschichten über leichenblasse Wesen, die im Dunkeln auftauchen – doch dieses hier war schrecklicher als alle Literatur. Denn es stand ja noch, auch wenn es einen langen Schatten warf, im Licht der Abendsonne. Und überdies war sein Gesicht nicht blaß, sondern zeigte den wächsern-rötlichen Teint einer Frisierpuppe. So stand er da, das Gesicht mir zugewandt, inmitten all der Tulpen und der anderen frischen, herrlich gewachsenen Blumen, deren kräftige Farben wie aus dem Gewächshaus zu stammen schienen. Ja, es sah so aus, als hätten wir statt einer Statue eine Wachsfigur in der Mitte unseres Gartens plaziert.

Im Moment aber, da ich mich hinter dem Fenster bewegte, ergriff der Unhold die Flucht durch die offenstehende Gartentür, die er ohne Zweifel auch für sein Eindringen benutzt hatte. Dieses Zeichen offenkundiger Schüchternheit paßte so gar nicht zu jener Unangreifbarkeit, die er beim Betreten des Wassers zur Schau gestellt hatte, und erfüllte mich mit Genugtuung. Mag sein, ging es mir durch den Sinn, er hat einen tiefersitzenden Respekt vor Arthur, als ich angenommen hatte. Wie immer das sein mochte, ich genoß meinen ruhigen, wenn auch einsamen Abendimbiß (denn es gehörte zu den unumstößlichen Regeln unseres Zusammenlebens, ihn unter keinen Umständen beim Umräumen seines Museums zu belästigen), und meine ein wenig beruhigten Gedanken schweiften zuerst zu Philip, um sich dann in der Ferne zu verlieren. Kurzum, ich döste zufrieden so vor mich hin und schaute dabei durch ein Fenster, welches, wie das im Wohnzimmer, ebenfalls nicht mit Gardinen verhängt war, wohl aber von den Vorhängen der Nacht, die es schwarz wie ein Teufel erscheinen ließen. Plötzlich kam es mir vor, als klebte eine Schnecke an der Außenseite der Scheibe. Aber als meine Konzentration stärker von dieser Winzigkeit angezogen wurde, wollte es mir scheinen, als preßte sich ein Daumen an das Fenster, jedenfalls dachte ich, die geriffelte Form eines solchen ausmachen zu können. Panische Angst und unbändiger Mut erwachten in mir wie mit einem Schlag und ließen mich ans Fenster stürzen – von dem ich mit einem Schrei von solcher Lautstärke zurückprallte, die selbst Tote in ihrem Grabe hätte aufwecken müssen, nur meinen Bruder Arthur nicht in seinem Arbeitszimmer.

Es handelte sich weder um den Abdruck eines Daumens noch um eine Schnecke; es handelte sich vielmehr um eine scheußlich gekrümmte Nasenspitze, die gegen die Scheibe gedrückt wurde und von solcher Anstrengung bereits blutleer war und weiß schimmerte; die Nase gehörte zu einem Gesicht, das ich anfangs nicht erkennen konnte, das mich dann aber mit geistergrauen Augen anglotzte. Irgendwie gelang es mir, die Fensterläden zuzuschlagen, in mein Zimmer zu flüchten und die Tür hinter mir zu verriegeln. Aber noch während dieser überstürzten Flucht gewahrte ich an einem andern Fenster wiederum einen Abdruck, der wie der einer Schnecke aussah.

Vielleicht wäre es das beste gewesen, Arthur einzuweihen. Wenn dieses Geschöpf sich nicht davon abhalten ließ, wie eine Katze ums Haus zu schleichen, so konnte es schließlich noch Schlimmeres als einen Erpressungsversuch im Sinne haben. Mein Bruder mochte mir die Tür weisen und mich verfluchen, aber er war ein Gentleman, der eine Dame in Not sofort verteidigen würde. Nach zehn Minuten bangen Überlegens schlich ich mich zu seiner Tür, klopfte und trat sofort ein – um den gräßlichsten Anblick dieses Tages zu erleben.

Der Stuhl meines Bruders war leer, er selbst war offenbar ausgegangen. Doch befand sich der Unhold mit der krummen Nase im Zimmer und wartete offensichtlich auf Arthurs Rückkehr, den Zylinderhut noch immer auf dem Kopfe und in einem der Bücher des Bruders schnüffelnd. Der Ausdruck seines Gesichts war nun gelassen und beschäftigt, doch die Nase erweckte noch immer den Anschein, der einzig bewegliche Teil dieses Gesichts zu sein, und es sah nachgerade so aus, als hätte sie sich eben erst wie der Rüssel eines Elefanten von der linken zur rechten Seite gewendet. Ich hatte dieses Scheusal von einem Menschen als widerlich genug empfunden, solange es mir nachspionierte und mich observierte –, doch dieses Nichtgewahrwerden meiner Person in seinem Rücken mußte jene Empfindungen noch übertreffen.

Ich glaube, mein Aufschrei war laut und anhaltend: aber das tut nichts zur Sache. Wichtig war, was ich dann tat: Ich gab diesem Unhold mein gesamtes bares Geld und überdies einen Pakken Aktien, die anzutasten ich nicht befugt war, obgleich sie zu meinem Vermögen gehörten. Schließlich hob sich der Mensch von dannen, wobei er die ekelhaftesten Entschuldigungen vom Stapel ließ. Und ich? Ich saß da und hatte das bestimmte Gefühl, vollständig ruiniert zu sein. Und dann entging ich dem völligen Zusammenbruch durch einen puren Zufall doch noch. Arthur, der den ganzen Tag lang in London Geschäften nachgegangen war, kehrte spät in der Nacht in heiterster Stimmung zurück, weil er einen Schatz entdeckt hatte, dessen Ankauf selbst für unsere glanzvolle Familiensammlung einen wertvollen Zuwachs bedeutet hätte. Seine Laune war so ungewöhnlich gut, daß ich nahe daran war, ihm das Verschwinden der weniger wertvollen Münze zu gestehen, doch seine überschäumende Besessenheit ließ die Erörterung anderer Probleme gar nicht erst zu. Er forderte mich sogar auf, unverzüglich die Koffer zu packen, weil er den Plan gefaßt hatte, in bereits gemietete Räumlichkeiten in Fulham zu übersiedeln, um in allernächster Nähe der betreffenden Münzsammlung zu sein und auf diese Weise jeder Vereitelung des Kaufs seines Schatzes zuvorzukommen. So entfloh ich mitten in der Nacht meinem Feinde – und auch meinem Freunde Philip.

Mein Bruder pflegte sich häufig im South Kensington Museum aufzuhalten, und ich schrieb mich, um mich zu beschäftigen, an der Kunstakademie ein. Von dort machte ich mich heute abend auf den Heimweg, als mir jenes unbeschreibliche Scheusal die lange Straße entgegenkam; den Rest hat dieser Gentleman hier beschrieben.

Nur eines bleibt mir noch zu sagen: Ich flehe um keine Unterstützung und ich beklage mich nicht, wenn mich verdiente Strafe ereilt; es wäre nur gerecht und mußte einmal so kommen. Aber immer noch will es mir nicht in den Kopf, *warum* es so kommen mußte? Bin ich durch ein Mirakel verurteilt? Oder wie sonst *kann* irgendeine Menschenseele außer Philip und mir wissen, daß ich ihm mitten im Meer eine kleine römische Münze als Unterpfand in die Hand drückte?«

»In der Tat ein außergewöhnlicher Fall«, ließ sich nun Flambeau vernehmen.

»Aber nicht so außergewöhnlich wie seine Lösung«, gab Pater Brown düster zurück. »Werden Sie zu Hause in Fulham sein, Miß Carstairs, wenn wir in etwa anderthalb Stunden bei Ihnen auftauchen?«

Das Mädchen starrte ihn an, erhob sich dann und sagte, indem sie ihre Handschuhe überstreifte: »Ja, ich werde zu Hause sein!« – und mit diesem Satz verließ sie eilig das Lokal.

Die beiden Herren diskutierten immer noch den Fall, als sie sich später am Abend dem Hause in Fulham näherten – einem Anwesen übrigens, das in seiner Armseligkeit nicht einmal vorübergehend eine rechte Wohnstatt für die Carstairs zu sein schien.

»Der oberflächliche Betrachter«, erläuterte Flambeau gerade, »würde natürlich zuallererst auf den australischen Bruder tippen, der ja nicht zum ersten Male in Schwierigkeiten steckt, der so plötzlich wieder aufgetaucht ist und dem man zutrauen könnte, die abgefeimtesten Genossen auf seiner Seite zu haben. Nur komme ich nicht dahinter, wie er es angestellt hat, von der Sache Wind zu kriegen, es sei denn...«

»Nun?« fragte der Geistliche geduldig.

Flambeau senkte die Stimme: »Es sei denn, der Freund der Schönen hat das Spiel mitgespielt – und wäre somit der übelste Geselle von allen. Der australische Bruder kannte zwar Hawkers Wunsch, die Münze zu besitzen, aber ich weiß bei Gott nicht, wie er wissen konnte, daß Hawker sie tatsächlich hat, wenn er oder sein Komplice nicht von Hawker selber am Strand einen Wink erhalten hätte.«

»Das ist wahr«, gab der Priester anerkennend zu.

»Und da ist noch eine Sache, die Sie bedenken sollten«, fuhr Flambeau eifrig fort. »Dieser Hawker hört seelenruhig mit an, wie seine Geliebte von diesem üblen Charakter beschimpft wird und schlägt erst dann zu, wenn der weiche Sand der Düne erreicht ist, wo sich wiederum leicht ein Scheingefecht inszenieren läßt. Hätte er seinem Spießgesellen auf den glitschigen Steinen einen Schlag verpaßt, so hätte er ihn leicht verletzen können.«

»Auch das ist wichtig«, gab Pater Brown zu.

»Sehen wir uns den Fall noch einmal an. Nur wenige Personen kommen in Frage, zumindest aber drei. Zu einem Selbstmord gehört eine Person, zu einem Mord gehören zwei, zu einem Erpressungsversuch mindestens aber drei.«

»Wieso eigentlich?« fragte der Geistliche sanft.

»Das liegt doch auf der Hand«, rief der Freund, »einer wird zur Bloßstellung gebraucht; ein andrer, der die Bloßstellung androht, und ein dritter, der über die Bloßstellung entsetzt ist!«

Pater Brown schwieg eine Weile und ließ sich dann folgendermaßen vernehmen: »Sie haben einen logischen Fehler begangen. Für Ihre theoretische Konstruktion benötigen Sie drei Personen, für die praktische Ausführung dagegen nur zwei.«

»Wie soll ich das verstehen«, fragte der andere.

Und mit leiser Stimme gab der Geistliche ihm zur Antwort: »Warum sollte der Erpresser dem Opfer nicht mit seiner eigenen Person drohen? Nehmen Sie an, eine Ehefrau entwickelte sich zu einer militanten Antialkoholikerin, die ihren Mann dazu zwingt, seine Wirtshausbesuche vor ihr zu verheimlichen; und diese gute Frau würde dann ihrem eigenen Mann Erpressungsbriefe schreiben, in denen sie ihm droht, ihn bei seiner Frau zu verraten. Warum sollte das nicht gehen? Oder nehmen Sie das Beispiel eines Vaters, der seinem Sohn verbietet, zum Spielen zu gehen, und der ihm dann in Verkleidung folgt und ihm droht mit all seiner vorgetäuschten väterlichen Rechtschaffenheit. Oder noch ein Beispiel… doch halt, wir sind am Ziel, mein Freund.«

»Gütiger Heiland!« stieß Flambeau hervor, »Sie wollen doch nicht etwa behaupten…«

Aber noch ehe der Detektiv zu Ende vermutet hatte, sprang ein junger Bursche die Vortreppe des besagten Hauses hinunter und zeigte den Herren bei dieser Gelegenheit sein Profil, das unverkennbar dem auf der römischen Münze glich. Und ohne weitere Vorstellungen sprudelte es aus ihm heraus: »Miß Carstairs wollte nicht vor Ihrer Ankunft das Haus betreten.«

»Ja, finden Sie es nicht auch vernünftig, draußen zu warten – mit Ihnen als Beschützer?« fragte der Geistliche vertraulich. »Überdies nehme ich an, daß Sie bereits die Zusammenhänge erraten haben.«

»Ich habe so etwas vermutet, schon am Strand«, antwortete der junge Mann betreten, »das war auch der Grund, warum ich ihn so weich hab' fallen lassen.«

Flambeau erhielt den Schlüssel aus der Hand des Mädchens und die Münze von Hawker, öffnete die Tür des Hauses und ging gemeinsam mit seinem Freund hinein und zum Wohnzimmer hindurch. Der Raum war leer bis auf einen Menschen, jenen nämlich, den Pater Brown gerade an dem kleinen Wirtshaus hatte vorbeigehen sehen. Er stand, wie ein Angeklagter, an die Mauer gelehnt. Den schwarzen Umhang hatte er gegen einen braunen Hausrock vertauscht, ansonsten schien er unverändert.

»Wir sind hier eingedrungen«, formulierte der Geistliche würdevoll, »um Ihnen, mein Herr, Ihre fehlende Münze zurückzuerstatten.«

»Wie?« belferte da der Detektiv los, »ist dieser Mann denn ein Münzensammler?«

»Dieser Herr ist Mr. Arthur Carstairs«, gab der Priester bestimmt zurück, »und er ist ein Münzensammler von ganz besonderer Art.«

Dem so Angesprochenen stürzte förmlich alles Blut aus dem Gesicht, so daß seine krumme Nase in der nun weißen Fläche sich ausmachte wie ein groteskes Anhängsel. Nichtsdestotrotz ließ er sich mit einer gewissen verzweifelten Würde vernehmen: »Es ist mir eine Pflicht, meine Herren, Ihnen zu beweisen, daß noch nicht jeder Rest familiärer Tradition mich verlassen hat.«

Dies gesagt, drehte er auf dem Absatz um und verschwand türeschlagend in einem angrenzenden Zimmer.

»Halten Sie ihn auf!« rief Pater Brown, der ausrutschend auf einer Sessellehne zum Liegen kam. Und dem kräftigen Flambeau gelang es auch, mit zwei gewaltigen Schulterstößen die Türe aus den Angeln zu heben – aber es war schon alles zu spät. Ein tödliches Schweigen war eingetreten, welches erst durch des Geistlichen Telefonate mit Arzt und Polizei unterbrochen wurde. Eine leere Medizinflasche befand sich auf dem Boden, und über den Tisch hin gespreizt lag die leblose Gestalt des Mannes mit dem braunen Morgenmantel, inmitten seiner aufgeplatzten braunen Papiertütchen, aus denen freilich keine antiken Münzen hervorquollen – sondern gutes englisches Geld.

Der Geistliche hielt die Bronzemünze mit dem Kopf des Caesar in die Höhe: »Dies ist«, so sagte er, »das letzte Stück der großen Carstairs-Kollektion.«

Und nach einer Pause des Schweigens fuhr er mit noch tieferer Sanftmut fort: »Das Testament des Vaters war ein böser Streich, und übel nahm der Sohn es auf. Er haßte die römischen Münzen und steigerte sein Verlangen nach dem, was ihm versagt war, nach echtem Geld. Aus diesem Grund verkaufte er den antiken Schatz Stück für Stück – und versank Schritt um Schritt in einem Morast niedrigster Habgier. Ja, er ging so weit, die eigene Familie zu erpressen. Nicht nur seinen Bruder erpreßte er wegen eines lächerlichen, längst vergessenen Vergehens (aus diesem Grund fuhr er nach Putney), auch seine Schwester wegen eines Diebstahls, den allein er selber hatte wahrnehmen können. Darum übrigens hatte sie die übernatürliche Ahnung, als sie die dunkle Person auf der Höhe der Düne entdeckte. Denn selbst in der Ferne erinnern uns Gestalt und Haltung eher an eine Person als ein gut geschminktes Gesicht aus der Nähe.«

Wiederum entstand ein Schweigen.

»Nun«, brummte der Detektiv vor sich hin, »so war jener berühmte Numismatiker und Münzenliebhaber nichts anderes als ein elender Geizhals.«

»Macht das einen großen Unterschied?« fragte der Geistliche in seinem sonderbar nachsichtigen Ton. »Welche schlechten Eigenschaften hat ein Geizhals, die nicht oft genug auch bei einem Sammler zu finden sind? Was ist Schlimmes daran, ausgenommen... Du sollst dir kein Bildnis machen dessen, was oben im Himmel oder unten ist auf der Erde; du sollst sie nicht anbeten und ihnen nicht dienen, denn ich, der HERR..., also wir sollten uns darum kümmern, wie es dem armen jungen Paar geht!«

»Ich vermute, mein Freund«, sagte daraufhin der Detektiv, »es geht ihnen trotz all der Schrecknisse ziemlich gut.«

Die purpurfarbene Perücke

Mr. Edward Nutt, der eifrige Redakteur des ›Daily Reformer‹, saß an seinem Schreibtisch, machte Briefe auf und korrigierte Fahnen zu dem munteren Rattern einer Schreibmaschine, die von einer energischen, jungen Dame bearbeitet wurde.

Nutt war ein untersetzter blonder Mann in Hemdsärmeln, seine Bewegungen waren energisch, sein Mund streng und sein Ton entschieden, aber seine runden, fast kindlichblauen Augen blickten eher verlegen und wehmütig drein und standen so in ziemlichem Gegensatz zu dem ersten Eindruck. Das war auch keineswegs ein Irrtum, denn von ihm, wie von vielen verantwortlichen Journalisten, konnte man in der Tat sagen, daß seine gewöhnliche Stimmung die einer ständigen Angst war, Angst vor Verleumdungsklagen, Angst vor entgangenen Anzeigen, Angst vor Druckfehlern, Angst vor Entlassung.

Sein Leben bestand aus aufreibenden Kompromissen zwischen ihm und dem Eigentümer der Zeitung, einem senilen Seifensieder mit drei unausrottbaren fixen Ideen im Kopf, sowie dem Stab recht fähiger Mitarbeiter, den er zusammengebracht hatte, um die Zeitung zu machen. Einige von ihnen waren ausgezeichnete und erfahrene Leute und, was noch schlimmer war, sie hatten eine aufrichtige Begeisterung für die politische Richtung des Blattes.

Ein solcher Mitarbeiter hatte den Brief geschrieben, der gerade vor Nutt auf dem Tisch lag. Wie rasch und entschlossen er sonst auch war, jetzt schien er eher zu zögern, bevor er ihn öffnete. Er nahm statt dessen ein Bündel Korrekturfahnen zur Hand, überflog sie mit einem blauen Auge und einem blauen Stift, änderte das Wort »Unzucht« in das Wort »Ungehörigkeit« und das Wort »Jude« in das Wort »Fremder«, läutete und schickte die Korrekturen eilig nach oben.

Dann öffnete er mit einem nachdenklichen Auge den Brief seines ausgezeichneten Mitarbeiters. Er trug einen Poststempel von Devonshire und lautete folgendermaßen:

»Lieber Nutt!

Wie ich sehe, bringen Sie gleichzeitig Geister- und Schauergeschichten. Was halten Sie von einem Artikel über die nicht ganz geheure Geschichte der ›Eyres von Exmoor‹, oder wie die alten Weiber hier sagen ›Das Teufelsohr der Eyres‹? Das Familienoberhaupt ist, wie Sie wissen, der Duke von Exmoor. Er ist einer der wenigen wirklich sturen, alten Tory-Aristokraten, die wir noch haben, ein alter, verknöcherter Tyrann. Es wäre ganz auf unserer Linie, uns mit ihm anzulegen. Ich glaube, ich bin einer Geschichte auf der Spur, die Aufsehen erregen wird.

Natürlich glaube ich nicht an die alte Legende von James I., und was Sie anbelangt, so glauben Sie ja an gar nichts, nicht einmal an den Journalismus. Wie Sie sich aber wahrscheinlich erinnern werden, handelt die Legende von einer der finstersten Angelegenheiten der englischen Geschichte – der Vergiftung Overburys durch diese alte Hexe Frances Howard und dem recht mysteriösen Terror, der den König zwang, den Mördern zu vergeben. Eine Menge angeblicher Hexereien spielt dabei eine Rolle, und es heißt, ein Diener, der während der Unterredung zwischen dem König und Carr am Schlüsselloch gelauscht hatte, hätte die Wahrheit gehört; und das Geheimnis war so schrecklich, daß das Ohr, mit dem er es gehört hatte, wie durch Zauberkraft zu monströser Größe anwuchs. Man hatte ihn dann mit Ländereien und Gold überhäuft und zum Ahnherrn eines Herzoggeschlechts gemacht, aber das koboldhafte Ohr ist in der Familie noch immer erblich. Nun, Sie glauben nicht an Zauberei, und wenn Sie es täten, so hätten Sie in Ihrer Zeitung keine Verwendung dafür. Wenn sich in Ihrem Büro ein Wunder ereignete, müßten Sie es vertuschen, nachdem jetzt so viele Bischöfe Agnostiker sind. Aber darum handelt es sich nicht, es handelt sich darum, daß an Exmoor und seiner Familie tatsächlich irgend etwas absonderlich ist. Wahrscheinlich ist alles ganz natürlich, aber eben doch ziemlich abnorm, und ich vermute, daß das Ohr dabei irgendeine Rolle spielt. Entweder als ein Symbol oder als eine Irreführung oder als eine Krankheit oder etwas Ähnliches. Nach einer anderen Überlieferung sollen die Kavaliere unmittelbar nach James I. begonnen haben, ihre Haare lang zu tragen, nur, um das Ohr des ersten Lords von Exmoor zu verdecken. Aber das ist sicher auch nur Phantasie.

Warum ich dieses alles erzähle, hat folgenden Grund: Mir scheint, wir machen einen Fehler, wenn wir die Aristokraten immer nur wegen ihres Champagners und ihrer Diamanten angreifen. Die meisten Menschen beneiden den Adel eher darum, weil es ihm so gutgeht. Ich aber glaube, wir geben dieser Tendenz zu sehr nach, wenn wir eingestehen, daß die Aristokratie die Aristokraten glücklich macht. Ich schlage darum eine Reihe von Artikeln vor, die darlegen, wie armselig, wie unmenschlich, ja wie ausgesprochen teuflisch der wahre Geruch und die Atmosphäre einiger dieser großen Häuser ist. Es gibt eine Menge Beispiele, aber man könnte kaum mit einem besseren beginnen als mit dem des Ohrs der Eyres. Ende der Woche werde ich Ihnen wohl die Wahrheit darüber zukommen lassen können.

Immer Ihr Francis Finn.«

Mr. Nutt dachte einen Augenblick nach, wobei er auf seinen linken Schuh starrte, dann rief er mit einer starken, lauten und vollkommen leblosen Stimme, in der jede Silbe gleich betont war: »Miß Barlow, nehmen Sie bitte einen Brief an Mr. Finn auf!«

»Lieber Finn!
Ich glaube, das geht. Das Manuskript müßte mit der zweiten Post am Samstag ankommen. Ihr E. Nutt.«

Diese ausgefeilte Epistel diktierte er so, als sei es ein einziges Wort, und Miß Barlow ratterte es herunter, als sei es ein einziges Wort. Dann nahm er ein anderes Bündel Korrekturfahnen und einen blauen Stift und änderte das Wort »übernatürlich« in das

Wort »wunderbar« und den Ausdruck »niedermachen« in »unterdrücken«.

Mit solch fröhlichen, gesunden Tätigkeiten beschäftigte sich Mr. Nutt, bis er am folgenden Samstag die erste Lieferung von Mr. Finns Enthüllungen vorfand. Er saß an demselben Schreibtisch, diktierte in dieselbe Schreibmaschine und benutzte denselben blauen Stift.

Der Bericht begann mit einer heftigen Schmähung der üblen Geheimnisse der Fürsten und der Verrottung in den höchsten Kreisen. Er war, obwohl außerordentlich temperamentvoll geschrieben, in ausgezeichnetem Englisch. Doch der Redakteur hatte wie gewöhnlich jemand anderen angewiesen, ihn durch Zwischenüberschriften aufzuteilen. Sie klangen etwas gepfefferter, so wie ›Adel und Gift‹, ›Das schaurige Ohr‹, ›Die Eyres und ihre Erbschaft‹ usw.; insgesamt waren es wohl einhundert geglückte Veränderungen. Dann kam die Geschichte des Ohrs, weit ausführlicher als in Finns erstem Brief, und dann das Ergebnis seiner späteren Entdeckungen wie folgt:

Ich weiß, daß es die Gepflogenheit der Journalisten ist, das Ende einer Geschichte an den Anfang zu stellen und das dann eine Überschrift zu nennen. Ich weiß, Journalismus besteht zum größten Teil darin, daß man Leuten mitteilt, Lord Jones sei gestorben, obwohl sie gar nicht wußten, daß Lord Jones gelebt hatte. Ihr augenblicklicher Mitarbeiter glaubt, daß dies, wie so viele andere journalistische Gepflogenheiten, schlechter Journalismus ist und daß der ›Daily Reformer‹ ein besseres Beispiel geben sollte. Ich schlage vor, die Geschichte so zu erzählen, wie sie sich ereignet hat, Schritt für Schritt. Ich werde die wirklichen Namen der vorkommenden Personen nennen, die in den meisten Fällen bereit sind, meine Feststellungen zu bezeugen. Was die Überschriften, die sensationellen Ankündigungen betrifft – sie werden am Schluß kommen.

Ich spazierte einen öffentlichen Weg dahin, der durch einen privaten Obstgarten in Devonshire führte und ganz so aussah, als würde er zu einem Devonshire-Apfelwein führen, als ich plötzlich tatsächlich zu einem derartigen Ort kam, zu einer langen, niedrigen Schenke, die aus einem Bauernhaus und zwei Schuppen bestand. Alles war mit jenem Stroh gedeckt, das wie uraltes braunes und graues Haar aussieht. Am Tor hing ein Schild, wonach sie ›Der blaue Drache‹ hieß, und unter diesem Schild stand einer von den langen Bauerntischen, die vor den meisten freien englischen Wirtshäusern gestanden hatten, bevor Abstinenzler und Bierbrauer diese Freiheit zerstörten. Und an diesem Tisch saßen drei Herren, die vor hundert Jahren hätten leben können.

Nun, nachdem ich sie alle besser kenne, habe ich keine Schwierigkeit, meine Eindrücke zu entwirren, damals aber erschienen sie mir wie drei leibhaftige Gespenster. Die dominierende Gestalt, denn sie war in allen drei Dimensionen größer und saß mir an der Längsseite der Tafel in der Mitte gerade gegenüber, war ein mächtiger, dicker Mann, vollkommen schwarz gekleidet, mit einem rundlichen, zum Schlagfluß neigenden Gesicht, mit recht kahler Stirn und Kummermiene. Auch als ich ihn etwas genauer in Augenschein genommen hatte, konnte ich nicht sagen, was diesen Eindruck des Antiquierten ausmachte, wenn man von dem altmodischen Schnitt seines weißen Bäffchens am Hals und den Sorgenfalten auf seiner Stirn absah.

Noch schwerer war der Eindruck des Mannes am rechten Tischende zu bestimmen. Er sah offengestanden so alltäglich aus wie nur irgend jemand, hatte einen runden Kopf mit braunen Haaren und eine runde Stubsnase, war jedoch ebenfalls in klerikales Schwarz gekleidet. Erst als ich seinen Hut mit der breiten geschwungenen Krempe neben ihm auf dem Tisch liegen sah, wurde mir klar, warum ich mit ihm altertümliche Vorstellungen verband. Er war ein katholischer Geistlicher.

Der dritte Mann am anderen Ende des Tisches hatte vielleicht noch mehr mit diesem Eindruck zu tun als die übrigen, obwohl er von schmächtiger Gestalt und in seiner Kleidung unauffällig war. Seine hageren Glieder steckten in sehr engen Ärmeln und Hosenbeinen, man könnte auch sagen, sie waren hineingezwängt. Er hatte ein langes, adlerähnliches Gesicht, das um so melancholischer aussah, als seine hohlen Wangen von einem großväterlichen Kragen und einem Halstuch verdeckt waren. Seine Haare, die dunkelbraun gewesen sein mußten, hatten einen seltsamen, dumpfen rötlichen Schimmer, der sie im Verein mit seinem gelben Gesicht eher purpurn als rot wirken ließ. Diese an sich nicht besonders auffällige, aber doch ungewöhnliche Farbe konnte man nicht übersehen, da sein Haarwuchs fast unnatürlich üppig, voll und lockig war. Wenn ich es aber recht überlege, wurde der erste Eindruck des Altmodischen wohl von den hohen gravitätischen Weingläsern, ein oder zwei Zitronen und zwei langen Tonpfeifen, die daneben lagen, hervorgerufen. Vielleicht auch von meiner Absicht, die Vergangenheit zu erforschen, derentwegen ich ja hierhergekommen war.

Ich bin ein ausgekochter Reporter, und dies war offensichtlich ein öffentliches Gasthaus, und so mußte ich nicht viel von meiner Dreistigkeit zusammennehmen, um mich an den langen Tisch zu setzen und Apfelwein zu bestellen. Der große Mann in Schwarz schien sehr gelehrt und inbesondere in bezug auf die lokalen Überlieferungen gut Bescheid zu wissen. Der kleine Mann in Schwarz überraschte mich, obwohl er viel weniger sprach, mit noch größeren Kenntnissen. So unterhielten wir uns bald recht gut miteinander. Der dritte Mann jedoch, der alte Herr in den engen Hosen, schien ziemlich unnahbar und hochmütig, bis ich auf den Herzog von Exmoor und seine Vorfahren zu sprechen kam. Das Thema schien die anderen beiden ein wenig in Verlegenheit zu bringen, doch bei dieser dritten Person brach es recht erfolgreich den Bann des Schweigens. Zurückhaltend und im Ton eines ungemein wohlerzogenen Herrn, immer wieder an seiner langen Pfeife ziehend, begann dieser mir einige der schrecklichsten Geschichten zu erzählen, die ich je in meinem Leben gehört hatte: Wie in früheren Zeiten einer der Eyres seinen eigenen Vater erhängt hatte und einer seine Frau hinter einem Wagen durchs Dorf geschleift hatte, wieder ein anderer hatte eine Kirche voller Kinder in Brand gesteckt und so weiter.

Einige dieser Geschichten sind wirklich nicht geeignet, veröffentlicht zu werden, wie z. B. die Geschichte von den roten Nonnen, die abscheuliche Geschichte von dem gefleckten Hund, oder was sich im Steinbruch begab. Und dieses ganze abscheuliche Sündenregister kam von seinen schmalen, vornehmen Lippen in einem fast affektierten Ton, wozu er den Wein aus seinem hohen dünnen Glas in kleinen Schlucken nahm.

Ich konnte beobachten, wie der große Mann mir gegenüber alles versuchte, um ihn zu unterbrechen, doch offenbar hatte er vor dem alten Herrn beträchtlichen Respekt und wagte es nicht, ihm ins Wort zu fallen. Und der kleine Priester am anderen Ende des Tisches schien zwar frei von solcher Angst oder Verlegenheit, blickte jedoch unverwandt auf den Tisch und schien der Erzählung mit großem Unbehagen zuzuhören – was ja wohl verständlich ist.

»Sie scheinen«, sagte ich zu dem Erzähler, »dem Geschlecht der Exmoor nicht sehr wohlgesonnen zu sein.«

Er blickte mich einen Augenblick an, seine Lippen waren noch gespitzt, wurden aber bald bleich und schmal, und dann zerschlug er plötzlich seine lange Tonpfeife und sein Weinglas auf dem Tisch und erhob sich, wahrhaftig das Bild eines vollendeten Herrn mit dem aufflackernden Zorn eines Bösewichts.

»Diese Herren«, sagte er, »werden Ihnen sagen, ob ich Grund habe, es zu lieben. Der Fluch der alten Eyres lag schwer auf diesem Land, und viele haben unter ihm gelitten. Diese Herren wissen, daß es niemanden gibt, der so darunter zu leiden hatte wie ich.« Und dabei zertrat er mit seinem Absatz eine herabgefallene Scherbe des Glases und schritt hinweg ins grüne Zwielicht der schimmernden Apfelbäume.

»Das ist ein ungewöhnlicher alter Herr«, sagte ich zu den anderen beiden, »wissen Sie vielleicht, was die Familie der Exmoor ihm angetan hat? Wer ist er?«

Der große Mann in Schwarz starrte mich mit der wilden Miene eines erschreckten Stieres an, er schien meine Frage gar nicht zu begreifen. Dann sagte er schließlich: »Sie wissen nicht, wer er ist?« Ich versicherte ihn meiner absoluten Unwissenheit, worauf abermals Schweigen eintrat. Dann sagte der kleine Geistliche und starrte dabei immer noch auf den Tisch: »Das ist der Herzog von Exmoor.«

Und bevor ich meine verwirrten Sinne noch sammeln konnte, fügte er ebenso ruhig, doch mit einem Ton, als wolle er die Verlegenheit überbrücken, hinzu: »Dies hier ist mein Freund, Dr. Mull, der Bibliothekar des Herzogs. Mein Name ist Brown.«

»Doch«, stammelte ich, »wenn das der Fürst ist, warum verdammt er dann all die alten Fürsten?«

»Er scheint wirklich zu glauben«, antwortete der Geistliche, der sich Brown nannte, »daß sie auf ihm einen Fluch hinterlassen haben!« Und fügte etwas zusammenhanglos hinzu: »Darum trägt er auch eine Perücke.«

Es dauerte einige Augenblicke, bevor mir der Sinn dieser Worte aufging. »Sie spielen doch nicht auf diese Geschichte von dem phantastischen Ohr an?« fragte ich. »Ich habe natürlich davon gehört, aber es ist doch sicher ein Aberglaube, der auf etwas viel Einfacherem beruht. Manchmal habe ich gedacht, es sei eine verrückte Version einer dieser Verstümmelungsgeschichten. Im 16. Jahrhundert pflegte man doch den Verbrechern ein Ohr abzuhauen.«

»Ich glaube nicht, daß es sich darum handelt«, antwortete der kleine Mann nachdenklich, »doch es widerspricht nicht der allgemeinen Wissenschaft oder dem Naturgesetz, daß in einer Familie gewisse Deformationen immer wiederkehren – wie z. B., daß ein Ohr größer ist als das andere.«

Der große Bibliothekar hatte seine große kahle Stirn in seine großen roten Hände gelegt, wie jemand, der darüber nachdenkt, was seine Pflicht und Schuldigkeit ist. »Nein«, stöhnte er, »Sie tun dem Mann Unrecht. Glauben Sie mir, ich habe keinen Grund, ihn zu verteidigen, ich bin ihm auch nicht verpflichtet. Er hat sich gegen mich wie gegen jedermann wie ein Tyrann benommen. Glauben Sie nur nicht, weil Sie ihn hier so schlicht sitzen sehen, daß er nicht ein großer Herr im schlimmsten Sinne des Wortes ist. Er würde einen Mann eine Meile weit herholen, um eine Glocke zu läuten, die einen Yard entfernt ist – wenn er damit einen anderen Mann drei Meilen weit herholen könnte, nur um sich eine Zündholzschachtel bringen zu lassen, die drei Yards entfernt liegt. Er braucht einen Diener, der seinen Spazierstock trägt; einen Kammerdiener, der ihm das Opernglas hält...«

»Aber niemanden, der seine Kleider bürstet«, fiel der Geistliche in seltsam trockenem Ton ein, »denn der würde auch seine Perücke ausbürsten wollen.«

Der Bibliothekar wandte sich zu ihm, meine Gegenwart schien er vergessen zu haben; er war sehr erregt, und ich hatte den Eindruck, er sei auch vom Wein erhitzt. »Ich weiß nicht, woher Sie das wissen, Pater Brown«, sagte er, »aber Sie haben recht. Er läßt sich ständig bedienen – nur nicht beim Ankleiden. Er besteht darauf, es ganz alleine zu tun, in vollkommener Abgeschiedenheit. Jeder, der nur in der Nähe der Tür seines Ankleidezimmers angetroffen wird, wird ohne weitere Umstände aus dem Haus gejagt.«

»Scheint ein lustiger alter Kauz zu sein«, bemerkte ich.

»Nein«, erwiderte Dr. Mull schlicht. »Genau das meine ich, wenn ich sage, daß Sie ihm Unrecht tun. Meine Herren, der Herzog empfindet über diesen alten Fluch wirklich den Groll, den er eben geäußert hat. Mit echter Scham und Angst verbirgt er etwas unter der roten Perücke, etwas, wovon er glaubt, es würde jeden Menschensohn vernichten, wenn er es sähe. Ich weiß, daß es so ist. Und ich weiß auch, daß es nicht nur eine natürliche Verunstaltung ist, wie etwa die Verstümmelung eines Verbrechers oder eine vererbte Mißgestaltung eines Körperteils. Ich weiß, daß es etwas Schlimmeres ist.

Denn jemand, der bei einem Vorkommnis, wie es niemand erfinden könnte, zugegen war, hat mir erzählt, daß ein Mann, der stärker als jeder von uns war, versucht hatte, das Geheimnis zu lüften und einen tödlichen Schrecken davontrug.«

Ich wollte gerade etwas sagen, als Mull, der meine Anwesenheit nun gänzlich vergessen hatte, fortfuhr, aus der Höhle seiner

Hände zu sprechen. »Ich zögere nicht, es Ihnen zu erzählen, Pater, weil ich den Herzog damit mehr verteidige als verrate. Haben Sie niemals etwas von der Zeit gehört, da er beinahe alle seine Güter verlor?«

Der Geistliche schüttelte den Kopf, und der Bibliothekar erzählte die Geschichte, wie er sie von seinem Vorgänger im Amt, der sein Vorgesetzter und Lehrer gewesen war und dem er vorbehaltlos zu vertrauen schien, gehört hatte. Bis zu einem gewissen Punkt war es die übliche Geschichte vom Verfall eines großen Familienvermögens, die Geschichte des Familienanwalts. Doch dieser Anwalt war schlau genug, wenn man so sagen darf, auf ehrliche Weise zu betrügen. Er benutzte nicht etwa Gelder, die ihm anvertraut waren, sondern nützte die Nachlässigkeit des Herzogs aus und versetzte die Familie in eine finanzielle Zwangslage, in der der Herzog genötigt war, ihm sein Vermögen regelrecht zu übergeben.

Der Advokat hieß Isaac Green, doch der Herzog nannte ihn immer Elias, wahrscheinlich in Anspielung auf die Tatsache, daß er ganz kahl war, obwohl er nicht älter als dreißig war. Er war sehr rasch und aus ziemlich schmutzigen Anfängen aufgestiegen. Zuerst war er Spion und Denunziant und dann Pfandleiher gewesen, doch als Advokat der Eyres war er, wie ich schon sagte, so schlau, sich korrekt zu verhalten, bis er in der Lage war, den entscheidenden Schlag zu führen. Der Schlag erfolgte beim Abendessen, und der alte Bibliothekar hat gesagt, er würde den Lampenschatten und die Karaffen auf dem Tisch nie mehr vergessen, als der kleine Anwalt mit ruhigem Lächeln dem großen Gutsherrn vorschlug, seinen Besitz mit ihm zu teilen. Die Folgen konnten jedenfalls nicht übersehen werden, denn der Herzog zerschlug in tödlichem Schweigen eine Karaffe auf dem kahlen Schädel des Mannes, so plötzlich, wie ich ihn heute das Weinglas hier im Wirtshaus habe zerschlagen sehen. Eine rote dreieckige Wunde blieb auf der Stirn des Advokaten zurück, sein Blick änderte sich, nicht aber sein Lächeln.

Taumelnd erhob er sich und schlug zurück, wie solche Leute

zurückschlagen. »Ich bin froh, daß Sie das getan haben«, sagte er, »denn jetzt kann ich das ganze Vermögen nehmen. Das Gesetz wird es mir zusprechen.«

Exmoor soll weiß wie Asche geworden sein, aber seine Augen hätten immer noch gefunkelt. »Das Gesetz wird es Ihnen zusprechen«, sagte er, »aber Sie werden es nicht in Besitz nehmen... Warum nicht? Weil das der Jüngste Tag für mich wäre. Und wenn Sie es nehmen, werde ich meine Perücke abnehmen... Sie erbärmlicher, gerupfter Vogel, jeder kann Ihren kahlen Schädel sehen, aber niemand wird meinen sehen und weiterleben.«

»Sie können sagen, was Sie wollen, und denken, was Sie wollen, aber Mull schwört feierlich, es sei Tatsache, daß der Advokat, nachdem er seine knöcherne Faust drohend geschüttelt habe, einfach aus dem Zimmer gerannt sei und niemals wieder in der Gegend gesehen wurde. Und seitdem fürchtete man Exmoor mehr als Zauberer denn als Gutsherrn und Friedensrichter.«

Dr. Mull hatte seine Geschichte mit ziemlich theatralischen Gesten und mit einer Leidenschaft erzählt, die mich vermuten ließ, daß er zumindest Partei war. Ich war mir vollkommen bewußt, daß das Ganze möglicherweise die Übertreibung eines alten Geschwätzes und Gerüchtes sein könnte. Doch bevor ich diesen ersten Teil meiner Entdeckungen abschließe, muß ich Dr. Mull Gerechtigkeit widerfahren lassen und berichten, daß meine beiden ersten Nachforschungen seine Geschichte bestätigt haben. Ich erfuhr von einem alten Apotheker im Dorf, daß eines Nachts ein kahlköpfiger Mann im Abendanzug, der Green geheißen habe, zu ihm gekommen sei, um sich von ihm ein Pflaster für eine dreieckige Wunde an der Stirn geben zu lassen, und ich stellte in alten Gerichtsakten und Zeitungen fest, daß einmal ein Gerichtsverfahren von einem gewissen Green gegen den Herzog von Exmoor anhängig war oder zumindest eingeleitet wurde.

Mr. Nutt vom ›Daily Reformer‹ schrieb einige höchst unangemessene Worte auf das Manuskript und machte einige recht geheimnisvolle Zeichen auf dessen Rand und rief mit der gewohnten lauten, monotonen Stimme zu Miß Barlow hinüber: »Bitte nehmen Sie einen Brief an Mr. Finn auf.«

»Lieber Finn,

Ihr Manuskript ist in Ordnung, aber ich mußte einige Zwischenüberschriften einsetzen lassen. Unser Publikum würde auch niemals einen katholischen Geistlichen in der Geschichte dulden – Sie dürfen die Vorstädte nicht vergessen. Ich habe einen Spiritisten Brown aus ihm gemacht. Ihr E. Nutt.«

Ein oder zwei Tage später war der rührige und kritische Chefredakteur dabei, mit blauen Augen, die immer runder und runder zu werden schienen, den zweiten Teil von Mr. Finns Schauergeschichte aus den höchsten Kreisen zu prüfen. Sie begann mit den Worten:

Ich habe eine überraschende Entdeckung gemacht. Ich muß gestehen, daß sie etwas ganz anderes ist, als ich erwartet hatte, und daß sie das Publikum noch viel mehr in Erstaunen versetzen wird. Ohne jede Eitelkeit wage ich zu sagen, daß das, was ich nun schreibe, in ganz Europa und sicherlich in ganz Amerika und in allen Kolonien gelesen werden wird. Und dennoch, ich erfuhr alles, was ich zu berichten habe, noch bevor ich den kleinen hölzernen Tisch unter den Apfelbäumen verließ.

Ich verdanke alles dem kleinen Pater Brown. Das ist ein ganz außergewöhnlicher Mann. Der große Bibliothekar hatte den Tisch verlassen, vielleicht ein wenig beschämt wegen seiner Geschwätzigkeit, vielleicht auch beunruhigt über den Zorn, in dem sein geheimnisvoller Herr hinweggegangen war. Jedenfalls machte er sich schweren Schrittes auf, den Spuren des Herzogs durch die Bäume zu folgen. Pater Brown hatte eine Zitrone zur Hand genommen und besah sie mit merkwürdigem Vergnügen.

»Was für eine liebliche Farbe so eine Zitrone hat!« sagte er. »An der Perücke des Herzogs gefällt mir eines nicht, die Farbe.«

»Ich glaube, ich verstehe Sie nicht richtig«, antwortete ich.

»Ich wollte sagen, daß er einen guten Grund haben muß, seine

Ohren wie König Midas zu bedecken«, fuhr der Geistliche fort, in einem heiteren, schlichten Ton, der unter den gegebenen Umständen etwas oberflächlich wirkte. »Ich kann sehr wohl verstehen, daß es angenehmer ist, sie mit Haaren zu bedecken als mit Messingplatten oder Lederflecken, doch wenn er Haare verwenden will, warum läßt er sie nicht wie Haare aussehen? Nirgends auf der Welt hat es je Haare von dieser Farbe gegeben. Sie sehen eher aus wie eine Abendwolke, die durch die Bäume schimmert. Warum versteckt er den Familienfluch nicht besser, wenn er sich wirklich seiner schämt? Soll ich es Ihnen sagen? Weil er sich seiner eben nicht schämt, er ist stolz auf ihn.«

»Es ist eine zu häßliche Perücke, um stolz darauf zu sein – und eine zu häßliche Geschichte«, sagte ich.

»Überlegen Sie doch«, erwiderte der seltsame kleine Mann, »was Sie selbst von solchen Dingen halten. Ich nehme nicht an, daß Sie versnobter oder degenerierter sind als wir alle, aber haben Sie nicht irgendwie das Gefühl, daß es ganz hübsch ist, einen echten alten Familienfluch zu besitzen? Würden Sie sich schämen? Wären Sie nicht eher ein wenig stolz, wenn der Erbe des Schreckens, der Glamis, Sie seinen Freund nennen würde oder wenn die Familie Byrons Ihnen, Ihnen ganz allein, die schlimmen Abenteuer ihres Geschlechts anvertraut hätte? Sind Sie nicht zu streng mit den Aristokraten, wenn ihre Köpfe so schwach sind wie die unseren und wenn sie, was ihre schlimmen Überlieferungen betrifft, Snobs sind?«

»Mein Gott!« rief ich, »das ist nur allzu wahr. In der Familie meiner Mutter gab es einen Geist, und wenn ich es mir nun überlege, hat er mich in manch sorgenvollen Stunden getröstet.«

»Und denken Sie nur«, fuhr er fort, »an den Strom von Blut und Gift, der von den schmalen Lippen des Herzogs kam, als Sie seine Vorfahren auch nur erwähnten. Wie käme er dazu, einem Fremden gleich eine solche Schreckenskammer zu enthüllen, wenn er nicht stolz auf sie wäre? Er verbirgt weder seine Perücke noch sein Blut, noch verbirgt er seinen Familienfluch, und er verbirgt auch nicht die Familienverbrechen, aber –«

Die Stimme des kleinen Mannes änderte sich so plötzlich, seine Hände krampften sich so scharf zusammen, und seine Augen wurden rund und funkelnd wie die einer aufwachenden Eule, daß es wie eine plötzliche kleine Explosion an dem Tisch wirkte.

»Aber«, schloß er, »er macht ein Geheimnis aus seiner Toilette.« Der Schauer meiner erregten Nerven wurde noch dadurch erhöht, daß in diesem Augenblick der Herzog wieder schweigend unter den schimmernden Bäumen auftauchte. Mit seinem leisen Schritt und dem abendrotfarbenen Haar kam er in Begleitung des Bibliothekars um die Ecke des Hauses. Noch bevor er in Hörweite war, hatte Pater Brown ziemlich nachdenklich hinzugefügt: »Warum macht er so ein Geheimnis daraus, was es mit seiner purpurfarbenen Perücke auf sich hat? Weil es nicht das Geheimnis ist, das wir vermuten.«

Der Herzog kam heran und nahm mit all seiner ihm angeborenen Würde den Platz am oberen Ende des Tisches wieder ein. Der Bibliothekar war so verlegen, daß er wie ein Bär auf seinen Hinterbeinen tanzte. Der Herzog wandte sich mit großem Ernst an den Geistlichen. »Pater Brown«, sagte er, »Dr. Mull hat mich davon unterrichtet, daß Sie hierhergekommen sind, um eine Forderung an mich zu stellen. Ich will nicht vorgeben, die Religion meiner Väter zu achten, doch um Ihretwillen, und da wir uns schon früher begegnet sind, bin ich gern bereit, Sie anzuhören. Ich nehme jedoch an, Sie möchten mich lieber unter vier Augen sprechen.«

Was noch von einem Gentleman in mir war, hieß mich aufstehen, was mich zum Journalisten machte, hieß mich bleiben, doch noch bevor dieser Widerstreit in mir ausgefochten war, machte der Geistliche eine Bewegung, die mich zum Bleiben aufforderte.

»Wenn Euer Gnaden«, sagte er, »meine eigentliche Bitte erfüllen wollen, oder wenn ich irgendein Recht habe, Ihnen einen Rat zu geben, würde ich darauf dringen, daß so viel Leute wie nur möglich anwesend sind. Ich habe überall in dieser Gegend Hunderte von Leuten gefunden, sogar solche meines Glaubens und aus meiner Gemeinde, deren Vorstellungen vergiftet sind von dem Bann, den zu brechen ich Sie beschwöre. Ich wünschte, wir könnten ganz Devonshire hier haben, um zu sehen, wie Sie es tun.«

»Um was zu sehen?« fragte der Herzog mit hochgezogenen Augenbrauen.

»Zu sehen, wie Sie die Perücke abnehmen«, sagte Pater Brown.

Das Gesicht des Herzogs blieb unbewegt, aber er starrte den Bittsteller mit einem gläsernen Blick an, mit dem entsetzlichsten Ausdruck, den ich je auf einem menschlichen Antlitz gesehen habe. Ich sah, wie die großen Beine des Bibliothekars unter ihm zu schwanken begannen wie die Schatten des Schilfs auf einem Teich, und ich konnte die Vorstellung nicht aus meinem Kopf kriegen, daß die Bäume ringsum sich langsam mit Teufeln anstatt mit Vögeln füllten.

»Ich will Sie verschonen«, sagte der Herzog in einem Ton gefühllosen Mitleids. »Ich weigere mich. Gäbe ich Ihnen nur die leiseste Andeutung all jener Last des Schreckens, die ich allein getragen habe, Sie würden jammernd vor meinen Füßen liegen und darum betteln, nicht mehr zu erfahren. Ich will Ihnen Andeutungen ersparen, Sie sollen den ersten Buchstaben dessen, was auf dem Altar des Unbekannten Gottes geschrieben steht, nicht entziffern.«

»Ich kenne den Unbekannten Gott«, sagte der kleine Geistliche mit der selbstverständlichen Größe einer Sicherheit, die wie ein granitener Turm aufragte, »ich kenne seinen Namen, es ist Satan. Der wahre Gott wurde Fleisch und lebte unter uns. Und ich sage Euch, wo immer Ihr Menschen findet, die nur vom Geheimnis beherrscht werden, ist es das Geheimnis der Sünde. Wenn der Teufel Euch sagt, etwas sei zu schrecklich, um angeschaut zu werden, schaut es an. Wenn er sagt, etwas sei zu schrecklich, um gehört zu werden, hört es an. Wenn Ihr glaubt, irgendeine Wahrheit sei unerträglich, ertragt sie. Ich beschwöre Euer Gnaden, diesem Alptraum ein Ende zu machen, jetzt und hier an diesem Tisch.«

»Wenn ich das täte«, sagte der Herzog mit leiser Stimme, »würden Sie und Ihr Glaube und alles, wodurch Sie lebten, als erstes verwelken und zugrunde gehen, und bevor Sie stürben, bliebe Ihnen nur noch ein kurzer Augenblick, das große Nichts zu erkennen.«

»Das Kreuz Christi stehe zwischen mir und dem Übel«, sagte Pater Brown. »Nehmen Sie Ihre Perücke ab!«

Ich hatte mich in unbeherrschter Erregung über den Tisch gebeugt, und während ich diesem außergewöhnlichen Duell lauschte, kam mir plötzlich ein Gedanke. »Euer Gnaden!« rief ich, »Sie wollen uns bluffen, nehmen Sie Ihre Perücke ab, oder ich werde sie Ihnen herunterreißen!«

Ich kann vermutlich wegen tätlicher Beleidigung belangt werden, aber ich war sehr froh, daß ich es getan habe, denn als er in derselben geheimnisvollen Stimme sagte: »Ich weigere mich«, sprang ich einfach auf ihn zu, drei lange Augenblicke wehrte er sich gegen mich, als hätte er die ganze Hölle zur Hilfe, doch ich drückte seinen Kopf so weit zurück, bis die Haarkappe von ihm abfiel. Ich gebe zu, daß ich, während ich mit ihm rang und während die Perücke herunterfiel, die Augen schloß.

Ein Schrei von Mull, der in diesem Augenblick ebenfalls neben dem Herzog stand, ließ mich die Augen wieder öffnen. Sein und mein Kopf waren über den kahlen Schädel des Perückenlosen gebeugt. Dann wurde das Schweigen durch den Ausruf des Bibliothekars gebrochen. »Was soll das bedeuten? Der Mann hat nichts zu verbergen, seine Ohren sind wie die jedes anderen!«

»Ja«, sagte Pater Brown, »das ist es, was er zu verbergen hatte.«

Der Geistliche ging geradewegs auf den Herzog zu, doch seltsamerweise blickte er nicht auf seine Ohren, sondern starrte mit fast komischem Ernst auf seine kahle Stirn. Und dann deutete er auf eine dreieckige, lang verheilte, aber immer noch erkennbare Narbe. »Mr. Green, wie mir scheint«, sagte er höflich, »er hat also doch den ganzen Besitz bekommen.«

Und nun lassen Sie mich den Lesern des »Daily Reformer« erzählen, was mir das Bemerkenswerteste an der ganzen Geschichte zu sein scheint. Diese Verwandlungsszene, die Ihnen so verworren und purpurfarben wie ein persisches Märchen vorkommen wird, ist von allem Anfang an (abgesehen von meinem tätlichen Überfall) gesetzlich und rechtmäßig. Dieser Mann mit der seltsamen Narbe und den ganz gewöhnlichen Ohren ist kein Betrüger. Obwohl er (im gewissen Sinne) eines anderen Mannes Perücke trägt und behauptet, eines anderen Mannes Ohren zu haben, hat er doch nicht eines anderen Mannes Adelstitel gestohlen. Er ist tatsächlich der einzige Herzog von Exmoor. Folgendes war geschehen:

Der alte Fürst hatte in der Tat eine leichte Deformation des Ohres gehabt, die mehr oder weniger erblich gewesen war. Das hatte ihn sehr belastet, und es ist ziemlich wahrscheinlich, daß er diese Erbschaft wie eine Art Fluch anrief, als er Green die Karaffe auf den Kopf schlug (eine Szene, die unzweifelhaft stattgefunden hatte). Doch der Streit hatte ganz anders geendet. Green hatte seine Forderung durchgesetzt und den ganzen Besitz erhalten. Nach einer angemessenen Frist hatte unsere schöne englische Regierung den »erloschenen« Adelstitel der Exmoor erneuert und ihn, wie gewohnt, der bedeutendsten Persönlichkeit, nämlich dem Mann, dem die Exmoorgüter nun gehörten, verliehen.

Dieser Mann benutzte die alten Überlieferungen – wahrscheinlich war er in seiner versnobten Seele sogar auf sie neidisch und bewunderte sie. Und so zittern Tausende armer Engländer vor dem geheimnisvollen Oberhaupt mit einem alten Schicksal und einem Diadem böser Sterne – während sie in Wirklichkeit vor einem zittern, der aus der Gosse gekommen und noch vor zwölf Jahren ein Winkeladvokat und Pfandleiher gewesen war. Ich glaube, das ist sehr typisch für den wirklichen Zustand, in dem sich unsere Aristokratie befindet und sich immer befinden wird, bis Gott uns bessere Menschen schickt.

Mr. Nutt ließ das Manuskript sinken und rief mit ungewöhnlicher Schärfe: »Miß Barlow, bitte nehmen Sie einen Brief an Mr. Finn auf.«

»Lieber Finn,

Sie müssen verrückt sein, so etwas können wir nicht bringen. Ich wollte Vampire und die schlechten alten Tage und den Adel Hand in Hand mit dem Aberglauben. Das haben die Leute gern. Aber es muß Ihnen doch klar sein, daß die Exmoors uns so etwas niemals verzeihen würden. Und ich möchte nur wissen, was unsere eigenen Leute dann sagen! Sir Simon ist einer der intimsten Freunde der Exmoors, und es würde jenen Vetter der Eyres ruinieren, der uns in Bradford vertritt. Außerdem war der alte Seifensieder unglücklich genug, als er im letzten Jahr seinen Adelstitel nicht bekam. Er würde mich telegraphisch hinauswerfen, wenn ich ihm diesmal mit solchen Verrücktheiten einen Strich durch die Rechnung machte. Und was wäre mit Duffey? Er schreibt uns eine rauschende Artikelserie über ›Die Spuren der Normannen‹. Und wie kann er über die Normannen schreiben, wenn der Mann nur ein Advokat ist? Seien Sie doch vernünftig. Ihr E. Nutt.«

Während Miß Barlow das munter herunterratterte, knüllte er das Manuskript zusammen und warf es in den Papierkorb, nicht ohne ganz mechanisch und nur infolge der Macht der Gewohnheit das Wort »Gott« in »die Umstände« abgeändert zu haben.

Der Untergang der Pendragons

Pater Brown war nicht gerade zu Abenteuern aufgelegt. Erst vor kurzem war er wegen Überarbeitung krank geworden, und als er anfing, sich etwas besser zu fühlen, hatte ihn sein Freund Flambeau zu einer Vergnügungstour auf einer kleinen Jacht mitgenommen, zusammen mit Sir Cecil Fanshaw, einem jungen Edelmann aus Cornwall und einem begeisterten Verehrer der cornischen Küstenlandschaften. Aber Pater Brown war noch ziemlich schwach; er machte sich im übrigen nicht viel aus Bootsfahrten, und obwohl er nicht zu der Sorte Leute gehörte, die entweder nörgeln oder zusammenbrechen, kletterte seine Stimmung nie über Geduld und Höflichkeit hinaus. Wenn die beiden anderen den bizarren violetten Sonnenuntergang oder die zerklüfteten vulkanischen Felsen priesen, stimmte er ihnen zu. Wenn Flambeau auf einen Felsen hinwies, der wie ein Drachen aussah, schaute er hin und fand ihn einem Drachen durchaus ähnlich. Wenn Fanshaw etwas aufgeregter auf einen Felsen deutete, der wie Merlin aussah, betrachtete er ihn und stimmte zu. Wenn Flambeau fragte, ob dieses Felsentor über dem sich dahinschlängelnden Fluß nicht wie ein Tor ins Märchenland aussähe, sagte er »ja«. Er hörte sich die wichtigsten und die unwichtigsten Dinge mit der gleichen Teilnahmslosigkeit an. So hörte er, daß die Küste für alle unerfahrenen Seeleute den Tod bedeute; er hörte auch, daß die Bootskatze eingeschlafen sei. Er hörte, daß Fanshaw seine Zigarrenspitze nirgends finden könne; er hörte erzählen, daß der Steuermann das Orakel zum Besten gab· »Beide Lichter offen, gute Fahrt läßt hoffen; wenn eines nur blinkt, das Boot sinkt.« Und er hörte Flambeau zu Fanshaw sagen, damit sei wohl gemeint, daß der Steuermann beide Augen offenhalten und wachsam sein müsse, und er hörte Fanshaw Flambeau antworten, daß es seltsamerweise so nicht gemeint sei; es bedeute vielmehr, daß sie auf richtigem Kurs wären, solange sie zwei Küstenlichter sähen, eines in der Nähe und eines in der Ferne, genau nebeneinander; aber sobald ein Licht durch das andere verdeckt wäre, würden sie auf die Felsen auflaufen. Er hörte Fanshaw hinzufügen, daß es in seiner Grafschaft viele solcher seltsamen Geschichten und Redensarten gäbe; hier sei die Romantik zu Hause; er beanspruche sogar für diesen Teil von Cornwall gegenüber Devonshire den Lorbeer der elisabethanischen Seefahrtskunst. Wie er erzählte, habe es in diesen Buchten und an diesen Inselchen Kapitäne gegeben, neben denen Drake eigentlich nur eine Landratte gewesen sei. Er hörte Flambeau lachen und fragen, ob am Ende der Seemannsruf »Westwärts voraus!« zu bedeuten habe, daß die Männer von Devonshire gerne nach Cornwall gingen. Er hörte Fanshaw sagen, zum Albern gäbe es überhaupt keinen Grund; Kapitäne aus Cornwall wären nicht nur Helden gewesen, sie seien es immer noch: Ganz in der Nähe lebe ein alter Admiral, der sich zur Ruhe gesetzt habe, übersät mit Narben aus seinen abenteuerlichen Erlebnissen. In seiner Jugend hatte er die letzte Gruppe von acht pazifischen Inseln entdeckt, die dann in die Weltkarte eingezeichnet worden seien. Dieser Cecil Fanshaw gehörte zu jener Sorte von Männern, die eine laute, erfreuliche Stimmung um sich verbreiten; er war noch ein junger, blonder Bursche mit einem lebhaften, gutaussehenden Gesicht, einer jungenhaften Phantasie, aber von einer fast mädchenhaften Zartheit in seiner Erscheinung. Die breiten Schultern Flambeaus, seine schwarzen Augenbrauen und sein selbstbewußtes Musketiergehabe bildeten dazu einen starken Kontrast.

Diesen Nebensächlichkeiten hörte und sah Pater Brown ruhig zu; aber er hörte sie so, wie ein müder Mensch die Melodie der Eisenbahnräder hört, oder wie ein Kranker das Muster seiner Zimmertapete betrachtet. Niemand kann den Stimmungswandel eines Rekonvaleszenten vorhersagen, aber Pater Browns Niedergeschlagenheit mußte wohl in der

Hauptsache mit seiner mangelnden See-Erfahrung zusammenhängen. Denn als die Flußmündung sich wie der Hals einer
Flasche verengte, das Wasser ruhiger und die Luft wärmer
wurden und ein leichter Landwind einsetzte, schien er aufzuwachen und wie ein Kind wieder an seiner Umwelt Anteil zu
nehmen. Sie kamen kurz nach Sonnenuntergang dort an; die
Luft und das Wasser schimmerten hell, aber die Ufer und
Ufergestrüpp sahen im Gegensatz dazu fast schwarz aus. Gerade an diesem Abend aber war etwas anders. Es herrschte
eine jener seltsamen Stimmungen, die entstehen, wenn ein
rauchschwarzes Glas vor dem Auge fortzieht, so daß selbst die
dunklen Farben noch schöner zu leuchten scheinen als die hellen Farben an bedeckten Tagen. Die zertrampelten Flußufer
und die düsteren Altwasser waren nicht trüb, sondern leuchtend braun, und die dunklen Wälder, die sich im Winde sanft
bewegten, wirkten auf die Entfernung nicht mehr bläulich wie
sonst, sondern eher wie vom Wind gepeitschte, leuchtendvio-
lette Blütenmassen. Diese überscharfe Klarheit und die Leuchtkraft der Farben wirkten auf Browns langsam wiedererwa-
chende Sinne noch stärker durch einen Hauch von Romantik
und das Irreale der Landschaft.

Für ein Vergnügungsboot war der Fluß immer noch breit
und tief genug; aber die Windungen des Flusses erweckten den
Eindruck, als würde das Boot von beiden Seiten eingeschlossen. Die Bäume schienen fast über dem Fluß zusammenzu-
schlagen, und es kam ihnen so vor, als glitte das Boot von der
romantischen Szenerie eines Tales in eine romantische
Schlucht und schließlich in einen noch romantischeren Tunnel.
Aber sonst regte nichts die sich wiederbelebende Phantasie des
Pater Brown an; kein menschliches Wesen war zu sehen, außer
ein paar Zigeunern, die mit Bündeln, die sie im Wald geschnitten hatten, und Weidenkörben am Ufer entlangzogen. Und ein
zwar heutzutage nicht mehr ungewöhnliches, aber an einem so
abgelegenen Ort doch überraschendes Bild: Eine dunkelhaa-
rige Dame, ohne Hut, paddelte alleine in ihrem Kanu auf dem

Fluß. Hätte Pater Brown diesen Dingen auch nur die geringste Bedeutung beigemessen, so hätte er sie nach der nächsten Flußbiegung vergessen, wo ein einzigartiger Gegenstand vor ihnen auftauchte.

Die Wasserfläche schien sich zu verbreitern und durch eine kleine, kärgliche, bewaldete Insel zu teilen. Bei der Geschwindigkeit, mit der sie fuhren, schien die kleine Insel wie ein Schiff auf sie zuzuschwimmen; ein Schiff mit einem hohen Bug – oder, besser gesagt: mit einem sehr hohen Schornstein. Denn an dem ihnen am nächsten liegenden äußersten Ende der Insel stand ein sehr merkwürdiges Gebäude, mit nichts zu vergleichen, was sie bisher gesehen hatten, und ohne sichtbaren Zweck. Es war nicht besonders hoch, aber wiederum zu hoch für seine Breite; man konnte also eigentlich nur von einem Turm sprechen. Es kam einem so vor, als wäre er ganz aus Holz gebaut, und zwar in einer sehr ungleichmäßigen und ausgefallenen Art und Weise. Einige der Bretter und Balken waren aus abgelagertem Eichenholz, andere wieder aus dem gleichen Material, aber frisch und grob zugeschnitten; und wieder andere waren aus hellem Fichtenholz; die meisten jedoch aus teergeschwärzter Fichte. Diese schwarzen Balken waren kreuz und quer nach allen Richtungen eingefügt und gaben dem Ganzen ein zusammengeflicktes und verwirrendes Aussehen. Zwei Fensterscheiben waren auszumachen, die auf zwar altmodische, aber kunstvolle Art bemalt und in Blei gefaßt waren. Die kleine Reisegruppe bestaunte das Gebäude mit dem merkwürdigen und unerklärlichen Gefühl, an etwas ihnen Bekanntes erinnert zu werden; es war ihnen jedoch klar, daß es sich um etwas anderes, nie Gesehenes handelte.

Pater Brown verstand es, selbst dann, wenn er getäuscht wurde, diese Täuschung geschickt auszunutzen. Und es wurde ihm klar, daß die Verrücktheit darin bestand, daß eine eigenartige Form mit einem dafür gewöhnlich nicht verwendeten Material zusammenkam; so, als würde man einen Zylinder aus Blech oder einen Frack aus buntkariertem Stoff machen.

Er war sich sicher, daß er schon einmal ein aus verschiedenen Hölzern zusammengewürfeltes Bauwerk gesehen hatte, aber nie mit derlei architektonischen Formen. Im nächsten Moment zeigte ihm ein kurzer Durchblick zwischen den dunklen Bäumen alles, was er wissen wollte, und er lachte. Zwischen den Bäumen sah man einen Augenblick lang eines jener alten Holzhäuser mit einer Fassade aus schwarzen Balken, die man hier und da noch in England antrifft, die aber die meisten von uns nur in irgendwelchen Ausstellungen sehen, die sich ›Das alte London‹ oder ›England zur Shakespeare-Zeit‹ nennen. Der Geistliche konnte das Haus gerade lang genug sehen, um festzustellen, daß es ein komfortables, gepflegtes Landhaus war, wenn auch etwas altmodisch, mit Blumenrabatten vor dem Haus. Es hatte nichts von dem scheckigen und verrückten Aussehen des Turmes, der aus den Überbleibseln zusammengestoppelt zu sein schien.

»Was ist denn, um Himmels willen, das da?« fragte Flambeau, der noch immer den Turm anstarrte.

Fanshaws Augen leuchteten auf, und er stellte triumphierend fest: »Aha, so etwas haben Sie wohl noch nie gesehen, was? Darum habe ich Sie hierhergeführt, mein Lieber. Jetzt sollen Sie sehen, ob ich mit meinen Seeleuten aus Cornwall übertrieben habe. Dieser Besitz gehört dem alten Pendragon, den wir den Admiral nennen, obwohl er sich zur Ruhe setzte, bevor er diesen Rang erhielt. Der Geist Raleighs und Hawkins ist für die Leute von Devonshire eine Erinnerung, die Pendragons aber sind für sie eine Sache der unmittelbaren Gegenwart. Wenn Königin Elisabeth I. aus ihrem Grab aufstünde und in einer goldenen Barkasse den Fluß heraufkäme, könnte sie von dem Admiral in einem Haus empfangen werden, das in jedem Winkel, jedem Fensterflügel, in jeder Wandtäfelung, in jedem Teller auf dem Tisch der ihr gewohnten Umgebung entspräche! Und sie würde einen englischen Kapitän begeistert von der Entdeckung neuer Länder mit kleinen Schiffen erzählen hören, so, als ob sie mit Drake gespeist hätte.«

»Sie würde aber ein wunderliches Ding im Garten finden«, sagte Pater Brown, »das ihrem Renaissance-Geschmack nicht gefallen würde. Die elisabethanische, bürgerliche Architektur ist wirklich hinreißend, aber es widerspricht ihr nun einmal, sich in Türmchen zu versteigen.«

»Und trotzdem«, antwortete Fanshaw, »ist gerade das der romantischste und wirklich elisabethanische Teil des Ganzen. Er wurde von den Pendragons zur Zeit der Spanischen Kriege gebaut, und obwohl er Renovierungen und selbst einen Wiederaufbau aus anderen Gründen erforderte, wurde er doch immer wieder im alten Stil aufgebaut. Man erzählt sich, daß die Gemahlin Sir Peter Pendragons den Turm an dieser Stelle und in dieser Höhe errichten ließ, weil sie von oben die Flußbiegung einsehen konnte, wo die Schiffe in die Mündung einfahren; und sie wollte immer als erste das Schiff ihres Gemahls sehen, wenn er vom spanischen Kriegsplatz heimkehrte.«

»Aus welchem anderen Grund, glauben Sie, wurde der Turm wiederaufgebaut?« fragte Pater Brown.

»Oh, darüber gibt es auch eine höchst merkwürdige Geschichte«, sagte der junge Edelmann voller Genugtuung. »Sie sind in einem Land voller wunderlicher Geschichten. König Arthur lebte hier und Merlin und vor ihm die Feen. Es wird erzählt, daß Sir Peter Pendragon, der, wie ich befürchte, sowohl die Fehler der Piraten als auch die Tugenden eines Seemanns besaß, die Absicht hatte, drei spanische Edelleute in eine Art Ehrengefangenschaft heimzuführen, um sie an den Hof der Königin Elisabeth zu bringen. Aber er hatte ein feuriges und wildes Temperament, und als er sich mit einem von ihnen stritt, packte er ihn an der Gurgel und warf ihn, ob mit oder ohne Absicht, über Bord. Daraufhin zog der Bruder des Spaniers sein Schwert und griff Pendragon an. Nach einem kurzen, aber wilden Kampf, bei dem sich beide drei Wunden in ebenso vielen Minuten zuzogen, rannte Pendragon seinem Gegner die Klinge in den Leib, und damit war es auch um den zweiten Spanier geschehen. Unterdessen war das Schiff schon in die Flußmündung eingelaufen und fuhr in verhältnismäßig seichtem Wasser. Der dritte Spanier sprang über Bord, schwamm auf das Ufer zu und konnte bald aufrecht stehen, das Wasser bis an die Hüften. Er wandte sich um wie der Prophet, der eine gottlose Stadt verwünscht, und brüllte mit markerschütternder, fürchterlicher Stimme zu Pendragon hinüber, er wenigstens lebe noch, er würde weiterleben, und er würde ewig leben; die Pendragons würden weder ihn noch die Seinen jemals wiedersehen, aber Generation auf Generation sollte durch eindeutige Zeichen erfahren, daß er und seine Rache lebendig seien. Damit tauchte er unter; entweder ertrank er, oder er schwamm so lange unter Wasser, daß nicht einmal ein Haar von ihm gesehen wurde.«

»Da ist wieder das Mädchen im Kanu«, sagte Flambeau unvermittelt, denn junge, schöne Frauen konnten ihn von jedem Thema ablenken. »Sie scheint genau wie wir über diesen merkwürdigen Turm erstaunt zu sein.«

Tatsächlich ließ die junge, schwarzhaarige Dame ihr Kanu langsam und lautlos an der seltsamen, kleinen Insel vorbeitreiben. Mit großem Interesse schaute sie an dem merkwürdigen Turm hoch. Brennende Neugier zeichnete sich auf ihrem ovalen, olivfarbenen Gesicht ab.

»Kümmern Sie sich nicht um junge Mädchen«, sagte Fanshaw ungeduldig, »es gibt genug davon auf der Welt, aber es gibt nur einen Turm der Pendragons. Wie Sie sich vorstellen können, rankten sich viele abergläubische Geschichten und Skandale um den Bannfluch des Spaniers; und die bäuerliche Leichtgläubigkeit brachte jede Unbill, die dieser cornischen Familie zustieß, mit jenem Fluch in Verbindung. Wahr ist auch, daß der Turm zwei- oder dreimal abgebrannt ist; und auch die Familie war nicht gerade vom Glück verfolgt, denn mehr als zwei Verwandte des Admirals kamen, glaube ich, bei Schiffsuntergängen ums Leben und mindestens einer genau an der Stelle, soweit ich weiß, wo Sir Peter den Spanier über Bord stieß.«

»Wie schade!« rief Flambeau, »jetzt fährt sie weiter.«

»Wann hat Ihr Freund, der Admiral, Ihnen diese Familiengeschichte erzählt?« fragte Pater Brown, während das Mädchen mit ihrem Kanu davonpaddelte, ohne auch nur das leiseste Interesse an dem Turm auf die Jacht zu übertragen, die Fanshaw bereits an der Insel angelegt hatte.

»Das war vor vielen Jahren«, antwortete Fanshaw, »er ist schon lange nicht mehr zur See gefahren, obwohl er nach wie vor darauf erpicht ist. Ich glaube, es gibt da einen Familienvertrag oder so etwas Ähnliches. Na ja, hier ist der Steg. Gehen wir an Land, um dem alten Knaben guten Tag zu sagen.«

Sie folgten ihm auf die Insel und gingen unterhalb des Turmes an Land. Pater Brown schien auf eine ganz einmalige Weise seine Frische zurückgewonnen zu haben, sei es, weil er wieder festen Boden unter den Füßen hatte, sei es durch etwas, was sein nachdrückliches Interesse am anderen Ufer geweckt hatte, das er einige Augenblicke scharf ins Auge faßte. Sie kamen in eine Allee, eingefaßt mit schmalen, gräulichen Hecken, wie man sie häufig in Parks und Gärten findet. Und darüber sah man die Wipfel der dunklen Bäume hin- und herschwanken wie schwarze und purpurfarbene Federn auf dem Leichenwagen eines Riesen. Der Turm, den sie jetzt hinter sich gelassen hatten, schaute um so merkwürdiger aus, weil solche Auffahrten meistens von zwei Türmen flankiert werden, während dieser hier unproportioniert wirkte. Aber wenigstens die Allee entsprach dem üblichen Bild einer Auffahrt zum Herrenhaus. Eine Biegung der Allee verdeckte für einen Augenblick das Haus und ließ dadurch den Eindruck eines viel größeren Parks entstehen, was auf einer so kleinen Insel kaum denkbar war. Pater Brown, der durch seinen Schwächezustand vielleicht noch etwas anfällig war, fühlte wie in einem Traum alles um sich herum größer werden. Jedenfalls war eine fast mystisch zu nennende Eintönigkeit das einzig Charakteristische ihres Schlendergangs, bis Fanshaw plötzlich stehenblieb und auf etwas zeigte, das aus der grauen Hecke hervorragte; es sah auf den ersten Blick aus wie das Horn eines Tieres. Bei näherem Hinsehen entpuppte es sich als eine gebogene Metallklinge, die schwach in der Dämmerung aufblitzte.

Flambeau, wie alle Franzosen ein alter Soldat, beugte sich nach vorn und stellte verwundert fest: »Wahrhaftig, das ist ein Säbel! Ich glaube, ich habe so was schon mal gesehen; schwer gekrümmt, aber kürzer als bei der Kavallerie. Man hatte sie gewöhnlich bei der Artillerie und...«

Noch während er sprach, wurde die Klinge aus dem Spalt herausgezogen, den sie geschlagen hatte; sie kam nochmals mit noch größerer Kraft herunter und durchschlug jetzt die Hecke bis auf den Boden mit einem ohrenbetäubenden Sausen. Dann wurde die Klinge wieder herausgezogen, ein paar Meter weiter blitzte sie über der Hecke auf und teilte sie wieder mit einem Schlag fast bis zur Hälfte; durch Hin- und Herzerren wurde sie freigemacht – Flüche kamen dabei aus der Dunkelheit, und ein zweiter Schlag teilte sie bis zum Boden. Ein gewaltiger Tritt beförderte das ganze losgehackte Stück aus dünnem Gestrüpp auf den Fußweg. In der Hecke fehlte jetzt ein großes Stück des undurchdringlichen Dickichts.

Fanshaw spähte durch die dunkle Öffnung und stieß einen Schrei des Erstaunens aus: »Mein lieber Admiral! Pflegen Sie immer erst einen neuen Ausgang zu machen, wenn Sie ausgehen wollen?«

In der Dunkelheit hörte man erneut jemanden fluchen, der dann in schallendes Gelächter ausbrach. »Nein«, sagte die Stimme. »Ich muß diese Hecke irgendwie wegbekommen; sie erstickt alle Pflanzen, und außer mir kann das niemand tun. Ich will jetzt nur noch ein wenig an dem Eingangsportal wegnehmen. Und dann komme ich, um Sie zu begrüßen.«

Und tatsächlich: Er schwang seine Waffe noch einmal und hackte mit zwei Hieben ein ähnlich großes Stück der Hecke nieder, so daß alles in allem eine 14 Fuß breite Öffnung entstand. Dann trat er durch die breite grüne Pforte in die Abenddämmerung heraus; an seiner Klinge hing noch etwas Gestrüpp.

Sein Auftreten bestätigte Fanshaws Geschichte von einem alten Piratenkapitän vollauf, obwohl die Einzelheiten dieser Erzählung sich in merkwürdige Zufälle auflösen sollten: Zum Beispiel trug er einen gewöhnlichen, breitkrempigen Hut, so wie man ihn als Sonnenschutz trägt. Aber die Vorderkrempe war nach oben geschlagen, und die beiden Seiten waren so tief über die Ohren gezogen, daß der Hut sich halbmondartig über seiner Stirn wölbte, wie der alte Dreispitz, den Nelson zu tragen pflegte. Er trug ein gewöhnliches, dunkelblaues Jackett mit normalen Knöpfen, das aber in der Verbindung mit den weißen Leinenhosen ganz seemännisch aussah. Er war von großer, etwas schlaksiger Statur und hatte einen wiegenden Schritt, der nicht gerade typisch für einen Seemann war, auf der anderen Seite aber doch wieder an einen Seemannsgang erinnerte. In der Hand hielt er einen kurzen Säbel, der wie ein Seemannsmesser aussah, nur war er ungefähr doppelt so lang. Sein Adlergesicht lugte neugierig unter der Hutkrempe hervor, und die Wirkung verstärkte sich, weil es nicht nur glatt rasiert war, sondern weil auch die Augenbrauen fehlten. Es schien, als ob alle Haare aus seinem Gesicht verschwunden seien, weil es allen Elementen ausgesetzt gewesen war. Seine Augen sprangen etwas vor und wirkten durchdringend. Besonders auffallend war seine Gesichtsfarbe, die fast südländisch zu nennen war; ein bißchen erinnerte sie an eine Blutorange. Und das, wiewohl gerötet und sanguinisch wirkend, mit etwas Gelblichem darin, das aber nicht krank aussah, sondern eher wie der Glanz der goldenen Äpfel der Hesperiden. Pater Brown überlegte, daß er eigentlich noch nie ein Gesicht gesehen hatte, das den besonderen Charakter der Südländer so widerspiegelte.

Nachdem Fanshaw seine beiden Freunde dem Gastgeber vorgestellt hatte, verfiel er wieder in seine Spötteleien über die Verwüstung der Hecke und seine offensichtliche Lust am Fluchen. Der Admiral spielte dies zunächst als eine zwar notwendige, aber ärgerliche Gartenarbeit herunter; aber mit der Zeit kam doch sein wirkliches Temperament in seinem Gelächter zum Durchbruch, und er prustete in einer Mischung von Ungeduld und guter Laune heraus:

»Zugestanden, vielleicht gehe ich ein wenig rabiat vor und

spüre eine gewisse Befriedigung, alles niederzuhauen. Es ginge Ihnen nicht anders, wenn es Ihre ganze Leidenschaft gewesen wäre, herumzufahren und neue Kannibalen-Inseln zu entdecken; und Sie müßten dann in diesem verkommenen kleinen Steingarten an einem so trübseligen Bach herumhocken. Wenn ich daran denke, daß ich eineinhalb Meilen grünes, giftiges Dschungelholz mit einem Stutzmesser niedergemacht habe, das nur halb so scharf war wie das hier, und wenn ich dann überlege, daß ich hierbleiben und dieses jämmerliche Unterholz kleinhakken muß, nur auf Grund irgendeiner verfluchten Bestimmung, die in unsere Familienbibel gekritzelt wurde, ja, dann...«

Wieder schwang er den schweren Säbel und spaltete diesmal die Hecke mit einem Schlag von oben bis unten.

»So ist mir zumute«, sagte er lachend und schleuderte den Säbel einige Yards weit den Weg hinunter. »Und jetzt laßt uns mal ins Haus gehen; Sie müssen etwas zu essen bekommen.«

In den halbkreisförmigen Rasen vor dem Haus waren drei runde Gartenbeete eingelassen. Das eine war mit roten, das zweite mit gelben Tulpen bepflanzt und das dritte mit weißen, wächsern aussehenden Blüten, die den Besuchern unbekannt waren und die sie für exotisch hielten. Ein plumper, bärtiger und ziemlich mürrisch aussehender Gärtner hängte gerade einen Gartenschlauch auf. Die letzten Strahlen der untergehenden Sonne streiften die Ecken des Hauses; sie erlaubten hier und dort einen flüchtigen Blick auf die Farbenpracht der weiter entfernt liegenden Blumenbeete. An einer freien Stelle auf der Flußseite des Hauses stand ein hohes, dreifüßiges Messinggestell mit einem großen Teleskop. Direkt neben den Stufen zum Hauseingang stand ein kleiner, grün gestrichener Gartentisch, so als ob dort eben jemand Tee getrunken habe. Der Eingang war von zwei roh bearbeiteten Steinbrocken flankiert, mit Augenlöchern, von denen man sagte, sie wären Südseegötzen. Und auf dem braunen Eichenbalken über dem Torweg waren einige merkwürdige Schnitzereien, die mindestens genauso barbarisch aussahen.

Als sie eintraten, sprang der kleine Geistliche plötzlich auf den

Tisch und starrte von dort aus ungeniert durch seine Brillengläser auf die Eingravierungen in dem Eichenholz. Admiral Pendragon schaute etwas überrascht, doch nicht besonders ärgerlich, während Fanshaw sich so über den Anblick amüsierte, der an eine Zwergenvorführung auf dem Marktplatz erinnerte, daß er kaum sein Lachen unterdrücken konnte. Aber Pater Brown kümmerte sich ganz offensichtlich weder um das Gelächter noch um die spürbare Verwunderung. Er starrte die drei eingravierten Symbole an, die, obzwar sehr verwittert und nachgedunkelt, für ihn doch einen gewissen Sinn zu ergeben schienen. Das erste Symbol schien die Umrisse eines Turmes oder eines anderen Gebäudes zu zeigen, das zweite war genau zu erkennen: Eine alte, elisabethanische Galeere mit stilisierten Wellen darunter, aber in der Mitte von einem seltsam gezackten Felsen unterbrochen, was entweder auf einen Fehler im Holz zurückzuführen war oder eine altmodische Darstellungsweise sein mochte, wie Wasser in das Schiff eindringt. Das dritte Symbol zeigte den Oberkörper eines menschlichen Wesens, das in einer geschwungenen, wellenartigen Linie auslief. Die Gesichtszüge waren unkenntlich und ausdruckslos; beide Arme waren steif in die Höhe gestreckt.

»Ah ja«, brummte Pater Brown vor sich hin und blinzelte. »Da ist die Geschichte mit dem Spanier deutlich zu sehen. Hier hält er seine Arme hoch und steht verwünschend im Wasser. Und da sind die beiden Flüche: das gestrandete Schiff und der brennende Turm der Pendragons.«

Pendragon schüttelte mit respektvoller Belustigung seinen Kopf. »Aber was mag es nicht sonst noch alles bedeuten?« sagte er. »Wissen Sie nicht, daß diese Darstellung von Halbmenschen, von halbierten Löwen oder Hirschen in der Wappenkunde durchaus üblich ist? Könnte diese durch das Schiff gehende, geschwungene Linie nicht einer dieser heraldischen Wellenbalken sein, wie man sie wohl nennt. Und obwohl das dritte Symbol eigentlich kein typisch heraldisches Zeichen ist, wäre es nicht wappengemäßer, in ihm einen von Lorbeer bekränzten Turm zu sehen, statt eines brennenden? Und es sieht fast genauso aus.«

»Aber es ist doch auffallend, daß es genau der alten Überlieferung entspricht«, sagte Flambeau.

»Natürlich«, antwortete der skeptische Weltumsegler, »aber wissen Sie denn, inwieweit die Geschichte den alten Symbolen angepaßt wurde? Außerdem ist es nicht die einzige Geschichte. Unser Fanshaw, der voller solcher Geschichten ist, wird Ihnen bestätigen, daß es noch andere Versionen gibt, die noch viel grausamer sind. Nach einer Version wird meinem unglücklichen Vorfahren zugeschrieben, daß er den Spanier in zwei Teile geschlagen habe; dies würde auch zu dem hübschen Bild passen. Eine andere will mit Bestimmtheit wissen, daß unsere Familie einen Turm voll Schlangen besaß und erklärt so die kleinen, geringelten Linien. Eine dritte Theorie nimmt an, daß die gewellte Linie an dem Schiff die allgemein übliche Darstellung eines Blitzes sei; das allein beweist, wenn man alles ernsthaft prüft, wie wenig man mit den unseligen Zufällen wirklich anfangen kann.«

»Warum? Wie meinen Sie das?« fragte Fanshaw.

»Zufällig«, antwortete der Gastgeber gelassen, »spielten weder Blitz noch Donner bei den zwei oder drei Schiffbrüchen in unserer Familie, die mir bekannt sind, irgendeine Rolle.«

»So?« rief Pater Brown und sprang von dem kleinen Tisch. Es entstand wieder ein Schweigen, in dem nur das ununterbrochene Rauschen des Flusses zu hören war; dann sagte Fanshaw zweifelnd, vielleicht auch etwas enttäuscht: »Sie glauben also, daß es nichts mit den Geschichten von dem brennenden Turm auf sich hat?«

»Die Überlieferung kann man nicht wegdiskutieren, natürlich«, sagte der Admiral achselzuckend, »und einige Geschichten beruhen auf Beweisen, das streite ich ja gar nicht ab, die so zuverlässig sind wie nur möglich. Irgend jemand sah hier in der Gegend einen Feuerschein, wissen Sie, als er im Wald spazierenging; und ein anderer, der seine Schafe landeinwärts auf den Hügeln hütete, sah eine Flamme über dem Pendragon-Turm auflodern. Nur, ein nasser Haufen Erde, wie diese verdammte Insel hier, wäre doch wirklich der letzte Ort, wo man ein Feuer vermuten würde.«

»Was ist das dort drüben für ein Feuer?« fragte Pater Brown sanft und unvermutet und zeigte auf die Wälder an dem linken Flußufer. Sie wurden alle ein bißchen aus dem Gleichgewicht gebracht, und sogar der zu Phantasien neigende Fanshaw hatte einige Mühe, sich wieder zu sammeln, als sie eine lange, dünne, blaue Rauchsäule in das letzte Abendlicht aufsteigen sahen.

Pendragon brach wieder in sein schallendes Gelächter aus. »Zigeuner!« sagte er. »Sie lagern hier seit ungefähr einer Woche. Meine Herren, darf ich Ihnen etwas zu essen anbieten?« Und er schickte sich an, ins Haus zu gehen.

Aber in Fanshaw wurde die alte Lust am Aberglauben wieder wach, und er sagte hastig: »Was ist das für ein zischendes Geräusch, das ganz aus der Nähe der Insel kommen muß? Es hört sich wie Feuer an.«

»Es hört sich eher nach dem an, was es wirklich ist«, sagte der Admiral, als er ihnen lachend den Weg wies, »es ist nur irgendein vorbeifahrendes Kanu.«

Noch während er sprach, erschien der Butler in der Türfüllung, ein dürrer, schwarzgekleideter Mann mit pechschwarzem Haar und einem sehr schlanken, gelblichen Gesicht und kündigte an, es sei aufgetragen.

Das Speisezimmer sah so schiffsmäßig aus wie eine Kabine an Bord, aber seine Ausstattung paßte mehr auf einen modernen als auf einen elisabethanischen Kapitän. Über dem Kamin hingen zwar drei alte Stutzsäbel als Trophäen und eine vergilbte Karte aus dem 16. Jahrhundert, mit Tritonen und kleinen Schiffen auf den gekräuselten Wellen. Aber diese Dinge wirkten weniger eindrucksvoll auf der weißen Täfelung als einige Behältnisse mit seltsam bunten, südamerikanischen Vögeln, die sehr fachmännisch ausgestopft waren, mit phantastischen Muscheln aus dem Pazifik und verschiedenen Werkzeugen von so grober und wunderlicher Art, daß Wilde sie entweder zum Töten oder zum Braten ihrer Feinde benutzt haben mochten. Aber das Zusammenspiel der prächtigen Farben erreichte seinen Höhepunkt erst in dem Umstand, daß zwei Neger, die neben dem Butler die einzigen Dienstboten des Admirals waren, in enganliegenden gelben Livreen steckten. Die instinktive Fähigkeit des Geistlichen, seine eigenen Eindrücke sofort zu analysieren, sagte ihm, daß die Farbe und die kleinen eleganten Rockschöße dieser Zweifüßler einem das Wort »Kanarienvogel« geradezu aufdrängten, was sich in einer Gedankenassoziation mit Südseereisen in Verbindung bringen ließ. Gegen Ende der Mahlzeit verschwanden die gelben Anzüge mit ihren schwarzen Gesichtern aus dem Raum und ließen nur den schwarzen Anzug und das gelbe Gesicht des Butlers zurück.

»Es tut mir wirklich leid, daß Sie das so leicht nehmen«, sagte Fanshaw zu dem Gastgeber, »denn die Wahrheit ist, daß ich meine Freunde zu Ihnen gebracht habe in der Absicht, Ihnen zu helfen, weil sie eine Menge von diesen Dingen verstehen. Glauben Sie, Admiral, denn überhaupt nicht an diese alte Familiengeschichte?«

»Ich glaube an gar nichts!« antwortete Pendragon aufgeräumt, indem er mit einem Auge einem roten tropischen Vogel zublinzelte. »Ich bin ein Mann der Wissenschaft.«

Zu Flambeaus nicht geringem Erstaunen nahm sein geistlicher Freund, der jetzt wieder ganz der Alte zu sein schien, das Stichwort auf und redete in einem Schwall und mit so viel unerwarteter Sachkenntnis so lange über naturgeschichtliche Fragen, bis die Nachspeise und die Dessertweine aufgetischt waren und der letzte Diener verschwunden war. Dann sagte er in unverändertem Tonfall:

»Halten Sie mich nicht für aufdringlich, Admiral Pendragon. Ich frage nicht aus Neugier, sondern nur zur Orientierung und zu Ihrem Vorteil. Irre ich mich, wenn ich annehme, daß Sie diese alten Geschichten nicht in Anwesenheit Ihres Butlers besprochen sehen möchten?«

Der Admiral zog die haarlosen Brauen über seinen Augen hoch und rief: »Ja, ich weiß nicht, woher Sie das wissen, aber die Wahrheit ist: Ich kann den Burschen nicht leiden, obwohl ich keinen Grund habe, einen alten Diener der Familie zu entlassen.

Fanshaw mit seiner Schwäche für alte Geschichten würde sagen, daß mein Blut sich gegen Männer mit so schwarzem, spanisch aussehendem Haar sträube.«

Flambeau ließ seine schwere Faust auf den Tisch fallen. »Zum Donner«, rief er aus, »und genau solches Haar hatte das Mädchen!«

»Ich hoffe, heute nacht wird alles ein Ende haben«, fuhr der Admiral fort, »wenn mein Neffe sicher mit seinem Schiff heimkehrt. Sie sehen überrascht aus, meine Herren. Ich nehme an, Sie werden nichts begreifen, wenn ich es Ihnen nicht erzähle. Sie müssen wissen, mein Vater hatte zwei Söhne. Ich blieb Junggeselle, aber mein älterer Bruder heiratete und bekam einen Sohn, der, wie wir alle, Seemann wurde und den ganzen Besitz erben wird. Nun, mein Vater war ein eigenartiger Mann; er verband irgendwie Fanshaws Aberglauben mit einem guten Teil meiner Skepsis; Aberglauben und Skepsis bekämpften sich dauernd in ihm; nach meinen ersten Reisen entwickelte er eine Idee, die, wie er glaubte, endgültig klären sollte, ob der Fluch Wahrheit oder Unsinn sei. Wenn alle Pendragons gleichzeitig überall herumsegelten, wäre die Wahrscheinlichkeit einer natürlichen Katastrophe zu groß, um etwas zu beweisen. Doch wenn wir immer nacheinander zur See fahren würden, in strenger Reihenfolge der jeweiligen Generation, müßte es sich zeigen, dachte er, ob überhaupt ein begründetes Verhängnis die Familie als solche verfolgen würde. Es war eine verrückte Idee, finde ich, und ich habe mich mit meinem Vater heftig darüber gestritten; denn ich war ehrgeizig, und nach meinem eigenen Neffen blieb ich als letzter in der Erbfolge.«

»Und Ihr Vater und Bruder«, sagte der Priester sehr ruhig, »kamen, wie ich befürchte, auf dem Meer zu Tode?«

»Ja«, seufzte der Admiral, »durch einen jener grausamen Zufälle, auf dem alle verlogenen Mythologien der Menschheit basieren. Sie erlitten beide Schiffbruch. Mein Vater, der, vom hohen Atlantik kommend, hier die Küste entlangfuhr, wurde auf diese cornischen Felsen geworfen. Das Schiff meines Bruders ging, keiner weiß wo, auf der Heimfahrt von Tasmanien unter. Seine Leiche wurde nie gefunden. Ich sage Ihnen, es war ein ganz normaler Unglücksfall; viele andere, nicht nur die Pendragons, sind dabei ertrunken; und beide Unglücksfälle wurden unter den Seefahrern als normal angesehen. Aber sie setzten natürlich diesen ganzen Wald von Aberglauben in Brand, und die Menschen sahen überall den Turm der Pendragons brennen. Deshalb behaupte ich, daß alles seine Ordnung haben wird, wenn Walter zurückkommt. Seine Braut wollte heute kommen: Aber ich fürchte eine zufällige Verspätung, die sie erschrecken könnte, und ich telegraphierte ihr, so lange nicht zu kommen, bis sie von mir höre. Aber es ist nahezu sicher, daß er irgendwann heute nacht ankommt. Dann wird sich alles in Rauch auflösen, in Tabaksrauch. Wir werden dieser alten Lüge das Genick brechen, wie wir dieser Flasche Wein den Hals brechen.«

»Ein vorzüglicher Tropfen«, sagte Pater Brown ernst und erhob sein Glas, »aber wie Sie sehen, ein schlechter Weintrinker. Ich bitte Sie innigst um Vergebung«, denn er hatte einen Tropfen Wein auf dem Tischtuch verschüttet. Er trank und setzte sein Glas mit gelassener Miene wieder ab; in dem gleichen Augenblick, in dem er seine Hand erhoben hatte, wurde ihm bewußt, daß ein Gesicht – gerade hinter dem Admiral – zum Fenster hereinschaute, das Gesicht einer dunkelhaarigen Person mit südländischem Haar und Augen und jung, wie eine Maske aus der Tragödie.

Nach einer Pause fuhr der Priester in seiner sanften Art fort. »Admiral«, sagte er, »würden Sie mir einen Gefallen tun? Lassen Sie mich und meine Freunde, wenn sie wollen, nur diese eine Nacht in Ihrem Turm wohnen? Wissen Sie, in meinen Augen sind Sie in erster Linie ein guter Teufelsaustreiber.«

Pendragon sprang auf und ging mit schnellen Schritten vor dem Fenster auf und ab, hinter dem das Gesicht sofort verschwunden war. »Ich sage Ihnen, daß nichts dahinter steckt«, schrie er voller Unmut und Heftigkeit. »Es gibt eine Sache, die ich sicher weiß. Sie mögen mich einen Atheisten nennen.« Er drehte sich schnell herum und schaute Pater Brown mit angstein-flößender Strenge ins Auge. »An dieser Sache ist nichts dran; von einem Fluch kann überhaupt keine Rede sein.«

Pater Brown lächelte. »In diesem Fall«, sagte er, »gibt es ja gar keinen Vorwand, warum ich nicht in Ihrem herrlichen Sommer-haus schlafen sollte.«

»Die Idee ist vollkommen absurd«, antwortete der Admiral und hämmerte wild auf die Lehne seines Stuhles.

»Bitte, haben Sie Nachsicht«, antwortete Pater Brown in sei-ner liebenswürdigen Art, »auch für das Verschütten des Weines. Aber es kommt mir so vor, als ob Sie den brennenden Turm nicht so leicht nehmen, wie Sie vorgeben.«

Admiral Pendragon setzte sich wieder, so plötzlich wie er auf-gestanden war; aber er saß ganz still da, und als er wieder zu sprechen begann, tat er es mit leiser Stimme. »Sie tun es auf Ihre eigene Gefahr«, sagte er. »Aber wären Sie denn nicht zum Athei-sten geworden, wenn Sie bei all diesen Teufelsgeschichten bei Verstand bleiben wollen?«

Drei Stunden später spazierten Fanshaw, Flambeau und der Geistliche immer noch in der Dunkelheit durch den Garten; und es wurde den beiden anderen langsam klar, daß Brown gar nicht daran dachte, in dem alten Turm oder gar im Haus schlafen zu gehen.

»Ich glaube, der Rasen muß gejätet werden«, sagte er träume-risch.

»Wenn ich irgendwo ein Jätmesser finden könnte, würde ich es selber tun.«

Sie folgten ihm lachend und schwach protestierend; aber er antwortete ihnen mit feierlichem Ernst, indem er ihnen in einer nervenaufreibenden kleinen Ansprache erklärte, daß man immer irgendeine kleine Beschäftigung finden könne, die anderen eine Hilfe wäre. Er fand kein Jätmesser, aber er fand einen alten Rei-sigbesen, mit dem er energisch die alten Blätter auf dem Rasen zusammenkehrte.

»Immer gibt es eine Kleinigkeit zu tun«, sagte er mit einfältiger Heiterkeit; »wie Georg Herbert sagt: ›Wer den Garten eines Admirals in Cornwall fegt um Deinetwillen, tut sich und seinen Taten wohl.‹ Und jetzt«, fügte er hinzu, indem er den Besen plötzlich fortwarf, »laßt uns die Blumen gießen.«

Sie beobachteten ihn mit denselben gemischten Gefühlen, wie er eine beachtliche Länge des breiten Gartenschlauchs abwickelte, während er mit der größten Unschuldsmiene sagte: »Die roten Tulpen, vor den gelben, glaube ich. Sehen ein bißchen trocken aus, finden Sie nicht?«

Er öffnete den kleinen Hahn, und das Wasser schoß so gerade und stark heraus wie ein Strahl.

»Wach auf, Samson«, schrie Flambeau, »schauen Sie, Sie haben die Tulpen geköpft.«

Pater Brown stand da und betrachtete reumütig die enthaupteten Pflanzen.

»Meine Methode scheint eine ziemlich mörderische Art der Bewässerung zu sein«, stellte er fest und kratzte sich am Kopf. »Ich sehe, es ist ein Jammer, daß ich das Jätmesser nicht gefunden habe. Sie hätten mich damit sehen sollen! Da wir von Geräten sprechen, Flambeau, Sie haben doch immer Ihren Stockdegen bei sich? Das ist gut; und Sir Cecil könnte den Säbel nehmen, den der Admiral dort bei der Hecke wegwarf. Wie grau alles aussieht!«

»Der Nebel steigt vom Fluß auf«, sagte Flambeau, der vor sich hinstarrte.

Noch während er sprach, erschien die mächtige Gestalt des bartigen Gärtners auf dem höher gelegenen, terrassenförmig angelegten Rasen und rief ihnen mit schreckenerregender, bellender Stimme zu, indem er mit einem schweren Rechen herumfuchtelte: »Legen Sie den Schlauch weg! Werfen Sie den Schlauch weg und machen Sie, daß Sie…«

»Ich bin so schrecklich ungeschickt«, antwortete der geistliche Herr mit schwacher Stimme, »wissen Sie, schon bei Tisch habe ich etwas Wein verschüttet.« Er machte, sich entschuldigend, eine halbe Drehung auf den Gärtner zu, den wasserspritzenden Schlauch noch immer in der Hand. Der harte kalte Wasserstrahl traf den Gärtner wie eine Kanonenkugel mitten ins Gesicht. Er taumelte, glitt aus und fiel hin, die Stiefel zum Himmel gestreckt.

»Das ist ja entsetzlich!« sagte Pater Brown und schaute sich fragend um: »Wie kommt das? Jetzt habe ich einen Mann getroffen!«

Er lauschte einen Augenblick nach vorne, als ob er etwas sehen oder hören wollte, und machte sich dann im Laufschritt in Richtung Turm davon, und immer noch zog er den Schlauch hinter sich her. Der Turm war jetzt ganz nahe, aber seine Konturen waren merkwürdig verschwommen.

»Ihr Flußnebel hat einen eigenartigen Geruch«, sagte Pater Brown.

»Bei Gott, ja, das hat er«, schrie Fanshaw, der ganz blaß war.

»Aber Sie wollen doch nicht sagen, daß…«

»Ich will sagen, daß eine dieser wissenschaftlichen Prophezeiungen des Admirals sich noch diese Nacht erfüllen wird. Diese Geschichte wird sich in Rauch auflösen.«

Und plötzlich erstrahlte ein feuerrotes Licht wie eine riesenhafte Rose, als Blüte über ihnen, begleitet von einem krachenden und prasselnden Geräusch, wie das Lachen des Teufels.

»Mein Gott! Was ist denn das?« schrie Cecil Fanshaw.

»Das Zeichen des brennenden Turmes«, antwortete Pater Brown und richtete den Wasserstrahl seines Schlauches in das Herz der roten Stelle.

»Gut, daß wir nicht schlafen gegangen sind«, stieß Fanshaw hervor. »Ich nehme an, daß es nicht auf das Haus übergreifen wird.«

»Sie werden sich erinnern«, sagte der Priester ruhig, »daß die Hecke mit Buschholz, die das Feuer hätte weiterleiten können, niedergehauen wurde.«

Flambeau wandte sich mit funkelnden Augen zu seinem Freund, aber Fanshaw sagte nur ziemlich abwesend: »Wenigstens kann niemand ums Leben kommen.«

»Das ist wirklich ein sehr merkwürdiger Turm«, bemerkte Pater Brown. »Wenn es ans Töten der Leute geht, dann tötet er immer solche, die irgendwo anders sind.«

In diesem Augenblick stand die riesige Gestalt des Gärtners mit dem wallenden Bart wieder auf dem Rasenhügel, wo sie sich gegen den Himmel abhob, und winkte andere heran, aber diesmal nicht mit einem Rechen, sondern mit einem Stutzsäbel.

Hinter ihm erschienen die beiden Neger, ebenfalls mit den alten Säbeln aus der Trophäensammlung. Aber in dem blutroten, grellen Licht sahen sie mit ihren schwarzen Gesichtern und den gelben Körpern wie Teufel mit Folterwerkzeugen aus. In dem düsteren Garten hinter ihnen hörte man eine Stimme kurze Befehle geben. Als der Priester die Stimme erkannte, veränderten sich seine Gesichtszüge.

Aber er behielt seine Fassung und wandte nicht einen Augenblick seine Augen von dem Flammenherd, der zuerst aufgelodert war, jetzt aber unter dem Zischen des langen silbernen Wasserstrahls etwas einzusinken begann. Er behielt seine Finger neben der Öffnung des Schlauches, um besser zielen zu können, und kümmerte sich um nichts anderes, wußte aber auf Grund der Geräusche und mit halbem Auge sehend, daß sich jetzt im Garten der Insel aufregende Dinge abspielten. Er gab zwei kurze Anweisungen an seine Freunde. Eine lautete: »Schlagt die Kerle irgendwie zusammen und fesselt sie, wer immer sie sein mögen; unten bei den Reisigbündeln liegen Stricke. Sie wollen mir meinen schönen Schlauch wegnehmen.« Die andere lautete: »Sobald Ihr könnt, ruft das Kanu-Mädchen. Sie ist drüben am Ufer bei den Zigeunern. Fragt nach, ob sie ein paar Eimer herüberschaffen und mit Wasser füllen können.« Dann war er still und fuhr fort, die neue rote Blume zu bewässern, so unbarmherzig, wie er die roten Tulpen gegossen hatte.

Er drehte sich nicht einmal um, um den seltsamen Kampf zu verfolgen, der sich zwischen den Feinden und Freunden des mysteriösen Feuers abspielte. Er spürte förmlich die Insel beben, als Flambeau mit dem riesigen Gärtner zusammenstieß; er konnte sich lediglich vorstellen, wie alles um sie aufgewirbelt wurde, während sie miteinander kämpften. Er hörte den krachenden Sturz und das triumphierende Keuchen seines Freundes, als er auf den ersten Neger einschlug, und die Schreie der beiden, als Flambeau und Fanshaw sie fesselten. Flambeaus enorme Kraft machte die Ungleichheit des Kampfes mehr als wett, hauptsächlich, weil der vierte Mann sich noch in der Nähe des Hauses als bloßer Schatten mit einer Stimme herumtrieb. Er hörte auch, wie ein paddelndes Kanu das Wasser teilte; die Stimme des Mädchens gab Befehle, die Stimmen der Zigeuner antworteten, und als sie näher kamen, das plumpsende und saugende Geräusch von leeren Eimern, die in den breiten Fluß getaucht wurden; und schließlich das Geräusch zahlreicher Füße um das Feuer. Aber all das bedeutete ihm nicht so viel wie die Tatsache, daß der rote Flammenkeil, der zuerst wieder größer geworden war, sich wieder leicht verkleinerte.

Dann ertönte ein Aufschrei, der ihn herumfahren ließ. Flambeau und Fanshaw, die jetzt von einigen Zigeunern unterstützt wurden, verfolgten die mysteriöse Gestalt, die sich in der Nähe des Hauses herumtrieb; und vom anderen Ende des Gartens hörte Brown den Schrei des Entsetzens und Erstaunens, den der Franzose ausstieß. Er wurde von einem nicht mehr menschenähnlich zu nennenden Schrei beantwortet, als das Wesen sich aus ihrem Griff befreite und durch den Garten davonstürzte. Dreimal mindestens jagten sie um die ganze Insel, und es war ebenso grausam wie die Jagd auf einen Verrückten: Die Schreie des Verfolgten und die Stricke der Verfolger. Aber das Grauenhafteste war: Es erinnerte an die Fangspiele der Kinder im Garten. Als sich die Gestalt von allen Seiten umzingelt sah, sprang sie auf eines der höher gelegenen Flußufer hinunter und verschwand unter dem Aufspritzen des Wassers in dem dunklen, dahinjagenden Fluß.

»Mehr können Sie nicht tun, fürchte ich«, sagte Brown mit Trauer in seiner Stimme. »Er ist inzwischen auf die Felsen gespült worden, wohin er so viele geschickt hat. Er kannte die Anwendungsmöglichkeit einer Familienlegende.«

»Ach, reden Sie nicht in diesen Gleichnissen«, schrie Flambeau ungeduldig. »Können Sie es nicht klipp und klar sagen?«

»Ja«, antwortete Brown und blickte auf seinen Schlauch.

»Beide Lichter offen, gute Fahrt läßt hoffen; wenn nur eines blinkt, das Boot sinkt.«

Das Feuer zischte und dampfte immer mehr, während es erstickte und kleiner und kleiner wurde unter den Fluten aus Schlauch und Eimern, aber Pater Brown ließ es nicht aus dem Auge, als er weitersprach:

»Ich hatte eigentlich die Idee, die junge Dame zu bitten, wenn es schon hell genug ist, die Flußmündung und den Fluß durch das Teleskop zu beobachten. Sie könnte etwas gesehen haben, was sie interessieren dürfte: die Masten des Schiffes; oder den heimkehrenden Mr. Walter Pendragon; und vielleicht sähe sie sogar das Zeichen des halben Mannes. Denn obwohl er jetzt gewiß in Sicherheit ist, könnte er ans Ufer gewatet sein. Er ist knapp einem Schiffbruch entronnen, und er wäre ihm nie entkommen, wenn die Dame nicht genug Verstand besessen hätte, dem Telegramm des alten Admirals zu mißtrauen und nicht hergekommen wäre, um ihn zu beobachten. Laßt uns nicht lange über den alten Admiral reden. Wir wollen von gar nichts reden. Es genügt festzustellen, daß, wenn dieser Turm, gebaut aus Pechkiefer und harzigem Holz, einmal richtig Feuer fing, der Widerschein am Himmel stets dem Zwillingslicht des Leuchtfeuers am Ufer glich.«

»Und so starben Vater und Sohn«, sagte Flambeau. »Der böse Onkel aus dem Märchen hätte beinahe doch den Besitz geerbt.« Pater Brown antwortete nicht; tatsächlich sagte er außer einigen Höflichkeiten überhaupt nichts mehr, bis sie alle sicher um eine Kiste Zigarren in der Kabine auf der Jacht versammelt waren. Er sah, daß das falsche Leuchtfeuer gelöscht war und weigerte sich, noch zu verweilen, obwohl er tatsächlich den jungen Pendragon, von einer begeisterten Menschenmenge begleitet, vom Ufer heraufkommen hörte; auch hätte er, wenn er von romantischen Anflügen beeinflußbar gewesen wäre, den Dank des Mannes vom Schiff und des Mädchens aus dem Kanu entgegennehmen können. Aber seine Müdigkeit überfiel ihn erneut, und er schreckte nur einmal auf, als Flambeau ihm unvermittelt sagte, daß er Zigarrenasche auf seine Hose habe fallen lassen.

»Das ist keine Zigarrenasche«, sagte er ziemlich müde. »Das ist von dem Feuer, aber Sie sind nicht daraufgekommen, weil Sie alle Zigarren rauchen. So kam mir auch der erste vage Verdacht über die Seekarte!«

»Meinen Sie Pendragons Karte von den Pazifischen Inseln?« fragte Fanshaw.

»Glauben Sie wirklich, es sei eine Karte mit den Pazifischen Inseln?« antwortete Pater Brown. »Legen Sie eine Feder mit einer Versteinerung und ein Stückchen Koralle zusammen, und jeder wird glauben, es handele sich um ein Museumsstück. Legen Sie dieselbe Feder mit einem Band und einer künstlichen Blume hin, und jeder glaubt, es sei für den Hut einer Dame gedacht. Legen Sie dieselbe Feder neben ein Tintenfaß, ein Buch und einen Stapel Schreibpapier, und die meisten Menschen werden schwören, daß sie eine Schreibfeder gesehen hätten. So haben Sie die Karte zwischen Vögeln und Muscheln gesehen und glaubten, es sei eine Karte der Pazifischen Inseln.«

»Aber woher wissen Sie das?« fragte Fanshaw.

»Ich sah den Felsen, den Sie für einen Drachen hielten, und den anderen, der Merlin glich, und...«

»Sie scheinen eine Menge bemerkt zu haben, als wir hereinkamen«, rief Fanshaw aus. »Wir hielten Sie für ziemlich abwesend.«

»Ich war seekrank«, sagte Pater Brown schlicht. »Ich fühlte mich einfach miserabel. Aber sich schlecht fühlen hat nichts damit zu tun, daß man die Dinge nicht sieht.« Er schloß die Augen.

»Glauben Sie, daß andere Menschen das auch bemerkt hätten?« fragte Flambeau.

Er bekam keine Antwort. Pater Brown war eingeschlafen.

Der Heilige am Gong

Es war einer jener kalten, leeren Nachmittage im frühen Winter, an denen das Tageslicht eher silberfarben als golden ist, ja fast mehr wie Zinn aussieht als silbern. Eine trübe Stimmung lag über Hunderten von öden Büroräumen und gähnenden Zimmern; noch trübseliger aber war es längs der flachen Strände von Essex, wo die Eintönigkeit auf das Auge noch lähmender wirkte, weil es nur in großen Abständen einen Halt fand, mal an einem Laternenpfahl, der noch trostloser aussah als ein Baum, mal an einem Baum, der noch häßlicher wirkte als ein Laternenpfahl. Der gefallene Neuschnee war bis auf einige wenige Stellen wieder weggeschmolzen, und die sahen, wo sie festgefroren waren, eher wie Blei aus und nicht wie Silber; neuer Schnee war nicht gefallen, doch das schmale Band des verharschten Altschnees lief so neben der Brandung her wie ein angesetzter Saum des Brandungsgischtes. Die Wasserlinie schien in ihrer violettblauen Bewegungslosigkeit völlig erstarrt wie die Adern eines erfrorenen Fingers. Meilenweit war in keiner Himmelsrichtung irgendeine Menschenseele auszumachen, bis auf zwei Fußgänger, die rasch nebeneinander hergingen, obwohl einer von ihnen weit längere Beine hatte, mit denen er viel weiter ausholen konnte als der andere.

Für Ferien war dies weder der Ort noch die Zeit, aber Pater Brown hatte wenige Ferientage, und er mußte sie nehmen, wann immer er konnte, und dann zog er es vor, sie, wenn irgendwie möglich, in Gesellschaft seines alten Freundes Flambeau zu verbringen, des ehemaligen Verbrechers und späteren Detektivs. Der Geistliche hatte eine alte Schwäche für seine frühere Gemeinde in Cobhole; nun wanderte er in Richtung Nordosten die Küste entlang.

Nach etwa ein oder zwei Meilen stellten sie fest, daß das Ufer früher befestigt gewesen war und eine richtige Uferpromenade bildete; die häßlichen Laternenpfähle standen dichter zusammen, sie waren auch reicher verziert, wenngleich nicht weniger häßlich. Nach einer weiteren halben Meile wurde Pater Browns Aufmerksamkeit zunächst durch kleine Labyrinthe von Blumentöpfen angezogen, die mit niedrigen, flachen, farblosen Blattpflanzen überwachsen waren und weniger den Eindruck eines Gartens als eines gewürfelten Pflasters machten; sie standen zwischen leicht gewundenen Pfaden, die mit geschwungenen Parkbänken übersät waren. Man spürte die Atmosphäre von gewissen Badeorten, die Brown nicht besonders liebte, und als er auf die Esplanade hinausschaute, bemerkte er etwas, das jeden Zweifel ausschloß. Grau durch die Entfernung ragte auf sechs Beinen das überdachte Podium eines Musikpavillons wie ein riesiger Pilz empor.

»Ich glaube«, sagte Pater Brown, indem er den Rockkragen hochklappte und seinen Wollschal etwas fester um den Hals zog, »wir nähern uns einem Vergnügungsplatz.«

»Ich fürchte«, erwiderte Flambeau, »eine Stätte der Vergnügungen, zu der Zuflucht zu nehmen jetzt nur wenige das Vergnügen haben. Man hat versucht, diese Vergnügungsorte auch im Winter populär zu machen, aber es hat nie geklappt, Brighton und einige altrenommierte Ausflugsziele ausgenommen. Das hier muß Seaword sein, denke ich – ein Spekulationsobjekt des Lord Pooley; zu Weihnachten hat er die Sizilianischen Sängerknaben hier engagiert, und es gibt Gerüchte, daß man sogar einen der größten Boxkämpfe abhalten wolle. Aber sie werden das ganze verrottete Ding ins Meer werfen müssen; es ist so trostlos wie ein verlassener Eisenbahnwaggon.«

Sie waren inzwischen unter dem Orchesterpodium angekommen, und der Geistliche inspizierte es mit einer befremdlich wirkenden Neugier, wobei er seinen Kopf schräg hielt wie ein Vogel. Es war das übliche, geschmacklos aufgedonnerte Podium, das man für solche Zwecke zu errichten pflegt, eine flache Kuppel, an manchen Stellen vergoldet, die sich über sechs schlanken holzbemalten Säulen erhob; das Ganze stand etwa fünf Fuß über der Esplanade, oberhalb einer runden, hölzernen Plattform, die wie eine Trommel aussah. Irgend etwas Phantastisches, Künstliches lag über dieser Mischung aus Schnee und Gold, das sowohl bei Flambeau als auch bei seinem Freund an Vorstellungen erinnerte, über die sie sich nicht ganz klar werden konnten; jedenfalls war es ebenso kunstvoll wie exotisch.

»Ich weiß schon«, sagte Flambeau endlich, »es wirkt japanisch. Es sieht so wie die japanischen Holzschnitte aus, wo der Schnee auf den Bergen wie ein Zuckerguß liegt und das Gold der Pagoden wie das Gold auf Lebkuchen. Fast hat man den Eindruck von einem kleinen heidnischen Tempel.«

»Ja«, sagte Pater Brown. »Wollen wir uns einmal den Heiligen ansehen.« Und mit einer von ihm kaum zu erwartenden Behendigkeit schwang er sich auf das Podium hinauf.

»Sehr gut, sehr gut«, lachte Flambeau, und im nächsten Augenblick war auch seine Riesengestalt auf der merkwürdigen Erhöhung zu sehen.

So gering der Höhenunterschied auch war, er erweckte auf dieser weiten Fläche die Vorstellung, als könnte man von hier aus unendlich weit ins Land und aufs Meer schauen. Landeinwärts gingen die kleinen Gartenanlagen in ein undurchdringliches graues Unterholz über; weit dahinter konnte man die langen niedrigen Scheunen und Remisen eines einsamen Gehöfts ausmachen, und dahinter nichts als die langen ostenglischen Ebenen. Seewärts war kein einziges Lebewesen ausfindig zu machen, außer ein paar Seemöwen; und selbst sie sahen aus wie die letzten Schneeflocken, die sich eher im Wind treiben ließen, als daß sie selbst flogen.

Flambeau drehte sich plötzlich um, als er hinter sich etwas hörte. Das Geräusch schien von tiefer unten zu kommen, als er erwartet hatte, und schien sich eher an seine Füße zu richten als an seinen Kopf. Er streckte sofort seine Hand aus, aber er konnte sich kaum das Lachen verkneifen über das, was er sah. Aus irgendeinem Grund hatte die Plattform unter den Füßen des Paters nachgegeben, und der unglückliche kleine Mann war durch den

Boden der Plattform eingebrochen. Er war gerade so groß oder so klein, daß eben noch sein Kopf zwischen den zerbrochenen Bohlen herausguckte wie das Haupt Johannes des Täufers bei der Vorführung. Der Kopf zeigte einen verstörten Gesichtsausdruck, wie man das vielleicht auch vom heiligen Johannes vermuten darf.

Einen Augenblick später fing er ein wenig zu lachen an. »Das Holz muß verfault sein«, sagte Flambeau. »Obwohl ich es merkwürdig finde, daß es mich trägt und gerade Sie an einer schwachen Stelle eingebrochen sind. Kommen Sie, ich helfe Ihnen heraus.«

Doch der kleine Geistliche betrachtete fast ein wenig neugierig die Bruchstellen des Holzes, das sein Freund als verfault bezeichnet hatte; irgend etwas schien ihm nicht ganz geheuer zu sein.

»Kommen Sie«, rief Flambeau ungeduldig, die große braune Hand noch immer ausgestreckt. »Wollen Sie denn nicht herauskommen?«

Der Geistliche hielt einen Splitter des abgebrochenen Holzes zwischen Zeigefinger und Daumen und antwortete nicht gleich. Schließlich sagte er nachdenklich: »Ob ich herauskommen will? Eigentlich nein. Ich möchte lieber hineinkriechen.« Und er tauchte so plötzlich in die Dunkelheit unter dem Holzboden, daß sein breitkrempiger Hut ohne den dazugehörigen Kopf seines Inhabers auf den Brettern liegen blieb.

Flambeau schaute noch einmal landeinwärts und auf das Meer; ihm fiel nichts auf als die winterliche See und die Schneeflächen, die so flach waren wie das Meer.

Hinter sich hörte er ein kratzendes Geräusch und sah, wie der kleine Geistliche weit schneller aus dem Loch gekrochen kam, als er hineingefallen war. Er sah nicht mehr verstört aus, sondern eher entschlossen, und, möglicherweise nur durch den Widerschein des Schnees, etwas blasser als sonst.

»Nun?« fragte sein großer Freund. »Haben Sie den Heiligen dieses Tempels gefunden?«

»Nein«, antwortete Pater Brown. »Ich habe etwas viel Wichtigeres gefunden. Das Opfer.«

»Was, zum Teufel, meinen Sie?« rief Flambeau ganz erschrokken. Pater Brown sagte nichts; er starrte nur mit tiefgerunzelter Stirn in die Landschaft; aber plötzlich deutete er auf etwas und fragte: »Was ist das eigentlich für ein Haus da drüben?« Indem er der Richtung des Zeigefingers folgte, sah Flambeau jetzt erst die Ecke eines Gebäudes, das näher lag als das Gehöft und das zum größten Teil durch eine Baumgruppe verdeckt war. Es schien kein großes Gebäude zu sein und stand ein gutes Stück vom Strand entfernt; doch das Glitzern seiner Verzierungen legte die Vermutung nahe, daß es wie der Musikpavillon und die Gartenanlage mit den geschwungenen Gußstahlbänken zu der Strandanlage gehörte.

Pater Brown schwang sich von dem Podium herunter, sein Freund folgte ihm; und als sie in die angegebene Richtung weitergingen, teilten sich die Bäume nach beiden Seiten, und sie erblickten ein kleines, etwas obskur aussehendes Hotel, wie man es von Badeorten kennt – ein Hotel allerdings, das eher den Anschein einer Trinkstube machte als den einer Pension. Beinahe die ganze Vorderfront war vergoldet und aus bemaltem Glas; zwischen der grauen Küstenlandschaft und den grauen, hexenhaft verkrüppelten Bäumen wirkte es aufsehenerregend in all seiner Schwermütigkeit. Die beiden hatten das Gefühl, als könne man in einem solchen Etablissement nur Pappmaché-Schinken und leere Papierbecher erwarten, wenn man zu essen und trinken bestellte.

Doch dieses Gefühl trog. Im Näherkommen bemerkten sie vor dem Büfett, das augenscheinlich geschlossen war, eine jener gußeisernen Sitzgelegenheiten mit den geschwungenen Lehnen, die auch die Gärten geschmückt hatten; sie war nur länger und lief fast die ganze Vorderfront des Hauses entlang. Wahrscheinlich war sie hier aufgestellt, damit die vor dem Haus sitzenden Gäste aufs Meer hinausschauen konnten; aber bei diesem Wetter war kaum damit zu rechnen, daß dies jemand auch tun könnte. Nichtsdestoweniger stand gerade vor dem äußersten Ende der Bank ein kleiner runder Kaffeehaustisch, darauf eine kleine Flasche Chablis und ein Schälchen mit Mandeln und Rosinen. Hinter dem Tisch saß ein schwarzhaariger, junger Mann, ohne Kopfbedeckung, der reglos aufs Meer hinausstarrte.

Doch obwohl er noch aus der Entfernung von vier Schritten fast wie eine Wachspuppe aussah, sprang er plötzlich wie ein Stehaufmännchen auf, als sie nah genug heran waren, und sagte in ehrerbietiger, wenn auch nicht unterwürfiger Art: »Wollen Sie bitte hereinkommen, meine Herren? Ich habe im Augenblick keine Hilfe, aber eine Kleinigkeit kann ich Ihnen gerne anbieten.«

»Vielen Dank«, sagte Flambeau. »Sie sind also der Besitzer?«

»Ja«, sagte der Schwarzhaarige, indem er wieder ein wenig in den Zustand seiner vorherigen Unbeweglichkeit zurückverfiel. »Meine Kellner sind alle Italiener, wissen Sie, und ich hielt es für selbstverständlich, daß sie dabei sind, wenn ihr Landsmann den Schwarzen schlägt, vorausgesetzt, daß er es schafft. Sie wissen, der große Fight zwischen Malvoli und dem Nigger Ned soll endlich doch noch zustande kommen.«

»Ich fürchte, wir können Ihre Gastfreundschaft nicht wirklich in Anspruch nehmen«, sagte Pater Brown. »Aber mein Freund würde gerne ein Glas Sherry trinken, denke ich, um sich warm zu machen und um auf das Wohl des italienischen Champions zu trinken.«

Flambeau verstand zwar nicht, was es mit dem Sherry auf sich habe, aber er protestierte auch nicht. Er konnte nur in aller Liebenswürdigkeit sagen: »Oh, danke sehr.«

»Ein Sherry, der Herr – gerne«, sagte der Wirt und wandte sich dem Hotel zu. »Entschuldigen Sie mich einen Augenblick. Ich sagte Ihnen schon, daß meine Angestellten …«, und damit ging er auf die verschlossenen Fensterläden seiner heruntergekommenen und unbeleuchteten Kneipe zu.

»Das macht nichts«, begann Flambeau, aber da drehte sich der Mann wieder um, um erneut zu versichern:

»Ich habe die Schlüssel«, sagte er. »Und ich finde mich auch in der Dunkelheit zurecht.«

»Ich wollte wirklich nicht...«, begann Pater Brown.

Da wurde er von einer bellenden menschlichen Stimme unterbrochen, die aus dem Innern dieses scheinbar unbewohnten Hauses kam. Sie brüllte unverständlich einen fremden Namen, und der Hotelbesitzer bewegte sich nun weit schneller auf das Haus zu, als er es um Flambeaus Sherry willen getan hatte. Wie der Augenschein bewies, hatte der Hotelbesitzer, vorher und später, nichts als die Wahrheit gesagt. Aber beide, Flambeau und Pater Brown, haben versichert, bei all ihren bisweilen gefährlichen Abenteuern niemals so bis ins Mark erschrocken zu sein wie bei dieser Stimme eines Ungeheuers, die so plötzlich aus der Stille eines ruhigen und leeren Gasthauses drang.

»Mein Koch«, beeilte sich der Besitzer zu erklären. »Ich habe meinen Koch vergessen. Er wird gleich weggehen. Sie wollten einen Sherry, mein Herr, nicht wahr?«

Und tatsächlich erschien in der Türöffnung ein dicker weißer Körper mit einer weißen Schürze, wie es sich für einen Koch gehört, aber mit der nicht unbedingten Dreingabe eines schwarzen Gesichts. Flambeau hatte oft gehört, daß Neger besonders gute Köche seien. Aber irgendwie vergrößerte der Gegensatz zwischen Gesichtsfarbe und Berufskleidung das Erstaunen darüber, daß der Besitzer auf den Koch hören sollte und nicht der Koch auf den Besitzer, wie das sonst im allgemeinen üblich ist. Aber er überlegte, daß Küchenchefs sprichwörtlich arrogant sind, und außerdem kam der Wirt eben mit dem Sherry zurück, und das war die Hauptsache.

»Ich möchte eigentlich wissen«, sagte Pater Brown, »warum so wenige Leute am Strand sind, wenn dieser berühmte Kampf nun doch zustande kommen soll. Wir sind auf vielen Meilen nur einem einzigen Menschen begegnet.«

Der Hotelbesitzer zuckte die Achseln. »Sie kommen vom anderen Ende der Stadt, wissen Sie, von der Bahn, gute drei Meilen von hier. Sie interessieren sich nur für Sport und bleiben nur die Nacht über im Hotel. Es ist auch nicht das rechte Wetter, um sich am Strand zu sonnen.«

»Oder hier auf der Bank«, sagte Flambeau und deutete auf den kleinen Tisch.

»Ich muß aufpassen«, sagte der Mann mit dem reglosen Gesicht. Es war ein stiller, unauffälliger, etwas bleicher Zeitgenosse; seine schwarze Kleidung hatte nichts Bemerkenswertes an sich, außer daß er die schwarze Krawatte etwas zu hoch und stocksteif gebunden hatte und daß er sie mit einer großen goldenen Nadel mit einem grotesk wirkenden Knopf befestigt hatte. Auch an seinem Gesicht war nichts Ungewöhnliches, außer etwas, was möglicherweise nur ein nervöser Tick war: die Gewohnheit nämlich, ein Auge nicht so weit zu öffnen wie das andere, was den Eindruck erweckte, als sei das andere größer oder vielleicht künstlich.

Das Schweigen wurde von dem Wirt mit der ruhigen Frage unterbrochen: »Wo ungefähr sind Sie auf Ihrem Weg dem Mann begegnet?«

»Kurioserweise«, sagte der Geistliche, »hier ganz in der Nähe – dort drüben bei dem Musikpavillon.«

Flambeau, der auf der langen gußeisernen Bank gesessen hatte, um seinen Sherry auszutrinken, stellte das Glas auf den Tisch, erhob sich und starrte seinen Freund verwundert an. Er wollte etwas sagen, schwieg dann aber doch.

»Merkwürdig«, sagte der Schwarzhaarige nachdenklich. »Wie sah er denn aus?«

»Es war ein bißchen dunkel, als ich ihn sah«, fing Pater Brown an, »aber er war...«

Wie schon gesagt, der Hotelbesitzer hatte die reine Wahrheit gesagt. Seine Angabe, daß der Koch gleich weggehen werde, stimmte genau, denn der Koch kam heraus und zog sich seine Handschuhe an, während die anderen miteinander sprachen.

Nun aber sah er ganz anders aus als jene schwarze und weiße Masse, die vorher im Türrahmen erschienen war. Er war von Kopf bis Fuß nach der letzten Mode geschniegelt und gebügelt. Ein hoher schwarzer Zylinder saß auf seinem breiten schwarzen Schädel – ein Hut in der Art, den ein französischer Witz mit acht

Spiegeln verglichen hat. Irgendwie glich der ganze schwarze Mann dem schwarzen Hut. Er war nicht nur ebenfalls schwarz, sondern seine fettglänzende Haut spiegelte sich in mindestens acht Reflexwinkeln wider. Es versteht sich von selbst, daß er weiße Gamaschen trug und weiße Aufschläge an seiner Weste. Die rote Blume in seinem Knopfloch stand herausfordernd in die Höhe, als wäre sie dort plötzlich hervorgewachsen. Und die Art, wie er in der einen Hand seinen Spazierstock schwang und mit der anderen Hand eine Zigarette hielt, zeigte eine bestimmte Haltung – eine Haltung, die wir nie außer acht lassen dürfen, wenn wir von Rassenvorurteilen sprechen: etwas Unschuldiges und Unverschämtes zugleich – der vulgäre Snob.

»Manchmal«, sagte Flambeau, der ihm nachsah, »wundert es mich nicht, daß man sie lyncht.«

»Mich wundern die Werke von droben nie«, antwortete Pater Brown. »Aber wie ich schon sagte«, fuhr er zusammenfassend fort, während der Neger sich mit ostentativer Gebärde die gelben Handschuhe überstreifte und sich schnell in Richtung Strandpromenade entfernte – eine seltsame Varietéfigur gegen den grauen und winterlichen Hintergrund –, »wie ich eben sagte, ich könnte den Mann nicht sehr genau beschreiben, aber er hatte einen gepflegten und altmodischen Backen- und Schnurrbart, dunkel oder gefärbt, wie auf den Bildern ausländischer Finanziers; um seinen Hals hatte er eine lange, purpurrote Binde geschlungen, die beim Gehen im Winde flatterte. Sie war an seinem Hals so befestigt, wie Kinderfrauen kleinen Kindern die Tücher mit einer Sicherheitsnadel festmachen. Nur war das«, fügte der Geistliche hinzu, der gelassen aufs Meer hinausschaute, »keine Sicherheitsnadel.«

Auch der Mann, der auf der langen Eisenbank saß, blickte gelassen aufs Meer hinaus. Jetzt, wo er so ruhig dasaß, bemerkte Flambeau ganz deutlich, daß eines seiner Augen von Natur aus größer war als das andere. Beide Augen standen weit offen, und es sah fast so aus, als würde das linke Auge immer größer, während er so vor sich hinstarrte.

»Es war eine sehr lange goldene Nadel mit einem eingravierten Affen oder so etwas Ähnlichem auf dem Kopf«, fuhr der Geistliche fort; »und sie war auch auf ganz merkwürdige Weise befestigt – er trug einen Zwicker und einen breiten schwarzen…«

Der völlig reglos dasitzende Mann starrte immer noch auf das Meer hinaus, und die beiden Augen in seinem Kopf hätten völlig verschiedenen Leuten gehören können. Dann machte er plötzlich eine blitzartige Bewegung.

Pater Brown wandte ihm eben den Rücken zu, und er hätte in der Sekunde dieses Aufzuckens tot vornüber fallen können. Flambeau hatte keine Waffe, aber seine schweren, braunen Hände ruhten auf der langen, gußeisernen Bank. Seine Schultern veränderten plötzlich ihre Form, und er schwang das riesige Ding noch über seinen Kopf, wie der Henker das Beil vor der Hinrichtung. Die Höhe des Dinges allein, als er es senkrecht hielt, sah wie ein langes Eisengestänge aus, über das die Menschen zu den Sternen steigen können. Doch der lange Schatten in dem flach einfallenden Abendlicht glich einem Riesen, der den Eiffelturm schwingt. Es war eher der Schreck vor diesem Schatten als der Schreck vor dem niederkrachenden Eisenstück, das den Fremden zurückschauern und zur Seite springen ließ; dann stürzte er in das Wirtshaus und ließ den flachen, glänzenden Dolch, den er ergriffen hatte, genau dort liegen, wo er ihn hatte fallen lassen.

»Wir müssen hier sofort verschwinden«, schrie Flambeau und schleuderte die riesige Eisenbank irgendwohin in Richtung Strand. Er packte den kleinen Geistlichen unter dem Arm und schleppte ihn quer durch einen eingezäunten Hinterhausgarten, an dessen Ende sich eine verschlossene Gartentür befand. Flambeau bückte sich erregt und schrie: »Die Tür ist versperrt.«

Während er dies feststellte, fiel ein schwarzer Zweig von einer der Zierföhren herunter und traf ihn an der Krempe seines Hutes. Das beunruhigte ihn mehr als der kleine Knall, den er unmittelbar vorher gehört hatte. Man hörte einen zweiten Schuß in der Ferne, und die Gartentür, die er zu öffnen versuchte, erzitterte durch die Kugel, die sie getroffen hatte. Wieder wölbten sich

Flambeaus Schultern und veränderten plötzlich ihre Form. Drei Riegel und ein Schloß barsten im selben Augenblick, und er flog auf den freien Weg hinaus, die große Gartentür mit sich reißend wie Samson die Tore von Gaza.

Als er die Gartentüre über die Gartenmauer zurückschleuderte, schlug ein dritter Schuß unmittelbar neben seinem Fuß ein, so daß Schnee und Erde aufspritzten. Ohne große Umstände packte er den kleinen Geistlichen, schwang ihn rittlings über die Schultern und lief, so schnell ihn seine Füße trugen, in Richtung Seaword. Erst nach etwa zwei Meilen ließ er seinen kleinen Begleiter absteigen. Es war zwar kein würdiger Abgang gewesen, trotz des klassischen Beispiels von Anchises Flucht aus Troja, doch auf dem Gesicht von Pater Brown war nichts als ein breites Grinsen zu sehen.

»Nun«, sagte Flambeau nach einem ungeduldigen Schweigen, während sie ihre Wanderung auf eine normalere Weise durch die Vorstadt, wo kein Überfall mehr zu befürchten war, fortsetzten, »ich verstehe überhaupt nicht, was das alles bedeuten soll, aber ich glaube, ich kann meinen eigenen Augen ja wohl noch so weit trauen, daß ich weiß, daß Sie dem Mann, den Sie so sorgfältig beschrieben haben, nie begegnet sind.«

»Ich bin ihm gewissermaßen begegnet«, sagte Pater Brown, der sich nervös in den Finger biß – »wirklich. Es war zu dunkel, um ihn genau zu sehen, denn es war unter dem Musikpavillon. Aber ich fürchte, daß ich ihn trotz allem nicht so genau beschrieben habe, denn sein Zwicker war zerbrochen, und die lange goldene Nadel steckte nicht in seinem purpurroten Schal, sondern in seinem Herzen.«

»Und ich nehme an«, sagte der andere mit dunkler, etwas orakelhafter Stimme, »der Bursche mit dem Glasauge hatte damit etwas zu tun.«

»Ich hatte gehofft, daß er nur entfernt damit zu tun hätte«, antwortete Pater Brown bekümmert, »und es war vielleicht ein Fehler, was ich getan habe. Ich war zu impulsiv. Aber ich fürchte, diese Geschichte hat tiefe und dunkle Wurzeln.«

Schweigend gingen sie durch die Straßen. Die gelben Straßenlaternen waren in dem kalten, blauen Abendlicht angezündet worden, und sie näherten sich ganz offensichtlich der Stadtmitte. Plakate in grellen Farben, die den Boxkampf zwischen dem Nigger Ned und Malvoli ankündigten, waren an den Mauern angeschlagen.

»Ich habe nie jemanden umgebracht«, sagte Flambeau schließlich, »auch nicht, als ich ein Verbrecher war, aber ich kann fast jemanden verstehen, den es an einem so trostlosen Flecken überkommt. Von allen gottverlassenen Nestern dieser Erde sind solche Gegenden wie die um den Musikpavillon, der für Feste gebaut worden war, die trübseligsten. Ich kann mir vorstellen, wie einen das krank macht und wie man die Lust verspürt, in dieser Einsamkeit seinen Gegner umzubringen. Ich erinnere mich, wie ich einmal auf einer Fußwanderung in Ihr berühmtes Hügelland von Surrey, als ich an nichts anderes dachte als an Ginster und Lerchen, auf eine große Ebene kam, wo sich über mir Sitzreihen auf Sitzreihen übereinandertürmten wie in einem römischen Amphitheater, leer wie ein neuer Briefkasten. Ein Vogel stand darüber. Es war der große Rennplatz von Epsom. Und ich hatte das Gefühl, als könnte dort kein Mensch je wieder glücklich sein.«

»Wie merkwürdig, daß Sie Epsom erwähnen«, sagte der Geistliche. »Erinnern Sie sich an die Geschichte, die man das Rätsel von Sutton nannte, weil zwei Verdächtige zufällig in Sutton wohnten – es waren Eisverkäufer, glaube ich? Die beiden wurden freigesprochen. Jemand wurde in den Hügeln der Umgebung erhängt aufgefunden, erzählte man. In Wahrheit aber, und das weiß ich von einem irischen Polizeibeamten, der mein Freund ist, wurde er unmittelbar in der Nähe des Großen Rennplatzes von Epsom aufgefunden – und zwar einfach versteckt hinter einer der unteren Türen, die offengeblieben war.«

»Wie sonderbar«, gab Flambeau zu. »Aber das bestätigt eigentlich nur meine Ansicht, daß solche Vergnügungsorte außerhalb der Saison grauenhaft sind, sonst wäre der Mann dort nicht ermordet worden.«

»Ich bin gar nicht so sicher, ob...«, begann Pater Brown und hielt plötzlich inne.

»Was, nicht so sicher, daß er ermordet worden ist?« insistierte sein Begleiter.

»Nicht so sicher, daß er außerhalb der Saison umgebracht wurde«, gab der kleine Geistliche schlicht zurück. »Finden Sie nicht auch, daß es mit dieser Einsamkeit eine merkwürdige Bewandtnis hat, Flambeau? Sind Sie eigentlich sicher, daß ein kluger Mörder sich immer einen wirklich einsamen Ort aussucht? Es kommt doch sehr, sehr selten vor, daß man ganz allein ist. Und überhaupt, je mehr man allein ist, um so sicherer wird man gesehen. Nein, ich denke, da muß ein anderer... Na, da sind wir ja am Pavillon oder Palast, oder wie immer das Ding heißt.«

Sie hatten einen kleinen Platz erreicht, der hell erleuchtet war und an dem das Hauptgebäude mit seinen Vergoldungen strahlte; Plakate prangten daran, flankiert von den Großfotos von Malvoli und dem Nigger Ned.

»Hallo, was ist denn los?« rief Flambeau völlig überrascht, als sein geistlicher Freund geradewegs die breiten Stufen hinaufstieg. »Ich wußte gar nicht, daß Boxen zu Ihren neuesten Hobbys gehört. Wollen Sie den Kampf anschauen?«

»Ich glaube gar nicht, daß da ein Boxkampf stattfindet«, erwiderte Pater Brown.

Sie durchquerten rasch das Foyer und die Haupträume; sie schritten durch den Saal, der mit zahlreichen Sitzplätzen ausgestattet war und in dem eine mit Seilen umspannte Tribüne aufgestellt worden war, aber der Geistliche sah weder links noch rechts und stürmte weiter, bis sie auf einen Wächter trafen, der vor einer Tür mit der Aufschrift KOMITEE hinter seinem Tisch saß. Dort blieb Pater Brown stehen und verlangte, Lord Pooley zu sprechen. Der Wächter versicherte, seine Lordschaft sei sehr beschäftigt, da der Kampf bald beginnen solle; aber Pater Brown fuhr mit einer Liebenswürdigkeit fort, seinen Wunsch immer von neuem zu wiederholen, daß ihm der Saaldiener nicht gewachsen war. Einige Augenblicke später fand sich der völlig verblüffte Flambeau einem Herrn gegenüber, der einem eben aus dem Zimmer gehenden Mann ständig neue Anweisungen zuschrie. »Vorsicht mit den Seilen nach der vierten... verstehen Sie. – Ja, und was kann ich für Sie tun, meine Herren?«

Lord Pooley war ein Gentleman, der, wie die meisten, die uns erhalten geblieben sind, in Schwierigkeiten war, in Geldschwierigkeiten. Er hatte graumeliertes Haar, fiebrige Augen und eine geschwungene, frostrote Nase.

»Nur ein Wort«, sagte Pater Brown. »Ich bin gekommen, um zu verhindern, daß ein Mann getötet wird.«

Lord Pooley sprang von seinem Stuhl auf, als wäre er von einer Feder in die Höhe geschleudert worden. »Verdammt will ich sein, wenn ich das noch länger ertrage!« brüllte er. »Sie mit Ihren Komitees und Geistlichen und Bittstellern! Gab es nicht auch früher Geistliche, als man noch nicht mit Handschuhen boxte? Heute, wo man mit den vorschriftsmäßigen Handschuhen boxt, gibt es nicht den Hauch einer Möglichkeit, daß einer der beiden Boxer getötet wird.«

»Ich meine keinen von den Boxern«, sagte der kleine Geistliche.

»Gut, gut, gut!« sagte der Edelmann mit einem Hauch von bitterem Humor. »Wer also soll getötet werden? Am Ende der Schiedsrichter?«

»Ich weiß nicht, wer getötet werden wird«, antwortete Pater Brown nachdenklich vor sich hinstarrend. »Wenn ich könnte, würde ich Sie nicht stören. Ich könnte ihm einfach zur Flucht verhelfen. Ich habe nie etwas gegen Preisboxen gehabt. Aber so wie die Dinge liegen, muß ich Sie bitten, die Verschiebung des Boxkampfes anzukündigen.«

»Sonst noch etwas?« gab der Gentleman mit seinen fiebrigen Augen sarkastisch zurück. »Und was mache ich mit den zweitausend Leuten, die gekommen sind, um sich den Kampf anzusehen?«

»Ich sage, daß eintausendneunhundertundneunundneunzig

von ihnen lebend davonkommen, wenn Sie dem Kampf beigewohnt haben«, sagte Pater Brown.

Lord Pooley sah Flambeau an. »Spinnt Ihr Freund?« fragte er.

»Ganz gewiß nicht«, war die Antwort.

»Und schauen Sie einmal«, fuhr Pooley in seiner zerfahrenen Art fort, »es ist noch schlimmer. Eine ganze Bande von Italienern ist aufgetaucht, um Malvoli zu unterstützen – schwarze, wilde Burschen von irgendwoher. Sie wissen ja, wie die Mittelmeervölker sind. Wenn ich ankündigen lasse, daß der Kampf verschoben wird, wird dieser Malvoli an der Spitze seines ganzen korsischen Clans hereinstürmen.«

»Eure Lordschaft, es ist eine Frage auf Leben und Tod«, sagte der Geistliche. »Läuten Sie. Geben Sie die Nachricht bekannt, und dann können wir immer noch sehen, ob Malvoli auch erscheinen wird.«

Der Edelmann läutete mit einem Anflug von Neugier. Er wandte sich an den Wächter, der fast gleichzeitig in der Türöffnung erschien: »Ich habe dem Publikum gleich eine wichtige Ankündigung zu machen. Würden Sie, bitte, inzwischen den beiden Champions mitteilen, daß der Kampf verschoben werden muß.« Der Türsteher starrte ihn einige Sekunden so verstört an wie einen bösen Geist und verschwand.

»Welche Beweise haben Sie eigentlich für Ihre Behauptungen?« fragte der Lord plötzlich. »Woher haben Sie Ihre Informationen?«

»Ich habe meine Informationen von einem Musikpavillon«, stellte Pater Brown fest und kratzte sich am Kopf. »Nein, ganz falsch; ich habe sie aus einem Buch. Ich fand es in einem Buchladen in London – wirklich, sehr billig.«

Er hatte unterdessen ein kleines, dickes, ledernes Bändchen aus seiner Tasche gezogen, und Flambeau, der ihm über die Schulter schaute, konnte feststellen, daß es sich um so etwas wie eine alte Reisebeschreibung handeln mußte und daß an einer Seite durch einen Knick ein Merkzeichen angebracht war. »Die einzige Form, in der Voodoo –«, begann Pater Brown laut vorzulesen.

»In der was?« fragte seine Lordschaft.

»In der Voodoo«, wiederholte der Vorleser erleichtert, »außerhalb Jamaicas weite Verbreitung findet, ist die Form, die unter dem Affen oder dem Heiligen am Gong bekannt ist, der in vielen Teilen der beiden Amerika Macht genießt, vor allem unter Halbblütigen, von denen viele von Weißen nicht zu unterscheiden sind. Von Teufelskult und Menschenopfern unterscheidet sich dieser Götzendienst durch den Umstand, daß das Blut nicht öffentlich auf dem Altar vergossen wird, sondern durch eine Art von Mord in der Menschenmenge. Die Gongs werden unter ohrenbetäubendem Lärm angeschlagen, wenn sich die Türen des Schreins öffnen und der Affengott enthüllt wird; beinahe die ganze Versammlung verfolgt das mit ekstatischen Blicken. Aber nachher…«

Die Tür des Zimmers sprang plötzlich auf, und der geckenhaft gekleidete Neger stand in der Türfüllung und rollte mit den Augen; seinen seidenen Zylinder hatte er noch immer auf dem Kopf. »Was soll das bedeuten? He! Was? Sie stehlen einem Schwarzen den Preis – der schon mir ge… Sie glauben wohl, Sie könnten diesen italienischen Lumpenhund retten –«

»Die Sache wird nur verschoben«, sagte der Edelmann in aller Ruhe. »Warten Sie einen Augenblick, und ich werde Ihnen alles erklären.«

»Wer sind Sie eigentlich…«, brüllte der Nigger, der langsam rasend wurde.

»Mein Name ist Pooley«, erwiderte der andere mit anerkennenswerter Zurückhaltung. »Ich bin der Organisationschef, und ich bitte Sie in aller Entschiedenheit, jetzt das Zimmer zu verlassen.«

»Und wer ist dieser Bursche?« fragte der schwarze Champion, indem er voller Verachtung auf den Priester deutete.

»Mein Name ist Brown«, war die Antwort. »Und ich rate Ihnen, sofort das Land zu verlassen.«

Der Preisboxer war einen Augenblick wie gelähmt. Dann zog er ab, mehr zum Erstaunen Flambeaus und der anderen, indem er die Tür krachend hinter sich zuschlug.

»Nun«, fragte Pater Brown, während er mit der Hand durch sein staubiges Haar fuhr, »was halten Sie eigentlich von Leonardo da Vinci? Ein herrlicher italienischer Kopf, nicht?«

»Einen Augenblick, bitte«, sagte Lord Pooley, »ich habe auf Ihr großes Wort hin eine ziemliche Verantwortung übernommen. Ich meine, Sie sollten mich jetzt etwas genauer ins Bild setzen.«

»Sie haben völlig recht, Eure Lordschaft«, antwortete Brown.

»Und da gibt es auch nicht viel zu erzählen.« Er steckte das kleine Lederbändchen in die Tasche seines Überrocks. »Ich glaube, wir wissen jetzt alles, was wir daraus erfahren können, aber Sie sollen selbst sehen, ob ich recht habe. Dieser Neger, der eben hinauswankte, ist einer der gefährlichsten Menschen auf diesem Erdboden, weil er den Verstand eines Europäers mit dem Instinkt eines Kannibalen verbindet. Er hat das, was unter seinen barbarischen Genossen ein sauberes und gesundes Schlächterhandwerk war, zu einer ganz modernen, wissenschaftlichen und geheimen Gesellschaft von Mördern gemacht. Er hat keine Ahnung davon, daß ich es weiß, auch nicht, daß ich es beweisen kann.«

Es entstand ein Schweigen, und der kleine Mann fuhr fort:

»Wäre es, wenn ich wirklich wollte, wirklich das klügste, mich darüber zu versichern, daß ich allein mit ihm bin?«

Lord Pooleys Augen bekamen wieder die kühle Zurückhaltung, als er den kleinen Geistlichen abschätzte. Er sagte nur: »Wenn Sie jemanden umbringen *wollten*, würde ich Ihnen das durchaus empfehlen.«

Pater Brown schüttelte den Kopf wie ein Mörder von weit reicherer Erfahrung. »Das hat Flambeau auch gesagt«, stöhnte er. »Überlegen Sie. Je mehr sich ein Mann allein fühlt, desto weniger kann er sicher sein, allein zu sein. Das bedeutet, daß er seine Umgebung genau überschauen kann, und dies würde ihn wiederum gut sichtbar machen. Haben Sie noch nie einen pflügenden Bauern von der Höhe eines Hügels gesehen oder eine Schafherde vom Tal aus? Sind Sie noch nie auf einer Felsenklippe gestanden und haben einen Menschen auf dem Sandstrand beobachtet? Hätten Sie es nicht bemerkt, wenn er einen Krebs getötet hätte, und hätten Sie nicht gewußt, wer der Täter ist? Nein, nein, nein! Ein geschickter Mörder, so wie Sie einer wären oder ich, geht nicht davon aus, daß ihn keiner beobachtet.«

»Aber wie soll er es denn anstellen?«

»Es gibt nur eines«, sagte der Geistliche. »Dafür zu sorgen, daß jedermann abgelenkt ist. Ein Mann wird auf dem Großen Rennplatz von Epsom erdrosselt. Jedermann hätte es sehen können, wenn der Rennplatz leer gewesen wäre – irgendein Wanderer unter den Hecken oder ein Autofahrer auf dem Hügel. Aber niemand würde es bemerkt haben, wenn der Rennplatz voller Menschen war und das ganze Rund aufbrüllte, weil der Favorit als erster einlief oder auch nicht. Ein Halstuch zuziehen, einen Körper hinter einer Tür verstecken: Das ist die Sache eines Augenblicks – wenn es der richtige Augenblick ist. Und so war es natürlich auch mit dem armen Kerl unter dem Musikpavillon«, fuhr er, zu Flambeau gewendet, fort. »Man hat ihn durch das Loch fallen lassen – denn das war keine zufällige Einbruchstelle –, genau in irgendeinem dramatischen Augenblick der Vorstellung, beim Solo eines berühmten Violonisten oder beim Einsatz eines großen Sängers oder als dieser auf seinem Höhepunkt war. Und hier, natürlich, wenn der Knock-out gekommen wäre – wäre es nicht der einzige gewesen. Nur diesen kleinen Trick hat der Nigger von seinem alten Gott übernommen.«

»Übrigens, Malvoli…«, begann Pooley.

»Malvoli«, sagte der Geistliche, »hat mit der ganzen Sache nichts zu tun. Es stimmt, daß er einige Italiener um sich hat, doch unsere liebenswürdigen Freunde sind keine Italiener. Sie sind Mischlinge, afrikanisches Halbblut verschiedenster Variationen, aber ich fürchte, wir Engländer werfen alle Ausländer in einen Topf, solang sie nur schwarz und schmutzig sind. Außerdem«, fügte er mit einem pfiffigen Lächeln hinzu, »habe ich den fatalen Eindruck, daß es sich die Engländer verkneifen, auch nur einen feinen Unterschied zu machen zwischen dem

Moralcodex meiner Religion und jenem, der auf Voodoo zurückgeht.«

Der strahlende Glanz des Frühlings hatte sich über Seawood entfaltet; der Strand war mit Familien und Strandwagen, mit Wanderpredigern und singenden Negerbands überschwemmt, als unsere zwei Freunde es wiedersahen, lange nachdem die Verfolgungsjagd nach der geheimen Gesellschaft zur Ruhe gekommen war. Beinahe überall ging das Geheimnis ihrer Anschläge mit ihnen selbst zugrunde. Der Besitzer des Hotels wurde tot an den Strand gespült wie ein Klumpen Seegras; sein rechtes Auge war friedlich geschlossen, aber sein linkes Auge stand weit offen und glitzerte wie Glas im Mondschein. Der Nigger Ned wurde eine oder zwei Meilen entfernt gestellt; mit der geschlossenen linken Hand erschlug er drei Polizisten. Der übriggebliebene Polizeioffizier war überrascht – nein, geschockt –, und so konnte der Nigger entkommen. Aber das genügte, um die gesamte englische Presse in Bewegung zu setzen, und für ein oder zwei Monate galt das Hauptinteresse der britischen Regierung der Verhinderung der Flucht dieses Leithammels (im doppelten Sinn des Wortes) über einen englischen Hafen. Alle Leute, die ihm nur im entferntesten ähnelten, wurden wirklich außergewöhnlichen Untersuchungen unterworfen; sie mußten ihre Gesichter schrubben, bevor man sie an Bord eines Schiffes ließ, als ob alle Weißen geschminkt wären. Alle Schwarzen in England wurden bestimmten Sicherheitsmaßnahmen unterworfen und hatten sich regelmäßig polizeilich zu melden; die auslaufenden Schiffe waren eher bereit, einen Basilisken an Bord zu nehmen als einen Neger. Denn man hatte herausgefunden, wie gefährlich, wie weit verbreitet und lautlos die Macht der wilden Geheimgesellschaft arbeitete; um die Zeit, als Flambeau und Pater Brown in der warmen Aprilsonne am Geländer der Promenade lehnten, galt der »Schwarze Mann« in England beinahe als das, was man ihm früher in Schottland unterschoben hatte.

»Er muß immer noch in England sein«, bemerkte Flambeau,

»und verdammt gut versteckt sein. Sie hätten ihn in einem Hafen finden müssen, wenn er nur sein Gesicht weiß angemalt hätte.«

»Ja, sehen Sie, er ist wirklich ein kluger Bursche«, sagte Pater Brown entschuldigend. »Ich bin sicher, er würde sein Gesicht nie weiß anmalen.«

»Gut, aber was könnte er machen?«

»Ich glaube«, sagte Pater Brown, »er würde sein Gesicht schwärzen.« Flambeau lehnte bewegungslos am Geländer, lachte und sagte »mein lieber Freund!«

Pater Brown, der ebenso reglos am Geländer lehnte, hob für einen Augenblick den Finger und deutete in die Richtung, wo Negerkinder mit rußgeschwärzten Gesichtern auf dem Strand ihre Lieder sangen.

Der Salat des Oberst Cray

An einem sehr sonderbaren, trüben Morgen, an dem sich der Nebel erst langsam hob, war Pater Brown auf dem Heimweg von Mass – es war einer jener Morgen, an denen man den Durchbruch des Tageslichts wie etwas Geheimnisvolles, nie Dagewesenes erlebt. Einzelne Bäume schälten sich erst langsam aus den wallenden Nebeln heraus, als wären sie zuerst in Kreide skizziert und dann in Kohle nachgezeichnet worden. In größeren Abständen waren die ersten Häuser der Vorstadt auszumachen; sie wurden immer genauer erkennbar, bis er schließlich einige bemerkte, in denen er flüchtige Bekanntschaften gemacht hatte, und andere, wo er sogar die Namen der Bewohner kannte. Doch Fenster und Türen waren verschlossen; die Leute gehörten nicht zu denjenigen, die so früh schon aufgestanden waren, ganz zu schweigen von solchen Irrfahrten, wie er sie hinter sich hatte, zurückkamen. Aber als er ganz dicht bei einer hübschen Villa mit ausgebauten Veranden und einer weitläufigen Gartenanlage vorbeiging, hörte er ein Geräusch, das ihn fast unbewußt stehenbleiben ließ. Kein Zweifel: Das war der Schuß einer Pistole oder eines leichten Gewehrs oder sonst einer leichten Feuerwaffe; aber das war es nicht, was ihn am meisten stutzig machte. Dem ersten lauten Geräusch folgten unmittelbar eine ganze Reihe leiser Geräusche – er zählte, es waren etwa sechs. Er nahm an, es müsse sich um ein Echo handeln; aber das Sonderbare war, daß das Echo nicht im entferntesten wie das auslösende Geräusch klang. Er konnte sich keinen Reim darauf machen. An drei Dinge erinnerte ihn dieses Geräusch: an das Zischen beim Öffnen einer Sodaflasche, an bestimmte tierische Laute oder an das Geräusch, das jemand macht, der sich das Lachen verbeißen will. Aber keine Erklärung ergab irgendeinen Sinn.

Pater Brown hatte zwei Seelen in seiner Brust. Die eine gehörte dem Praktiker, bescheiden wie eine Primel und pünktlich wie eine Uhr, der nur seine Pflicht erfüllte und gar nicht daran dachte, etwas daran zu ändern; die andere einem Mann der Überlegung, der zwar noch bescheidener, aber gleichzeitig viel entschiedener war, den man nicht so leicht von etwas abbringen konnte und dessen Gedanken, im eigentlichen Sinn des Wortes, stets frei schweifende Gedanken waren. Er konnte nicht anders, selbst unbewußt, als sich alle die Fragen vorzulegen, die gestellt wurden, und so viele davon zu beantworten, wie er eben konnte; das war so selbstverständlich wie das Atmen und der Blutkreislauf. Bewußt allerdings ließ er sich von seinen Handlungen niemals über den Rahmen seiner eigenen Pflichten hinausführen; in diesem hier vorliegenden Fall wurden seine beiden Standpunkte auf eine harte Probe gestellt. Er war schon entschlossen, seinen mühseligen Fußmarsch durch den dämmerigen Morgen wiederaufzunehmen, wobei er sich einzureden versuchte, das ginge ihn alles gar nichts an, und indem er ganz automatisch zwanzig verschiedene Theorien über die Herkunft dieser merkwürdigen Geräusche in seinen Gedanken hin und her wendete. Aber da wurde der milchig-graue Horizont plötzlich heller, silberfarben, und in dem durch den Nebel hindurchbrechenden Licht wurde er gewahr, daß er vor dem Anwesen eines anglo-indischen Majors namens Putman stand, dessen aus Malta gebürtiger Koch zu seiner Gemeinde zählte. Er machte sich langsam auch klar, daß Pistolenschüsse manchmal verdammt ernste Angelegenheiten sind; verbunden mit Folgen, übrigens, mit denen er sich durchaus herumzuschlagen hatte. Er drehte sich um und ging durchs Gartentor auf das Haus zu.

An der einen Seite des Hauses gab es etwa auf der Mitte einen Mauervorsprung, der wie ein niedriger Schuppen aussah; es handelte sich, wie er später feststellte, um einen großen Müllbehälter. Dort bog plötzlich eine Gestalt um die Ecke, zunächst nur wie ein Schatten im Nebel, die offensichtlich gebückt nach etwas suchte. Im Näherkommen erst materialisierte sich der Schatten zu einem ungewöhnlich kräftig gebauten Körper. Major Putman war ein glatzköpfiger, stiernackiger Koloß, untersetzt, mit breiten Schultern und mit einem jener zum Schlagfluß neigenden Gesichter, die sich bei dem länger ausgedehnten Versuche bilden, das orientalische Klima mit okzidentalem Luxus in Einklang zu bringen. Aber sein Gesicht wirkte gutmütig; selbst jetzt, wiewohl offensichtlich verwirrt und bohrend, trug er eine Art Unschuldsmiene zur Schau. Er hatte einen breit ausladenden Hut aus Palmblättern auf dem Hinterkopf (der wie ein Heiligenschein am falschen Platze aussah). Sonst trug er nur einen sehr lebhaft rot und gelb gestreiften Pyjama, der, obwohl es angenehm aussah, an einem so frischen Morgen eher zum Frösteln gemacht schien. Offensichtlich hatte er das Haus überstürzt verlassen; deshalb wunderte es den Geistlichen überhaupt nicht, als jener ohne weitere Umstände ausrief: »Haben Sie dieses Geräusch gehört?«

»Ja«, antwortete Pater Brown. »Eben deshalb kam ich auf die Idee, mal hereinzuschauen, für den Fall, daß irgend etwas los wäre.«

Der Major schaute ihn mit seinen gutgläubigen Stachelbeeraugen etwas verquer an. »Was, glauben Sie, war das für ein Geräusch?« fragte er.

»Es hörte sich an wie ein Gewehr oder so etwas«, gab der andere etwas zögernd zurück; »aber es schien ein so eigentümliches Echo zu haben.«

Der Major schaute ihn immer noch ganz ruhig mit seinen Glupschaugen an, als plötzlich die Haustür aufgestoßen wurde und eine breite Gaslichtbahn in den aufsteigenden Morgennebel fiel; eine zweite Gestalt im Pyjama stürzte oder taumelte in den Garten hinaus. Sie war größer, hagerer und wirkte sportlicher; ihr Pyjama war gleichfalls tropischer Provenienz; er war in einem verhältnismäßig geschmackvollen Weiß mit feinen zitronengelben Streifen gearbeitet. Der Mann war hager, doch nicht auf unangenehme Weise, und er wirkte sonnengebräunter als der andere; er hatte ein scharf geschnittenes Gesicht mit tiefliegenden Augen; einen Anflug von Wunderlichkeit erzeugte sein nachtschwarzes Haar im Kontrast zu dem sehr viel helleren Schnurrbart. Pater Brown nahm alle diese Einzelheiten in größter Gelassenheit zur Kenntnis. Im Augenblick fiel ihm nur ein einziges Ding besonders auf: der Revolver, den jener in seiner Hand hatte.

»Cray!« brüllte der Major und starrte ihn an, »hast du diesen Schuß abgefeuert?«

»Ja, ich war's«, gab der schwarzhaarige Gentleman erregt zurück, »und du hättest an meiner Stelle nicht anders gehandelt. Wenn du überall von Teufeln gejagt würdest und fast…«

Der Major unterbrach ihn barsch. »Das hier ist mein Freund, Pater Brown«, sagte er, und dann in Richtung des Paters: »Ich weiß nicht, ob Sie Oberst Cray von der Königlichen Artillerie kennen.«

»Natürlich habe ich schon von ihm gehört«, sagte der Geistliche in aller Unschuld. »Haben Sie – haben Sie etwas getroffen?«

»Ich denke, ja«, antwortete Cray voller Ernst.

»Ist er…«, fragte Major Putman leise, »ist er zu Boden gegangen, oder hat er aufgeschrien oder etwas dergleichen?«

Oberst Cray sah seinen Gastgeber mit einem seltsamen, festen Blick an. »Ich will dir genau sagen, was er getan hat«, sagte er. »Er nieste.«

Pater Brown machte eine Bewegung mit seiner Hand, wie jemand, der sich eines ihm entfallenen Namens erinnern will. Jetzt war ihm klar, daß das Geräusch weder mit Sodawasser noch mit dem Schnüffeln eines Hundes etwas zu tun hatte.

»Gut, gut«, stieß der Major hervor, »ich habe allerdings nie davon gehört, daß ein Schuß aus einem Dienstrevolver zum Niesen anregen würde.«

»Ich auch nicht«, stellte Pater Brown leise fest. »Es ist ein reiner Glücksfall, daß Sie nicht Ihre Artilleriekanonen auf ihn abgefeuert haben; sie hätten ihn leicht verkühlen können.« Dann, nach einer verwirrenden Pause, fuhr er fort: »War es ein Einbrecher?«

»Gehen wir hinein«, sagte Major Putman mit Entschiedenheit und ging ins Haus voran.

Das Innere zeigte eine Merkwürdigkeit, die man in solchen

Morgenstunden häufig feststellen kann: Die Zimmer wirkten heller als das Tageslicht draußen; und das selbst, nachdem der Major das Gaslicht in der Vorhalle gelöscht hatte. Pater Brown war überrascht, die Tafel wie zu einem Festessen gedeckt zu sehen, mit Servietten in den Ringen und jeweils etwa sechs völlig unbenutzten Weingläsern neben den Tellern. Verständlich wäre es gewesen, zu dieser Stunde die Reste einer Abendgesellschaft vorzufinden; aber es war etwas ungewöhnlich, am so frühen Morgen neue Gedecke vorbereitet zu finden.

Während der Pater unschlüssig in der Halle herumstand, schoß Major Putman an ihm vorbei und richtete einen kontrollierenden Blick auf das Gedeck. Schließlich stieß er stotternd hervor: »Das ganze Silber ist weg! Die Fischbestecke und die Gabeln fehlen. Der alte Gewürzständer ist fort. Sogar das alte silberne Sahnekännchen fehlt. Jetzt kann ich Ihre Frage beantworten, ob es ein Einbrecher war, Pater Brown.«

»Das soll nur irreführen«, sagte Cray eigensinnig. »Ich weiß besser als Sie, warum Leute dieses Haus verfolgen; ich weiß besser als Sie, warum...«

Der Major klopfte ihm so auf die Schulter, wie man ein krankes Kind beruhigt und stellte fest: »Es war ein Einbrecher, ganz offensichtlich, es war ein Einbrecher.«

»Ein Einbrecher mit einem bösen Schnupfen«, bemerkte Pater Brown, »das könnte uns eigentlich helfen, ihn in der Umgebung aufzuspüren.«

Der Major schüttelte melancholisch den Kopf. »Ich fürchte, er ist schon über alle Berge«, sagte er.

Als der unruhige Mann mit seinem Revolver sich wieder der Tür zuwandte, fügte er mit gedämpfter, vertraulicher Stimme hinzu: »Ich frage mich, ob ich die Polizei rufen lassen soll, denn ich fürchte, mein Freund hier ist ein bißchen zu leichtfertig mit den Kugeln umgegangen und hat sich damit auf die falsche Seite des Gesetzes geschlagen. Er lebte immer an den wildesten Orten, und, um ganz offen zu sein, ich glaube, er bildet sich manche Sachen einfach ein.«

»Sie haben mir einmal erzählt«, sagte Brown, »daß er sich von irgendwelchen indischen Geheimgesellschaften verfolgt fühlt.«

Major Putman nickte, doch zuckte er gleichzeitig mit den Achseln. »Wir sollten ihm nachgehen«, sagte er. »Ich möchte jedes weitere… wie soll ich sagen: Niesen vermeiden.«

Sie traten in den Morgen hinaus, der jetzt schon das erste Sonnenlicht durch den Nebel ahnen ließ, und beobachteten Oberst Crays hochgewachsene Gestalt, der niedergekniet war und minutenlang den Kiesweg und den Rasen untersuchte. Während der Major wie von ungefähr auf ihn zuschlenderte, wandte sich der Geistliche ganz zufällig der ihm am nächsten liegenden Hausecke zu, wobei er unmittelbar an dem Müllbehälter vorbeikam.

Prüfend stand er eine Weile vor diesem trostlosen Objekt; dann ging er darauf zu, öffnete den Deckel und steckte den Kopf hinein. Staub und verrotteter Müll wurden dabei in die Höhe gewirbelt, aber darauf achtete Pater Brown niemals, was immer er unter die Lupe nahm. So stand er für eine Weile, als wäre er in ein mystisches Gebet versunken. Dann wandte er sich ab – er hatte etwas Asche im Haar – und schlenderte völlig gleichgültig weiter.

Als er wieder zum Gartentor zurückkam, stieß er auf einige Personen, die damit beschäftigt schienen, alle pathologischen Züge des Falles wegzudiskutieren wie die Sonne den Nebel. Das wirkte keinesfalls beruhigend; eher komisch wie ein Schwarm von Dickens-Figuren. Major Putman hatte es fertiggebracht, sich im Hause rasch ein ordentliches Hemd sowie Hosen überzuziehen, die er mit einer karmesinroten Schärpe festband, und in eine leichte, etwas verrückt wirkende Jacke zu schlüpfen; in diesem alltäglichen Aufzug schien sein fröhliches Gesicht vor allgemeinem Wohlwollen schier zu platzen. Er war ganz aufgeräumt und redete mit seinem Koch – dem dunkelfarbigen Sohne Maltas, dessen schmales gelbes Kummergesicht in einem eigenartigen Widerspruch zu seiner schneeweißen Mütze und seinem Arbeitsanzug stand. Daß der Koch eine Kummerrolle war, ist nur zu verständlich, denn die Gastronomie war das Hobby des Majors. Er gehörte zu jenen Amateuren, die grundsätzlich mehr von einer Sache verstehen als die Fachleute. Die einzige Person, der er ein Urteil über die Qualität eines Omeletts zugestand, war eben sein Freund Cray – und als sich Brown daran erinnerte, hielt er nach dem anderen Offizier Ausschau. Dieser wirkte im vollen Licht des Tages und zwischen all den wohlgekleideten Menschen, die so vernünftig aussahen, wie ein regelrechter Schock. Die schlanke und weit elegantere Gestalt Oberst Crays steckte noch immer in ihrem Nachtgewand; das schwarze Haar zerwühlt, krabbelte er, noch immer auf der Suche nach Spuren des Einbrechers, auf Händen und Füßen durch den Garten; dabei schlug er, einmal hier, einmal da, mit der bloßen Hand aus schierem Ärger darüber, daß er ihn noch nicht gefunden hatte, auf den Boden. Als er ihn so als Vierfüßler durchs Gras robben sah, hob der Geistliche zum erstenmal seine Augenbrauen zum Ausdruck einer gewissen Traurigkeit; denn ihm wurde bei solchem Anblick klar, daß gewisse ›Verrücktheiten‹ ein Euphemismus sein können.

Die dritte Person in der Gruppe von Koch und Epikuräer war Pater Brown ebenfalls bekannt: Es war Audrey Watson, das Mündel des Majors und zugleich seine Haushälterin; wobei sie im Augenblick, nach ihrer Schürze, den aufgekrempelten Ärmeln und ihrem Auftreten zu urteilen, eher den Eindruck der Haushälterin als den eines Mündels machte.

»Das geschieht dir ganz recht«, sagte sie gerade, »habe ich dir nicht immer wieder gesagt, du sollst diesen altmodischen Gewürzständer nicht benützen.«

»Aber ich mag ihn«, sagte Putman in versöhnlichem Ton. »Ich bin auch altmodisch, und so paßt alles zusammen.«

»Und verschwindet zusammen, wie du siehst«, gab sie zurück. Aber wenn du dich über den Einbrecher nicht beklagst, solltest du auch wegen des Lunchs nicht herummäkeln. Es ist Sonntag, und wir können in der ganzen Stadt nicht nach Essig und dem anderen Zeug schicken; und ihr Herrn aus Indien könnt euch nicht ohne eine Menge scharfer Gewürze an dem delektieren, was ihr ein Dinner nennt. Jetzt wünschte ich wirklich, du hättest den Cousin Olivier nicht gebeten, mich in den Gottesdienst mitzunehmen. Das wird vor halb eins nicht zu Ende sein, und dann muß der Oberst gehen. Ich glaube nicht, daß ihr Männer mit allem allein fertig werdet.«

»Aber natürlich, meine Gute«, sagte der Major mit der allergrößten Liebenswürdigkeit. »Marco hat alle Zutaten; und wir haben uns oft in unwirtlicheren Gegenden zu helfen gewußt, wie du eigentlich wissen solltest. Es ist allerhöchste Zeit, daß du zu deinem Vergnügen kommst, Audrey; du kannst dich nicht zur Haushälterin stempeln lassen; und außerdem weiß ich, daß du gerne Musik hörst.«

»Ich möchte gerne in die Kirche gehen«, sagte sie, wobei sie ihn ernst ansah.

Sie war eine jener schönen Frauen, die schön bleiben werden, weil ihre Schönheit nicht von der Beleuchtung oder einem Make-up abhängt, sondern durch die Haltung des Kopfes und ihre Gesichtszüge bestimmt ist. Und obwohl sie noch nicht einmal »mittelalterlich« war und ihr kastanienbraunes Haar sich durch eine tizianische Fülle, Form und Farbe auszeichnete, konnte man doch um Augen und Mund einen Zug feststellen, der den Eindruck erweckte, daß einige Sorgen sie früh hatten altern lassen, etwa so wie die Winde schließlich doch die Kanten und Ecken der erhabenen griechischen Tempel abschmirgeln. Tatsächlich war die kleine häusliche Schwierigkeit, von der eben so entschieden die Rede gewesen, eher komisch als tragisch. Pater Brown entnahm der Unterhaltung, daß Cray, der andere Gourmet, vor der üblichen Lunchzeit das Haus verlassen mußte und daß Putman, sein Gastgeber, um nicht um ein Abschlußfest mit einem alten Kumpan gebracht zu werden, ein Déjeuner angesetzt hatte, das im Laufe des Vormittags eingenommen werden sollte, während Audrey und andere ernstzunehmende Leute im Frühgottesdienst waren. Sie wurde übrigens von einem Verwandten und alten Freund, Dr. Olivier Oman, begleitet, der, obgleich ein etwas einseitiger Wissenschaftler, begeistert der Musik zugetan war und der selbst bereit war, in die Kirche zu gehen, um sie hören zu können. Von alldem erklärte allerdings nichts die stille Trauer im Gesicht der Miß Watson, und Pater Brown wandte sich deshalb halb unbewußt wieder dem scheinbar Verrückten zu, der da im Grase herumkroch.

Als er zu ihm hinüberschlenderte, fuhr Cray, offensichtlich verwundert über Browns Anwesenheit, mit seinem schwarzen Wuschelkopf herum. Pater Brown war ja tatsächlich aus nur ihm geläufigen Gründen länger geblieben, als es die Höflichkeit erlaubte; im genauern Sinne länger, als die Höflichkeit es erforderte.

»Nun!« rief Cray mit zornigem Blick, »Sie denken wohl auch, ich bin verrückt, wie alle anderen hier. Habe ich recht?«

»Ich habe über diese Annahme nachgedacht«, antwortete der kleine Mann gelassen. »Und ich neige zu der Annahme, Sie sind es nicht.«

»Was heißt das?« raunzte Cray verärgert.

»Wirklich Verrückte«, erklärte Pater Brown, »versuchen ihre pathologischen Züge immer hervorzukehren, sie wehren sich nie dagegen. Sie dagegen versuchen, die Spuren eines Einbrechers zu finden, selbst dann, wenn keine da sind. Sie setzen sich gegen ihre Obsessionen zur Wehr. Sie versuchen das, was kein Verrückter jemals tun würde.«

»Und was wäre das?«

»Sie wollen widerlegt werden«, sagte Pater Brown.

Während dieses Wortwechsels war Cray auf die Beine gesprungen, oder besser gesagt, er hatte sich taumelnd aufgerichtet, und schaute den Geistlichen mit lebhaften Augen an. »Bei der Hölle und allen Heiligen, das ist genau die Wahrheit!« schrie er. »Alle hier wollen mich davon überzeugen, daß der Kerl nur auf das Silber aus war – als wäre ich nicht auch davon entzückt, wenn es so wäre! Sie wollte mich auch überzeugen«, sagte er und deutete mit seinem zerzausten schwarzen Kopf auf Audrey, aber Brown wußte, wovon die Rede war, »sie hat mir heute bittere

Vorwürfe gemacht; wie grausam es war, auf einen armen, harmlosen Einbrecher zu schießen, und daß ich vom Teufel besessen wäre, diese armen, harmlosen ›Eingeborenen‹ zu verfolgen. Aber früher, früher war ich ganz gutmütig – so gutmütig jedenfalls wie Putman.«

Nach einer Pause fügte er hinzu: »Schauen Sie, ich bin Ihnen früher nie begegnet; also können Sie die ganze Geschichte beurteilen. Der alte Putman und ich waren Freunde von der Militärakademie; aber auf Grund irgendeines Vorfalls an der afghanischen Grenze bekam ich mein Regiment wesentlich früher als die meisten von uns; dann wurden wir beide für eine Weile auf Krankenurlaub nach Hause geschickt. Hier habe ich mich mit Audrey verlobt; und wir sind dann alle zusammen zurückgefahren. Aber auf der Rückreise ereigneten sich bestimmte Vorfälle. Merkwürdige Vorfälle. Die Folge davon war, daß Putman auf einer Trennung bestand, und selbst Audrey ließ es schleifen – ich weiß, was Sie sagen wollen. Ich weiß, wofür Sie mich halten. Und Sie wissen es auch.

Nun, das sind die Tatsachen. Am letzten Tag waren wir in einer indischen Stadt, und ich bat Putman um einige Zigarren; er schickte mich in ein kleines Haus, das seinem Logis gegenüberlag. Ich habe später erfahren, daß er recht hatte; aber ›gegenüber‹ ist ein gefährliches Wort, wenn ein anständiges Haus fünf oder sechs dubiosen gegenübersteht: Und ich muß mich in der Türe geirrt haben. Ich machte sie mit der allergrößten Anstrengung auf, und dann war es stockdunkel. Als ich mich umdrehte, fiel die Tür hinter mir mit einem Krächzen wie von unzähligen Riegeln ins Schloß. Ich konnte nichts anderes tun, als mich vorwärts bewegen; was ich auch tat. Ich ging durch stockdunkle Gänge. Dann kam ich an einige Treppenstufen, die zu einer Falltür führten; sie war mit einem Schnappschloß aus schwerem orientalischen Eisenwerk sorgfältig gesichert, das ich nur abfühlen und dann endlich öffnen konnte. Wieder betrat ich ein Halbdunkel, das durch viele, ruhig brennende Lämpchen in ein grünliches Zwielicht verwandelt wurde. Die Lämpchen beleuchteten nur den Boden und die Ecken eines riesigen, leeren Raums. Unmittelbar vor mir war irgend etwas, das wie ein Berg aussah. Ich muß gestehen, daß ich fast über den großen Steinsockel, der vor mir aufgetaucht war, gestürzt wäre, als ich feststellte, daß es ein Götzenbildnis war. Und was noch schlimmer war, ein Götzenbild, das mir den Rücken zukehrte.

Es war nicht einmal ein Halbmensch, vermute ich, was man an dem kleinen, plattgedrückten Kopf und mehr noch an einem schwanzähnlichen Gebilde feststellen konnte, einem Ausläufer des Rumpfes, einem abscheulichen Riesenfinger, der nach hinten gedreht war und nach oben auf irgendein Symbol zeigte, das in der Mitte des breiten steinernen Rückens eingemeißelt war. Ich hatte in dem dämmrigen Licht damit begonnen, nicht ohne Entsetzen, die Hieroglyphen zu entziffern, als etwas passierte, was noch entsetzlicher war. Hinter mir öffnete sich leise eine Wandtür des Tempels, und ein Mann mit einem dunklen Gesicht und einem schwarzen Überwurf trat herein. Auf seinem Gesicht lag ein starres Lächeln, seine Haut war kupferfarben und seine Zähne so weiß wie Elfenbein. Aber das Entsetzliche war, daß er europäische Kleidung trug. Ich war, glaube ich, darauf gefaßt, vermummte Priester oder nackte Fakire zu treffen. Aber das hier bedeutete wohl, daß die Teufelei überall auf der Erde verbreitet war. Was sich auch später bestätigte.

›Wenn du nur die Füße des Affen erblickt hättest‹, sagte die Person immer noch grinsend und ohne viel Umstände, ›wären wir sanft mit dir umgegangen – du würdest nur gefoltert und dann sterben. Wenn du nur das Gesicht des Affen gesehen hättest, wären wir immer noch sehr maßvoll, sehr tolerant gewesen – du würdest nur gefoltert und dann leben. Weil du aber den Schwanz des Affen gesehen hast, müssen wir die schlimmste Verurteilung aussprechen. Und die heißt: Geh und sei frei!‹

Als er diese Worte sprach, hörte ich, wie die ausgeklügelte eiserne Falltüre, an der ich gescheitert war, sich automatisch öffnete: und dann, weit draußen in den dunklen Gängen, durch die ich gekommen war, hörte ich, wie sich an der schweren Tür zur Straße hin die Verriegelungen zurückzogen.

›Es wäre vergeblich, um Gnade zu bitten; du bist frei und du mußt gehen‹, sagte der starr lächelnde Mann. ›Hinfort soll dich ein Haar treffen wie ein Schwert, und ein Hauch soll dich brennen wie eine Natter; Waffen werden über dich kommen von überallher; und du wirst einen hundertfachen Tod sterben.‹ Bei diesen Worten wurde er von der Wand hinter ihm verschluckt. Und ich ging auf die Straße hinaus.«

Cray machte eine Pause in seinem Bericht, und Pater Brown ließ sich ohne viel Umstände im Gras nieder und zupfte Gänseblümchen.

Dann fuhr der Soldat fort: »Putman mit seinem heiteren Gemüt machte sich natürlich über alle meine Befürchtungen lustig. Damals fingen die Zweifel an meinem psychischen Gleichgewicht an. Gut, ich will Ihnen nur noch mit ein paar Sätzen die drei Vorfälle erzählen, die sich seither zugetragen haben. Und Sie sollen beurteilen, wer von uns recht hat.

Der erste passierte in einem indischen Dorf am Rande des Dschungels, aber immerhin einige hundert Meilen von dem Tempel beziehungsweise der Stadt oder jenem Stamm und seinen Gebräuchen entfernt, wo der Fluch über mich verhängt worden war. Mitten in der Nacht wachte ich auf und lag da, ohne an etwas Bestimmtes zu denken, als ich plötzlich ein leichtes Kitzeln spürte, so als würde ein Faden oder ein Haar über meine Kehle gezogen. Ich versuchte ihm aus dem Weg zu gehen und mußte unwillkürlich an die Worte aus dem Tempel denken. Aber als ich aufstand, Licht machte und einen Spiegel suchte, sah ich: Die dünne Linie über meinem Hals war eine Blutspur.

Der zweite Vorfall passierte in einem Etablissement in Port Said, etwas später, als wir zusammen nach Hause fuhren. Es war so eine Mischung aus Taverne und Kuriositätenladen, und obwohl dort nichts an den Kult des Affen erinnerte, so ist es natürlich durchaus möglich, daß einige seiner Bildnisse oder Talismane dort waren. Sein Fluch war jedenfalls dort. Wieder wachte ich in der Dunkelheit mit einem Gefühl auf, das man kaum nüchterner und genauer wiedergeben kann als durch die Feststellung: Ein Atemhauch brannte wie der Biß einer Natter. Ich hielt mich für verloren. Mit meinem Kopf schlug ich so lange gegen die Wände, bis ich ihn schließlich gegen ein Fenster schlug; und dann stürzte ich, eher als daß ich sprang, in den darunterliegenden Garten. Der arme Putman, der die andere Sache einen kleinen zufälligen Kratzer genannt hatte, mußte nun immerhin allen Ernstes die Tatsache zur Kenntnis nehmen, daß er mich am andern Morgen halb ohnmächtig im Gras fand. Aber ich fürchte, er hat nur meinen Geisteszustand ernst genommen, nicht aber meine Geschichte.

Der dritte Vorfall passierte in Malta. Wir lagen dort in einer Festung; zufälligerweise gingen die Fenster unseres Schlafzimmers auf das offene Meer, das beinahe bis zu unseren Fensterbänken heraufreichte, wenn es nicht eine flache, weiße Außenwand als Wellenbrecher gegeben hätte. Wieder wachte ich auf, aber es war nicht dunkel. Der Vollmond schien, als ich ans Fenster trat. Man hätte einen Vogel auf den glatten Mauern erkennen können oder ein Segel am Horizont. Was ich sah, war so eine Art Stock oder Zweig, der sich ganz selbständig in kreisförmigen Schwüngen durch die Luft bewegte. Er flog direkt durch mein Fenster und zerschmetterte die Lampe neben meinem Kopfkissen, das ich gerade verlassen hatte. Es war eine jener merkwürdig geformten Kriegskeulen, die einige Stämme im Fernen Osten benützen. Aber sie war von keines Menschen Hand geschleudert worden.«

Pater Brown ließ eine Gänseblümchenkette fallen und erhob sich mit einem nachdenklichen Gesichtsausdruck. »Besitzt Major Putman«, fragte er, »irgendwelche Sehenswürdigkeiten, Talismane, Waffen oder sonst etwas, das einem einen Fingerzeig geben könnte?«

»Soviel Sie wollen, obwohl das nicht viel nützen wird, fürchte ich«, antwortete Cray; »aber schauen Sie doch auf jeden Fall einmal in sein Arbeitszimmer.«

Beim Eintreten gingen sie an Miß Watson vorbei, die eben ihre Handschuhe für den Kirchgang zuknöpfte; von unten kam die Stimme Putmans herauf, der noch immer dem Koch eine Vorlesung über Kochkunst hielt. In dem Arbeitszimmer und Kuriositätenkabinett des Majors stießen sie unversehens auf einen dritten Gast, der sich, in Zylinder und Straßenanzug, am Rauchtischchen über ein offenes Buch beugte – ein Buch, das er etwas verlegen fallen ließ und sich nach den Eintretenden umwandte. Cray stellte ihn zwar mit aller Höflichkeit als Dr. Oman vor, zeigte aber gleichzeitig eine so tiefe Abneigung, daß Brown sofort mutmaßte, die beiden Männer wären Konkurrenten, ob Audrey das nun zur Kenntnis nahm oder nicht. Die Voreingenommenheit Crays ging dem Geistlichen übrigens nicht völlig contre cœur. Dr. Oman war zwar ein blendend gekleideter Gentleman; er sah gut aus, wenn er auch fast so dunkel war wie ein Asiate. Aber Pater Brown mußte sich selbst wieder vorsagen, daß man Barmherzigkeit auch gegenüber jenen walten lassen müsse, die ihre Spitzbärte mit Wachs traktierten oder immer mit Handschuhen herumliefen oder einem alles nachschwätzten.

Das kleine Gebetbuch in Omans dunkel behandschuhter Hand schien Cray besonders zu irritieren. »Ich wußte gar nicht, daß Sie sich damit abgeben«, stellte er ein wenig rüde fest.

Oman lächelte milde und ohne gekränkt zu sein. »Das gehört mehr in mein Fach, ich weiß«, sagte er, indem er seine Hand auf den großen Band legte, den er fallengelassen hatte, »ein Nachschlagewerk für Tränke und dergleichen. Aber um es in die Kirche mitzunehmen, ist es etwas zu groß.« Dann schloß er das große Buch und machte neuerlich den Eindruck einer gewissen Hastigkeit oder Verlegenheit.

»Ich nehme an«, fuhr der Geistliche fort, der das Thema wechseln wollte, »die ganzen Speere und die übrigen Dinge stammen aus Indien?«

»Sie kommen von überallher«, antwortete der Doktor. »Putman ist ein alter Soldat, und er war in Mexiko und Australien und auf den Kannibalen-Inseln, soviel ich weiß.«

»Ich hoffe, daß er wenigstens die Kochkunst nicht auf den Kannibalen-Inseln erlernt hat«, sagte Brown. Und er ließ seine Augen über die Schmortiegel und die anderen merkwürdigen Gegenstände an der Wand streifen.

Genau in diesem Augenblick streckte das Objekt ihrer Unterhaltung sein lachendes, krebsrotes Gesicht durch die Tür. »Komm mit, Cray«, brüllte er. »Dein Essen wird aufgetragen. Und für die, die in die Kirche wollen, läuten die Glocken.«

Cray verschwand nach oben, um sich umzukleiden; Dr. Oman und Miß Watson schritten im Kreise der anderen Kirchgänger feierlich aus dem Haus und die Straße hinab. Aber Pater Brown bemerkte, daß der Doktor sich zweimal umsah und das Haus prüfend fixierte und daß er, als er um die Straßenecke gebogen war, noch einmal zurückkam, um zurückzuschauen.

Der Geistliche war etwas verwirrt. »*Er* kann nicht in der Mülltonne gewesen sein«, murmelte er. »Jedenfalls nicht in diesen Kleidern. Oder war er schon sehr früh hier?«

In bezug auf andere Menschen war Pater Brown so empfindlich wie ein Barometer. Aber heute schien es, als hätte er die Sensibilität eines Rhinozerosses. Keine konventionelle Regel, sei sie nun besonders steif oder lasse sie eine stillschweigende Auslegung zu, konnte sein weiteres Verweilen während des Lunchs der beiden Freunde rechtfertigen; aber er war immer noch säumig, indem er die unhaltbare Lage durch eine ganze Tirade unterhaltsamer, aber ganz nutzloser Erzählungen verdeckte. Er war um so rätselhafter, als er keinerlei Anstalten machte, an der Mahlzeit teilzunehmen. Nacheinander wurden die erlesensten und aufs sorgfältigste zusammengestellten indischen Reistafeln und Currygerichte aufgetragen und den beiden vorgelegt, begleitet jeweils von den ausgesuchtesten Weinen, während er nur immer wieder betonte, es wäre einer seiner Fastentage. Er kaute ein Stückchen Brot und nippte an einem Glas klaren Wassers, das er dann stehenließ. Aber sein Reden war durch nichts einzudämmen.

»Ich werde Ihnen etwas sagen«, rief er, »wissen Sie, was ich jetzt machen werde? Ich werde Ihnen einen Salat anmachen! Ich kann ihn zwar nicht essen, aber ich kann ihn anmachen wie ein Engel! Da haben Sie ja einen Kopfsalat.«

»Bedauerlicherweise ist das das einzige, was wir haben«, antwortete der Major aufgeräumt. »Sie wissen doch, daß Senf, Essig und Öl und alles, was dazugehört, mit dem Gewürzständer und dieser mit dem Einbrecher verschwunden sind.«

»Ich weiß«, antwortete Brown mit seiner Unschuldsmiene. »Genau das habe ich immer befürchtet. Deshalb habe ich immer eine Sammlung von Gewürzen bei mir. Auf Salate bin ich ganz verrückt.«

Und zum Erstaunen der beiden Herren zog er einen Pfefferstreuer aus seiner Westentasche und stellte ihn auf den Tisch.

»Ich möchte wirklich wissen, wozu der Einbrecher auch den Senf mitgenommen hat«, fuhr er fort und holte einen Senftiegel aus der anderen Tasche. »Vielleicht für ein Senfpflaster, nehme ich an, und Essig...« – dabei kramte er dieses Gewürz hervor –, »habe ich nicht schon einmal etwas über Essig und Packpapier gehört? Das Öl, ja, das habe ich wohl hier in meiner linken...«

Doch plötzlich hielt er in seiner Geschwätzigkeit inne, hob seine Augen und sah etwas, was niemand sonst bemerkte – die schwarze Gestalt des Dr. Oman stand auf dem sonnenbeschienenen Rasen und starrte ins Zimmer. Bevor er sich wieder ganz sammeln konnte, war ihm Cray ins Wort gefallen:

»Sie sind doch ein komischer Kauz«, sagte er, indem er vor sich hinstierte. »Ich werde mir Ihre Predigten anhören kommen, wenn sie so amüsant sind wie Ihre Gepflogenheiten.« Seine Stimme veränderte sich leicht, und dann lehnte er sich in seinem Stuhl zurück.

»Ja, man kann ja auch über Gewürzständer predigen«, sagte Pater Brown voller Ernst. »Haben Sie je von dem Glauben gehört, der klein war wie ein Senfkorn, oder von der Nächstenliebe, die mit Öl salbt? Und was den Essig angeht – kann ein Soldat jemals jenen einzigen Soldaten vergessen, der, als die Sonne sich verdunkelte...«

Oberst Cray beugte sich ein wenig vor und griff nach dem Tischtuch.

Pater Brown, der damit beschäftigt war, den Salat anzumachen, strich zwei Löffel Senf in das neben ihm stehende Wasserglas, erhob sich und sagte in einem völlig unerwarteten, lauten und bestimmten Ton: »Trinken Sie das!«

Im gleichen Augenblick stürzte der Doktor, der bisher regungslos im Garten gestanden hatte, durch eine der angelehnten Fenstertüren in das Speisezimmer und schrie: »Werde ich gebraucht? Ist er vergiftet worden?«

»Fast«, sagte Brown mit einem Anflug von Lächeln, denn das Brechmittel hatte eine sehr unmittelbare Wirkung. Und Cray lag in dem Lehnstuhl und rang nach Luft, aber er lebte.

Major Putman war aufgesprungen. Sein rotes Gesicht zeigte Flecken. »Ein Verbrechen!« schrie er heiser. »Ich lasse die Polizei holen!«

Der Geistliche hörte ihn, wie er seinen Palmblätterhut vom Haken riß und zur Tür hinausstürzte; er hörte die Gartentür zuschlagen. Aber er beobachtete nur Cray, und nach einer kurzen Stille sagte er ruhig:

»Ich werde Ihnen nicht viel erzählen; aber ich werde Ihnen das sagen, was Sie wissen wollen. Es gibt keinen Fluch, der auf Ihnen liegt. Der Tempel des Affen war sowohl ein Zufall wie Teil eines Tricks; und der Trick war der Einfall eines weißen Mannes. Es gibt nur eine Waffe, die durch eine leichte Berührung eine Blutspur hinterläßt: ein Rasiermesser, das von einem weißen Mann geführt wird. Es gibt nur ein Mittel, um ein normales Zimmer mit unsichtbaren, überwältigenden Giften zu füllen: indem man das Gas aufdreht – das Verbrechen eines weißen Mannes. Und es gibt nur eine Keule, die zum Fenster hinausgeschleudert werden kann, sich in der Luft umdreht und durchs Nachbarfenster zurückkommt: der australische Bumerang. Im Arbeitszimmer des Majors können sie einige davon bewundern.«

Damit wandte er sich zur Tür und wechselte einige Worte mit dem Doktor. Einen Augenblick später stürzte Audrey Watson ins Haus und warf sich neben Crays Stuhl auf ihre Knie. Niemand konnte verstehen, was sie zueinander sagten, aber in ihren Gesichtern malte sich großes Erstaunen wider und keine Spur von Traurigkeit. Der Doktor und der Geistliche gingen langsam aufs Gartentor zu.

»Ich nehme an, daß der Major ebenfalls in sie verliebt war«, sagte er seufzend, und als der andere nickte, stellte er fest: »Sie waren großartig, Doktor. Das haben Sie fein gemacht. Aber was hat Sie mißtrauisch gemacht?«

»Eine Kleinigkeit«, sagte Oman. »Aber sie ließ mich in der Kirche nicht zur Ruhe kommen, bis ich dann zurückkam um festzustellen, daß alles in Ordnung war. Das Buch auf seinem Tisch war ein Nachschlagewerk über Gifte; es war an einer Stelle aufgeschlagen, wo über ein bestimmtes indisches Gift geschrieben wird, das tödlich wirkt und schwer nachzuweisen ist, aber das durch das einfachste Brechmittel unschädlich gemacht werden kann. Ich glaube, er hat das wirklich im letzten Augenblick gelesen…«

»Und sich daran erinnert, daß sich Reizmittel in dem Gewürzständer befanden«, fügte Pater Brown hinzu. »Sehr richtig! Er warf den Ständer in die Mülltonne, wo ich ihn gefunden habe, zusammen übrigens mit dem anderen Silber, um den Einbruch vorzutäuschen. Aber wenn Sie den Pfeffertiegel genau anschauen, den ich auf den Tisch stellte, werden Sie ein kleines Loch bemerken. Dort hat die Kugel Crays eingeschlagen und den Pfeffer in die Luft geblasen, der den Verbrecher niesen ließ.«

Es entstand eine Stille. Dann stellte Dr. Oman sarkastisch fest:

»Der Major sucht die Polizei aber ziemlich lange.«

»Oder die Polizei sucht den Major?« sagte der Geistliche. »Leben Sie wohl.«

Das sonderbare Verbrechen
des John Boulnois

Mr. Calhoun Kidd war ein noch sehr junger Gentleman mit einem altklugen Gesicht, einem von Übereifer verzehrten Gesicht, das von seinen blauschwarzen Haaren und einer schwarzen Fliege eingerahmt war. Er war englischer Berichterstatter der mächtigen amerikanischen Tageszeitung ›The Western Sun‹, die manche auch boshafterweise den ›Aufgehenden Sonnenuntergang‹ nannten – eine Anspielung auf eine Schlagzeile (die man Mr. Kidd in die Schuhe schob), in der behauptet wurde, »die Sonne würde auch im Westen aufgehen, wenn die Amerikaner nur etwas flinker wären«. Aber jene, die sich aus dem Bewußtsein althergebrachter Traditionen über den amerikanischen Journalismus lustig machen, übersehen ein gewisses Paradoxon, das jede Tradition jedenfalls teilweise wieder wettmacht. Denn obgleich der amerikanische Journalismus an Drastik den englischen weit in den Schatten stellt, so zeigt jener doch eine wirkliche Begeisterungsfähigkeit für die wahren menschlichen Probleme, welche die englischen Blätter überhaupt nicht oder jedenfalls fast nicht zur Kenntnis nehmen. Die ›Sun‹ war gespickt mit den feierlichsten Dingen, die in der lächerlichsten Weise abgehandelt wurden. William James schrieb dort ebenso wie der ›Langweilige Willi‹, und Pragmatiker wechselten mit Desperados der Feder in der langen Reihe ihrer Mitarbeiter ab.

So kam es, daß sich kein Hauch im englischen Blätterwald bewegte, als ein höchst unauffälliger Herr aus Oxford namens John Boulnois in der wenig gelesenen Zeitschrift ›The Natural Philosophy Quarterly‹ eine Serie von Artikeln über einige fragwürdige Punkte der Darwinschen Entwicklungstheorie publizierte; und das, obwohl Boulnois Theorie (die von einem statischen, unbewegten Universum ausging, das nur gelegentlich durch Erschütterungen verändert werde) in Oxford fast eine Lokalberühmtheit erlangt hatte, der man sogar den Namen »Katastrophismus« beigab. Aber viele amerikanische Zeitungen machten diese Herausforderung als großes Ereignis auf; und die ›Sun‹ feierte die Thesen Mr. Boulnois' auf gigantische Weise in ihrem Blatt. Das bereits oben angesprochene Paradoxon ließ Artikel von bemerkenswerter Intelligenz und Begeisterungsfähigkeit unter Schlagzeilen entstehen, die offensichtlich vom Einfall des Wahnsinns diktiert waren; Schlagzeilen wie ›Darwin kaut Dreck, Der Kritiker Boulnois lacht über Welterschütterungen‹ – oder ›Haltet euch an Katastrophen, rät der Gelehrte Boulnois‹. So wurde Calhoun Kidd von der ›Western Sun‹ aufgefordert, seine Fliege und seine Trauermiene zusammen zu nehmen und das kleine Haus in der Umgebung von Oxford aufzusuchen, wo der Gelehrte Boulnois in träumerischer Ignoranz derartiger Schlagzeilen vor sich hin lebte.

Dieser vom Schicksal bestimmte Gelehrte hatte in einem Augenblick der Verwirrung eingewilligt, den Interviewer zu empfangen, und hatte die neunte Stunde des Abends am nämlichen Tag festgesetzt. Die letzten Strahlen eines sommerlichen Sonnenuntergangs lagen über Comnor und seinen bewaldeten Hügeln; der romantische Yankee war sich nicht nur unsicher über den Weg, er wollte auch die Gegend ein bißchen kennenlernen, und als er die Tür eines veritablen herrschaftlichen Landgasthauses, »Champions Waffenschmiede«, offen fand, ging er hinein, um sich zu erkundigen.

In der Wirtsstube läutete er und mußte ein Weilchen auf Antwort warten. Außer ihm war noch ein Mann anwesend, mit kräftigem roten Haar und in den weiten Kleidern eines Reiters, der, tief in sich zusammengesunken, einen miserablen Whisky schlürfte und eine ausgezeichnete Zigarre paffte. Der Whisky war natürlich die Hausmarke von »Champions Waffenschmiede«; die Zigarre stammte wahrscheinlich aus London. Nichts konnte widersprüchlicher sein als sein zynischer Aufzug und die propere Adrettheit des jungen Amerikaners; aber irgend etwas – vielleicht der Bleistift und das offene Notizbuch oder der

Ausdruck in seinen lebhaften blauen Augen – veranlaßten Kidd zu der übrigens richtigen Vermutung, daß es sich um einen Berufskollegen handeln könnte.

»Darf ich Sie um die Liebenswürdigkeit bitten«, fragte Kidd mit der seinen Landsleuten eigenen Höflichkeit, »mir den Weg zum Grauen Cottage zu beschreiben, wo Mr. Boulnois wohnt, wenn ich recht unterrichtet bin?«

»Gehen Sie nur geradeaus weiter die Straße hinunter«, sagte der Rothaarige, indem er die Zigarre bewegte; »vor einer Minute bin ich dort vorbeigegangen; aber ich gehe jetzt nach Pendragon Park und werde versuchen, mir den Spaß dort anzusehen.«

»Was ist Pendragon Park?« fragte Cahoun Kidd zurück.

»Der Besitz von Claude Champion – sind Sie nicht deshalb hierhergekommen?« fragte der Pressekollege aufschauend.

»Sie sind doch Journalist, nicht wahr?«

»Ich wollte Mr. Boulnois besuchen«, sagte Kidd.

»Ich wollte Frau Boulnois besuchen«, entgegnete der andere.

»Aber ich werde sie wohl kaum zu Hause erwischen.« Er lachte ausgesprochen unangenehm.

»Interessiert Sie der Katastrophismus?« fragte der verwunderte Yankee.

»Katastrophen interessieren mich; und es sieht so aus, als kämen einige«, antwortete der Mann nachdenklich. »Ich betreibe ein schmutziges Geschäft, und ich habe auch nie das Gegenteil behauptet.«

Er spuckte auf den Boden; aber in der Art, wie er es tat, wurde einem plötzlich bewußt, daß dieser Mann bessere Zeiten gesehen hatte.

Der Amerikaner fixierte ihn mit wachsender Aufmerksamkeit. Sein Gesicht wirkte blaß und abgeschlafft, aber irgendwo glühte eine verdeckte Leidenschaft, die jederzeit ausbrechen konnte; es war ein kluges, ein empfindsames Gesicht; seine Kleider waren grob und ungepflegt, aber er trug einen schönen Siegelring an einem seiner langen, dünnen Finger. Sein Name war, wie sich im Verlauf des Gesprächs herausstellte, James Dalroy;

er war der Sohn eines bankrotten irischen Landadligen und arbeitete für ein Boulevardblatt, das ihm in der Seele zuwider war, für ›Die elegante Gesellschaft‹, als Reporter, was der Tätigkeit eines Spions verteufelt nahekam.

›Die elegante Gesellschaft‹, das muß ich leider sagen, interessierte sich nicht im geringsten für Boulnois' Thesen über Darwin, die für Herz und Hirn der ›Western Sun‹ von so zentraler Bedeutung waren. Dalroy war ganz offensichtlich einer Skandalgeschichte auf der Spur, die wahrscheinlich vor dem Scheidungsrichter enden würde, die sich aber im Augenblick zwischen dem Grauen Cottage und Pendragon Park abspielte.

Sir Claude Champion war den Lesern der ›Western Sun‹ ebenso vertraut wie Mr. Boulnois. So wie der Papst oder der letzte Derbysieger. Aber der Gedanke an eine intime Bekanntschaft wäre Kidd ebenso absurd vorgekommen wie die Bekanntschaft zwischen den beiden zuletzt Genannten. Er hatte von ihm gehört (und über ihn geschrieben, nein, sogar fälschlicherweise vorgegeben, ihn zu kennen), als »einem der blendendsten und wohlhabendsten Persönlichkeiten der upper ten«; als dem großen Sportsmann, der Jachtrennen rund um die Welt mitmachte; als dem großen Weltreisenden, der Bücher über den Himalaja schrieb; als den Politiker, der seine Wähler mit einer neuen Tory-Demokratie faszinierte; und als den großen Liebhaber der Künste, der Musik, der Literatur und vor allem der Schauspielkunst. Sir Claude war nicht nur in den Augen der Amerikaner eine wahrhaft bestechende Persönlichkeit. Seine alles sich unterwerfende Lebensart und seine rastlose Sucht nach Publicity hatten den Stil eines Renaissancefürsten; er war nicht nur ein großartiger, er war vor allem ein ehrgeiziger Amateur. Doch nichts an ihm erinnerte an die klassische Oberflächlichkeit, die für uns in dem Wort »Dilettant« enthalten ist.

Das makellose Profil eines Falken mit dem stechenden schwarzen Auge eines Südländers, das so oft in der ›Eleganten Gesellschaft‹ und in der ›Western Sun‹ abgebildet gewesen war, gab jedermann das Gefühl von einem Menschen, der von Ehrgeiz, von einem inneren Feuer, vielleicht sogar von einem Leiden verzehrt wird. Doch obwohl Kidd viel über Sir Claude wußte – jedenfalls mehr, als man tatsächlich über ihn wissen konnte –, wäre er in seinen wildesten Träumen nicht auf den Gedanken gekommen, diese hervorragende Aristokratenpersönlichkeit mit dem erst kürzlich bekannt gewordenen Entdecker des Katastrophismus in Verbindung zu bringen oder auch nur zu ahnen, daß Sir Claude Champion und John Boulnois eng miteinander befreundet sein könnten. Aber eben das schien nach Dalroys Bericht der Fall zu sein. Die beiden hatten Schule und Universität miteinander besucht, und obwohl ihre sozialen Schicksale sich ganz verschieden gestalteten (Champion war ein wohlhabender Landbesitzer und fast ein Millionär, während Boulnois ein armer und bis vor kurzem dazu noch völlig unbekannter Gelehrter war), standen sie doch immer noch in enger Verbindung miteinander. Dazu kam, daß Boulnois' Cottage unmittelbar vor den Toren von Pendragon Park stand.

Eine schwierige und unangenehme Frage war nun, ob die beiden Männer auch in Zukunft befreundet bleiben könnten. Vor ein oder zwei Jahren hatte Boulnois eine schöne und nicht wenig erfolgreiche Schauspielerin geheiratet, der er in seiner zurückhaltenden und etwas schwerfälligen Art zugetan war; und die Nachbarschaft von Champions Besitzungen hatte dieser wetterwendischen Berühmtheit Gelegenheit gegeben, sich in einer Art und Weise aufzuführen, die nur schmerzliches und tiefes Erstaunen auslösen konnte. Sir Claude hatte die Kunst der Publicity zur Perfektion entwickelt; und er schien eine Lust darin zu verspüren, eine Intrige, die ihm keinesfalls zur Ehre gereichte, möglichst aufsehenerregend durchzuspielen. Diener von Pendragon überbrachten Madame Boulnois regelmäßig große Blumenbuketts; Kaleschen und Automobile hielten ständig vor dem Cottage, um Madame Boulnois abzuholen; ununterbrochen wurden Bälle und Maskenfeste auf dem Schloß abgehalten, auf denen der Baron Madame Boulnois wie einer Königin der Liebe und der Schönheit den Hof machte.

An diesem Abend nun, an dem Mr. Kidd für eine detaillierte Darlegung des Katastrophismus bestellt war, hatte Sir Claude eine Freilichtaufführung von »Romeo und Julia« angesetzt, in der er den Romeo geben sollte mit einer Julia, deren Namen zu nennen wohl unnötig ist.

»Ich kann mir nicht vorstellen, daß es ohne Krach abgeht«, sagte der Rothaarige, stand auf und schüttelte sich. »Der alte Boulnois mag spießig sein – und er kann ein Spießer sein. Aber wenn er ein Spießer ist, hat er ein dickes Fell – das können Sie auch dickfellig nennen. Ich glaube nicht, daß es geht.«

»Er ist ein Mann von hohem Verstand«, erwiderte Calhoun Kidd im Brustton der Überzeugung.

»Ja«, antwortete Dalroy. »Aber selbst hoher Verstand schützt nicht vor so viel Narrheit. Müssen Sie schon gehen? Ich komme in ein, zwei Minuten nach.«

Nachdem er seine Milch mit Soda ausgetrunken hatte, wandte sich Calhoun Kidd rasch und entschlossen dem Grauen Cottage zu, während er seinen zynischen Informanten bei Whisky und Tabak zurückließ. Das letzte Tageslicht war verschwunden; der Himmel war von einem fast schieferfarbenen Graugrün, in dem einzelne Sterne aufblitzten; nur im Westen war es etwas heller, das Vorzeichen des aufgehenden Mondes.

Das Graue Cottage, das von einer hohen, quadratischen Dornenhecke eingezäunt war, stand so nahe unter den Fichten und Mauern des Schloßparkes, daß Kidd es zunächst für das Pförtnerhäuschen hielt. Doch als er den Namen auf einem schmalen hölzernen Gartentor fand und mit einem Blick auf seine Uhr festgestellt hatte, daß die ihm von dem Gelehrten genannte Stunde geschlagen hatte, trat er ein und klopfte an die Haustür. Innerhalb des Gartens konnte er feststellen, daß das Haus weit größer und luxuriöser, wenn auch durchweg anspruchsloser, erschien, als es ihm zunächst vorgekommen war, und daß es sich durchaus von einem Pförtnerhäuschen unterschied. Eine Hundehütte und ein Bienenstock standen wie die Symbole alten englischen Landlebens davor; hinter einer schönen Birnenplantage ging langsam der Mond auf; der Hund, der aus seiner Hütte hervorkam, schaute prüfend um sich, ohne zu bellen; und der einfache, ältere Diener, der die Tür öffnete, war ebenso wortkarg wie höflich.

»Mr. Boulnois läßt sich entschuldigen, Sir«, sagte er, »aber er mußte plötzlich ausgehen.«

»Aber ich war mit ihm verabredet«, sagte der Interviewer etwas verärgert. »Wissen Sie, wo er hingegangen ist?«

»Nach Pendragon Park, Sir«, sagte der Diener fast düster und wollte die Tür schließen.

Kidd schaute erstaunt auf. »Ging er mit Madame... ist er mit der übrigen Gesellschaft hingegangen?« fragte er zögernd.

»Nein, Sir«, sagte der Mann entschieden; »er blieb hier und ging dann später allein aus dem Haus.« Und damit warf er die Tür zu mit einer Miene, als hätte er ein schlechtes Gewissen.

Der Amerikaner, diese Mischung aus Unverschämtheit und Empfindlichkeit, war verärgert. Er verspürte die größte Lust, sie ein bißchen anzurempeln und ihnen Manieren beizubringen; diesem altersschwachen grauen Hund und diesem versteinerten alten Diener mit seiner vorsintflutlichen Hemdbrust und diesem trägen, alten Mond und vor allem diesem fahrigen, alten Gelehrten, der Verabredungen nicht einhalten konnte.

»Wenn er sich so benimmt, geschieht es ihm recht, wenn ihm seine Frau untreu wird«, sagte Mr. Calhoun Kidd. »Aber vielleicht ist er auch hinübergegangen, um Skandal zu machen. Und in diesem Fall, schätze ich, ist der Mann von der ›Western Sun‹ auf dem Platz.«

Und damit wandte er sich den offenen Toren des Parks zu und ging eine lange Allee aus schwarzen Fichten hinauf, die ihn schnurgerade in das Innere von Pendragon Park führte. Die Bäume reihten sich so schwarz und wohlgeordnet auf wie die Federn auf einem Leichenwagen; einige Sterne standen noch am Himmel. Er war jemand, der literarische Dinge leichter assoziieren konnte als die Dinge aus der Natur; und deshalb fiel ihm immer wieder das Wort »Rabenwald« ein. Zum Teil war es wohl die Rabenschwärze der Fichten; aber auf der anderen Seite die unbeschreibliche Atmosphäre, die Scott in seiner großen Tragödie fast getroffen hat; der Duft von etwas, das im 18. Jahrhundert verstorben ist; der Duft dunkler Gärten und zerbrochener Vasen; von Untaten, die nie mehr gesühnt werden würden; von etwas unheilbar Traurigem, das ungreifbar und unbegreifbar blieb.

Mehr als einmal blieb er auf dem gepflegten dunklen und gespenstischen Weg plötzlich stehen, weil er glaubte, Schritte vor sich zu hören. Aber er konnte nichts erkennen außer den beiden dunklen Fichtenreihen, zwischen denen der Keil des sternenbedeckten Himmels aufstieg. Zuerst hielt er es für Einbildung oder eine Täuschung durch den Widerhall seiner eigenen Schritte. Aber als er weiterging, neigte er unter Zuhilfenahme seines ihm verbliebenen gesunden Menschenverstandes zu der Annahme, daß tatsächlich noch jemand auf diesem Weg unterwegs sein müsse. Gespenster kamen ihm in den Sinn; überrascht stellte er fest, wie rasch er sich das Gesicht eines zur Situation passenden und die Örtlichkeit nahelegenden Gespenstes vorstellen konnte; so weiß wie ein Pierrot mit schwarzen Punkten. Das Dreieck des nachtblauen Himmels über seinem Kopf wurde nun heller und größer; er konnte noch nicht erkennen, daß dies dadurch zu erklären war, daß er sich dem beleuchteten Teil des Gartens und dem großen Hause näherte. Er fühlte eine wachsende Spannung; die Dunkelheit der Nacht schien voller Gefahren und voller Geheimnisse und mehr noch – er zögerte, den Gedanken auszusprechen, den er dann mit einem kurzen Lachen von sich gab –, es roch nach Katastrophismus.

Er ließ immer mehr Fichten und verwunschene Seitenpfade hinter sich zurück, bis er plötzlich wie verzaubert stehenblieb. Ganz überflüssig zu sagen, daß er sich wie in einen Traum versetzt fühlte; diesmal kam es ihm ganz entschieden so vor, als lebte er in einem Märchenbuch. Wir Menschen sind ja in der Lage, nicht Zusammengehörendes in Zusammenhänge zu bringen; wir sind an das Klappern gewöhnt, um das Nichtübereinstimmende übereinstimmend zu machen; das ist eine Melodie,

die uns einschlafen macht. Passieren Übereinstimmungen, so durchzuckt es uns wie der Wohlklang eines vollendeten Akkords. Es passierte etwas, so als wäre es wirklich an einem solchen Ort in einem längstvergessenen Märchen passiert.

Über den schwarzen Fichtenwald zuckte, im Mond glitzernd, eine Degenklinge, wie ein schlankes und funkelndes Rapier, das in diesem alten Park schon viele und viele ungerechte Duelle ausgetragen haben mochte. Der Degen fiel in einiger Entfernung von ihm auf den Weg und lag dort glitzernd wie eine große Nadel. Wie ein Hase jagte er darauf zu und betrachtete ihn. Aus der Nähe machte er einen recht ansehnlichen Eindruck; die großen roten Juwelen an Griff und Schaft machten ihn etwas verdächtig. Aber da gab es außerdem rote Tropfen auf der Klinge, über die kein Zweifel betehen konnte.

Wie rasend schaute er um sich; dort, wo das glänzende Wurfgeschoß hergekommen war, wurde die schwarze Fassade von Tannen und Fichten durch einen kleinen, im rechten Winkel abzweigenden Weg unterbrochen, der ihn, als er einbog, des hellbeleuchteten langgestreckten Herrenhauses ansichtig werden ließ, vor dem sich ein Teich mit Springbrunnen befand. Aber er wandte seinen Blick bald ab, da es noch Bemerkenswerteres zu sehen gab. Gerade vor ihm, in einem Winkel der grünen Gartenterrassen, sah er eines jener kleinen pittoresken Wunderwerke, wie man sie aus der Landschaftsgärtnerei kennt; eine Art kleiner, runder Hügel oder Grasmonument, ein riesiger Maulwurfshaufen, der von drei Rosenspalieren gekrönt wurde und auf dessen höchstem Punkt sich eine Sonnenuhr befand. Kidd konnte den Zeiger über dem Zifferblatt erkennen, der sich dunkel gegen den Himmel abhob wie die Schwanzflosse eines Hais; das schwache Mondlicht spielte auf dieser stummen Sonnenuhr. Aber dann bemerkte er noch etwas an der Uhr, nur einen Augenblick lang – die Gestalt eines Mannes.

Obwohl er sie nur einen Bruchteil von einem Augenblick gesehen hatte und obwohl sie in einem fremdländischen und unvorstellbaren Kostüm steckte – sie war von Kopf bis Fuß in ein enganliegendes karmesinrotes Gewand gehüllt, das stellenweise mit Gold durchwirkt war –, erkannte er blitzartig, um wen es sich handelte. Dieses weiße, zum Himmel aufgerichtete Gesicht, glattrasiert und von so unnatürlicher Jugendlichkeit, mit der Byronschen Römernase und den schwarzen, teilweise ergrauten Locken, kannte er von Tausenden von veröffentlichten Bildern Sir Claude Champions. Die verrückte rote Gestalt taumelte kurz gegen die Sonnenuhr; dann stürzte sie den Wiesenplan herunter bis vor die Füße des Amerikaners, wo sie sich noch ein letztes Mal bewegte. Ein grelles, unnatürlich wirkendes Goldornament auf dem Arm erinnerte Kidd plötzlich wieder an »Romeo und Julia«; natürlich – dieses karmesinrote Gewand gehörte in das Stück. Aber der lange rote Streifen nicht, der auf den Terrassen den Weg markierte, wo der Mann heruntergestürzt war: der gehörte nicht zum Stück. Der Mann war erstochen worden.

Mr. Calhoun Kidd rief um Hilfe, immer wieder. Wieder glaubte er, Schritte eines Phantoms zu hören, und er fuhr erschreckt zusammen, als er plötzlich jemand neben sich bemerkte. Er kannte den Mann und doch erschreckte ihn sein Erscheinen. Dieser liederliche Jüngling, der sich Dalroy genannt hatte, verbreitete eine schauderhafte Stille um sich; wenn Boulnois die Fähigkeit hatte, Verabredungen, die getroffen waren, nicht einzuhalten, so hatte Dalroy eine dunkle Fähigkeit, Verabredungen einzuhalten, die nicht getroffen waren. Das Mondlicht machte alle Gegenstände farblos; gegen Dalroys roten Haarschopf erschien sein bleiches Gesicht weniger weiß als in einem blassen Grün.

Diese schauerlichen Eindrücke müssen Kidd entschuldigen, der, rücksichtslos und gegen alle Vernunft, aufbrüllte: »Haben Sie das getan, Sie Teufel?«

James Dalroy lächelte sein unsympathisches Lächeln; aber noch bevor er sprechen konnte, bewegte der vor ihnen Liegende schwach seinen Arm, indem er ungefähr in die Richtung deutete, wo der Degen zugestoßen hatte; er stöhnte laut und brachte dann die Worte über die Lippen:

»Boulnois... Boulnois, sage ich... Boulnois hat es getan... er war eifersüchtig... er war eifersüchtig, er war, er war...«

Kidd beugte sich herab, um besser verstehen zu können, und er verstand gerade noch die Worte:

»Boulnois... mit meinem eigenen Degen... er warf ihn...«

Wieder deutete er mit einer fast erloschenen Bewegung in die Richtung des Degens; dann sackte sein Arm mit einem Schlag zusammen. Kidd fühlte in sich all den bitteren Humor aufsteigen, der dem tiefen Ernst seiner Landsleute die besondere Würze gibt.

»Los«, sagte er scharf und in befehlendem Ton, »Sie müssen einen Doktor holen. Dieser Mann ist tot.«

»Und einen Priester, schätze ich«, sagte Dalroy in seiner unerklärlichen Art. »Alle Champions sind Papisten.«

Der Amerikaner kniete neben dem Leichnam nieder, horchte sein Herz ab, bettete den Kopf höher und machte einige Anstrengungen, ihn ins Leben zurückzuholen; aber noch ehe der Journalist, begleitet von einem Arzt und einem Priester, zurückkam, wußte er, daß alle Hilfe zu spät war.

»Kamen Sie auch zu spät?« fragte der Doktor, ein kräftiger, glänzend und selbstsicher aussehender Mann mit dem üblichen Schnurr- und Backenbart, dessen lebhafte Augen Kidd fragend und mißtrauisch fixierten.

»In gewissem Sinne, ja«, antwortete der Repräsentant der ›Western Sun‹ affektiert. »Zwar kam ich zu spät, um den Mann zu retten, aber ich denke, ich kam rechtzeitig genug, um etwas von entscheidender Wichtigkeit zu hören. Ich hörte noch, wie der Tote den Namen seines Mörders nannte.«

»Und wer war der Mörder?« fragte der Doktor und zog seine Augenbrauen zusammen.

»Boulnois«, sagte Calhoun Kidd, indem er leise durch die Zähne pfiff.

Der Doktor starrte ihn an und das Blut schoß ihm ins Gesicht; aber er widersprach mit keinem Wort. Da ließ sich mit milder Stimme der Geistliche, eine kleine Gestalt, aus dem Hintergrund vernehmen: »Soviel ich weiß, wurde Mr. Boulnois heute abend nicht auf Pendragon Park erwartet.«

»Auch da«, sagte der Yankee bissig, »bin ich in der Lage, dem alten Mutterland mit ein oder zwei Hinweisen auszuhelfen. Gewiß, mein Herr, John Boulnois wollte heute abend zu Hause bleiben; denn er hatte sich dort mit mir verabredet. Aber der Herr hat es sich anders überlegt; John Boulnois hat plötzlich und ohne Begleitung sein Haus verlassen und kam vor etwa einer Stunde in diesen verfluchten Park. So hat es mir jedenfalls sein Diener erzählt. Damit haben wir, was die allwissende Polizei eine Spur nennen würde – haben Sie sie übrigens schon benachrichtigt?«

»Ja«, sagte der Arzt. »Aber sonst haben wir hier noch niemand alarmiert.«

»Weiß es Madame Boulnois?« fragte James Dalroy; und wieder spürte Kidd den völlig unerklärlichen Wunsch, ihm eines über den Mund zu geben.

»Ich habe ihr nichts gesagt«, sagte der Doktor grob. »Aber da kommt ja die Polizei.«

Der kleine Geistliche war in die Hauptallee hinübergeeilt und kehrte nun mit dem Degen zurück, der sich im Verhältnis zu seiner gedrungenen Gestalt, die auf der einen Seite etwas Kirchliches, auf der anderen etwas ganz Normales an sich hatte, lächerlich groß und theatralisch ausnahm. »Schnell, bevor die Polizei kommt«, sagte er entschuldigend, »hat vielleicht irgend jemand Licht dabei?«

Der Yankee zog eine elektrische Taschenlampe aus der Tasche, und der Geistliche hielt sie genau über den Mittelteil der Klinge, die er mit zwinkernder Akkuratesse examinierte. Dann übergab er die prächtige Waffe dem Doktor, ohne Spitze oder Griff auch nur eines Blicks zu würdigen.

»Ich fürchte, daß meine Anwesenheit hier nicht länger gewünscht ist«, sagte er mit einem kurzen Seufzer. »Gute Nacht, meine Herren.« Dies gesagt, schritt er die dunkle Allee zum Herrenhaus hinauf, die Hände auf seinem Rücken verschränkt und den großen Kopf wie in tiefem Nachdenken gesenkt.

Die Zurückgebliebenen eilten in Richtung auf das Pförtner-häuschen davon, wo bereits ein Polizeiinspektor und zwei Wach-beamte mit dem Kastellan verhandelten. Aber der kleine Geistliche ging immer langsamer und langsamer durch das Dunkel der Fichten dahin, bis er schließlich an der Freitreppe des Herrenhauses stehenblieb. Dies war seine stille Art der Kenntnisnahme von etwas, das sich ihm gleichfalls leise näherte; auf ihn zu kam ein Wesen, das selbst Calhoun Kidds Vorstellungen von einer liebenswürdigen und aristokratischen Erscheinung aus der Geisterwelt genügt hätte. Es war eine junge Frau in einem Kleid aus silberglitzerndem Satin im Schnitt der Renaissancemode; sie trug ihr goldenes Haar in zwei langen, glänzenden Zöpfen und ihr Gesicht war von so erstaunlicher Blässe wie eine riesenhafte Chrysantheme, als wäre es, wie griechische Statuen, aus Elfenbein und Gold geschnitzt. Ihre Augen aber leuchteten hell, und ihre Stimme klang vertrauensvoll, obwohl sie leise sprach.

»Pater Brown?« fragte sie.

»Frau Boulnois?« erwiderte er ernst. Dann sah er sie an und sagte plötzlich: »Ich sehe, Sie wissen schon von Sir Claude...«

»Woher wissen Sie das?« fragte sie ruhig.

Er antwortete nicht auf ihre Frage, sondern stellte eine andere: »Haben Sie Ihren Mann gesehen?«

»Mein Mann ist zu Hause«, sagte sie. »Er hat nicht das geringste damit zu tun.«

Wieder antwortete er nicht, und die Dame kam ganz nahe an ihn heran, mit einem merkwürdig forschenden Gesichtsausdruck.

»Soll ich Ihnen noch etwas sagen?« fragte sie mit einem beinahe erschreckenden Lächeln. »Ich glaube nicht, daß er es tat, und Sie glauben es auch nicht.«

Pater Brown erwiderte ihren Blick, indem er sie lange ernst ansah; dann nickte er und wurde noch ernster.

»Pater Brown«, sagte die Dame, »ich werde Ihnen alles erzählen, was ich weiß, aber zuerst bitte ich Sie um eine Gefälligkeit. Würden Sie mir sagen, *warum* Sie nicht wie die anderen auf die

Beweisführung über die Schuld des armen John hereingefallen sind? Sprechen Sie offen: Ich... ich kenne die Gerüchte und weiß von dem Anschein, der gegen ihn spricht.«

Pater Brown war rechtschaffen verlegen und fuhr sich mit der Hand über die Stirn. »Es sind nur zwei Kleinigkeiten«, sagte er. »Die eine ist höchst einfach und die andere sehr vage. Aber so, wie sie nun einmal gelagert sind, passen sie nicht zu der Annahme, daß Mr. Boulnois der Mörder ist.«

Er schaute mit seinem einfältigen, runden Gesicht zu den Sternen hinauf und fuhr zerstreut fort: »Um zunächst von dem unsicheren Verdacht zu sprechen: Auf vage Vermutungen gebe ich sehr viel. Alles, was nicht ›offensichtlich‹ ist, überzeugt mich. Dinge, die aus moralischen Gründen unmöglich sind, sind auch sonst unmöglich. Ich kenne Ihren Gatten nur flüchtig, aber ich halte dieses Verbrechen, das man ihm unterschiebt, moralisch für ihn undurchführbar. Denken Sie bitte nicht, ich hielte Boulnois nicht für so gottverlassen. Jedermann kann verrucht sein – so verrucht, wie er selbst sein will. Wir können unser moralisches Handeln bestimmen; und in der Regel können wir unseren Instinkt und unser Handeln nicht verändern. Boulnois könnte einen Mord begehen, aber diesen hier nicht. Er würde niemals Romeos Degen aus der ziselierten Scheide ziehen; oder seinen Widersacher vor der Sonnenuhr wie vor einem Altar niedermetzeln; oder seinen Leichnam auf Rosen betten; oder seinen Degen in den Wald schleudern. Wenn Boulnois töten würde, so täte er's ruhig und mit sicherem Bedacht, wie er andere zweifelhafte Dinge eben auch verrichtet – etwa das zehnte Glas Portwein trinken oder einen schlüpfrigen griechischen Dichter lesen. Nein, dieses romantische Drapieren sieht nicht nach Boulnois aus. Eher schon nach Champion.«

»Ah!« sagte sie und sah ihn mit Augen an, die stechend waren wie Diamanten.

»Und das triviale Indiz, von dem ich sprach, war folgendes«, sagte Brown. »Auf dem Degen waren Fingerabdrücke; Fingerabdrücke aber kann man auch noch nach längerer Zeit identifizieren, wenn sie sich auf einer polierten Oberfläche wie Glas oder Stahl befinden. Diese Fingerabdrücke sind auf einer glatten Oberfläche. Sie befinden sich etwa in der Mitte der Klinge des Degens. Ich habe keine Ahnung, um wessen Fingerabdrücke es sich handelt; aber warum sollte irgend jemand den Degen auf halber Höhe der Klinge halten? Es war ein langer Degen, aber die Länge bringt ja nur Vorteile im Kampf mit einem Gegner. Jedenfalls, gegen die meisten Gegner. Eigentlich gegen alle Gegner, mit einer Ausnahme.«

»Mit einer Ausnahme!« wiederholte sie.

»Es gibt nur einen Gegner«, sagte Pater Brown, »den man leichter mit einem Dolch als mit einem Degen tötet.«

»Ich weiß«, sagte die Frau. »Sich selbst.«

Es entstand eine lange Pause; dann sagte der Geistliche unvermittelt, aber ruhig: »Habe ich also recht? Tötete Sir Claude sich selbst?«

»Ja«, antwortete sie mit versteinertem Gesicht. »Ich sah, wie er es tat.«

»Starb er«, fragte Pater Brown, »aus Liebe zu Ihnen?«

Ein merkwürdiger Ausdruck zuckte über ihr Gesicht; das war kein Mitleid, keine Bescheidenheit, keine Reue oder sonst irgend etwas, das ihr Gegenüber erwarten mochte; ihre Stimme klang plötzlich hart und selbstbewußt. »Ich glaube nicht«, sagte sie, »er kümmerte sich einen Dreck um mich. Er haßte meinen Gatten.«

»Aber warum?« fragte der andere und wandte sein rundes Gesicht von den Sternen ab und der Dame zu.

»Er haßte meinen Gatten, weil... es ist so schwierig, ich kann es kaum erklären... weil...«

»Ja?« sagte Brown geduldig.

»Weil mein Mann ihn nicht hassen mochte.«

Pater Brown nickte nur und schien noch immer auf weitere Erklärungen zu warten: Von den meisten wirklichen und erfundenen Detektiven unterschied er sich allerdings in einem kleinen Punkt – er gab nie vor, nicht zu verstehen, wenn er alles sehr gut durchschaute. Frau Boulnois kam noch etwas näher. Sie wirkte absolut sicher und entschieden. »Mein Mann«, sagte sie, »ist eine große Persönlichkeit. Sir Claude Champion war kein großer Mann: Er war berühmt und erfolgreich. Erfolgreich oder berühmt war mein Mann nie; und es ist die reine Wahrheit, daß er davon nicht einmal geträumt hat. Er glaubt, daß man durch Denken ebensowenig berühmt wird wie durch Zigarrenrauchen. In all diesen Dingen schützt ihn eine wundervolle Einfalt. Er ist nie erwachsen geworden. Er mochte Champion heute noch so wie damals auf der Schule, und er bewunderte ihn, wie man ein Zauberkunststückchen bei Tisch bewundern würde. Aber er konnte durch nichts dazu gebracht werden, Champion zu beneiden. *Und Champion wollte beneidet werden.* Das hat ihn verrückt gemacht, deshalb hat er sich getötet.«

»Ja«, sagte Pater Brown, »ich glaube, ich beginne zu verstehen.«

»Oh, sehen Sie das denn nicht?« rief sie. »Die ganze Inszenierung wurde dafür hergerichtet – der Ort wurde genau gewählt. Champion holte John in das kleine Häuschen unmittelbar vor seinen Toren, wie einen Untertanen – um ihn sein Versagen *spüren* zu lassen. Er hat es nie gespürt. Er hat über so etwas nie mehr nachgedacht als – als ein zerstreuter Löwe. Champion pflegte in den für John beschämendsten Augenblicken oder bei den bescheidensten Mahlzeiten mit irgendeinem aufwendigen Geschenk oder der Ankündigung einer Unternehmung hereinzuplatzen, als wäre es der Besuch von Haroun-al-Raschid, und John bedankte sich oder lehnte liebenswürdig ab, indem er ein Auge zukniff, wie ein fauler Schulbub sozusagen, der mit einem anderen einer Meinung ist oder auch nicht. Innerhalb von fünf Jahren hatte sich John nicht um ein Jota verändert; und Sir Claude war ein Monomane.«

»Und Haman zählte ihnen auf die Herrlichkeit seines Reichtums«, sagte Pater Brown, »und die Menge seiner Kinder und alles, wie ihn der König so groß gemacht hätte und daß er über die Fürsten und Knechte des Königs erhoben wäre… Aber an dem allen habe ich kein Genüge, solange ich sehe den Juden Mardochai am Königstor sitzen.«

»Die Krise kam«, fuhr Frau Boulnois fort, »als ich John überredete, mir einige seiner Abhandlungen zu übergeben, um sie einer Zeitschrift einzusenden. Sie wurden mit zunehmender Aufmerksamkeit zur Kenntnis genommen, besonders in Amerika; und irgendeine Zeitung wollte ihn interviewen. Als Champion (der fast tagtäglich interviewt wurde) von diesem letzten, kleinen Krümel des Erfolgs hörte, der seinem nichtsahnenden Rivalen zugefallen war, rastete das letzte Glied ein, das seinen teuflischen Haß zurückhielt. Da begann er mit jener wahnsinnigen Zermürbungstaktik meine Liebe und meine Ehre zu überziehen, die zum Gerücht der ganzen Grafschaft wurde. Sie werden mich fragen, warum ich diese übertriebenen Aufmerksamkeiten zuließ. Darauf muß ich Ihnen antworten, daß ich sie nicht hätte zurückweisen können, ohne meinem Mann alles zu erklären, und es gibt gewisse Dinge, die eine Seele nicht tun kann, so wie ein Körper nicht fliegen kann. Niemand hätte es meinem Mann erklären können. Niemand wird es ihm jetzt klarmachen können. Wenn Sie ihm in noch so vielen Worten erklärt hätten, ›Champion nimmt dir deine Frau weg‹, hätte er den Scherz vielleicht als etwas zu derb empfunden; daß es sich um etwas anderes als einen Scherz handeln könnte – diese Feststellung hätte in seinem großen Kopf keinen Platz gefunden. So wollte John heute abend herüberkommen, um uns spielen zu sehen, aber genau in dem Moment, in dem wir anfingen, sagte er, er wollte doch nicht; er hatte ein interessantes Buch bekommen und eine Zigarre aufgetrieben. Das erzählte ich Sir Claude, und das war sein Todesstoß. Der Monomane sah plötzlich nur noch Verzweiflung. Er erdolchte sich, und schrie wie der Leibhaftige, Boulnois würde ihn umbringen; nun liegt er drüben im Garten, gestorben an seiner eigenen Eifersucht, die Eifersucht hervorbringen sollte; und John sitzt in seinem Speisezimmer und liest.«

Wieder entstand eine Pause; dann sagte der kleine Geistliche: »Es gibt nur einen schwachen Punkt, Mrs. Boulnois, in Ihrer einleuchtenden Schilderung. Ihr Mann sitzt nicht mit einem Buch im Speisezimmer. Dieser amerikanische Reporter hat mir erzählt, er wäre dort gewesen, und Ihr Diener habe ihm gesagt, Mr. Boulnois sei doch nach Pendragon Park gegangen.«

Ihre klaren Augen wurden noch größer; doch sie schien eher verblüfft als verwirrt oder verängstigt. »Wieso, was soll das heißen?« rief sie. »Alle Bediensteten sind außer Haus, um das Theaterstück zu sehen. Und wir haben gar keinen Diener, Gott sei Dank!«

Pater Brown sprang auf und drehte sich wie ein Kreisel. »Wieso? Was heißt das?« schrie er elektrisiert. »Schauen Sie… was sage ich?… Kann Ihr Mann mich hören, wenn ich zum Haus hinübergehe?«

»Oh, die Bediensteten dürften inzwischen zurück sein«, sagte sie erstaunt.

»Gut, gut!« gab der Geistliche energisch zurück und machte sich auf dem Weg Richtung Parktor davon. Er wandte sich noch einmal um und sagte: »Schauen Sie zu, daß Sie den Yankee erwischen, sonst geht die Schlagzeile ›Das Verbrechen des John Boulnois‹ durch alle Lande.«

»Sie verstehen mich nicht«, antwortete Mrs. Boulnois. »Das würde ihn überhaupt nicht kümmern. Ich glaube, daß er nicht einmal weiß, daß es Amerika gibt.«

Als Pater Brown das Haus mit dem Bienenstock und dem dösenden Hund davor erreicht hatte, wurde er von einem kleinen, liebenswürdigen Stubenmädchen ins Speisezimmer geleitet, wo Boulnois unter einer Leselampe saß und las, genauso, wie seine Frau es ihm beschrieben hatte. Eine Karaffe Port und ein Weinglas standen neben ihm; in dem Augenblick, in dem der Geistliche eintrat, bemerkte er, daß er die lange Asche seiner Zigarre überhaupt nicht abgestreift hatte.

»Er muß mindestens seit einer halben Stunde hier sein«, dachte Pater Brown bei sich. Tatsächlich hatte es den Anschein, daß er den Tisch nicht verlassen hatte, seit das Essen abgetragen worden war.

»Bitte, lassen Sie sich nicht stören, Mr. Boulnois«, sagte der Geistliche in seiner höflichen, sachlichen Art. »Ich muß Sie nur einen Augenblick unterbrechen. Ich fürchte, ich störe Sie bei einer wissenschaftlichen Lektüre.«

»Nein«, antwortete Boulnois. »Ich lese gerade den ›Blutigen Daumen‹.« Er sagte es, ohne das Gesicht zu verziehen, und seinem Besucher fiel ein gewisses Selbstbewußtsein und eine Gleichgültigkeit auf, die seine Frau als Größe beschrieben hatte. Er legte den grellgelben Reißer aus der Hand, ohne die Unangemessenheit des Vorgangs auch nur zu bemerken oder ihn durch eine witzige Bemerkung zu kommentieren. John Boulnois war ein großer Mann mit langsamen Bewegungen und einem schweren, graumelierten Kopf und schlichten, breiten Gesichtszügen. Er trug einen abgetragenen und sehr altmodischen Abendanzug mit einem kleinen, dreieckigen Hemdausschnitt; er hatte ihn wohl in der ursprünglichen Absicht angelegt, auszugehen und seine Frau die Julia spielen zu sehen.

»Ich möchte Sie nicht lange von Ihrem ›Blutigen Daumen‹ oder irgendwelchen anderen katastrophalen Geschichten abhalten«, sagte Pater Brown lächelnd. »Ich bin nur gekommen, um Sie nach dem Verbrechen zu fragen, das Sie heute abend begangen haben.«

Boulnois sah ihn ruhig an, aber das Blut begann ihm in die Stirn zu schießen; er sah wie jemand aus, der zum erstenmal das Gefühl der Verlegenheit entdeckt.

»Ich weiß, es war ein sonderbares Verbrechen«, fügte Brown mit leiser Stimme hinzu. »Sonderbarer vielleicht als für den Mörder – für Sie. Die kleinen Sünden sind manchmal schwerer zu beichten als die großen – und gerade deshalb ist es so wichtig, sie zu beichten. Ihr Verbrechen wird von jeder modernen Hausfrau gut sechsmal in der Woche begangen; und doch kommt es einem wie eine unaussprechliche Verruchtheit vor.«

»Man hat das Gefühl«, antwortete der Gelehrte langsam, »ein so schrecklicher Esel zu sein.«

»Ich weiß«, setzte der andere hinzu, »aber oft muß man sich

entscheiden, ob man nur dieses Gefühl hat oder ob man tatsächlich ein Esel ist.«

»Ich kann mich selbst so schlecht beurteilen«, fuhr Boulnois fort, »aber wenn ich in diesem Stuhl sitze und diese Geschichte lese, fühle ich mich so glücklich wie ein Schuljunge am ersten Ferientag. Es war Sicherheit, Ewigkeit... ich kann es nicht erklären... die Zigarren lagen in Reichweite... die Streichhölzer... der ›Daumen‹ mußte noch viermal erscheinen... es war nicht nur Friede, es war Vollkommenheit. Da läutete es, und ich glaubte eine Minute lang, eine unendliche lange Minute, daß ich nicht von diesem Stuhl aufstehen könnte... buchstäblich, physisch nicht aufstehen könnte. Dann gelang es mir wie Atlas, der die Welt trägt; ich wußte, daß alle Bediensteten aus dem Hause waren. Ich machte die Haustür auf, und da stand ein kleiner Herr, der schon den Mund aufmachte, um zu sprechen, und schon sein Notizbuch geöffnet hatte, um zu schreiben. Ich erinnerte mich jenes amerikanischen Reporters, den ich vergessen hatte. Er hatte einen Mittelscheitel, und ich sage Ihnen, ich hätte einen Mord...«

»Ich verstehe«, sagte Pater Brown. »Ich habe ihn getroffen.«

»Ich habe keinen Mord begangen«, fuhr der Katastrophismus-Theoretiker sanft fort, »aber einen Meineid. Ich sagte ihm, ich wäre nach Pendragon Park gegangen und warf die Tür vor seiner Nase zu. Das ist mein Verbrechen, Pater Brown, und ich weiß nicht, welche Strafe Sie mir dafür auferlegen werden.«

»Ich werde Ihnen überhaupt keine Strafe auferlegen«, antwortete der Kirchenmann, indem er seinen breiten Hut und den Schirm mit allen Anzeichen der Heiterkeit zusammenraffte; »ganz im Gegenteil. Ich bin eigens hierhergekommen, um Sie von der kleinen Strafe zu befreien, die ansonsten auf Ihren kleinen Verstoß zwangsläufig hätte folgen müssen.«

»Und was«, fragte Boulnois lächelnd, »ist die kleine Strafe, der ich auf so glückliche Weise entronnen bin?«

»Gehängt zu werden«, sagte Pater Brown.

Das Märchen des Pater Brown

Die malerische Stadt und der gleichnamige Kleinstaat Heiligenwaldstein bildeten eines jener Duodezfürstentümer, die bestimmte Teile des Deutschen Reiches noch heute ausmachen. Heiligenwaldstein kam verhältnismäßig spät unter preußische Herrschaft – kaum fünfzig Jahre vor jenem herrlichen Frühlingstag, an dem sich Flambeau und Pater Brown dort in einem seiner Wirtsgärten bei einem Glas Bier zusammenfanden.

Seit Menschengedenken gab es dort weder Krieg noch Unrecht, wie hier gezeigt werden soll. Schaute man sich um, so konnte man sich allerdings des Eindrucks einer gewissen Puppenstubenhaftigkeit nicht ganz erwehren, die ja zu den bezauberndsten Eigenschaften der Deutschen gehört – jedenfalls in jenen patriarchalisch geführten Spielzeug-Monarchien, in denen der König so umgänglich erscheint wie der Koch. Die deutschen Soldaten vor ihren zahllosen Schilderhäuschen waren Spielzeugsoldaten merkwürdig ähnlich, und die sich gegen den Himmel klar abhebenden Zinnen des Schlosses, die in der Sonne glitzerten, glichen eher einem vergoldeten Pfefferkuchenhäuschen. Es war strahlendes Wetter. Der Himmel war preußischblau, wie er in Potsdam nicht hätte besser sein können; alles glich fast ein wenig der verschwenderischen Farbgebung, die Kinder mit einem Ein-Schilling-Malkasten zustande bringen. Selbst die grauen Bäume sahen jung aus, denn ihre spitzen Knospen waren noch rosa, und gegen den tiefblauen Himmel wirkten sie wie die Musterbogen aus einem Malbuch für Kinder.

Trotz seines prosaischen Aussehens und seiner ganz auf die praktischen Verrichtungen des Lebens konzentrierten Aufmerksamkeit, war Pater Brown nicht ganz ohne romantische Züge in seinem Habitus, obwohl er im allgemeinen seine Tagträume für sich behielt, wie das Kinder zu tun pflegen. Aber inmitten der strahlenden, klaren Farben eines solchen Frühlingstags und auf dem geschichtsträchtigen Boden eines solchen Städtchens kam er sich fast so vor wie im Märchen. Er hatte eine kindische Freude – die seinem jüngeren Bruder wohl angestanden wäre – an dem mächtigen Stockdegen, den Flambeau beim Gehen schwang und den er jetzt aufrecht neben seinem riesigen Bierkrug an den Tisch gelehnt hatte. Nein, in seinem verträumten Dahindösen beobachtete er sich sogar bei dem Vergleich des knotigen, plumpen Griffs seines schäbigen Regenschirms mit der Keule aus irgendeinem Bilderbuch. Aber er hat nie ein Märchen erfunden, mit Ausnahme der Geschichte, die hier erzählt werden soll.

»Ich möchte gern wissen«, sagte er, »ob man an einem solchen Ort wirkliche Abenteuer erleben könnte, wenn man es darauf anlegte? Es ist doch der ideale Hintergrund dafür vorhanden, aber ich habe immer so ein bißchen das Gefühl, als ob die Menschen hier mit Pappschwertern auf einen losgingen und nicht mit wirklichen, scharfen Degen.«

»Sie irren sich«, antwortete sein Freund. »Hierzulande kämpfen sie nicht nur mit Schwertern, sie töten auch ohne Schwerter. Und überdies gibt es noch Schlimmeres!«

»Wieso? Was meinen Sie damit?« fragte Pater Brown.

»Wieso?« erwiderte der andere, »weil, wie ich behaupten möchte, dies der einzige Ort in Europa ist, an dem ein Mensch jemals ohne Kugel erschossen wurde.«

»Sie meinen mit Pfeil und Bogen?« fragte Pater Brown verwundert.

»Ich spreche von einer Kugel, die durch den Kopf schlug«, antwortete Flambeau. »Kennen Sie nicht die Geschichte des letzten hier lebenden Fürsten? Vor zwanzig Jahren war das hier einer der größten Kriminalfälle. Sie erinnern sich doch gewiß, daß dieses Land ganz am Anfang von Bismarcks Konsolidierungspolitik gewaltsam annektiert wurde – gewaltsam, das heißt, daß es gar nicht so einfach war. Das Kaiserreich, oder was einmal daraus werden sollte, entsandte Fürst Otto von Grossenmark, der das Land in den kaiserlichen Interessen regieren sollte. Wir sahen sein Porträt oben in der Galerie – eigentlich ein gutaussehender älterer Herr, wenn er auch nur eine Spur von Haaren oder Augenbrauen gehabt hätte und nicht über und über verrunzelt gewesen wäre wie ein Geier; aber er hatte viel durchzumachen, wie ich gleich erklären werde. Er war ein geschickter und erfolgreicher Soldat, aber insgesamt war es eben gar nicht so einfach, mit diesem Ländchen fertig zu werden. In mehreren Schlachten wurde er von den berühmten Arnhold-Brüdern geschlagen, jenen patriotischen Freischärlern, denen Swinburne ein Gedicht gewidmet hat, das Sie sicher kennen werden:

>»Ihr Wölfe mit dem Haar von Hermelinen,
gekrönte Krähen, königsgleich.
Abschaum der Menschheit seid ihr uns erschienen.
Fortlebt ihr Drei in einem andern Reich.«

Oder so ähnlich. Tatsächlich ist es höchst fragwürdig, ob die preußische Besetzung von Heiligenwaldstein hätte durchgeführt werden können, wenn nicht einer der drei Brüder, Fritz, jämmerlicherweise und mit aller Entschiedenheit erklärt hätte, er würde die gemeinsame Sache nicht länger unterstützen; dadurch, daß er alle Geheimnisse der Verschwörung verriet, erreichte er nicht nur ihre Niederlage, sondern auch seine eigene Beförderung zum Kämmerer des Fürsten Otto. Danach wurde Ludwig, der einzige wirkliche Held unter Mr. Swinburnes Heroen, mit dem Schwert in der Hand beim Sturm auf die Stadt getötet, während der dritte Bruder, Heinrich, der zwar kein Verräter war, aber doch immer ein bißchen harmlos und sogar ängstlich im Vergleich mit seinen tatendurstigen Brüdern, sich in eine Einsiedelei zurückzog und zum christlichen Quietismus konvertierte, der fast etwas Quäkerhaftes an sich hatte; er ließ sich nie mehr mit den Menschen ein, außer um alles, was er hatte, den Armen zu geben. Sie erzählten mir, daß man ihn vor nicht allzu langer Zeit noch gelegentlich in der Gegend zu Gesicht bekam, ein Mann in einem schwarzen Umhang, fast erblindet, mit verwilderten schneeweißen Haaren, aber mit einem Gesicht voller Sanftmut und Güte.«

»Ich weiß«, sagte Pater Brown. »Auch ich habe ihn einmal gesehen.« Sein Freund sah ihn überrascht an. »Ich wußte gar nicht, daß Sie schon früher einmal hier waren«, sagte er. »Da wissen Sie wahrscheinlich soviel über die Sache wie ich. Kurz, das ist die Geschichte der Arnholds, und Heinrich war der letzte Überlebende. Tja, und der letzte von denen, die eine Rolle in dem Drama gespielt haben.«

»Heißt das, daß auch der Fürst schon vor langem starb?«

»Starb«, wiederholte Flambeau, »ja, das ist so ziemlich alles, was mir darüber bekannt ist. Sie müssen nämlich wissen, er wurde gegen Ende seines Lebens von jenen Nervenleiden heimgesucht, die bei Tyrannen nicht ungewöhnlich sind. Er vergrößerte die übliche Tag- und Nachtwache um sein Schloß so lange, bis es mehr Schilderhäuschen in der Stadt zu geben schien als Wohnhäuser, und zweifelhafte Gestalten wurden gnadenlos niedergeschossen. Er lebte fast ausschließlich in einem kleinen Zimmer, das sich im Innersten dieses ungeheuren Labyrinths von Gemächern befand, und selbst dort errichtete er eine Art Zelle oder Verschlag, den er mit Stahl beschlagen ließ wie einen Stahlschrank oder ein Kriegsschiff. Einige behaupten sogar, im Fußboden dieses Verschlags sei wiederum eine geheime Bodenfalle gewesen, kaum größer als er selbst, so daß er in seiner Angst, dem Grab nicht zu entgehen, bereit war, sich an einem Ort aufzuhalten, der sich eigentlich kaum von einem Grab unterschied. Aber es ging sogar noch weiter. Die Bevölkerung war nach der Niederschlagung des Aufstands entwaffnet worden, aber Otto bestand nun – und so weit gehen Regierungen wirklich selten – auf einer vollständigen und totalen Entwaffnung. Sie wurde mit einer außergewöhnlichen Sorgfalt und Strenge durch hervorragend ausgebildete Beamte durchgeführt, die jeweils nur für kleine und ihnen vollkommen vertraute Gebiete verantwortlich waren, und soweit man einer Sache nach bestem Wissen und Gewissen überhaupt sicher sein kann, so konnte Fürst Otto davon ausgehen, daß niemand auch nur eine Spielzeugpistole nach Heiligenwaldstein hereinschmuggeln konnte.«

»Absolute Sicherheit in solchen Dingen des Lebens gibt es nicht«, sagte Pater Brown, der noch immer die rosa Knospen an den Zweigen über seinem Kopf betrachtete, »und wäre es nur aus Gründen der Definition oder Bezeichnung. Was ist eine *Waffe?* Leute sind schon mit den gewöhnlichsten Haushaltsgegenständen umgebracht worden; sicherlich schon mit Teekesseln und vielleicht sogar mit Tee-Eiern. Andrerseits, wenn Sie früher einem Engländer einen Revolver gezeigt hätten, so bezweifle ich, daß er ihn als Waffe erkannt hätte – bis zu dem Moment natürlich, wo er losging. Vielleicht hat jemand eine neuentwickelte Feuerwaffe eingeführt, die als solche gar nicht zu erkennen war. Wenn sie zum Beispiel wie ein Fingerhut oder so etwas Ähnliches aussah. War an der Kugel denn irgendwie etwas Besonderes?«

»Nicht, daß ich wüßte«, antwortete Flambeau; »aber meine Informationen sind unvollständig und stammen von meinem alten Freund Grimm. Er war ein sehr begabter Detektiv in deutschen Diensten, und er versuchte, mich festzunehmen; dafür habe ich ihn festgenommen, und wir hatten viele interessante Unterhaltungen miteinander. Er war hier mit der Untersuchung des Falles beauftragt, aber ich vergaß völlig, ihn nach der Kugel zu fragen. Nach den Berichten von Grimm hat sich das Ganze folgendermaßen zugetragen.« Er unterbrach einen Augenblick, um den größeren Teil seines Bierkruges in einem Zug zu leeren, und fuhr dann fort:

»An dem fraglichen Abend sollte der Fürst offenbar in einem der äußeren Gemächer erscheinen, um einige Besucher zu empfangen, die er unbedingt zu sehen wünschte. Es waren geologische Sachverständige, die hierher geschickt worden waren, um die alte Behauptung zu untersuchen, das Gestein der Gegend sei goldhaltig; auf Grund dieser Behauptung, so wird erzählt, habe der kleine Stadtstaat seinen Kredit so lange sichern können und selbst während der pausenlosen kriegerischen Auseinandersetzungen mit größeren Armeen seine Handelsbeziehungen zu den Nachbarn aufrechterhalten können. Bis jetzt hat man aber trotz der allersorgfältigsten Untersuchungen nichts finden können, das…«

»Das mit absoluter Sicherheit die Entdeckung einer Spielzeugpistole war«, sagte Pater Brown lächelnd. »Aber was war mit dem verräterischen Bruder? Hatte er dem Fürsten denn nichts mitzuteilen?«

»Er beteuerte stets, daß er nichts wüßte«, antwortete Flambeau, »und daß dies das einzige Geheimnis sei, das ihm seine Brüder nicht anvertraut hätten. Man muß übrigens zugeben, daß diese Aussage durch einige fragmentarisch überlieferte Worte des großen Ludwig in der Stunde seines Todes bestätigt werden, der Heinrich ansah, aber auf Fritz deutete und sagte: »Du hast es *ihm* doch nicht gesagt…«; dann versagte ihm die Stimme. Kurz, die Abordnung der hervorragenden Geologen und Mineralogen aus Paris und Berlin war in prächtigem und feierlichem Ornat erschienen, denn es gibt kaum jemanden, der seine Orden so gerne trägt wie die Männer der Wissenschaft – wie jeder weiß, der jemals bei einer Soiree der Royal Academy gewesen ist. Es war eine illustre Gesellschaft, aber sehr spät und erst nach und nach entdeckte der Kämmerer – auch sein Porträt haben Sie gesehen: ein Mann mit schwarzen Augenbrauen, ernstem Blick und einem ausdruckslosen Lächeln – der Kämmerer also entdeckte, daß alle bis auf den Fürsten versammelt waren. Er durchsuchte alle äußeren Gemächer; eingedenk der wahnsinnigen Angst des Fürsten eilte er schließlich in das innerste Gelaß. Das war ebenfalls leer, aber es dauerte eine Weile, bis der gepanzerte Turm bzw. der Verschlag, der in der Mitte des Raumes aufgestellt worden war, geöffnet werden konnte. Auch er war leer. Er untersuchte schließlich die Bodenfalle, die ihm tiefer und irgendwie noch grabähnlicher vorkam – gewiß, das war *sein* Eindruck. Und als er sich eben damit beschäftigte, hörte er von den äußeren Räumen und Korridoren her ein wildes Schreien und Lärmen.

Zuerst tönte es wie weit entferntes Klirren und Beben, das man nicht genau ausmachen konnte und das von jenseits der festlichen Gesellschaft, ja von außerhalb des Schlosses zu kommen schien. Dann kam ein unverständliches Schreien immer näher und wurde so laut, daß man jedes Wort hätte verstehen müssen, wenn nicht ein Wort das andere erschlagen hätte. Dann verstand man plötzlich alles ganz genau; es kam näher, und schließlich stürzte ein Mann in den Saal, der das sagte, was zu sagen war.

Otto Fürst von Heiligenwaldstein und Grossenmark lag im Zwielicht der hereinbrechenden Dunkelheit mit ausgestreckten Armen und mondbleichem Gesicht im feuchten Tau des Waldes hinter dem Schloß. Das Blut tropfte noch von seiner zerschmetterten Schläfe und Wange, aber das war auch das einzige, was sich bewegte. Er war mit seiner weiß-gelben Paradeuniform bekleidet, in der er die Gäste empfangen wollte; nur die Schärpe war offen und lag zerknüllt auf der Seite. Noch ehe man ihn aufheben konnte, war er tot. Doch tot oder lebendig – es war ein Rätsel, wo doch gerade der Fürst sich immer in den innersten Gemächern versteckt hatte, wurde er nun in den feuchten Wäldern gefunden, unbewaffnet und allein.«

»Wer hat ihn gefunden?« fragte Pater Brown.

»Ein Mädchen aus dem Schloß, die Hedwig von Soundso hieß«, antwortete sein Freund; »sie war im Wald zum Blumenpflücken.«

»Hatte sie denn welche gepflückt?« fragte der Geistliche und schaute recht zerstreut in die über ihm hängenden Zweige.

»Ja«, erwiderte Flambeau. »Ich erinnere mich besonders daran, daß der Kämmerer, der alte Grimm oder irgend jemand anderer erzählte, wie entsetzlich es gewesen sei, sie mit Frühlingsblumen in den Händen über dem blutigen Leichnam anzutreffen, als man auf ihr Schreien herbeieilte. Entscheidend jedoch ist, daß er tot war, bevor jede Hilfe kam, und die Nachricht mußte natürlich zunächst ins Schloß gebracht werden. Die Verwirrung, die sie dort hervorrief, überstieg bei weitem das, was am Hof beim Sturz eines Herrschers üblich ist. Die ausländischen Besucher, besonders die Bergwerksexperten, gerieten ebenso wie viele hohe preußische Beamte in die wildeste Verzweiflung und Erregung, und es wurde bald deutlich, daß der

Plan, die Schätze zu heben, von weit größerer Bedeutung war, als zunächst angenommen. Den Experten und Beamten waren große Belohnungen oder internationale Anerkennungen in Aussicht gestellt worden, und einige behaupteten sogar, daß die Geheimgemächer des Fürsten und der starke militärische Schutz weniger aus Furcht vor der Bevölkerung geschaffen worden wären als zur Verfolgung privater Nachforschungen von...«

»Hatten die Blumen lange Stengel?« fragte Pater Brown.

Flambeau starrte ihn an. »Was sind Sie doch für ein verrückter Mensch!« sagte er. »Genau das hat der alte Grimm erzählt. Das Widerwärtigste – widerlicher noch als Blut und Kugel – war, wie er sich ausdrückte, daß die Blumen nur ganz kurze Stengel hatten, das heißt, daß sie kurz unterhalb der Köpfe abgerissen worden waren.«

»Natürlich«, sagte der Geistliche, »wenn ein erwachsenes Mädchen *wirklich* Blumen pflückt, so pflückt es sie mit langen Stengeln. Wenn es ihnen nur gerade die Köpfe abreißt, wie das Kinder tun, dann sieht es so aus...« Er zögerte.

»Nun?« fragte der andere.

»Nun, dann sieht es fast so aus, als hätte es sie rasch abgerissen, um für ihr Dortsein eine Erklärung zu haben, nachdem... nun, nachdem sie nun einmal dort war.«

»Ich verstehe, worauf Sie hinauswollen«, sagte Flambeau melancholisch. »Aber dieser und jeder andere Verdacht läßt sich aus einem einzigen Grund nicht halten: Die Waffe fehlt. Er hätte mit allem möglichen getötet werden können, wie Sie sagen – selbst mit seiner eigenen Schärpe; aber wir müssen uns nicht darüber klarwerden, wie er getötet wurde, sondern wie er *erschossen* wurde. Über diese Tatsache kommen wir nicht hinweg. Das Mädchen wurde aufs sorgfältigste durchsucht, denn, um die Wahrheit zu sagen, sie war durchaus etwas verdächtig, obwohl sie die Nichte und Haushälterin des verruchten alten Kämmerers Paul Arnhold war. Sie galt als etwas phantastisch und wurde nun hier der Sympathie mit den alten revolutionären Ideen ihrer Familie verdächtigt. Phantastisch oder auch nicht, auf jeden Fall kann man ohne Revolver oder Pistole keine Kugel durch den Kopf oder die Wange eines Mannes schießen. Und eine Pistole gab es nicht, obwohl man zwei Pistolenkugeln gefunden hatte. Was sagen Sie nun, mein Freund?«

»Woher wissen Sie, daß zwei Kugeln gefunden wurden?« fragte der kleine Geistliche.

»Eine steckte in seinem Kopf«, sagte sein Begleiter, »aber die Schärpe zeigte einen weiteren Durchschuß.«

Pater Brown legte seine glatte Stirn plötzlich in tiefe Falten. »Wurde die zweite Kugel gefunden?« wollte er wissen.

Flambeau zögerte etwas. »Ich erinnere mich nicht daran«, sagte er.

»Einen Augenblick, bitte, einen Augenblick!« rief Pater Brown aus, indem er seine Stirn mit einer ganz ungewöhnlichen Konzentration und Aufmerksamkeit kräuselte. »Halten Sie mich nicht für unhöflich. Aber ich muß darüber einen Augenblick nachdenken.«

»Gut«, sagte Flambeau lachend und trank sein Bier vollends aus. Eine leichte Brise bewegte die knospenden Zweige und wehte kleine weiße und rosarote Wölkchen in den Himmel, die ihn noch blauer und das farbenprächtige Bild noch seltsamer erscheinen ließen. Sie sahen wie Engel aus, die aus ihrem himmlischen Kindergarten durch die Himmelsfenster heimwärts flogen. Der älteste Turm der Stadt, der Drachenturm, hob sich ebenso grotesk gegen den Horizont ab wie der Bierkrug, und ebenso behaglich. Doch hinter dem Turm schimmerte der Wald, in dem man die Leiche des Mannes aufgefunden hatte.

»Was wurde übrigens aus dieser Hedwig?« fragte endlich der Geistliche.

»Sie hat den General Schwartz geheiratet«, sagte Flambeau. »Sie haben doch sicher von seiner Karriere gehört, die wirklich phantastisch war. Schon vor seinen Heldentaten von Königgrätz und Gravelotte hatte er sich ausgezeichnet; er hat wirklich von der Pike auf gedient, was selbst in den kleinsten deutschen...«

Pater Brown richtete sich plötzlich erstaunt auf.

»Von der Pike auf gedient!« rief er aus und spitzte die Lippen zu einem Pfeifen. »Sieh mal an, was für eine merkwürdige Geschichte! Was für eine merkwürdige Art, einen Menschen zu töten; aber ich gehe davon aus, daß es die einzig mögliche Art war. Wenn man sich überlegt, daß Haß so geduldig…«

»Was meinen Sie?« fragte der andere. »Wie hat man den Mann umgebracht?«

»Sie haben ihn mit der Schärpe umgebracht«, sagte Brown behutsam; und als Flambeau protestierte: »Ja, ja, ich weiß – die Kugeln. Vielleicht sollte ich sagen, er starb, weil er eine Schärpe umgelegt hatte. Ich weiß, das klingt nicht so einleuchtend wie die Feststellung: weil er ein Leiden hatte.«

»Ich nehme an«, sagte Flambeau, »Sie haben eine bestimmte Theorie im Kopf, aber damit bekommen wir die Kugel aus dem Kopf nicht heraus. Wie ich vorher erklärt habe, könnte er durchaus stranguliert worden sein. Aber er ist erschossen worden. Durch wen und mit was?«

»Er wurde auf eigenen Befehl erschossen«, sagte der Geistliche.

»Sie meinen also, er beging Selbstmord?«

»Ich habe nicht behauptet, auf seinen eigenen Wunsch«, entgegnete Pater Brown. »Ich sagte, durch seinen eigenen Befehl.«

»Gut, wie auch immer, aber was ist Ihre Theorie?«

Pater Brown lachte auf. »Jetzt bin ich *einmal* in den Ferien«, sagte er. »Und da habe ich mir überhaupt keine Theorien zurechtgelegt. Nur, dieser Ort hier erinnert mich an Märchen, und wenn Sie wollen, will ich Ihnen gerne eines erzählen.«

Die kleinen rosa Wölkchen, die wie Zuckerwatte aussahen, hatten sich langsam in die Luft erhoben; sie krönten die Türme des goldenen Pfefferkuchenschlosses, und es sah so aus, als würden sich die knospigen Zweige mit ihren rosaroten Kinderfingern nach ihnen spreizen und strecken; der blaue Himmel überzog sich langsam mit einem leichten Abendrot, als Pater Brown plötzlich wieder zu sprechen begann:

»Es war in einer gräßlichen Nacht – der Regen tropfte noch

von den Bäumen, und der Tau sammelte sich bereits im Gras – als Otto von Grossenmark eilig aus einem Seitentor des Schlosses trat und rasch im Wald verschwand. Einer der zahlreichen Wachtposten salutierte, aber er nahm es nicht zur Kenntnis. Ihm lag daran, nicht erkannt zu werden, deshalb war er froh, als die großen, grauen und regenschweren Tannen ihn verbargen. Er hatte die am wenigsten besuchte Stelle des Palastes bewußt gewählt, aber selbst sie schien ihm belebter zu sein, als er es wünschte. Daß ihm jemand folgen würde, war wenig wahrscheinlich, denn sein Ausgang folgte einem so plötzlichen Impuls. All die Diplomaten in voller Uniform, die er hinter sich ließ, waren uninteressant. Plötzlich hatte er bemerkt, daß er auch ohne sie auskommen konnte.

Seine große Leidenschaft war nicht das viel edlere Gefühl der Angst vor dem Tod, sondern die seltsame Sucht nach Gold. Auf das Gerücht von Goldfunden hin hatte er Grossenmark verlassen und Heiligenwaldstein besetzt. Darum, und nur aus diesem Grunde, hatte er den Verräter bestochen und den Helden brutal erschlagen; deshalb hatte er den falschen Kämmerer nach allen Regeln der Kunst ausgefragt, bis er schließlich zu der Überzeugung gelangte, daß der Verräter diesmal die Wahrheit sprach, wenn er seine Unwissenheit beteuerte. Fast widerwillig hatte er deshalb in der Hoffnung Geld bezahlt oder versprochen, um noch größere Summen zu gewinnen; und darum hatte er sich wie ein Dieb aus seinem Haus in den Regen hinausgeschlichen, weil ihm ein anderes Mittel eingefallen war, um seinen Herzenswunsch zu erfüllen, und zwar auf billigste Weise.

Ganz oben, am Ende eines sich den Berg hinaufwindenden Pfades, wohin er seine Schritte lenkte, stand zwischen den aufragenden Felsen, die sich über dem Städtchen erhoben, die Einsiedelei; es war kaum mehr als eine von Dornenhecken umfriedete Höhle, in der sich der dritte des großen Brüderpaares seit langem vor der Welt verborgen hielt. Gerade er könne, so meinte Fürst Otto, keinen triftigen Grund haben, ihm den Goldschatz zu verwehren.

Seit Jahren kannte jener das Versteck, aber er hatte nie den Versuch unternommen, den Schatz zu heben, nicht einmal, bevor ihn sein neues asketisches Leben dazu bestimmte, allem Besitz und allen Vergnügungen zu entsagen. Gewiß, er war ein Gegner gewesen; aber jetzt gehörte es zu seinen Pflichten, keine Feinde zu haben. Einige Zugeständnisse hinsichtlich seines speziellen Falls und der Appell an seine Lebensprinzipien würden ihm möglicherweise das Geheimnis des Schatzes entreißen. Fürst Otto war kein Feigling, trotz aller sorgfältigen militärischen Schutzmaßnahmen; jedenfalls war seine Habgier größer als seine Angst. Im übrigen gab es wenig Grund zur Angst. Er konnte sicher sein, daß es im ganzen Fürstentum keine Waffen in Privatbesitz gab, und noch hundertmal sicherer war, daß es in der kleinen Einsiedelei des Quäkers auf dem Berge so etwas nicht gab; dieser lebte von Kräutern, nur in der Gesellschaft von zwei alten, anspruchslosen Dienern, und er hörte über Jahre keine andere menschliche Stimme. Fürst Otto schaute mit einem bitteren Lächeln auf die strahlenden Labyrinthe der mit Laternen beleuchteten Stadt herab. Soweit das Auge reichte, sah er die Waffen seiner Wachmannschaften – den Gegnern blieb auch nicht ein Fingerhut voll Pulver. Die Gewehre schützten auch diesen Bergpfad so unmittelbar, daß ein Schrei von ihm genügt hätte, um die Soldaten den Berg heraufeilen zu lassen, ganz zu schweigen von dem Umstand, daß Wald und Hügel in regelmäßigen Abständen durch Patrouillen abgegangen wurden; Gewehre über Gewehre auch in der Ferne, in den dunklen Wäldern, ganz winzig in der Entfernung, und jenseits des Flusses, so daß der Feind durch keinen Umweg in die Stadt gelangen konnte. Gewehre rund um das Schloß, am Westtor und Osttor, am Nordtor und im Süden und entlang der sie miteinander verbindenden Mauern. Er war absolut sicher.

Das wurde ihm um so deutlicher, als er den Abhang erstiegen hatte und feststellte, wie entscheidend er den Ort von seinem alten Widersacher entblößt hatte. Er stand auf einer schmalen Felsenkanzel, die nach drei Seiten steil abfiel. Hinter ihm lag die schwarze kellerartige Höhle, die mit grünen Dornenhecken umwachsen war und so niedrig schien, daß man sich nicht vorstellen konnte, wie ein Mensch da hineinkäme. Vor ihm der Steilabfall der Felsen mit einem weiten, manchmal von den Wolken beeinträchtigten Blick über das Tal.

Auf der kleinen Felsenkanzel stand ein altes bronzenes Lesepult, auf dem eine schwere, deutsche Bibel lag. Das Bronze- oder Kupfergestell war von Wind und Wetter an diesem ausgesetzten Ort grün geworden, und den Fürsten Otto durchfuhr der Gedanke: ›Selbst wenn sie Waffen hätten, müßten sie hier verrosten.‹ Der Mond hatte sein fahles Licht über die Gipfel und Zacken der Berge ausgegossen, und der Regen hatte nachgelassen.

Hinter dem Lesepult stand ein sehr alter Mann in einem schwarzen Gewand, dessen Falten so steil herunterfielen wie die Felsen rundum, und schaute aufs Tal hinaus; seine weißen Haare und seine schwache Stimme schienen im Winde zu flattern. Er war offensichtlich dabei, sein Stundengebet zu lesen, das zu den täglichen Übungen gehört. ›Sie vertrauten auf ihre Pferde…‹

›Mein Herr‹, sagte der Fürst von Heiligenwaldstein mit ungewöhnlicher, ausgesuchter Höflichkeit, ›ich möchte gerne ein Wort mit Ihnen reden.‹

›…und auf ihre Streitwagen‹, fuhr der alte Mann mit schwacher Stimme fort, ›aber wir vertrauen in den Namen des Herrn aller Heerscharen…‹ Seine letzten Worte waren unhörbar, dann schloß er das Buch mit ehrfürchtiger Gebärde, machte eine tastende Bewegung, weil er fast blind war, und hielt sich am Lesepult fest. Sofort kamen seine beiden Diener aus der niedrigen Höhle hervor und halfen ihm. Sie trugen die gleichen dumpfschwarzen Gewänder wie er, aber sie hatten nicht das silberhelle Haar, und ihre Gesichter zeigten nicht die würdevollen Züge der Läuterung. Es waren Landleute, Kroaten oder Ungarn, mit breiten, einfältigen Gesichtern und schmalen, geschlitzten Augen. Zum erstenmal beunruhigte den Fürsten irgend etwas, aber sein Mut und sein diplomatisches Gespür ließen sich nicht irremachen.

›Ich fürchte, wir sind einander seit jener schrecklichen Schlacht nicht mehr begegnet, in der Ihr armer Bruder den Tod fand‹, sagte er.

›Alle meine Brüder sind tot!‹ sagte der alte Mann, der immer noch auf das Tal hinausstarrte. Während er Fürst Otto nur einen Augenblick sein eingefallenes, zartes Gesicht zuwandte und seine schneeweißen Haare ihm wie Eiszapfen über die Augenbrauen hingen, fügte er hinzu: ›Auch ich bin tot, wie Sie sehen.‹

›Ich hoffe, Sie verstehen‹, sagte der Fürst, indem er sich zur größten Versöhnlichkeit zwang, ›daß ich nicht gekommen bin, um Sie zu quälen, indem ich Sie an unsere schrecklichen Auseinandersetzungen erinnere. Wir sollten nicht darüber reden, wer nun recht oder unrecht hatte, denn zumindest in einem Punkt hatten wir niemals unrecht, weil Sie immer recht hatten. Was immer man über die Politik Ihrer Familie sagen kann, so kann doch niemand auch nur einen Augenblick lang glauben, Sie hätten sich durch die Gier nach dem Gold treiben lassen; Sie haben sich über jeden Verdacht erhaben gezeigt, daß etwa…‹

Der alte Mann in seinem zerschlissenen schwarzen Umhang hatte den Fürsten bisher mit seinen wäßrigen blauen Augen und einem Ausdruck weiser Gelassenheit angestarrt. Aber als das Wort ›Gold‹ fiel, streckte er seine Hand aus, als wollte er etwas festhalten, und wandte sein Gesicht ab. ›Er hat vom Gold gesprochen‹, sagte er. ›Er hat von unerlaubten Dingen gesprochen. Hindert ihn daran, weiterzusprechen.‹

Fürst Otto hatte das Laster seiner preußischen Landsleute und ihrer Tradition, einen Erfolg nicht als gelegentliches Vorkommnis, sondern als eine Charaktereigenschaft anzusehen. Er betrachtete sich und seinesgleichen als ständigen Sieger über Menschen, die sich unterlegen zu fühlen hatten. Deshalb war er auch auf Überraschungen schlecht vorbereitet und besonders schlecht auf das kommende Ereignis, das ihn aufschreckte und erstarren ließ. Eben hatte er seinen Mund aufgemacht, um dem Einsiedler zu antworten, als man ihm einen dicken, weichen Knebel zwischen die Zähne preßte, der mit einer Bandage befestigt wurde.

Es dauerte volle vierzig Sekunden, bevor er sich darüber klarwurde, daß dies die beiden ungarischen Diener gewesen waren und daß sie sich dabei seiner eigenen Schärpe bedient hatten.

Der alte Mann wandte sich mit großer Anstrengung wieder seiner Bibel zu, blätterte darin mit einer Langmut, die etwas Entsetzliches an sich hatte, bis er endlich den Jakobusbrief fand, in dem er zu lesen begann: ›Die Zunge ist ein kleines Glied, aber…‹

Irgend etwas in der entschiedenen Stimme ließ den Fürsten sich plötzlich abwenden und den Pfad hinunterstürzen, den er eben erklommen hatte. Er hatte den halben Weg zum Schloßpark schon zurückgelegt, bevor er auf die Idee kam, den Knebel und die Schärpe herunterzureißen. Er versuchte es mit aller Kraft, aber es gelang ihm nicht; der Mann, der diesen Knebel befestigt hatte, kannte offenbar den Unterschied zwischen dem, was jemand mit Hilfe seiner Hände vorne zuwege bringen konnte und was ihm hinten unmöglich war. Seine Beine waren frei, um wie eine Antilope über die Berge zu springen; mit seinen Armen konnte er jede Bewegung machen und jedes Zeichen geben, aber er konnte nicht sprechen. In ihm hauste ein stummer Teufel.

Er war inzwischen fast bis zum Schloßpark heruntergekommen, als er sich darüber klarwurde, was dieser sprachlose Zustand bedeutete und was er bedeuten sollte. Wieder blickte er voller Ingrimm auf das Labyrinth der von Lampen erleuchteten Stadt hinab, die unter ihm lag, und das Lachen verging ihm. Er überraschte sich dabei, wie er das eben geführte Gespräch wiederholte, und ein Gefühl tödlicher Ironie überkam ihn. So weit das Auge reichte, die Gewehre seiner Wachmannschaften, von denen jeder einzelne ihn totschießen würde, wenn er das Losungswort nicht sagen konnte. Die Gewehre waren so verteilt, daß der Wald und die Hügelkette in regelmäßigen Abständen durch Patrouillen kontrolliert werden konnten; deshalb war gar nicht daran zu denken, sich etwa im Wald bis zum Morgen zu verbergen. Gewehre waren auch in den weiter entfernten Gegenden postiert, so daß kein Feind auf irgendwelchen Umwegen in die Stadt gelangen konnte; jeder Rückweg in die Stadt auf irgendwelchen Umwegen war somit ausgeschlossen. Ein Schrei von ihm würde seine Soldaten den Hügel heraufstürmen lassen. Aber aus seinem Munde würde kein Schrei kommen.

In strahlendem Silberglanz war der Mond aufgegangen, und der Himmel leuchtete nachtblau zwischen den Tannen, die das Schloß umgaben. Blumen von leuchtender, märchenhafter Form – die er vorher niemals bemerkt hatte – wurden vom Mond in ein schimmerndes, farbloses Licht getaucht; wenn sie sich an den Wurzeln der Bäume hochrankten, wirkten sie unbeschreiblich phantastisch. Vielleicht war sein gesunder Menschenverstand etwas beeinträchtigt durch den seltsamen Zustand unnatürlicher Unfreiheit, aus dem er sich nicht befreien konnte; jedenfalls erschien ihm dieser Wald wie etwas Unergründliches, was es nur in Deutschland gibt – das Märchen. Es kam ihm so vor, als nähere er sich dem Schloß eines Ungeheuers – und dabei hatte er vergessen, daß er selbst das Ungeheuer war. Ihm fiel ein, daß er seine Mutter gefragt hatte, ob es Bären in ihrem alten Schloßpark gäbe. Er bückte sich, um eine Blume zu pflücken, als wäre dies ein Schutzmittel gegen Verzauberung. Der Stengel war kräftiger, als er erwartet hatte, und riß mit einem leichten Knacken ab. Als er damit beschäftigt war, die Blume sorgfältig in seine Schärpe zu stecken, wurde er angerufen: ›Wer da?‹ Da bemerkte er, daß seine Schärpe nicht am gewohnten Ort war.

Er versuchte zu schreien, konnte aber nicht. Er wurde zum zweitenmal angerufen; dann fiel der Schuß, ein Sausen durch die Luft, Stille nach dem Aufprall. Otto von Grossenmark lag völlig friedlich unter den verwunschenen Bäumen; weder mit Gold noch mit Blei konnte er noch weiteres Unglück stiften; nur der Silberstift des Mondes zeichnete einmal hier und einmal dort die verschlungenen Ornamente auf seiner Uniform und die Falten auf seiner Stirn nach. Möge Gott seiner Seele gnädig sein.

Der Wachposten, welcher nach den strikten Anweisungen des Kommandanten Feuer gegeben hatte, stürzte natürlich vorwärts, um sein Opfer zu verfolgen. Es war ein gemeiner Soldat mit Namen Schwartz, der sich bisher noch nicht hervorgetan hatte; was er fand, war ein alter Mann in Uniform, der sein Gesicht mit einer Art Maske aus seiner Schärpe so bandagiert hatte, daß man außer den toten Augen, die versteinert in den Mond starrten, nichts sehen konnte. Die Kugel war durch den Knebel in den Mund eingedrungen; deshalb fand man ein Einschußloch in der Schärpe, aber es war nur ein Schuß abgegeben worden. Es war nur natürlich – wenn auch nicht nach den Anweisungen –, daß der junge Schwartz die mysteriöse Seidenmaske heruntergerissen und ins Gras geworfen hatte; dann erst sah er, wen er erschossen hatte.

Über das, was dann geschah, sind wir nicht ganz sicher. Aber ich neige zu der Ansicht, daß sich, trotz allem und so schauderhaft die Gelegenheit auch war, in dem Wäldchen ein Märchen abgespielt hat. Wir werden wahrscheinlich nie erfahren, ob die junge Dame namens Hedwig den Soldaten, den sie rettete und später heiratete, von früher her kannte oder ob sie rein zufällig dazukam und ihre Freundschaft in der nämlichen Nacht begann. Aber was wir wissen, bilde ich mir ein, ist die Tatsache, daß Hedwig eine Heldin war und daß sie es verdiente, einen Mann zu heiraten, der ein Held wurde. Sie handelte kühn und entschlossen. Sie überredete den Wachsoldaten, auf seinen Posten zurückzugehen, wo nichts ihn mit dem Unglück in Verbindung bringen konnte; er war nur einer der loyalsten und gehorsamsten unter fünfzig Wachposten in der näheren Umgebung. Sie blieb bei dem Toten und schlug dann Alarm; man konnte sie mit dem Unglück nicht in Zusammenhang bringen, weil sie keine Waffe hatte und auch keine haben konnte. – Nun«, sagte Pater Brown und erhob sich aufgeräumt und vergnügt, »ich hoffe, daß Sie glücklich miteinander geworden sind.«

»Wohin gehen Sie?« fragte sein Freund.

»Ich will mir das Porträt des Kämmerers noch einmal ansehen, dieses Arnhold, der seine Brüder verriet«, erwiderte der Geistliche. »Ich möchte eigentlich gerne wissen, welche Rolle… Ich möchte wissen, ob ein Mann darum weniger ein Verräter ist, weil er zweimal ein Verräter ist.«

In tiefes Grübeln versunken, stand er lange vor dem Bild des weißhaarigen Mannes mit den schwarzen Augenbrauen und einem freundlichen, aufgemalten Lächeln, das dem drohenden Blick seiner Augen zu widersprechen schien.

Norbert Miller:
Die Welt als Paradox und
Wunderschachtel

G. K. Chestertons Erzählungen
vom Pater Brown

Monsieur C. Auguste Dupin, der Exzentriker und Detektiv aus
Langeweile in E. A. Poes Kriminalgeschichten, der die Aufklärung von Verbrechen nur als akrobatisches Kombinationstrai-
ning seines müßigen Scharfsinns betreibt, setzt bei einem nächtlichen Spaziergang durch Paris – in ›The Murders in the Rue
Morgue‹ (1841) – seinen Gesprächspartner in grenzenloses Erstaunen, als er nach einem von beiden Seiten beobachteten, vier-
telstündigen Stillschweigen korrekt mit seiner Antwort in den
Gedankengang seines Gegenübers eingreift:
» ›Er ist ein ziemlich kleiner Kerl, das stimmt, und wäre besser
für das *Théâtre des Variétés* geeignet.‹
›Daran kann kein Zweifel sein‹, erwiderte ich unwillkürlich
und ohne sogleich… die ungewöhnliche Weise zu bemerken, in
welcher der Sprecher mit meinen stillen Meditationen sich in
Einklang gebracht hatte.«
Nach der Methode befragt, die ihm so verblüffende Einblicke
in die Seele des anderen erlaube, skizziert Dupin Schritt für
Schritt die Assoziationskette nach, die von einem zufälligen und
zufällig beobachteten Ausgangspunkt – dem Zusammenstoß mit
einem kleinwüchsigen Obsthändler – über manche, dem Erfah-
renden weniger als dem Beobachtenden bemerkliche Zwischen-
schritte notwendig zu der Schlußüberlegung geführt habe, zu der
seine, Dupins, Antwort gehörte. »Ich widmete Ihrem Tun keine
sonderliche Aufmerksamkeit, doch ist Beobachten letzterzeit bei
mir so etwas wie eine Notwendigkeit geworden.« Dupins Kom-
binatorik wird nicht als angespannte Leistung des Intellekts cha-

rakterisiert, sondern als eine zur Gewohnheit ausgebildete analytische Veranlagung *(analytic ability)*. Über deren Natur und Funktion hat E. A. Poe oft reflektiert und in ihr – entlaufener Romantiker aus der Schule Coleridges und Byrons, der er war – das Pendant zur schöpferischen Imagination zu erkennen geglaubt: Wie die Imaginationskraft die bloße Phantasie übersteigt, so übersteige auch die Fähigkeit zur Analyse den wie immer geschulten Verstand. Beides sind dem Genie vorbehaltene Begabungen – Danaergeschenke vielleicht, die den Ausgezeichneten aus der gewohnten Wirklichkeit ausschließen und seine Existenz nach innen wie nach außen gefährden, in jedem Fall aber verliehene Attribute der Göttlichkeit.

Dupin versteht sich – wie sein im wahlverwandter Erfinder Poe auch – als Ausnahmeerscheinung, halb göttlicher Seher, halb luziferischer Rebell, der sich seine Gottähnlichkeit durch das absichtslose oder zynische Spiel mit der Erkenntnis verbürgt. Ob er sich den Aufschwüngen der Imagination überläßt oder ob er, wie mit dem Augenglas des Meister Floh aus E. T. A. Hoffmanns Märchen, die Regungen der Menschen so »herzlos-eisig und abstrakt« zergliedert, als ob sie für ihn Fenster in der Brust trügen, stets ist er in seiner schöpferisch-analytischen Doppelnatur der wissende Magier, zu dem die Dinge und Ereignisse vernehmbar sprechen und dem sich aus den alltäglichsten Indizien die innersten Geheimnisse erschließen. Für ihn gibt es die mühseligen Irrwege des Verstandes so wenig wie eine Trübung seiner Einsicht durch die Empfindung. Sein Erkennen ist stets eine Art Wiedererkennen aus Intuition: Das allein erlaubt es ihm, den Überlegungen seines Gesprächspartners über alle Wegkreuzungen des Gedankens unbeirrt zu folgen: das allein ermöglicht es ihm, in den makabren Mordszenen – untouchiert von Sympathie oder Abscheu – die Signifikanz jedes Details spontan und zuverlässig zu erkennen. Dupin ist der divinatorische Detektiv, der Detektiv aus gottgleicher Selbstgewißheit.

Die moralische Ansicht des Verbrechens, die Frage nach seiner Rolle im Ordnungsgefüge der Gesellschaft, die für den bürgerlichen Roman der zweiten Jahrhunderthälfte so bestimmend wurde, interessieren Dupin und Poe nur am Rande. Gewiß, sie haben kraft ihrer analytischen Imagination auch am Verbrechen teil. Nur so gelangen sie zu seiner Aufklärung. Mehr noch: Beide sympathisieren insgeheim mit den vom Verbrechen ausgehenden Momenten satanischer Verwirrung der Realität, wie das schon ihre geistigen Vorgänger von William Beckford bis zu Lord Byron getan hatten. Aber gerade die Sonderstellung des Romantikers und seine strikte Verweigerung gegenüber dem Alltag – Dupin vergräbt sich bekanntlich tagsüber in seiner abgedunkelten Wohnung und streift erst nachts durch die Straßen von Paris – lassen ihn verächtlich oder gleichgültig auf die Auswirkungen eines Mordes blicken.

Wenn Conan Doyle 1887 in ›A Study in Scarlet‹, mit der er das uns geläufige Genre der Detektivgeschichte und des Detektivromans kreiert, seinen Detektiv Sherlock Holmes als Revenant Dupins einführt – exzentrisch, zurückgezogen und von übermenschlicher analytischer Intelligenz und ebensolchem Selbstvertrauen –, so hat sich inzwischen die Situation so gründlich verändert, daß auch die Figur nicht mehr die gleiche sein kann.

Zwischenzeitlich hatten sich der englische wie der französische Zeit- und Gesellschaftsroman der Sphäre des Verbrechens ausgiebig angenommen. Als düsterer Hintergrund des Tagesgeschehens, als spannungsträchtiger Handlungsantrieb, der die verzweigten Fäden des Geschehens und die verschiedenen Gesellschaftsschichten ineinanderzuschlingen vermag, aber auch – in einer tieferen Schicht – als eine durchgängige Bedrohung des Daseins durch die Macht des Bösen, werden Mord und Verbrechen zu einem bestimmenden Faktor der Romane von Edward Bulwer-Lytton, dessen ›Eugene Aram‹ (1832) und ›Night and Morning‹ (1838) Poes Erzählungen sogar vorausliegen, und von Charles Dickens, dessen ›Martin Chuzzlewit‹ (1843) parallel zu ihnen entstanden ist, von Eugène Sue und Alexandre Dumas.

Vor allem der nüchterne und säkularisiert-wissenschaftsversessene Roman der sechziger Jahre (mit Wilkie Collins und Sheridan LeFanu als Exponenten) suchte in dem Mechanismus von verhüllter Schuld und langsamer Aufdeckung des Bösen das Gesetz der eigenen Realität in der Fiktion abzubilden. Das Verbrechen als Manifestation des Bösen, das die Gesellschaftsordnung herausfordert, das auf Generationen hinaus das Leben erstarren oder zerstören kann, zählt in diesen Romanen und, korrespondierend dazu, die schrittweise Enthüllung der feingesponnenen Komplotte durch menschliche Vernunft und Rechtschaffenheit. Der Detektiv, der in vielen Romanen eine große, selten zentrale Rolle spielt, ist Exponent der Gesellschaft, ganz in sie integriert, ihr Werkzeug oder ihr Helfer beim Ritual der Selbstentsühnung. Weder der Geheime Inquiry Agent Natchett in Dickens ›Martin Chuzzlewit‹, noch der bekannte Sergeant Cuff in Wilkie Collins' ›Moonstone‹, weder Dumas' M. Jackal (in den 1854 begonnenen ›Mohicans de Paris‹), dem wir doch den unsterblichen Grundsatz aller Detektivkunst, das »Cherchez la femme!« verdanken, noch Paul Fevals Lecocq (aus dem Zyklus der ›Habits noirs‹), nicht einmal in der Verselbständigung der Figur in den Romanen seines Sekretärs und Mitarbeiters Emil Gaboriau, haben mehr die Unvergleichlichkeit und Überlegenheit des Monsieur Dupin. Es sind Polizeibeamte, bezahlte Agenten, die ihren Fällen mit Erfahrung, genauer Beobachtung und Ausdauer nachgeben, deren Methode der Indizienbeweis und deren Ziel die Ausmerzung des moralisch Verwerflichen ist. Die Intuition ist als ein Moment der Unordnung verpönt: Wo Amateure sich mit der Polizei in die Puzzlearbeit der Aufklärung teilen (wie im ›Moonstone‹), bedienen sie sich der gleichen Vorgehensweise wie die Polizeidetektive und handeln im Einvernehmen mit ihnen.

Mit Sherlock Holmes kehrt der überlegene Außenseiter in die Kriminalliteratur zurück, aber er ist geprägt von den Anschauungen und Vorurteilen des viktorianischen Zeitalters. Conan Doyle forciert in der Figur seines Detektivs den eigenen Charakter des unbezwingbaren Amateurs, der – Garant der beinahe gleichgültig akzeptierten moralischen Ordnung – stets gegenüber der Routine des professionellen *common sense* triumphiert. Der Konflikt zwischen Polizei und dem Spezialisten aus Sportsgeist wird hier zum erstenmal literarisch ausgespielt. Entsprechend wird das spielerische Element besonders hervorgehoben: Sherlock Holmes betreibt die Aufklärung von Verbrechen als ein Hobby unter anderen. Seine Geigenkunst ist makellos, seine Abhandlungen zu beliebigen Wissensgebieten setzen jeweils den Standard, seine Verkleidungen überzeugen deshalb, weil er eigentlich jedermann in dessen Eigenart wie in seinem Metier glaubwürdiger als er selbst verkörpern kann. Er ist eine Summe an Fähigkeiten und Bildung, zu dem notwendig die Sergeanten und Inspektoren neidisch-ratsuchend aufschauen. Aber die Ähnlichkeit mit Dupin ist nur zufällig. Bei aller monströsen Befähigung ist Sherlock Holmes ein gläubiger und repräsentativer Sohn der naturwissenschaftlichen Ära, in der, wie Rudolf Borchardt es einmal ironisch-pathetisch formuliert hat, »Ansprüche der Betriebstechnik auf Revision der Geistesgeschichte« akzeptiert und propagiert wurden. Sherlock Holmes ist den Polizisten überlegen, aber er verfährt wie sie: Er predigt minutiöse Aufmerksamkeit, Genauigkeit im Detail der Beobachtung, Folgerichtigkeit in der Beweisführung. Mit Recht insistiert er auf der nachvollziehbaren, faktisch abgesicherten Logik der Deduktion. Es ist ihm ernst mit der immer wiederholten Bemerkung zu Watson, daß er mit ein wenig Anstrengung zu den gleichen Ergebnissen gelangen müsse. (Und der legendäre große Bruder Sherlock Holmes' hinter den wechselnden englischen Regierungen ist nur noch eine Steigerung mehr in der Kette, die das Genie mit dem gemeinen Mann verbindet.) Was der Detektiv über seinen trainierten Verstand hinaus noch braucht, sind denn auch die naturwissenschaftlichen Verfahrensweisen und Hilfsmittel: Lupen und Reagenzgläser, Untersuchungen zur Daktyloskopie, zu den Sorten von Zigarrenasche, über die Schmutzzusammensetzungen im Londoner East-End usw.

Sherlock Holmes ist so das Gegenteil seines Vorbildes Dupin: Ein vielseitig geschultes Meistergehirn, das zu seinen Schlußfolgerungen methodisch und exakt gelangt und nichts der Intuition überläßt, die für Poe erst das Genie ausmacht. Die große Schar von Sherlock Holmes' Schülern und Rivalen, die für zwanzig Jahre London zu einer der bestgehüteten Städte der Welt machten, sind mit bloßen Nuancenunterschieden seiner Manier des Auftretens und seinen Fahndungsmethoden treu geblieben. Ob Martin Hewitt oder Romney Pringle, ob Dr. John Thorndyke, der in den Erzählungen von R. Austin Freeman die Leser als ein Laboratorium und eine Enzyklopädie auf zwei Beinen beeindruckte, oder Max Carrados, der seine ohnehin ungemeinen Fähigkeiten noch durch Blindheit zu steigern wußte – die Detektive der spätviktorianischen Zeit prägten für ihr Publikum unverwechselbar den Typus des *investigator*, der gleichermaßen tatkräftig wie gebildet, genial wie integer *(mens sana in corpore sano)* noch einmal den Triumph der Ordnung über die Mächte des Chaos am ritterlichen Individuum vorführte. Und das zu einer Zeit, als die übrige Erzählliteratur von Niveau lange vor einer solchen Lösung resigniert hatte.

Man kann sich die Belustigung und Verwirrung ausmalen, die G. K. Chesterton hervorrief, als er 1909 in der Erzählung ›Das blaue Kreuz‹ den rundgesichtigen, unscheinbaren Pater Brown mit seiner neugierigen Einfalt und seinem beständigen Kampf gegen die Tücke des Alltagsobjektes in die illustre Gesellschaft der großen Detektive einmogelte.

»Der kleine Priester war so sehr der Inbegriff einer Unschuld vom Lande: Sein Gesicht war rund und öde wie ein Norfolk-Knödel und seine Augen so wasserfarben wie die Nordsee. Er hatte mehrere braune Papierpakete im Arm, deren er nur mühsam Herr werden konnte. Der Eucharistische Kongreß hatte offenbar viele solcher Geschöpfe aus der trägen Dumpfheit ihrer Dörfer hervorgescheucht, blind und hilflos wie Maulwürfe, die aus der Erde kommen. Valentin war ein Skeptiker im radikalen französischen Sinne, und so hatte er für Priester nicht viel übrig. Aber bemitleiden konnte er sie, und dieser hier hätte wohl in jedem Menschen Mitleid erregt. Er trug einen großen schäbigen

Regenschirm, der ihm immer wieder zu Boden fiel. Er schien nicht zu wissen, welches der gültige Abschnitt seiner Rückfahrkarte war. Mit der Einfalt eines Mondkalbes erzählte er jedem im Abteil, er müsse sehr vorsichtig sein, denn in einem seiner braunen Pakete sei etwas aus echtem Silber ›mit blauen Steinen‹.«

So bietet sich – Muster ungezählter späterer Auftritte, an deren Ausmalung Chesterton mit nicht endender Begeisterung arbeitete – Pater Brown den skeptischen Augen des großen Valentin, des Chefs der Pariser Sureté, dar. (Und bis herauf zu John Dickons Carrs Bencolin haftet in der englischen Kriminalliteratur dem jeweils obersten französischen Polizeidetektiv ein besonders exotisches, glänzend dämonisches Air an, das sie noch weit über die hohen Herren von Scotland Yard hinaushebt.) Die klassische Konstellation der Detektivgeschichte ist auf den Kopf gestellt: Der Polizeidetektiv übernimmt zu seiner vorgeschriebenen Rolle des Verlierers alle Eigenheiten und Ehrenzeichen des »Great Detective«. Er ist der unfehlbare und erfolgverwöhnte Schrecken der Unterwelt, ein überlegener und kühler Verstand wie Sherlock Holmes, jedoch noch um Schattierungen mitleidloser, unmenschlicher in der Analyse menschlichen Fehlverhaltens. Um ein würdiger Antagonist Pater Browns zu werden, verleiht ihm Chesterton noch ein divinatorisches Moment: Die Fähigkeit, die Logik über den gemessenen Gang der Indizienkette auf das Kalkül des Unvorhersehbaren zu erweitern. Nur dank dieser, seit Dupin verlorengegangenen Gabe, kann er dem ungleich-gleichen Paar aus Verbrecher und Detektiv wider Willen auf der Spur bleiben. In der Schlußverneigung, mit der Valentin sich vor der Überlegenheit Pater Browns beugt, kapituliert der Stand der großen Detektive und das Prinzip, auf das er sich gestützt hatte, vor einem anderen und höheren Prinzip: dem der Erkenntnis aus Einfalt, aus dem inneren Nachvollzug des Verbrechens als einer auch das eigene Ich gefährdenden Möglichkeit des Menschen. Es ist mehr als eine vom Zufall bedingte Verkleidung, wenn der Verbrecher und sein Gegner einträchtig im Priesterhabit ihre grotesk-abenteuerliche Fahrt durch London antreten. Verwandte Herzen schlagen unter den Kutten von Wild und Jäger, und das erkennende Verwundern Flambeaus, als er in dem arglosen kleinen Pfarrer alle seine eigenen Kenntnisse über das Verbrechen wiederfindet, begründet bereits das Freundschaftsverhältnis, das hernach den reuigen Sünder und Privatdetektiv Flambeau mit Pater Brown zu einem so sonderbaren Sherlock Holmes/Watson-Verhältnis verbindet.

Chesterton hat in seiner Autobiographie ausführlich die Entstehung der Figur beschrieben, die ihn von allen seinen sonderlichen und liebenswürdigen Romanfiguren am längsten durch sein Leben und durch sein Werk begleitet hat. Er hatte 1904 den irischen Pater John O'Connor kennengelernt, der ihn auf einem ihrer ersten gemeinsamen Spaziergänge durch seine abgründigen Einsichten in alle Stadien menschlicher Verworfenheit erstaunt, ja erschreckt hatte. Der jahrelange Umgang mit den Problemen und geheimen Verfehlungen seiner Gemeinde hatten in dem gutmütig und zerstreut wirkenden Priester eine Vertrautheit mit Laster und Verbrechen und ein Verständnis für die Anfälligkeit der menschlichen Kreatur geweckt, das für den Außenstehenden bei einem so klösterlich eingezogenen Leben etwas Beunruhigendes haben mußte. Am Ziel ihres Ausflugs wurde Chesterton dann Zeuge eines Gesprächs zwischen zwei jungen Studenten, die sich über die Weltfremdheit des katholischen Klerus mokierten. Noch unter dem Schock seiner eben gemachten Entdeckung hörte er »zwei Herren aus Cambridge, die von dem wirklichen Bösen in der Welt so viel verstanden, wie zwei Babys im gleichen Kinderwagen«, sich über den Vorteil unterhalten, dem Verbrechen wissend entgegenzutreten, anstatt sich wie die katholischen Pfarrer aus der Welt in die blinde Einfalt zu flüchten. Die paradoxe Situation löste in ihm die Idee zu seiner Detektivgeschichte aus: Die sokratische Einfalt, die sich demütig der eigenen Gebrechlichkeit und Verführbarkeit bewußt ist und von daher ihre Aufmerksamkeit klug und mißtrauisch auf die Attrappen der um sie aufgebauten Schrecken richtet, triumphiert über die hochmütige Kurzsichtigkeit einer leeren Intellektualität, die sich selbst in die Irre führt. Schon früher hatte sich Chesterton über die melodramatischen Schauer des Verbrechens und über die selbstgefälligen Argumentationsketten der Meisterdetektive lustig gemacht. Schon in seiner ersten Sammlung von Kurzgeschichten: ›The Club of Queer Trades‹ (1905) enthüllen sich die Geheimnisse samt und sonders als Mystifizierungen und Inszenierungen. Und ähnlich läßt Chesterton in ›The Man, who was Thursday‹ (1908) – wohl schon unter dem Eindruck der Pater Brown-Idee – den ganzen Weltrat der Anarchisten sich als eine Versammlung eingeschleuster Polizeiagenten selbst aufheben. Mit ›Das blaue Kreuz‹ und den andern Erzählungen aus ›Die Einfalt des Pater Brown‹ hat er dann die Formel gefunden, um aus den »Märchen der Großstadt«, als die er, lange ehe er selber welche schrieb, die Detektivgeschichten gefeiert hatte, bizarr konturierte Gleichnisse der zeitgenössischen Wirklichkeit zu bilden und um mit dem Skeptizismus und der verzweifelten Fixierung auf den naturwissenschaftlich garantierten Fortschritt abzurechnen. Abzurechnen in einem Medium, das auf einer trivialen Stufe diese Zeithaltung fast vollkommen repräsentierte.

Pater Brown ist auch bei der Aufklärung raffiniert geplanter Untaten Seelsorger. Seine Haltung gegenüber dem Verbrechen ist moralisch, geprägt von einem allgemein christlichen, weniger von einem eng katholischen Ethos (Chesterton war zur Zeit der ersten Pater Brown-Erzählungen noch nicht zum Katholizismus übergetreten. Seine Hinneigung zu der optimistischen Gläubigkeit eines Kardinal Newman war für ihn noch Ausdruck einer freien idealistischen Religiosität, die mit seinen liberalen politischen Auffassungen übereinstimmte. Und auch nach seinem späten Eintritt in die katholische Kirche 1922 blieben Vernunft und Freiheit für ihn die beiden Leitideen dieses katholischen Glaubens. Er hat das Lehrgebäude der Kirche immer in diesem Sinn für sich ausgedeutet.) Diese moralische Haltung zum Verbrechen trennt Pater Brown sowohl von den Detektiven im Gefolge des Sherlock Holmes, die das Rätsel, nicht der Verbrecher interessiert – es sei denn als ebenbürtiger Gegner –, als auch von seinen viktorianischen Vorgängern, die das Verbrechen und den Verbrecher aus der geordneten Welt ausschlossen. Pater Brown löst seine Fälle, indem er sich, unabgelenkt durch das Arrangement der Indizien, in die Atmosphäre des Bösen versetzt, in sich die Tat nachvollzieht und gewissermaßen als Täter die widersprechenden Abläufe und Beweisstücke zu ordnen vermag. Wie Dupin bei Poe erkennt auch Chestertons kleiner Priester intuitiv und aus der Einsicht in die fremde Seele. Wie bei ihm gilt auch bei Pater Brown die Beobachtung den inneren Beweggründen einer Tat, nicht dem trügerischen Indiz, das auch bei genauester Analyse zu vermessen-irrigen Urteilen führen kann. In der Erzählung: ›Die Abwesenheit des Mr. Glass‹ führt Chesterton beide Verfahrensweisen exemplarisch vor und zeigt, wie die herablassende Intelligenz des Dr. Orion Hood alle Beweisstücke richtig auffaßt und durchschaut, um sie schließlich doch völlig zu mißdeuten. Pater Brown richtet sein Augenmerk auf die kleinen Anomalien im Verhalten, die sich nicht in das vom Verbrechen intendierte Tatmuster fügen. Ein menschenfreundlicher Prophet unterbricht sein öffentliches Gebet nicht, als in seinem Haus Schreie ertönen, und Pater Brown weiß, noch ehe er am Schauplatz des Mordes angekommen ist, daß der Prophet an dem Verbrechen beteiligt ist, für das er ein lückenloses Alibi besitzt. Ein junger Mann lacht allein in einer Gemäldegalerie, und Pater Brown behält dieses Detail, um später einen teuflischen Mordfall mit Hilfe dieses unscheinbaren Zuges zu lösen.

Anhänger der strengen Regel des *fair play* im Kriminalroman haben Chesterton vorgeworfen, daß er oft gar zu unbemüht mit dem kriminalistischen Detail umspringe, daß er über Schwächen der Konstruktion – wie kommt eigentlich Valentin einkalkulierbar auf die Spur der beiden sonderbaren Priester? – mit einem Bonmot oder einer überraschenden Gedankenwendung hinweggeht und daß er auch dem aufmerksamen Leser keine Möglichkeit zum Mitraten einräumt. In der Tat behandelt Chesterton bei einer durchgehend ingeniösen Erfindung seiner *plots*, die auch in den spätesten Geschichten fast stets den gleichen Rang wie in den berühmten Erzählungen der ersten beiden Sammlungen behaupten, den äußeren Apparat der Fingerabdrücke, Tatzeitbestimmung und Giftproben mit der Nachlässigkeit, die seinem Prinzip entspricht. Er arbeitet die springenden Punkte präzise heraus, verkleidet sie in den phantastischen Prunk der Szenerien und Situationen, in deren Erfindung vielleicht kein Autor außer Charles Dickens mit Chesterton wetteifern kann, und entwickelt die Lösung aus der psychologischen Konstellation, in die wiederum auch der äußere Apparat miteinbezogen wird.

Darin nun unterscheidet sich Chesterton grundsätzlich von Poe, für den auch die Analyse seelischer Vorgänge den gleichen Gesetzen einer allmächtigen Logik unterworfen ist wie die Analyse von Geheimschriften, Zeitungsberichten, äußeren Tatindizien usw. Dupin sieht in die Seelen seiner Mitmenschen wie durch ein Glasfenster, *von außen:* durch Beobachtung kleinster Veränderungen; *von oben:* durch ein mitleidloses Verwandeln des Gegenübers in ein Untersuchungsobjekt. Dupin ist hier der eigentliche Widersacher Pater Browns, das Urbild aller Verbrecher bei Chesterton. Er ist der Sündige aus Vermessenheit, schuldig der Sünde Luzifers, sein zu wollen wie Gott.

Es gibt auch bei Chesterton eine Szene, worin Pater Brown seinen Gesprächspartner durch die genaue Kenntnis seiner verborgensten Gedanken erschreckt. Sie korrespondiert der analogen Szene bei Poe so genau, daß ein Zufall weitgehend auszuschließen ist. In der Erzählung ›Der Hammer Gottes‹ ist der nichtsnutzige Colonel Bohun vor der Kirche seines Dorfes von einem übermenschlichen Schlag mit einem Hammer ermordet worden. Während sich der Verdacht der Polizei auf den Dorfschmied konzentriert, stehen Pater Brown und der Bruder des Ermordeten, der Pfarrer Wilfried Bohun, auf der Galerie des Kirchturms und sehen hinab:

»›Ich halte es für etwas gefährlich, auf so hohen Punkten zu stehen, selbst um zu beten‹, sagte Pater Brown. ›Man sollte zu Höhen hinaufblicken, nicht von ihnen hinab.‹

›Sie meinen, man könnte fallen?‹ fragte Wilfried.

›Die Seele könnte fallen, wenn schon nicht der Leib‹, sagte der andere Priester…

Ich kannte einen Mann, der früher einmal mit den andern zusammen vor den Altären kniete; später aber zog er hochgelegene, einsame Plätze für sein Gebet vor, Ecken und Nischen des Glokkenturms oder der Turmspitze. Und einmal, als sich an solch schwindelerregendem Ort die ganze Welt unter ihm wie ein Rad zu drehen schien, verdrehte sich sein Verstand, und er hielt sich für Gott. Und obwohl er ein guter Mensch war, beging er ein großes Verbrechen.‹«

Und Pater Brown sagt Wilfried Bohun auf den Kopf zu, wie er seinen Bruder als ein schädliches kleines Insekt aus göttlicher Höhe wahrgenommen habe, wie er das Recht des Richters sich angemaßt und mit Hilfe der Schwerkraft das fremde Leben ausgelöscht habe. Der Schuldige versucht, in die Tiefe zu springen: »Wilfried Bohun schwang ein Bein über die Brüstung, aber Pater Brown hatte ihn sofort am Rockkragen.

›Nicht durch diese Pforte‹, sagte er ganz freundlich, ›diese Pforte führt zur Hölle.‹

Bohun taumelte gegen die Mauer und starrte ihn voll Entsetzen an.

›Woher wissen Sie das alles?‹ rief er, ›sind Sie ein Teufel?‹

›Ich bin ein Mensch‹, antwortete Pater Brown sehr ernst, ›und habe daher alle Teufel im Herzen…‹«

Pater Brown hat es nicht nötig, am Mienenspiel seines Partners, an seinen unwillkürlichen Reaktionen die Vorgänge in dessen Innerem aufzuschlüsseln. Als Seelsorger versetzt er sich in den anderen hinein, und da er die Möglichkeit zum Verbrechen in sich kennt, erlebt er den Frevel gewissermaßen nach und nimmt ihn mit auf sich. Dupin ist arrogant, Pater Brown ist demütig. Er weiß sich als Kreatur, nicht als Schöpfer. Das gibt ihm die Nüchternheit und Überlegenheit immer dort, wo eine Situation scheinbar ausweglos verfahren oder rätselhaft ist. Für ihn gibt es nur ein Geheimnis: das Geheimnis Gottes, die Schöpfung ihrerseits birgt keine Geheimnisse. Hier sind alle Unerklärlichkeiten aus der menschlichen Natur erklärbar. Wo immer der Intellekt auf dem Geheimnis besteht, wird in Pater Brown das Mißtrauen wach. Hier wittert er die Selbstüberhebung des Menschen als die teuflische Triebfeder des Bösen. Manche Geschichten wie die vom ›Duell des Dr. Hirsch‹ dienen – ohne eigentlich kriminalistisches Interesse – dem Aufzeigen des sinistren Mummenschanzes, mit dem der Unglauben sich selbst hofiert. Pater Brown löst die Rätsel der Verbrecherwelt, weil ihn die Einsicht in die eigene Beschränktheit – seine Einfalt – wie den alten Sokrates gelehrt hat, richtig zu denken.

Noch in anderer Hinsicht stehen Chestertons Detektivgeschichten quer zur Zeitauffassung und zu der Tradition, die sich in ihr manifestiert: Sie sind halb Essays zur Moral, halb exotische Abenteuer. Sie sind immer zugleich theoretischer und farbiger als alle Geschichten von Conan Doyle, Arthur Morrisoh oder R. Austin Freeman. Chesterton läßt an jeder Peripetie der Handlung, bei jeder Satzbiegung und bei jedem seiner unzähligen Vergleichsbilder spüren, daß die Geschichte nicht nur um ihrer selbst willen erzählt wird. Sie gibt in der bizarren Silhouette des Modebads, der Räuberlandschaft im Apennin oder des schottischen Hochmoors eine Ausnahmesituation, an der sich unterschiedliche Reaktionen auf ein verstörendes Unheil grimmig oder gutgelaunt herausbilden und in ihrem Stellenwert pointieren lassen. Chesterton doziert nicht. Er vermeidet die Allegorie, er vermeidet sogar die Propaganda: Die »katholische« Antwort ist als Antwort Pater Browns immer von der Rolle her abgesichert, wie eng die Beziehungen zwischen Autor und Detektiv hier sein mögen. Er läßt durchaus die Geschichte sich selbst auslegen, und das heißt, daß die Exegese im angebotenen Vergleich, in der Aussparung des Untersuchungsdetails und in der angebotenen Verbindung von Handlungslinien besteht. Chesterton ist unerschöpflich in der Erfindung solcher hinweisender Accessoires, solcher charakterisierender Bilder, die mit ganz leichter Hand und durchsichtig in den Zusammenhang gestellt werden. Aber er erfindet auf die Pointe hin, so daß jedes Interieur und jedes Nebengeschehen sich aufeinander beziehen und sich wechselseitig unaufdringlich erklären.

Die Kreuzworträtsellandschaft der klassischen Detektivgeschichte kennt nur Schemen in einem aus wenigen Requisiten zusammengestellten Ambiente – nur der »Fall« bringt gelegentlich abseitigere Momente ins Spiel –, das durch den Verweis auf das zeitgenössische London ungeprüft als real ausgewiesen wird. Der viktorianische Roman umgekehrt verwandte – im Gefolge von Thackeray und George Eliot – alle Sorgfalt auf die Lebensähnlichkeit und die Milieutreue seiner Gesellschaftsportraits. Chesterton fühlte sich dagegen mit seinem Vorbild Charles Dickens als *Karikaturist*, der seine Wirkung durch Überzeichnen oder Auslassen zu erreichen weiß. Die Karikatur hat – in der knapp bemessenen Kurzgeschichte – eine gesteigerte Anschaulichkeit und zugleich einen unübersehbaren Hinweischarakter. Ihre überzeichnete Kontur macht sie durchlässig für die Bedeutung, bezieht sie ein in den essayistischen Zusammenhang.

Nun hatte Chesterton überhaupt eine Aversion gegen das, was er die »Respektabilität des Wirklichen« nannte. Seine Aufsätze und seine vielen Romane und Erzählungen bekunden fast in jedem Satz diesen Widerwillen, die eigene Einsicht oder die Phantasie von der Gewohnheit der Wahrnehmung her zu begründen. Schon sein erstes Buch ›The Defendant‹ (1901) nähert sich der Realität durch den immer wieder gesuchten Augenblick der Verblüffung, durch eine Art Kopfstand der Wahrnehmung, den Chesterton zu einer beispiellosen Virtuosität und damit zu einem konsequent anwendbaren Prinzip entwickelte, das Leben als Wunder und Abenteuer immer neu aufzufassen. Die klassische Detektivgeschichte spielt in der Großstadt. Das London zwischen Baker Street 221 B und Boscombe Old Place ist der vertraut-unheimliche Schauplatz der Auseinandersetzung mit dem Verbrechen. Damit die großen Detektive und die Dr. Moriartys – die Inkarnationen des Bösen – ihre Strategien entwickeln können, ist die Gegenwart und die Alltäglichkeit der Großstadt die

Voraussetzung. Natürlich hat die Detektivgeschichte auch bei Conan Doyle Züge des Märchens, hat die Vorstellung einer Großstadt als Dschungel einen Hauch von Tausendundeiner Nacht. Aber erst Chesterton faßt die Detektivgeschichte ganz als Märchen mit tieferer Bedeutung auf.

Die Verwunderung und das Wunder, der Augenblick der Verwandlung und die fast kindliche Spannung auf das Öffnen fremder Türen und Lebensbereiche bestimmen die buntbemalte Welt des Pater Brown. Chesterton macht kein Hehl daraus, daß seine Sonderlinge und Bösewichter aus der Sphäre des Marionettentheaters stammen, daß das Grundmuster seiner skurrilen und sinistren Begebenheiten den Zweikämpfen und Nöten des Punch oder Kasperl Larifari abgesehen ist und daß die liebevoll ausgestatteten Landschaften mit ihrer gleichmäßig verteilten Vorliebe für exotische Felsformationen und für verschlafene Stadtwinkel, für bengalische Sonnenuntergänge und für blauschwarz-dräuende Nachtstücke, virtuose Abwandlungen der entsprechenden Bühnendekorationen sind. In seinem späten Buch über Robert Louis Stevenson (1927), den Verfasser der von ihm sehr geliebten und bewunderten ›Schatzinsel‹, hat Chesterton am fremden Vorbild das eigene Verfahren charakterisiert: Stevensons Imagination sei bis zu seinem Lebensende beherrscht gewesen von den grellbunten Dekorationen aus Wald, Wüste und Meer, aus Burgen und phantastischem Bewuchs und von den Drachen und Rittern, Beduinen, Piraten und verfolgten unschuldigen Prinzessinnen, die er in den Ausschneidebogen von Skells tragbarem Theater gesammelt habe. Das magische Leben und die unabnutzbare Leuchtkraft in Stevensons Erzählungen, auch die Glaubwürdigkeit des Exotischen in ihnen, verdankten ihre spontane Wirkung auf den empfänglichen Leser ihrer Verwandtschaft mit den Knabenträumen, die Autor und Publikum miteinander teilten. Die gleiche Umrißschärfe wie die eines ausgeschnittenen Bilderbogens und die gleiche satte Lokalfarbigkeit der Szene und der Geschehnisse, die Chesterton an der ›Schatzinsel‹ und an dem ›Flaschenteufelchen‹ hervorhebt, gehören zu den auffälligsten Eigenarten aller Romane und Geschichten, die er selbst geschrieben hat. Chesterton, der ein leidenschaftlicher Zuschauer und Spieler bei jeder Art von Kindertheater war und der selbst viele Ausschneidefiguren für Märchengrotesken gezeichnet hat, sah in dem Übermut und der buntkolorierten Frische einer von Piraten und Indianern träumenden Lausbubenphantasie das eigentliche Gegengift gegen den grauen, einsichtslos sich selbst bespiegelnden Realismus des späten 19. Jahrhunderts.

Die Geschichten von Pater Brown – am auffälligsten bei Sujets, die, wie das Rinaldo-Rinaldini-Komplott im ›Paradies der Diebe‹, unmittelbar an die Abenteuerphantasie im Leser appellieren – suchen die Sehgewohnheiten und das eingeübte Werturteil zu durchbrechen und in einer fortgesetzten Reihe von Überraschungen die Möglichkeit einer naiv offenen, einer poetischen Erkenntnis wiederherzustellen. Das ist bei Chesterton nicht eigentlich eine romantische Vorstellung, nicht Flucht in die verlorene Landschaft der Kindheit, sondern ein für notwendig gehaltenes, realistisches Zukunftsprogramm für die Dichtung, für die Philosophie, für den Alltag. Es gilt, so meint Chesterton, die bösen und heiteren Begebenheiten so zu sehen, wie sie sind, unverstellt durch die Machinationen des Interesses und die selbstgefälligen Systeme des Intellekts, dagegen mit der Aufmerksamkeit für das unauffällige Detail, in dem sich das Wunder und die Erklärung verbergen.

»Es ist eine alte Geschichte, und für manche von uns eine traurige, daß in einem gewissen Sinn diese Kinderspiele uns mehr bedeuten als jemals den Kindern«, schreibt Chesterton in einem Aufsatz über das Guckkastentheater für Kinder: »Auch wissen wir nie, wieviel an unseren späteren Vorstellungen abhängig ist von einem solchen Schlüssellochblick ins Paradies. Ich denke manchmal, daß uns Wohnungen deshalb anziehen, weil sie den Puppenhäusern ähnlich sind, und ich bin sicher, das Beste, was man von vielen großen Theatern sagen kann, ist, daß sie uns an kleine Theater erinnern können. – Ich sehe nicht rückwärts, ich sehe vorwärts, wenn ich an diese Art des Marionettenspiels denke; ich sehe dem Tag entgegen, wo ich Zeit genug habe, damit zu spielen. Eines Tages, wenn ich zu faul bin, irgend etwas zu schreiben oder auch nur irgend etwas zu lesen, will ich mich in diese Wunderschachtel zurückziehen; und man wird mich finden, wie ich mit ungebrochener Hoffnung versuche, in das Puppentheater hineinzugelangen.« Für Chesterton verbanden sich diese Vorstellungen, schon lange vor seinem Übertritt zum Katholizismus, mit der Vorstellung von den Menschen als Kindern Gottes, die ihr Leben erst wirklich erkennen, wenn sie werden wie Kinder. So wird der scheinbare Widerspruch aufgehoben, daß die Detektivgeschichten bei Chesterton farbiger und theoretischer seien als die seiner Vorgänger: Die Buntheit und der ständige Szenenwechsel bilden die Voraussetzung für das Gespinst an Einsichten, Folgerungen und Vieldeutigkeiten, und umgekehrt sind die moralischen Pointen und die Aphorismen zur Lebensweisheit vom gleichen Stoff, aus dem auch die Ausschneidebogen von Chestertons tragbarem Theater sind.

Noch in anderer Hinsicht hat Chesterton vom Puppentheater – und vielleicht auch von Stevenson gelernt: einmal im Handwerk des Erzählens, in der Vergegenwärtigung von Handlung, zum andern im unverwüstlichen Optimismus, im sanguinischen Glauben an den Sieg des Guten. Zu den vielen Ausschneidefiguren Chestertons gehört auch eine Darstellung des erbitterten Herodes, der ingrimmig bemerken muß, daß sich die ersten Kinder von den Folgen des bethlehemitischen Kindermordes zu erholen beginnen. Kein Beispiel könnte deutlicher machen, wie sehr Chesterton das Wort »Unwiderruflichkeit« aus seinem Vorstellungskanon getilgt hatte, wie sehr er bereit war, zur rechten Zeit auch die Bibel zu korrigieren, wenn das Gräßliche die Glaubwürdigkeit des göttlichen Ratschlusses antastete. Pater Brown weiß um die Abscheulichkeiten, deren er wie seine verirrten Brüder, die Verbrecher, fähig sein könnte. Es gibt kaum einen Greuel, kaum ein noch so widerwärtiges Kapitalverbrechen, das uns in der Reihe der Pater Brown-Geschichten nicht begegnen würde. (Ausgenommen selbstverständlich, wie es dem Zeitbrauch und Chestertons Mentalität entsprach, jedes Sexualverbrechen.) Aber getreu seinem Vorsatz, seine Zeit aus dem langen Schatten von Schopenhauer und Darwin herauszuführen, räumt Chesterton dem Teufel und dem Aufruhr gegen das Gute nur einen schmalen Raum ein. Da ist er unbarmherzig, selbst wenn Pater Brown noch christlich mitfühlend bleibt. Bencolin oder Dr. Hirsch sind ihm verhaßt, da sie aus der Versuchung, die er wie sein Detektiv nachvollziehen kann, ein Programm gemacht haben. Im übrigen aber sühnt das Eingeständnis der Anfälligkeit die Schuld, und diese Zuversicht in das Gute gibt auch den sinistren Gegenständen bergende Atmosphäre, liefert die Voraussetzung für den gleichmäßig beschwingten Erzählton und läßt das Kolorit (»Ich liebe besonders helle und leuchtende Farben, und ich gebe mir alle Mühe, sie recht leuchten zu lassen!«) seiner Märcheninszenierungen auch in den Mordszenen aufstrahlen.

In technischer Hinsicht verdankt Chesterton den beschränkten Möglichkeiten einer kleinen Puppenbühne den Einblick in die Baugesetze der Kurzgeschichte, die ja notwendig unter ähnlichen Beschränkungen leidet. Auf einem Taschentheater lassen sich – so ein charakteristisches Paradox aus einem seiner Aufsätze – nur sehr große, keine kleinen Gegenstände darstellen, ein Drache, aber kein Wurm. Alles muß groß umrissen und einprägsam sein. Alle Effekte müssen abhängen von dem, was man vor Augen hat, vom Himmel und den Wolken, vom verzauberten Garten oder von dem Prospekt mit der Schatzinsel. Und davon hängt die zweite Regel ab, daß der verminderte Maßstab nur die spektakuläre Situation zuläßt, den überwältigenden Auftritt oder Abgang der Figuren: »Das jähe Auftauchen eines Drachenhauptes wird genügen (wofern es nur von gebührender Entsetzlichkeit ist), um klarzumachen, daß er Menschen frißt; und der Drache muß nicht erst umständlich, mit lebhaften Gesten und in annehmlicher Konversation versichern, seine Natur neige nun einmal zur Menschenfresserei, und er sei nicht bloß zufällig zum Tee hereingeschneit.« Auf das Genre der Kurzgeschichte angewandt, heißt das: Um in dem engen Raum von 20 bis 25 Druckseiten ein kriminalistisches Geschehen, das ja doch immerhin die Verhüllung eines komplexen Tatbestandes, die falschen Hinweise und die überraschende Auflösung in sich schließen muß, logisch und ästhetisch überzeugend darzustellen, muß sich der Autor eines Verfahrens bedienen, das bei äußerster Verknappung in den Nebenumständen dennoch die Szenerie des Verbrechens und die Pointe der Entdeckung in *einer* geschlossenen Silhouette so randscharf herausarbeitet, daß beim Leser nicht der Eindruck bloßer Skizzenhaftigkeit entsteht.

Das Unbefriedigende der meisten, auch der besten Detektivgeschichten vor und neben Chesterton liegt im Fehlen des Gleichgewichts zwischen Ausführlichkeit der Fall-Argumentation und Vergegenwärtigung der Realität. Die wenigsten dieser Geschichten sind, entgegen einem bestehenden Vorurteil, schlecht geschrieben. Und doch wirken auch die sehr gefeilten Erzählungen von R. Austin Freeman nicht wie ästhetische Gebilde. Sie streben danach, den realistischen Roman mit seinen eigenen Mitteln in der Verkürzung wiederzugeben, ohne zu einer selbständigen Lösung zu gelangen. Bei Chesterton sind die Erzählungen bestimmt durch die immer neu variierte Folge: malerische Ausgangssituation (sie ist durch zahlreiche, zunächst halb verdeckte Fäden mit allen späteren Ereignissen und Schlußfolgerungen verbunden) – Auftritt des Pater Brown, der ja in jeder Geschichte neu vorgestellt wird – Durchführung nach klassischer Sonatenweise, d. h. durch Kombination und Weiterentwicklung des vorgegebenen Motivmaterials – *dénouement* und Abgang des Pater Brown, der darin stets seinen Auftritt korrigiert. Um den Zusammenhalt der Geschichte und damit auch die geschlossene Vollständigkeit des ästhetischen Eindrucks zu garantieren, sieht Chesterton darauf, die Motive und Charaktere nicht nur eng aneinander zu beziehen, sondern sie in die gleiche, durch die Stationen des epischen Vorgangs herrschende Atmosphäre einzuhüllen.

Dafür wenigstens ein Beispiel: in ›Der Hammer Gottes‹ wird der degenerierte Schuft, wie durch ein Gottesgericht vor dem Eingang der Dorfkirche und neben dem Haus des Schmieds, dessen Frau er verführt hat, von einem übermenschlichen Schlag mit einem Hammer erschlagen. Die Auflösung ist bekannt: Nicht der Schmied, der nach seiner Stärke und seiner Ehrbesessenheit allein in Frage kommt, sondern der Kurat Wilfried Bohun hat seinen Bruder gerichtet. Das erwähnte Gespräch mit Pater Brown liefert mit den Gegensatzpaaren: Höhe – Tiefe, Blick nach oben und von oben, Hochmut – Demut, die Koordinaten, denen sich die einzelnen Phasen der Geschichte auf verschiedener Ebene angleichen. Die Brüder Bohun aus altem englischen Adel, der nur noch in der Verzerrung seine traditionelle Vorrangstellung ahnen läßt, fordern die Gerechtigkeit gleichermaßen heraus; der eine durch den offenen, beinahe chevalieresken Trotz auf die eigene Verderbtheit, der andere durch die Gleichsetzung der eigenen Priesterrolle mit dem Richteramt des Himmels: Der Schmied mit der schottisch-presbyterianischen Unbarmherzigkeit seines Racheglaubens, den Pater Brown dem Erbe seiner auf Bergen betenden schottischen Vorfahren zuschreibt und der ihn verdächtig und im Innern vielleicht auch schuldig werden läßt, aber auch der Atheist Gibbs und die Polizei, die aus abergläubischer Angst vor der scheinbar unausweichlichen Lösung eines göttlichen Strafgerichts die offensichtlich falsche Lösung akzeptieren – sie alle werden aufeinander abgestimmt und in das Koordinatennetz der Geschichte eingepaßt.

Aber auch das Verbrechen selbst wird wie ein Gleichnis der Selbstüberhebung durchsichtig gemacht auf seine Signifikanz hin: Der Verbrecher wird von einem Kirchturm aus getötet, und sein Mörder bedient sich der Schwerkraft für seine Tat. Gewissermaßen tötet er nicht selbst, sondern überläßt als Gottes Stellvertreter diesem die Entscheidung über die Anwendung des eigenen Gesetzes oder über ein Wunder (was bereits eine Blasphemie mehr darstellt). Ähnlich ist beinahe jedes kleine Detail auf das Zentrum der Erzählung bezogen, sei es der auffallende grüne Hut des Opfers, der es unverkennbar zeichnet, sei es die Vorliebe des Kuraten, die nicht der Kirche, sondern der gotischen Kirche, nicht dem Glauben, sondern der menschlichen

Kunstleistung gilt. Schon die ersten Sätze geben verdeckt das Thema an:

»Das Dörfchen Bohun Beacon lag auf einem so steilen Hügel, daß sein hoher Kirchturm nur eine Bergspitze zu sein schien. Am Fuß der Kirche stand eine Schmiede, die gewöhnlich von rotem Feuerschein erleuchtet und immer mit Hämmern und Eisenstükken übersät war; ihr gegenüber, jenseits einer Kreuzung holpriger Wege, befand sich der ›Blaue Eber‹, das einzige Wirtshaus des Ortes.«

Da sind, vor aller Bekanntschaft mit dem Geschehen, die Elemente des Verbrechens gleichsam von langer Hand her vorbereitet: Der mächtige, von einem der Bohuns vordem errichtete Kirchturm wie ein Teil des Berges, ein Turm von Babel im kleinen; der Herrschafts- und Richteranspruch der Bohuns im Ortsnamen; das enge, einzwängende Beieinander von Kirche, Schmiede und Wirtshaus als der Herrschaftsbereich des mißratenen Bruders. Chesterton war ein Virtuose der Anfangsformulierung, die immer in der Beschwörung der Grundstimmung auch den thematischen Nexus mitskizziert (vgl. etwa die Schilderung der Praxis von Dr. Orion Hood in ›Die Abwesenheit des Mr. Glass‹). Atmosphäre als das Elixier der Geschichten meint bei ihm stets das Zusammenwirken aller Kräfte in einem Punkt. Die Stimmung, die Suggestion des pittoresken Hintergrunds ist dabei ein Moment unter anderen, die sich wechselseitig stützen. John Dickson Carr und besonders Simenon haben später ähnlich versucht, ihre Romane aus *einem* Metier oder aus *einer* Grundsituation heraus zu konstruieren. Doch ist Chesterton essayistischer, gleichnisversessener, mehr der Spieler im Taschentheater der Kinder. Er läßt den Hintergrund und die Entfaltung der Auftritte statt der kontinuierlichen Erzählung ihre Wirkung tun. Dazu aber gehört, daß die aufgemalten oder vorgestellten Einzelheiten wichtig und bedeutsam sind. Stilistisch sichert Chesterton den einheitlichen Charakter seiner Erzählungen und die Dichte des thematischen Geflechts durch seine Leidenschaft für das ausgefallene Vergleichsbild und für das Paradox, beides Eigenheiten, die bei ihm über bloße Stilmerkmale hinausgehen. Vielleicht hat sich nach dem Barock nur Jean Paul ähnlich exzessiv des Vergleichs und der Metapher bedient, um in der Überraschung des Ebenenwechsels die Erzählung oder den Gedanken zu entgrenzen, ihm neue Dimensionen zuzuführen. Und bei beiden wirkt hier, durch die Person und ihre Statur gedeckt, eine barocke Haltung nach, die sich mit der Materialität der Wirklichkeit und ihrer Ereignisse nicht zufriedengibt, die sie miteinander in Berührung bringen will, die sie einordnet in einen weiten, Schöpfung genannten Kontext, dessen Ordnung für das Geschöpf nicht voll einsehbar sein kann und das darum durch das Ist-Gleich-Zeichen der Logik auch nicht beschreibbar ist. Die Vergleichsbilder sind bei Chesterton weder so zettelkastenmäßig gehandhabt, noch stoßen sie ähnlich kühn in die Randbezirke des Denkens und Träumens vor wie die Metaphern Jean Pauls. Sie sind kindlich-übermütiger, spielerisch auf die Reizbarkeit der Sinne (des Auges vor allem) abgestellt. Sie bleiben im Diesseits, heben nur in der Verdeutlichung des Wahrgenommenen die Wahrnehmung selbst aus der abgestumpften Gewohnheit. In seinen Bildern und in der korrespondierenden Neigung zum Paradox verständigt sich der Erzähler unter der Hand mit seinem Helden und weist das Publikum listig und augenzwinkernd in die Haltung Pater Browns der Welt gegenüber ein.

Über Chesterton und das Paradox ist viel geredet und geschrieben worden. Unverkennbar ist die Lust am provozierenden Widerspruch ein auffälliges, vielleicht das hervorstechendste Merkmal des Romanciers und des Essayisten Chesterton. Und ebenso unverkennbar ist es, daß sich diese Lust zuzeiten bei ihm ganz von den bezeichnenden Sachverhalten abgelöst hat. Schon die Zeitgenossen stöhnten gelegentlich, wenn sich der glänzende Debattierer in einem der beliebten Schaugefechte mit seinem Freund Shaw oder einer anderen Zelebrität auf gar zu gewagte Behauptungen eingelassen hatte und sie in immer gewagteren Bocksprüngen verteidigte. Das Publikum warf ihm, vor allem zu Anfang seiner Karriere, vor, »er strebe nach einem billigen Erfolg, indem er sich einfach auf den Kopf stelle und beweise, Schwarz sei Weiß« (Shaw). Das Bild trifft dabei so genau, wie der Vorwurf danebenzielt; denn Chesterton war – bei aller ungezügelten Freude an Witz und Unsinn – alles andere als ein Sophist, der beliebig die Fronten wechselt. Chesterton stellte sich auf den Kopf, wann immer er den Verdacht hatte, nur so lasse sich bei ihm und seinem Auditorium der Star aus dem Auge bringen. Zu therapeutischen Zwecken gewissermaßen.

Der Widerspruch hat aber für Chesterton noch eine tieferreichende Bedeutung, die er einmal in seinem Buch über Shaw (1909) in Auseinandersetzung mit dessen Schreibtechnik beschrieben hat: »Shaws einziges Paradox besteht darin, einen Faden oder Strang der Wahrheit immer länger und länger auszuziehen bis in die abgelegensten und phantastischsten Gegenden. Er gibt sich jene tiefere Art des Paradoxes nicht zu, bei der zwei gegensätzliche Stränge der Wahrheit miteinander in einen unauflöslichen Knoten geraten. Noch weniger vermag er einzusehen, daß es oft gerade dieser Knoten ist, der das ganze Bündel des menschlichen Lebens sicher zusammenhält... Darin liegt die Beschränkung dieses klugen und mächtigen Kopfes: er kann niemals das Leben ganz erfassen, da er seine Widersprüche nicht akzeptieren kann.« In der negativen Fixierung an Shaw umschreibt Chesterton sowohl die Eigenart seines paradoxen Schreibens und Denkens wie das Prinzip, das für ihn das Paradox notwendig machte. Die Kontradiktion, wofern sie nicht in der bloßen Negierung des bisher Geglaubten besteht, bringt die eigentliche Beschaffenheit eines Sachverhalts, einer Glaubensfrage, eines kriminalistischen Indizes – denn von kleinen Dingen wie von großen ist hier in gleichem Maße die Rede – ins Bewußtsein. Nicht in den Begriff, da jeder Begriff wieder zu einer Flucht aus dem Widerspruch in die Einlinigkeit der willkürlichen Folgerung führen würde.

Chesterton war kein Gegner des Fortschritts, den er für notwendig und selbstverständlich hielt. Aber er war ein Gegner von Fortschrittstheorien und von Gedankenkonstruktionen, die ihnen zur Grundlage dienen. Er lehnte ein dialektisches Verfahren nach Hegelschem Muster als einen bizarren, dyadischen Zähltick ab, und er machte sich schon in ›Napoleon auf Notting Hill‹ (1904), seinem ersten Roman, über die Vorstellung einer Evolution lustig, bei der alle Widersprüche sich durch stumpfe Angewöhnung von selbst erledigen. Er war fest davon überzeugt, daß, welche Veränderungen auch die Welt erfahren werde, die Widersprüche als Widersprüche der Schöpfung erhalten bleiben müßten. Das Paradox bei Chesterton – und nur so kann es für die Detektivgeschichten von Nutzen sein – dient der Trennung von vorgetäuschten und wirklichen Geheimnissen. Indem es die Welt auf immer neuen Ebenen als eine Schöpfung aus Gegensätzen begreift, schärft es den Blick für die falschen Heilslehren, für die Masken des Hochmuts und für die Anstrengungen des Bösen, sich in den Falten des Geheimnisses zu verbergen.

Zu dieser Ausgabe

insel taschenbuch 1149
Gilbert Keith Chesterton
Pater Brown-Geschichten

Der Text folgt der Ausgabe: Gilbert Keith Chesterton, Detektivgeschichten. Die Einfalt des Pater Brown; Die Weisheit des Pater Brown. Mit einem Nachwort von Norbert Miller. Carl Hanser Verlag, München, Wien 1975. Lizenzausgabe mit freundlicher Genehmigung des Carl Hanser Verlags.
Zur Übersetzung: »The Innoncence of Father Brown« (1911) erschien 1959 in der Übersetzung von Heinrich Fischer unter dem Titel »Der Hammer Gottes. Detektivgeschichten« im Kösel-Verlag, München, dem wir für die freundliche Genehmigung zur Übernahme der Übersetzung danken. Die Originalrechte überließ uns © D. E. Collins. Die zwölf Detektivgeschichten werden hier unter dem ursprünglichen Titel »Die Einfalt des Pater Brown« abgedruckt. – »The Wisdom of Father Brown« (1914) wurde von Norbert Miller und Alfons Rottmann neu übertragen. Norbert Miller übersetzte die ersten drei Detektivgeschichten. Für die freundliche Übertragung der englischen Rechte danken wir dem Verlag Droemer Knaur, München.

Englische und amerikanische Literatur
im insel taschenbuch

153/1/7.88

Englische und amerikanische Literatur
im insel taschenbuch

153/3/7.88

Englische und amerikanische Literatur
im insel taschenbuch

153/4/7.88

Englische und amerikanische Literatur
im insel taschenbuch

153/5/7.88